二見文庫

真珠の涙にくちづけて

キャサリン・コールター／栗木さつき＝訳

JN283655

The Wyndham Legacy
by
Catherine Coulter

Copyright©1994 by Catherine Coulter
Japanese translation rights arranged
with Catherine Coulter c/o
Trident Media Group, LLC, New York
through Japan UNI Agency Inc., Tokyo

カレン・エヴァンズに

心やさしきすばらしい友であり、人を突き動かす無尽蔵の力をもつ頭脳の持ち主。
聡明で愉快なあなたには、つねに最高のものがふさわしい。
なにもかも、レン・Dゆずりね。

いつもそばにいてくれて、ありがとう。

——CC

真珠の涙にくちづけて

登　場　人　物　紹　介

ジョゼフィーナ	第七代チェイス伯爵の私生児
マーカス・ウィンダム	第七代チェイス伯爵の甥
エラスムス・バッジャー	ジョゼフィーナの従者
ジェイムズ・ウィンダム	第七代チェイス伯爵
アントニア・ウィンダム	ジェイムズの双子の娘
ファニー・ウィンダム	ジェイムズの双子の娘
グウィネス・ウィンダム	ジェイムズの姉
パトリシア・エリオット・ウィンダム	マーカスの母
リード・ウィンダム	マーカスの亡き父。ジェイムズの弟
ウィルヘルミナ・ウィンダム	ジェイムズの亡き末弟の妻
トレヴァー・ウィンダム	ウィルヘルミナの長男
ジェイムズ・ウィンダム	ウィルヘルミナの次男。 第七代チェイス伯爵と同名の甥
ウルスラ・ウィンダム	ウィルヘルミナの娘
サンプスン	〈チェイス・パーク〉の執事
クリタッカー	〈チェイス・パーク〉の秘書
スピアーズ	〈チェイス・パーク〉の従者
フレデリック・ノース・ナイティンゲール	チルトン子爵、マーカスの友人
マギー	ジョゼフィーナのメイド

kippis

kippis

プロローグ

一八〇四年六月、九歳のとき、彼女は初めて〈チェイス・パーク〉を訪れた。到着した翌日、寝室担当のメイドのアニーが、トゥイニーに話しかける声が聞こえてきた。あの娘は〝私生児〟なんだよ、と。

「私生児？　やだ、アニーったら冗談ばっかり。あの娘が私生児のはずないだろ。いとこだって聞いたよ。オランダかイタリアから遊びにきた、いとこなんだって」

「オランダかイタリアのいとこ？　開いた口がふさがらないね。違うよ、あの娘のおっかさんはね、ドーバーあたりに住んでるって話だ――おしのびで会うために、縁もゆかりもない土地を選んだのさ。そこに、だんなさまは足しげく通っておいでなんだよ。エモリー夫人が料理人にそう話してたんだから間違いない。あの娘はだんなさまの私生児さ。その証拠に、あの娘の目ときたら、コマドリの卵の斑点より青いじゃないか」

「それがほんとなら、だんなさまもたいした神経だね。そんな娘っ子を奥さまの目の前に連れてくるなんて」

「まったくだ。けど、それが上流階級ってもんなんだろ。だんなさまにはほかにも私生児がぞろぞろいるって噂さ。でも、わざわざ自邸に連れておいでになるんだから、あの娘のことは、とくべつかわいがってるんだろうねえ。それにしてもあの娘ときたら無邪気なもんじゃないか。ここの娘でございって顔してよく笑うし、愛嬌《あいきょう》もある。けど、奥さまには無視されるだろうね。ま、ここにいるのは二週間程度だそうだし」

アニーが鼻を鳴らし、腰に載せている空《から》の寝室用便器を反対側の腰へと動かした。

「それだって、奥さまには長く感じられるだろうよ。まさかチェイス邸に私生児を連れてこられようとはねえ」

「でも、あの娘、えらくべっぴんさんじゃない?」

「ああ、まったくだ。だんなさまの男っぷりは、おじいちゃんゆずりだからね。先々代の伯爵についちゃ、あれほど凛《りん》とした紳士は見たことがないって、うちのばあちゃんがよく言ってたよ。あの娘が美人なのも当然だし、そのおっかさんだって不細工のはずがない。エモリー夫人の話じゃ、だんなさまがその女のところに通うようになってから、もう十二年になるとか——おしどり夫婦みたいだそうだよ。ひどい話さ」

メイドのアニーとトゥイニーは口に手をあて、噂話に花を咲かせて歩いていった。彼女は二階の廊下の端にある窪《くぼ》みに身を潜《ひそ》めたまま考えた。〝しせいじ〟ってなんだろう? よくわからないけれど、なんとなく、いいものではなさそうだ。

それに、チェイス伯爵があたしのお父さま? そんなことってある? そう考え、彼女は激しくかぶりを振った。ううん、チェイス伯爵はただのジェイムズおじさまよ。あたしのお父さまのお兄さまで、数カ月にいちど、お母さまとあたしが元気に暮らしているかどうか、ようすを見にきてくださるだけ。だって、ほんとうのお父さまは、一七九七年の二月にイギリスに上陸してきたフランス軍に殺されたんだもの。彼女はその話を母親から何度聞いても飽きることがなかった。

「二千人近くからなるフランスの軍隊が上陸したんだけどね、その大半は本物の兵士じゃなく恩赦《おんしゃ》で刑務所から釈放されたフランスの犯罪者たちだったの。連中は船でエイヴォン川を上がり、ブリストルを焼き払って、それに成功したらリヴァプールを攻め、そこも焼き払うよう命じられていたのよ。でもね、そうは問屋がおろさない」と母親は言ったものだ。「フランスの罪人たちはペンブルックシャーに上陸し、戦いを挑んだけれど、結局は地元の義勇騎兵団に降伏したの。そしてあなたのお父さまは、勇敢なるイギリス兵の先頭に立ち、イギリスの土を踏んだフランス人たちを打ち負かした。そう、あなたのお父さまはジェフリー・コクラン大尉その人であり、イギリスのために命を落とした英雄なのよ」

その話を終える頃には、母親はたいてい紺青色の瞳をうるませていた。「お父さまのお兄さんにあたるジェイムズおじさまはね、貴族なの。強大な権力をもち、重い責任を負っている。でもおじさまは、わたしたちの面倒をずっと見てくださるわ。おじさまにはご自分のご家族がおありだから、こちらにはそう頻繁《ひんぱん》にはいらっしゃれないけれど、それは世の慣《なら》わしというものだし、仕方がないことなの。でも、これだけは覚えておいて。おじさまはわたしたちのことを愛していらっしゃるし、けっしてお見捨てにはならない」

そして彼女が九歳になると、ジェイムズおじさまと二週間ほどすごしていらっしゃいと、ヨークシャー北部のダーリントン近郊にある伯爵の自邸へと、母親から送りだされたのだった。〈チェイス・パーク〉は、その名のとおり、広大な庭園のある壮麗な大邸宅だった。お母さまも一緒についてきてと彼女は懇願《こんがん》したが、母親はただ首を横に振り、見事な金色の巻き毛をその美しい面《おもて》に揺らすばかりだった。「それはできないの、わかってちょうだい。ジェイムズおじさまの奥さまは、わたしのことがお好きではないの。だからあなたも奥さまには近づかないようにして、約束よ。あちらには、あなたのいとこが何人かいるから、仲良くなれるはず。でも、奥さまにだけは近づいちゃだめ。いいわね？　それから、自分のことを人にぺちゃくちゃ喋るのもだめ。だって、自分のことばかり話したら、まわりの人が退屈するでしょう？　自分のことは秘密にしておきなさい。謎めいた感じにしておくほうがいいものよ」

ありがたいことに、チェイス伯爵夫人とは距離を置くことができた。なにしろ伯爵夫人ときたら、彼女の存在が目にはいったとたんに侮蔑《ぶべつ》の視線でこちらを凍りつかせ、くるりと背を向け部屋からでていってしまうからだ。チェイス伯爵と夫人は毎晩、大食堂で食事をとったが、彼女やいとこはその席にくわわらなかったので、夜は伯爵夫人を避ける努力もせずにすんだ。

この屋敷ですごしているときのジェイムズおじさまは、彼女が知っているおじさまとはようすが違った。しみひとつない、青や緑の生地にボタンが輝く仕着せ姿の使用人たちに囲まれているおじさまは、まるで別人のようだった。そのうえこの屋敷には、あらゆるところに使用人が潜んでいるように思えた。あらゆるドアの向こうに、角を曲がったその先に、使用人たちがたたずんでいる。じっと観察しているが、けっして口はひらかない。ただ、メイドのアニーとトゥイニーだけは例外で、よくお喋りに花を咲かせていた。

ジェイムズおじさまは、彼女が母親と暮らす家、通称〈ローズバド・コテージ〉を訪れるときには、とてもやさしかった。でも〈チェイス・パーク〉と呼ばれる、この四方八方に広がる巨大な邸宅では態度を変えた。なぜおじさまは抱擁もしてくれないのかしら。彼女は顔をしかめ、ふしぎに思った。ほんとうに、抱き寄せてもくれないのだ。いちど図書室に呼びだされたことがあった。そこは、彼女の自宅と同じくらいの広さの部屋で、高くそびえる壁の三面はすべて書棚でおおわれ、室内にはどこまでも上に伸びるローラー付きの梯子《はしご》が何本か置かれており、室内を自由に動かすことができた。なにもかもが重厚で、どこもかしこも薄暗く、足もとの豪華な絨毯《じゅうたん》でさえずっしりと重く感じられた。初めて図書室に足を踏みいれたとき、彼女には暗い影しか見えなかった。夕方で陽が翳《かげ》っていたうえ、カーテンが引かれていたからだ。そのとき、おじさまの姿が目にはいり、彼女はにっこりとほほえんだ。

「こんにちは、ジェイムズおじさま。お招きくださって、ありがとうございます」

「ああ、おはいり。よくきたね。ここでうまくやっていく方法を教えてあげよう」

わたしの子どもたちのことは全員、〝いとこ〟と呼びなさい。もちろん、おまえはお利口さんだから、よくわかっているだろう？　これから、そのいとこたちとレッスンを受けることになる。いとこたちの立居振舞《たちいふるまい》をよく観察し、見習いなさい。ただし、いとこのマーカスだけは例外だ。マーカスはわたしの甥《おい》にあたり、いま〈チェイス・パーク〉に滞在中だが、あいつはとんでもないわんぱく小僧だからね。そう言うと、ジェイムズおじさまはほほえんだ。腹をたてると同時に誇りに思っているとでもいうような、奇妙なほほえみを。

「マーカスは」と、おじさまはゆっくりと言った。「弟の息子なんだが、まさしくわんぱく小僧だ。じき十四歳になる。おとなに近づいてきているわけだが、だからこそ危険きわまりない。あいつのあとをついていっちゃだめだぞ。男のいとこたちといたずらするのもだめだ。まあ、おまえはまだおちびちゃんだから、男の子たちも相手にしないかもしれんが」

「あたしにはもうひとり、おじさまがいるの?」興奮に目を輝かせ、彼女は尋ねた。

おじさまは困ったような表情を浮かべ、その質問をはぐらかした。「ああ。だが、いとこのマーカスにはなにも言ってはいけないよ。とにかく、周囲の人たちのふるまいをよく観察しなさい。それが礼儀正しいと思えば、見習いなさい。無作法だと思ったら、目を閉じ、背を向けなさい。わかったね?」

彼女はうなずいた。おじさまは巨大なデスクの向こうから歩いてくると、彼女の頭を撫でた。「お利口さんにしていれば、年にいちど、ここに招いてやろう。だが、お母さまやわたしのこと、そして自分のことについては、なにも話してはならない。個人的なことはいっさい喋ってはならない。お母さまからもそう聞いてきただろう?」

「ええ、おじさま。口をつぐみ、黙っていなさい、なにも喋らずにいればそのぶん楽しいことがたくさんある、お利口さんにしていれば、おじさまとお母さまはわたしのことをとても誇りに思う。そういうゲームなんでしょ？」

おじさまの唇にゆっくりと笑みが浮かんだ。「ゲームにしてしまうとは、いかにもベスらしい。いいね、お母さまとわたしの言うことをよく聞くんだぞ。さあ、もう行きなさい。いとこの女の子たちと遊んでくるといい」おじさまはそこで間を置き、つけくわえた。「あの娘たちも、おまえをいとこと呼ぶよう言われているから」

「当たり前でしょ、おじさま。だって、あたし、いとこなんですもの」

「ああ、そうだ。いとこだ」

なんだかよくわからない。でも、彼女はお馬鹿さんではなかったし、母親のことを心から愛していた。だから言うことをよく聞き、愛想よくしていることが大切だとわかっていた。自分のことについてはいっさい話さないでおこう。彼女はだれのことも退屈させたくなかった。

〈チェイス・パーク〉を訪れた最初の日、男の子たちはお行儀がよかったが、やがて彼女を無視するようになった。けれど〝双子ちゃん〟と呼ばれる女のいとこたちは、彼女に会えてうれしそうだった。

これまでは、なにもかもが光り輝いていた。

〝じせいじ〟って、いったい、どういう意味なんだろう？

その質問を、彼女はジェイムズおじさまにぶつけはしなかった。そうではなく、自分のことを嫌っている人物のところに直接、尋ねにいくことにした——ジェイムズおじさまの妻のところへ。

彼女は居間のドアをノックした。てきぱきとした声が聞こえてきた。「おはいり、おはいり！」

彼女は戸口に立った。伯爵夫人はお腹を突きだして長椅子に座り、なにか白くて細長いものを縫っていた。もともと体格のいい夫人が妊娠しているのだ。あれほど肥《ふと》った指で、どうすれば縫い物なんかできるのかしら、と彼女は思った。夫人は美人とはいえないが、若い頃はきれいだったのかもしれない。とはいえ、彼女の母親とはなにからなにまで違う。母親は長身でほっそりとしており、しとやかだけれど、夫人は老けていて、ひどく疲れて見える。その夫人が、こちらを見た。いかにも意地が悪そうな視線。おまけにその意地の悪さを隠そうともしない。

「なんの用？」

伯爵夫人の冷たい口調を聞くと不吉な予感に襲われ、思わず乾いた唇を舐《な》めた。それでも思い切って室内に足を踏みいれ、だしぬけに声をあげた。「あたし、メイドさんたちがお喋りしてるのを聞いてしまったんです。あたしが〝じせいじ〟だっていう話を。どういう意味かはわからないんですけど、ふたりの口調から、それが悪いことだってわかりました。奥さまはあたしのことがお好きじゃないから、ほんとうのことを教えてくださるんじゃないかと思って」

伯爵夫人が声をあげて笑った。「おやおや。ここにきてたったの二日で耳にはいってしまうとはねえ。覚えておき、なにか知りたいことがあるのなら――なんだって――使用人に訊けばいい。知らないことはないからね。まあいいさ。じゃあ、教えてあげよう。私生児っていうのは、隠し子のこと。つまり、おまえは隠し子なんだよ」

「かくしご」彼女はのろのろと繰り返した。

「ああ。それはね、おまえの母親が売春婦で、うちの夫――おまえのジェイムズおじさまとやら――から、お手当てをもらってるってことさ。お呼びがかかればすぐに言いなりになるご褒美《ほうび》にね。そうして言いなりになりつづけた結果、おまえが生まれたというわけ」夫人はふたたび声をあげて笑い、頭をそらしていつまでも笑いつづけた。その大笑いは下品きわまりなく、夫人がいっそう意地悪く見えた。

「奥さま、よくわからないんですけど、〝ばいしゅんふ〟ってどういう意味ですか?」

「道徳心をもちあわせていない女のことだよ。ジェイムズおじさまは、おまえの父親だ。おじさんなんかであるものか。でもね、正妻はこのわたし。おまえの大切な母親は、金持ちの愛人にすぎないんだよ。男に身を……まあ、まだわからないだろうが、おまえもそろそろ色気づいてきているようだし、そのうち母親の上をいくかもしれないね。だいたい、これまでふしぎに思ったことはなかったのかい? ジェイムズおじさまはウィンダムという苗字なのに、どうして自分はコクランという苗字なんだろうって? ま、無理もない。あばずれの母親と似たり寄ったりのおつむしかないようだから。さあ、もうでておいき。おまえの顔など二度と見たくない」

彼女は逃げだした。心臓はばくばくと音をたて、お腹は恐怖と吐き気で波打っていた。その日を境《さかい》に、彼女は無口になった。話しかけられないかぎり、自分からは話しかけない。ひと言も発しず、忍び笑いを漏らすことも、咳払いをすることもない。そうすることでだれの注意も引かないようにしたのだ。やがて〈チェイス・パーク〉滞在も終わろうとする頃、いとこのマーカスが彼女のことを〝妃殿下《ひでんか》〟と呼びはじめた。

まだ六歳だったいとこのアントニアは、ふしぎそうな顔でマーカスを見た。「どうして、マーカス？　あの子、あたしやファニーとおんなじ、まだおちびちゃんでしょ？　王子さまと結婚してるわけでもないわ。なのにどうして、あの子のことだけ妃殿下なんて呼ぶの？」

わんぱく小僧のマーカスが、威圧するようにアントニアを見おろし、まじめくさった顔で説明を始めた。「それはさ、あの年頃の子どもにしてはにこりともしないし、声をあげて笑うこともないからだ。お高くとまってるし、よそよそしい。まるで三枚しかない硬貨みたいに笑顔を出し惜しみして、うなずくだけですませてるだろ？　それに使用人の連中ときたら、あの子のために雑用をこなそうとわれ先に動く。あの子が満足そうにうなずくだけで、使用人はめろめろさ。それに」と、マーカスがゆっくりとつけくわえた。「あの子はそのうち、絶世の美女になる」

彼女はなにも言わず、ただマーカスを見あげていた。わめきたかったけれど、そうはしなかった。彼女は顎《あご》をつんと上げ、彼から視線をはずした。

「妃殿下」と、マーカスが声をあげて笑い、男のいとこふたりと乗馬にでかけていった。

妃殿下というあだ名には、耐えるしかなかった。ほかにどうしようもなかったのだ。きっとプライドが高いんだろうと、だれかが自分のことを話すのが聞こえた。いや、ただ内気なだけさと応じる声も耳にした。でしゃばりたくないんだろ、あの娘はマナーをわきまえてる、一緒にいると気持ちがいい……。

四年後の一八〇八年六月、十三歳になった彼女が〈チェイス・パーク〉を訪問すると、すでにマーカスが滞在していた。オックスフォードから帰省中で、いとこたちを訪ねているという。彼女を見ると、マーカスは笑い、首を横に振った。「やあ、妃殿下。いまじゃ、みんなからそう呼ばれてるんだって？　ぴったりのあだ名だって言われただろ？」

マーカスが笑みを浮かべたが、彼女にはそれが無関心にしか見えなかった。いまはほかにすることもないから、仕方なくきみに話しかけてるんだよ、という笑み。

彼女は冷たくマーカスを見あげた。そしてわずかに顎を上げ、いっさい返事をしなかった。

マーカスは黒い眉を上げたまま返事を待ったが、彼女は沈黙を保った。わたしに関心のなさそうな声も、あざけるような視線も耐えられない。とうとう、マーカスが口をひらいた。

「これはこれは。お高い女になったもんだな、妃殿下。傲慢《ごうまん》そのものじゃないか。きみがまだ小さかった頃、ぼくがそう予言したせいかな？　いや、そうじゃない。ぼくの予言があたるのなら、きみはこれから絶世の美女になるわけだから。いま、十三歳だって？　このままいけば十六になる頃には……」マーカスは間を置き、囁《ささや》くように言った。「ご勘弁を。おとなになったきみを見たいとは思わない」彼はふたたび声をあげて笑い、彼女の肩を叩き、チャーリーとマークと合流すべく颯爽《さっそう》と玄関からでていった。

彼女は旅行かばんを二個、横に置いたまま立っていた。するとサンプスン氏が近づいてきて、お馴《な》染《じ》みの笑みを浮かべた。そのうしろからエモリー夫人もやってきて、にっこりと笑い、声をあげた。「ようこそ、お嬢さま、ようこそ！」

いまでは、だれもが彼女を〝妃殿下〟と呼ぶようになっていた。彼女の父親、つまりジェイムズおじさまや、彼女が嫡出子《ちゃくしゅつし》ではないという情報を四年まえにうっかり漏らしてしまったトゥイニーまで。それだけではない。彼女が私生児であることは周知の事実となっていた。なのに、どうしてみんな、わたしによくしてくれるのかしら？　わからない。わたしはジェイムズ・ウィンダムの私生児であり、それは変えようがないのに。

子ども時代に別れを告げたのはいつかと尋ねられたら、「九歳のときに無邪気さを失った」と、彼女は躊躇《ちゅうちょ》なく答えるだろう。ジェイムズおじさまが〈ローズバド・コテージ〉に滞在しているあいだは、必ず母親の寝室で眠っていることにも気づいた。ふたりがたがいに触れあっては笑い声をあげ頭をくっつけていることにも、おじさまの黒い頭と母親の金色の頭は天使と悪魔のように対照的なのに、なぜか溶けあって見えることにも、ふたりがこのうえなく美しく、うっとりするほど魅力的で、愉《たの》しそうであることにも。いちど、ふたりが二階の狭い回廊でキスをしているのを見かけたことがあった。ジェイムズおじさまに強く抱きしめられ、母親の背中は壁に押しつけられていた。おじさまは母親の金髪をわしづかみにし、激しく唇を重ねていた。

年にいちどの〈チェイス・パーク〉への訪問が三カ月後に近づいた頃、彼女に真実を伝えたのは母親ではなくジェイムズおじさまだった。彼女はこぢんまりとした客間の水色の紋織りの長椅子に座り、なにも言わず、ただおじさまの顔を見ていた。おじさまは前置きなしに切りだした。「おまえは、わたしの娘だ。もう、姪《めい》っ子のようなふりはしない。少なくとも、この家ではね。おまえもそろそろ理解できる年頃になったはずだ。そうだろう、妃殿下? ああ、その目や口もとのようすからすると、もう知っていたようだね。まあ、当然だ。おまえは賢いからもうわかっているはずだと、お母さまとも話していたんだよ」おじさまが肩をすくめた。「ただし、残念ながら〈チェイス・パーク〉では知らないふりを続けなければならない。妻は、このままおまえに知らないふりを続けてほしいと思っているし、わたしもそれに同意した」そのあとも、おじさまはなにやら喋りつづけたが、彼女は覚えていなかった。その言葉の羅列《られつ》は、罪の意識にさいなまれる男が子どもに言って聞かせる言い訳としか思えなかった。おじさまはわたしのこと、大切に思っているのかしら? わからない。その答えが知りたいのかどうかさえ、わからない。わたしにはお母さまがいる。おじさまは必要ない。

彼女はうなずき、口をひらいた。「ええ、ジェイムズおじさま。わたしは私生児。もう何年もまえからわかっていました。どうぞご心配なく。もう、いまではすっかり慣れてしまいましたから」

彼女の冷静な言葉に、そのあまりにも無関心で淡々とした口調に、伯爵はぎょっとした。だが、それ以上なにも言わなかった。彼は安堵《あんど》していた。これ以上、ほかになにが言える？彼は自分とよく似た紺青色の瞳をのぞきこんだ。小さな頭の上には、やはり自分によく似た漆黒《しっこく》の髪が高く編みあげられている。とはいえ、母親の面影がないわけではない。小さな耳のまわりのほつれ毛。彼は甘い香りがする母親のほつれ毛をもてあそぶのが好きだった。ああ、それにベスそっくりの唇。ふっくらとした美しい唇、ほっそりとして優雅だが力強い鼻。彼はかぶりを振り、目の前で静かに座っている娘を見やった。まるで彫像のように微動だにせず、完ぺきに自制している。この娘は、わが娘は、取り乱すことなく、なんと平然としているのだろう。明るい笑い声をあげ、茶目っ気たっぷりに飛び跳ねてばかりいる、うちの〝双子ちゃん〟とは大違いだ。

いまとなっては、この娘を望まなかったのが嘘のようだ。当初は、堕《お》ろしてしまいなさいとベスに命じた。だがベスは子どもを産むと言い張り、ゆずらなかった。わたしが子どもを産むのがお気に召さないのなら、どうぞあなたは好きになさってください、と。だから彼は好きにすることにした。母と子をふたりとも養うことにしたのだ。それもこれも、ベスほどの存在の女性がわが人生にいなかったからだ。そしていま、自分と同じ瞳をもつ娘がじっとこちらを見ている。いちどは拒絶したわが子が、いまこうして落ち着きはらい、妃殿下のように凜とした女性になったのだ。

一八〇八年六月の二週間のことを、妃殿下は鮮やかに覚えている。いとこのマーカスからあざけりの言葉を投げられつづけ、いっそう引っこみ思案になったのだ。マーカスとしてはからかっただけなのだろうが、彼女はあまりのつらさに身を震わせた。そして、あの運命の第二水曜日、チェイス伯爵のふたりの息子、チャーリーとマークがボートレースの最中に溺《でき》死《し》した。ダーウェント川でボートが衝突するようすを、川岸で二百人以上の観客が目撃した。ほかのボートから十人以上の少年が川に飛びこみ、救助に向かったが、ひとりも救出することはできなかった。チャーリーは帆桁《ほげた》に頭を激しくぶつけ、船外に放りだされ、即死した。弟のマークは、ほかの少年たちと一緒にボートの下に潜りこみ、兄をさがしつづけた。だが船首三角帆の動索に巻きこまれ、身動きできなくなり、あえなく溺死した。

ふたりの少年はウィンダム家の墓地に埋葬《まいそう》された。〈チェイス・パーク〉は悲嘆に包まれた。少年ふたりの父親であり、妃殿下の父親でもあるチェイス伯爵は、図書室に閉じこもった。夜通し泣きつづける伯爵夫人の声が屋敷にこだました。マーカスは青白い顔を引きつらせ、だれにも話しかけなくなった。いとこのふたりが命を落としたというのに、自分だけおめおめと生き残ってしまったからだ。マーカスは、ふたりのいとこと一緒にボートレースに出場してもいなかった。彼は狩猟用の馬を買いにロザミア飼育場にでかけていたのだ。事故後、妃殿下はウィンチェルシーの母のもとに戻った。

その後五年以上、伯爵夫人は毎年、妊娠を繰り返した。どうしても男の子を産み、チェイス伯爵の跡継《あとつ》ぎにしなければならない。ところがどういうわけか、生まれてきた子どもは一歳の誕生日を迎えるまえに例外なく命を落とした。チェイス伯爵はしだいにふさぎこみ、ひとりですごすようになった。それでも夫人とは際限なくベッドをともにしたが、それはふたりにとってよろこびではなく、苦行そのものだった。そして年を重ねるにつれ、その苦行はいちだんとつらいものになり、伯爵はこれまでとは異なる目でマーカスを見るようになった。もちろん、甥っ子のマーカスは自分の血縁ではあるが、息子ではないし、伯爵自身の血が流れているわけでもない。伯爵としては弟の血脈ではなく、自分自身の血肉が欲しかった。

伯爵が〈ローズバド・コテージ〉を訪れる回数は増えていった。伯爵は物静かになり、娘と同様、めったに笑わなくなった。そして母親にすがりつくかのように、ベスに甘えた。ベスは伯爵を愛し、やさしく見守り、なんの要求もしなかった。

だが結局は戻るしかなく、伯爵は〈チェイス・パーク〉に帰っていった。そして次から次へと妻が子どもを出産し、次から次へと子どもが命を落としていくようすを眺めつづけた。

こうしてマーカス・ウィンダムが、チェイス伯爵の跡継ぎとなった。

1

ウィンチェルシー、〈ローズバド・コテージ〉

一八一三年一月

「残念ながら、ミス・コクラン、まだお耳にいれなければならない話がありまして。それも、よくない話が」

母親の事務弁護士を務めるジョリス氏は、そう言いながらも、まったく残念そうではなかった。それどころか、喜色満面だった。妙だとは思ったが、彼女はなにも言わなかった。母親の死に打ちのめされていたし、黙っていることに慣れていたからだ。人々が話しているところを眺め、じっと耳を傾けているだけでじつに多くのものごとを学べる。それを長年の習慣から会得《えとく》したのだ。ジョリス氏が意味ありげに間を置いたとき、彼女はふと思いだした。そういえば、お母さまが亡くなったことをまだ父に知らせていない。あまりにも突然の死だったので、父に伝えることをすっかり忘れていたのだ。いまだに心身ともに麻痺《まひ》しているような気がするけれど、母の死を父に伝えてくれる人などほかにいない。自分で父に手紙を書くしかない。手紙を読む父の姿が目に浮かんだ。信じられないといった面持ちで手紙を読み、その内容が真実だと悟ったとき、うなだれ、打ちひしがれるだろう。父が感じるであろう痛みを想像し、彼女は思わず目を閉じた。この世のだれより、お母さまを愛していた人。その胸の痛みは永遠に癒《いや》されはしないだろう。ああ、お母さまときたら、あれほど元気いっぱいで笑っていたのに、あんなに呆気《あっけ》なく亡くなるなんて。不慮《ふりょ》の死とよく言うけれど、あんな死に方、馬鹿げてるわ、と彼女は思った。たまたま乗車したおんぼろ四輪馬車の車輪を支える心棒が急にはずれたせいで、母親は曲がりくねった道から投げだされ、ディッチリング・ビーコン近郊のサウス・ダウンズの白亜層の絶壁へとまっさかさまに落下したのである。高さ八百十三フィートもの絶壁は空中に突きだしており、眼下には人気《ひとけ》のない浜辺が広がっていた。即死だったが、打ちあげられた遺体は波に翻弄《ほんろう》され、とても修復できるものではなかった。とにかく、まだ修復はできていないし、亡くなってからもう一日半がたっている。彼女が視線を上げると、ジョリス氏が咳払いをした。これから話すことを頭のなかでまとめたのだろう。

「申しあげましたように、ミス・コクラン」いっそう気取った口調で、ジョリス氏が説明を再開した。「残念ながら〈ローズバド・コテージ〉は借家でありまして、毎月の家賃を払っていらしたのは、あなたのその、えー、お父さまにあたられるチェイス伯爵です」

「存じませんでした」ほんとうだった。家は母の持ち家だとばかり思いこんでいたのだ。とはいえ母は囲われていたのだから、それが当然なのかもしれない。なにもかも、父のものだったのだ。わたしたちの生活は、父の力や特権があってこそ成立していたのだ。突然、頭を強打されたような気がした。彼女は微動だにせず、その衝撃が消えるのを待った。しばらくしてわれに返ると、目の前の男の目つきも変貌《へんぼう》を遂げていた。ついさっきまで、母親に死なれた娘に同情しているように見えたその目が、いま、あからさまにこちらを値踏みしている。

これまでにもそんな視線を感じたことはあったが、それほど多くの男から値踏みされたわけでもなかった。なにしろこれまでは、守られていたからだ。でも、もうだれも守ってくれない。父はヨークシャーにいて、わたしはここにひとりぼっち。そばにいてくれるのは親愛なるバッジャーだけ。

「父に手紙を書かなくては」と、彼女はそっけない口調で言った。この男をさっさと追っ払いたい。「賃貸契約はじきに切れるでしょうから、〈チェイス・パーク〉にわたしが出向かなければなりませんのね」

「ほかにも方法がありますよ」臭いを嗅ぎつけた猟犬さながら、ジョリス氏が身を寄せてきた。彼女は生まれて初めて、ありったけの敵意をこめて彼をにらみつけた。

「いいえ、ほかに方法などありません」その声は軒下《のきした》にぶらさがるつららのように冷たかった。

「それはどうでしょう」ジョリス氏が座ったまま、右手を伸ばしてきた。「伯爵はあなたが〈チェイス・パーク〉で暮らすのをお望みにならないかも」

「伯爵の奥さまは七カ月まえに亡くなりました。ちょうど、わたしが年にいちどの訪問を予定していた直前のことです。わたしが〈チェイス・パーク〉で暮らすのを父が望んでいないはずがありません。わたしの滞在をこころよく思わないのは、奥さまだけでしたから。でも、それは無理からぬことです。奥さまには夫がいるのに、その夫からは愛情をそそいでもらえなかった。奥さまがわたしのことを苦々しく思っていらしたことは前々からわかっていましたけれど、その奥さまもいまは故人です」

「なるほど、しかし閣下はいま、慎重をきわめておいでなのでしょうな、ミス・コクラン。閣下はまだ喪《も》に服しておられる。喪中なんですよ。周囲の人間は閣下に目を光らせているでしょう。つまり、社交界が見張っているわけだ。閣下が足蹴《あしげ》にできない上流の面々がね」

「なぜそんなことをおっしゃるんです？　だって閣下はもう再婚なさらないでしょう？　なさるとしても、当面はないはず。それに、わたしは閣下の私生児にすぎません。わたしが〈チェイス・パーク〉で暮らしたところで、だれが気にするというんです？」

「世間が放ってはおきません。すぐに事実が知れわたるでしょう。そんな事態になれば、亡くなった奥さまの名誉を最悪のかたちで汚すことになりますよ、ミス・コクラン。悪いようにはしないから、わたしの言うことを聞きなさい。わたしには世間というものがわかっているが、あなたはただの世間知らずだ」

言うことなど聞くつもりはなかったが、これ以上、ここで言い争いたくなかった。「男性がそれほど監視されるとは思えません。監視されるのは、女性だけです」彼女はよそよそしい口調で続けた。「それに、男性はそれほど長いあいだ悲嘆に暮れたりしないものです」彼女はあいかわらず身じろぎもしなかったが、ジョイス氏が伸ばした手から逃れたくて、胸のうちでせいいっぱい身を引いた。

彼女は、伯爵夫人が亡くなったときのことを思いだした。度重なる出産のすえ、夫人がとうとう命を落とすと、伯爵は深い悲しみに暮れた。〈チェイス・パーク〉を訪れた彼女は、父の目が涙に濡れるのを見た。だがその涙は誕生の二時間後に命を落とした男の子に向けられたものであり、妻の最期《さいご》を悲しんでのものではないことが、彼女にはわかっていた。

「そうかもしれません」と、ジョリス氏。「しかし、もうあなたの面倒を見てくれる男性はいなくなったんですよ、ミス・コクラン。あなたの身を守り、このこぢんまりとした家に住まわせてくれる相手をさがしてはいかがです？」

彼女はジョリス氏にほほえんだ。昔から彼女のことを知る人々の例に漏れず、そのほほえみに彼はたじろいだ。なんという美しさ。そのほほえみは彼の全身を貫《つらぬ》き、足にできた豆までがかっと熱くなった。彼女の両の頬に浮かぶえくぼ、小さくて白い歯。彼女がほほえむところを、これまで見た記憶がなかった。「わたし、この家で暮らしたいんです。そもそも、ここの家主はどなたなんですの？」

「地主のアーチボルドですが、わずかな蓄えしかないあなたに、とても払える家賃ではない。そろそろ、こんな馬鹿馬鹿しい話は――」

彼女は立ちあがったが、握手のために手を差しだしはしなかった。「お引取りください、ジョリスさん。わたしが知っておくべきことがまだあるようなら、手紙でお願いしますわ」

彼もまた立ちあがった。きょうのところは、これで引きさがってやろうというように。そして、あの美しいほほえみの影もかたちもなくなった顔を見つめた。「身のほどをわきまえなさい、ミス・コクラン。どうあがいたところで、あなたは私生児にすぎない。その事実は永遠に変わらないのだから。この家には残れない。来月の十五日で賃貸契約が切れたら、もう契約を更新する余裕などないだろう？　地主のアーチボルドはもう七十の坂を越えているから、あなたの誘惑には引っかからない。地主が望んでいるのはカネであって、おんぼろベッドをあなたに暖めてもらいたいわけじゃないんだよ。だからもう、ここをでていくしかない。大切なお父上が住まいぐらい提供してくれるかもしれないが、それだって永遠に続くわけじゃない。いいかい、あなたの美しき母親はもうこの世にいない。お父上があなたのことを心からかわいがると思うかね？　いいや、お父上がかわいがっていたのは母親であって、あなたじゃない。なんなら、このわたしがあなたの身を守ってやらないでもないんだが、ミス・コクラン——」

彼女の顔から血の気が引いた。怒りのあまり、その瞳はぼんやりとしている。だが彼には、彼女が呆気にとられていることしかわからなかった。彼女は彼をしばらく見つめたかと思うと、くるりと背を向け、ひと言も言わずに狭い居間からでていった。

ジョリス氏は途方に暮れた。遠まわしなこちらの提案を、彼女は考慮してくれるだろうか？　たしかにお高くとまっているし、気位の高いところはあるが、それも長くは続かないだろう。まだ処女かな、と彼は考えた。だが彼は、そのまま妄想に耽《ふけ》ってはいられなかった。この家の召使であり、コクラン夫人と妃殿下を守ってきたバッジャーが戸口に姿を見せたのだ。バッジャーは筋骨隆々とした巨漢であり、塀の柱のように無骨で、ぼさぼさの髪は預言者のように白い。おまけにいま、彼の目は赤く血走っている。

ジョリス氏は一歩、あとずさりをした。

「サー」バッジャーが口をひらいた。その声には度を越えた穏やかさがあった。「そろそろ、その図体をどかしてもらいましょうか。五つ数えるうちにどかなければ、あなたの残念な行動は閣下の知るところとなる。閣下はおよろこびにはならんでしょう」

「ほう」どうやらこの男、自分の言っていることがわからないらしい。「あのあばずれを厄介払いできたら、閣下はさぞおよろこびになるだろう。減らず口をたたいている暇はないぞ、バッジャー。じきにおまえも文無しだ。あの娘にはもうおまえに賃金など払えんのだから、目上の人間にそんな口をきくのはやめておけ。おまえさんに多少脳みそがあろうが、演説が得意だろうが、そんなことは関係ないんだよ。紳士のような口のきき方をだれに習ったのか知らんが、おまえはこの家の使用人以外の何者でもない。吹けば飛ぶような存在さ」

バッジャーはただにやりと笑い、頭を横に振った。と、次の瞬間、彼はジョリス氏を身体ごともちあげ、隆々とした腕の下に挟みこんだ。そのまま玄関に運んでいき、凍った大地へと勢いよく放り投げた。五カ月後には、妃殿下が丹精して育てた赤や黄や白のバラの花が咲きみだれるであろう花壇に。バッジャーはきびすを返し、家のなかに戻ると、妃殿下の姿を認め、にんまりと笑い、前歯のあいだにぽっかりとあいた隙間をあらわにした。「しばらくは雪の上でお休みになるでしょうが、なに、心配はいりません」バッジャーが彼女の手をとり、こぶしに丸めた。「いいですか、妃殿下。親指を握り、腕を勢いよく引いてからパンチを繰りだす方法をお教えしたはずです。なんでまたやっこさんに一発お見舞いし、植木鉢と仲良くさせてやらなかったんです?」

彼女はほほえもうとした。努力したが、戸外の大地と同様、顔がこわばって動かない。

「もう二度と、あの人の顔は見たくないわ、バッジャー」

「無理もない」バッジャーが彼女の背中に手をあてた。「だが、肝《きも》に銘《めい》じてください。こんど野郎が一線を越えた真似をしてきたら、やつの顎を喉に食いこませるんです。さもなければ、思いっきり膝蹴りを食らわす」

「わかった。約束する。ありがとう、バッジャー」

バッジャーはうなるように返事をすると、火格子《ひごうし》の上でじっくりと焼いている鶏肉用のカレーソースをつくりに台所に戻っていった。この家の料理人兼メイド――〝ミス・やかまし屋〟と、バッジャーは呼んでいる――が二年ほどまえから長患《ながわずら》いをしているおばに会いにウェルフォード・オン・エイヴォンに里帰りしており、いまはバッジャーが仕事を肩代わりしている。彼は腕のいい料理人であり、妃殿下が自分の手料理をもっと食べてくれることだけを願っていた。

もう何年もまえに、バッジャーは妃殿下の母親から話を聞いたことがあった。初めて〈チエイス・パーク〉を訪問したとき、ご当家の人間はみな――少なくとも表向きには――妃殿下がオランダだかイタリアだかから遊びにきたいとこのようなふりをしていたという。ところが妃殿下はオランダ語などひと言も知らなかったし、イタリア語だってお粗末なものだった。それでも、彼女はとにもかくにも妃殿下であり、輝くばかりの美しさと毅然《きぜん》とした気高さの持ち主だった。そのため無愛想だったにもかかわらず、妃殿下は周囲の畏敬《いけい》の念を集めた。使用人たちはわれ先に彼女をよろこばせようとしたし、めったに笑わない彼女にほほえんでもらおうと躍起《やっき》になったという。そう話しながら、コクラン夫人もまた独特の美しい笑みを浮かべ、娘を〈チェイス・パーク〉にやるのは不安だったけれど、案ずるより産むがやすしね、と笑った。あの娘は妃殿下という称号を獲得して帰宅したし、これからもずっとそのあだ名で呼ばれることになるでしょう、と。

居間のドアが閉じる音がバッジャーの耳に届いた。妃殿下が小ぶりの書き物机に向かう姿が見えるようだった。ゆっくりと優雅に腰を下ろし、ふたりにとってかけがえのない存在が天に召されたことを閣下に知らせるため、ペンを手にとる姿が。

彼女が手紙を送るまえに、チェイス伯爵のもとにはコクラン夫人の訃報《ふほう》がはいっていた。そこでチェイス伯爵は、荷物をまとめてこちらにくるよう妃殿下に伝えてくれと、秘書のクリタッカー氏に命じていた。二週間後に迎えの馬車をやるから、それまでに準備をしておきなさい、護衛役としてバッジャーも一緒に連れてきなさい、と。

二週間が経過した。ところが彼女のもとに迎えの馬車はこなかった。彼女はどうすればいいのかわからず、狭い居間の窓際に立ち、ひたすら待ちつづけた。父親に手紙を書き、馬車がこないことを知らせようかとも思ったが、実行には移せなかった。恥ずかしくて、そんなことはとてもできない。もう少し、待ってみよう。そして、また四日が経過した。彼女は考えた。お父さまは、お母さまの死を悲しんではいらっしゃるけれど、もうわたしのことなどどうでもいいんだわ。すっかり忘れてしまったのよ。わたしはいま、ひとりぼっち。いったい、どうすればいいの？

たしかにこれまではずっと、年にいちどの〈チェイス・パーク〉訪問は苦行そのものだった。あのとてつもなく広い屋敷のイタリア風玄関に足を踏みいれるだけで、心臓が凍りつき、胃が縮みあがったものだ。壁には樹齢五百年かと思われる黒いオーク材の羽目板がめぐらされ、それと同じ時代の物らしき重厚な金の額縁でふちどられた絵画が飾られている。そして周囲を圧倒するようにそびえたつ中央階段には、もっと年代を感じさせる絵画が壁にずらりと掛けられている。あの玄関の巨大なオークの扉をあけ、毎年、邸内に足を踏みいれたその瞬間から、滞在しなければならない残り十四日間を数えてすごしたものだ。そして屋敷の貴族たち、彼らの子どもたち、そして使用人の全員から自分は好かれているというふりをしてすごした。ほんとうはだれもが、彼女など生まれてこなければよかったと思っていたのに。

だが今年に限っては、チェイス伯爵夫人が例の冷たい視線を投げ、全身で侮蔑をあらわし、彼女を縮みあがらせることはなかった。夫人はその一週間まえに亡くなっており、屋敷の窓という窓には黒いカーテンが引かれ、女性は喪服に身を包み、男性は黒い腕章をつけていた。「奥さまはお産をなさるにはご高齢だった」、「こうなることはわかっていたのに」と、召使たちがひそひそと話す声が聞こえた。哀れな奥さまはだんなさまをうらんでいたよ、だって奥さまに睦《むつ》み事を妊娠するまで強要し、妊娠を繰り返させたあげく、こんな結末を招いちまったんだから。召使たちは、なにもかも伯爵のせいだと思いこんでいた。いやがる奥さまに無理強《じ》いした結果が、このざまさ。だいいち、奥さまはちゃんと健康なふたりのお坊ちゃまと、双子のお嬢ちゃまをお産みになったじゃないか。ふたりのお坊ちゃまがボートレースで溺死なさり、女の双子だけが残ったのは、なにも奥さまのせいじゃない。とにかく、だんなさまはいま、新しい奥さまをお迎えになろうと躍起になってる。ぴちぴちした若い奥さまが毎年子どもを産んでくれれば、どれほど事故が起ころうと、伯爵の称号とウィンダム家の広大な土地を継承する息子さえひとり残っていれば、それで満足なのさ。妻と死別しても半年待てば男は再婚できる。そろそろ、だんなさまも動きはじめることだろう……。彼女はそんな噂話を耳にした。そしてこともあろうに、その噂話をあの卑劣なジョリス氏に伝えてしまったのだ。

彼女は眉をひそめた。だからお父さまはわたしを〈チェイス・パーク〉に呼びたくないのかもしれない。次なる伯爵夫人を見つけたあとに、わたしのような私生児と新妻を同居させるのはごめんだと思っているのかもしれない。そうだ、そうに違いない。私生児を呼びよせ、新妻の面前を歩かせるような真似をしたら、新婚生活が台無しになってしまう。それなら、なぜお父さまは手紙でそう知らせてこないのかしら？　彼女は父親にさまざまな顔があることは承知していたが、臆病者と思ったことはなかった。どう考えても、話の辻褄《つじつま》があわない。

雨が降りはじめた。まだ霧雨だが、じき本降りになるだろう。ほどなく、青みがかった灰色の雨が滝のように降りはじめ、ドーバー海峡から吹きつける激しい風にあおられ、勢いよく窓にあたった。

とにかく、お父さまがわたしを見捨てたことに変わりはない。たしかに十八年ものあいだ、お母さまとわたしはずっとお父さまに支えられてきた。それどころかお母さまについていえば、わたしが生まれる二年もまえから援助を受けていた。お母さまは妻も同然だったけれど、正式な妻ではなく、法的にはなんの権利もない愛人にすぎなかった。だから、ほかに頼れるものはなかった。そしてお母さまが亡くなったいま、わたしもまた死んだも同然なのだ。そもそも、お父さまはわたしになんの責任も負ってはいないし、わたしに好意をもっているふりを続ける必要もなくなったのだ。もう十八歳なのだから自分の面倒くらい自分で見ればいいと見切りをつけたのだろう。それならなぜ、わたしに嘘をつく必要があったのだろう？〈チェイス・パーク〉で一緒に暮らそうなどと伝言をよこしたのだろう？わけがわからない。わかっているのは、彼女が天涯孤独の身の上になったという事実だけだ。わたしの知るかぎり、お母さまには身寄りがない。親戚から手紙がきたことはないし、クリスマスにプレゼントが贈られてきたこともない。お母さまの苗字はコクランなのだから、それがでっちあげた苗字でないかぎり、コクラン家の親戚がいるはず。いいえ、やっぱり、兄弟とか姉妹とか、おじさんとかおばさんがいるとは思えない。うちには伯爵がよくきてくださるだけで、それ以外はいつだってお母さまとわたしのふたりきりだったのだから。

雨が窓に小さな滝をつくりはじめた。さあ、どうすればいいのだろう。お母さまの事務弁護士はへらへらと笑いながら、おぞましい提案をしてきた。それというのも、未亡人のふりをしていたお母さまがじつは貴族の愛人で、このささやかな愛の巣に囲われていたこと、この愛の巣が賃貸物件であり、毎月の家賃は伯爵のロンドンの仕事関係の知人から支払われていたこと、その契約が来月の十五日で切れることを知っていたからだ。あの男にあんなふうに扱われ、わたしは自分が汚れた存在に思えた。でもそれ以上に、激しい怒りが込みあげてきた。あの男は、わたしなど母親と同じ穴のむじなだと言った。あの可憐《かれん》で美しいお母さまのいったいどこが悪いって言うの？　だが、彼女にはその答えがわかっていた。そしていつものように、その答えを頭のなかから振り払った。とにかく、わたしはあの男にあれ以上、御託《ごたく》を並べるのを許さなかった。新たに愛の巣をつくろうじゃないか、こんどはわたしが家賃を肩代わりしてあげようなどと侮辱されるのだけはごめんだ。

彼女はそろそろと立ちあがり、夕暮れの湿っぽい冷気に身震いをした。暖炉の火が消えかかっている。寒さが刻一刻と身にしみる。彼女は薪《まき》を慎重に火にくべ、てのひらを温めようと両手で軽く腕を叩きながら狭い室内を歩きはじめた。なにか行動を起こさなくちゃ。でも、なにをすればいいの？　住みこみの家庭教師をする能力もなければ、老婦人の話の聞き役を経験したこともない。ましてや、流行の婦人用帽子をつくる技術もない。これまでは、ただ淑女になるべく育てられてきたんだもの。ひょっとすると、わたしのなかには男性をよろこばせる能力が眠っているのかもしれない。わたしの出自《しゆつじ》など大目に見てくれる男性を見つけて、結婚というゴールに向かって邁進《まいしん》するしかないのかしら。

部屋のなかを行ったりきたりした。つらくて胸が張り裂けそうだ。声をあげて泣きわめきたい。亡くなったお母さま、娘よりも伯爵を深く愛していたはずのお母さま、伯爵の愛人という自分の立場を苦々しく思いながらも、伯爵に心からの愛情を捧げていたお母さまを思い、存分に泣きたい。

ジョリス氏は、わたしのほうが世間のことはよくわかっているからね、とうそぶいた。彼女はいらいらと目をすがめた。わたしだって十歳の頃から《ロンドン・タイムズ》や《ガゼット》をむさぼるように読んできたのよ。世間で起こるさまざまな事柄に目を通し、相も変らぬ人間の愚行や自制心の欠如を笑ってきた。そうよ。わたしには世間というものがわかっている。そう考えているうちに、ふと、自分には才能がひとつだけあるという思いが浮かんだ。でも、そんな才能で食べていくことができるのかしら――これまでは考えたこともなかったけれど。

彼女はふいに立ちどまり、居間の窓に打ちつける激しい雨をぼんやりと眺めた。そうよ、わたしにはひとつだけ才能がある。ちょっと変わった才能だけれど、女にはまずそうした才能などないと世間では考えられている。この才能を活《い》かすことができるかしら？　彼女は夢中になって考えた。そうね、まずバッジャーに相談してみましょう。この才能を活用してお金を稼《かせ》ぐ方法があるのなら、バッジャーが名案を授《さず》けてくれるかもしれない。

狭苦しくはあるものの感じのいい階段を上がり、寝室に向かいながら、母親が亡くなってから初めて、彼女はほほえんでいた。

2

一八一三年三月
ヨークシャー州ダーリントン近郊、〈チェイス・パーク〉

クリタッカー氏は、これからしようとしていることがいやでたまらなかった。だが、ほかに選択肢はない。まったくない。彼の顔面は蒼白で、呼吸は浅かった。彼は片手を上げたものの、この先に待ち受ける悲惨ななりゆきを想像し、動きをとめた。そして勇気を振りしぼり、ついに図書室のドアをノックした。すでに夜中といっていいほどの時刻で、伯爵にとってみれば失礼きわまりない行動であることは承知していた。それでも、自分がしでかしたことをどうしても報告しなければならなかった。いや、正確にいえば、自分がすっかり任務を忘れていたということを。

応答はなかった。クリタッカー氏はさきほどより力をこめ、ふたたびドアをノックした。ようやく、いらだたしそうな声が聞こえた。「わかった、わかった。手の甲に痣《あざ》ができるまえにおはいり」

チェイス伯爵はウィンダム家の図書室における名品、ピンク色の模様がはいったカララ産大理石の暖炉の前に立っていた。室内の壁は高さ二十二フィートはある本棚でおおわれ、一万冊以上の大型本で埋めつくされている。図書室は美しい部屋で、威圧するように薄暗く荘厳な空間が広がっているが、話し声がこだまするほどだだっ広くはない。クリタッカー氏は、大きなガラス窓の手前にあるデスクのほうに目をやった。デスクには一本のろうそくが灯っているが、椅子には人影がない。伯爵は暖炉の前でとくになにをしているふうもなく、ただ暖炉にあたっている。もう夜半に近い時刻だというのに。

「なんの用だ、クリタッカー？　昼間、働かせるだけじゃ足りないっていうのか？　際限なく書類にサインしていたせいで、指のインクをごしごしと洗って落とさなくちゃならなかったんだぞ。勘弁してくれよ、こんどはどんな危機に見舞われたというんだ？」

「閣下」クリタッカー氏は、自分の罪をどう告白すればいいのかわからないまま、口をひらいた。閣下はただ言葉で厳しく叱責なさるだろうか。それとも三月の吹雪のなかに自分を蹴りだすだろうか。「閣下、まことに申しわけありません。わたくし、ミス・コクランの件をすっかり失念しておりました！」

伯爵が呆気にとられた表情を浮かべた。なんの話か見当もつかないのだろう。しばらく間を置いてから、伯爵はおもむろに口をひらいた。「ミス・コクランの件？」

「はい、閣下。ミス・コクランの件です」

「ミス・コクランとはだれだ？」

「妃殿下のことでございます、閣下。わたくし、すっかり失念しておりまして。妃殿下のお母上がお亡くなりになったあと、先代も逝去《せいきょ》なさった。そのうえ閣下のご到着の準備でばたばたしておりまして、うっかりいたしました。ほんとうに申しわけありません」

　第八代チェイス伯爵は、いまは亡きおじの秘書を務めたあと、現在は自分の秘書となった男の顔をまじまじと見た。「妃殿下のことを忘れていただと？　彼女の母上が亡くなった？　いつだ？　おい、いつのことだ？」伯爵はクリタッカー氏に座るよう、手振りで示した。「こっちに座れ。ことの流れをすべて聞かせてもらおう。なにひとつ、はしょるんじゃないぞ」

　伯爵が低い声でのんびりと応じたので、クリタッカー氏は胸を撫でおろした。やれやれ、凍《い》てつく寒空に放りだされずにすみそうだ。「じつは、先代の、その――」

「おじの愛人、だろう？」伯爵がとげとげしい口調で言った。「二十年来の愛人。ああ、その愛人がどうした？」

「はい、その愛人であるコクラン夫人が、馬車の事故でお亡くなりになりまして。先代はミス・コクランに手紙を書くよう、わたしに命じられました。荷物をまとめ、ここ〈チェイス・パーク〉にいらっしゃい、ここで暮らしなさいという旨の手紙を。二週間以内にお迎えにあがりますと、わたしはミス・コクランに手紙でお知らせしました」

「なるほど」と、伯爵。「本来二週間のはずのところが、実際にはきょうでどのくらいたったんだ？」

「二カ月でございます、閣下」

　伯爵はまたもや呆気にとられた表情を浮かべた。「おいおい、十八の娘が二カ月ものあいだ、ひとりぼっちで放っておかれたというのか？」

クリタッカー氏はうなずいた。おのれがあまりにも情けなく、足もとの優雅なオービュソン絨毯に身を沈めてしまいたい。「たしか、使用人が一緒にいるはずでございます」

伯爵はその情報を無視し、ゆっくりと言った。「彼女も彼女だ。なぜ馬車をよこしてくださらないのですかと手紙を送ってくれればいいものを」

クリタッカー氏はいっそう情けない気持ちになり、慌てて説明を始めた。「自分の母親が死亡したとあっては、先代はもう自分のことなどどうでもよくなったのだと勘違いなさったのかもしれません。妃殿下は年にいちど、こちらを訪問なさっていましたが、そのあいだ先代は彼女に愛情をお示しにならなかった。もちろん〈ローズバド・コテージ〉に母上を訪問なさっているあいだは、違う態度をお見せになったのかもしれませんが。いずれにしろ誇り高い彼女のことです、先代になにかを頼むような真似はなさらないでしょう。おわかりでしょう、なにしろ妃殿下ですから」

「さもなければ、手紙がこちらに届いていないか、はたまた届きはしたものの、きみが紛失したかだな、クリタッカー」

クリタッカー氏の耳に、戸外で咆哮《ほうこう》をあげる吹雪の音が届いた。自分が厚手の外套《がいとう》だけを身にまとい、吹きさらしに立っている光景が目に浮かぶ。とにかく、ここは一歩ゆずらなくては。「その可能性はなきにしもあらずですが、閣下、実際のところ、手紙を紛失するというあやまちを犯した覚えはございません」

伯爵があらゆる語彙《ごい》を駆使し、悪態をつきはじめた。クリタッカー氏は伯爵の見事な弁舌に感銘を受けたが、さすがにお世辞を言い、いっそう機嫌をそこねるような真似はしなかった。伯爵は陸軍で少佐として軍務にあたっていたが、第八代チェイス伯爵として爵位を継承すべく、一カ月半前にこの地に戻ってきたばかりだった。

とうとう悪態の種も尽きたというように、伯爵が尋ねた。「で、どうしてまたいまごろになって、妃殿下のことをひょいと思いだしたんだ？」

クリタッカー氏は喉もとのスカーフを引っ張った。地味なスカーフは、引っ張っただけでするりとほどけた。「じつは、思いだしたのはスピアーズ氏でして」

「スピアーズ」と、伯爵が繰り返し、ほほえんだ。「おじの従者だな。いや、いまはぼくの従者だが。スピアーズが妃殿下のことを思いださせてくれただと？」

「スピアーズ氏は、妃殿下を幼い頃からかわいがっておりまして。氏の言葉を借りますと、なにかが〝記憶の裂け目からこぼれ落ちている〟という気がして考えているうちに、はたと思いあたったとか。スピアーズ氏は、妃殿下が閣下のご指示でロンドンにお住まいになっていると思いこんでいたそうです。もちろん、妃殿下はロンドンになぞお住まいではありませんでしたが、そんなことは知るよしもなく」

「わかった」そう言うと、伯爵はじっと考えこんだ。クリタッカー氏は身じろぎもしなかった。子どもの頃からの癖で耳を引っ張りたくて仕方なかったが、全神経を集中させ、なんとか直立不動を保った。

とうとう伯爵が口をひらいた。「サセックスまで小旅行をしなければならんようだ。明朝出発し、ミス・コクランを連れてこよう」

「ありがとうございます、閣下」

「おい、クリタッカー。スカーフがだらりと垂れさがってるぞ。ああ、それから」と、伯爵が声を低めた。「ミス・コクランの身になにかあったら、きみは新しい務め先をさがすことになる」

伯爵は暖炉で白く輝く残り火を見つめたかと思うと、ブーツのつま先で燃えさしを蹴飛ばした。

忘れていただと！　まったく、よくもぬけぬけと言えたものだ。妃殿下が二カ月ものあいだひとりぼっちで、だれからも守られていなかったと思うとぞっとする。だが、このおれだって彼女の身を案じてやらなかった。この屋敷で彼女のことを心配したのは、スピアーズだけだった。マーカスはもう五年ほど、彼女に会っていなかった。ふたりのいとこがボートレースの最中に溺死した、あの遠い夏が最後だった。おれが予想したとおり、彼女は美しく成長しているだろうか。

いや、そんなことはどうでもいい。いとことはいえ、彼女は私生児なのだから。だが亡きおじのためにも、彼女の面倒は見てやらねば。さて、いったい彼女をどうしよう？　ああ、それが問題だ。

翌日の午後、〈チェイス・パーク〉の居心地のいい〈緑の立方体の部屋〉での話題の主《ぬし》はもっぱら妃殿下だった。

「妃殿下ねえ」と、グウィネスが双子のほうを見ながら言った。自分の発音に自信満々のグウィネスは、いつものように一言一言を明確に発した。「あれほどきれいな娘は見たことがなかったわ」

「美人であろうがなかろうが、おばさまはそんなにたくさんの女の子をご存じないでしょ?」と、人気作家ラドクリフ夫人のロマンス小説から視線を上げ、アントニアが言った。「ヨークより先へはお出かけにもならないんだから。とにかく、妃殿下が元気でいるといいけれど。すっかり忘れられるなんて、ひどい話。傷ついているでしょうね」

「マーカスがきっと面倒を見てくれるわ」と、ファニーが言った。「マーカスにはできないことなんてないもの。だからね、放っておかれたことについても、慰《なぐさ》めてくれるはず。ああ、あたしも一緒にお迎えにいきたかったな。あたしがいれば、マーカスだって気分が明るくなったのに」

「マーカスにのぼせあがるのも、いいかげんになさい」と、グウィネスが叱り、ファニーのほうを見た。グウィネスは、新米伯爵へと思いを馳《は》せた。故リード・ウィンダムのひとり息子であるマーカスが、いまやチェイス伯爵になったのだ。これまでイベリア戦争に出征していた若者が! いまわしきフランス軍にいつ無残に殺されてもおかしくなかったし、ここ三年ほどマーカスがときおりよこした手紙で触れていたゲリラ兵たちの手で殺される可能性だってあった。それでも、あの子は生き延びた。主よ、感謝いたします。とはいえ、天上でジェイムズが感謝しているとは思えない。ジェイムズの赤ん坊は次々と命を落としたうえ、ひとり残らず男児だったのだから。伯爵夫人がウィンダム家の墓に厳粛に埋葬された翌日、弟さんは再婚なさるのかしらと図々しくも尋ねてくる相手がいたら、こう断言したかもしれない。当然、最初に考慮すべきことは、その娘が妊娠に向いているかどうかだわ、と。ところが意外なことに、縁談があったにもかかわらず、弟は再婚しなかった。そして、亡くなってしまった。

マーカスは、双子のいとこと、おばであるわたしのことを、ずっと気にかけてくれるだろう。それどころか、意外なことに、マーカスはとても思いやりのある若者だ。わたしの経験から言わせてもらえれば、たいていの殿方はヒキガエルほどの繊細さしかもちあわせていない。それにマーカスはとてもハンサムだ。おじのジェイムズによく似ている。こげ茶色の豊かな髪、びっしりとまつげがはえた青い瞳。そしてなにより、いかれたロバのように頑強な顎。まあ、それはジェイムズの顎にあてはまる言葉かしら。マーカスにはどんな言葉があてはまるかしら？　そういえばジェイムズは、マーカスのことを〝わんぱく小僧〟と呼んではかすかにほほえんでいた。グウィネスはため息をついた。マーカスがどこまで善良で、どこまで怒りっぽいのかは、まだ時間をかけて見きわめなくてはならない。あの子はジェイムズより背が高いし、あのスピアーズよりも長身だ。ジェイムズの従者を務めていたスピアーズは、今後はマーカスの従者になることにじつに淡々と同意した。そしてあきらかに、新米伯爵の身だしなみに改善をほどこそうとしている。サンプスンの話によると、スピアーズはさかんにこぼしていたようだから。こんどのご主人さまは多彩なる才能と気骨の持ち主とお見受けするが、さしあたり最新の衣服を揃えなければ話にならない、と。

マーカスが〈チェイス・パーク〉にきてから、まだたったの一カ月。母親である未亡人のパトリシアはクランフォード邸から動きたくないと言い張り、ロウワー・スローターに残っている。そしてマーカスはいまや押しも押されもせぬウィンダム家の当主になったというのに、〝チェイス〟と呼ばれても返事をしないことがある。〝マーカス・ウィンダム〟と呼ばれることにまだ慣れているのだろう。なにしろ次男坊のひとり息子で、陸軍での生活をのぞけば、とくに有望な将来がひらけていたわけではなかったのだから。人生なんてわからないものね、とグウィネスは考えた。ひとつの皿に予期せぬ料理がぐしゃぐしゃに盛られることがある。

「マーカスにのぼせてなんかないもん」と、ファニーがお粗末な刺繍《ししゅう》をほどこしながら言った。その陳腐《ちんぷ》な決まり文句を、これから何度も聞かせられるはめになるだろう。「ただ、マーカスって素敵ねって言ってるだけ。すっごくやさしいのよ、おばさま。それは認めるでしょ？　でもパパはよく、マーカスは正当な血筋じゃないっておっしゃってたけど、それって、どういう意味？」

「マーカスは正当な血筋です、ファニー」と、グウィネスがぴしゃりと言った。「ただ、あなたのパパの血が直接、流れてはいないというだけよ」

「妃殿下がお元気だといいけど」と、小説に没頭していることを隠すように、アントニアが言った。エドワード博士の『日々の説教集』という大型本を盾にして、ラドクリフ夫人の小説が見えないよう工夫している。「二カ月もひとりぼっちだったなんて。彼女、オランダには帰らないの、グウィネスおばさま?」

アントニアとは一卵性の双子で、右手の親指の爪が割れているところまでそっくりなファニーが、刺繍の布を下ろし、口をひらいた。「パパが生きてらしたら、ロンドンの社交界でデビューさせてあげたでしょうに。そこでだんなさまが見つかったら、持参金だって用意してくれたでしょうに。彼女、イタリアに帰国しないのかしら、グウィネスおばさま? それともオランダの出身だったっけ、アントニア?」

グウィネスは首を横に振り、淡々と応じたが、その声には怒りと悲しみが深くにじんでいた。「あなたのパパは、不幸なことに乗用馬の選択をあやまった。あの獣《けだもの》が、ジェイムズを殺した」

「あの馬は、八年ものあいだ、パパのたった一頭の乗用馬だったのよ、おばさま」と、ファニーが下唇を震わせながら続けた。「パパはあの馬が大好きだった。いちど、急に雨が降りはじめたことがあったんだけど、パパはアントニアやあたしの世話をするまえに、馬の世話をしにいったんだから」

ジェイムズならそんな真似をしかねない、とグウィネスは思った。ジェイムズはあの馬に乗り、暇さえあれば狩にでかけていた。そして、スピアーズでさえ眉をひそめるような危険を冒していた。それでもトラブルが起こったことはなかったし、弟は落馬さえしなかった。一カ月半前までは。ジェイムズは、背後で馬を走らせていた旧友に軽口を叩こうと鞍にまたがったまま振り向き、オークの木の低いところにある枝に頭を強打したのだ。敵討《かたきう》ちのため、当然、その大枝は切りとられたが、ジェイムズは馬から放りだされ、即死した。

ジェイムズの命を奪った事故の三週間後、所属する陸軍大隊の一員としてイベリア半島に駐屯《ちゅうとん》していた二十三歳のマーカスは、自分がチェイス伯爵となったことを知らされた。第八代チェイス伯爵に。グウィネスは、ぼんやりと考えた。マーカスはまだおじの靴を履《は》いて歩いているような気分を味わっていることだろう。派手な装飾がほどこされた大階段をのしのしと歩くときも、高価なトルコ絨毯の上を滑るように歩くときも、自分が侵入者のような気がしてならないはずだ。

「マーカスも、妃殿下を社交界にデビューさせてあげたり、婚約が決まったら持参金をあげたりするのかなあ」と言いながら、ファニーが立ちあがり、スカートの裾《すそ》をなおすと、精巧な細工がほどこされた銀のトレーのところまで歩いていき、スコーンをひとつ手にとった。

アントニアが鼻を鳴らした。「彼女は持参金なんかいらないわ。殿方に自分をいちど見てもらえばそれで充分よ。殿方はみんなひと目惚れして、ひざまずいて求婚するもの。このラドクリフ夫人の小説にでてくるヒロインはね、すっごい美人で、やさしくて、性格もいいんだけど、教会のネズミみたいに貧乏なの。それでも、彼女が通りすぎるだけで胸に手をあてる殿方が三人もいるのよ」

まったく、いつまで乙女の空想に浸《ひた》っている気かしら。グウィネスは呆れた。胸に手をあてる殿方がいるとすれば、それは永遠の愛に胸を高鳴らせているからじゃなく、しこたまブランデーを飲んで二日酔いになったからよ。「ファニー、スコーンはひとつだけにしておきなさい。それに食べている最中はお喋りしないこと。このまえマギーが言ってたわよ、あなたのドレス、ウェストのあたりがぴちぴちになってきてるって。あなたもアントニアも、身体が赤ちゃんのために脂肪を蓄《たくわ》える年齢になってきたの。それを全部身につけちゃだめ。それからアントニア、あなたが読んでいるエドワード博士の説教集に、紳士がうら若き淑女に色目を使う話がでてくるとは思えないわ。ほんとうは、ラドクリフ夫人のロマンス小説を読んでるでしょ？　お母さまが生きていらしたら、その手の本には眉をひそめるでしょうね」

アントニアの下唇が震えはじめた。グウィネスはため息をついた。「わかったわ。じゃあ、ファニーとわたしに、少し音読してくれない？」

一八一三年六月
ケント州スマーデン、〈ピップウェル・コテージ〉

マーカスは骨太の鹿毛《かげ》の種馬スタンリーを、〝ピップウェル・コテージ〟と地元の住民から呼ばれている家の正面にとめた。馬から下り、鉄のつなぎ鎖のついた支柱に手綱をゆわえる。彼は骨の随まで疲れきっていた。そして、これほど遅くなったことに猛然と腹をたてていた。それでも、とうとう妃殿下を見つけだしたという安堵感に包まれ、地面にひれ伏し、大地にキスをしたい気分だった。そしてこれほどみんなを、とくに自分を心配させた彼女を絞め殺してやりたかった。

三カ月ほどまえには、彼女をさがしてウィンチェルシーの〈ローズバド・コテージ〉にまで足を運んだが、たどりついてみると、家はもぬけの殻だった。だいぶまえに引っ越したきりで、だれも行方を知らないという。だが少なくとも使用人をひとり――男を――連れていったというが、それも妙な話だった。十八歳の娘がひとりぼっちで旅をし、暮らしていようとは。そして使用人だか老いぼれだか知らないが、男を連れていようとは。

その後、彼女の行方をさがしあてるのに三カ月もかかった。行方は杳《よう》として知れず、これでは三年かかるのではないかとマーカスはくじけそうになった。ところがスピアーズがみずから協力を願いでてくれた。どういう手を使ったのかわからないが、スピアーズはウィンチェルシーにでかけていき、なにやら手がかりを得たらしい。もちろん、あの町にはマーカス自身も足を運び、住民のひとり残らずに話を聞いてまわり、賄賂《わいろ》を渡し、脅迫まがいの真似までしたにもかかわらず、なんの収穫も得られなかったというのに。それからスピアーズはロンドンに出向いた。どちらの町にも、スピアーズは二日しか滞在しなかった。そして〈チエイス・パーク〉に戻ると、マーカスに腰をかがめ、一枚の紙を渡したのだ。〝ケント州スマーデン、〈ピップウェル・コテージ〉〟とだけ記された紙を。

彼女は半年近く、ずっとひとりぼっちだったのだ。そばにいる男の使用人を除けば。落ち着け、とマーカスは自分に言い聞かせた。とうとう見つけたのだ。とりあえず、〈ピップウェル・コテージ〉はごみごみした下町にはない。初夏という羽飾りをまとい、とても爽《さわ》やかに見えた。庭にはオークの木が十本以上あり、青々としたカエデ、カラマツ、リンデンもある。玄関へと続く小道には低いイチイの木が並び、きちんと刈りこまれている。花崗《かこう》岩《がん》が張られた小道はなめらかで、足の下でゆるぎなく感じられる。イチイの奥には無数の植物があり、左右対称の花壇に植えられている。彼にはバラとダリアしか見分けがつかなかったが、ほかにも大輪の花が鮮やかな色彩を放っている。コテージの壁は白く、窓台に置かれた植木箱も白く塗られており、赤い縁取りがついている。ささやかではあるが、じつに気持ちのいい空間。すがすがしく豊潤だ。

だがいったいどうやって、ここの家賃を払っているのだろう？　母親と同様、彼女も男に囲われているのではないかという思いがまた頭をもたげ、彼はかぶりを振った。いや、まさか、妃殿下に限って。あれほど誇り高い娘だ、ありえない。

玄関へと歩を進めると、左右対称に置かれた窓の植木箱ではバラやアジサイやサクラソウの花が色とりどりの花を咲かせているのがわかった。黒い瞳に似た紫色の花も見える。どうか、妃殿下が健康できちんと食べていますように。

彼はノックをし、妃殿下の無事を祈った。

バッジャーがドアをあけ、目の前の若い紳士を見やった。

マーカスは混乱して目をぱちくりし、おもむろに言った。「この家に暮らしているのはきみかい？　きみがここの家主？　妃殿下――ミス・コクランは引っ越したのかい？」

「はい、わたしはここに暮らしておりますが」そう言ったものの、バッジャーは戸口から身動きもしなかった。

　マーカスが悪態をつき、バッジャーからわずかな関心を獲得するのに成功した。

「イベリア半島に出征なさっておいででしたね、サー？」と、バッジャーが尋ねた。

「ああ。だが退役せざるをえなくなり、いまは伯爵とやらになったよ」

「どちらの伯爵とやらになられたのか、うかがえますか？」

「チェイスだ。チェイス伯爵」

「そういうことでしたら」と、バッジャーが低い声で言い、一戦交えるべく身構えをした。

「ご案内できません。どうぞ、お帰りください。ぐずぐずなさらないほうが身のためです」

バッジャーがいっそう胸を張って戸口に立ち、マーカスはその大きな手がこぶしになるのを見てとった。

　さすがのマーカスにも、目の前の男がこちらの喉もとめがけて狙いを定めているのがわかった。だが、その理由がわからない。「ほんとうだ、ぼくが新しいチェイス伯爵なんだよ。つまりさ、七代じゃなく、八代めのチェイスなんだ。ミス・コクランがまだここにお住まいだといいんだが。とにかく、彼女に会いにきたんだ。彼女はお父上が逝去《せいきょ》なさったあと、すっかり忘れられていたんだが、クリタッカー氏がひょいと彼女のことを思いだしてね。それで、こっちは慌ててウィンチェルシーに向かったんだが、もう彼女は発《た》ったあとだった。それから三カ月かけてようやくここをさがしあてたんだよ」

バッジャーがマーカスのことを上から下までじろじろとを見た。「ひょっとして、マーカス・ウィンダムさまで？」

「ああ、そうだ」

「伯爵が〝わんぱく小僧〟と呼んでおいでだった、あの甥御さんで？」

マーカスはにやりとした。「おじは、ずけずけものを言う人だったからな。間違いない、ぼくがそのわんぱく小僧だ」

「ということは、妃殿下のお父上はお亡くなりになられた？」

「ああ、半年ほどまえにね。落馬し、即死だった。彼女はまだここにいるんだな？　きみは彼女の召使か？」

「それで、だれも迎えにきてくださらなかったんですか。さすがに、そんなことが起こっていようとは、妃殿下もわたしも夢にも思っておりませんでした。事故だったんですね？」マーカスがうなずくと、バッジャーが説明を始めた。「妃殿下は〈チェイス・パーク〉からお戻りになると、よくあなたさまの話をしていらっしゃいました。自分に妃殿下というあだ名をつけた張本人で、わんぱく小僧と呼ばれていることも。妃殿下はあまりあなたのことがお好きではないとお見受けしましたが」

マーカスは声をあげて笑った。「どう思われようと、かまうものか。とにかく、彼女が元気かどうか教えてくれ」

「はい、お元気でいらっしゃいます」

「ちゃんと食べてるかい？」

「はい、ちゃんと」

「それにしても、どうやってここの家賃を捻出《ねんしゅつ》している？」

「それは」と、突然、バッジャーが主教のように厳格な声をだした。「ミス・コクランに直接、うかがってください。では、こちらからもうかがいましょう。どうして、わざわざここまでいらしたんです？」

「なかにいれてくれないか？　直接、彼女から話を聞けと、さっきそう言ったじゃないか。だいいち、そっちこそ何者だ？」

「バッジャーと申します。先代の奥さまにずっとお仕えし、現在は妃殿下のお世話をさせていただいております。料理人も兼ねておりまして」

「まさか」と、マーカスが応じた。「きみが料理を？」

巨漢の醜男《ぶおとこ》はうなずくと、ようやく身体を脇にどけ、マーカスを室内にいれた。マーカスはのしのしと狭い玄関にはいった。すぐ目の前に階段があり、二階へと続いている。左手から肉を焼く濃厚でこうばしい香りが漂ってきた。腹が鳴り、口のなかにじわりと唾が広がると、女性の楽しげな鼻歌が聞こえてきた。

「ここでお待ちください、サー」そう言うと、バッジャーがあとも振り返らずに歩いていった。そして右手のドアをあけると、すぐにドアを閉め、姿を消した。ふいに鼻歌が途切れた。

マーカスは乗馬用の鞭《むち》で腿を軽く叩いた。腹が減り、疲れていた。冗談じゃない。これ以上、この狭い玄関でメイド兼コックの男に待ちぼうけを食わされてたまるものか。それにしてもあの男、イートン校の卒業生みたいな話し方をするな。

まあいい。とにかく、彼女は元気だった。それに、ひとりぼっちではなかった。だが、家賃はだれが払っている？　食費は？　使用人への給金は？

ようやくドアがひらき、バッジャーが姿を見せた。「おはいりください、サー。ミス・コクランがお目にかかるそうです」

どこぞの女王さまかよ。マーカスは心のなかで毒づいた。案内された部屋は狭かったが、とても居心地がよかった。生活感はあるものの人を歓迎する雰囲気があり、心からくつろげる。水色の紋織りの長椅子の横にはロンドンの新聞が積み重なっている。彼女に気づくまえに新聞が目にはいるとは妙な話だが、それほど大量の新聞が積みあがっていたのだ。

五年ぶりか。

これほどの美女を、彼はこれまで目にしたことがなかった。十三歳の頃、美人になると想像した姿より遥かに美しい。派手な服装はしていないから、華美な装《よそお》いのせいではない。地味な灰色の無地のモスリンのドレスは、顎のあたりまで襟が詰まり、だんだん先が細くなる袖は手首のあたりでボタンがきちんととめられている。黒髪は太い三つ編みにゆわえられ、頭の上でまとめられている。宝飾品は身につけていない。頰にはインクのしみがついている。彼女は指先ひとつ動かさずに立ち、ただじっとこちらを見つめている。そういえば、彼女はいつもこんな静けさを漂わせていた。少女には似つかわしくない、超然とした雰囲気を。

こんなに美しくなるなんて、ありえない。マーカスは口をひらいた。「ずいぶんたくさん新聞があるな。これでなにをしている?」

「ご無沙汰《ぶさた》しております、マーカス」

「ああ、妃殿下。久しぶりだな」

彼女がうなずいた。「バッジャーから聞きましたわ。父が急死したせいで、どなたもお見えになれなかったとか。でも、妙な話ですわね。生きていようが死んでいようが、わたしなど父から忘れられた存在なのに」

「きみのことをすっかり忘れていたと三カ月まえに告白したとき、クリタッカーのやつ、窒息しそうになっていたよ。こんなことになり、すまなかった。それで遅ればせながら、きみに〈チェイス・パーク〉に戻ってもらおうと迎えにきたというわけさ」

彼女は顔をしかめたまま、あいかわらず微動だにしなかった。握手のために手を差しだそうともしなければ、頬にキスをしようともしない。こちらと六フィートは距離を置き、眉間にいっそう皺《しわ》を寄せている。

そのとき、合点がいった。おれは彼女に大きなショックを与えたのだ。最初は母親、こんどは父親が不慮の死を遂げたのだから。それも、ほんの数週のあいだに。

「お父上のことは、お悔やみ申しあげる。お父上のことは、ぼくも大好きだった。即死だったそうだから、苦しむことはなかったはずだ」

「ありがとうございます。母が亡くなったあと、父はもうわたしのことなどお忘れになっていたのだと思っていました」

「だが、お父上はきみに〈チェイス・パーク〉に戻ってきてほしいと思っていた。まさか、自分に悲運が待ち受けていようとは思いもよらなかったことだろう」

バッジャーが戸口に姿を見せた。「子鴨がいい具合に焼きあがりました、妃殿下。付け合わせは、ポテトと新鮮なインゲン。ポテトには新鮮なパセリも散らしましたよ。お好きなリンゴのタルトもつくりました。そろそろ夕食になさいますか？　閣下にも同席していただきましょうか」

心ここにあらずといったようすで、彼女がうなずいた。

「空腹でいらっしゃいますか、サー？」

「ああ。きょうは朝からずっと厳しい道のりだった。だれか、ぼくの種馬の世話をしてくれるかな？」

「自分の馬は自分で世話をなさらないと」と、妃殿下が言った。「バッジャーにはそんな暇、ありませんから」

「わかったよ」マーカスは背を向け、狭い居間からでていった。

バッジャーが背後から声をかけた。「家の裏手に小屋があります。そこに馬をつなぐといいでしょう」

マーカスはそれ以上、なにも言わなかった。スタンリーの世話ぐらい苦もなくこなせる。だが、慣れることができず、また受けいれがたいのは、妃殿下が紳士のように上品な言葉づかいをする男と一緒に暮らしているという事実だった。おまけにその男はシェフでもあり、鴨のローストにポテトとパセリを添えるだけの腕があるという事実だった。たしかにバッジャーはふしくれだったオークの木のような醜男だし、彼女の父親といってもおかしくない初老の男だが、それでも、こんなことは正しくない。いったい、どうなってるんだ？

彼女は餓死寸前には見えなかった。到着したとき、鼻歌が聞こえたし、左の頬にはインクのしみをつけていた。そしてこのうえなく美しく、おれはいつまでもあそこに立ったまま、彼女に見とれていたかった。夕食の支度ができましたと、バッジャーが邪魔するまでは。おれの知るかぎり、おじの遺書に彼女に関する条項はない。だから、この四カ月、おれは不安で仕方なかった。彼女は無一文のはずだからだ。

なのに、いったい、どうなってるんだ？

3

マーカスは皿を押しやり、満足そうに息をつくと、たいらな腹の上で手を組んだ。妃殿下は少しまえに食事をすませており、ただじっと座っている。そのようすは平静そのもので、彼の存在に動揺している気配はみじんもない。まるで夜、男と同席するのが日常のことのようじゃないか。彼女はただ待っていた。彼が食事を終え、口をひらくのを。それは九歳の頃、初めて彼に会ったときから、彼女が変わらずとりつづけてきた態度だった。彼女はワイングラスをゆっくりと指のあいだで回転させた。上等のグラスだ。それも相当値の張るクリスタル。高価なグラスセットのひとつに違いない。いったいだれが買ってやった？　彼女と夕食をともにする野郎だろうか？

彼はくだけた口調で深い謝意を述べた。「バッジャーはじつに才能豊かなシェフだ。パセリの食感が見事だったよ。ポテトの単調な味のアクセントになっているし、鴨のうまみを引きだしている」

「ええ、芸術的な腕前ですわ。バッジャーはほんとうに才能豊かですから」

「というと？」

彼女はただ肩をすくめた。動揺を隠したのだろう。こちらの鋭い質問には無作法だからととりあわないつもりだな。まあ、たしかに無作法ではあったが。

「きみはいたって元気そうだ。みんな、それはそれは心配していたよ」

わたしの存在をようやく思いだしてから心配してくださったわけね、と内心、彼女は考えた。だが、こう言うにとどめた。「ありがとう。あなたも、すっかりおとなになられて。うちの父――いえ、伯爵が亡くなるまでは、気楽に暮らしていたんでしょうね」

「それが、そうでもなくてね。陸軍で少佐を務めていたんだよ。おじが亡くなり、退役を余儀なくされるまではね。ぼくはおじの爵位など欲しくはなかったが、おじは信じてくれなかった。だがぼくは、自分がおじの名ばかりの跡継ぎだということなど、ほんとうにどうでもよかったんだ。ほかのみんなと同じように、おばがお産で亡くなったあとは、おじが再婚するものとばかり思っていた。そして男の子をもうける努力を延々と続けるんだろうと」

「妙ね。どうして再婚しなかったのかしら」

「おばが亡くなってから七カ月後に、おじは急死した。妻の死から一年もたたないうちに再婚したら――おじとしては八、九カ月後には結婚したいところだったろうが――世間から非難されるからね。おじは世間体《てい》を気にするほうだった」

「おばさまが亡くなったあと、父はよく母のところにきていたわ。というより、ほとんどの時間を母と一緒にすごしていた。チャーリーとマークが亡くなったあとは、ずいぶんようすが変わったけれど、亡くなるまえの数カ月はとても幸せそうだった」

そう聞いても、マーカスはたいして驚かなかった。なんといっても、おじは好色な男だった。気ままにとぎれることなく愛人に金を払っていた。だが、さすがにおじの私生児の前で口にはできなかった。マーカスはうなずいたあと、ふと尋ねた。「きみは、母親似なのかな？」

「ええ。でも、目と黒髪は父ゆずり。母は見事な金髪でしたから」彼女は間を置き、やわらかな口調で言った。「あなたが考えていること、よくわかるわ。ひとりの男が二十年間、同じ愛人とすごすだなんて、信じられない話だと思ってるんでしょう？　でも母はいつだって美しく、いつだって魅力的で、ずっとここでただ父を待っていた。口やかましく言うこともなかったし、要求したこともなかった。母は父を愛していたんです」

「なるほど、よくわかった」と、彼は静かに言った。「すまなかった、妃殿下」

「リンゴのタルトをお持ちしました」と、バッジャーが狭い部屋に音もなくはいってきた。こちらの会話を聞いていて、部屋にはいる瞬間を狙っていたのかもしれない。もしそうなら、悪くないタイミングだ。

「ありがとう、バッジャー。おいしそう」彼女がバッジャーにほほえみかけてから、マーカスに言った。「バッジャーのリンゴのタルトを口にしたら、財産をすべて投げうってもいいと思うんじゃないかしら」

マーカスは笑みを浮かべ、フォークで一口、切りわけた。彼は目を閉じた。「侮辱の言葉を吐こうとは思うんだが、舌が拒否している」彼がにっこりと笑うと、妃殿下がうなずいた。

のになるのに」

「あなたが伯爵の称号など、どうでもいいと考えていたとは思えないわ。全財産が自分のものになるのに」

マーカスは肩をすくめた。「ほんとうに、どうでもよかったんだ。自分の人生に満足していたからね。退役したくはなかった。だが、ただの次男坊の子どもにすぎなかったぼくが、急に必要とされた。それで、変化を起こせるかもと考えたんだ。ぼくの判断で、せめて少しは状況を変えられるんじゃないかとね。少なくとも、ぼくは何人かの命を救ってきたし、人命を無駄にもしてこなかった」

「従軍中は、ずっとイベリア半島に？」

彼はうなずいた。「入隊したのは一八〇八年の八月だ。チャーリーとマークが溺死した直後だよ。スペイン軍がスペインにおけるイギリス軍への協力を拒んだので、われわれはポルトガルに遠征した。コインブラ近郊のフィゲイラ・ダ・フォスに。指揮官はウェリントンだった」彼は間を置き、少し恥ずかしそうな顔をした。「退屈な話だろうね」

「どうぞ、続けて」それだけ、彼女が言った。

信じられないといった目で、マーカスは彼女を見た。軍隊での経験に関心をもってくれた女性など、母親も含め、これまでひとりもお目にかかったことがなかったからだ。彼は身を乗りだし、ゆっくりと言った。「ナポレオンはスペインを征服したあと、タラベラとエルバスを経由し、リスボンをめざした」

突然、妃殿下が口をひらいた。「ナポレオンはこう言ったんでしょう？『半島からイギリス兵どもをひとり残らず追っ払ってやる。わたしの願いの成就《じょうじゅ》を長く邪魔するものなど、この世にない』と」

「そんなことを言ったかもな」と、マーカスは呆気にとられた。

「どうぞ、続けて」

彼は慌てた。そして、話の続きを思いだした。「ジョン・ムーア卿の指揮のもと、真冬にガリシア山塊越えを決行せざるをえなかったものの、わが軍はなんとかフランス軍の先を行くことができた。だが食糧は底をつき、馬たちは――」彼はかぶりを振り、彼女の顔を見つめた。目の前にあのいまわしい光景が浮かぶ。彼が友と呼ぶ兵士たちの顔。助けることができないまま、その多くが戦場で命を落とした。「いや、今夜はこのあたりにしておこう」

「リュッツェンやバウツェンでプロイセン軍に勝利をおさめたあと、ナポレオンが休戦を申しでたことについては、どう思われて？」

マーカスは肩をすくめた。「どのくらい続くのか、見守るしかない。ぼくの知人は、夏には終わるんじゃないかと言っている」

「ウェリントン公は、全将軍にナポレオンとの直接対決を避けてほしいと望んでいるから、しょっちゅう高官と衝突してるっていう話はほんとうなのかしら」

彼は心底、驚いた。その事実を知っている人間はごくわずかしかいない。「どうしてそんなことを知ってるんだ？」

「新聞記事で読んだの」と、彼女が淡々と言った。マーカスは、自分が彼女を侮辱したことに気がついた。ついに淑女のように、つまり美しいかたちの耳のあいだにはほとんど脳みそなどないかのように接してしまったのだ。

「ああ、そのとおりだ。ウェリントンは、戦場におけるナポレオンの存在が、四万の兵力に等しいと考えた。四万の男じゃない、兵士だ」

彼女は身を乗りだし、テーブルに肘をついた。ろうそくの灯りがやわらかく、室内は静かで、彼女のリンゴのタルトが皿に手付かずのまま載っている。「おもしろいわ。その話は聞いたことがなかった。それにしても、ナポレオンを打倒したのはロシアの冬ではなく、ロシア人そのものだっていう説はほんとうかしら」

「ああ。だが、もちろん異論はある。言わずもがなだが、ナポレンを史上最高の指揮官とみなす人間は、敗北はロシアの厳冬のせいだと言っている。なかにはロシア軍がナポレオンの勝利から学び、戦術を真似たから勝てたんだと言う連中もいる。敵の得意の手で逆に負かしたのだと」

「でも、ナポレオンの兵站《へいたん》線が壊滅状態になったのも忘れてはならないわ。西欧からモスクワまでの距離を想像してみて！　どんなに大量の食糧や衣類や備品が必要になったことか」

「ああ、そのとおりだ」と、マーカスは唖然《あぜん》として応じた。なんなんだ？　陸軍か海軍の男に囲われているのか？　だからこれほど情報に通じているのか？　彼はふいに話題を変えた。

「出発するのに、どのくらい時間がかかる？」

「出発？　なんのこと？」

「そりゃ、ぼくと一緒に〈チェイス・パーク〉に出発するのにだよ。当然だろう」

「どこが当然なのかしら」そう言うと、驚いたことに、彼女はこぶしを握りしめた。おいおい、殴りかかろうっていうのか？　いや、おれは幻覚を見ているんだ。妃殿下が暴力などふるうものか。彼女の高貴なる父親を冒瀆《ぼうとく》するようなことを、おれはなにか口走ったかな？　これほど抜けるように白く優雅な手が、まさかこぶしを握ろうとは。

「本来なら、きみは半年まえから〈チェイス・パーク〉で暮らしているべきだった。遅くなってすまない。釈明の余地はないが、ここ数カ月、ぼくは躍起になってきみをさがしていたんだぞ。そしていま、ようやくさがしあて、きみに住まいを提供している。ちゃんとした付き添いもつけよう。ロンドンの社交界にデビューしたいのなら、行ってもらってかまわない。きみにはいい持参金がついているようだからな。その外見、それに軍事関係への関心があれば、大勢の男どもから求婚されるだろう。とくに故郷を離れているさびしい士官たちはいちころさ」

彼女はただじっとこちらを見つめている。彼女の両手がふたたび白いテーブルクロスの上に広がった。指にもインクのしみがついている。「結婚がきみの望みなら、そうすればいい。淑女にほかの望みなどないだろう？」

「お断わりするわ」と、彼女が淡々と言った。「結婚は望んでいません。いまはここが、わたしの家なの。ご親切にさがしてくださったことには感謝するけれど、あれからいろいろ経験し、わたし、自分でやっていけることに気づいたんです。社交界デビューも持参金も必要ありません。夫も不要。結婚のほかにも淑女が望むことはあるのよ」

「だが、どうやって自活してきた？　お母上の死後、どこぞの士官と出会ったとか？　そいつがきみに――」マーカスは肩をすくめ、口を閉じたが、彼の意図するところは明確だったし、それははっきりと彼女に伝わったはずだ。

　彼女はじつに冷たい笑みを浮かべた。はてしない秘密と相当の怒りを帯びた笑み。それでも例のごとく、彼女の冷淡な口調からは怒りのかけらも感じられなかった。「それは、あなたの知ったことではないわ。あなたの推理は興味深いけれど、軍隊に関する知識や、ロシアでのナポレオンの敗北といった軍事への関心は、わたしの脳から湧《わ》きでたものじゃない。それなら、この感じのいい家にわたしを囲っている軍人から仕入れた知識に違いないと想像するのは当然ね。ちょうど、あなたのおじさまがうちの母を〈ローズバド・コテージ〉に囲っていたように」

　彼は身を乗りだし、テーブルをこぶしで叩いた。「いいかげんにしろ、妃殿下。そんなつもりで言ったんじゃない。ぼくがいとこだってこと、忘れたのか？　ウィンダム家とやらの当主になったぼくには、きみにたいする責任があるんだよ」

「たしかに、あなたはいとこだわ、それは事実。でも、わたしは私生児にすぎない。べつに、あなたに責任をもっていただく必要はないの、マーカス。なにひとつ。たしかに、父にはわたしにたいする責任があったけれど、父は自分のことを不死身だと思っていたんでしょうね。男の人なんてそんなもの。だから、父は遺書にわたしに関する条項をつけくわえなかった。

でも、もういいの。自立するのがこれほど楽しいとは、知らなかったわ」

「きみは十八だ。そして上流のお嬢さんだ。自立などできるものか」

「じきに十九よ。そして、わたしが自立していること、わたしが私生児であることは事実です。どうぞ、安物のケーキに派手な飾りをつけないで。似合いませんから」

マーカスは怒りといらだちを同時に感じた。おれは騎士道精神を発揮して、わざわざここまできたのだ。それなのに、この乙女ときたら援助を拒否している。そのうえ腹立たしいことに、苦境に立っている気配がまったくない。

ふいに、彼女が笑い声をあげた。「あなたが考えていること、よくわかるわ。哀れな私生児のいとこを助けるために、自分はあらゆる苦難を強いられてきた。それなのに、当の相手は助けてもらいたくなんかないと言い張る。まったく、久しぶりに最高の晩飯に預かったと思ったら、食後にこんな仕打ちにあうとは。そんな感じでしょう？　ごめんなさい、マーカス。でも、お引取り願うしかないの」

「いや、冗談じゃない。きみは荷物をまとめ、ぼくと一緒に〈チェイス・パーク〉に戻るんだ。さもないと草葉の陰でお父上が泣くぞ。明日、出発だ。バッジャーに準備をさせろ」

彼女はまったく耳を貸していないようだった。ぼんやりと宙を見つめ、その目が深く考えこんでいるように細くなる。と、鼻歌を歌いはじめた。彼には聞き覚えのない旋律を。「失礼するわ」と、彼女が椅子から立ちあがった。「そのままで、マーカス。すぐに戻りますから」

彼女は狭い食堂からでていき、この女、なにをするつもりなのかという理解不能の表情を浮かべたチェイス伯爵を皿の上の食べかけのリンゴのタルトとともに置き去りにした。信じられない、おれの許可も得ず、勝手に退席するとは。

「ブランデーをいかがです、閣下？　さもなければ、ポートワインかクラレットを？」

「ポートワイン」彼は言い、ワインを飲みながら彼女が戻るのを待った。十五分が経過したが、彼女が姿を見せる気配はない。テーブルに残った皿を片づけに狭い食堂に戻ってきたバッジャーに、マーカスは尋ねた。「彼女はなにをしてるんだ？」

「それは、わかりかねます」

「わかっているくせに、言いたくないんだろう？　さあ、言うんだ、バッジャー。いったい彼女はどうやってここの家賃を払ってる？　どうしておまえを雇うだけの余裕がある？　男がいる、そうだろう？　軍人の男がすべての支払いを肩代わりしている」

「ミス・コクランに直接、お尋ねください」

「あす、出発したい。支度はできるな、バッジャー？」

バッジャーが背筋を伸ばした。小柄な男なら羨望するほどの背丈だ。「それも、ミス・コクランに直接、お尋ねください」そう言うと、声をやわらげ、つけくわえた。「ご理解ください、サー。わたしはご主人さまに忠誠を尽くさねばなりません。あなたは軍隊にいらした。絶対的な忠義ほど大切なものはないことが、おわかりのはずです」

マーカスはため息をつき、ポートワインを置いた。「無論、そのとおりだ。だが、ちょっと彼女のようすを見にいったら、怒られるかな？」

「お戻りになる音がしたように思いますが。まあ、部屋にこもられるのも無理からぬ話でしょう。半年まえにお父上が亡くなっていたという話を知らされたうえ、お父上は妃殿下と一緒に暮らしたがっていた、お忘れにはなってはいなかったことがわかったのですから。まあ、お父上以外のみなさんは、妃殿下のことをすっかりお忘れになっていたようですがね。とにかくここ数カ月のあいだに、妃殿下は立て続けにご両親を亡くされたのです」

「そうだな。よく感情を隠しているものだ」とマーカス。「涙なし、嗚咽《おえつ》なしの、ないない尽くし。嘆願もしないし、説明もしない。ぼくが迎えにきたというのにうれしそうな顔のひとつも見せないし、こちらが言うことになにひとつ同意しない」

「当然のことです。なにを期待なさっていたんです？」

「もうわからん」マーカスは間延びした声で言い、グラスを掲げ、クリスタルのグラスのなかに濃赤色の渦巻きをつくった。上質のクリスタルグラスじゃないか。くそっ、彼女を絞め殺してやりたい。

「おてやわらかに願いますよ、閣下」バッジャーが食堂のドアをあけると、妃殿下が戻ってくるのが見えた。

「時間がかかってしまい、申しわけありません。ここのほうがいいかしら？　それとも客間にいらっしゃいます？」

「ここで結構。なにをしていた？」

「あれやこれや。あなたには関係のないことですわ」

いらだちがぐっと高まった。そこで独裁者のように威圧的な口調で断言した。「きみはぼくと一緒に〈チェイス・パーク〉に戻る。決定だ」

「いいえ、それはできません。でも、罪の意識だか責任感だかを感じてくださったことには感謝するわ。それに、握りこぶしをつくるほど、感情を昂《たかぶ》らせてくださっていることにも。どうかわかって。あなたは責任から放免されたのよ、マーカス。わたしの言うことを信じて。あなたのおかげで、父がわたしと一緒に暮らしたがっていたことがわかりました。それは、わたしにとって重要なことですから、その点では感謝するわ。さて、残念ながら、この家にはあなたがお休みになれる部屋がないんです。ビデンデンまで行けば、〈ビデンデン乙女〉の看板のすぐそばに――」

「なんなんだ、その〈ビデンデン乙女〉っていうのは？」

「ビデンデン村を通っていらっしゃらなかったの？　ええとね、ビデンデン乙女というのは、エリザベスとメアリ・チョークハーストの姉妹のことなの。十二世紀にあの村に住んでた姉妹なんだけれど、双生児で、身体が結合していたのよ。とにかく、その看板のそばにあるチェッカーズ・インなら、そう評判が悪くないわ。たしかに狭いけれど、新チェイス伯爵おひとりなら大丈夫でしょう」彼女は立ちあがり、ほほえみとはいえない表情を浮かべた。

マーカスは立ちあがり、つかつかと彼女に近づいていくと、相手をたじろがせる距離から彼女を見おろした。「明朝、また、くる」それだけ言うと、背を向けた。狭い玄関ではバッジャーが彼を待っていた。そしてドアをあけ、彼を外へ案内した。

「チェッカーズ・インなら馬をつないでおけるはずです、閣下」と、バッジャーが言った。

「いやはや」と、マーカスが首を振った。「遠路はるばるやってきて、追いだされるとは」


翌朝、マーカスが彼女の家に馬を走らせると、色褪《あ》せた灰色のドレスを着た妃殿下の姿が見えた。ごわごわとした綿のドレスは、やはり首が詰まったデザインで、丈は踵《かかと》まである。彼女は両手に手袋をはめ、花壇を掘り返していた。

彼は馬から下り、スタンリーをつなぐ鎖のある支柱に結びつけ、彼女のほうに歩いていった。「庭師までこなすのか」


彼女が視線を上げた。背後から朝の陽射しを浴び、頭の周囲には光輪ができている。額《ひたい》は汗でおおわれ、顔には二カ所、泥がついている。かわいい。いや、かわいいなんてもんじゃない。くそっ。「ええ、庭仕事は大好きなの。母も好きだったけれど、わたしには母より園芸の才能があるみたい。時間もできたし」

「どうして、急に時間ができたんだ？　いつなんどき、またバラのことなど放っぽりだすかもしれないってことか？」

「そうかもしれないわね」

「正直に答えてもらいたいね、妃殿下」

「その気になったらお答えするわ」

マーカスは彼女の横に腰を下ろした。「どうやって生活している？」

「裏庭に男が隠れているんだろうって、また責めたてたいの？」

「いいや。そんなふうに思ったことはない。きみはそんな真似はしない。だがね、それじゃ筋が通らないんだよ。わかるだろ？　若さのほかに、きみにはなんの——」

「あなたに会うのは五年ぶりなのよ、マーカス。わたしがどんな性格かも、わたしにどんな欠点があるかも、わからないでしょう？　わたしにどんな才能があるのかも。つまりね、あなたはわたしのことなど、なにも知らないのよ」

「双子ちゃんがきみに会いたがっている。グウィネスおばさまもだ。みんな、きみに戻ってきてほしいと思っている」

彼女は汚れた手袋に目をやってから、丹精をこめたバラに滋養を与える黒く肥沃《ひよく》な大地に視線を落とし、ほほえんだ。「あなたはとてもハンサムになったわ、マーカス。結婚相手として望ましい紳士に。それにいまやチェイス伯爵なんですもの、所領の独身女性なら、ひとり残らずあなたに憧れているはず。だから、あなたはじきに結婚する。そして後継者をつくる仕事に励むことになる。そうなったら、わたしなんて邪魔な存在になるだけよ。だいいち、わたし、私生児なのよ。それを忘れないで」

「こっちはまだ二十四だぜ！　勘弁してくれよ、家庭に縛《しば》られるのは当分ごめんだ」

「ごめんなさい。あなたが、いやいやながら爵位を継いだことはわかってるわ。でもね、わたしみたいな出自の娘は、男と女のことに関しては、とくに既婚男性と未婚女性の関係については、どうしても皮肉っぽく考えてしまうの」

「もう、そんな話はどうだっていいんだよ。とにかく、妃殿下、きみはここには残れない。召使だとかいう得体の知れない男と同居などさせられるものか。きみの評判が地に堕《お》ちるぞ。きみはね、上流階級の夫人になるべく育てられた。上流の男と結婚し、子どもをもつのがきみの人生なんだよ。だから、きみにそんな未来を提供したい。お父上も、それを望んでいたはずだ。頼む、一緒に戻ろう」

彼女は黙ったまま、じっとしていた。手袋をはめた手を、地面にそっと置いている。黒く肥沃な大地に。

マーカスは勢いよく立ちあがった。彼女の沈黙に、そのかたくなさに、猛烈に腹がたった。頭に血がのぼり、ものが言えない。しばらくしてから、ついに大声を張りあげた。「この気持ちのいい一軒家を維持するのに、いったいどんな手を使っている?」

彼女はおもむろに立ちあがり、手袋をはずし、地面にぽんと投げた。「朝食をいかが、マーカス?　まだ早朝よ」

「とぼけるな」と、マーカスはうめき、色の褪せたいまわしい灰色のドレスですっかりおおわれている彼女の喉を見た。「だが、いまは朝食が先だ。バッジャーはなにを用意している?」

4

一八一三年八月
〈チェイス・パーク〉

あの二カ月もの苦労の見返りが、この紙きれ一枚とは。遥か昔、自分が〝妃殿下〟とあだ名をつけた少女がありがたくもよこしてくれた、たった二段落のそっけない手紙を、マーカスは読み返した。

彼の頬が少しずつ紅潮した。

閣下

相続なさったお屋敷からぶどうをお送りくださり、ありがとうございました。バッジャーがよろこんで、多彩な料理に使わせていただきました。

グウィネスおばさまと双子ちゃんに、どうぞよろしくお伝えください。

おまけに、この署名ときたら。〝あなたの僕《しもべ》〟――それだけ。妃殿下という署名もなければ、本名もない。〝従順なる〟とかいう決まり文句さえつけていない。まあ、それも当然か。

彼女の瞳には従順さのかけらもないのだから。

目を上げると、戸口にクリタッカーが立っていた。マーカスが彼の存在に気づくまで、声を発するのをためらっていたのだろう。

「ミス・コクランの名前はなんだっけ？」

「〝妃殿下〟ですが」

「いや、本名のほうだよ。彼女が九歳のときに妃殿下というあだ名をつけたのは、このぼくだ。だが、本名のほうはまったく記憶になくてさ」

クリタッカーが途方に暮れたような顔をした。「さあ、存じません。レディ・グウィネスにうかがってみましょうか？」

「いや、そこまでしてくれなくて結構。たいしたことじゃない。妃殿下から手紙が届いたところなんだ。彼女はぶどうを受け取った。バッジャーがそいつを料理した。彼女は元気らしい。それだけさ。こちらも返事を書くのが礼儀なんだろうが、まったく、頭にくる。ちょっとばかり絞めあげて、マナーってものを教えてやるか」

クリタッカーがあとずさりをし、戸口からでていった。「ほかの書状は、のちほど検討いたしましょう、閣下」

マーカスはぶつくさ言いながら安物の便箋《びんせん》をとりあげ、机上はめこみの縞瑪瑙《しまめのう》のインクつぼにペン先を浸した。そして、書きはじめた。

親愛なる妃殿下
ぶどうごときでバッジャーによろこんでもらえて、なによりだ。
貴女の体調についてはなにも書かれていないが、元気なんだろうね。ぼくは元気だし、グウィネスおばさまも双子ちゃんも元気だ。アントニアはあいかわらずロンドンのフックハムズ書店に本を注文している。説教集がおもしろくて仕方ないとかで、注文したのは説教集ばかりだと言い張っている。ファニーはいっそう肥えつつあり、グウィネスおばさまから、二重顎の女性とお喋りしたがる紳士などいませんよ、と怒られている。きみは、家賃と食費とバッジャーへの支払いをどう稼いでいるのか、ぼくに教えるつもりはないんだろうね……。

きみの僕《しもべ》、マーカス・ウィンダム

これじゃ長すぎる。彼女には、あれこれ書いてやる価値などない。そう文句を言いながらも、マーカスは便箋をていねいにたたみ、封筒にいれ、美しい筆跡で宛先を書きこんだ。そして任印付き指輪を温めておいた蠟《ろう》に浸し、封筒に押しつけた。
《ロンドン・ガゼット》に戻り、最新の戦況を読みはじめた。シュヴァルツェンベルク将軍はボヘミアの山々を横断し、ドレスデンを急襲しようとした。しかし、フランス軍がドレスデンを要塞化《ようさい》しており、連携がとれていなかった対仏大同盟軍は敗北を喫した。その後、当然のことながらナポレオンが増強した部隊とともに到着し、シュヴァルツェンベルク将軍は三万八千の兵士を失い、ボヘミアへの退却を余儀なくされた……。三万八千！　マーカスは唖然とした。なんという数の兵士が戦略不足の結果、虐殺《ぎゃくさつ》されたことか。死ぬべきではない男たちが命を落としたのだ。彼は戦地に戻りたくてうずうずしたが、結婚し、跡継ぎをつくるまではそんな危険を冒すことはできないことは自覚していた。彼にはウィンダム家に脈々と続く四百年もの血筋に責任がある。

くそっ。

マーカスは椅子に座ったまま横を向き、呼び鈴を鳴らした。二分もしないうちに、クリタッカーが戸口に顔を見せた。マーカスはため息をつき、最低三時間は所領関係の仕事に没頭せざるをえないと観念した。先代はじつにさまざまな仕事をこなしてきており、その爵位を継承したいま、自分が愚かな真似をしておじの努力を水の泡にするわけにはいかない。

一八一三年十一月
〈ピップウェル・コテージ〉

妃殿下は呆気にとられて手紙を見つめていた。わけがわからない。再度、手紙に目を通し、またさらに目を通した。そして無意識のうちに弱々しく声をあげた。「バッジャー、お願い、きてくれない、いますぐ」

がちゃんがちゃんと、キッチンからすさまじい音が聞こえてきた。やがてキッチンから玄関を抜け、客間へとバッジャーが走ってきた。息を切らし、見るからに緊張した面持ちを浮かべている。

「ごめんなさい。どうぞはいって。これを読んでくれない？　信じられないのよ。こんな馬鹿な話、聞いたこともないわ。いったい――」そこで言葉を切り、彼女はバッジャーに勢いよく手紙を突きだした。

バッジャーは血の気の引いた彼女の顔から手紙へと視線を移した。彼は手紙を読み、低く口笛を吹くと、ふたたび読み返し、最後にもういちど読み返した。

バッジャーは長椅子に座っている彼女の横に腰を下ろすと、彼女の両手を握り、静かな口調で言った。「いやはや、これはショックですな。みなさん、血眼《ちまなこ》になってあなたをさがしていることでしょう。伯爵は二カ月であなたをさがしあてたが、この紳士は、遥かに長い時間をかけたようですね。五月からずっとあなたをさがしていたと書いてある。そしてようやく見つけたというわけだ」

「マーカスは、この件についてなにも知らないのよ」

「ええ、そのとおりです。この事務弁護士の男は現実がよく見えている。彼には、あなたの地位が不安定であることがわかっていた。だから、どんなことがあっても最初にあなたに連絡しなければならなかった。伯爵やほかの家族に話を漏らすわけにはいかないからです。じつに賢い男だ」

「来週の月曜に、うちを訪問したいそうよ」

「ええ、そのようですな」バッジャーは彼女の両手を軽く叩くと立ちあがり、臭いを嗅ぎつけた猟犬のように鼻をひくひくさせた。「これはいかん、豚のガランティーヌの香りがちょっときつい。くどすぎる。黒胡椒の質がよくなかったのか。フリーマンのおやじさんが最高級だと保証していたんですが。少しバジルやローズマリーを足したほうがよさそうだ。それで完ぺきでしょう。さてさて、わたしはうれしいですよ、妃殿下、お父上があなたのことをお忘れになっていなくて。お父上はいいことをなさった。これからは、お父上のことをもっと懐《なつ》かしく思いだすことにいたしましょう」

「まだ、なにか裏があるような気がするわ」と、妃殿下。

「ウィックス氏が到着したらわかりますよ」と、バッジャーが言い、彼女を残し、豚肉の料理に戻っていった。


ウィックス氏はたいへんな高齢で、がりがりに瘦《や》せており、しょぼくれた目に謎めいたやさしさを宿していた。にっこりすると前歯がむきだしになるのだが、これがまた穏やかなほほえみで、彼女は思わず警戒心を解いた。

「はじめまして」と、ウィックス氏が彼女の手を握りながらうやうやしくお辞儀をした。

「ようやくお目にかかれて、これほどうれしいことはありません。じつに素敵なお住まいですな。その、少しばかりお茶を頂戴できるとうれしいのですが。もちろん、事情をすべてお聞きになりたいことでしょう。この一風変わった、しかしとてもよろこばしい事情について」

妃殿下はウィックス氏を招きいれ、お茶をだし、椅子に背筋を伸ばして座ると、膝の上で手を組んだ。

「あなたのお名前はですね、手紙にも書きましたとおり、いまでは〝ミス・ウィンダム〟となっております。お父上は、昨年の十一月、お亡くなりになる二カ月まえのことですが、お母上と結婚なさいました。その後、お父上はすぐにわたしを雇われた。あなたを正式なお子さんにするためです。そして五月に、とうとう手続きが完了しました。それまでは、あなたにご連絡するわけにはいかなかったのです。ウィンダム家のかたが、あなたが嫡出子になるのを妨害なさる可能性もありましたから。しかし、無事、手続きが完了したいま、あなたはウィンダム家の一員です。そこで、さあ、あなたに連絡をとらねばと思ったところ、あなたは引っ越しておられた。そこでわたしはボウ通りで調査員を雇い、ついに、あなたがここスマーデンにお住まいでいらっしゃるのを突きとめたというわけです」

彼女は大きなショックを受け、呆然としているようだった。無理もない。「そんなこと、母からなにも聞いておりません。もちろん、父からも。あなたがわたし宛の手紙にミス・ウィンダムと宛名をお書きになったのは、ただ礼儀上のことと思っておりました。さもなければ、そちらでなにか誤解をなさっているのではと」

「あなたはいまや、れっきとした貴族なのです。しかし、宛名をレディにしたら必要以上にあなたを混乱させてしまうと思いまして。あなたは伯爵のお嬢さんであり、ということは、正式な貴族なのです。お父上のほかのお嬢さんであるレディ・ファニー、レディ・アントニア同様に。あなたが法律上、正式な娘になるまでは、この件に関してはお父上から固く口止めされておりました。ところが、ご両親がたてつづけに急死なさり、あなたはひとり遺《のこ》されてしまった。だれからの庇護《ひご》も受けられず、あなたのためにきちんとしようとご両親がお骨折りになったことも知らずに。ご両親は心からあなたのことを愛しておいででした」

「そうだったんですか」と、彼女がおもむろに言い、彼の左肩の向こうをぼんやりと見つめた。「両親は、わたしのために手を尽くしてくれていたんですね」父はわたしのことをほんとうに愛していたのかしら？　ええ、そうよ、と彼女はいまなら断言できるように思えた。父はわたしを愛してくれていたのだ。彼女はうつむき、涙を流した。父の死についてマーカスから話を聞いてから、初めて流す涙だった。頬を伝った涙は手の上に流れ落ちた。彼女は音をたてず、ただぽろぽろと涙をこぼした。バッジャーが客間にはいってきて、彼女にハンカチを渡すと、ウィックス氏に説明した。「いつもハンカチをもつのを忘れておしまいになるんです。ポケットにひとついれておくよう、つねづね申しあげてはいるんですが。いいんですよ、妃殿下、存分にお泣きになるといい。この日に備えて、ハンカチはずっと出番を待っていたんですから」

「ありがとう、バッジャー」彼女の顔は蒼白で、鼻は赤く、目はうるんでいた。これほど愛くるしい妙齢の女性には生まれてこのかたお目にかかったことがない、とウィックス氏は考えた。「あなたの目と髪は、お父上ゆずりですな。お母上にはいちどお目にかかっただけですが、すばらしい女性でした。あなたのように聡明で、この世のものと思えぬほど美しく、母上を拝見していると目を離せなくなるような気がしたほどです。そんなわたしをご覧になり、お父上はくすくすと笑い、気にするな、男はみんな彼女から視線をはずせなくなるんだよとおっしゃってくださった。そのお母上の美しさとあなたの美しさは比肩《ひけん》しますな。さあ、これであなたは社交界で押しも押されもせぬ地位に就かれた、レディ・妃殿下。いや、レディ・妃殿下とは、これまた妙な愛称ですな。しかし、わたしがあなたの本名をうかがったところ、お父上はこう言い張られた。『ああ、ウィックス。あの娘はレディ・妃殿下であり、ほかの何者でもない。すばらしい魅力と性格の持ち主の娘だ。機会さえ与えられれば、自分で人生を切りひらいていくだろう。わたしは、彼女にその機会を与えたいのだよ』と。とにかく、あなたはもう私生児ではありませんし、世間から身を隠してすごす必要もない。つまり、ご自分のしたいようにできるのです」説明を終えると、ウィックス氏は背もたれによりかかり、ほほえんだ。

「でも、わたしはいまの自分に満足しております」と、彼女が口をひらいた。「両親が結婚したことについては、うれしく思っています。それはほんとうです。でも、だからといって、わたしの置かれている状況が変わることには納得いきませんし、変える必要があるとも思いません。お知らせしておきますが、現在の伯爵である、いとこのマーカス・ウィンダムも、やはりわたしをさがしだし、〈チェイス・パーク〉に越してくるよう声をかけてくれました。そのうえ、社交界へのデビューや持参金の用意まで提案してくれました。でもわたしは、彼の申し出を断わりました。あなたが用心し、極秘裏に手続きを進めてくださったことには感謝します。でも、マーカスならこの話をよろこんでくれたでしょうし、邪魔しようなどとは思わなかったでしょう。マーカスには伝えるべきでしたわ」

「かもしれません」と、ウィックス氏は礼儀正しく紅茶を飲んだ。「しかしながら、男というものはですね、卵の殻のように繊細に扱わねばならない。それに、この話にはまだまだ続きがあるのです。わたしの知るかぎり、現在の伯爵は立派な若者のようですな。信頼の置ける友人でもあり、勇敢なる兵士でもあり、知性と忠誠心も兼ね備えていると聞きました。だが、いまは軍人ではない。彼は新たな責任と新たな期待を負っているうえ、伯爵にあるべきふるまいが求められている。いまでも尊敬すべき、信頼できる男性ではあるのかもしれませんが、いまとなっては、もうそんなことは関係ない。さきほど申しあげたとおり、この話にはまだまだ続きがあるのです」ウィックス氏は口に手をかざすと、軽く咳払いをした。そして顔を上げ、彼女ににっこりと笑いかけた。「お祝いを申しあげます。あなたはいま、女子相続人になられたのです」

一八一三年十二月
〈チェイス・パーク〉

マーカスはスタンリーをとめ、さっと馬から下りると、ラムキンに手綱を放った。ラムキンは彼の気に入りの馬小屋の若者で、スタンリーの世話をするのが大好きだった。「よく洗ってやってくれ、ラムキン。きょうは全力で走らせたから、息を切らしてるだろう?」

「あい、閣下」と、ラムキンがスタンリーの鼻を軽く叩き、種馬に小声で話しかけた。

「よお、二枚目。閣下に乗馬の醍醐味《だいごみ》を味わわせてさしあげたか？」

マーカスはほほえみ、馬小屋をあとにした。暖かい日で、十二月半ばだというのに頭上ではさんさんと太陽が輝いている。仕事は山積みになっていたのだが、寝室に差しこむ陽光を見ているうちに、こう考えなおしたのだ。仕事は待ってくれる。だが、ここイングランドでは、とくにこのヨークシャーでは、晴天は絶対に待ってくれない。スピアーズにそう話すと、彼はうなずき、こう応じた。「乗馬服を用意してあります、閣下。黄褐色の半ズボンですな？　けさの天気にはあれがいいでしょう。それに極上の青い上着。閣下のお顔には、あの粗い麻の上着が映えます。鏡で見るよりもずっと」

「乗馬にでかけると、どうしてわかった？」マーカスがガウンを着たまま肩をすくめた。ポルトガルで冬のあいだずっと着ていたせいで肘のあたりがつるつるになり、いまにもやぶけそうだ。

スピアーズはただにやりと笑った。「風呂はもうご用意してあります、閣下。ひげをお剃りしましょうか？」

「毎朝、同じことを聞くなよ。答えはノーだ、スピアーズ。怠け者にはなりたくない。自分で剃刀《かみそり》も使えないような男など、話にもならん」

「わかりました、サー。いつものように刃は研《と》いでおきました。先代も、やはりひげを剃られるのはいやがっておいででしたが、前日、呑みすぎて強烈な二日酔いに見舞われたときには、おまえがいてくれたおかげで自分で剃らずにすむよと感謝してくださいました」
「そうか、ありがとう。おじのように深酒するまでは、おまえに喉を預けるのは遠慮してお
くよ。そういえば、スピアーズ、さっきなにか歌っていただろ？　目覚める直前にぼんやり
と聞こえてきたんだが、初めて耳にする歌だったな」
「よくできた流行《はや》り歌でして、閣下」スピアーズはにっこりと笑い、朗々としたバリトンで
歌いはじめた。

ナポレオンは三十日くれたとよ
おれたちをひっつかまえ、追っ払うのに
だが、おれたち兵士の根性を甘くみてたと反省し
こんどは三十一日くれたとさ

マーカスはにやりと笑った。「メロディーより、おまえの声のほうがいいな、スピアーズ。
まあ、韻《いん》は踏んでいるか。ナポレオンが三十日の猶予《ゆうよ》をくれたのはいつの話なんだ？」
「ベルリンからでていくのにです、閣下。シュヴァルツェンベルク将軍がベルリンを堅守せ
よとベルナドット将軍に命じましたが、ご存じのとおり、ベルナドットはベルリンを見捨てる
命令をだした。下士官のビューローが思いとどまらせなかったら、そうしていたでしょう」
「ああ、だが、その話は正確とはいえないぞ、スピアーズ。三十日とか三十一日とかいう猶

予などなかった。まあ、冗談なんだろうが、事実じゃない」

「まあ、ただの歌詞ですから許されるのでは、閣下。言ってみれば、多少の誇張は作詞家の特権でしょうな。この作詞家、軍隊でたいそう人気があるようで。兵士たちは行進しながら合唱しているそうですよ」

マーカスはほほえんだ。そして、サンプスンが〈チェイス・パーク〉玄関の巨大な扉をあけ、頭を下げたときには彼もまた、この戯《ざ》れ歌を歌っていた。さすがのマーカスも、召使たちの終わりのない奉仕と服従に慣れはじめていた。彼はいつものようにサンプスンに礼を言うと、つけくわえた。「クリタッカーが応接室で待っているんだろうな。おどおどした陰気な表情を浮かべ、ぼくに目を通してもらいたい書類を山ほど抱えて」

「はい、閣下。じつに正確なご描写で。二十分ほどまえに、わたしが閣下宛の郵便物をお届けした直後のことですが、クリタッカー氏が大声をあげているのが聞こえました。わたしは慌てて応接室に向かいました。まことに不適切な考えではありますが、なにかよからぬ快楽に耽り、高揚した結果、窒息死したのではないかと思ったのです。が、そうではありませんでした。とてつもなく重大な信書を読んでおられたようです。そして、多大なショックと驚《きょう》愕《がく》のあまり、その、感情を爆発させたのでしょう」

「よからぬ快楽とは、どういう意味だ？」

「つまり、みずから欲望に耽ることです、閣下。紳士たるもの、そんな真似は避けねばなりません」

「そのとおりだ、サンプスン。ぼくの目の前でそんな真似をしたら、耳に一発、お見舞いしてやる」

「当然です、閣下」

いったいなにがあったんだろう？　興味津々《しんしん》だ。マーカスは応接室にすたすた歩いていくと、勢いよく扉をあけた。「教えてくれ、クリタッカー、気を揉《も》ませるな。どんな知らせを受けて、きみはその、感情を爆発させたのか？」

クリタッカーはなにも言わず、マーカスに一枚の紙を渡した。

マーカスは目を通した。何度も何度も目を通し、大きく息を吸い、ようやく言った。「なんてこった！　こんなことがあってたまるか。おい、もう存分に発作を起こしていいぞ、クリタッカー。さもなきゃ、よからぬ快楽に耽ってもらってもかまわん」

「よからぬ快楽とはなんです？」

「聞こえただろう？　よからぬ快楽と聞いてぴんとこないほうがおかしいぞ。きみはぼくの秘書なんだから。ぼくが言った言葉の意味はすべて解釈してくれないと」

クリタッカーが口を閉じた。そして七十五年前に壊れたきり動かなくなった炉棚の上の置時計のように黙りこんだ。だが内心では悶々としているのが手にとるようにわかった。

「どうやら、妃殿下がじきにこちらにくるらしい」そう言うと、マーカスは細長い窓から東側にある冬枯れの芝生を見やった。「ということは、しばらくここに滞在するんだろう。ただし、ここに残るとは書いていていない。だが、とんでもないまぬけでもないかぎり、彼女はここに残るだろうね。そう、彼女は残る。なんといっても、彼女は女だ。そして、ぼくは男だ。ぼくは伯爵であり彼女のいとこなんだから、ぼくの言うことをきくのが彼女の義務だ」

「それはあやしいと、スピアーズ氏は考えているようですが、閣下」

マーカスはぎょろ目をむいた。執事、秘書、従者が結託しているとは。「妃殿下はプライドが高い。それは認める。だが、まぬけではない。こんどばかりは、利口にならざるをえないだろう」

「プライドのせいでよけい愚かになる場合もあると、スピアーズ氏はおっしゃっていました。からっぽの頭より、よほどたちが悪いと」

マーカスは注意深く手紙をたたみ、それをポケットにしまった。そして着替えのため、二階に上がった。よしよし、妃殿下、とうとうぼくに会いにこなくてはならなくなったな。彼はふたたび手紙に目を通し、初めて、最後の文章の意味をじっくりと考えた。〝わたしが到着したあとの木曜日に、ウィックス氏があなたにお目にかかりたいそうです。すでに氏のことはご存じだと思いますが〟。

おじのロンドンの事務弁護士が、いったいなんの用だ？　おれの知らないところで、なにかが進行しているようだ。だが、それはなんなんだ？

クリスマスの一週間まえ、彼女は〈チェイス・パーク〉に到着した。巨大な正面階段に立つ彼女の横にはバッジャーが控え、小ぶりの旅行用の手提げかばんをもっていた。彼女は手袋をはめた手を上げ、ノックしようとした。子どもの頃怖くて仕方なかった、悪魔のような顔をしたライオンの頭がついたノッカーを。が、当然のことながら、彼女はノックする機会を得られなかった。

手を下ろすまえにドアがあき、にっこりとほほえむサンプスンの顔があらわれた。

「ミス・妃殿下！　いえ、レディ・妃殿下！　なんとうれしや、お久しぶりで、どうぞ、どうぞ、おはいりください。ええと、こちらさまは？」

「バッジャーよ。わたしの――従者」

「ああ、そうでいらっしゃいますか。さあ、どうぞどうぞ。ご満足いただけるよう、閣下が手を尽くされるはずです。図書室でお待ちかねですよ。おはいりください、レディ・妃殿下。それに、従者の――」

「エラスムス・バッジャーと申します」

「ああ、そうでした、バッジャーさん。二階にご案内いたしましょう。閣下の従者のスピアーズ氏に紹介しますよ。あとでわれわれ三人で集まり、ちょっと相談いたしましょう、その、あれこれについて」

バッジャーが妃殿下のほうを見たが、彼女はただいつもの超然とした冷静な笑みを浮かべた。「サンプスンと一緒に行ってちょうだい。閣下は、図書室でわたしの喉をかき切ったりなさらないわ」

彼女は威圧感のある広々とした部屋へと音もなく歩いていった。マーカスがデスクの向こう側で立ちあがった。戸口に彼女が立っているのを見ても、動こうとはせず、口をひらいた。「到着したか」

彼女はうなずいた。

マーカスは右手にもっていた書類の束をデスクに置き、彼女のほうに歩いてきた。「おめでとう。お父上とお母上が結婚していたそうだね」

「ありがとう。知っておきたかったわ。手遅れになるまえに――」

「手遅れなものか。いま、きみは両親が結婚したことを知り、自分がいるべきところにいる。じきクリスマスだ。双子ちゃんとスピアーズを連れて、客間用のクリスマスの大薪《まき》を切りにでかけるつもりなんだが、きみもくるかい？」

彼女とは古いつきあいだが、おそらく初めて、マーカスは彼女の青い瞳が興奮のようなもので輝くのを見た。だが、すぐにそれは消え、彼女は冷たくうなずいた。「ありがとう、マーカス。ご親切に。わたしが正式な子どもになって、ご迷惑でしょうね」

彼はかすれた声で言った。「くだらん。〈チェイス・パーク〉はいまでもきみの家だ。ぼくの家でもあるがね。きみがこれほど頑固じゃなければ、半年まえからここに暮らしていたのに――」彼は言葉をとめ、左右に頭を振り、こらえきれないといった調子で言った。「あの居心地のいい家で暮らすカネを、どうやって稼いでる？　あの上等のクリスタルをどうやって買ったんだ？」

「薪を切りにいくのはいつ？」

「一時間後だ」彼女の白い首を見た。彼の手がこぶしとなり、やがてまたひらいた。きょうのドレスはまたずいぶんとお洒落《しゃれ》だな。淡いクリーム色のモスリンだし、ネックラインも顎まで詰まっているわけではなく、だいぶ低い。胸の谷間が垣間《かいま》見えるほどだ。じつにそそられる胸。「暖かい服装をして、頑丈なブーツを履いてくれ。そんな準備はしてないかな？」

「ええ、ゆったりしたドレスと上靴しかないけれど、充分暖かいと思うわ、マーカス。ご心配なく。あなたはわたしの後見人じゃないんですもの。それに、わたしと五歳しか違わないこと、お忘れなく。つまりね、いとこのマーカスさん、わたしたちはふたりとも若いってこと。たがいを監視するには若すぎるわ」

「それはどういう意味だ？　きみはまだたったの十八なんだぞ。ぼくは充分、きみの後見人になれる。年齢はさほど違わないがね。だから助言しよう、妃殿下。これ以上、ぼくを怒らせるな」

「あなたがどれほど怒ろうが、わたしには関係ありません。わたしはここにこなければならなかったから、きたまでよ。それだけのこと。それに、もう十九になりました」

「そして、ここに残ってくださるというわけか」

彼女はかすかにほほえんだ。彼を激怒させる微笑を。そして背を向け、図書室からでていった。彼女はドアを閉めなかった。エモリー夫人が、あまりにもうれしそうな声を響かせた。

「お久しぶりでございます、妃殿下。ようこそ！　あ、失礼、レディ・妃殿下でしたわね。すぐ部屋にご案内いたしましょう。伯爵が、メアリ王女の寝室をご用意くださったんですよ。すごく素敵な部屋ですよ、もちろん、覚えていらっしゃいますでしょ?」

「もちろん」と、妃殿下は応じた。「よく覚えてるわ。わたしをこれほど厚遇してくださるなんて、伯爵のおやさしいこと」

5

クリスマスに自宅ですごす一家団欒《だんらん》には、何物にも代えがたいものがあると、マーカスはひとりごちた。大きな薪《ユール・ログ》が燃える熱を顔に感じながら、ナツメグの香りが鼻をくすぐるホットワインを飲む。振り返ると、集まった家族の面々が見えた。去年のクリスマスは、ガリシアの山中で寒さに震えながら同じ隊の五十人ほどの男たちと野営の焚《た》き火を囲んですごしたものだ。新年を戦闘で迎えることになるのか、それは死闘になるのかと不安に思いながら。

そういえば、妃殿下にプレゼントを買ってくるのを忘れたな、と彼は思いだした。まあいい、彼女にはプレゼントを買う価値などないが、まだクリスマスまであと五日あるのだから。そういえば明日は、おじの事務弁護士がロンドンからやってくる予定だ。彼は顔をしかめ、考えた。おじはいったい、ほかにどんな策を弄《ろう》したのだろう。妃殿下を嫡出子と認めるのはいいことだ。それに異論はないが、妃殿下を見るグウィネスおばさまの目が以前とは打って変わってしまった。なぜおばさまが新たな伯爵令嬢になると難色を示し、私生児のときには満足の意を示すのか、理解できない。妙な話だ。

グウィネスが言った。「マーカスから聞いたんだけれど、妃殿下、あなたスマーデンの

〈ピップウェル・コテージ〉という家に、男性と一緒に暮らしているんですって？　でもね、結婚前のお嬢さんはふつうそんなことしないから、評判に傷がつくわよ。そもそも、あなたには不運な出自があるんだし」

妃殿下がかすかにほほえんだ。が、それは気持ちのいい笑みであり、膝の上で組んだ細く長い手は微動だにしなかった。「自分の生まれを不運だと考えたことはいちどもありませんわ、おばさま。ただ、この未熟な社会では認められにくいだけです」

「でも、とにかく、男性と一緒に暮らしているのは事実なんでしょう？」

「ええ、名前はバッジャーです。わたしの執事兼シェフです。すばらしい男性ですよ。それに、彼はわたしの、その、身の回りの世話までしてくれます」

「どんなに有能か知りませんけど、とにもかくにも、男性と暮らすなんて淑女にはふさわしくないんです」と、グウィネスが断言した。なんとまあ、こうるさく、とりすました物言いだろう。だが、そのとき、これまで自分もまさに同じ口調で話していたに違いないと思い、マーカスは慌てて口を挟んだ。「もう、そのへんにしてください、おばさま。妃殿下はいま、ここに暮らしている。もう、蒸し返すのはやめにしましょう」

「でも、その男性、ここに一緒にきているのよ」

「ええ」と、妃殿下が淡々と言い、ホットワインを飲みつづけた。「料理人はバッジャーに意見を仰《あお》ぐほうがいいでしょうね。バッジャーのホットワインは最高ですから。母がよくバッジャーにレシピを教えてちょうだいとせがんでいたものです。レシピを売ってくれれば、わたしたちお金持ちになれるのにって。バッジャーは笑い、うなずいていましたが、レシピを教えてはくれなくて」

「バッジャーの料理の腕はぼくが保証しますよ、グウィネスおばさま」

「ねえマーカス、母親と一緒に暮らした男が、こんどはその娘と暮らしているのよ。そのうえ、このうえなく上品な言葉づかいで話す男が、一家の切り盛りをしているだなんて、許されていいものですか。どうして上流の人間の猿まねをするのかしら。逆にマナー違反よ。だいいち妃殿下は、あの男が自分の従者だって言い張ってるし。従者だなんて見えすいた嘘、信じられるものですか。いいこと、あなたはウィンダム家の家長なんですからね、こんな事態に目をつぶってちゃだめなのよ。ウィンダム家にとって、恥の上塗りよ」

マーカスは漆黒の眉尻を大きく上げた。「恥の上塗り？　そりゃまた、どうしてです？家長のぼくが次男の息子だから、すでにウィンダム家の名に傷がついたとでも？」

「突っかからないで、あなたらしくもない。いいえ、そうじゃないわ。いまの〝恥〟はね、妃殿下が法的に嫡出子として認められたっていうことよ。おまけに、その娘の世話をする男がいるだなんて話が広がったらどんな中傷にさらされるか」

「ねえ、おばさま」と、マーカスが諭《さと》した。「こう考えていただけませんか。おじさまは、とっくの昔にしておくべきだった正しいことがわかり、遅ればせながら妃殿下を正式な子どもにする手続きをなさったのだと。それと、従者の件は――」

平穏そのものの澄んだ声で、妃殿下が話をさえぎった。「もう、手続きはすんでしまったのです、おばさま。残念ながら、もう取り消しはできないでしょう。それに人の噂もじきにおさまるはずですわ。でも、これだけは言わせてください。バッジャーが上品な言葉づかいをするのが、そんなに迷惑なことですの？」

「いや、そうじゃないよ」と、慌ててマーカスが言い、黙っていてくださいよという視線をグウィネスに投げた。「まあ、スピアーズが負けじと流暢《りゅうちょう》な弁舌をふるいはじめると、少々迷惑ではあるが」

「マーカス、いいわ、わたしが折れるとしましょう。でもね、彼が従者としてここに残ることだけは、断じて認めるわけにはいかない」

「従者」とアントニアが言い、読みかけの小説から視線を上げた。めそめそ泣いてばかりいる中世のヒロインと、魔法の剣で会う人会う人を片っ端からまっぷたつに切っていくヒーローがでてくる陳腐な話だ。「彼はあなたの従者なんでしょ、妃殿下？　興味あるわー。彼、髪も整えてくれる？　お風呂もいれてくれる？　明日、紹介してくれない？」

「かまわないわ、アントニア」

「バッジャーはここに残る」と、マーカスが断言した。「なんの使用人として残ってもらうかは、まだ決めかねているが」

「バッジャーの立場を決めるのは」と、妃殿下が冷静に応じた。「このわたしです」

「それは違う」と、マーカス。「きみはいま〈チェイス・パーク〉に暮らしている。そして、この家の主《あるじ》はぼくだ。広大な屋敷で使用人たちに采配《さいはい》を振るのと、狭い一軒家でひとりの使用人に指図をするのとでは話が違う。だが、バッジャーの件はまたあとにしよう、妃殿下。とにかく、きみが道理をわかってくれてうれしいよ。どうしてまた〈チェイス・パーク〉で暮らす気になったんだい？」

返事をするつもりなど端《はな》からないらしく、妃殿下は表情ひとつ変えない。あいかわらず白い手をじっと膝の上で組んでいる。そしてふと片手を上げ、ホットワインのグラスを脇のローテーブルに置いた。なんと優雅な女性だろう。妃殿下を眺めながら、マーカスは感心した。一挙手一投足に無駄がなく、優雅そのもの。ふいに目の前に、彼女が膝をつき、身を乗りだし、庭仕事をしている光景が浮かんだ。顔には泥がはね、汗ばんだ額には巻き毛が垂れている。いつだって、彼女は落ち着きはらっていて美しい。それはつねに変わらない。彼女にも、激しい感情に揺さぶられることがあるのだろうか。大声をだしたり、わんわん泣いたり、ふてくされたりすることがあるのだろうか。それとも彼女はつねに優雅で冷静そのもので、激昂することなどないのだろうか。

レモンシードケーキを、ファニーがものほしそうに眺めていたが、グウィネスのとがめるような視線に気づくと、残念そうにそっぽを向いた。

妃殿下が声をかけた。「リンゴをいかが、ファニー？　おいしいわよ。わたしもさきほど、いただいたところ」

ファニーが肩をすくめ、マーカスが放りなげたリンゴを受けとめた。袖でリンゴを拭《ぬぐ》い、ふたたびグウィネスからじろりとにらまれた。マーカスは妃殿下にほほえんだが、彼女はマーカスのほうなど見ていなかった。

「もう遅いわ」しばらくすると、グウィネスが言った。「そろそろ、女の子たちは寝る時間よ」

「はいはーい」アントニアが本をぱたんと閉じ、大きくあくびをすると、妃殿下に言った。「あなた、あたしたちと半分血がつながってるお姉さまなんですってね。マーカスが教えてくれたの。もう、オランダからきたいとこじゃないって」

「そうなの。あなたがたのお母さまが亡くなったあと、お父上がわたしの母と結婚したから、わたし、正式に娘になったの」

「あなたは私生児だったのに」と、まったく悪気がなさそうに、ファニーが言った。「なんだか変な気分よ。あなたがイタリアからきたのか、それともオランダからきたのかって、あたしよくアントニアと言いあいをしてたの。でも、イタリア語やオランダ語をあなたが話しているのを聞いたことがなかったから、なかなか決められなくて」

「ええ、わたしは私生児だった。正確にいえば、この五月まではね」

「わかったから、そう大きな声でわめかないで」と、グウィネスが制した。「それじゃまるで、あなたが自分の不運な出自を恥ずかしく思っていないみたい」

「自分の出自に恥ずかしいところなんてないのに、どうして恥ずかしく思わなくちゃならないんです？」と、妃殿下が応じた。

「この期《ご》に及んでまだ――」とグウィネスが言いかけたが、アントニアがさえぎった。

「これで、晴れてお婿さんさがしができるのよね？　もう、押しも押されもせぬ貴婦人なんだもの」

「想像しちゃう」と、リンゴをほおばりながらファニーが言った。「自分が隠し子になったところを。なんかロマンティックだよね！」

「くだらない」と、アントニアが言った。「あんたってお馬鹿さんね、ファニー。でもね、妃殿下、あなたはここに残る必要なんてないでしょ。もう正式な娘になったんだもの。マーカスに命令されたからって、残りたくもないのにとどまる必要ないわ」

「ぼくが、なにを命令するんだって、アントニア？　ぼくがそんな専制君主なら、きみの膝に載っているその低俗な読み物を認めはしないがね」

「かもね」と、アントニアがにやにやと笑った。「でもねマーカス、あなたのルール、毎日増えてない？　ファニーとあたしがベッドにはいったあと、グウィネスおばさまとふたりで、毎晩、新ルールを決めてるんでしょ？　ま、ファニーとあたしは我慢してあげる。あなたはまだ新米の伯爵だもの。それで、妃殿下はロンドンに行くつもりなの？」

「さあ、どうかしら。クリスマスの二日後あたりに行くかもしれないわ。どうして？」

「マーカスはあなたにお金をくれるかなあ」と、しゃぶったあとのリンゴの芯《しん》を片手に、ファニーがレモンシードケーキのほうを未練たっぷりに見やった。「ロンドンって、物価がすごく高いんでしょ」

「そのへんにしておけ」と、マーカスが堪忍袋の緒《お》を切らした。「さあ、もう寝なさい。グウィネスおばさまと一緒にここに居残り、きみたちの忍耐力を試すルールなぞつくらないから心配するな。グウィネスおばさまも、どうぞ寝室へお引取りください。妃殿下は、ここに残ってくれるとありがたい」

しばらくすると、妃殿下はマーカスとだいぶ距離を置いた場所に立った。なにも言わず、ただ袖椅子のうしろに立ち、やわらかな紋織りの布を優雅に撫でている。まるで、屋敷の飼い猫エズミを撫でているようだ。ふしぎなことに、とマーカスは考えた。勝手気ままな猫のエズミさえ、妃殿下の手の下ではおとなしく丸まっている。暖炉の火にあたり、彼女の頬はほのかに紅潮していた。「マーカス、なにかお話でもあるのかしら?」

「ロンドンに行きたいと、なぜぼくに言わなかった?」

「行くかもしれない、と言っただけよ。クリスマスの二日後に」

「旅費が必要かな?」

「いいえ。なにもいりません」

「きみがここにきたのは、財布が底をついたからとしか考えられなかったんだが、じつは、そうでもなさそうだな。ロンドンに行く旅費があるのなら、カネに困っているわけじゃない。自活しているのがほんとうだとしても、ロンドンにはどうやっていくつもりだ?」

「バッジャーが同行してくれます。当然でしょう?」

「それはだめだ。禁じる。ぼくがロンドンに出向くときまで待て。三月末になるだろうがね。グウィネスおばさまを同行させるし、きみの付き添いも連れていく。きみはロンドンで社交界にデビューするんだ。そこで、ぼくの眼鏡にかなうような男に出会ったら、あるいは、きみにふさわしいと思える相手をぼくが見つけたら、そのときは持参金を用意してやる。結婚すればいい」

「馬鹿げてるわ、マーカス。お願いだから、命令ばかりするのはやめて。あなたに専制君主は似合わない」

「馬鹿げてなどないし、双子ちゃんがなんと言おうと、ぼくは専制君主じゃない。ロンドンにはあやしい上流紳士がごまんといる。淑女の評判を汚し、人間扱いせずにゴミみたいに捨てる連中がうようよしてるんだよ。そんな連中にとってみれば、きみなど赤子同然だ。あっという間にだまされちまう。そんな真似は断じて許さない。きみはいま、ウィンダム家の一員なんだぞ。ぼくと一緒にロンドンに行くまで待て。そうすれば、悪党をひとり残らず教えてやる」

彼女は穏やかに応じた。「お気をつけあそばせ、マーカス。あなたの周囲にいる若い女性はひとり残らず、あなたを束縛しようとするし、ブリストルのクエーカー教会で結婚式をあげようと企《たくら》んでいるわ。あそこはいちばん規律が厳格だそうよ。自分が衣服を脱いだ姿さえ、けっして直視しないんですって。だから服の着替えもじっと正面を見据えたままおこなうし、お風呂にはいるときも同様だそうよ。どんなふうにうまくこなしているのか、想像もつかないわ。よほどふだんから不屈の精神をもって鍛錬《たんれん》に励まないと、それほど慎み深くは暮らせないでしょうね。だからね、マーカス、悪気がないのはわかるけれど、どうぞわたしのことは放っておいて」

「ぼくはもうきみの後見人の役割を担《にな》ってるんだよ。それも、きみが結婚するまでの話だから、じきにお役御免になるだろうが」

「そうは思わないわ」と、妃殿下がいつものように冷静沈着にほほえんだので、とうとうマーカスの怒りに火がついた。

「きみにノーという権利などない！」

「あら、あなたに想像もつかないようなことを、まだ言うかもしれなくてよ」

「なんの話だ？」

彼女は答えなかった。

「正直に言え。どうやって生活している？　男がいるんだろ？　ロンドンで男が待ってるんだな？　ロンドンに行こうと最初から思ってたのなら、なぜわざわざここに戻ってきた？　きみが嫡出子になる条件に含まれてたのか？」

「ずいぶん立て続けに質問するのね、マーカス。じゃあ最初の質問からお答えするわ。女性は例外なく無能だと、あなたは決めてかかってる。でもね、女性のなかには、まっとうな方法で自立していける人もいるのよ。そんなこと想像もつかない？」

「いや、少なくともきみには無理だ。きみは淑女だ。淑女になるべく育てられた。だからだ。だれかの妻になるしかない。それだけだ。無論、きみが無能だってわけじゃない。そうじゃないが、きみはそうなるべく育てられた。ただ――」自分で掘ってしまった深い墓穴に気づき、マーカスは口ごもった。

冷たいながらも思いやりのある口調で、彼女がその先を続けた。「紳士の腕を飾るためだけにって、そう言いたいんでしょ？」

「ああ、そして子どもを産み、居心地のいいきちんとした家庭をつくるために。お望みとあらば、花壇の手入れもできる」

「そのすべてに、とくに技術や能力など必要ないと、そう言いたいのね？」

「小銭を稼ぐほどの技術も必要ないね。それに、きみはどう見ても――」彼はまた口ごもった。ずいぶん尊大で恩着せがましい口をきいてしまった。ずいぶん馬鹿なことも口走ってしまったが、もう後の祭りだ。こんどこそ、妃殿下を怒らせたかもしれない。さすがの彼女も、少しは声を荒らげるかもしれない。そう思い、マーカスはきらりと目を光らせた。だが、そううまく運びはしなかった。

「マーカス、小銭を稼ぐために、あなたはなにをなさってるの？」

マーカスはあんぐりと口をあけ、彼女を見た。そして、できるだけ冷静に応じた。「ぼくは陸軍で少佐を務めた。自分でカネを稼いでいた」

「でもいまは、もう退役したのよね？」

マーカスは思わず歯嚙みをした。彼女に見られてしまったが、かまってはいられない。

「じゃあ、あなたに贅沢《ぜいたく》をさせてあげる裕福なご夫人でもいるのかしら？　どう考えても、貴族の男性にお金など稼げるわけがないもの。脈々と受け継がれてきた貴族の血は、そうすぐには変わらない」

「いまのぼくはね、多大な責任を負っているんだよ。わかるだろ？　広大な所領の隅々にまで目を配らなければならない。きみの想像も及ばないほどの数の家を管理しなければならない。ウィンダム家の所領で働くすべての男、女、子どもに責任を負い――」

「つまり、あなたはそのすべてを相続した」

「爵位など、ぼくにはどうだっていい。わかるだろ？　だが、義務は果たさねばならない」

「マーカス、あなた、いくつ？」

「二十四。よくわかっているだろうが」

「伯爵としては、ずいぶんお若いわよね」そして、彼女は肩をすくめた。

「だから、なんだと言うんだ？　きみがきちんと暮らしているかどうか、気にかけてやってるじゃないか。それもこれも、一族全員にたいする責任がぼくの肩にかかっているからだ。ああ、もう言い返すな、妃殿下。さっきも言ったとおり、きみには小銭を稼ぐほどの能力もない。ひとりで生きていけるだけの遺産も相続していない。それなのに、きみには家賃を払うだけの余裕がある――」こんどは、わざと言葉をとめ、目をぎらぎらと輝かせた。こんどこそ、彼女を怒らせることができたんじゃないか？　また、怒りのあまりこぶしを握りしめるんじゃないか？

　ところが、妃殿下はまたもや肩をすくめた。おまけに、ひと言も言い返してこなかった。マーカスはそこはかとない期待を胸に、待った。だが、彼女の冷たく青い瞳には怒りのかけらも浮かばない。

マーカスはついに降参した。「きみのところのウィックス氏とやらが、あす、ここにくる予定だ。いったいなんの用なんだ？」

「ウィックス氏は、わたしたち双方と話をしたいと思っているはず。あすはご在宅の予定かしら？」

おれはエディンバラに行くつもりだよ。そうとでも言いたいところだったが、マーカスはただこう応じた。「在宅だ。さあ、そろそろ休むよ。朝食で会おう」

「おやすみなさい、マーカス。ぐっすりお休みになって」

彼はぶつぶつと悪態をついた。彼女は音もなく立ちあがり、彼が壮麗なる応接間からすたすたとでていくのを眺めた。三枚続けて敷かれている年代物の華美なトルコ絨毯の上を歩き、ヘンリー八世以前にまでさかのぼる時代の調度品の横を通っていく。彼女は〈緑の立方体の部屋〉をでていくまえに、ふと足をとめ、天井を見あげた。広い天井に張りめぐらされた梁《はり》には入り組んだ彫刻がほどこされている。あちこちにウィンダム家の紋章が彫られている。妃殿下は、一連の幾何学模様のデザインの美しさにも心を奪われた。梁と梁のあいだには、さまざまな光景が天井画となって描かれている。最初は中世の光景が描かれているが、しだいに十六世紀の光景へと進んでいく。複数の男女の姿が美しく描かれ、長い歳月が経過しているにもかかわらず、色彩はいまだに鮮やかで、顔の表情まではっきりと読みとることができる。てっぺんで梁が一カ所に集まっているところでは、数えきれないほどのピンクや白の智天使《ケルビム》がほほえんでいる。智天使たちが古典主義の純真な目を向けているのは、壁のてっぺんに壁画のように描かれている剣や盾をもった勇士たちだ。この一連の壁画は、十八世紀の当主がカネにものを言わせ、追加で描かせたものだ。ほかの絵画はもっと時代が古いものであり、男女の姿がもっと写実的な手法で描かれており、天井の下のほうには中世の若者が目の前の淑女のためにリュートを奏《かな》でている光景もある。

妃殿下は暖炉のほうを振り返った。子どもの頃から、マーカスはきかん坊だった。そしていつだってチャーリーとマークにぎょっとするようないたずらをさせていた。ところがそのあとマーカスは陸軍将校の地位を買い、五年ほどまえから彼女の人生から姿を消した。彼女はふと考えた。あのまま軍隊にいたら、いまみたいに独善的で退屈な人間になることもなく、あいかわらず冬の嵐のように獰猛《どうもう》な若者だったかしら、と。父は、マーカスのことを愛情をこめて、それどころか多少の尊敬もこめて〝わんぱく小僧〟と呼んでいた。少なくとも、チャーリーとマークが亡くなるまでは、父はマーカスのことが好きだった。生きていたら、父はいまのマーカスのことをなんて呼ぶかしら。

それにしても、どうしてマーカスは自分の義務を退屈に感じているのだろう? 伯爵になったって、人生には楽しいことも愉快なこともたくさんあるのに、いつも苦虫を嚙みつぶしたような顔をしている。マーカスはいま、なにをしているかしら。願わくば、すやすやと眠っていますように。なにしろさっきまで、いまにも興奮で倒れそうに見えたもの。

じつのところ、マーカスはくよくよと考えこみそうになっていた。そして、ふだんはそんな真似はしないのに、上着を脱ぐときにスピアーズに手伝ってもらった。おれは失望なんぞしているものか。彼は戦場での出来事を思いだした。当番兵のコナリーが、テントの床に唾を吐きながら、マーカスに着てもらうべく上着を掲げていたことを。まるで、上着がこちらに嚙みつこうとしているヘビであるように、にらみつけていたっけ。哀れなコナリーは銃弾を受け、落馬し、馬に踏みつぶされて命を落とした。マーカスは、歯嚙みをしながらつぶやいた。「あの恩知らずめ。いつまでも態度を変えないつもりなら、こっちにも考えがある。さもなきゃ、女たらしの手にかかるがいい」

「妃殿下のことですか、閣下?」

「油断ならないやつだな、スピアーズ。よし、教えてやろう。妃殿下には秘密がある。彼女は秘密をいっさい漏らさず、固く胸におさめている。どうやって家賃を払っているのか、バッジャーに賃金を払っているのか、食費をまかなっているのか、いっさい話そうとはしない。なんだって——」

「よくわかりました、閣下」

「彼女はただ落ち着きはらって立っているだけさ。笑顔さえ出し惜しみするし、言葉を発しようともしない。だから、こっちはけしかけたり、あざけったり、暴言の限りを尽くしたりするんだが、彼女を怒らせることもできない。なぜあんなふうに、なにも言おうとしないんだろう?」

スピアーズが差しだした手からマーカスは身を離し、喉もとのスカーフをゆるめ、巨大なベッドに放りなげた。「彼女はあつかましくも、こう言ったよ。クリスマスの二日後にロンドンに発つと。まあ、それについては解決したよ」

「どうやって解決なさったんです？」

「すぐに彼女の後見人になると言ったのさ。二十一歳になるまでは、彼女はぼくの言うとおりにしなければならない。無理に押し通せば、彼女が二十五歳になるまでぼくの管理下に置くことだってできる」そう言うと、なかなか脱げない頑固な左足のブーツに顔をしかめた。

「お座りください、閣下。お手伝いいたしましょう」

マーカスは腰を下ろした。「だがね、二十五歳になるまで後見人を続けることにしたら、彼女はぼくに意地悪をしようと、最初に求婚してきた男と結婚しちまうかもしれない。妃殿下はきっと、ぼくがなにをしようが声を荒らげないだろうな。彼女の感情のレパートリーに、怒りという項目はないらしいよ。ぼくがなにをしても、庭に落ちてる種を見るような目つきでこっちを見るだけさ。それも、雑草をはびこらせる迷惑な種を見るように」

「閣下がそんな種であるものですか。曲がりなりにも、チェイス伯爵でいらっしゃるんですよ。せめて球根というところでしょう」

「さもなければ、うじ虫か」

「なんだってありですな、閣下」

「おまえまで、ぼくをからかってるのか、スピアーズ？」

「めっそうもないことで、閣下。そちらの足もお願いします、閣下」

マーカスはもう一方の足を突きだし、ときおり悪態をつきながら、くよくよと考えこんでは、不機嫌をまき散らした。「あす、やってくる予定のウィックス氏とやらは、いったいなにが望みなんだ？　なんの話をしようっていうんだ？」

「じきにわかることです、閣下。それに、バッジャー氏が〈チェイス・パーク〉にとどまることを、お認めになってはいかがです？　一流の頭脳と腕をもちあわせた男です」

「やつは、妃殿下のシェフまで務めていたんだぜ」

「だそうですね。グーズベリー夫人に話しておきましょう。こころよく、バッジャー氏にときどき夕食の支度を手伝ってもらうことでしょう」

「おまえは話の論点がわかっていないぞ、スピアーズ。妃殿下がバッジャーとふたりきりで暮らしているのが問題なんだ。花も恥じらう十九歳だというのに」

「バッジャー氏は、妃殿下の父親といってもおかしくない年齢ではありませんか。そして、妃殿下のことを心から愛していらっしゃる。父親が子どもを愛するように、です。けっして彼女を傷つけるような真似はしません。命に代えても、彼女を守りぬくでしょう」

おれだってそうするさ。マーカスはそう考え、また悪態をついた。彼はいま両手をかざし、燃えさかる炎の前に全裸で立っていた。

「今夜はナイトシャツをお召しになりますか？　生まれたときからここにいる第二従僕のビドルから聞いたんですが、いや実際、こちらにお仕えするようになってからあの家族で六代めだそうですが、今夜はひどく冷えるとか」

「結構」マーカスは脇腹をひっかいた。「ナイトシャツはいらない。寝巻きなどという代物は、女が着るものだ。なあスピアーズ、ウィックスとかいう野郎はなにが望みなんだろうな？」

「わかりかねます、閣下。しかし、ベッドで横におなりになったら、いろいろな可能性についてお考えになれますよ。早く温まらないと、お身体が冷えきってしまいます」

マーカスはなにも言わず巨大なベッドに横になり、繭《まゆ》のようなぬくもりのなかに沈みこんだ。スピアーズがあらかじめ温めた鍋を置いておいたのだ。マーカスは幸福そうに吐息を漏らした。ポルトガルのテントで二枚の薄っぺらい毛布のあいだに横になっているのとは大違いだ。

「閣下、ほかにご用は？」

「ふむ？　いや、ありがとう、スピアーズ。ああ、エズミを見かけたかい？」

「エズミはですね、さっき暖炉の前で丸くなっているのを見かけましたよ。すやすやと寝ていたかと」

「いてっ！　ここにいるじゃないか、スピアーズ。おまえがシーツを温めてくれたから、床よりこっちのほうが居心地がいいって判断したわけだな。こんどはぼくの腹の上で丸くなろうって寸法だ」

「じつに愛情深い猫ですから、閣下」

マーカスがうなり声をあげた。少なくとも言葉による悪態は自制したのだろう。

「ぐっすりおやすみください、閣下。あすになれば、そのウィックス氏とやらに会えるのですから」

ウィックス氏は翌日の午前十一時に到着した。マーカスは、そのご老体が四輪馬車から慎重に降りるようすを眺めた。巨大なマフラー、耳覆いのついた毛皮の帽子を身につけているせいで顔立ちは見えない。そのうえ、地面に引きずりそうなほど丈の長い厚地の大外套の喉もとに三枚はスカーフを巻いている。

あのようすじゃ、外套類を脱ぐのに三十分はかかるな。そう踏んだマーカスは、図書室に戻ることにした。

やがてスピアーズがそっとドアをノックし、音もなく図書室にはいってきた。マーカスは振り返り、黒い眉尻を上げた。

「ウィックス氏は、妃殿下の同席を求めておいでです、閣下。というより、その、同席が必要だそうで」

「なんだと？　まあ、正直なところ、そうだろうとは思っていたよ。サンプスンに、彼女を呼んでこさせろ」

「妃殿下はもう玄関にいらっしゃいます、閣下。ウィックス氏が外套を脱ぐのを手伝いながら、ご挨拶をなさっているところで」

「ああ、ご親切なこった」マーカスは不安を覚え、思わずつっけんどんな口調で応じた。やめろ、なにをいまさら不安を感じる必要がある？　まず間違いなく、ウィックス氏はおじが彼女に遺した巨額の遺産について知らせにきたんだろう。妃殿下への遺産があったって、いいじゃないか。いずれにしろ、彼女にはおれが持参金を用意してやるつもりだったのだから。

マーカスは口をひらいた。「妃殿下がウィックス氏の外套を脱がせきったら、ここに案内してくれ、サンプスン」

　こともあろうに、目をしょぼつかせた非常に高齢の紳士が図書室にはいってきたのは、なんとそのまた十分後だった。妃殿下がウィックス氏の横にぴったりとついている。ご老体は興味津々といったようすで室内を見まわした。無理もない、この図書室は歴史の宝庫だからな。マーカスはそう考え、無意識のうちに誇りが湧きあがるのを感じた。彼は妃殿下のほうを見たが、あいかわらず彼女の顔は無表情そのものだった。まるで〈チェイス・パーク〉の女主人であるかのように落ち着きはらい、すました顔をしている。おかげで妃殿下の横にいるウィックス氏たるや、ベルバスク近くの石灰層に親のない子どもたちを遠足に連れていく相談をしにやってきた教区牧師のように見えた。

　だが、ウィックス氏はロンドンの事務弁護士としてはそこそこ有名なはずだ。ほかでもない、妃殿下の父親が彼女を正式な嫡出子にするために雇った男なのだから。金銭上の取り決めのほかに、なにか話があるのだろうか？　マーカスは不審に思った。だいいち、ウィンダム家が八十年まえから雇っている事務弁護士とはべつの人間をおじが雇ったのも、妙な話じゃないか。なにせ、お抱え事務弁護士のムッシュー・ブラッドショーは父から息子へと代を継いでウィンダム家に仕えてきたのだから。
いったい、なんの話があるというんだ？

6

「ウィックスさん、こちらがマーカス・ウィンダム、チェイス伯爵です。わたしのいとこにあたりますの」

「閣下」と、挨拶をしたウィックス氏の声は、ご老体のわりには驚くほど朗々としていた。次の瞬間、その高齢の紳士の瞳に鋭い知性が光ったのを、マーカスは見逃さなかった。どうやら手ごわい敵手と対戦することになるらしいぞ。マーカスは覚悟した。強敵に年齢など関係ない。「お目にかかれて光栄です、サー。ミス・ウィンダムのご同席をお願いしたこと、いぶかっておいででしょうな」

「いや、いまは〝ミス〟ではなく〝レディ〟だが。とはいえ、レディ・妃殿下・ウィンダムではまわりくどい」

「ええ」と、妃殿下が口をはさんだ。「ミス・ウィンダムのままで結構です。なんでしたら、ミス・コクランでもかまいません」

「だめだ」と、マーカス。「それは許さない。きみはいま、ウィンダム家の一員なんだぞ。ぼくとしてはレディ・妃殿下がいいね」

彼女はわずかにほほえみ、そっと膝に載せている白い両手を見おろした。

マーカスは彼女から事務弁護士へと視線を移した。「いかがです、ウィックス君、暖炉のそばにお座りになっては。ご用件は、それからうかがおう」

「それはそれは、かたじけない、閣下。きょうは風が強くて。わたしの骨もだいぶガタがきているうえ、どんどん細くなっておりましてね。やれやれ、落ち着いた」

マーカスは、妃殿下が腰を下ろしている長椅子に並んで座った。アン女王様式の年代物の繊細な長椅子で、美しい彫刻がほどこされており、淡いクリーム色と濃青色の紋織りでおおわれている。

「さて、閣下。あなたのおじさまにあたる先代のチェイス伯爵が、コクラン夫人と結婚なさり、そのお子さんを法的に正式な嫡出子になさったことはご存じですな」

「ええ。おじがそう手続きを踏んだのは、いいことだと思っています。それにしても、なぜ、すぐにそのことがぼくに知らされなかったんです？」

ウィックス氏は臆することなく、率直に言った。「それは、おじさまの案にわたしが合意したからです。すべての手続きは、ウィンダム家のご家族に知らせるまえに完了しなければならない。当然、そのご家族には、おじさまの弟さんの奥さまとそのご一家も含まれます。アメリカのボルティモアなる地にお住まいのご一家のことですな。また、遠方にお住まいのあなたのお母さまも含まれます。なにもかも、ミス・ウィンダムを、もとい、レディ・妃殿下を守るためなのだと。ご理解願えればありがたいのですが、閣下」

「ああ、よくわかる」と、マーカスは言い、さっと立ちあがり、暖炉のほうに歩いていった。「手続きがすむまえにこの話を耳にしていたら、ぼくは即刻スマーデンに向かい、彼女を絞殺し、遺体はドーバー海峡の絶壁から投げ捨てていたさ。ああ、ぼくのような略奪者の存在を考慮すれば、理にかなっているよ」

妃殿下が咳払いをした。「冗談ですのよ、ウィックスさん。チャーリーとマークが不慮の事故で命を落としてからというもの、悲しいことに、父は自分の爵位を嫌悪するようになりました。だって自分はのうのうと生きているのに、跡継ぎとなる息子たちは死んでしまったのですから。そしてご存じでしょうが、その後に奥さまが出産なさった男の子もひとり残らず、亡くなりました。だから、父は秘密裏にことを進めていたのでしょう。それは父がマーカスのことを高潔な男性と見なしていなかったからではなく、あてつけたかっただけなのです。マーカス、ほんとうなの。もうこれ以上、この話をあれこれ詮索《せんさく》なさらないで」

「そんな話、きみだって信じていないくせに、妃殿下。おじはぼくを責めたんだぜ。おまえが事故現場にいさえすれば、チャーリーとマークを助けだすことができたのに、と。いや、一緒に死ななかったことを非難していたのかもしれない。ぼくは事故現場のすぐそばにいた。ロザミア飼育場に。だが、ふたりの命を救えるほどそばにはいなかった。おじは、ぼくのことを裏切り者だと考えていた。名誉を重んじる気持ちのかけらもない男だと。おじはぼくを憎んでいたんだよ、妃殿下」

「大げさに考えすぎよ」

「そうかな、ウィックス君？　おじはあなたに、ぼくのことが大好きだと話していたかい？　ぼくが爵位を継承することになり、飛びあがるほどうれしいと？」

「その件については、のちほどお話しいたしましょう、閣下。さて、どうしてレディ・妃殿下にまでご同席をお願いしたのか、理由を説明いたしましょう」

マーカスがかすかに頭を傾けた。そうしていると、どういうわけかマーカスのほうがウィックス氏よりも年長に見えたうえ、ふしぎなことに近寄りがたくも見えた。

「それが、なかなか説明しにくい話でして、閣下」

「さっさと吐きだすがいい、ウィックス君」

「先代の伯爵は、金銭、土地、家屋など、すべての財産を、ご自分の後継者、つまり閣下には遺されなかったのです。つまりですな、閣下に遺されることが決まっている特定の資産以外の全財産は、お嬢さまのジョゼフィーナ・ウィンダムに遺されたのです」

沈黙が訪れた。マーカスは長いこと妃殿下を見つめてから、あまりにも冷静な声で言った。

「ジョゼフィーナだと？　そんな醜《みにく》い名前（ジョゼフィーナはナポレオンの最初の妻の名前。フランス語読みだとジョゼフィーヌ）は聞いたことがない。いやはや、ぼくが妃殿下という新しい名前をつけてやったことを、きみは毎晩、祈りながら感謝すべきだな」

ウィックス氏は途方に暮れたようにそわそわと書類をいじった。「わたしがいま申しあげたことを、ご理解いただけましたでしょうか、閣下？」

「ああ、たしかに理解した。ぼくが文無しになったと告げたわけだ。大邸宅に暮らしてはいるが、すっからかんの文無しだ。身ぐるみはがされたようなものだな。それにしても、おじときたら、身内の人間を零落《れいらく》させるには、これ以上ない手口を使ったなあ。これでわかっただろう、妃殿下。おじがぼくのことを心底憎んでいたことが。それにしても、実の娘のアントニアとファニーについてはどうするつもりだったんだ？」

「はい、閣下。双子のお嬢さまには、それぞれ一万ポンドを遺されました。しかし、それは、以前の遺書でも同じ内容でした。ほかにも、すべての使用人や、ほかのウィンダム家の親戚への遺贈に関しては、内容に変更はありません」

「つまり、ぼくだけがおじの復讐の的《まと》だったわけだ――跡継ぎのぼくが」

「いいえ、この話にはまだ続きがありまして、閣下。たしかにいまは、レディ・ジョゼフィーナが……」

「そんな不快な名前で彼女を呼ぶのはやめろ。とにかく〈チェイス・パーク〉以外の財産はなにもかも、彼女のものなんだろう？　ぼくが相続できるものが、ほかにあるのか？」

「ございます、閣下。パトナム・プレースにあるロンドンのお宅は、生涯、閣下のものです」

「ふむ。ほかには？」

「セントアイヴズ近郊にあるコーンウォールの猟小屋も、閣下に残されました。二千エーカーほどの肥沃な農地も閣下のものです。残念ながら、以上です、閣下」

「この馬鹿でかい屋敷には莫大な維持費がかかるんだぞ。そのカネもないのか？」

ウィックス氏がのろのろと言った。「おじさまは、あなたに土地家屋しか遺さないような真似をすれば、あなたがなにをしでかすかわからないと考えられました。そこで、すべてのウィンダム家の所領、金銭、家屋などの全資産の管財人をわたしにご指名なさいました。わたしはまた、成年に達するまではレディ・妃殿下の管財人でもあり、後見人でもあります。彼女が二十一歳になられたら、妃殿下はわたしと一緒に管財人となり、ウィンダム家の全財産を監督することになります。ウィンダム家の所領から得られる収入は莫大なものですし、年々、その額は増大しています。デボン、サセックス、オックスフォードシャーのそれぞれに所領があるわけですから。しかし、そこから得られる収入を、閣下が自由にお使いになることはできません」

マーカスはなにも言わなかった。それどころか、退屈しているように見えた。妃殿下とウィックス氏が存在していることも、ずいぶんまえに他界し、ここでマーカスが復讐することもできないおじから食らわされた一撃のことも、すっかり忘れているような顔をしている。

胸の前で腕を組み、マーカスは炉棚に肩をなげやりにもたせかけた。そして低く苦い笑い声をあげた。「やっぱり、きみは間違っていたな、妃殿下。とにかく、おじはぼくを憎んでいたんだよ。たんなるあてつけじゃなかったのさ。あの爺さんは――きみを侮辱するつもりはないよ、妃殿下――ぼくのことを憎むあまり、跡継ぎにしたあと貧乏人へと突き落とした。いまのぼくは、パン一切れ食べるときにも、なにかに修理が必要になったときにも、使用人たちに給金を支払うときにも、いちいちウィックス氏におうかがいを立てねばならない。そして、爺さんの私生児であるきみにも、いちいち、おうかがいを立てなくちゃならん。きみの親父は、自分の後継者がもてる希望を、未来のウィンダム家がもてる希望を、すべて押しつぶした」

ひねくれた物言いを続けるマーカスを尻目に、ウィックス氏は悪びれたふうもなく話を続けた。「わたしも激しく反論したのですよ、閣下。それでも、先代は意見を変えられなかった。先代は閣下のことを嫌っていらした。それは認めます。それでも、先代は閣下に手当てを遺すことには同意なさいました。ええと、三カ月ごとに手当てを支給すると」

マーカスはいまにも殴りかかりそうな勢いでまくしたてた。「昨夜は、ふたりでぼくのことを馬鹿にして笑っていたんだろうな、妃殿下。きみの後見人になってやるだの、きみに持参金をやるだの、家族を守る義務があるからきみを守ってやるだの、繰り返し息巻いていたぼくのことを。さあ、これでなにもかも、きみのものだ。面倒を見てもらう男など必要ない。ああ、きみは、ぼくの話をさぞおもしろがっていたんだろうさ」

「まさか、そんなことあるはずないでしょ、マーカス。お願いだから、説明させて」

驚いたことに、マーカスは冷静きわまりなく話してのけた。「もう説明は結構だ、妃殿下。では、ちょっと頭を冷やしてこよう。失礼しますよ、ウィックス君」

「しかし、閣下、まだ話は終わっていません。どうか聞いてください！　まだ大切な話があるのです！」

「これ以上、なにがあるというんだ？　勘弁してくれ。暴露話は、もううんざりだ」そう言うと、マーカスは妃殿下にうなずき、振り返ることなく、のしのしと部屋からでていった。

ウィックス氏が頭を左右に振った。「お父上のなさったことは、あまり感心できることではありません、妃殿下。もちろん、あなたを嫡出子にするのは正しいことですが、あなたに多額の持参金を用意するという条項をつけくわえるのが適切だったといえましょう。あなたに全財産を遺し、肝心の伯爵にはお手当てだけとは、ひどい話です。屋敷の維持費でさえ、いちいちあなたに嘆願してだしてもらわねばならないとは」

妃殿下が険しい顔で、真っ向からウィックス氏をにらみつけた。「お願いです。父の遺言など、なかったことにしてください。マーカスがこれほどひどい仕打ちを受けるいわれはありません。彼が落ちぶれていくのを、手をこまねいて見ているわけにはいかないんです。父がマーカスを責めていたのは、ただたんに事故現場にいなかったから、いとこたちと一緒に溺死しなかったからなんです」と、妃殿下がまくしたてた。

「あなたとわたしで、彼の財布の紐《ひも》を握る？　あなたとわたしがチェイス伯爵にいちいち許可を与える？　いいえ、そんなことできるものですか。即刻、この話はなかったことにしてください」

彼女が立ちあがり、室内を行ったりきたりしはじめた。ウィックス氏は、これほど活発に動きまわる妃殿下を見たことがなかった。と、ふいに彼女が振り返り、威厳のある低い声で言った。「いいこと、ウィックスさん。わたしがいくばくかの遺産を相続するのはかまいません。でも金銭や家屋や土地などの財産はなんとしてもマーカスの手に返さなければ」

ウィックス氏は穏やかな声で言った。「恐縮ですが、それはできません」

「どういう意味です？」

「お父上は、あなたがこの決定に反対なさるだろうと予想なさっていた。あなたが気持ちのきれいなかたで、義理堅く、その気になれば、いとこにやさしくなさるだろうと。さて、お父上は遺書にもうひとつ、条件をつけておいでです。ほとんどすべての財産の相続とそれにともなう責務をあなたが拒否するようなら、遺産はあなたではなく弟の妻に遺す、と。つまり、五年まえに亡くなったグラント・ウィンダムの奥さまに遺産を譲渡することになるのです。アメリカにお住まいの未亡人とそのお子さんたちに」

妃殿下はウィックス氏から一枚の書類を受けとり、目を通した。そこには、見知らぬ名前とアメリカの住所が記してあった。〝ウィルヘルミナ・ウィンダム夫人。メリーランド州ボルティモア、フォーティーン・スプリング・ストリート〟。

「またこちらが大家族のようでして。お子さんが三人、いらっしゃるようです」

「でも、このウィルヘルミナという女性の話は聞いたことがないわ。わたしのおばさまにあたるんでしょう？」

ウィックス氏が咳払いをした。「ええ、そうです。お父上の弟さんのグラント・ウィンダム氏は、いわゆる賭博師《とばく》だったようです。まあ、ご親戚のなかでは望ましくない人物だったわけですな。弟さんはギャンブルで一文無しになったあげく、遠縁のおばさまから相続した遺産もすべて賭博で使いはたしてしまった。そのため、さすがに先々代の伯爵から、もうおまえとは縁を切る、家からでていけと命じられた。そこで弟さんは新天地を求めてアメリカに脱出し、当地でウィルヘルミナ・バッツと出会い、結婚した。率直に申しあげますと、先代は弟のグラントさんをかわいがっていらしたようです。だから、先々代から縁を切られた弟一家を帰国させるのは、痛烈なジョークだとお考えになったのでしょう。そしてあなたが遺産相続を放棄した場合、アメリカで暮らす未亡人一家に全財産をゆずることにした」

ウィックス氏は説明を続けた。「どうか信じてください、わたしはあなたと同じ意向をもっております。閣下をおろそかに扱うような真似はけっしていたしません。閣下は三カ月ごとにわたしから手当てをもらわねばなりませんが、閣下を貧しい親戚のように扱うような真似はいたしません。閣下が相続することになっている所領の維持費や修繕費に関して、締めつけを厳しくするつもりもありません。閣下のプライドを最優先に考えるつもりです」

「あなたはマーカスのことをご存じないのよ、ウィックスさん。あなたがどう配慮しようが、どれだけやさしく理解を示そうが、マーカスは断固として受けいれないでしょう。とても誇り高い人ですし、それ以上に、自分なりの主義を強くもち、自己を厳しく律しますから。ほんとうに立派な男性なんです」

ウィックス氏は一瞬、怪訝《けげん》そうに彼女を見たが、すぐに口をひらいた。「もちろん、受けいれがたい話でしょう。とはいえ、閣下はとても責任感の強いおかただ。広大な所領がすべてアメリカ人の手に渡るのを、黙って見ていられるとお思いですか？　そうはならないことを願いましょう。しかし、ひとつ懸念《けねん》もあります。お父上にも申しあげたのですが、将来、わたしがありがたくも天に召されたあと、管財人としてわたしの仕事を受け継いだ者が、自分には強大な権力があると勘違いしかねないということです。そうなったら、おまえには施しものをしてやっているんだぞという傲慢な態度で伯爵と接するかもしれない。それが怖い。思いだしますよ、わたしがそう申しあげると、お父上は両手をすりあわせ、大笑いなさった」

「そこまで考えてくださって感謝いたしますわ、ウィックスさん。マーカスを救う抜け道を、なにか思いつかれました？」

ウィックス氏が顔をぱっと輝かせた。「ええ、じつはひとつだけ、抜け道がありまして。お父上は大笑いなさったあと、ご自分の計画について説明なさいました。しかし、あなたと伯爵が、その、この計画に従うことはまずないだろうともおっしゃいました」

「どうか、教えてください。その抜け道とやらを」

「お父上の死後、一年半以内に、伯爵は結婚しなければならない。そうすれば、全財産はもとどおり、伯爵のものとなる。ただし、その結婚相手はあなたでなければならない。あなたがたおふたりが結婚すれば、わたしがさきほど閣下に申しあげた話はすべてなかったことになる。お父上は、次の世代の伯爵があなたの血を受け継ぐことを願っておられたのです。そうすればマーカスの汚《けが》れた血も薄まる、とね」

「マーカスの汚れた血？　なんという言い草。わたしだって私生児なのよ、もうお忘れ？」

「ご勘弁を。そうおっしゃったのは、当のお父上です。お父上は、あなたの息子さんが伯爵家の跡継ぎとなることを望んでいらした」そう言うと、ウィックスが肩をすくめた。「伯爵との結婚をあなたが断わるようであれば、もう爵位など、そのあとどうなろうが知ったことではないとお考えのようでした。ほんとうにそうおっしゃったのです、妃殿下。知ったことではない、と。遺書の書き換えはすべて、あなたのお母上が亡くなったあとにおこなわれました。お父上はすっかり人が変わってしまわれたのです。拝見していて、こちらがはらはらするほどに。もうなにもかもどうでもいい、これですべてが終わった、ともおっしゃっていました。『ウィックス、ベスが亡くなった。わたしの妻が、わたしが望んだ唯一の女性が、天に召されてしまった。自分が本来暮らすべきだった〈チェイス・パーク〉にいちども足を踏みいれないまま、旅立ってしまったんだ。ああ、この世に正義などあるものか。もう、なにもかもどうでもいい。甥にはせいぜい癇癪《かんしゃく》を起こしてもらおう。泥のなかでのたうちまわる思いを味わうがいい。この理不尽な不公平を少しは実感するがいい』と」

妃殿下は身じろぎもせず座っていた、なにも言わず、なにもしない。さきほどまで、彼女はずいぶん意気込んで話していたが、それでも、そこにはつねに抑制があった。そのような抑制をするにはまだ若すぎるのに。

妃殿下がとうとう口をひらいた。その声は真夏の宵《よい》の鳩の歌声のように静かで憂《うれ》いを帯びていた。「父が亡くなったのは、昨年の一月のことです。ということは、六月までにわたしはマーカスと結婚しなければならない」

「ええ、そのとおりです。正確にいえば、六月の十六日までに」

「どうして、マーカスにこの話をしなかったんです？　絶望的な状況から抜けだす方法があることを？」

「説明しようとしましたが、閣下は聞く耳をもたず、でていってしまわれた。先代の仕打ちが信じられず、いまは大きなショックのさなかにあるのでしょう。わかりました、今夜、閣下に必ず説明いたします。しかし、わたしがいちばん懸念しているのは、あなたのことです、妃殿下。伯爵と結婚する意志がまったくないのなら、いまここで、そうはっきりおっしゃってください。事態は、あなたの決断ひとつにかかっているのですから」

彼女はゆっくりと立ちあがった。そのひとつひとつの動きが優雅で貞淑だった。彼女はスカートの裾をなおし、右手首のブレスレットを優雅にまわした。

「マーカスと結婚しなければ、わたしは全財産を失うことになるのね？」

「正確にいえば、お父上の遺志に応じるのを拒否すれば、です。拒否なさったとしても、あなたには五万ポンドが遺贈されます。それだけでも、あなたは充分裕福なお嬢さんになれる。しかし、閣下のジレンマはそれどころではない。全財産がアメリカの親戚の懐《ふところ》にはいってしまうのですから。そうなったら、かれらはここイギリスで暮らすこともできる。悠々自適の生活が待っているのです。いっぽう、閣下はお手当てを恵んでもらって暮らすことになる」

「六月十六日までにわたしと結婚しなければ、マーカスは貧乏になる」

「そのとおり」

「マーカスと同様、わたしも少々動揺しています。ウィックスさん、そろそろ寝室にご案内いたしましょう。ここでは都会より早く夕食をとりますの。夕食は六時半。六時に客間にお越し願えれば幸いです」

表情を翳らせる程度だったが、彼女はわずかにほほえんだ。それだけのことなのに、ウィックス氏はその微笑のようなものに心を奪われ、ほほえみ返した。

「ではのちほど、ウィックスさん」と、妃殿下が言った。「もしなにかご要望がおありでしたら、サンプスンにお命じください」

「ありがとうございます」妃殿下が美しいものごしで図書室からでていくのを、ウィックス氏は眺めた。うら若きご婦人にしては、なんと落ち着きはらっているのだろう。腰を抜かすような知らせを耳にした直後だというのに。彼女はマーカスにどの程度、好意をもっているのだろう？　たしかに、彼女はマーカスのことを擁護した。そして父親のいまわしい指示を無効にしてくれと要求した。こうした点を考慮すれば、少なくとも彼女のほうはマーカスに好意をもっている。ではマーカスのほうはどうだろう？　結婚してもいいほど妃殿下のことが好きだろうか？　それとも妃殿下のことが大嫌いで、好きなようにしろ、カネなどいくらでももっていけと捨て台詞《ぜりふ》を吐くだろうか？　それとも、先代の遺言のせいで自尊心をこなごなにされ、彼女のことをどう思っていようが関係なく〝地獄に堕ちろ〟と罵倒《ばとう》するだろうか？

たしかに、マーカスは誇り高い若者のようだ。最初のうちはウィックス氏も先代の話を真に受け、マーカス・ウィンダムのことを自堕落で悪評高い若者だと考えていた。だが、ことマーカスに関しては、先代の話を鵜呑《うの》みにしてはならないようだ。妃殿下の母親が亡くなったあと、先代が精神的なバランスを崩していたという可能性もあるのだから。

この危機から脱するためには妃殿下と結婚するしかないのです。そうマーカスに伝える場面を、ウィックス氏は頭のなかで何度も何度も思い描いた。

そうだ。当面の問題は妃殿下ではない。

たしかに、彼女は私生児として生まれた。なにをしたところでその事実は変わらないと考える人間もいる。

だが、状況は変わったのだ。

その晩、伯爵は六時きっかりに姿をあらわした。漆黒の服に身を包み、首にはスカーフを優雅に巻き、白い麻のシャツは彼の歯と同様に真っ白だ。目を見張るほど凛々《りり》しい、とウィックス氏は客観的に眺めた。そのうえ、妃殿下にたいして自分を抑える方法も身につけたと見える。表情に大きな変化はないし、集まった家族にたいする発言にも変わったところはなかったが、これまで妃殿下にさかんに悪態をついていたようすはあとかたもなく消えている。無論、彼はチェイス伯爵なのだから、もともと過剰に親密な態度をとったりしないものなのだろうか？

クリタッカー氏も夕食に同席していた。そして五分もしないうちに、彼が妃殿下に鼻の下を伸ばしているのが見てとれた。必死で隠そうとはしているものの、茶色の瞳をうっとりとうるませている。ウィックス氏は彼を蹴飛ばし、身体を揺さぶってやりたくなった。いや、その両方を同時にやってやりたい。伯爵は、自分の秘書が妃殿下にのぼせあがっていることに気づいているのだろうか？

夕食はなにごともなく進んだ。先代の伯爵の姉であるレディ・グウィネス・ウィンダムは、この席のもてなし役であり、ウィックス氏のような一介の事務弁護士にも愛想よくふるまってくれた。それでも、ナツメグの香りが強すぎる鳩肉のペーストと、ニンニクがききすぎたラム・ローストの白インゲン添えを食べながら、レディ・グウィネスは伯爵に声をかけた。

「マーカス、あなた、いたずらエズミのこと、どうにかしなくちゃだめよ」

マーカスが黒い眉尻を上げた。「失礼、なんですって？」

「あなたの猫よ、マーカス。エズミったら、ラムを一切れ、それも大きなのを失敬したんですって。グーズベリー夫人がそう言ってたわ。だから、わたしのお皿には当初の予定よりたくさん白インゲンが添えられてるというわけ」

「エズミは機敏ですからね。戦利品をくわえての逃亡に成功したんでしょう」

「ええ、そのせいでグーズベリー夫人が大声でわめき、サンプスンが神経をまいらせたの。サンプスンは大声をだされるのが嫌いなのよ、マーカス」

「困りましたね。ではそろそろ、バッジャーにキッチンで腕をふるってもらってはどうです？　バッジャーは一流の料理人ですよ」

「とくに、牛の尻肉のローストは絶品ですわ」加熱しすぎた白インゲンを載せたフォークを見ながら、妃殿下が言った。「ローストビーフをくるむパイの皮が、口のなかでとろけますの。それに、バッジャーは外交家でもあります。あなたのために食事を用意させましょうか、マーカス？」

マーカスは妃殿下のほうを見ようとはせず、深紅の赤ワインがはいったグラスを見ながら話した。「グーズベリー夫人は策略を企《くわだ》てている猫から一時避難すべきだと、サンプスンに伝えるとしよう。バッジャーにはあすの夜、牛の尻肉をローストしてもらおうか。グーズベリー夫人には、スカーバラに住む妹さんのところにでも遊びにいってもらえばいい」

「彼女には、スカーバラに妹さんなんかいませんよ」と、グウィネスが応じた。

「じゃあ、新鮮な海の空気でも吸いにでかけてもらえばいい」マーカスはそう言うと、この件はもう蒸し返すなというように肩をすくめた。なんといっても彼は伯爵であり、ここの当主であるのだといわんばかり。たとえいまは、財産を奪われたと考えているとしても。ウィックス氏は早くマーカスに事情を話したくてうずうずした。短時間であろうと、事態を混乱させておくのは我慢ならない。

伯爵はポートワインを飲みすぎるような失態は演じなかった。それどころか、食後は広大な客間で家族と一緒に礼儀正しくすごしていた。ウィックス氏はまだマーカスと知りあったばかりだったので、彼がふだんより静かでよそよそしいのかどうか、よくわからなかった。そこで九時になると、ウィックス氏はついに口をひらいた。「閣下、よければ図書室でお話しさせていただく時間を頂戴できないでしょうか。閣下は状況のすべてを把握なさってはいらっしゃらない。まだお知らせしたいことがあるのです」

マーカスは眉尻を上げ、ウィックス氏にしか聞こえないよう、小声で言った。「ほう。それはつまり、グーズベリー夫人をスカーバラにやる権利など、ぼくにはないってことか？　いちいち、きみの許可を得なければならないと？」

「めっそうもない。お願いです、閣下。少し、お時間を頂戴したいだけでして」

マーカスは肩をすくめ、家族におやすみの挨拶をすると、客間からでた。だが、図書室にはいると、ウィックス氏のほかにも妃殿下が待ちかまえていたので、思わず声を荒らげた。「なにが望みだ、妃殿下？　さっさとでていけ。カネの勘定でもしていろ。きみを囲っている男に手紙でも書いて、スカーバラに滞在しているグーズベリー夫人をクビにしてくれと頼むがいい。ああ、そうだった、ぼくにはもうきみにわめき、命令する権利などないんだよな？　きみを怒らせようものなら、ぼくは捨てられ、路上暮らしだ」

「少しは自分を抑えられないの、マーカス？　ひとつだけ解決策があるのよ。お願いだからウィックス氏の話を聞いて、マーカス」

「くそったれ、きみになんの――」マーカスがふいに口を閉じ、肩をすくめると、デスクの向こうに腰を下ろした。そして横柄な口調でつけくわえた。「わかったよ、話を聞いてやろうじゃないか。この期に及んで、これ以上、どんなすばらしい知らせがあるというんだ？　ぼくに小屋で暮らせというのか？　それとも馬具庫で暮らせばいいのか？」

7

「とんでもない、閣下」と、ウィックス氏が応じ、若き伯爵を真剣なまなざしで見た。「お願いです、どうかわたしの話をまじめに聞いてください。ひとつだけ、解決策があるのです。おそらくは閣下も、わずらわしいとか不愉快とか、お思いにはならないかと」

「この惨憺《さんたん》たる状況に解決策があるだと？　うるわしのおじが、この苦難から抜けだすため、おのれの頭を撃ちぬく銃でもご用意くださったわけか？」

「いいえ、閣下。ご結婚の条件です」

「ほお、かの有名なる女子相続人のことだな？　ぼくがいれられた鳥カゴに突っこむ鍵があるというわけか。なるほど、まだ見ぬどこかの女子相続人と結婚するのは禁じられてないわけか。それなら残念ながら、おじの復讐は不首尾に終わるな。ぼくはただロンドンに急ぎ、売り出し中の上流の娘のなかから好みの相手を選ぶまでだ。そして結婚すれば、相手のお恵みを受けられる。ほかにも、きみからお手当てを頂戴できる。ずいぶんと胸躍る未来だよ、ウィックス君、胸が躍りすぎて吐き気がしてきた」

「マーカス、お願い、話を聞いて」

「黙れ、妃殿下。あの気色の悪い中国の花瓶を粉々に割ってやりたい気分だよ、けばけばしい脚が鼻につく。おじはあの花瓶がお気に召してたよな。くそっ、いまにも堪忍袋の緒が切れそうだ。ここからでていけ。きみに青痣《あおあざ》でもつくるといけない――」

「落ち着いてちょうだい、マーカス。わたしはでていけないの。だって、この件にはあなたと同様、わたし自身も深く関わっているんですもの」

妃殿下はついにマーカスの注意を引きつけた。「どういう意味だ?」

「つまりですね、閣下、おじさまはあなたに抜け道を用意なさったのです。閣下が女子相続人と結婚なされば問題はすべて解決する。閣下はただ、妃殿下と結婚なさればいいのです」

マーカスがあんぐりと口をあけた。ウィックス氏は思わず唇を舐めた。もっと説明を続けたかったが、若き伯爵の顔つきを見て口を閉じた。マーカスは目は血走らせていたが、なにも言おうとしない。そのうえ妃殿下ときたら、ふだんの彼女よりもっと落ち着きはらっていた。身じろぎもせず、冷徹にマーカスを見つめている。その冷静沈着ぶりときたら見事だったが、同時に厄介でもあった。こうした尋常ではない事実が明るみにでても動じることのない態度は、伯爵に逆効果を及ぼした。マーカスがいっそう怒りをつのらせたのだ。

もう二度とこんな沈黙は経験したくない。ウィックス氏がそう念じた数分間がようやくすぎると、マーカスがあざけるような口調で傲慢に言った。「彼女と結婚するだと? ジョゼフィーナと結婚だと?」マーカスは上から下までじろじろと彼女を眺めた。胸もとを舐めるように見てから、腿や腰のラインをなぞっていく。「こんな醜い名前の女と結婚だと？　愛の言葉を囁くところなぞ想像できるものか――ジョゼフィーナ、ジョゼフィーナ……冗談じゃない。古いジャガイモみたいにしぼんじまうよ。さもなきゃ、馬鹿らしくて笑っちまうね。まったく、冗談にもほどがあるぞ、ウィックス君。まだどこかに罠があるんだろう。正直に話してくれ」

「いいえ、冗談ではありません、閣下。このうえなく真剣な話です。結婚なさったら、このまま妃殿下とお呼びになればいいではありませんか。ご自分で妃殿下と名づけたのですから、気にいらないはずがない。いいですか、閣下、この件は慎重に考えねばなりません。さもないと――」

「名前が気に食わないわけだけじゃないんだよ、ウィックス君。この娘の身体には冷血が流れている。ほら、見ろよ、岩のように動かず座っているじゃないか。ぼくのことなど、考えてもいない。考えることがあるとすれば、庭の花がせいぜいだろうね」そうまくしたてると、マーカスは先を続けた。

「いいかい、彼女はほかの人間より、庭のバラのほうが大切なのさ。いや、それも違うかもしれないな、ウィックス君」マーカスは間を置き、つけくわえた。「ほんとうのところはバラにさえ関心がないのかもしれない。バラの冷たい美しさに惹《ひ》かれているんだろう。だが、触れようものなら棘《とげ》で痛い思いをさせられる。とにかく、彼女はバラには関心があるかもしれないが、男には関心なぞないんだよ。彼女がどれほど男を毛嫌いしているか、きみには想像もつかないはずだ、ウィックス君。男になど自然の美が備わっていないからな。毛むくじゃらで、ずんぐりしていて――」

彼女は驚きのあまり、長椅子に強く背中を押しつけていた。だが、それは心の奥底でしていたことだった。彼女は自分に身じろぎをすることも、ほとんど息をすることも禁じていた。それでも、激しい怒りの言葉が身体じゅうを駆けめぐるのがわかった。それはあまりにも圧倒的で、このままどうにかなりそうだった。哀れなウィックス氏は、マーカスの怒りをなだめようとむなしく奮闘を続けている。いくら努力したところで無駄なことが、彼女にはわかっていた。マーカスは喜怒哀楽《きどあいらく》が激しい。すぐに有頂天になり、すぐに怒りだす。でもまさか、こんなふうに悪態をつかれるなんて夢にも思っていなかった。でも、そうさせたのは、このわたし。強く誇り高いマーカスが、あまりにも過酷な運命に見舞われたんだもの。妃殿下はただじっと彼を見ていた。かたちのよい唇をゆがめている醜い冷笑を、こぶしを握りしめるほどの激昂を。

呆然としている聞き手のことなどどこ吹く風で、マーカスはわめきつづけた。自分がどれほど相手を傷つけているかを思いやる余裕もない。「彼女とベッドをともにするところなど想像できるかい、ウィックス君。考えてもみろよ。二十年から三十年ものあいだだぜ。そりゃきみだって、あらぬ場面を想像したことがあるだろ？　彼女はたいそうな美人だからな。眺めているぶんには最高のタマだよ。顔だけじゃない、身体だって見事なものさ。背が高くてすらりとしているし、胸や腰ときたら男をじらすじゃないか。彼女の本質がわかっていない不運な男は、つい、淫《みだ》らな場面を思い描いてしまうだろうさ」まだ言い足りないというように、マーカスは喋りつづけた。

「だが、自分が夫になったら、彼女に歓迎してもらえると思うかい？　彼女はほかのことを考えながら冷たくきみを見るだろう。蜃気楼《しんきろう》と寝ているようなものさ。一緒に同じ部屋で寝ていても、きみのことをネズミかなにかのように見るだろうね。それでも拒絶していることをあからさまにしないよう、努力くらいするかもしれない。お粗末な笑みを浮かべ、自分に犠牲的行為をする気があることを、ありがたくもお知らせくださるのさ。そして音もたてずにベッドに歩いていき、仰向《あおむ》けになり、じっと待つ。室内にいるのに、戸外の大気のように冷たい身体でね。ああ、考えるだにおぞましいよ、ウィックス君」

ウィックス氏が努力を続けようとするのがわかった。咳払いをすると、捨て鉢《ばち》な表情を浮かべ、震える声で言った。「聞いてください、閣下。さぞショックな話かと――」

「だらりと横になっている女より、悲鳴をあげて逃げまわる女のほうがましだね。こっちが下劣な悪徳に耽っているあいだ、殉教者《じゅんきょう》さながら、さめざめと泣かれたりしてみろ」

ウィックス氏がさきほどより大きな咳払いをすると、マーカスの声など聞こえないかのように先を続けた。「ご立腹になられるのも当然とは思いますが、閣下の話は度を越えていますし、辛らつにもほどが――」

「辛らつだと、ウィックス君？　ぼくの気持ちは、辛らつなどという言葉では表現できないぞ。ご立腹だと？　まさかきみに、そんな非難をされるとはね」

「閣下、先代は妃殿下に閣下と結婚してほしいと望んでいらした。そして、閣下と妃殿下の血をひいたお孫さんを望んでいらした。その点はご理解いただけるかと」

「そりゃまた大げさな話だな。まあ全部が全部、嘘ではないかもしれんが。たしかに先代は、彼女の高貴な血で堕落したぼくの血を清められると考えていたのだろう。少なくとも、ぼくの血を薄めることはできるだろうとね。ああ、ウィックス君、きみの顔つきからわかったよ。いまの話、図星だったろ」

「マーカス」

それは彼女の声だった、静かで落ち着きがあり、手に負えない子どもを諭す乳母《うば》のように穏やかだ。「マーカス」彼がなにも言わないので、妃殿下が繰り返した。「お願い、わかって」

「ああ」マーカスは投げやりに手を振り、彼女の話をさえぎった。「ぼくと結婚したいんだね、妃殿下？　父親の復讐という供物《くもつ》台にみずから身を横たえ、ぼくと結婚してくださるというわけか？　勘弁してくれ、そんな話は信用できない。きみ、いま、うなずいたな？　口にだしてイエスと言うんじゃなく、ただうなずいたのは、あきらめてため息を漏らしたからさ。それでも、きみにとっては最大級の感情の露呈だ。しかし、ぼくだって馬鹿じゃない」

そこで、マーカスは思いなおしたように言った。

「待てよ。この話にはまだ裏がありそうだ。親愛なるおじは、きみの相続に条件をつけたんだな？　ぼくと結婚しなかったら、きみは財産をすべて失う。そうだろう？」

「いいえ」と、彼女が応じた。

マーカスは待った。彼女がもっとなにか言うのを必死になって待った。

「わたしはあなたと結婚したいんです、この屈辱そのものの事態を少しでも好転させてくれることを。わたしはあなたと結婚したいんです、その気持ちは父の仕業《しわざ》とはなんの関係もありません、いえ、あったとしても、わたしはあなたと結婚したいんです、と。さもなければ、これまでの悪態と侮辱に耐えきれなくなり、彼女が金切り声をあげるのを待った。路上の売春婦のような下劣な言葉を吐くのを。だが、彼女はあいかわらずじっと座ったまま、両手を見つめている。まるで大理石の彫像のよう。

「おふたりのご結婚について閣下がどう判断なさろうと、妃殿下は五万ポンドを受けとることになっています。しかし、一八一四年六月十六日までにおふたりが結婚することを、どちらかが拒否なさると、相続人が限定されていない遺産はすべて、先代のご親戚であり、アメリカのメリーランド州ボルティモアに暮らすご一家にゆずられることになります」

「なるほど。ということは、妃殿下には失うものがあるわけだ。多額の遺産をね。代々受け継がれてきた広大な所領の女主人の地位と比べれば、五万ポンドなんて端金《はしたがね》だ。とすれば、彼女がぼくとの結婚を検討する価値はある。つまり、六月十六日をすぎてから、アメリカの一家がおじの遺産を相続したら、ぼくはウィンダム家の広大な所領のうち、相続人を限定されていない土地だけをもらう。そして、必要な物を買ったり、修理したりするときには、いちいちアメリカからきたおばさまにおうかがいをたてなくてはならない」

「いいえ、閣下。わかりにくかったかもしれませんが、閣下に必要なお金をお渡しするのは、管財人であるわたしになります」

「で、そのお手当てとやらの金額は？」

「年に四回、二百ポンド程度が支払われるかと」

「二百ポンドだと！」マーカスが頭をのけぞらせ、朗々と笑いはじめた。その低くかすれた笑い声は腹の底から湧きあがってくるようで、マーカスは肩を震わせた。彼の気持ちを思い、妃殿下は悲鳴をあげたくなった。わたしを信じて、と懇願したい。あなたのためになにもかもうまくいくようにするから、と伝えたい。だが、もちろん、彼女はなにも言わなかった。なにを言えばいいのかもわからない。

「聞こえたか、妃殿下？　二百ポンドだと！　軍隊でぼくが一年に稼いでいた金額に近いよ。やれ、ありがたい、これで大金持ちだ。爵位をもつ大富豪の誕生さ」そして彼は、目に涙が浮かぶまで笑いつづけた。「ウィックス君に握手をしてもらわなくては。なに、卑屈になることはない。だが、鏡で自分の顔を確認するほうがよさそうだ」と、マーカスは自虐的な言葉を喋りつづけた。

「ウィックス君の事務所の外では、物乞《ご》いの列に並び、できるだけ地味な格好をするよ。控えめな表情を浮かべ、うつむき加減にしていれば、無駄遣いするなよと説教せずに、ウィックス君はぼくにお手当てをくださるだろう。指先がでる毛糸の手袋をしていこう。そうすれば施しを投げてもらったときに、すばやく拾える。いまのぼくの身分では硬貨の一枚、とりそこねてなるものか」

「落ち着いてください、閣下。手当ては三カ月ごとに直接、お手もとに送られるはずです」

「ほほう。すると、クリタッカーがお手当ての見張り役になるんだな。そういえば、クリタッカーのこと、すっかり忘れていたよ。やつはまだぼくの秘書なのか？　ぼくのような貧乏人には、もう秘書なんぞ不要なんじゃないか？」

「先代はクリタッカー氏をたいそう気にいられておいででした。クリタッカー氏も、このまま〈チェイス・パーク〉にとどまり、閣下の世話をさせていただきたいと望んでおります」

「世話をさせていただく」と、マーカスがゆっくりと言った。「ご大層な言い回しだ。きみの母親が世話をされていたことを思いだしたよ、妃殿下。スマーデンのあの居心地のいい家で、きみたちはさぞ気持ちよく世話されていたんだろう。だがぼくときたら、なにかしたいとか、買いたいとか思ったら、物乞いの列に並ぶしかない」

彼女は待った。膝の上で組んだ両手は、いつのまにかこぶしとなっていた。彼女は白くこわばった指の関節を見つめ、どうにかこうにか、手をひらいた。そうしなければ腹部の痙攣《けいれん》に見舞われ、激しい痛みにうずくまりそうだ。

マーカスが笑いながらかすれた声で言った。「妃殿下、そろそろこのくだらないジェスチャーゲームを終わりにしようじゃないか。きみはほんとうにぼくと結婚し、伯爵夫人になりたいのか？　ぼくをこの終わりのない侮辱から救う気があるのか？　きみのベッドでぼくを苦しめ、ぼくによく似た男の子を無数に産む覚悟があるのか？　おじはその件で条項をくわえてるんだろ、ウィックス君？　ぼくに似た男子は、相続の権利を失うという条項が。考えるだけで不快だよな。ぼくに似て短気だったら、感情の起伏が激しかったら、毛深かったら？　きみよりぼくに似ていたらどうする？　ああ、妃殿下、きみほど血も涙もない人間には会ったことがない」

　彼女は口をひらいた。ああ、いまこそ、正直な気持ちを伝えなければ。が、マーカスがふいに叫んだ。「よせ！　きみの弱々しい反論など聞きたくない。不感症の女とベッドをともにする？　冗談じゃない。断じて断わる。ぼくはきみの父親のような策略家じゃない。よし、ウィックス君、たったいま決心したぞ。爵位は、ぼくの死とともに消滅する。あの爺さんもさすがにそこまでは計算していなかっただろう」

「おばさまのウィルヘルミナには、ふたりのご子息がいらっしゃいます。もし閣下がお亡くなりになるようなことがあれば、そして子孫を残していなければ、おばさまのご長男のトレヴァー・ウィンダムが爵位を継承することになります」

「トレヴァーだと？　勘弁してくれ、そりゃまたひどい名前だ。トレヴァーだって？　女みたいな名前じゃないか。内股で歩き、しゃなしゃなと指を振り、頬には付けぼくろでもつけてるんだろ？　ぺちゃくちゃ喋り、くすくす笑うんだろ？　男らしく見えるよう、上着には肩パッドも詰めてるな？　いやはや、トレヴァーとは！」

「ご子息の性格までは存じあげません」

　マーカスは悪態をついたが、その口調はやや落ち着きを取り戻していた。しばらくすると、彼はにったりと笑った。「かまうものか。そのなよなよした男に次の伯爵になってもらえ。

貴族院のなかを内股で歩かせるがいい。ひょっとすると、男色家かもしれんな。そうだとしたら、やつの肖像画を描かせ、おじの肖像画の横に飾るとしよう。ふたりで永遠に仲良くしてもらおうじゃないか。そしてぼくは、三カ月ごとに二百ポンドを頂戴する。夢心地だよ――金持ちになれるんだから。この十カ月、自分に向いていない役割を演じてきたが、もうたくさんだ」

そう吐き捨てるように言うと、マーカスは振り向きもせず図書室からでていった。苦々しいかすれた笑い声を響かせながら。

ウィックス氏は妃殿下のほうを見ると、やれやれと頭を振った。「あれほどの反応は予想していませんでした。あれほど度を越した激情は」

「マーカスは子どもの頃から、思ったことをそのまま口にする人でしたから」と、その事実を受けいれようとするように、妃殿下が沈んだ声で言った。「でも、おとなになってから、マーカスがあんなふうに話すのは初めて見ました。ずいぶん我慢強くなりましたし、流暢に話せるようにもなっていました。一回り大きな人間になっていたんです。わたしはその点で、彼を偉いと思っていました。とにかく、マーカスは正真正銘《しょうしんしょうめい》ウィンダム家の人間です。彼はそう認めるのをいやがっていますが。たしかに短気ですし、いきすぎる行動をとることもあります。機嫌をそこねれば、ふてくされもしますが」そうよ、彼はいつだってウィンダム家の人間としてふさわしい態度をとってきた。父が彼にひどい仕打ちをするまでは。

ウィックス氏は見るからに困りはてており、頭を左右に振り、なにやらつぶやいている。

「それにしても、あなたにたいする侮辱はひどすぎます。あなたは閣下を傷つけたことなどない。それどころか、閣下のためにすべてを正そうと努力なさっている。それなのに閣下は、あなたに話す機会さえ与えない。あなたは伴侶《はんりょ》として彼を受けいれるおつもりだったんですな、妃殿下？」

「ええ、受けいれるつもりでした。でもマーカスはかんかんに腹をたてていた。たとえ耳もとで叫んでも、彼には聞こえなかったでしょう」

「怒りはよろしくない。不幸な結果が生じます。たいてい、双方にとって不幸な結果が」ウィックス氏がまた頭を振った。「侮辱にもほどがあります。あなたがまるで淑女ではなく――」

「まだ私生児であるかのように罵倒する？」

「あなたはわざと鈍感なふりをなさっている」と、ウィックス氏がぴしゃりと言った。妃殿下は、ウィックス氏が自分のために苦しんでいるのを見てとった。彼女はほほえもうとしたが、それは無駄な努力だった。

「閣下は、紳士がけっして口にしてはならないたぐいのことをおっしゃった。恥ずべきであり、いまわしい――」

彼女はなにも言わず、ゆっくりと前後に頭を揺らした。

「そんなことは、どうでもいいんです」妃殿下はようやく口をひらいた。「わたしのために怒ってくださってありがとう、ウィックスさん。でも、たいしたことではありません」

「しかし、このままではまずいことになる。まあ、あすの朝には、閣下も頭を冷やしてくださるでしょう」

しかし、そうはならなかった。

翌朝、第八代チェイス伯爵は、姿を消していた。

彼の従者、スピアーズもまた姿を消していた。

一八一四年五月
ロンドン、バークリー・スクエア、〈ウィンダム・タウンハウス〉

彼女は窓を大きくあけはなち、笑みを浮かべると、身を乗りだして耳を澄ました。そのとき、男たちの姿が見えた。ほろ酔い加減の兵士たちが声を張りあげ、身体を支えあうように腕を組んでいる。その流行り歌はナポレオンの退位を歌ったものだった。

さらば古参近衛隊、やっこさん別れを告げれば
隊員は声をあげ涙に暮れるよ、ラードをむさぼり食う豚のごとく
だがエルバ島へと引きずられ、やっこさんついに去りぬ
そのざま、ひからびた干し草よ

覚えやすい節だわ。彼女は笑みを浮かべたまま考え、調子はずれの鼻歌さえ歌った。じょ

うずに韻を踏んではいないが、メロディーと調子があっている。兵士たちはいまでは合唱しており、その声がいっそう大きく陽気に響きわたった。

隠れ場所へ、さっさと失せろ、エルバ島で落ち着くがいい
やっこさんを遠くへ、うんと遠くへ、乗せて走れよ、錨《いかり》が頼みだ
エルバ島へ、そこで朽ち果て、二度と生還するんじゃないぞ

うれしいことに、兵士たちはその歌を歌い終えるとすぐにべつの歌を歌いはじめた。こんどはナポレオン退位の報を受けたウェリントンの歌だった。たしかに、ふたつの歌は一緒に歌われるようにつくられていた。

深靴履いて、練るよ次の一手
頭のなかは作戦のことのみ
そこへ息もたえだえに駆けつけた伝令
声をかぎりに叫ぶよ、「戦《いくさ》もこれまで、殺しもこれまで」
「わかった、落ち着け
このシャツ着たら、話を聞こう」と、ウェリントン

だが伝令はにやりと笑い、狡猾《こうかつ》にも踊りはじめた
「閣下、やつは癇癪起こして窒息しました
ナポレオンのやつ、帽子を脱ぎ、剣を放り投げたとか
われら、やっと故郷に戻り、退屈な毎日をすごすのです」
「万歳、万歳」と、ウェリントン
「神よ、勝ったのです、神よ、ついに勝利したのです!
戦《いくさ》もこれまで、栄誉もこれまで
もうイングランドをでるものか、次なる一手はトーリー党員」

陽気で快活なメロディーに、彼女はにっこりと笑い、兵士たちがどら声を張りあげ、大いに楽しんでいるようすを見守った。かれらは楽しんでいる。そこが肝心だわ。彼女は寝室の窓際を離れた。兵士たちはそのまま歩いていき、通りを抜け、角を曲がり、その歌声は遥か彼方のこだまのようになり、やがて聞こえなくなった。

歌詞は完ぺきではない。もちろん完ぺきなんて無理。でもウェリントンが言ったと思われることを歌うのは、少なくとも彼女にとっては心温まるものだった。ほかにもう少し短い歌もあったが、そちらは何度か街で耳にしたことがあった。バッジャーとセントジェイムズ公園を散歩しているときにも聞いたし、実際に楽譜《がくふ》がフックハムズ書店で売られているのも見た。とても読みにくい急ごしらえの楽譜だったが、それでも購買者はどうにか読みとること

ができただろう。それは抜け目のない狡猾な政治家タレーランが操るフランス議会に関する歌だった。タレーランは老ルイを国王にするようロシア皇帝を説得し、投票させた。そして亡き国王の弟である肥ったご老体がルイ十八世になろうとしていた。

そしていま、行方はわからないものの、マーカスは無事だ。ナポレオンが退位した四月六日からずっと無事。いえ、それは事実ではない。トゥールーズで大きな戦いがあったし、ほかにも無数の小競り合いがあった。妃殿下は祈ったものだ。マーカスがトゥールーズにいませんように、と。不要な戦いにおける人命の損失は驚くほどだった。マーカスはトゥールーズにいなかったはず。絶対に。スピアーズがどうにかしてわたしの伝言を伝えているはず。じきに、マーカスの正確な居場所がわかるはずだ。じきに、あの頑固者と連絡がとれるはず。だって、もう残り時間は少ない。

彼女は小ぶりの書き物机に歩いていき、いちばん下の抽斗《ひきだし》をあけ、スピアーズが先日よこした手紙をとりだした。残念なことに、手紙の日付は三月末だった。スピアーズによれば、自分と閣下は任務からはずれたため、これからどこに送られるかわからないとのことだった。また連絡できるようになったら必ず連絡いたします、とスピアーズは記していた。閣下はあいもかわらず片意地を張っていますが、礼儀作法を急によくすることはできません。いまや地獄が近づいています、とスピアーズは結んでいた。

これはどういう意味かしら？　彼女は思わず身震いをした。ナポレオン退位のあと、怪我を負っていたり、殺されたりしていたら？　彼女は戦況を知らせる新聞記事には必ず目を通していたし、死亡欄も欠かさず見ていた。マーカスの名はどこにもなかった。彼が死んだと思えたこともなかった。彼の身になにかが起こったら、わたしには必ずわかるはず。なんとしてもスピアーズが連れて帰ってきてくれるだろう。そうよ、そう、絶対に。そう信じなければ頭がおかしくなってしまう。いいえ、マーカスは元気にやっている。彼女は手紙をたたみ、机の抽斗《ひきだし》に戻した。

その夜は、恋人たちが満喫しそうな爽やかな宵となった。彼女はバークリー・スクエアにある〈ウィンダム・タウンハウス〉の豪奢な客間に、ひとり座っていた。こうなったら本物の戦略を、計画を練らなくては。ウェリントンがめざましい成功をおさめたような戦略を。実際にマーカスを見つけたとしても、彼がすぐに正気を取り戻すとは思えない。これまでずっと頭のなかで、彼と再会したときの会話を思い描いてきた。彼女が自分の役とマーカスの役の両方を演じ、会話を練習したのだ。いいえ、いくら言葉で説得しようとしても無理かもしれない。ほかの手を考えなければ。相手がマーカスなのだから、ときには突撃も必要だろう。こちらも狡猾に悪知恵を働かせないと太刀打《たちう》ちできない。正面から攻撃するのではなく、なにかとんでもない奇襲を考えださなくては。彼女は立ちあがり、呼び鈴を鳴らし、バッジャーがくるのを待った。さきほど耳にした流行り歌を口ぐさみ、そのメロディーと歌詞の両方を楽しんだ。

バッジャーが客間に姿を見せると、彼女はめずらしく満面の笑みを浮かべ、ほがらかに宣言した。「ようやく名案が浮かんだわ、バッジャー。作戦決行よ。知らせがきたら、すぐに出発する用意はできている？」

「三週間、準備をしてまいったんですよ、妃殿下」と、バッジャーもほほえんだ。「あなたが名案を思いついたら最後、さすがの閣下にも勝ち目はありますまい」

「ええ、そのとおり。見ているがいいわ」

8

一八一四年五月　パリ

おれはどうしようもないまぬけだった。とんでもない大馬鹿者だった。できれば忘れてしまいたいのに、彼にはどうしても忘れることができなかった。あれから何日も、何週間もったというのに。それはつねに頭の片隅にあり、いまのようにふっと浮上してきては、彼のことを正面から責めたてる。いまいましい。だが、たしかに彼女にたいしておれは不公平だった。彼女にあらゆるたぐいの罵声を浴びせ、不感症呼ばわりまでした。それでも、彼女はいっさい表情を変えず、つらそうな顔は見せなかった。あんな過酷な非難をされたら、おれならあの場で命を絶っていただろうが、彼女はそうはしなかったし、ただじっと座り、なにも言わず、あのとんでもなく美しい瞳でおれを見つめていた。なんという自制心。それは、いまのおれがすっかり失くしちまったものだ。

彼は自分の馬鹿さ加減に腹がたったし、罪の意識も覚えていた。それでも、なんの手も打たなかった。彼女に謝罪の手紙を書くこともしなかった。彼女の父親がなにをしようが、それは彼女のせいじゃないのに、おれはいっさいあやまらなかった。ちくしょう。いま、この場に彼女がいてくれればいいのに……だが、いったいどうすればいい？　自分でもわからない。とにかく、罵詈雑言《ばりぞうごん》の限りを尽くし、彼女につらい思いをさせたことを謝罪できればいいのだが。

マーカスは頭を横に振った。そして顔を上げると、友人のノース・ナイティンゲールことチルトン卿が、広大な寝室にはいってくるのが見えた。マーカスは、ノースがドアを閉じるのを待ってから口をひらいた。「これはこれは、ふたりも側近を従え、ブルックス卿がお見えになるとは。きみのすぐうしろにいるぞ」

「そこが、かれらのいるべき場所だからだ」ノースがお得意のむっつりとした陰気な笑みを浮かべ、広大な部屋を見まわした。高さ三十フィートはある天井、白地に豪奢に金めっきがほどこされた調度品。マーカスは贅沢に慣れていた。ノースはこのけばけばしい部屋にまだ慣れることができず、重苦しい雰囲気も苦手だった。以前、この部屋にはパリジャンのノワイユ公爵が暮らしていたが、いまはウェリントンとその士官たちが借りている。通りのすぐ先には、ロシアのアレクサンドル皇帝が住んでいる。タレーランのもっと豪華で退廃的な邸宅に暮らしているのだ。それというのもアレクサンドル皇帝はタレーランの客人だからだと、ナポレオンの退位直後に、ウェリントン本人がマーカスとノースに耳打ちしたものだ。タレーランはアレクサンドル皇帝を都合のいいように利用したいがために同じ屋根の下に住まわせ、見事なワインセラーにも自由に出入りさせているそうだよ、と。実際、タレーランの策略は奏功しているようだった。

「ああ、だが、そう悪いやつらではないぜ、マーカス——側近のことだが。そういえば、タレーランのことを歌った新しい戯れ歌を聞いたよ。あの狡猾で冷酷な古ギツネが皇帝だけでなくフランスの上院まで操り、肥満の老ルイを復権させたという歌さ。連中、うまく歌っていたぜ」

「山羊《やぎ》ほどの脳みそもないルイが、正当な統治者とはなあ」

「おまけに尊大なイタチほどの存在感もない。ああ、だがタレーランの策略どおり、いまじゃルイがフランス王だ。まったく、タレーランとはやりあいたくないね。おまけにやつの愛人には、そんじょそこらの軍隊をしのぐ力があるそうだ」

マーカスが退屈そうな顔をした。「ときどき思うよ」ブルックス卿と側近のほうを見やったまま、マーカスが続けた。「タレーランがフランスの政治家ではなく、イギリス人だったらなあと。たしかにカースルレーは有能な外交官だ。男たちは彼を信頼している。だが、カースルレーをちと褒《ほ》めすぎじゃないか。やつには狡猾さが足りない。相手の面前で平然と嘘をつくには人がよすぎる」

「たしかに、そりゃ欠点だ」とノースが相槌を打ったが、ブルックス卿がこちらにくる気配がしたので、慌ててマーカスの肋骨《ろっこつ》をこづいた。

「閣下」ブルックス卿が言った。いつものように、とても温厚で人当たりがいい。ブルックス卿は年配の男性で、銀髪を太い房にまとめている。大きな鼻、そして五フィート半しかない身長に見合う程度の脳の持ち主だ。「これで、フランス国王にルイ十八世が就いたわけだ。

ナポレオンが皇帝の称号を保持しているのは、すばらしいことだと思わんかね？」

愚行にもほどがある。マーカスはそう応じたかったが、なにも言わず、ただ軍の急送公文書を仕分けしはじめた。

ノースが肩をすくめ、くだけた口調で言った。「なんの皇帝か、それが問題ではありませんか？　ああ、そうか。ナポレオンはいまやエルバ島の君主になったわけですな。丸石と浜辺の皇帝に」

マーカスが口をはさんだ。「フランスやポーランドの護衛兵たちだってついてる。それに、ナポレオンには海軍がついていますからね、ブルックス卿。気まぐれな一団が」

「きみたちは、真剣に考えるべきことがらを浅薄に扱いすぎる」とブルックス卿が言い、手袋をはめた手で頰に殴りかかりたいとでもいう顔で、マーカスとノースをにらみつけた。そして、そのまま側近のほうに歩いていった。

「ありゃ、どういう意味だ？」と、ノース。

「神のみぞ知る」と、マーカス。

「神だって面食らうだろうさ。いやはや、こっちは将来のことが心配になってきたよ。気をつけろ、マーカス。あの男を侮辱しちゃだめだ。あいつは悪魔のようにプライドが高い。だからこそ、自分の愚かさがばれるのをいやがる。最悪の組み合わせさ」

ふたりは声をあげて笑ったが、あまり大声はださなかった。ブルックス卿をこれ以上怒らせると、ろくなことはない。

「退屈だ」と、マーカス。「おそろしく退屈だ。自分でもなにをしたいのかわからないが、こんなことはしたくない」

「わかるよ。だがいまは、外交のダンスを踊るしかない。約束をして、夜が明けはじめたら約束を破る。ときどき心底いやになるよ。終わりのない外交ゲーム。なあ、マーカス。こんど挨拶をするときは、あのブルックス卿の爺さんににっこりしてやれ」

「なにか陰謀があるんじゃないか」と、マーカスがつぶやいた。「そんな気がしてならない。ブルックス卿がこちらに近づいてきたのは、やつが知らないことをぼくらが知っていないかどうか、さぐりをいれにきたんだろう。これまでにも、フランスのタレーラン、オーストリアのメッテルニヒ、ロシアのアレクサンドル皇帝からさぐりをいれられたことがある。ウェリントンがあれやこれやについてどんな立場をとっているのか、秘密を聞きだそうとしたんだろう。きみの〝意見〟が聞きたいとかなんとか言って、こっちがぽろりと情報を漏らすのを手ぐすね引いて待ってやがる。もう、うんざりだ」

「アーメン」と、ノース・ナイティンゲールが茶化した。「そういえば、おまえの腕、動き方がぎこちないぞ、マーカス。どうかしたのか」

「それがね、スピアーズがおれを絶対にひとりにさせてくれないんだよ。毎朝、やつの監視のもと、重い剣をゆっくりと上げ下げさせられてるんだ。上げて、下げて、上げて、下げて。五十回だぜ。腕の回復にいいんだと。そのあとは、やつのマッサージを受ける。けさは、少しばかりやつが力をいれすぎたんだろう。おそろしく痛むよ」

「たしかにやっこさんに熱心すぎるところはあるが、回復には一役買ってるはずだ。トゥールーズで被弾してからまだほんの数週間だ。スピアーズを信じろ。やつはいい男だ」

「そうだな、ノース。多少腕の動きは悪くなったものの、とにかくおれは生きている。だが、おれたちは四千五百人もの仲間を失ったんだ。戦闘犠牲者だけじゃない。陸軍省がぺらぺらと喋ってるように、ナポレオンが退位したことを伝令がウェリントンに伝えるまでに四日もかかったからだ。多くの人間がいたずらに命を落とした」そう言いながら、マーカスは無意識のうちに腕をさすった。

ノースは、マーカスがデスクの抽斗を閉じ、鍵をかけるのを眺めた。そして宝飾品のように繊細なつくりの小さな黄金の鍵を見つめた。一見、なんの役にも立ちそうにないその鍵を、マーカスは肌身離さずもっている。ここ二週間で二度、強盗にはいられた形跡があった。泥棒は抽斗をこじあけはしたものの、日付の古い書類しか入手できず、秘密の抽斗を見つけることはできなかった。

マーカスとノースは大邸宅をでると、セーヌの川岸を三十分ほど歩き、透明な歳暮《せいぼ》の空気を吸った。そしてシテ島の西側にあるパリ最古の橋ポンヌフを渡った。ふたりはのんびりとサン・ミッシェル大通りを歩き、とりとめのない話をし、サンジェルマン大通りを曲がった。その先、グルネル通り五十七番地に十八世紀初頭に建てられた館があり、現在はマティノン・ホテルとして利用されている。

マーカスは仲間の士官に手を振りながら、かれらとは対角線に通りを渡った。「ここフォーブル・サンジェルマンには、おれたちの戦場があるってわけだな」

「ロシア兵もいることを忘れちゃならない。昨夜、窓をあけておいたんだ、馬鹿な真似をしたよ。へべれけになった連中が明け方までわけのわからん言葉で歌いまくっていた。よくもまあ数時間後には起きて、すぐに任務につけるもんだ」

マーカスが頭を左右に振った。「おれも明け方、連中が千鳥足で歩いているのを見たが、七時にもまだ歩いてたよ。おまけに売春婦の数も急増している。ロシア兵は大酒飲みのうえに好色ときたもんだ」

「おまえからカネをもらっている売春婦はいないわけか、マーカス？　金髪のリゼットは元気かい？」

「あいもかわらず金髪だ。リゼットに、ヴァレンヌ通りにかわいいアパートを借りてやった。大いに感謝し、謝意も表明してくれたよ」

ノースは笑った。「ごちそうさま」

リゼットは美しく技能に長《た》けている、とマーカスは考えた。「リゼットには、言わずもがなの長所のほかにも、いいところがあるんだよ。それはね、四六時中、喋っているところさ。ぺちゃくちゃ喋っては室内を動きまわり、冗談を言い、笑う。いつだって声をあげて笑っている。絶対に黙りこんだりしない。まったく、大違いだよ」

「大違い？　だれと大違いなんだ？」

「くそったれ妃殿下に決まってるだろ」

ノース・ナイティンゲールは、遥か彼方のセーヌ川を眺めた。とても流れが速い。「おまえは馬鹿だな、マーカス」

「黙れ、ノース。おれは幸運な男だ、じつに幸運さ。いま、この瞬間、おれのポケットには二百ポンドもの銀行手形があるんだぞ。チェイス伯爵として三カ月ごとのお手当てが頂戴できることが、ウィックス氏のはからいで正式に認められたのさ。おれの居所をさがすのに相当時間がかかったらしい。それにしても、どうやっておれの居場所を突きとめたんだろうな」

「たしかに。おまえはイングランドの一族からうまく身を隠してきたからなあ。だが、手当てを断わるつもりはないんだろう、マーカス？」

「断わるものか。リゼットにかかるカネの大半がまかなえる」そう言うと、マーカスはにやりと笑った。ウィックス氏はなんと言うだろう？　先代の伯爵が遺した端金《はしたがね》が、憎むべき甥っ子の愛人に浪費されていることを知ったら？　いや、あの老いぼれだって愛人を囲っていた。妃殿下の母親という愛人を。それにしても、妃殿下と母親はタイプがまったく違うようだ。

妃殿下はどこにいるのだろう？　あのコテージに戻ったのか？　それともロンドン社交界の中心で、彼女を見てよだれをたらす男たちとのお楽しみに五万ポンドを使っているのだろうか？　あの美しい青い瞳がよみがえる。これまでに、彼女のことを何度考えてきたことだろう。いつもふとした拍子に思いだすのだ。彼女を守ってやる男がいるのだろうか、〈ピップウェル・コテージ〉の賃料を、バッジャーへの給金を肩代わりしてくれる男が。いや、そんなことはもうどうでもいい。彼女がなにを考えていようが、もう彼女のことはどうでもいい。マーカスの怒りの炎はまだ深いところで激しく燃えさかっていた。おれは金輪際《こんりんざい》、〈チェイス・パーク〉に戻ることはないし、彼女やウィンダム家の人間に会うこともない。

それにしても、相続人が限定されていない遺産は、すべてアメリカのウィンダム家の人間がかっさらっていったのだろうか？　ウィルヘルミナおばには六月十六日まで所有権がないはずだ。

しかし、その期日をすぎたら、そのあとはすべてがアメリカ人の手に渡ることになる。彼の権利が譲渡されるのだ。トレヴァーとかいう男に！　いかにも気取り屋の名前じゃないか。マーカスはその名前のことを考え、その名前をもつ男のことを想像するだけで耐えられなかった。トレヴァーという男が爵位を継承すると考えるだけで、思わず悪態をついてしまう。ああ、トレヴァー・ウィンダムがチェイス伯爵になるとは。その響きがいつまでも頭のなかで鳴り響いた。身の毛がよだつ思いがしたが、マーカスは耐えた。

「おーい、どうしたんだ、マーカス？　おまえの話によくでる妃殿下みたいに黙りこくって」

「妃殿下のことなんか、ほとんど話したことないだろ。話したとしても、ごくごくわずかだろうが」

「つい先週、泥酔したとき、おまえ、たいそう長々と妃殿下のことを話してたぞ」

「忘れてくれ。おれは忘れた。彼女のことはなにもかも。パトロンがいればいいんだが。あの母親の娘なんだから、当然だろ？　いや、おれはいとこのトレヴァーのことを考えていたんだよ——トレヴァーだぜ！——口にするだけで吐き気がする。女みたいにひょろひょろしていて、肌も髪もやわらかいに決まってる。体毛はゼロ。それに舌ったらずで、シャツの襟に首が埋もれてる。リゼットほどの筋肉しかない、なよなよした野郎に決まってるさ」

ノースは笑い、マーカスの怪我を負っていないほうの腕をこづいた。「ほら、リゼットのかわいいアパートにご到着だ。のんびりしてこい、マーカス。たっぷり愉しんでこい。リゼットに機嫌をなおしてもらえ。陰気な顔で暗いことばかり考えてるのは、おれだけで充分だ。おまえはおれと違い、根が明るい人間だ。彼女はきっとおまえの気分を明るくしてくれる。おれはまあ、ひとりでささやかな夕食をとり、夜のしじまに身をまかせるとするさ」

男たちは別れ、マーカスはリゼットの部屋のドアをノックした。耳を澄ますと、こちらに駆けてくる彼女の軽い足音が聞こえた。リゼットはけっして歩かない。もちろん、音もなく歩くような真似もしない。愛しあうときだって、押し黙っていることなどない。ああ、リゼットを頂《いただき》へと導くとき、彼女があげる声を聞くのが好きだ。妃殿下とは大違いだ。さしずめ墓石のように静かなことだろう。

リゼット・デュプレシスは〝少佐閣下〟——彼女は舌足らずの英語で彼をそう呼ぶ——を見てうれしそうだった。トレヴァーの野郎もこんなふうに舌足らずに喋るんだろうが、やつにはこのすばらしい胸がない。じきに彼の手と唇を引寄せるこの乳房が。

リゼットは彼の肩マントと杖を受けとり、剣の革紐をほどくと、いとおしそうに上着に触れた。深紅と白の軍服に指を這わせ、生地と、すぐその下にある彼の感触を愉しんだ。そして、そのあいだ、彼にこのまえ会ったあと自分がなにをしていたかをひっきりなしに喋りつづけた。それはつい昨晩のことだったが。彼の肩書きだけは英語だったが、そのほかはフランス語で話しつづけた。だがマーカスはポルトガル語と同様、フランス語も堪能《たんのう》だったので問題はなかった。そのうえここ数週間、リゼットからセックスに関する単語を教えてもらっていた。そうしたきわどい言葉を囁かれるたび、彼は欲情し、石のように硬くなった。

マーカスは彼女にキスをした。もうやめたくない。彼女の息はボルドーの赤ワインのせいで温かく、甘い香りがした。少し飲みすぎているなとは思ったものの、とりあえず、気にしないでおいた。いまはとにかく、彼女のなかにはいりたい。彼女の息が荒くなり、その手はけっして一カ所にとどまることなく、彼を激しく駆りたてた。

彼はゆっくりと進めたかったが、まだ十九歳だというのにリゼットは男を熟知していた。彼が自分に欲情していること、欲情ではちきれそうになっていることが、よくわかっていた。若い男は例外なくそうだ。だから、彼女はあっという間に彼の服を脱がせ、すぐに寝室へと連れていき、ベッドになだれこんだ。すでに猛りくるっているマーカスの衣服を脱がせ、上から抱きしめ、早くちょうだいと急《せ》かした。彼はそのとおりにし、あまりにもあわただしくことを終えた。

呼吸がおさまり、心臓の鼓動が平常のスピードを取り戻すと、ようやくマーカスは口をひらいた。「すまない、リゼット。ぼくはけだものだ」

いっときも動きをとめない彼女の手が、彼の背中を上下に撫でた。そして尻にさっと触れたかと思うと、彼の脚のあいだにそっと手を置いた。彼女はくすくすと笑い、彼の顎の先を嚙んだ。「そうね、閣下。でも、無理もないわ。次はもっとよくしてくれる?」

マーカスはにっこりと笑った。退屈な一日の疲れが全身から流れでるのがわかる。「ああ」そう言うと、彼女を横に寝かせ、自分はベッドの横に立ちあがった。「ああ、次はうんとよくしてやる」

「もう次が始まるの、閣下?」リゼットが目を輝かせて彼を見あげた。

パリ、ロワイヤル通り、ボーヴォ・ホテル

バッジャーは彼女と目をあわせようとしなかった。

彼女はいらだちをつのらせ、じっと彼を見た。「お願い、バッジャー、教えてちょうだい。彼を見つけたの? どこに暮らしているか、わかったの?」

「ええ」とだけ、バッジャーは答えた。それ以上でも、それ以下でもなく。

彼女は待った。見るからに、なにか思い悩んでいる。そして、そのことをわたしに話したくないのだ。彼女は金縁のついた青い長椅子のところに行き、腰を下ろした。そしてなにも言わず、じっと待った。彼女は頭のなかで歌いはじめた。〝カースルレー卿、もっと大げさに話しちゃどうだい。話が長いし、単調だ。悪知恵の働くタレーランから、ちょいと教えてもらっちゃどうだい〟。

それは歌の出だしだった。いいえ、カニングのほうが、もっともっと狡猾かしら。彼女は鼻歌を歌いはじめ、そのメロディーが以前の曲によく似ていることに気づき、眉をひそめ、べつの旋律を考えようとした。

突然、なんの前触れもなく、バッジャーが口をひらいた。「彼には愛人がいます。血気盛んな若者の例に漏れず」

「タレーランのこと?」と、きょとんとしながら彼女は尋ねた。「カニングのこと?」

「いえいえ、閣下の話です。わたしは彼とチルトン卿のあとをつけました。チルトン卿はどんな手を使ってでも避けておきたい男性ですから、妃殿下、お気をつけください。とにかく閣下は、そのチルトン卿と別れると、若い女に会いにいきました。彼を出迎えるようすから、女が愛人なのがわかりました。閣下を抱きしめ、キスをし、ヴァレンヌ通りの細長い建物のなかに引っ張っていったのですから。女は閣下の身体じゅうに触れていましたよ、妃殿下。彼はあの部屋でその女と暮らしているのでしょう。さもなければ、しょっちゅう訪問しているかのどちらかです」

「そうだったの」と、妃殿下は落ち着いた声をだしたが、嫌悪感が湧きあがってくるのを抑えることはできなかった。「でも彼には、それだけの生活を送るお金がないはずよ。少しは切り盛りすることを覚えてもらわないと。二軒の家をもつのは、彼にとって大きな負担になるでしょう？　バッジャー、彼はどう考えても、自分の部屋も借りているはず。だってマーカスは愛人との生活には耐えられないはずだもの。なぜそう確信できるのか、自分でもわからないけれど、そうとしか思えない」

「そんなに物分りのいいことをおっしゃらなくても」

「だってマーカスは、自分の好きなことを自由にできるんですもの。少なくとも、いまこの瞬間はなんの足枷《かせ》もない。好きな相手と好きなことをする権利があるわ。スピアーズもそのアパートに一緒に暮らしているの？」

「わかりません」

「スピアーズは自分ひとりの部屋を借りているのかしら？」

「それも、わかりません。わたしは二時間ほどあたりをうろついていました。すると、閣下が彼女と腕を組んでアパートからでてきて、フランス料理屋にはいっていったのです。まずいソースをかけたまずい牛の胃袋をだす店に。動物の内臓を料理にしてだすとは！　まったく、ぞっとする。とにかく、スピアーズ氏は見かけませんでした」

「例の計画を実行するまえに、なんとしてもスピアーズを見つけなくては。スピアーズも協力してくれるはずよ。マーカスがパリでウェリントンの士官たちと一緒にいると、ウィックスさんが教えてくれて助かったわ」

「ほんとうに。ではあすの早朝、わたしはそのアパートを見張り、閣下がでていらしたら、あとをつけることにします」

「寝坊しないでよ、バッジャー。いちど、自分の部屋に戻るはずだから」

「閣下は腕が曲がりません」

「どういう意味？」妃殿下は思わず身を乗りだした。恐怖のあまり、身体がこわばる。「どういう意味？」

「目立たぬように、聞きこみをしたのです。閣下は最後の戦いで負傷されたそうです。トゥールーズで」

「そんな。彼、痛そうな表情を浮かべていた？　腕はとても痛むのかしら。ああ、そんな、どうしましょう」

バッジャーは彼女をまじまじと見た。これほど動揺なさるとは妙な話だ。そう思い、バッジャーはかすかに希望をもった。「痛むかどうかはわかりません。でも、心配ご無用です、妃殿下。あす、なんとしてでもスピアーズ氏をさがしだします。ここにお連れしましょうか？」

「ええ、お願い」そう返事をしたものの、心ここにあらずのようだった。ふうむ。妃殿下は、閣下の怪我のことを考えておいでなのだ。心配でいても立ってもいられないのだ。ほほう、これはいい兆候だぞ。あとはロンドンに発つまえに、スピアーズ氏と連絡をとるだけだ。

スピアーズは、独特の落ち着いた声で言った。「お聞きになりましたか、閣下、老ジョージ国王が、ふたりの監視人によるゆるい拘束下にあったとき、同盟軍が二カ月まえにフランスに進軍したと聞き、イギリス軍を率《ひき》いているのはだれかと尋ねた。ウェリントンです、という返事に、老ジョージは叫んだ。『くだらん嘘をつくな。やつは二年まえに射殺された』」

マーカスはにやりと笑った。「哀れなるジョージ三世。万が一正気に戻ったとしても、息子が歴史上もっとも嘲笑されている王子だと知ったら癇癪を起こし、永遠にこちらの世界には戻ってこないだろう。頭がいかれるまでは、それほど悪い統治者ではなかったんだが」

「国王はわかっておいでなんでしょう、閣下」と、スピアーズが応じた。「息子があまりにも貪欲《どんよく》で愚かであるがゆえ、父親のほうが精神に異状をきたしたのではないでしょうか。さて閣下、そろそろ入浴なさり、お着替えになってください。サリー・ホテルでのパーティーに出席すべしとのお達しがあったはずでは」

マーカスは悪態をつきながらも、しみひとつない夜会服に袖を通し、マレー地区へと貸し馬車を走らせた。サン・アントワン通りのサリー・ホテルで外交官たちが集まる舞踏会がひらかれるのだ。舞踏会のことをスピアーズに話した記憶はなかったが、やつは知っていた。あの男はいつだってなんでも知っている。マーカスは貸し馬車のなかで頭を振り、意外なことに清潔なクッションに背を預けた。いや、意外ではないのかもしれない。今回も、貸し馬車の手配をしてくれたのはスピアーズなのだから。おそるべし、スピアーズ。

スピアーズは、閣下が貸し馬車のなかにおさまり、出発するのを辛抱強く見送った。そして貸し馬車が見えなくなると、ケープを着て帽子をかぶり、ロワイヤル通りをめざした。

驚いたことに、そしてかたじけないことに、ノックに応じたのは彼女だった。「妃殿下」と、スピアーズは堅苦しい口調で言った。「どうして客間にいらっしゃらないんです？　どうして出迎えにいらしたんです？　いけません。バッジャーさんが認めるはずがない」

「許して、スピアーズ。バッジャーは夕飯の支度をしているし、マギーは身支度の最中なの。今夜、ロシア兵とデートするんですって。大丈夫よ、下っ端《したっぱ》じゃないそうだから。地位のある二枚目の士官で、ロシアの歴史に通じていて、その若きコサックがロシア史をご教示くださるようよ。あ、ごめんなさい、ケープと帽子をお預かりするわ。そんな不満そうな顔しないで、スピアーズ。わたし、もう私生児ではないけれど、無能なわけでもないんだから」

「そんなマナー違反はなさらないでください」スピアーズは彼女から身を引いた。「さあ、反論もそこまでです。ところで、そのマギーという女性は、妃殿下がフランスに船で渡るまえに、ポーツマスでバッジャーの命を救った女性ですな？　暴走した郵便馬車にひかれそうになったバッジャーを救ったとか？」

「マギーは命の恩人よ。マギーはね、危ないって叫んだかと思ったら、バッジャーを道から突き飛ばしたの。あとになってから、どうしてそんなことしたのかわからないって言ってたけれど、とにかく彼女は勇気ある行動をとったわけ。マギーはね、女優だったの。才能ある女優だったそうだけれど、そのときはたまたま失業中だったから、うちのメイドになっていただけないかと頼んでみたの。これまでメイドの経験はないそうだけれど、本人の言うとおり、彼女はとても賢くてやる気があるし、パリに行けるって聞いたらわくわくしたんですって。それで、ためしにやってみてくれているの」

「そんな妙な話は聞いたことがありません。彼女は、妃殿下のお付きのメイドにふさわしいとは思えませんが」

「そんなことないわ、スピアーズ。マギーを見れば、あなただってきっと意見を変えるはず。わたし、マギーのことが好きなのよ。これまで波乱万丈の人生を送ってきたみたいだけれど、とても純真でまっすぐな女性よ。やさしくて、茶目っ気があって、元気いっぱい」

スピアーズは自分で外套を脱いだ。彼の態度はかたくなだった。こんな用件で妃殿下とお目にかかることになろうとは。わざとくだけた口調でお話になってはいるが、気持ちは張りつめているはずだ。とにかく、あとでバッジャーとマギーと話をしなくては。その茶目っ気があって元気いっぱいの女に。

「居間、いえ、フランス風にいえば〝サロン〟にいらして。うかがいたいことが山ほどあるんです。まず、どうしてわたしに手紙をくださらなかったんです？　マーカスがパリにいることだって、ウィックス氏が教えてくださらなければわからなかったんですよ。そのうえ、バッジャーがマーカスの居所を突きとめるのに三日もかかったんですから」

「わかっています」と、スピアーズが穏やかに言った。「なにもかも、お話しいたします」

「マーカスの腕は大丈夫なの、スピアーズ？　どうして怪我をしたと教えてくれなかったの？　手紙を書くか、伝言を届けるか、してくだされればよかったのに」

スピアーズはしばらく黙ったあと、ゆっくりと頭を横に振った。「ご心配をおかけしたくなかったのです」と、深い息をつく。「まだ閣下は激しい痛みを感じていらっしゃることでしょう。上腕に銃弾の破片が残っているもので。痛みで眠れない夜もあるほどです。当然のことながら、閣下はいかさま医師の診察を拒否しています。紅茶に少量のアヘンチンキを垂らすのも認めません。わたしはもちろん、何度か閣下のご希望を無視し、最善の方法をとりましたが」

妃殿下の顔が蒼白になったので、スピアーズが教区牧師のように説得力のある落ち着いた声で、慌ててつけくわえた。「とはいえ、傷はおおかた、よくなっています。医師に診てもらっても、とくになにもしてもらえなかったでしょう。破片はごくごく小さな物で、じきに腕の皮膚からでてくるでしょう。そう聞くと、なんだかおそろしく思えますが、破片はでないより、でてきたほうがいいのです。完治は時間の問題と思われます、妃殿下」

「その時間がないのよ」

「そのとおりです」と、巨大な木の杓子《しやくし》をもったまま、バッジャーが客間の戸口で声を張りあげた。「あと二週間半しかないのです。このまま手をこまねいているわけにはいきません。土壇場《どたんば》になってからあがいたところで、どうにもならない」

「バッジャーさんから、あなたの計画の話をうかがいました、妃殿下。うまくいくでしょう。われわれで、なんとかやりおおせねば」と、スピアーズが応じた。妃殿下はスピアーズを信頼していた。彼ならすばらしい外務大臣になれるだろう。彼女はスピアーズの腕をとり、食堂に向かった。そこには、彼女のことをとがめる人間はいなかった。イングランドの裕福な若い貴婦人が、付き添いの婦人もつけず、自分の料理人と伯爵の従者と一緒に壮麗な食堂で夕食をとっていることを。おまけにお付きのメイドときたら、若いロシアのコサック兵を駆りたてるべく、見事な赤毛を整えるのに精をだしているのだから。

妃殿下がようやくスピアーズから報告を聞けたのは、翌日の夜のことだった。

「閣下は」と、スピアーズが見事に抑制した口調で話を切りだしたものの、そのこけた頬は紅潮していた。「昨晩、殴りあいのケンカに巻きこまれました。肋骨が二本折れ、いまはベッドで休んでおられます。目のまわりは黒く、両手の甲は痣だらけです。しかし、ありがたいことに、歯はすべて無事で、一本も欠けてはおりませんし、あいかわらず見事な白さです。閣下は罪人のようににやにや笑っておられます」

「まだ腕が痛むでしょうに、なんだってまたケンカなんか?」

バッジャーが笑い声をあげた。「スピアーズさん、相手の怪我はどの程度か、閣下はおっしゃっていましたか?」

「ええ。イングランドのある士官が、閣下に向かって、きさまは財産をとりあげられたそうだなと嘲笑したため、閣下が殴りかかり……まあ、相手のほうが大怪我を負っています。ただし相手には友人がいたので、閣下も負傷した。一方的だったそうで。幸い、腕に怪我はありません、妃殿下。そのときチルトン卿がご一緒にいらっしゃれば、閣下が肋骨を折ることもなかったでしょう」

「わかりました」と、か細い声で妃殿下が言った。「それにしても、父の遺言の条項の件が、どうして世間に漏れてしまったのかしら？」

「こうした話は、広がるものです」と、バッジャー。「伝染病のように」

「それは的を射た比喩《ひゆ》ですな、バッジャーさん。言いえて妙。人々を刺激するニュースは秘密にしておけないものです。閣下はですね、その、愛人と一緒におられます、閣下の要望で。わたしも会いましたがね、特効薬はありませんかと、とても愛くるしい口調で尋ねてきましたよ。ですから、バラ香水に浸した布で、閣下の眉のあたりをやさしく拭《ふ》いてもらいました。どこかのイギリス人がつくった流行り歌を歌っていましたよ」

「愛人が一緒なの？」と、妃殿下が甲高い声をあげた。「熱のある眉毛を拭いていたの？」

「眉毛が熱をだすとは思いませんが。怪我はしていらっしゃいますが、閣下は彼女にその、閣下お得意の視線を投げかけていました。閣下がお元気な証拠でしょう。しかし、閣下が今夜、彼女にどんな要望をおもちになっているにせよ、彼女には自分の部屋に戻ってもらうつもりです。遅い時刻になるかもしれませんが、必ずそうします」そう言うと、スピアーズはダークブルーの上着の袖からそっと糸くずを払った。「彼女は性悪な女ではありませんよ、妃殿下。ご安心を。安物の装飾品や宝飾品をうるさくせがむこともありません。それどころか、自分がお腹を痛めて産んだ子どものように、閣下を看病しています」

うちの母のようにね。妃殿下はそう考えたものの、口にはださなかった。「よかったわ。まだ、安心はできないけれど。いちど、彼女をお茶に招待しようかしら。彼女の慎ましい行ないに感謝しないと」

スピアーズが背を向け、思わず顔に浮かんだ笑みを隠した。「それはいいアイディアとは思えません。ショックのあまり、彼女は息絶えてしまう」

「そうなれば、幸先《さいさき》のいいスタートが切れるわ」

ずいぶん悪意のある物言いだ、と、スピアーズは考えた。いや、憎悪か。

スピアーズは言った。「彼女の名前は、リゼット・デュプレシスです」

妃殿下はなにも言わなかった。

「閣下は、彼女の名前がお好きなようです。かわいらしい名前だとお考えのようで」

「マーカスのことなど信用できるものですか」妃殿下はそう言うと、スピアーズの右肩のほうに目をやった。「最後まで、計画をあきらめるつもりはありません。わたしはバッジャーに賛成よ。今夜、決行しましょう」

「閣下が、愛人を寝室からだしてくだされればの話ですが」

「必ずそうすると、さきほど、おっしゃったわよね」

「そのとおりだ」と、バッジャーが口をはさんだ。「スピアーズさんは、必ず彼女を部屋から連れだすでしょう。妃殿下、心配ご無用です。閣下が眠っていらっしゃるあいだのほうが、計画が順調に進むはずです。それにチルトン卿はいまフォンテーヌブローにおいでなので、われわれの邪魔はできない」

彼女は、ずっしりとした金襴《きんらん》のカーテンを見た。あまりにも典型的なフランス風だわ。重厚なところも、豪華絢爛《けんらん》なところも。「閣下は、計画を順調に進めるのが苦手よ。性にあわないんでしょうね。簡単にこの計画が実行できると思っているなら、ふたりとも、閣下を甘く見ているわ」

9

あたりは闇に包まれていた。空に月はなく、天空を照らす星もない。雨雲が重く垂れこめている。かれらが話しているうちに、陰鬱《いんうつ》な霧雨が降りはじめた。グルネル通りに人影はない。立派なホテルの窓には、ぽつぽつとろうそくの灯りが見えたが、それもほんの数本だけだ。図書室で本を読んでいる人がいるのかしら、彼女は考えた。妻や愛人を堪能している男たちがいるな、とスピアーズは考えた。さだめし、気取ったフランス人シェフがメニューを思案しているんだろう、とバッジャーが考えた。

妃殿下は喉もとの外套をきつくあわせた。「いいえ、そうはいかないわ」と、バッジャーに厳しい口調で言った。「あなたが口笛を吹くのを、物陰でじっと待っているつもりはありません。あなたと一緒に行きます。この話は以上。反論は認めません」

三人は伯爵の宿泊先へと最後の階段を上がっていった。

「お休みになっているはずです」と、スピアーズが言い、三階の真っ暗な窓を指さした。

「アヘンチンキを大量に盛ったわけではありませんが、人事不省に陥《おちい》っていることは間違いない」

「口もきけなかったら、どうするの?」

「ご心配には及びません、妃殿下」と、バッジャー。「愛人が使っているバラ香水を顔に振りかければ、言われたとおりのことをするくらいの意識は戻るでしょう」

彼女はバッジャーに鋭い一瞥《いちべつ》を投げたが、なにも言わなかった。まったく、こんな陰謀を企てなくてはならなくなったのも、すべてマーカスのせいなのだ。そう考え、いまいましく思いはしたものの、彼女は愉しんでいた。それも、大いに。

「じきに三時よ。これまでに二度、時刻を確認したわ。万事、スケジュールどおり。十分後に、あなたが賄賂を渡した役人が到着する。名前はなんだったかしら、バッジャー?」

「ムッシュー・ジュノー。妻と四人の子どもがいる、ひもじそうな小柄な男です。妃殿下の提案をありがたく受けていましたよ。妙に聞こえるかもしれませんが、いかにもフランス人らしい男です。信用できる」

「なにもかもが、正式な記録としてきちんと残るようにしてくれるのね?」

「間違いありません。用意なさった書類のすべてに署名され、正式な記録となります」

彼女はうなずくと、スピアーズがドアの鍵をあけられるよう、一歩下がった。鍵をあけると、とんでもなく大きな物音が響きわたったように思えた。が、スピアーズは気にしていないようだった。彼は暗い玄関に足を踏みいれ、立ちどまり、耳を澄ました。それから左手の階段のほうに歩き、妃殿下とバッジャーがそのあとに続いた。彼女はいちどつまずき、テーブルの足を蹴飛ばした。またもや、ものすごい音が響きわたったが、スピアーズはこんども まったく気にしていないようだった。

三人は売春宿にいる教区牧師のように足音をひそめて階段を上がり、狭い階段のまんなか あたりまできた。と、そのとき突然、一本のろうそくが頭上からかれらの顔を照らしだした。そして男のあざけるような声が聞こえた。一語一語を引き伸ばして話す、胸が悪くなるような声が。「これはこれは、泥棒が階段をきしませる音がしたと思ったら、きみたちか。いや、まさかスピアーズともあろうものが、真夜中にぼくの部屋に盗みにはいるとは」

「閣下」と、スピアーズがやさしい声で言った。「銃を下ろしてください。まだ思うように指が動かないはずです」

「それもそうだが、ふたりとも、死人も起こすほどの物音をたてていたぞ。そもそも、こっちは眠ってなかったんだから。おや、きみか、バッジャー？ なんだって――待てよ、三人いるのか？ なんてこった！」

驚きのあまり、マーカスがあんぐりと口をあけた。「きみか」と、とうとう言った。「どうしてここにいるのか、尋ねてもいいかな、妃殿下。夜中の三時に、なんだってぼくの部屋にきたんだ？」

「ええ」と、彼女が応じた。

「ええ、じゃないんだよ！」

「尋ねてもいいかな、と訊かれたから答えただけよ」

「妃殿下とバッジャーとスピアーズ。陰謀の臭いがする。きみたち三人が雁首《がんくび》揃えてやってくるとは、どうしたことだ？　あの程度の手当てからじゃ、充分な給金がもらえないのではと心配になったのか？　ウィックス氏からの小切手を見せただろう」

「いいえ、閣下。わたしは心配しておりませんし、盗みが目的で参上したわけでもありません。さあ、ベッドにお連れいたしましょう。肋骨が痛むはずです。おまけに乱闘騒ぎのせいで、銃をもつのも、つらいはず」

マーカスはゆっくりとではあったが、一語一語をはっきりと発音した。「いったいどうなっているのか、教えてもらおうか。いますぐに、だ。あとで、じゃない。いますぐに。よし、下の客間に行こう。スピアーズ、きみが先を歩いて、ろうそくを照らしてくれ。妃殿下、きみはあいもかわらず、めったに口をひらかないな——まあ、きみが変わるはずもないがね。バッジャー、彼女の腕をとれ。ここの階段から落ちて、首の骨を折られちゃたまらん。さあ、みんな、階段を下りろ」

彼女は、バッジャーに手をとられ、やさしくぎゅっと握られたのを感じた。

彼女の心臓は重い音をたてていた。わたしがテーブルを蹴飛ばした物音が聞こえてしまったんだわ。ああ、だれのせいでもない、わたしの失敗だ。ほんとうにマーカスが相手では、思うようにことが運んだためしがない。なにひとつ。どうして、彼は起きていたのかしら？　アヘンチンキの量が足りなかったとしか思えない。

マーカスは三人の背後にいた。ドレッシングガウンしか着ておらず、素足で、黒い髪は乱れている。ああ、と彼女は思った。心臓がいっそう重い音をたてはじめた。

スピアーズが燭台《しょくだい》のろうそくに火を灯し、それを高く掲げ、妃殿下とバッジャーが狭い客間にはいっていくあいだ、うしろからふたりを照らした。そして、ゆっくりとテーブルに燭台を置くと、客間にマーカスがはいってきた。

彼女は振り向き、彼の顔を見た。まだこちらに銃口を向けている。醜く長い銃身の先には、胸が悪くなるような穴があいている。

「座れ」マーカスが長椅子のほうに銃を振った。

三人は座り、妃殿下がふたりのあいだに座った。

肋骨が痛いのだろう、上半身を折り曲げるようにして、マーカスがこちらに歩いてきた。

彼女は思わず声をあげた。「ベッドで休んでいなくちゃ、マーカス。肋骨によくないわ」

マーカスは笑ったが、激痛に息を呑み、すぐに口を閉じた。

「母親役か」と、彼が言った。「母親役を演じに、ここにきたんだな、妃殿下？　ぼくの傷を癒すために？　甘い言葉であやそうっていうのか？」

彼女は彼を見つめ、動かなかった。「リゼットのように？」

マーカスがにやりと笑った。「ほう、ぼくの癒しの天使の話を、スピアーズから聞いたんだな？　ああ、彼女はついさっきまでここにいたんだよ、スピアーズ」

「しかし、わたしは――」

「わかってる。ぼくに渡した紅茶のなかに、なにか盛ったんだろう？　だが、ぼくは喉が渇いていなかった。欲しいのはリゼットだけだった」

「お願いです、閣下」

マーカスが銃を振り、従者を黙らせ、妃殿下をにらみつけた。「いいや、きみが甘ったるい言葉を話すところなど想像がつかないね。丹精こめたバラの花にだって甘い言葉なぞかけるものか。それなのに、ぼくの世話をするために、真夜中にここにくる気になったというわけか？　真昼間《まっぴるま》にやってきたら、ぼくに怒鳴られて放りだされるとでも思ったのか？　ぼくの忠実なる従者が盛った薬のせいで人事不省に陥ってるときじゃなきゃだめだと？」

「ほかに理由があってうかがったの、マーカス。倒れるといけないわ。座ってちょうだい、マーカス。お願いよ」

「座りたかないね」

彼女は立ちあがり、じっと見つめたまま彼に近づいていった。ろうそくの薄暗い灯りに照らされ、目のまわりの黒い痣と腫《は》れあがった顎、やつれた面立ちが見てとれた。「具合が悪そうだわ、マーカス」

彼は立ったまま、彼女が歩いてくるのを見ていた。「そこでとまれ、妃殿下」と、うれしそうに言うと、左手を伸ばし、彼女の喉に指をまわした。「言うんだ、きみが喉を詰まらせて死んだら、きみの五万ポンドはぼくが相続できるのか？」

「かもしれないけれど、父はそんなことまで考えていなかったでしょうね。アメリカ人のところにいくんじゃないかしら。ウィックス氏に手紙で尋ねてみるわ」

「ためしに絞め殺してやってもいいんだぜ」

「そんな真似、スピアーズとバッジャーが許すとは思えないわ、マーカス」

「このふたりは、ぼくほどきみのことをよく知らないんだよ。もし知っていたら、やんやの喝采《かっさい》を送るだろうさ」

「やめて、わたしのことなんか、なんにも知らないくせに」

マーカスが肩をすくめ、身をこわばらせた。ちょっと動くだけで、肋骨の鈍《にぶ》いうずきに新たな痛みが襲ってくるのだろう。「もう、どうだっていい。そろそろ、きみたち三人がぼくの部屋でこそこそしていた理由を聞かせてもらおうか。さっき、いますぐに、と言っただろ？　もう待ちくたびれたよ。さあ、話すんだ」

そのとき、ドアをノックする音が聞こえた。暗号を送るかのような、こそこそとした控えめなノックが。マーカスが驚き、思わず体勢を崩し、ドアのほうを振り向いた。その隙《すき》を逃さず、スピアーズとバッジャーがマーカスを押さえつけた。彼はもがいたが、力がでないうえあちこちが痛むのだろう、ふたりに手際よく絨毯に押さえつけられた。スピアーズはこのうえなくていねいに彼の右手から銃をとりあげた。

「閣下」と、スピアーズが穏やかな口調で言った。「やはり、少しばかり紅茶を口になさったのでは？」

「おまえはクビだ、スピアーズ」

バッジャーが低い声で言った。「妃殿下、ムッシュー・ジュノーが到着したんでしょう。

なかへいれていただけますか」

次の十分間は重い沈黙が垂れこめ、妃殿下は息が詰まりそうになった。スピアーズとバッジャーは、マーカスの口をこじあけなければならなかった。マーカスは痛みに耐えて抵抗を続けたが、ついに充分な量のアヘンチンキを盛った紅茶が喉を流れていった。ムッシュー・ジュノーは燭台をもったまま背後に立ち、ひと言も発しなかった。

どうやら、おもしろがっているらしい。

マーカスが倒れこんだ。倒れてもなお、薬に抵抗しようとしているのが見てとれた。だが、しだいに意識を失っていった。こんな真似はいやだったが、良心の呵責《かしやく》に気をとられている暇はない。マーカスはあいかわらずマーカスだ。ほんとうに、面倒臭いことこのうえない。みんなをぎょっとさせ、罪の意識まで感じさせるんだもの。でも、とうとうこうして前後不覚に陥った。彼を救う方法はほかにない。まったく、手を焼かせる頑固者だ。

マーカスの腫れあがった顎に、彼女はそっと指先で触れた。「大丈夫よ、マーカス。約束する、心配しないで。ただじっと寝ていて、お願いだから」

不明瞭な声が聞こえた。「殺してやる、妃殿下」

「そうしたいでしょうけれど、いまは無理ね」

「なにをするつもりか知らんが、絶対に殺してやる」

ムッシュー・ジュノーが近づいてきた。「式の準備はできましたか？」

スピアーズが、マーカスのぼんやりとした目をのぞきこんだ。少しは人の言いなりになりそうだが、まだ完全とはいえない。「あと二分、お待ちを」

四分後、ムッシュー・ジュノーが陽気な声で宣言した。「これですべての手続きが完了いたしました。あなたはいま、チェイス伯爵夫人です。スピアーズ氏がそっと伯爵を肘でつついたときには、もうわたしの言いなりでしたな。さて最後に、伯爵の名前を証明書にサインしなければ」

スピアーズが伯爵の手をもち、支えはしたものの、マーカスは自分の名前を自力で書いた。とても読みやすく、力強い字だった。彼女もその横に署名した。そして立ちあがり、外套の埃《ほこり》を払うと、ポケットから細身の金の指輪をとりだし、自分の薬指に滑りこませた。「よかった」そう言うと、ひとりひとりに向かって順番にほほえみかけた。「無事に終わったわ」

「終わりましたな」と、バッジャーが手をこすりあわせた。「これでもう、財産を奪われた伯爵と嘲笑されることもない」

「お目覚めになったとき、わたしをクビにしたことを覚えておいででしょうか」

ムッシュー・ジュノーが笑った。「いや、これほどスリルあふれる夜はじつに久しぶりでした。二カ月ほどまえに、わが家がロシア軍の大砲で吹っ飛ばされそうになって以来ですよ」

マーカスは片目をあけた。頭上にやわらかそうな白い物体がぶらさがっている。妙だぞ。ここがリゼットの寝室だとしたら、ベッドの上にはなにもぶらさがっていない。あの部屋には巨大な鏡があるだけだ。

ゆっくりと、もう片方の目をあけた。左手の大きな窓からまぶしい光が差しこんでいる。勘違いでなければ、それは朝の、遅い朝の陽射しだった。おまけに彼はドレッシングガウンを着ていた。それは間違えようがなかったが、だからこそ妙だった。彼はベッドで休むときにはなにも身につけないのだから。

上半身を起こし、首をぶるぶると振り、頭のなかの妙な靄《もや》を振り払った。ここは女性の寝室のようだ。調度品はどれも華奢《きゃしゃ》なつくりで、薄緑色に金縁がほどこされている。なにもかもが淡くてやさしい。男の部屋ではない。

彼はびくりとした。ベッドの反対側にあるドアの向こうから足音が聞こえてくる。そして、ドアがゆっくりと開いた。

妃殿下がはいってきた。手にトレーをもっている。彼女は背を向けたかと思うと、足でそっとドアを閉めた。

「きみか」と、マーカスは言った。「ということは、夢じゃなかったんだな。昨晩、きみがぼくの部屋にやってきた。それも真夜中に。よからぬことを企んで。いったいなにを企んでいる？」

「おはよう、マーカス。朝食をおもちしたわ」

「スピアーズとバッジャーが一緒にいたっけ。思いだしたぞ、ドアがノックされたと思ったら、あのふたりに殴られ、銃をとりあげられた。それから――」彼は眉をひそめ、懸命に思いだそうとした。「きみに薬を盛られた」

「そうよ、でも仕方なかったの。あなたったら、とんでもなく頑固なんですもの」

マーカスがもじもじしたので、まるで二歳の子に乳母が語りかけるように妃殿下が声をかけた。「さあ、朝食ですよ」

「いますぐ、でていけ、妃殿下。さもないと、きみの前で用を足すぞ。男は鈍感なんだよ。礼儀作法なんぞ守っていられるか」彼女は動かず、ただじっと彼を見つめていた。すると彼は毛布をはねのけ、ベッドの脇に黒い毛の生えた脚を垂らした。彼女はなにも言わずに横を向くとテーブルにトレーを置き、寝室からでていった。

彼女が戻ってみると、彼は小ぶりのテーブルを前に座り、朝食を食べていた。ブリオッシュは熱々でぱりぱりしており、コーヒーは温かく濃厚だ。彼はドレッシングガウンの帯をしっかりと腰のあたりでゆわえていた。

「肋骨の調子はどう？」

彼はなにやら低く声をあげると、コーヒーを飲んだ。

目の周囲に黒い痣をつけた山賊みたい。無精ひげ、ぼさぼさの髪、腫れた顎。

彼は食べ、飲みつづけた。こちらに見向きもしない。

妃殿下は彼の正面に座り、美しいマイセンのポットから自分にもコーヒーをついだ。

そのとき、吹き荒れる嵐のような声が聞こえた。「殺してやる、妃殿下。これを食ったら」

「でも、あなたはまだ、わたしたちがどうしてあんな真似をしたのか、理由を知らないでしよ？　理由を知ったら、わたしを殺したいとは思わないかも」

「殺したいさ、どんな理由があろうと——」

「わたし、あなたの妻なの」

バターナイフをもつ彼の手がぴたりと動きをとめた。口にいれようとしたブリオッシュも宙に浮いている。やがて彼は頭を振り、肋骨の痛みに顔をしかめた。そして彼女のほうを見ると、ふたたび頭を振った。

マーカスが、じつに礼儀正しく尋ねた。「いま、なんとおっしゃったのかな？」

「わたし、あなたの妻なの。わたしたち、結婚したのよ」

それでも、彼には理解できないようだった。そして意味をなす言葉も口にできないようだった。彼女は左手を差しだした。マーカスは彼女の手を見つめ、困惑の表情を浮かべた。薬指でなにかが光っている。

それは、シンプルなデザインの金の指輪だった。

指輪を見つめたまま、マーカスが尋ねた。「ぼくの妻だと？」

「ええ、マーカス。よければ、なにもかも説明するわ」

「そういうことか。では、説明してもらおう。それから殺してやる」

「わたしたち、あなたに薬を盛ったの。わたしがそう頼んだのよ。だってそうしなければ、あなたが絶対に同意してくれないってわかってたから。あなたはプライドが高すぎるのよ。それに頑固で、けっして耳を傾けてくれない」

「スピアーズも一枚嚙んでるのか」

「ええ、バッジャーも。ふたりを責めないで。ふたりとも、正しいと思ったことをしたまでなんだから。あなたが財産を失うのを見ていられなかったのよ。たかが――」

「なんだ、妃殿下？　たかが、なんなんだ？」

「あなたがとんでもない頑固者だっていう理由だけでよ。それにどういうわけか、あなたはわたしの父も懲《こ》らしめられると思っている。父はもうこの世にいないから、なにもわからないというのに。それに、あなたはわたしのことが大嫌いだからよ」

「なるほど、だからまず、スピアーズがぼくに薬を盛った。しかしアヘンチンキ入りの紅茶より、ぼくがリゼットとのセックスを望んでいるとは、さすがのやつにも想像できなかった。だからぼくには、部屋に侵入者がはいってくる物音が聞こえた。あのとき、きみたち全員を撃ち殺しておくんだった」

「期限の六月十六日が目前に迫っていたのよ、マーカス。あのままでは、アメリカに暮らすウィンダム家の人たちがすべてを相続してしまう。そんな事態を招くわけにはいかなかったの。その点はわかってくれるでしょう？」

「いつからこの計画を練ってたんだ？」

「あなたが逃げだした朝から」

「逃げだしたわけじゃない。あの状況に耐えられなかっただけだ」マーカスが椅子の背もたれに身を預けた。そして、テーブルをリズミカルに叩く自分の指先を眺めた。「二度とヘチエイス・パーク〉は見たくなかったんだよ。わかるだろ」

「見る必要はないけれど、あなたはいま、〈チェイス・パーク〉を所有しているの。もうなんの心配もいらない。お手当てだってなくなったし、ウィックス氏にいちいちおうかがいを立てる必要もない。すべて、あなたの手のなかにあるのよ、マーカス。なにもかも」

「その唯一の代償が、きみを妻に迎えることか」

彼は穏やかにそう言ったが、彼女は自分の身がこわばるのがわかった。さあ、始まるわよ。彼が吐きだす言葉の数々が聞こえてくるようだ。だが、彼女は間を置かずに応じた。「わたしを妻に迎えると考えるだけで、あなたが憎悪をたぎらせないことを願うし、祈るわ」

これじゃまるでわざと侮蔑の言葉を言わせているようなものだわ、と妃殿下は考えた。マーカスはなんと答えるかしら。すると、彼が応じた。「まだそこまで考えが及ばないんだよ。だって、ついきのうまで、ぼくはすこぶる魅力的な愛人をもつ独身男だったんだぜ。三カ月ごとに送られてくる二百ポンドのお手当てにも満足していた。ところがけさ、起きてみたら、またもや伯爵になっていた。もう、伯爵という肩書きは御免こうむったんだよ、妃殿下。もういやだ」

「じゃあどうして、財産を剝奪《はくだつ》されたそうだって言われただけでケンカをしたの？」

マーカスが怒鳴り声をあげると立ちあがり、あやうくテーブルをひっくり返しそうになった。コーヒーカップが横に倒れた。コーヒーの雫《しずく》がテーブルの表面を伝わり、端に薄く溜まり、やがて床にしたたりはじめた。

「きみになにがわかる？　ああ、スピアーズの受け売りだろう！　きみを殺したあと、スピアーズも殺してやる。ちくしょう、どいつもこいつも！」

彼の顔は蒼白で、両手はこぶしとなっている。肋骨が痛むとしても、それを感じているかどうかあやしい。とうとう堪忍袋の緒が切れた。とうとう癇癪玉を破裂させた。妃殿下はゆっくりと彼の面前に立ち、テーブルに指を広げた。「マーカス、べつにわたしを妻として扱ってくれなくてもかまわないの。それどころか、わたし、週末にはロンドンに戻り、あなたの視界から消えるつもりよ。だって、わたしの望みはかなったんですもの。万事があるべきところに戻った。だから、どうか許してちょうだい。さもなければ、あまりかっかせずに、わたしのことは忘れてちょうだい」

「自分が生贄《いけにえ》になったつもりでいるんだろう！　そうはいかないぞ、妃殿下。きみはおれをだまし、従者を操作し、ぼくに薬を飲ませた。なにもかも、ぼくが望みもしないものを取り戻すために。ぼくがウィックス氏に言ったこと、覚えてないのか？　あんなものいらないんだよ、なにひとつ。あの男色家のトレヴァーとやらに、次の伯爵になってもらえばいい」彼は顎を指でさすった。「そうか、それもまだありうるんだな？　だろ？　きみが喉に流しこんだアヘンチンキのせいで、思考回路はあやしいが」と、マーカスは話を続けた。

「それでもこのくらいは考えられるぞ。そうとも、トレヴァーに次の伯爵にならせればいい。だってぼくが伯爵になろうものなら、きみと何度も同衾《どうきん》しなくちゃならないんだぜ。それも、きみを孕《はら》ませるために何度も何度も。それでも、女の子が生まれてきたらどうする？　男の子を授かるまでまた延々と、ことに励まなくちゃならん」妃殿下の顔から血の気が引いたのを見て、マーカスは言葉をとめた。しかし、思いなおした。いや、もうどうでもいい。かまうものか。「きみとベッドをともにするのは、やっぱりぼくには無理だね、妃殿下。ウィックス氏に話したことはほんとうだ。不感症の女に愛の言葉を囁くかと思うと、気が遠くなる。きみは肌も冷たいんだろ、妃殿下？　いや、答えるな。わかっただろ、ぼくに期待しても無駄だ。ぼくたちの永遠に記憶に残る結婚式で、よく誓いの言葉を言えたものだな。やれやれ、呆れるよ。棒のように硬く冷たい不感症女がねえ」マーカスは罵倒をやめなかった。

「きみの横にはリゼットを寝かせることにしよう。そうすればきみを抱いているあいだ、リゼットを眺めていられる。リゼットの笑い声やうめき声を聞いていれば、きみに触れる気になるかもな」おれはまたやっている。マーカスはそうぼんやりと考えた。また彼女に侮蔑の言葉を吐き、彼女の傷口を広げている。だが、さすがに今回ばかりは、悪いのは彼女だ。彼女がやりすぎたのだ。おれに薬まで盛ったのだから。いま言ったことを撤回するつもりはないし、謝罪するつもりもない。なにもかも真実かもしれないのだから。

ふしぎなことに、妃殿下は彼の侮蔑に強い痛みは感じたものの、怒りは覚えなかった。そこで、ぜいぜいと息をはずませる彼に向かって、こう言った。「まだわからないでしょ、マーカス」

「なにがだ？」

「わたしを抱くとき、横に愛人を寝かせる必要があるのかどうか」

彼は頭を振り、右手でそっと肋骨に触れてみた。痛みは鈍くなっていた。ああそうだ、彼女の不実な顔を見ていると、なにも感じなくなる。「なにもかも、信じられない。なにひとつ。きょう一日かけて、きみを絞め殺すかどうか決めることにしよう。スピアーズをよこしてくれ。ウェリントンと会う予定がある。この機会を絶対に逃したくない」

彼女はただうなずき、部屋をでていった。

10

パリ、ロワイヤル通り、ボーヴォ・ホテル

バッジャーはしげしげと妃殿下を見ていた。長いあいだなにも言わず、彼女が口をひらくのを待ったが、当然、彼女は口をひらかなかった。これほど自制心の強い人間にはお目にかかったことがない。バッジャーはつねに、彼女のことを汚れのない神聖な存在だと思ってきたし、彼女の母親もまた、娘のことをそう考えていた。ところがいま、バッジャーは確信がもてなくなっていた。彼女はマーカス・ウィンダムと一緒にいるとようすが変わる。夫となったあの男が無礼な口をきき、嬉々《きき》として彼女を罵倒しはじめると、彼女は戦場の外科医のような正確さとスピードをもって、彼に怒りを吐きださせる。それが、バッジャーには心配でならなかった。もちろん、当の伯爵は彼女を侮蔑し、傷つけたことをすぐに後悔するのだが、どれほど深く傷つけたかまでは自覚していない。バッジャーは頭を左右に振り、とうとう口をひらいた。「閣下がなにかわめいているのが聞こえましたが」

「ええ、そうなの、わめいていたわ。わめくのが得意なのよ。あらかたは静かだったけれど。でも、部屋からでていこうとしたとき、こちらを振り返ったの」そう言うと、彼女は大きく

息を吸った。マーカスが朝食を食べにいったら、もう彼の邪魔はしないつもりだった。でも、怪我の具合が心配でならなかった。そこで彼の寝室に戻り、ノックしようとしたとき、ドアがひらいた。叩きのめされた悪魔みたい、と彼女は思った。目のまわりの黒い痣、腫れあがった顎。

「ちょっとばかり遅かったな、妃殿下」と、冷笑するように言う彼は別人のように見えた。マーカスはふだん、こんなふうに冷笑したりしない。「もう全裸じゃない。それどころか、この家をでていくところだ。ここはきみの家だろ？」

「ええ、パリにくるまえに借りておいたの。あなたさえよければ、ここに残っていいのよ、マーカス」

「なぜだ？　逗留《とうりゅう》先のホテルの支配人には、ぼくが射殺され、もうパリにはいないと説明するつもりか？　スピアーズの野郎が、もうぼくの衣類を全部ここにもってきたのか？」

「さあ」

「さあ」彼は皮肉たっぷりに繰り返した。「なにもかも、きみの思惑どおりにことは運んでいるんだろ？　それなのに、『さあ』とは、どういう意味だ？」

「スピアーズがあなたの衣類をすべてここにもってきたのなら、ここに残ってもいいと思わない？　今夜、わたしと一緒に食事をいかが？」

この五年のあいだに伸びた身長で威圧するほどの高みから、マーカスは彼女を見おろした。自分の身長が彼の顎のあたりまでしかないことに気づき、彼女はぎょっとした。「妻と食事だと？　そりゃまた斬新なアイディアだ。妻ねえ。これまで考えたこともなかった日用品。いや、あのとき、ぼんやりと考えたのかもな。親愛なるウィックス氏がぼくに最後通告を申し渡した五秒後には。あのときもむかついたが、いまじゃへどがでそうだ。今夜は愛人と夜をすごさせてもらうよ」

「考えなおして、マーカス。お願い。ここに戻ってきて。将来のことを話しあいたいの」

「将来だと？　将来もなにもかも、自分の力で変えてみせたとでも思ってるのか、妃殿下？まあ、ぼくの将来はまだわからんが、それがどうなるにせよ、きみとは関係ない。ごきげんよう、マダム」

彼は大きな足音をたてて廊下を歩いていったが、途中で立ちどまると振り返り、こう叫んだ。「いいか、寝ないでぼくを待ってるんじゃないぞ。リゼットは貪欲な仔猫ちゃんだ。彼女のベッドではきみのことを忘れてやるよ。ぼくへの仕打ちも」

なんという憎しみの台詞。マーカスには口を慎むということがない。

彼女は回想をやめ、バッジャーに声をかけた。「今回は、罵倒して息を切らせるよりは、足を踏みならすほうがお好みだったわ。それでも大声でわめいたときには、ご近所のかたが騒動を楽しんだはずよ」彼女は窓際に腰を下ろし、膝の上でそっと手を組んだ。「この家の者は全員、マーカスが玄関のドアを乱暴に閉めてでていった音を聞いたはず」

「ええ。それで、閣下は、その、同意なさいましたか？」

彼女がかすかに笑みを浮かべた。「わたしが彼の妻になり、よろこんでいたかってこと？」

「伯爵のような男性に、そこまで求めはいたしません」

「そうね。それどころか、今夜は愛人のところに行くと言っていたわ」

「まさか！　閣下がそんな……結婚なさったばかりだというのに——」

「マーカスはわたしに激怒していた。あなたとスピアーズについては、じきに怒りもおさまるでしょうけれど。あの人は短命の台風みたいなもの。怒るのも速いけれど、台風一過、笑顔になる」

バッジャーは納得しないまま肩をすくめた。「今夜、こちらにお戻りになるでしょうか」

「さあ、どうかしら。金曜にはロンドンに発つ予定だと伝えておいたわ」

「あなたの贈り物を、閣下は受けとるおつもりでしょうか？」

彼女はなにも言わずに背を向けると、重厚な金襴のカーテンをあけ、窓の下の通りに目をやった。「ほかに選択肢はないはずよ。とにかく、わたしは彼のためにできることはした。でも彼は、そんなふうには考えてくれない。爵位なんぞいらないと繰り返すだけ」

「それでは問題が起こるかもしれませんな、妃殿下」

「どういう意味、バッジャー？」

「婚姻無効の宣告です」

彼女はしばらくぽかんとした顔をしていたが、やがて合点がいったという表情を浮かべた。

「そういうことね。頭の回転が遅くてごめんなさい。《ロンドン・ガゼット》で読んだことがあるわ。ヘイヴァリング卿が、娘さんとブラッドリー少佐に婚姻無効宣告をしたとか」

「どういう意味か、おわかりで、妃殿下？」

「マーカスがわたしたちの結婚を無効にできるということね？　すべてを取り消せると？」

「そのとおりです。しかし、それを不可能にする方法がひとつ残っている。閣下が、ええと
その、あなたとの結婚を床入りによって完了すれば」

彼女の頬が間違いなくぽっと紅潮したが、その表情は変わらず冷静だった。「まあ、困っ
たわ。それは問題ね」

「大いに問題です。婚姻を無効にできる方法があることに閣下が万が一気づいたら、自分が
なにをしているかも自覚せずに行動を起こすのではないかと、それをスピアーズとわたしは
心配しているのです。裏切られたと思いこんだ男は愚かなことをするものです。とくに閣下
の場合、自分の意志を通せないことは我慢できませんから。閣下にとってこれは、自分の存
在という根源に関わる問題なのです」

「まあ、困ったわ」と、彼女が繰り返した。「ほんとうに大問題よ、バッジャー」彼女は立
ちあがり、淡黄色のモスリンのスカートを揺らした。「新たに計画を練らなくては。でも、
それより先に緊急の問題があるわ、バッジャー。あなた、リゼットの住まいを知ってる？」

「はい」バッジャーはじっと彼女を見つめた。「フルネームは、リゼット・デュプレシス」

「よかった」そう言うと、妃殿下は客間をでていった。

その細長い建物はヴァレンヌ通りに面しており、あたりには雰囲気のいい住宅街が続いて

いた。とても魅力的だわ、と妃殿下は考えた。少なくともマーカスにとっては引き寄せられる場所なのだろう。そのうえリゼットにとっても、この部屋をマーカスに借りてもらいたいと思えるほど魅力的だったのだろう。季節は初夏、青々と樹々が茂り、通りに木陰をつくっている。彼女はバッジャーにうなずいたが、彼が反論しそうになったので繰り返した。「いいえ、あなたはここに残っていて。あそこのオークの木の下に立って、フランス人を見張っていて」

バッジャーは目をぱちくりしたが、妃殿下がときおり見せる笑顔に気づき、木の幹に背を預けた。

ノックをすると、やぼったい若いメイドがでてきた。わたしのことをどこかの紳士と、いいえ、たぶんマーカスと勘違いしたのだろう。妃殿下は会釈《えしゃく》をすると、名刺を差しだした。「女主人《ミストレス》にお目にかかりたいのですが」と、妃殿下は言った。愛人《ミストレス》とは、なんてぴったりの呼び名だろう。彼女は胸のうちでそっとほほえんだ。

若いメイドはあからさまにしかめ面を浮かべ、じろじろと妃殿下を眺めたかと思うと、見事な金髪の頭をぷいと上げた。そして妃殿下を戸口に立たせたまま、室内に戻った。

妃殿下は狭い玄関にはいり、ドアを閉めた。メイドは振り返らなかった。目の前には二階へと続く狭い階段があり、三階へと折り返している。上階から、早口でフランス語を話す女性の声が聞こえてきた。彼女は玄関に置かれた唯一の椅子に座り、膝の上で手を組み、待った。それは、彼女がもっとも得意とする行為だった。

五分が経過した。あいかわらず会話が聞こえたし、服を着替えるような物音もした。リゼットはとても色っぽい衣類を身につけていたのかしら。とにかく、わたしがここにいるあいだ、マーカスは姿を見せないはず。

リゼットはおおかた、妃殿下が想像したとおりの女性だった。若く、胸のかたちが見事で、ウエストは男性のこぶしをふたつあわせたほどの幅しかなく、身長はそれほど高くない。イヴの無知と知識を兼ね備えた女性といったところだろうか。たしかに強力な組み合わせだ。黒い瞳が心配そうにこちらを見ている。

「ウイ?」リゼットがゆっくりと階段を下りてきた。少なくとも妃殿下の目には、修道服のように見える服を着ている。これでは彼女の本業などわからない。やわらかいモスリンのドレスの胸の下を水色のリボンでゆわえている。

妃殿下は立ちあがり、ほほえみ、どうにか通じる程度のフランス語で言った。「ジョゼフィーナ・ウィンダムと申します。チェイス伯爵夫人です。しばらく、お時間頂戴できまして?」

リゼットは口をひらきかけたが、頭を振った。「どうぞ、客間へ」

妃殿下は単刀直入に話をきりだした。役立つのは真実だけであることがわかっていたからだ。そこで話を脱線させることなく、よどみなく事情を話しつづけた。そして、彼女のフランス語で可能なかぎり早口で喋りつづけ、ついに説明を終えた。

「……ですから、わたしは閣下と床入りをすませ、結婚を完了しなければなりません。さもないと、閣下は婚姻を無効にしてしまい、なにもかも失われてしまいます。彼にとっては、ですけれど。あなたは正直な女性だとうかがっています。マドモワゼル・デュプレシス。あなただって……その……彼に一文無しにはなってほしくないでしょう？　彼を救いたいの。力を貸してくださらない？」

リゼットは目の前に静かに座っている美しい女性をただ見つめるばかりだった。「あなた、ほんとうに彼と結婚したんですか？　薬を飲ませて？　なにもかも、ほんとうのこと？」

妃殿下はうなずいた。「ええ、なにもかも」

「マーカスが耐えられるとは思えないわ、モンデュ！　女に上手《うわて》をいかれるなんて、我慢ならないはずよ。男の沽券《こけん》に関わるもの。ああ、じつにお見事！」リゼットがちらりと意地悪な笑みを浮かべ、目を伏せた。「あたしのマーカスったら、それは激怒したでしょうね。女に出し抜かれたんですもの、逆上したはずよ。つねに自分が支配していないと気がすまない人よ。いまごろ、パリの街を素手で引き裂いているんじゃないかしら」

妃殿下は思わずほほえんだ。「肋骨がずきずき痛まなければね。ええ、快復したらそうするでしょうね。でもね、彼には来週までには理性を取り戻してほしいの。せっかく手にいれたものを二度と手放してはならないことに、気づいてほしいのよ」

「それで、あたしになにをしてほしいんです？」

「あのアパートを引き払っていただきたいの。御礼として一万フラン差しあげるわ。そして金輪際、マーカスと会わないでいただきたいの。この件のせいで、あなたを経済的に困らせるつもりはないわ。だから一万フランを元手《もとで》に新しい部屋を見つけてください。それから、お好みの新たな紳士を見つけられるといいわ」

「わかりました」そう言うと、リゼットはすばやく頭を回転させた。一万フラン！　大金だ。新しいパトロンを見つけるまで、しばらくゆったりと暮らしていける。自分の好きな男を選ぶのだ。マーカスみたいに好きになれる相手を。妥協はしたくない。マーカスのような男がまた見つかるかしら。優秀な愛人で、女性が官能に耽るのを自分も愉しみ、このあたしでさえまだ体験したことのない快楽を堪能させてくれる男が。リゼットは、マーカスの新妻のほうを見やった。とても美しく物静かな女性だけれど、どこかしら無垢《むく》なところがある。正直でまっすぐなところが。マーカスなら朝食に食べてしまいそうな、その彼女がマーカスに薬を盛り、無理やり自分と結婚させただなんて。それも、彼を救うために。とても信じられない。リゼットは椅子の背にもたれ、この奇妙な話し合いについて思いを馳せ、思わず笑い声をあげた。「ごめんなさい」笑いがおさまると、リゼットが言った。「夫の愛人に会うために、奥さまが足を運んでくださるなんて――こんなの初めて。もうびっくり」彼女は涙に濡れた目を指で拭い、妃殿下にほほえんだ。「それに、あなたは嫉妬《しっと》していない。あたしのことが気にいらないとしても、うまく隠している。閣下のこと、ちっとも好きじゃないの？」

「いいえ、そんなことないわ。でもそれはいま、肝心な点じゃないの」

「そう、なんとなくわかってきたわ」リゼットは、そうゆっくりと言い、立ちあがった。

「閣下は三時間後にここにいらっしゃるはず。いつも、そうなの。閣下の到着まえに発つのなら、大急ぎで支度しなくちゃ」

妃殿下は立ちあがり、手さげから一枚の紙をとりだした。「フォーブル・サントノーレの宿の住所が書いてあるわ。あそこには大使館がたくさんあるし、お金と権力をもった紳士もたくさんいる。権力の中心地、エリゼ宮もすぐそばよ」

リゼットは妃殿下のほうに歩き、顔と顔を突きあわせて立った。「あなたみたいな貴婦人に、初めてお会いしたわ。伯爵夫人としてはすごくお若いし、すごく物分りがいいし、結婚した相手があたしと寝てたっていう事実も受けいれてる。あたし、マーカスのことは好きだけど、彼、火山みたいな人でしょ。でも、あなたにはコモ湖みたいな雰囲気がある。とても静かで澄んでいて、波風も立たない」

妃殿下はほほえんだ。「そうかもしれないわ。でもね、いま重要なのは、マーカスがわたしたちの婚姻を取り消せないということなの。ご協力に感謝するわ、マドモワゼル・デュプレシス」

リゼットが応じた。「エリゼ宮のすぐそばなんでしょ？　素敵、最高！」そう言うと、貴婦人の袖にそっと手を置いた。「マーカスはいい人。でも、あなたを傷つけさせちゃだめですよ、マダム」

「彼はね、彼なの。だから、わたしを傷つけずにはいられない」そう煙に巻くような言葉を残し、妃殿下は夫の愛人、いまでは元愛人となった女の部屋をでた。

客間のドアはあけておいた。彼が玄関にはいってくる物音が聞こえた。乱暴にドアを閉め、スピアーズ、と大声をあげ、バッジャー、とわめいたが、ふたりの知性あふれる紳士の返事が聞こえなかったので、そのままのしのしと客間にはいってきた。深紅と白の士官の軍服を着て腰に革紐で剣をゆわえている姿は、とてもハンサムな山賊のようだ。軍服って禁止すべきだわ、と彼女は思った。男の人がこのうえなく壮麗に見える。そしていまのマーカスは、壮麗だけれど危険そのものに見える。似つかわしくない組み合わせだけれど、そうなのだから仕方ない。

彼女の姿を認めると、マーカスは戸口で足をとめた。彼女は暖炉の横に腰を下ろし、手に本をもっている。とても素敵な装いだ、とさすがの彼も気がついた。薄い紗《しゃ》の黄色のモスリンのドレス、美しい黒髪をゆるく編み、頭のてっぺんで黄色いリボンでゆわえている。宝飾品はいっさいつけていない。

薬指にある金の指輪以外は。くそっ、彼女が自分で指に押しこんだに違いない。勘弁してくれ、おれは絶対に彼女に指輪などはめていない。

妃殿下がにっこりとほほえんだ。「夕食をいかが、マーカス？　もうずいぶん遅いけれど。もう少し早く帰宅なされば、バッジャーが用意した夕食を熱々のうちにいただけたのに。それともすぐに着替えて、お風呂になさる？」

マーカスは必死の思いで自制しているようだった。なんとか口を閉じていることができたし、怒りの言葉も吐きださなかった。とにかく、しばらくのあいだは。彼は室内にはいってくると、外套を脱ぎ、椅子の背に放りなげた。そして暖炉に近づき、炎に手をかざした。六月初旬にしては寒い夜だった。夜中に雨が降るだろう。湿度が高い。

「肋骨はいかが？」

「また質問かい、妃殿下？」

彼女は口をつぐんだ。

「ああ、肋骨はよくなってきた。まだ突っ張る感じはあるが、以前ほどの痛みはない。わかっているだろうが、今夜は愛人のところに行ったんだよ。だが、おそろしく妙なことがあってね」

彼女は慎重に黙っていた。すると、マーカスが怒りをこめた低い声で言った。「身じろぎぐらい、できないのか？　その青白い頬を赤らめるぐらい、できないのか？」

彼女はなにも言わなかった。

「リゼットが忽然と姿を消した。だれも居場所を知らない。彼女は高級四輪馬車で夕方、旅行用かばんをありったけ載せ、出発したそうだ。妙だと思わないか、妃殿下？」

「妙だと思わなくちゃならないの、マーカス？」

「彼女をどこにやった？」

臆せず、応じた。「どこにもやってないわ、マーカス」

「ほほう」マーカスはそう言うと両手を見おろし、ゆっくりと腰の革紐をはずし、剣を手にとった。革ベルトをゆっくりとたたみ、剣をそっと椅子に置く。そして立ちあがり、暖炉に背を向けた。炉棚に肩をもたせ、ヘシアンブーツを履いた脚を組む。スピアーズがぴかぴかに磨《みが》いているので、長い一日を終えたあとでさえ、靴に映る自分のしかめ面が見えるほどだ。おれは爆発しそうだ。マーカスは懸命に無表情を装った。「ぼくの宿泊先からも所持品がすべて消えうせていた。友人のアパートに世話になろうかとも思ったんだが、きみの言うとおりだと考えなおした。ふたりで、将来について話しあわなければ」そのとき、巧みにごまかそうとはしているものの、彼女の顔に大きな安堵の表情が浮かぶのが見えた。

妃殿下がすっと立ちあがった。「まず夕食にしましょう、マーカス。お腹がすいたわ」「そうだな」彼は礼儀正しく言い、彼女のほうに腕を伸ばした。「マダム」

妃殿下が警戒するような視線でマーカスを見た。彼はそれに気づき、うれしくなった。尋常ではないほど、うれしい。一年まえ、スマーデンの彼女の小さな家を初めて訪問して以来、これほど自制できていると感じられたことはなかった。それもこれも、おれが怒りを胸のうちにおさめているからだ。そのうえ、おれがどんな手を打ってくるのか、彼女には見当もつかない。マーカスは彼女にほほえみ、なにも言わなかった。怒鳴りさえしなければ、こちらの考えを彼女に悟られずにすむ。

テーブルの端に彼女を座らせ、自分は反対側の端に座った。ふたりのあいだに、料理はすでに用意してあった。銀製の円蓋《えんがい》が温度を保っている。

「バッジャーは最高の仕事をしたな」マーカスはそう言うと、オレンジとタラゴン風味のチキンをゆっくりと嚙み、目を閉じた。「タマネギは甘い。スティルトンチーズは完ぺきだ

——皮は青白く、内側は淡い黄色で、まろやかそのもの」

「わたしも同じことを考えていたわ」と、まだ手をつけていないスティルトンチーズを眺めながら、妃殿下が応じた。いったい、マーカスはなにを企んでいるのかしら？

「こんなうまいオレンジ、バッジャーはどこで調達してくるんだ？」

「レ・アールよ。毎朝、あの市場で何時間もすごしているの」

「レ・アールね。ル・ヴァントル・ドゥ・パリ——六百年ものあいだ、パリの胃袋でありつづけてきた市場」彼がまた鶏肉をフォークで刺し、口に運ぶと幸せそうに低い声でうめいた。そして、また彼女にほほえんだ。「あまり夕食を楽しんでいないようだが、妃殿下？」

「お昼をたくさんいただいたの」

「きょうは忙しかったのかい？　買い物にでていたのかな？　友人を訪ねていた？　愛人のところに？　新郎の投宿先にいき、部屋をからっぽにした？」

「きょう一日でそんなにしたわけじゃないわ、マーカス」

「ああ、またいちどに複数の質問をしてしまった。そうすると、きみはいっさい質問に応じないからな。鶏肉を食べろ、妃殿下」

「バッジャーがロンドンのパンをもってきてくれるはずなの。とてもおいしいのよ。味の違いは、ラードの質の違いだとか——」

「ぼくも待つとしよう」彼は椅子の背にもたれ、腹の上で指を組んだ。「もう腹がいっぱいだ」

「怪我をしたんだもの。たくさん食べて、力を取り戻さないと」

「男らしい魅力あふれるぼくに脂肪をつけさせたいのか？ なにも言わないところを見ると、どうだっていいんだな。それにしても立派な食堂じゃないか。ほかの部屋も立派だが。きみはいまや、大金持ちの若い貴婦人だから、賃貸料を聞いてもまばたきもしなかったろう」

「たしかに高くつくわ。でも、以前言ったように、あなたが望むなら、わたしはロンドンに発ちます。あなたがパリに残りたいのなら、また裕福になったんですもの、そのくらいの余裕は充分にあるわ」

「ああ、ぼくはまた金持ちになったわけか。おかしな話だよな、この十カ月間、自分が一時的ではない、本物の伯爵だと信じていたとき、カネの価値を忘れたことはなかったし、なにかを買うときにはじっくり考えたものだ。だからいまさら、考え方は変えられないね。まったく、アメリカのウィンダム家の親戚も哀れだよな。突然、一文無しに逆戻りになったんだから」

「かれらに、財産はふさわしくないもの」と、妃殿下。「財産はすべて、あなたのものになるべきよ。あなたのものになるように、考えられていたんだもの」

「いや、それは違う。財産はチャーリーのものだったし、チャーリーでなければマークのものだった」

「ふたりは亡くなったのよ、マーカス。五年まえに。だれの責任でもないわ。あなたの責任でもない」

「これはおもしろい。きみは自分の父親を責めるのか?」

「ええ」

もう我慢も限界だ。その瞬間、マーカスは自覚した。妃殿下はテーブルの反対側に座っており、顔は薄暗くてよく見えない。しかし、その声は聖母マリアのように澄みきっている。ああ、もう耐えられない。彼は立ちあがり、ナプキンを皿の上に放った。「外出する」そう言うと、食堂のドアのほうに勢いよく歩いていった。

「マーカス」

彼は立ちどまったが、振り返らずに言った。「なんだ? いったん帰宅したら、もう外出しちゃいけないのか? きみのいじめっ子たちが玄関で待ちかまえていて、ぼくを引っ捕らえ、室内に引きずりこむとでも?」

「マーカス、まだ話はすんでないわ」

ようやくマーカスが振り返り、彼女を正面から見た。情熱も、怒りも、意地悪のかけらもない声で、彼は言った。「もう我慢できそうにない、妃殿下。ちょっと考えごとをしてくる。自分自身と、自分の将来について考えてみなければ。なんのことだか、きみにはよくわかっているはずだ」

彼女にはとてもよくわかった。だからこそ、怖くなった。婚姻無効のことを考えているのと尋ねたかったが、言葉が喉に詰まってでてこない。彼女はなにも言わず、ただ黙って彼を見つめた。ついに彼はふたたび背を向け、食堂から、彼女から、足早に去っていった。

11

バッジャーが右の耳たぶを引っ張った。口をあけ、また閉じた。耳たぶをまた引っ張り、ようやく口をひらいた。「スピアーズさん、それでもやはり心配だ。この件では話し合いを重ね、われわれは合意に達した。その必要性があることはわかっている。だが、彼女は純真無垢そのものだ。そもそも彼女をこんな状況に置いたのは、ほかならぬ母親だ。母親は愛人だった。だから娘は私生児として生まれた。母親はどうにかして娘を守ろうとし、結局、そちらのほうの知識は呆れるほど無知な娘を育てた」

「バッジャーさん、この状況は、われわれが双方とも望んだものではないことはわかっています。だから、もうその哀れな耳たぶを引っ張るのはおやめなさい。すっかり赤くなっていますぞ。いやはや、あのふたりのせいでこれほど緊迫した状況に追いこまれるとは。正気の男だって泥酔するか、耳たぶをぐいぐい引っ張るかしないと、やっていられませんな。では、ブランデーはいかがです？　いらない？　それでは、この話は以上だ。あなたにもわかっているはずだ。閣下は、この瞬間にも、婚姻を無効にする方法をさがしているでしょう。閣下がほんとうに婚姻を無効にしようものなら、妃殿下はどんなに動転なさるか。彼女は、例の計画をよろこんで実行する気です。というより、せざるをえないのです。彼女が計画を実行に移すまえに、このわたしが、閣下のご機嫌を必ず確認いたします」

「もし、閣下のご機嫌が悪かったら？」

「そのときは、妃殿下には待っていただくしかない。機嫌が悪いときの閣下は、妃殿下がご一緒だとよけいに手に負えませんから」

「まったく、あの若造、どこまで馬鹿なんだ！　路地裏で引っ捕らえ、プライドをへしおってやりたい」

スピアーズがため息をついた。「彼は若いのです、バッジャーさん。若く、強く、プライドが高い。そして彼女こそが、あらゆる問題の元凶だと思いこんでいる」

「だが、妃殿下は彼を救ったんだ！」

「ええ。だからといって、なにも変わりはしません。彼からすれば、だれかを救うのはつねに男であるべきなのです。ですから、彼に救うことができないのなら、ほかのだれも手を差しのべてはならないのです。とくに、女性は」

「どこまで子どもなんだか」と、バッジャー。

「そして、彼女はあつかましくも五万ポンドを相続し、閣下にはお手当てだけという屈辱を味わわせた。こともあろうにチェイス伯爵にたいして、お手当てですよ、バッジャーさん、お手当て！　これ以上、閣下を侮辱する仕打ちはないでしょう」

「だが、彼女が悪いわけじゃない！」

「たしかにそうです。だが、閣下にとっては彼女の存在そのものが屈辱なのです。昔は無害な私生児だったのに、いつのまにか正式な女子相続人となり、こんどは彼の財産をすべてむしりとってしまった。それも、正当な手順を踏んで。とはいえ、閣下がどう思おうが、こうなったらもう関係ない。彼女は自分がすべきことをするまでです。これまでもずっと、そうなさってきたのですから」

「彼女はひるむことはないでしょう。それは請《う》けあう」そうバッジャーが言い、スピアーズ氏の居間の暖炉のそばに置かれた居心地のいい揺り椅子から立ちあがった。「たとえひるんだとしても、必ずや計画を実行なさる」

「ところで、バッジャーさん、オレンジとタラゴン風味のチキンはすばらしかったですな」

バッジャーはうなずいたが、見るからに上《うわ》の空だった。「だがスピアーズさん、万が一、閣下が彼女を傷つけたら？」

「彼女は耐えるでしょう。それで一件落着だ」

わたし、正気の境界線を踏みこえ、頭がおかしくなってしまったのかしら。彼女は閉じたドアの前で足をとめ、耳を澄ました。だが、なにも聞こえない。

彼はもう眠っているかしら？　もう真夜中をすぎている。ふだんなら、彼女もとっくに眠りに落ちている時刻だ。

彼がもう眠っているのなら、死刑執行は延期だ。

彼女はかぶりを振った。彼には眠っていてほしくない。目覚めていて、自分の意思をもっていてほしい。執行の延期は、ただの延期でしかない。だいいち、延期するのも怖い。マーカスときたら、いつ、なにをしでかすのか、まったく予測がつかないんだもの。慎重に慎重をきわめ、彼女は真ちゅうのドアノブをまわした。あらかじめ油を差しておいたドアはきしむことなくスムーズにひらいた。暖炉ではまだわずかに残り火が揺れ、薄暗い光を室内に投げかけている。彼女はそっとマーカスの寝室に足を踏みいれ、ドアを閉めた。部屋のなかは暖かく、思わずほっとした。

素足の下、絨毯は厚く、やわらかく感じられた。暖炉の前からベッドへと、点々と衣服が脱ぎ捨てられている。テーブルの上には革ベルトがきちんとたたんでおいてあり、鞘《さや》には剣がおさまっている。ベッドと直角に立てかけてあったヘシアンブーツに、彼女はあやうくつまずきそうになった。彼の外套が床に広げられ、飛行中の黒いコウモリのように世界を睥睨《へいげい》している。

彼女は幅広のベッドの横に立ち、じっと彼を見つめた。ぐっすりと寝ている。仰向けになり、片手を額にあて、もう片手は脇に垂らし、てのひらを上に広げている。身体をおおっているのは一枚の毛布だけで、それもウェストのあたりまでしか隠していない。

彼はとても大きく見えた。胸は黒い毛でおおわれ、筋肉で引き締まっており、腕も同様だった。軍服を着ているときと同じように、彼はやっぱり壮麗だ。思わずほほえんだが、着衣のときと、裸体のときとの彼の違いをこれからはっきりさせなくてはならないことを思いだし、笑みを引っこめた。毛布ごしに、身体の輪郭がくっきりと浮きあがっている。そして彼の一部も、とても大きいのがわかった。

肋骨のあたりは緑や青色、淡い黄などの色を帯びている。まだ、そうとう痛いのかもしれない。

さあ、これからなにをすればいいのかしら。その日の午後、バッジャーがそっと渡してくれた本のことが頭に浮かんだ。バッジャーは彼女と目をあわせようとせず、本を渡しながらもごもごと説明したのだ。「この本が少しは役に立つかもしれません、妃殿下。ええと、その、挿絵《さしえ》がありますから」

「挿絵?」

「はい、挿絵です。以前にお母上から、男と女のあいだでなにが起こるか、聞いたことはありませんか?」

彼女がゆっくりと頭を振ったので、バッジャーが言った。「この本をよく読んでください、妃殿下。質問がおありでしたら、スピアーズ氏に訊かれるといい」

半裸のマーカスを眺めながら、彼女は考えた。たしかにあの本はとても有益な本ではあったけれど、奇妙で荒削りな挿絵が多かった。それに比べれば、実物のほうがずっといい。彼女はそっと指先で彼の顎に触れた。無精ひげでおおわれてはいるものの、まだ痣が残っている。こんどは彼の心臓の上にてのひらを広げ、しっかりとした鼓動を感じた。指の下で、彼の胸毛がからみつく。そのとき、彼がわずかに寝返りを打ったが、すぐに仰向けに戻った。

片手を下腹部に置いている。

困ったわ。次はどうすればいいの?

怖くはなかったが、困惑していた。あの本に描かれていた男たちとは違い、マーカスは眠っていたからだ。情熱をあらわにしているわけでもないし、いやらしい笑みを浮かべているわけでもない。そして挿絵に描かれていた男たちのように、彼女に飛びかかってくるようすもない。

そのとき、マーカスがぱちりと目をあけ、彼女を見つめた。その瞳はぼんやりとしていたが、声ははっきりしていた。「これはこれは。たまげたな。肝をつぶしたよ。よりによって、ぼくの寝室にいるとは。望みはなんだ、妃殿下?」

「あなたよ」と、彼女が応じた。「あなたが欲しいの、マーカス」

彼はなにも言わず、ただほほえみを浮かべると、また目を閉じた。彼の呼吸は深く、平坦だ。その瞬間、腑《ふ》に落ちた。マーカスはちゃんと目覚めてはいなかったのだ。まるで起きているように喋ってはいたけれど。こうなったら、あとはわたし次第だ。わたしが行動を起こすしかない。

汗ばむてのひらをドレッシングガウンで拭った。ガウンの下になにも身につけていないことを自覚しつつ、彼女はゆっくりとウェストの飾り帯をはずし、ガウンを肩からするりと落とした。ガウンは足もとに広がった。ガウンを脱いだわ。これでもう後戻りはできない。そのまま全裸で、しばらく彼の横に立っていた、背中に暖炉の残り火があたり、暖かい。

彼女はマーカスのほうに身をかがめ、唇を重ねた。「マーカス」と、囁いた。「お願い。起きて。どうすればいいのか、よくわからないの。なにが起こるべきかはわかってるけど、どうすればいいかわからないのよ。お願い、起きて、マーカス」

マーカスはその言葉にほほえみ、やさしく言った。「ああ、リゼット。ぼくを眠らせないつもりだな？　まったく、そのへんの男より欲張りじゃないか」彼の両手が上がってきたかと思うと、彼女のあらわになった乳房に触れた。彼女はびくりとしたが、必死で動かないようにした。彼の手が、乳房を揉みはじめた。乳房をもちあげたかと思うと、やさしく揉みしだき、両手で乳房をおおう。そのあいだ、ずっと目を閉じている。やがて、毛布ごしに彼の身体の輪郭が変わるのがわかった。それが意味するところが、彼女にはわかっていた。身体の一部、彼女がなしとげなければならない作業においてもっとも重要な役割を担《にな》う部分が、さきほどより目覚めてきたということだ。

だがマーカスは、彼女のことを愛人だと思いこんでいる。

ふいに、彼の手が乳房から下がり、ウェストを両手で包みこんだ。そのまま彼女の身体をもちあげ、自分にまたがらせた。彼女は自然と彼の胸に両手を置き、身を支えた。彼女の髪が肩から垂れ、彼に触れた。彼はふたたび彼女の乳房をまさぐり、低くうめき声をあげながら愛撫を続けた。

恐怖のあまり、身動きできない。

「どういうことだ？」マーカスはそう囁くと、笑い声をあげた。彼女の尻の下に手を滑りこませ、一気に毛布を引っ張った。自分の下で、彼が硬くなっているのがわかった。信じられないほどの熱を帯びている。こんなものを、彼女はこれまで想像したことがなかった。

彼は深く息を吐くと、ふたたび彼女の身体をもちあげた。硬くこわばった彼のものがあたる。すごく熱い。でも、これからどうすればいいの？

「どういうことだ、リゼット？　まだ準備ができてないのに、ぼくを起こすとは？　またよろこばせてほしいんだな？　じっとしていろ、そうだ、それでいい。じっとしていろ。きみを存分に愉しませてもらうから」マーカスに抱き寄せられ、彼の胸の上にぴたりと横になった。と、すぐに唇が重ねられた。その甘いぬくもりに、彼女は口をひらいた。彼を味わいたい。舌をからめられ、彼女がぴくりと飛びあがると、キスをしながら彼がやさしく笑った。彼女はキスに夢中になり、彼の舌と唇の動きに全神経を集中させた。と、ふいに彼の指が彼女の敏感な部分に触れ、彼女のなかにそっとはいってきた。我慢できず、思わず声を上げた。が、彼になだめられ、腰を撫でられた。まるでペットを扱うみたい。どうにかなりそうな頭で考えていると、また彼が指をいれてきた。少し痛い。でも、彼は指を動かしつづけた。やさしく二本の指をいれたかと思うと、また外にだす。わたしのあそこを少しずつ押し広げようとしているのだ。彼女は顔を上げ、下唇を嚙み、声を押し殺した。彼がこれからなにをするつもりなのか、さすがの彼女にもわかっていた。わたしだって馬鹿じゃない。でも、ひりひりとした痛みが強くなり、もうやめてほしかった。と、また抱き寄せられ、彼自身が肌に触れた。ああ、二本の指なんかよりずっと大きい。と、つんとした感覚が走り、あそこが濡れるのがわかった。恥ずかしい。でも、それ以上考えている暇はなかった。また上半身を起こされたかと思うと、身体をもちあげられたからだ。彼の熱いこわばりが触れたかと思うと、ふいに、彼女のなかにはいってきた。マーカスが愉悦《ゆえつ》の声を漏らした。

彼女は声をあげたくなかった。そんなこと、しちゃだめ。てのひらで彼の胸を押さえ、目を閉じ、口を結んだ。彼がどんどん深くはいってくる。と、処女膜にぶつかるのがわかった。処女膜がそこにあるのがわかったし、彼がそこにぶつかっているのもわかった。彼はじりじりと侵入を続けたかと思うと、なんの前触れもなく、頭をうしろにのけぞらせ、歯を食いしばった。両手でぎゅっと彼女のウェストを包み、腰ごともちあげたかと思うと、ずぶりと突きさした。

喉から悲鳴が漏れた。我慢できない。痛い。奥のほうがひりひりと痛む。もうこれ以上、奥には突いてこられないはず。ところが、彼はまたいっそう深く突いてきた。だめ、もう、耐えられそうにない。

彼女をもちあげては下ろすという動作を、彼はリズミカルに続けた。両の指を彼女の腰に食いこませ、荒い息を吐き、腰を激しく動かしている。彼女は目をあけ、彼の顔を見おろした。頬は赤黒く染まり、目は閉じ、唇はひらいている。その表情は、まるで痛みを感じているよう。こうしていればわたしたちはひとつになれるのよ。そう考えたとたん、合理的な思考ができなくなった。彼はますます速く、激しく、彼女を突きあげた。彼の脚と胸が上下にうねり、呼吸が喉で詰まる。彼は大きくうめき、枕に強く頭をのけぞらせた。彼女はぽろぽろと涙を流し、舌で舐めた。しょっぱい。彼が指を食いこませているせいで腰が痛み、身体の奥ではいつ果てるともわからない痛みが増している。

そして、すべてが終わった。彼女の下で、彼はまったく動かなくなった。大きく吐息をついたかと思うと、頭が横に向いた。両手が彼女の腰から滑りおちる。両脚は、彼女の下でだらりと広がっている。彼自身はまだ彼女の奥深くにはいったままだが、あそこは彼のせいで湿っており、痛みはいくぶん軽くなっていた。この湿っているものが、彼の精子なんだわ。おかげで、彼女の内部の強い圧力がいくぶんやわらいでいる。

彼はわずかに胸を上下させながら、なにごとかつぶやいたかと思うと、ふいに目をあけた。そして、眉をひそめた。「妃殿下。おい、嘘だろ。きみなのか、妃殿下？ なんだってここにいる？ こんどはリゼットになりすましたのか？ ぼくがきみのなかにいる？ ありえない、夢だろ。ああ、夢だ。そうにちがいない」マーカスは口を閉じた。そしていちど全身を震わせたかと思うと、ふたたび静かになった。彼が自分のなかからでていくのがわかった。彼女はゆっくりと身を離すと、ベッドの横に立った。両脚がひりひりと痛み、腿の内側が小刻みに震えている。

彼の膝のあたりで、シーツがくしゃくしゃになっている。彼女はマーカスを見おろした。たいらなお腹、脚のあいだのもじゃもじゃした黒い毛、そして、性器。いまはやわらかくなっているけれど、彼とわたしのせいで濡れている。わたしの血もついているかもしれない。彼女は身震いをすると、彼の腰に毛布を引っ張りあげた。

彼女は頭からネグリジェをかぶり、その上にドレッシングガウンを羽織《はお》った。自分の寝室に戻るまでは泣くのをこらえた。そして自分のベッドに潜りこむと、毛布を何枚もかぶった。それでも、ちっとも身体が温まらない。

眠りに落ちた。顔のないお化けたちがうようよとでてきた。身体が痛い。痛いのに、動けない。お化けたちはそんな彼女を笑いつづけている。ふいに、身体がぬくもりに包まれるのがわかった。悪夢が遠ざかる。彼女はそのぬくもりに身をまかせた。彼女の身体にぎゅっと押しつけられたぬくもりに。もうどこも痛くないし、顔のない恐怖もない。彼女はそのぬくもりを力いっぱい抱きしめた。大きな手に背中を撫でられ、いっそう抱き寄せられる。乳房に彼の胸毛があたる。もっと下のほうで、彼のこわばりが感じられる。やがて腰に手をまわされたかと思うと、リズミカルに動かされた。はっとし、目が覚めた。

それは、悪夢のなかのお化けではなかった。マーカスだった。彼女のベッドに全裸で横になっている。そして彼女もまた全裸だった。ネグリジェはどうしたのかしら？　マーカスが彼女の喉もとに、耳たぶに唇を這わせ、髪に手を差しこんだ。そして、彼女の巻き毛にそっと息を吹きかけた。顎先に、唇にキスをする。ああ、これはなに？　とてつもない熱が全身を駆けめぐる。切羽詰《せっぱ》まった感じがして、どうしていいかわからない。両脚がマーカスの両脚に強く押しつけられている。わたしのなめらかな脚と、マーカスの筋肉で引き締まった脚がからまっている。

「マーカス」そう囁くと、彼の頭を押しさげ、キスをした。「マーカス」ふたたび、彼の口もとで囁いた。「わたし、リゼットじゃないのよ。あなたの愛人じゃない」

「わかってる」と、マーカスが言った。「わかっているよ」彼は深く舌を差しこみ、激しくキスをしながら、彼女の髪の毛でおおわれた乳房を愛撫しはじめた——彼女の肉体は、彼の指がもたらす官能を覚えていた。とてもよく、覚えていた。そして、彼の手は下腹部へと向かっていった。そして、すっかり濡れているあそこをまさぐりはじめた。彼が笑みを浮かべながらキスをしているのがわかる。と、彼がのしかかってきた。彼の全身、そして脚の重みが伝わってくる。けれど、彼の手だけは彼女の腰を包みこんでいる。突然、引き寄せられたかと思うと、彼がゆっくりとなかにはいってきた。あえぎながら彼女のなかにじりじりとはいってくる。さきほどよりは楽だったが、あそこが濡れていても、やっぱり痛い。彼女は思わず身を離そうとしたが、きつく抱きしめられた。彼が深く突いてくると、子宮に触れたのがわかった。

「もう、いや」彼が動きはじめると、ひりひりとした痛みが増した。それなのに、彼は動きをやめようとしない。「もう、いや」もういちど、彼の喉もとで懇願した。だが、彼の息づかいはいっそう激しくなるばかり。「お願い、マーカス。痛いの」まだ動きはそれほど切羽詰まってはいなかったものの、彼がわれを忘れているようすが伝わってきた。やがて、彼はぐいぐいと強く突いては、激しく息をはずませた。彼女には理解できない大変動に見舞われているかのように。彼女は声をあげた。「やめて、マーカス。お願い。もう、いや。もう必要ないのよ。お願い、マーカス、やめて！」

「必要なら大ありだ」彼の声は低く、荒々しかった。「大ありなんだよ、だって……」荒い息づかいが声をかき消した。彼は激しく突きつづけ、ようやく射精した。そのまま、彼女の上でしばらく身動きせずにいたが、やがて、のろのろと身を離した。そしてベッドの横に立ち、彼女をじっと見おろしたあと、ろうそくを灯した。彼女は目をあけ、彼を見あげた。彼女は仰向けになったまま、両脚を広げていた。

「どうして、こんなことをしたの？」

「いけないか？」彼は肩をすくめた。その目に怒りの色はなく、顔に表情はなく、声は身体と同じようにこわばっている。「きみにはさっき襲われた。その御礼をしてどこが悪い？紳士のあるべき姿じゃないか」

彼女は慌てて毛布を引っ張った。

「ま、必要とはいえなかった。さっき、きみの身体は堪能させてもらったし、この目で確認したからね。ぼくが裸の女をいちども見たことがないとでも思ってるのか？　自分の肉体は独創性にあふれていて、世界にひとつしかないとでも思ってるのか？　格別のご馳走だと？いいや、きみはただの女だ、妃殿下。それだけだ」マーカスは全裸のまま気取ったようすで顎を長い指で撫でた。「もちろん、きみの裸体をちゃんと拝《おが》んだのは、いまが初めてだ。さっきは暗かったし、半分寝ていたからね……まあ、あまり酷なことを言うのはやめておこう。毛布をかぶったままだったしな」

彼女はウェストのあたりまで毛布を引っ張りあげたまま、なにも言わなかった。心臓が早鐘を打っている。彼の侮辱から身を守るには、なにも言わないのがいちばんだ。でも、こちらがいくら沈黙を保っても、マーカスは言いたいことを言う。それはわかっていた。マーカスは、マーカスなのだから。

　彼が部屋をでていこうとしているのがわかった。引きとめなければ。彼がこの事態をきちんと理解していることが、はっきりするまでは。彼女は慌てて口をひらいた。「こうせざるをえなかったの、マーカス。わかってくれるでしょう？　あなたもいやがっているようには見えなかった」

「おれは、きみのことをリゼットだと思ったんだよ。きみだとわかっていたら――」彼が肩をすくめた。彼女は彼の顔から身体へと視線を移していった。彼女に裸体を見られていることを自覚しつつ、彼は肩をすくめた。「せざるをえなかった、か。きみの口からそんな台詞がでてこようとはね。なぜだ？　よりにもよって、きみが。だいいち、男を奪おうとする処女の話なんぞ、聞いたことがない。きみみたいな冷血女が、ぼくと寝ることに同意するとは思えない。よっぽど、抜き差しならない事情でも……」そこで、彼は急に口をつぐんだ。そして、彼女をねめつけた。

「どうしても、いちどは必要だったの。でも、これでもうあなたは安全よ、マーカス。これでもう、自分で自分の将来をつぶさずにすむ。前後の見境なく怒り、愚かな行動に走らずにすむのよ……あなたはもう婚姻を無効にできなくなったんですもの」

「なるほど」と、マーカスがつぶやいた。「そんな裏があったのか。おかしいとは思ったが、頭がぼんやりしていたし、それほどよこしまな考えがあってのこととは信じたくなかった。くそっ、ジョゼフィーナ、きみはぼくの自由を奪った。そして、ぼくはきみのことをリゼットだと勘違いし、きみの陰謀に協力した。ああ、思う壺《つぼ》だったわけか、妃殿下。あのまま目覚めなければ、けさになっても、ぼくはだまされたことに気づかなかっただろう。だがね、ぼくは見てしまった。ぼくの身体じゅうに、そしてシーツに、きみの血がついているのを。きみの大切な処女の血だ。リゼットが男に処女の血を捧げたのは、とうの昔の話だからな。これで、よくわかったよ。きみの言うとおりだ。もう婚姻は無効にできない」険しい顔で、マーカスは長いあいだ彼女をにらみつけた。

「マーカス」彼女はそう言うと、手を差し伸べた。

彼は頭を横に振った。「この婚姻を無効にするつもりがあったのかどうか、自分でもよくわからんよ、妃殿下。たしかに強要された結婚だったが、ぼくだって馬鹿じゃない。自分のプライドだけのために、全財産を放棄などしなかったろう」

「でも、あなたは全財産を投げうつかもしれないって、そう思わせたじゃない？　まるで――」

彼はほほえんだが、ちっともうれしそうではなかった。「怒っていたからね」それですべての説明がつき、言い訳になるかのように、彼がぽつりと言った。「さあ、これで終わった。婚姻は無効にできない。だが誤解するなよ、妃殿下。ぼくはまだ、トレヴァーとかいう男色家の野郎を相続人にできると思っている。やつが次々に男色家の子どもをこしらえたら、そいつらに継承してもらってもいい。きみのご大層な血が、次の伯爵に脈々と流れるとは限らないんだよ。もし、きみとぼくのあいだに子どもができても、その子は庶子《しょし》のままさ。きみと同じように——いや、きみがそうだったように。そうとも、きみとは違い、子どもは一生、私生児のままだ」と、彼は嘲笑した。

「いや、婚姻を無効にはしないよ、妃殿下。きみの単純な頭をもうフル回転させなくていいぞ。きみは女性として究極の犠牲を払った。そしてぼくは無理やりきみを二度抱くほど、残酷だった。まったく、きみに似合いの男じゃないか。とにかく、これで間違いなく、ぼくはきみの夫だ」

「ほんとうに、わたしの夫になりたいの？」自分の声が懇願の調子を帯びているのに気づき、彼女はいやになった。いずれにしろ、彼は容赦なくわたしを傷つけるに決まっているのだから。案の定、彼は攻撃を始めた。

「それはどういう意味かな？」と、あいかわらず顎を撫でながら、彼女をいたぶるように嘲笑した。「朝食の席では、きみに礼儀正しく接しなければならないってことか？　たまには無理をしてでも、きみを抱かなくちゃならないってことか？　今夜のように？　教えてしんぜよう、妃殿下。いちどめは、きみのことをリゼットだと勘違いしていたから、欲望と快楽で頭のなかが真っ白だったよ。だが二度めは相手がきみだとわかっていたから、これから実験をするんだと考えることにしたのさ。ぼくの予想どおり、きみが不感症かどうか」

「わたし、不感症なんかじゃないわ」

「きみは、妃殿下」と、わざと間延びした声で、彼は一言一句をはっきり発音した。「ぼくに触れられるのをいやがった。否定するな。『やめて、やめて、お願い、マーカス、やめて』と叫ぶきみを抱きながら絶頂に達するのは、じつに難儀《なんぎ》だったよ。難儀そのものだった。だからね、ずっとリゼットのことを考えるしかなかった。彼女が歓喜の声を上げ、ぼくの下で悶《もだ》え、口と手でぼくを愛撫するところを」

彼女は目を閉じた。「あなたに触れられるのが、いやだったわけじゃないの。ただ、急に起こされたし、また痛んだの。なにも感じなかったわけじゃないわ。それに、あなたのことをどうやって愛撫すればいいのか、どんなふうに触れればいいのか、わからなかった。やめてほしかったわけでもないわ。ただ、わけがわからなかったの、マーカス。怖かったのよ」

「いいか、もっと単刀直入に言ってやろう、妃殿下。きみはぼくの人生にずかずかとはいりこんできた。いまとなってはもう、きみを追いだすことはできない。しかし、ぼくとしては受けいれる必要もない。イギリスに帰れ、妃殿下。きみに男は不要だ。とくに夫は必要ない。きみはひとりで充分やっていける。もう不名誉な私生児じゃないし、それどころか押しも押されもせぬ伯爵夫人だ。だが、愛人はつくらないでくれ。ぼくときみのあいだに、子孫をつくるつもりはない。きみの父親が存命中に復讐することはできなかったが、きみの子宮から子どもを産ませないことぐらいはできる。たしかに、今夜はうっかり、きみを二度も抱いたが、これっきりだ。もうたくさんだ、妃殿下、ロンドンに戻れ。きみは金持ちだし、立派な肩書きまである。どんなやかまし屋でも社交界に受けいれざるをえないだろう」そう言うと、最後につけくわえた。「だが、最後に教えてくれ。リゼットをどこに隠した？」

わたしは勝ったのだ。そして、同時に負けたのだ。もう希望はない。彼女は、窓の外を流れる夏のそよ風のように、穏やかな声で言った。「彼女はこの通りの先のアパートにいるわ。ロワイヤル通りには大使館がたくさんあるから、権力と財産をもった男がたくさんいる。彼女には、一万フラン渡してあるわ、マーカス」

「きみ、リゼットと話したのか？」

彼女はうなずいた。

「なにを言った？　まさか、このひどい悪だくみを洗いざらい話したんじゃないだろうな」

「ええ、話したわ。あなたに婚姻無効を宣告されるのが怖かったのよ。なんとしても、それだけは避けなくちゃならなかった。彼女はわかってくれたわ、マーカス。彼女はあなたのことが好きだったたし、あなたにとって最善の結果になることを望んでいた。よろこんで、協力してくれたの」

「きみは妻として、嫉妬心のかけらも見せなかったのか？」

「そんな余裕、なかったわ」

「そうか。それで、彼女の豊満な胸と、自分の胸とを比べてみたかい？」

彼女は目を閉じた。「ええ」

「それでも、嫉妬しなかった。きみは——なんといっても——みずから妻になったんだぜ。ぼくがリゼットを抱いたことに嫉妬しないのか？　ぼくが彼女の肉体を大いに堪能したことを？　まったく気にならないのか？　また、黙りこんだな。で、きみは彼女に新しいアパートをさがしてやり、部屋代まで払ったんだな？」

「ええ。ロワイヤル通り四十七番地よ」

「おそれいるよ、妃殿下。さて、そろそろベッドに戻るとしよう。リゼットのところに行くには、もう夜遅いからね。おやすみ、妃殿下。おかげで洞察力あふれるエピソードを聞かせてもらったよ」

「洞察力あふれる」と、彼女が応じた。マーカスは振り返らなかった。全裸のまま、勢いよく寝室からでていく。全身から怒りを放出して。それはめずらしいことではない。ただ、彼女はほかにもなにか感じていた。彼女はこれまでずっと、彼を感じていた——いかにも十四歳の少年らしく、はつらつとしていたとき、いかにも十四歳の少年らしく、全速力で駆けていたとき、彼女が九歳のとき、初めて彼に会ったとき、なにもかもが始まったときのことを。でも、そんなことを考えるのはやめよう。いまは、ほかにもっと大切なことがある。とにかく、わたしは勝った。彼はわたしの処女膜を破ったのだから。これで婚姻は完了した。かんかんに怒ってはいるけれど、これでマーカスは安全だ。ほんとうに、彼は婚姻無効を宣告するつもりじゃなかったのかしら。いいえ、さっきはただ嘘をついたに決まっている。

　翌朝、彼女を起こしたのはマギーではなく、バッジャーだった。手にトレーをもっていた。彼は床から皺くちゃのネグリジェを拾い、彼女に手渡した。そして彼女が着替えるあいだ、背中を向けていた。彼女は、ドレッシングガウンを着るときは、バッジャーに手伝ってもらった。そして濃いブラックコーヒーを飲みこんだ。彼女が焼きたてのブリオッシュをふた口食べると、ようやく口をひらいた。

「バターとはちみつはいかがです？」

彼女はかぶりを振った。「いいえ、これで結構よ、バッジャー。ブリオッシュ、おいしいわ。自分で焼いたの？」

バッジャーが手を振り、その質問には答えなかった。「閣下の姿が見えません。スピアーズ氏の話によれば、起こしにいったとき、伯爵はブーツを履いていらしたそうです。閣下はそれほど機嫌が悪くはなく、ただ、とても静かだったそうです。ですからスピアーズ氏も、あれこれ質問することはできなかったとか。おでかけになろうとする閣下に、いつお戻りになりますかと尋ねると、こう応じられたとか。『ああ、ぼくはきょうから、ここで暮らすことにしたんだ。知らなかったのか、スピアーズ？　だがね――』」そこまで言うと、バッジャーがきっと唇を結んだ。

「お願い、バッジャー、続きを聞かせて。もうなにを聞いても驚かないわ。わたし、マーカスの怒りと侮辱にすっかり慣れてしまったから」

「リゼットの居所《いどころ》がわかったから、これから彼女とたっぷり時間をすごすとおっしゃっていたそうです」

彼女はまたブリオッシュを食べた。

「マギーをよこしましょうか？　彼女の部屋の前を通ったら、鼻歌を歌っているのが聞こえました。けさはまたいちだんと髪が赤いですよ。そんなこと、ありうるんでしょうか。とにかく、彼女は女傑《じょけつ》ですな」

「ええ。彼女、わたしを笑わせてくれるわ。ああ、バッジャー、お昼までに、わたしたち三人でカレーに発つと、彼女に伝えてくれる？」

バッジャーはあんぐりと口をあけて彼女を見て、また閉じた。十分後、彼はスピアーズとその横にいるマギーに話しかけた。「これで終わりだ。おふたりは、へまをしたらしい。わたしは妃殿下とマギーと三人でロンドンに戻ります。到着したら住所を知らせますよ」

「〈ウィンダム・タウンハウス〉にはご滞在にならないので？」

バッジャーが肩をすくめた。「わからないんですよ。妃殿下がなにもおっしゃらないので。しかし、そうなるでしょうな。スマーデンの〈ピップウェル・コテージ〉は、いま人に貸している。〈チェイス・パーク〉まで長旅をするとは思えませんし。とくに、いまは」

「ああ、よかった」と、マギーが大げさに言った。

バッジャーはマギーにほほえんだ。「きみはタウンハウスが気にいるよ。娯楽の中心地だからね。従僕を雇い、きみに群がる若い男を追っ払わないと」

「そうなることを願っておりますわ」マギーが修道女のように慎ましく応じ、スピアーズにウインクをした。「でも、あんまり慌てなくて結構よ——従僕を雇うのは」

しかし、スピアーズは彼女のウインクを見ていなかった。まるで絞首刑を見守る判事のように厳しい顔をしている。「こちらからも手紙を送ります、バッジャーさん。現状を把握できしだい」

「閣下は、ぶつぶつ文句を言うでしょうね」

「ああ、マギー、当分はそうなるでしょう。とにかく、閣下の世話はおまかせください。よい旅を。あなたの仔牛とベーコンのテリーヌをまた堪能できる日を楽しみにしていますよ、バッジャーさん」

「あら、じゃあ、わたしと再会したときには、なにを楽しみになさるのかしら?」

「せいぜい、生意気な返事というところでしょう、ミス・マギー。ほかになにか楽しみにできることでも?」

「あなたって人畜無害ねえ」

12

ロンドン、バークリー・スクエア、〈ウィンダム・タウンハウス〉
一八一四年六月下旬

バッジャーは客間の戸口に立ち、なにも言わず、ただ彼女を眺めていた。彼女は歌詞を書きながら鼻歌を歌っており、文字を書くスピードがどんどん速くなっている。楽々と作業が進んでいる証拠だ。ありがたや。というのも数週間まえにパリから戻って以来、彼女はすっかり無口になり、自分の殻のなかに引きこもっていたのだ。そのうえいまいましいことに、すっかり打ちひしがれていた。

バッジャーは、辛抱強く待ちつづけた。そして、彼女がこうしてまったくべつの大切なことを考えていることを、心底ありがたく思った。彼女が顔を上げ、バッジャーが視界にはいったので驚き、びくりとした。そして、ほほえんだ。「はいって、バッジャー。すっかり夢中になってたのね。ときどきこうなってしまうの。いい気分よ」

「そうでしょうね、わかります。妃殿下の優秀な頭脳のなかで、すべてがよどみなく流れているという証《あかし》ですから」

「優秀な頭脳? まあ、そんなふうに言われると、くすぐったいわ。だっていまはもう、ただ楽しいからつくっているだけなんだもの。家賃を払ったり、卵を買ったり、あなたにお給金を渡したりするために、仕方なくやっているわけじゃないのよ」

バッジャーは辞退したにもかかわらず、彼女はきちんきちんと彼に給金を支払いつづけてきた。いつもまっさきに、彼への給金を払ってくれた。そのせいで〈ピップウェル・コテージ〉の家賃の支払いが遅くなることもあった。バッジャーはそれがいやでたまらなかったが、彼女にとってはそれが重要であることも理解していた。つまり、彼への賃金の支払いは、彼女が自分で人生をコントロールしているという証明だったのだ。バッジャーは咳払いをし、声をあげた。「アレクサンドル皇帝とエカチェリーナ大公妃を歌ったものを聞きましたよ。まったく、なんという鬼婆《おにばば》だ。まあ、あんな歌詞で歌われるのも身からでた錆《さび》ですな。しかし正直なところ、摂政皇太子には同情を禁じえません。たしかにわがままで肥満した愚か者ですが、それでもイギリスの愚か者にすぎない。悪臭がするからといって農民を殺すロシアの封建君主ほど暴君ではない」

「ほんとうに。エカチェリーナ大公妃は、下品な点でも、残酷な点でも、淫らな点でも、摂政皇太子の上をいってる」彼女が笑ったので、バッジャーの全身がぽっと温かくなった。

「きわどい歌詞の韻、素敵でしょ?」

「ええ、すらすらと口をついてでてくる。どこに行っても、よく歌われているのを耳にしますよ」

「アレクサンドル皇帝もひどいわよね。摂政皇太子に無礼な態度をとるし、彼のことを本心では馬鹿にしているホイッグ党員とも酒を組みかわす。流行り歌で揶揄《やゆ》されるのも、自業自得よ」

「ですな」と、バッジャー。「しかし、エカチェリーナ大公妃はやはりたいした女帝ですぞ。男ばかりの宴会に無理やり参加し、音楽の演奏はすべてやめろ、気分が悪くなると言い張ったのですから。その場に同席してみたかったものだ」

「わたしもよ。摂政皇太子が音楽家たちにイギリス国家を演奏させてやってくださいと頼みこまなくちゃならなかったんですもの。信じられないわ」

「まったくです」と、バッジャー。「そのうえイギリス国家の演奏中は、ずっとぶつぶつと文句ばかり言っていたそうですから。ところで、ちょっと考えていたんですが、外交問題のほかにも話題があるのでは？　たしかに、浅薄で罪深いことをする上流社会の紳士淑女より、あの道化師たちが無能であり、自己権力の拡大ばかりはかっていることのほうが歌詞にはなりやすいですが」

妃殿下がまた笑ったので、彼はその甘い声に思わず歓声をあげたくなった。「さすがだわ、バッジャー。そうね、上流階級を風刺するのもいいかも。これからは、その点も考慮して《ロンドン・タイムズ》や《ロンドン・ガゼット》の記事に目を通すことにするわ」

「以前は、新聞記事の隅から隅まで、目を通していらっしゃいましたからね。そろそろ、初心に返る時期なのかもしれません。さて、じつは、ほかの話で参ったのですが、妃殿下」

彼女は首を傾《かし》げ、羽ペンをもつ右手を筆記用紙の上でとめた。

「閣下のことです」

彼女は自分の身を守り、殻のなかに閉じこもろうとでもするように、まったく動かなくなった。「閣下のこと?」

「スピアーズ氏から手紙が届きました。閣下はじきにロンドンに戻られるかもしれないそうです」

「そう。また軍職を売り、退役したの?」

「さあ。スピアーズ氏の手紙には、そうは書いてありませんでしたから、そんなことはなさっていないと思いますが」

「わかったわ。そうなると、少し考えなければ。あら? どなたかお見えになったんじゃない?」

そのとおりだった。ロンドンで執事を務めるネトルズが、ウィックス氏を案内し、客間にやってきた。ウィックス氏が深々とお辞儀をし、疲れきった笑みを浮かべた。

「まあ、ご無沙汰しております、ウィックスさん。どうなさったんです? おかけになって。お紅茶をいかが? それともブランデーになさいます?」

「いえ、ご心配には及びません……ああ、残念ながら、よい話ではありません。しかし、どうしてもすぐにお伝えしなければならず。さっそく計画を練らなければ。ほんとうに申しわけない、妃殿下、じつは――」

「どうか、ウィックスさん。落ち着いて。そんなに心配なさらないで。どうぞ、おかけになって。お話はそれからで」

狼狽《ろうばい》しつつ、ウィックス氏が白髪まじりのほつれた髪を引っ張った。彼女は黙っていた。そのほうが、彼の神経が鎮まるだろうと思ったのだ。事実、それは功を奏した。彼女は興奮している動物や人間をなだめるのは得意なのだ。相手が自分の夫、マーカス以外であれば。マーカス相手にできるのは、こいつを殺してやりたいと思わせることだけ。

とうとう、ウィックス氏が大きく息を吐いた。そして我慢できなくなったのか、だしぬけに叫んだ。「アメリカのウィンダム一家が、〈チェイス・パーク〉にやってきたのです！」

「アメリカの？　ああ、父のいちばん下の弟の一家のことね。グラントおじのことでしょう？　ギャンブル好きで女好きで、わたしの祖父は刑務所送りにしたがっていた。ところが土壇場になって、グラントおじはアメリカに渡り、アメリカの女性と結婚してみせた。おかげで、いずれにしろ、おじは勘当され、相続権も失い、ボルティモアで所帯をもった」

「そうです、そうです。で、そのグラント・ウィンダムはもう亡くなっています。だが彼の妻、ウィルヘルミナは死んでいませんし、三人の子どもたちもぴんぴんしています。上から順にトレヴァー、ジェイムズ、ウルスラといいます。ああそうですか、名前をご存じでしたか。その一家がですな、全員、〈チェイス・パーク〉にいるのです」

「どういうことです、ウィックスさん？」

「それがですな、わたしが一家に手紙を書いたのです。そうせざるをえなかったのです。というのも、妃殿下と三週間まえに結婚なさったご主人、つまり伯爵がですな、四月の時点ではあなたと結婚する気などないと断言されていた。財産などアメリカの親戚にくれてやればいい、ともおっしゃっていた。ですからわたしとしては、アメリカの一家に手紙を書き、莫大な財産を得る可能性があると知らせるしかなかったのです。それで、かれらはやってきた。手紙にいちども返事をくださらず、ロンドンのわたしに会いにきてもくださらなかったのに。一家は直接、ヨークシャーの〈チェイス・パーク〉に乗りこんだのです」

「妙な話ね。どうして屋敷の場所がわかったのかしら。グラントおじさまは亡くなったんでしょう？　どうして奥さまがご存じだったのかしら？」

ウィックス氏がとりみだしたまま首を横に振った。「わかりません、妃殿下。しかし、これだけはわかっている。いますぐ〈チェイス・パーク〉に発ち、相続する遺産などないことを一家に説明しなければ。なにひとつ、ないのですから。あすの朝では遅い。大変な騒ぎになるのは覚悟のうえです。わたしが馬鹿でした。妃殿下が閣下を説得し、結婚なさると信じて待てばよかったのです。妃殿下、わたしが馬鹿でした、とんでもない馬鹿でした」

そう言うと、ウィックス氏は感情にまかせてまくしたてた自分にまたショックを受け、呆然とした。

彼女はにっこりとほほえんだ。「待ってくだされればよかったけれど、実際、あなたは待たなかった。そして、ご自分の義務だと思われたことをなさった。なにも悪いことはありませんわ、ウィックスさん」

「閣下がご不在で幸いでした。主はわたしのことを従順な僕《しもべ》とまだ考えてくださっているかもしれませんが、閣下はそうは思われないでしょう」

「閣下がどこにいようと関係ないわ。あなたは正しいと思ったことをなさったまでよ、ウィックスさん。もうこれ以上、ご自分を責めないで」

彼女は立ちあがり、スカートの裾をなおした。「さて」と、自分に言い聞かせるように言った。「人生って、ひとつのお皿に妙なものを盛りつけるものね」そう言うと、ウィックス氏のほうを振り返り、手を差しだした。「ご一緒いたしますわ、ウィックスさん。もう心配なさらないで。一緒に、おそるべきアメリカ人に立ちむかいましょう。マーカスならウィルヘルミナのこと、ジョゼフィーナと同じくらい醜い名前だって言うかもしれないわ」


マーカス・ウィンダム、チェイス伯爵八世は、六月二十六日にバークリー・スクエアの〈ウィンダム・タウンハウス〉に到着した。

ネトルズが閣下の外套と帽子を受けとった。「閣下」と、彼は以前より形式ばった口調で言った。なにしろ、以前の閣下にはただの肩書きしかなかったが、いまの閣下には財布のなかにうなるほどの大金がはいっているのだから。「きのうの朝、奥さまはウィックス氏と〈チェイス・パーク〉に出発なさいました。バッジャーと赤毛のメイドのマギーも同行いたしました」

「わかった」と、マーカスが応じた。「スピアーズ」そう言うと、玄関ホールの優雅な裾板の装飾に見いっている従者のほうを向いた。「こっちは、こっちでやれということだな。まず、食事の支度をしてくれる人間がいない。バッジャーが妻……いや、妃殿下と一緒に出発したとなると」

「ハーリー夫人に、もういちど料理をつくる職務に就くよう、指示をだしておきました、閣下。じきに閣下が到着なさるだろうから、すぐに料理人の手配をしておきなさいと、奥さまからも申しつかっておりまして。つけくわえさせていただきますと、奥さまはじつに細やかな気配りをなさいますし、見事に指示を——とても思慮深く——だしてくださいます。余計なことでしたら申しわけありません」

「かまわないよ、ネトルズ」

調子に乗り、執事がつけくわえた。「それに、とても慎み深いかたです、閣下。どなたとも馴れ馴れしくなさらない。まあ、そんなことをしようとする者もおりませんが。さあ、閣下、図書室でポートワインを一杯いかがです？」

マーカスはポートワインがはいったグラスを受けとると、図書室ではなく、二階の突き当たりにある主寝室に向かった。主寝室は巨大な部屋で、黒っぽいカーテンがかけられ、もっと黒っぽい絨毯が敷かれている。調度品はどれも年代物だが、手入れがいきとどいており、蜜蠟《みつろう》で光り輝いている。妻がおせっかいにも、レモンをいれた蜜蠟を使い、手《お》ずから磨きあげたのだろう。

彼のスカーフをそっとたたみ、ドレッサーの抽斗にしまっているスピアーズに声をかけた。

「それにしても、このタイミングとはなあ」

「タイミングは予測できませんから、閣下」

「なんだって彼女はウィックス氏と一緒に〈チェイス・パーク〉に向かったんだろう？」

「閣下、じつはさきほど、手紙を預かりまして。妃殿下がネトルズ氏に渡されたものだそうです。この手紙をスピアーズに渡し、最後には閣下にお見せするように、と。そういうわけで、わたしがお手紙をお預かりしたわけで」

「わかったよ、スピアーズ。じかにぼくに渡せない手紙はどこなんだ？　妃殿下からネトルズに渡り、それからきみに渡り、ついにぼくのところにきた手紙は？」

「ここにございます、閣下」

「遠回りをせざるをえないのは、なにか事情があるからだ」と、マーカスは封筒をあけた。そして手紙を読み、悪態をつき、笑い声をあげた。「これはこれは、とんでもないことになってるぞ。どうやらアメリカのウィンダム一家が〈チェイス・パーク〉にいるらしい。というのもだ、ウィックス氏が自分の義務を忠実に遂行すべく、アメリカの一家に手紙を書き、六月十六日に大金が転がりこむ可能性があると伝えたらしい。それで、一家は遠路はるばるイギリスにやってきて、いまは〈チェイス・パーク〉にいる。どうやら十六日きっかりに到着したらしい。それを知った妃殿下とウィックス氏も、慌てて〈チェイス・パーク〉に向かったというわけだ。ふうむ、またしても、妃殿下がおせっかいを焼いている」

「妃殿下は、閣下の奥さまでです。おせっかいを焼いているわけではありません。夫の利益を守る妻の務めです。夫のほうが自分で管理できないのなら」

マーカスは従者にぶつぶつと文句を言い、服を脱ぎはじめた。「風呂にはいるぞ、スピアーズ」

「かしこまりました」

マーカスはズボンから片脚を抜きながら言った。「なぜ連中は〈チェイス・パーク〉に向かったのだろう？〈チェイス・パーク〉を相続する可能性があるなどと、ウィックス氏が伝えるはずがない」

「謎ですな、閣下」

「ふつうなら、まずロンドンに立ち寄り、ウィックス氏に会うのが筋だろう？そうしたら、ウィックス氏は一家をクランプトンの〈エセックス・ハウス〉に案内するはずだ。昔、チャーリーやマークと一緒に行ってみたことがある。すばらしい所領だ。無論、あそこなら相続人は限定されていない」

「いまは、すべての所領が閣下のものです。〈エセックス・ハウス〉も含めて」

「わかっている」

「今夜は、こちらにご在宅になりますか、閣下？」

「今夜は」ドレッシングガウンを羽織りながら、マーカスが応じた。「〈ホワイツ〉に行くつもりだ。大勢の紳士がたと夕食をとる」

「閣下、お酒はお控えになったほうがよろしいかと。それに差し出がましいことを申しあげますが、われわれもあす、〈チェイス・パーク〉に発つべきかと」

「余計なことを言うな、スピアーズ。ぼくは〈チェイス・パーク〉に行くつもりはない。自分で蒔《ま》いた種だ、厄介ごとの始末はウィックス氏にまかせておけ。妃殿下は有能な助手として重宝《ちょうほう》だろうし。おせっかいを焼く気がないのなら、なんだってわざわざウィックス氏に同行する？　いや、答えるな。とにかく、明日は陸軍省でドラコーネット卿と会わなきゃならん」

「入浴の支度が整いました、閣下」

「よし。ぼくの気を変えようとするなよ、スピアーズ。トレヴァーとかいう、なよなよ男が将来の伯爵になるかもしれなくても、〈チェイス・パーク〉には行かないからな」マーカスは急に暗くなった寝室を見まわした。「いまになってみれば、ウィックス氏に釘を差しておくべきだったのかもしれないな。アメリカのウィンダム一家をすぐに追い返すなよ、と。親愛なるトレヴァー君はいつか爵位だけは継ぐかもしれない、万が一のときには、伯爵になる心づもりをしておくよう、なよなよ男に伝えろ、と」

「どういうことです？　妃殿下はなんとお考えなんです？　奥さまは？」

「ああ、彼女は、よく承知しているよ。万が一、彼女が子どもを産むことがあっても、それはぼくの子どもではないと。だから爵位を継承することはありえないのだと」

スピアーズがはっと息を呑む音が聞こえた。ほう、つねに冷静沈着を誇る従者も、さすがに仰天したとみえる。いい気分だ。マーカスはほほえんだ。彼は、寝室にふたりの従僕が入浴用の湯をいれたバケツを運んできたときも、まだほほえんでいた。

髪に石鹸をつけながら、ちらりとスピアーズの顔を盗み見た。どんちゃん騒ぎの宴会を眺めながら、不服そうに唇をきつく結んでいる主教のような顔をしている。ふふん。いっそう、いい気分だ。

スピアーズが口をひらくのが見えたので、氷のように冷たい声をだし、先手を打った。

「いや、スピアーズ。〈チェイス・パーク〉には行かない。ウィックスや妃殿下がなにをしようが、ぼくには関係ない。ここロンドンで、ぼくは大いに愉しんでいる。ブルトン街に愛人を囲う計画もある。いや、ここから近いからストレットン街のほうがいいかな。気が向いたら、すぐに立ち寄れる。じつに、胸躍るよ」

「閣下に、とてもそんなお時間はないのでは。ドラコーネット卿からおおせつかる任務がおありですし、秋に予定されているウィーンでの会議の準備もおありだ」

「やめてくれ、スピアーズ。ぼくは外交には向いてないんだよ。外交官なんて連中は、世界が終わるまで陰謀を企てている。やつらは嘘をつくのが得意だし、利益を得るためならなんだってする。な、ぼくには向いてないだろ？　突き刺したい相手がいれば、正面から切りこんでいくのがぼくの流儀だ」と、マーカスが話を続けた。

「じつはカースルレー卿から、ウィーンでの会議に同行しないかと訊かれてね。だが、ほかに用があるのでと辞退させてもらったよ。内心ではうれしくて、彼のブーツにキスしそうになったが。ドラコーネット卿から命じられたロンドンでの任務に関していえば、しばらく休ませてもらうことにした。チェイス伯爵八世として、いろいろ義務も増えたからね。資産が増えれば、当然、仕事も増える。ぼくがもう貧乏じゃなくなったから、ドラコーネット卿もほっとなさっているだろう。貴族なのに貧乏人とは最悪だからね。幸運を祈ると言葉をかけてくださったよ」

「たしかに、閣下にはほかにも任務がたくさんおありです。なにしろ、所領が広大ですから。伯爵になられてからのこの十カ月、万事が順調にいっているかどうか確認なさるのに莫大な時間がかかったこと、お忘れではありますまい」

「ああ、忘れちゃいないよ、スピアーズ。だがね、なにか言いたいことがあるんなら、ひとり言にしてくれ。なにを言われようが、〈チェイス・パーク〉には行かない。この世でもっとも会いたくない女は、妃殿下だ」

「いまは伯爵夫人です、閣下」

「うまく切り返したな、スピアーズ。だが、もう放っておいてくれ。〈チェイス・パーク〉のことは忘れろ。この世でもっとも行きたくない場所だ」


〈チェイス・パーク〉


妃殿下は、ウィルヘルミナ・ウィンダムをまじまじと眺めた。いいえ、わたしの聞き違いに決まってる。「失礼、いまなんとおっしゃいまして?」

「このあたりのライチョウは、寄生虫に感染しているかもしれないと言ったんです」

そうは言ってなかったわ。だが、もちろん、妃殿下はことを荒立てるような真似はしなかった。「キッチンにもちこむまえに、ライチョウはしっかり検査するよう、バッジャーに申しておきますわ」

ウィルヘルミナ・ウィンダムがうなずき、巨大な客間に視線を移した。「なにもかも、生前に夫が説明してくれたとおりだわ。夫はよく、絵を描いて説明してくれたの。いえ、もちろん、言葉で絵を描くように説明してくれただけよ。でも、わたしの目にはありありと〈チェイス・パーク〉の光景が浮かんだわ。ついに、こうして実物を見られた。どうしてロンドンに寄らずこちらに直行したのかと、ふしぎに思っているでしょうね。それはね、〈チェイス・パーク〉の場所が正確にわかっていたからよ。時間も無駄にしたくなかったし」

妃殿下はやさしく言った。「でも奥さま、マーカスとわたしが結婚していなくても、〈チェイス・パーク〉はマーカスのものなんです。相続人が限定されておりますから」

「ええ、わかってるわ。あなた、アメリカ人は馬鹿だと思ってるの？　わたしは馬鹿じゃないわ。ここは夫の家だった。訪問したいと思うのは当然でしょ？」

「もちろん、お気持ちはよくわかりますし、歓迎いたしますわ。〈チェイス・パーク〉には歴史がありますし、すばらしいところです。では、アメリカに帰国なさるまえに、ロンドンに立ち寄られてはいかが？」

「まったく、身持ちの悪い女だね。あんたの指図は受けないよ」

妃殿下は呆気にとられた。「なんですって、奥さま？」

「お決まりの予定で動くつもりはないと、そう言ったんです。それとも、こちらに滞在させてくださいと懇願しなきゃだめなの？　じゃあ、お願いするわ。ここをでていくもんですか。だって、ジョゼフィーナ、そんなことをしたら、あなたがさびしくなるもの。それとも、わたしたちのことなど歓迎できないと？」

「歓迎しておりますわ、奥さま。そう申しあげたはずです。それでも〈チェイス・パーク〉は、奥さまの家ではありません。ウィックス氏が昨晩、説明なさったとおりです。閣下とわたしは結婚したのですから、みなさまが相続できるものはないのです」

「まったく、ずる賢いあばずれだ」

こんどは聞き違いではないと確信できたが、仰天のあまり、なにも返事が思いつかなかった。妃殿下はただぽかんとし、次はなにを言うつもりだろうと待っていたが、ウィルヘルミナはただ肩をすくめ、巨大な両開きの扉のほうに歩いていった。「まったく」と、ようやく言葉を発した。「大金持ちになるって、いい気分だろうね」

「ええ、まあ」

ウィルヘルミナがほほえみ、明るく言った。「うちの男の子たちのこと、どう思う？」

男の子たち？　トレヴァーは、マーカスと同い年だから二十四歳だし、ジェイムズは二十歳だというのに、男の子？「とても素敵ですわ。奥さま。ウルスラもかわいらしいお嬢さまで」

「ウルスラは娘ですから、なんの価値もない。あなたと同じよ、無価値なの」

「ウルスラはいい家の娘です、あなたと同じようにね。となれば、娘も結婚相手に恵まれるんじゃないかしら。そう思わない？」

「なんですって？」

頭が痛くなってきた。彼女はうなずき、ウィルヘルミナが部屋からいなくなってありがたく思った。そしてひとりになると、慌てて東側のドアから戸外にでて、庭の空気を存分に味わった。盛夏を迎え、庭には美しく花々が咲き乱れている。バラが咲き誇り、鈴のかたちの花をつけたヒヤシンスがあたりに甘い香りを放ち、バラやデイジーの香りと渾然《こんぜん》一体となっている。アジサイが大輪の花を咲かせ、ライラックの木にラベンダーの房がからまり、五感を鎮めるような香りを漂わせている。彼女はオークの古木のほうに歩いていった。木の幹がねじれて曲がり、ハロウィーンの夜には魔女の待合場所になりそうだ。青く茂る枝の天蓋の下にある木のベンチに腰を下ろし、幹に背をもたせ、目を閉じた。まるでウィルヘルミナのことを、たった一日ではなく十年以上、じっと耐えつづけてきたような気がした。実際は朝と夜だけで、丸一日にも及ばないのに。

前夜、ウィルヘルミナから執拗に攻撃を受けたウィックス氏は、部屋に引きこもったままでてこない。

前日の午後、妃殿下とウィックス氏が〈チェイス・パーク〉に到着したとき、ウィルヘルミナはまるで女主人のようにふるまい、ふたりを客人として出迎えた。それは奇妙きまわりない光景だった。ウィルヘルミナのうしろにはグウィネスが立ち、老いてはいるもののいまだに美しい顔をもち、日光を浴びて金髪を白く輝かせている女性にあきらかに敬意を表していたのだから。それにしてもウィルヘルミナは、まったく予想もしていなかったタイプの女性だったが、それはトレヴァーも同様だった。いまいましい男色家とか、なよなよ男とか、気取り屋の伊達《だて》男とか、マーカスがさんざんこきおろしていたことを思いだし、彼女は思わずほほえんだ。トレヴァーなんて名前の男、しゃなしゃなと気取って歩く男色家に決まってる！

だから彼女もまた、母親似の白い肌と金髪をもつ、かわいらしい若者を目にするものとばかり思っていた。舌ったらずな口調で喋り、首が埋もれるほど高くスカーフを巻いている若者を。ああ、実物を見たら、マーカスはどんなに驚くかしら。いいえ、驚く機会はないかもしれないわ。わたしがここに滞在しているあいだは絶対に〈チェイス・パーク〉にこないと、マーカスは断言しているようだから。

マーカスはもうロンドンに戻っているのかしら。

その十分後、彼女は双子とウルスラに見つかった。その頃には、激しい頭痛は鈍痛《どんつう》に変わっていた。

アンニトアが宣言した。「あたし、トレヴァーと結婚することにしたわ、妃殿下。彼、タイプなの」

母親の色白の肌を受け継ぎ、かわいらしい顔立ちをしたウルスラは十四歳にしてはまだ小柄だが、あと四、五年もすればたいへんな美人になるだろうと思われた。「トレヴァーはね、いまあんまり幸せじゃないの。だから、まだあなたと結婚したがらないと思うわ、アントニア。それに、あなた、あと三カ月はまだ十五歳でしょ。それに比べればトレヴァーなんて年寄りよ」

「年寄りじゃないもん！　トレヴァー、すっごく若いもん！」アントニアが頬を紅潮させて反論した。自分の新たなアイドルをけなされ、大げさな物言いをしている。

現実的なファニーが尋ねた。「どうして、トレヴァーはあんまり幸せじゃないの？」そう言うと、手にもったリンゴをかじりはじめた。むしゃむしゃという音だけがしばらく室内に響きわたった。まあ砂糖菓子じゃないだけ上出来ね、と妃殿下は考えた。ここ数カ月のあいだに、ファニーの顔はいくぶんほっそりとしたようだ。ファニーもアントニアも、まだまだ成長期だもの。そう思うと、急に自分が老けこんだような気がした。

「奥さんが亡くなったの」と、ウルスラが説明した。

妃殿下は思わず口をぽかんとあけた。「トレヴァーって、結婚してらしたの？」

「そうよ、妃殿下。奥さんの名前はヘレン。すっごくいい人で、ボルティモア一の美人だった。ただね、トレヴァーの話だと、病気がちだったそうよ。妊娠中に雌馬から落馬して、お産のときに赤ちゃんと一緒に亡くなったの。それ、たった四カ月まえのことよ。結婚してた期間は一年半だけ。そのあと、トレヴァーはニューヨークに行ってたんだと思う。だけど、あたしたちをイギリスに連れていかなくちゃならなくなって、ボルティモアに戻ってきたの。お母さんがトレヴァーに手紙を書いて、一緒にイギリスに行ってちょうだいって頼んだのよ。

ジェイムズは、それが気にいらなかったみたい。自分が父親の代わりになって、家族の面倒を見ようって思ってたのね。だからぷんぷんして、一週間はトレヴァーと口をきかなかった。でも、トレヴァーのほうは気づきもしなかったかも。だって、トレヴァーはあたしたちと一緒にいても、いつも心ここにあらずって感じで、ぼんやりしてたから。わかるでしょ?」

「ええ」と、妃殿下は応じた。「とてもよくわかるわ、ウルスラ」まあ、なんてことかしら。妃殿下は驚きのあまり呆然とした。人ってわからないものだ。どんな秘密をもっていて、どんな苦しみに耐えているのか。そして、ほんとうはどんな人間なのか。

「あたしが十八になる頃には」裕福な娘に特有の自信に満ちた声で、アントニアが断言した。それは巨額の持参金を約束され、生まれてからずっと敬意を表されてきた娘に特有の自信だった。「トレヴァーはきっと立ち直ってる。そして、あたしと結婚する。あたしはお産で死んだりしない。だって、あたしは乗馬が得意だし、ヤマイタチみたいに健康だもん。グウィネスおばさまがそうおっしゃってた」

ファニーはかじりつくしたリンゴを、大きなオークの古木の下にある池に投げた。数羽の鴨が驚いてガーガーと鳴き、慌てて羽ばたいた。「なら、あたしはジェイムズにしようかな。もうちょっと年上ならよかったのに。男の子って未熟でしょ。ワインみたいに熟さなくちゃだめなのよ。とにかく、パパはそう言ってた。そうだよね、アントニア? チャーリーとマークがかわいい女の子の話をしていると、よくそう言ってたよね。まだおまえたちは酸っぱいワインだ、年代物のポートワインになるには、まだ何年もかかるって」

ウルスラが笑った。アントニアは傷ついたようだった。妃殿下が気軽な口調で言った。

「お父さまは男の子たちをからかったのよ、ファニー。思いだすわ、お兄さまたち、愉快そうに笑っていたわよね」

ウルスラが言った。「それで伯爵が成りあがったのね？　いとこたちが死んだから——」

妃殿下が落ち着いて言った。「マーカスは、あなたにとっても、いとこなのよ。そしていまは、チェイス伯爵。あなたのお父さまは、彼のお父さまの弟だった。だからあなたは、マーカスを尊敬しなければだめよ、ウルスラ。そして、ウィンダム家の長としても尊敬しなければ」

「はい、妃殿下」

「いますぐ、その尊敬とやらを始めてもらおうじゃないか、ウルスラ。いいだろう？」

妃殿下は動かなかった。そしてゆっくりと振り返った。マーカスがオークの木にもたれている。いつからそこに立っていたのだろう？　会話を聞き、ようすを眺めていたのだろう？

彼女はじっと彼を見つめた。

「はい、閣下」

「マーカスと呼んでくれ。いとこなんだから」

「はい、マーカス」

「夫に挨拶はなしかい？」彼はすたすたと近づいてくると、うつむいた彼女の頭を見つめた。そしてしなやかな手をとり、指にキスをした。

13

マーカスは、いまいましい従者の鼻歌に顔をしかめた。と、マーカスの靴下をきちんとたたみながら、スピアーズが朗々と歌いはじめ、その深く豊かなバリトンが広い寝室にこだました。

摂政皇太子より無礼で
ヤマイタチより退屈
兄と同じくらい好色で
山羊のように粗野

ああ、粗野で、無礼で、好色
これぞ三大資質なり
大公妃エカチェリーナ——
三大資質を堂々と備えしきみよ

我慢できず、マーカスはにやりと笑った。そういえば、アレクサンドル皇帝がむせ、白地に金色のボタンがついた軍服にワインを撒《ま》き散らした歌詞も聞いたことがあったな。〈ホワイツ〉の店にいたとき、ボウ通りの向こうからロンドンっ子が大声でその歌を歌っていたのだ。かれらがセントジェイムズ通りに近づいてくると、歌詞がいっそうはっきり聞こえるようになった。あまりの喧騒に、うるさいぞ、我が物顔しやがってと息巻いたものだった。だが〈ホワイツ〉の店に彼が通うようになってからずっと支配人を続けているヘンリーに、やんわりとなだめられたのだった。そのうえ、ウェリントン公おんみずからも、まあ落ち着けと声をかけてくださった。

「ああ、閣下、こちらでしたか。もう妃殿下にお会いになりましたか？」

「ああ、ちらっとね。若い娘たちと庭にいたよ」

「お元気そうでしたか？」

「元気じゃない理由でもあるのか？　おい、ちょっと待て、スピアーズ。おまえたちのスパイ網で、なにか情報を仕入れたな？　ぼくに知らせておくべき情報を？」

「いいえ、閣下。ただ最後に妃殿下をお見かけしたとき、あまりお幸せそうではなかったものので。閣下はここのところ、あまり礼儀正しく妃殿下に接しておいでではありませんでしたし」

「礼儀正しく接する必要があるものか。だいたい、そっちこそなんだ、この裏切り者。クビになってもおかしくないんだぞ」

「閣下の忍耐力に感謝いたします」そう言いながら、スピアーズはアイロンをかけたばかりのスカーフを六枚、抽斗にそっとしまった。

「馬鹿にしてるのか、スピアーズ?」

スピアーズが背筋を伸ばした。「とんでもない、閣下。馬鹿にする? めっそうもない。考えるだけでも罰当《ばちあた》りなことで」

マーカスは低くうなった。「妃殿下は、ぼくがいることに気づいていなかった。ぼくに敬意を払えと、ウルスラに熱心に説教してたんだ。閣下はウィンダム家の長なのだから尊敬しなさいってさ」

「たしかに閣下は家長でいらっしゃる。妃殿下がそうお教えになるのも、もっともです」

「だがね、なんだって、妃殿下はそんなことを説教しなくちゃならなかったんだ?」

スピアーズは、ブラシ、櫛《くし》、爪切りをマーカスのドレッサーの上に並べていた手をとめ、穏やかに応じた。「そうなさるのが当然かと」

「黙れ、スピアーズ。教区牧師みたいな口をきくな。まあ、おまえには関係のないことだ。そもそも、おまえとバッジャーが首を突っこむような問題じゃないんだぞ。ふたりとも、オーストラリアのボタニー湾に島流しにしてやる」

「ボタニー湾ですか、閣下。いやなところだと耳にしたことがあります。で、庭で妃殿下をお見かけになったとき、妃殿下はなにかおっしゃっていましたか?」

「その話か。とにかく、ぼくは彼女に話しかけた。存在を知らせるためにね。すると、彼女は石のように身動きしなくなった。例のごとくだ。さて、ぼくは乗馬にでかける。なよなよ男のトレヴァーが、ぼくの所領をぼくの馬で進軍しているらしい。土地の境界線を確認し、自分がどのくらい金持ちになれるのか、調べてるんだろう」

「しかし、トレヴァーは金持ちになるだろうとおっしゃったのは、閣下ご自身です。やつか、やつの子孫は金持ちになる、と」

「地獄に堕ちろ、スピアーズ。いまは話が違う。男色家に伯爵面《づら》されて、〈チェイス・パーク〉をうろついてもらっちゃ困るんだよ。無礼を許すわけにはいかん。なよなよ男のことだ、婦人用の片鞍を使ってると見たね」

「それは興味深い推測で、閣下。昼食にはお戻りになりますか?」

「ああ、やつを発見できたらね。鼻に一発お見舞いしてやる。やつは悲鳴をあげ、めそめそ泣くだろう。冗談だよ。やつのために馬を先導し、屋敷に連れて帰ってやる。きっと乗馬で疲労困憊《こんぱい》しているだろうからな。へたばった伊達男ほど哀れなものはない」

「なんと思慮深いことで、閣下」

空腹だった。が、食堂に行き、ウィルヘルミナと顔をあわせたくはない。とはいえ、哀れなウィックス氏にあのおそるべき夫人を避ける術《すべ》はない。だから、彼をひとりで放っておくわけにはいかない。妃殿下は思わず身震いをした。ウィックス氏が声を震わせながら、ウィルヘルミナが彼の寝室に――「このわたしの寝室にですぞ！」――はいってきたときのようすを説明したことを思いだしたのだ。そして唖然とし、すっかりおびえきったウィックス氏から、ウィルヘルミナは聞きたいことをすべて聞きだしたという。つまりウィルヘルミナは、けっしてあなどってはならない強敵なのだ。

マーカスはどこにいるのかしら？

マーカスは、彼女の指にキスをした。そしてウルスラに明るく自己紹介をすると、アントニアとファニーを軽く抱き、庭から去っていった。二度と彼女を見ることも、愛想のない言葉を投げかけることもなく。

妃殿下はテーブルの自分の席についた。グウィネスから、伯爵夫人の席にはあなたが座りなさい、それが当然なのだからと、きつく言われていたのだ。わたしはただ、本物の伯爵夫人がお見えになるまで、この椅子を温めていただけだから、と。グウィネスは、妃殿下とウィックス氏が到着してからずっと感じよく接してくれた。そして、妃殿下がチェイス伯爵夫人になったいまも、まだ私生児であるかのようにやさしく彼女と接した。おかげで、妃殿下は心底ほっとした。グウィネスが侮辱されたかのように感じることだけは、なんとしても避けたかったからだ。テーブルを囲んで二十四ある席の反対側は、空席だった。

マーカスがいない。そういえば、トレヴァーの姿も見えない。とりあえず、クリタッカー氏はここにいる。そして、やさしくウルスラに話しかけている。

彼女はサンプスンにうなずき、昼食を始めるよううながした。

ウィルヘルミナが、甲高い声で言った。「甥はどこ？　新しい伯爵だと言い張ってる人は？　まだわたしたちに自己紹介していないのよ」

「あたし、彼に会ったわ、ママ」と、ウルスラが言い、カメのスープを口に運んだ。「とっても大きくて、ハンサムで、格好よかった。髪の毛は妃殿下みたいに黒くて、目も妃殿下と同じライトブルーよ」

「親戚ですからね」と、ウィルヘルミナが応じた。「そもそも、結婚してはならなかったのよ。自然なことじゃないし、健康的でもない。きっとふたりのあいだからは、皺くちゃの小鬼しか生まれない」

「奥さま」と、妃殿下が軽い口調で言った。「わたしたちの結婚は完ぺきに法律で認められております。教会は、反対していません」

「イギリス国教会」軽蔑するように、ウィルヘルミナが言った。「あの老いぼれたちになにがわかるっていうの？　男に爵位とカネがあれば、いくらだって賄賂を渡せる。そうすれば、法律なんかいくらでも曲げられる。実際、そうだったんでしょ？」

「賄賂など必要ありませんわ。それどころか、閣下とわたしはフランスで結婚したのです。カトリックの土地ですが、市民にはイギリス国教会と同じくらい厳格な行動が求められます」

「フランスで結婚」と、ウィルヘルミナが鼻を鳴らした。妃殿下の雌馬、バーディーにそっくりだった。「それで事情が呑みこめたわ。あなたがたの結婚がイギリスでも法的に有効か、調べてみるほうがよさそうね」

「ですから有効なんです、奥さま。ウィックス氏も同じことをおっしゃるでしょうし、あなたに証書だってお見せするでしょう。ウィックス氏の寝室ではなく、この昼食のテーブルで。さあ、もうお喋りは充分ですわね。食事にいたしましょう」

「口やかましいあばずれめ」

「いまなんて……まさか、そんな。失礼、奥さま、いまなんと?」

「すべてが唐突に始まり、あれよあれよと進んだと言ったんです。どう聞こえたのかしら?」

どうやらウィルヘルミナは憤慨のあまり、侮蔑の言葉をそれらしく言いなおすこともできなくなったらしい。

「彼は、わたしたちに会いにくるべきです」と、ウィルヘルミナ。「こんどの伯爵は、尊敬の念を示さない。それだけで、お里が知れるというものよ」

それは事実だわ、と妃殿下はひとりごちた。少なくとも、尊敬の念を示さないことに関しては。「夕食には、閣下も同席いたします」そう、軽い口調で言うとグラスをかかげ、従僕のトニーにレモネードのおかわりをもらった。「ありがとう」妃殿下がほほえんだ。

「あんなやつ、死ねばいい」

「なんですって、奥さま?」ウィルヘルミナの隣に座っているクリタッカー氏が、驚きのあまりあえぎ声をだしたが、かまわず妃殿下は尋ねた。気の毒なクリタッカー氏には、ウィルヘルミナの罵詈雑言が一言一句、聞こえているに違いない。

「このハムを召しあがったら、閣下は死にたくなるんじゃないかしら。塩気が強いし、こんなに分厚く切るなんて」

ウィックス氏が妃殿下に苦悶の視線を投げかけた。そしてハムを食べ終えると、退席した。妃殿下には、母親からの許しがでないかぎり、かわいそうなウルスラが退席できないことがわかっていた。ファニーとアントニアはといえば、身動きできないほど仰天している。

彼女はぼそぼそと食事をとりながら、自分と同い年のいとこのジェイムズを眺めた。このまま成長すれば、マーカスと同じくらい立派な体格の持ち主になるだろう。それでも、まだ少年の面影があり、身体つきはどこかほっそりしている。わずかにくせのある金髪、ダークグリーンの美しい瞳。悪魔のように四角い顎。彼女の見立てがあやまっていなければ、きっとジェイムズは頑固者だ。それに無口で、始終むっつりしており、目の前の皿だけを見つめ、せっせと食べつづけている。まるで、周囲のだれにも関心がないように。そういえば、ジェイムズは怒っているのよ、トレヴァーではなく自分が一家の長になりたがっていたのよ、とウルスラが言っていたっけ。ジェイムズの右手の人差し指にはとても美しいオニキスの指輪がはめられている。複雑なデザインがほどこされた金の指輪だ。いったい、どこで手にいれたのかしら、と彼女はふしぎに思った。

時はのろのろとすぎた。彼女はもうなにも考えることができず、すっかり退屈し、落ち着かなかった。マーカスったら、早くきてくれればいいのに。彼の姿を見たい。そして、肋骨や腕の調子も確かめたい。

ようやく、もう退席してもかまわない頃合となったので、妃殿下はほほえみ、立ちあがった。「お許しください。ちょっと用事がありまして。失礼してもよろしいでしょうか」

「すっかり貴族気取りだね。鼻につくんだよ、あばずれのくせに」

「なんですって、奥さま？」

「ドレスが素敵で、お金持ちに見えますわと言ったんです」

妃殿下はゆったりと食堂からでていった。とはいえ、ほんとうのところは走って逃げだしたかった。

彼女は食堂の隣の小部屋に逃げこんだ。そして《ロンドン・タイムズ》を読みはじめた。社交面を広げ、なにかおもしろい記事を見つけようとしたが、だめだった。十分ほどしか集中力がもたない。気がつくと、マーカスのことを考えていた。いま、どこにいるのかしら？　気取り屋のトレヴァーの実物を目にしての感想を聞きたいものだわ。

マーカスはスタンリーの速度をゆるやかな駆け足へと落とし、顔に降りそそぐ爽やかな夏の陽射しを楽しんだ。太陽は頭上に高く、少し暑いが、たいしたことはない。さてと、洒落男のトレヴァーはどこだ？

まったく、あつかましい男だ。ラムキンの話によれば、この馬は気性が激しいもんで、おやめになったほうがいいですよという忠告を、そのアメリカの紳士は一笑に付し、マーカスの気難しい種馬であるクランシーになんの問題もなくまたがり、東の方向に颯爽と駆けていったという。まあ、クランシーもそのときは、慈悲深い気持ちになっていたのかもしれない。いや、やつに哀れみを覚えていたのかも。だが、それも長くはもつまい。マーカスはそう毒づきながらも、いとこが死んでいないことを願った。

　それからもう三時間以上、乗馬を続けていた。それなのに、その密猟男の姿はない。トレヴァーの姿をさがしながらも、ときおり馬をとめては、借地人たちと話をした。かれらが熱意をこめて彼を歓迎し、彼の帰宅をよろこんでくれたので、温かい気持ちになった。男たちは彼に、敵のフランス兵のようすを尋ねてきた。われらがイギリス軍が連中をこてんぱにやっつけたんですよね？　それに圧制君主ナポレオン、あの王――いや、血まみれの皇帝――にも圧勝したんですよね？　そして男たちは、彼ひとりの力でナポレオンを退位に追いこんだかのように、マーカスを崇《あが》めた。おまけに、その妻たちは彼にほほえみ、リンゴジュースをくれた。子どもたちは、憧れと畏怖のいりまじった目で彼を眺めた。

　いい気分だった。おそろしくいい気分。マーカスは生まれて初めて、ほんとうの意味でこの土地の人間になったような気がした。〈チェイス・パーク〉の当主として、そして、チェイス伯爵として。そんな気がした。

　マーカスは空腹を覚えた。まったく、トレヴァーはどこにいる？　クランシーがついに本性をむきだしにし――不実なやつだ――やっこさんを振り落としたのだろうか？　やっこさんは即死したのだろうか？　そう考えると、気分がよかった。いや、足首でも捻挫《ねんざ》し、足を優雅に引きずりながら屋敷に戻ったのかもしれない。白くやわらかな手で額でも押さえているのかもしれない。さもなければバイロン卿の詩でも引用し、自分のささやかな不幸を美化しているのかもしれない。

マーカスは鼻を鳴らした。だれかが北のほうから馬を走らせてくる。マーカスはスタンリーをとめ、相手を待った。

まさか。あれがにやけ男のトレヴァーか？　そうだ、馬は間違いなくクランシーだ。馬を駆る男は、おれと同じくらい大柄だ――つまり、上半身はという意味だ。いや、体格はいいが、足の短い小男なのかもしれない。だがマーカスは、本心ではそうは思っていなかった。トレヴァーはあの気性の荒いクランシーに乗り、堂々と上半身を揺らしており、完ぺきに馬をコントロールしている。手袋をはめた手で楽々と手綱を握っている。嘘だろ。あいつがトレヴァー？

クランシーがそばに近づいてきた頃には、すでにマーカスはかんかんに腹をたてていた。自分がどうしようもない愚か者に思え、つい声を張りあげた。「そんな女々しい名前、変えればいいじゃないか！」

男は返事をせず、クランシーを行儀よくスタンリーの鼻先にとめた。そして満面の笑みを浮かべた。真っ白な歯を見せ、嘲笑を隠そうともせず、ユーモアたっぷりで、マーカスが激怒している理由がわかっているようだった。トレヴァーは肩をすくめ、ゆったりと言葉を引き伸ばす南部特有のアメリカ訛《なま》りで、低い声で言った。「ぼくのいとこだね？　伯爵の？」

マーカスは男を見つめた。活気に満ちた顔には、どこか辛らつな表情が浮かんでいる。力強い鼻と顎、ふさふさとした黒髪、チェイス・ガーデンの池に茂る葦《あし》のような緑色の瞳。筋骨隆々とした身体はたくましく、運動選手そのものだ。すっかりくつろいだ姿勢からは、ふだんから乗馬に慣れていることがうかがえる。どう見てもトレヴァーという名前の男には見えない。もちろん、男色家みたいな目つきもしていない。

「ああ、そうだ。それにしても、どうして名前を変えないんだ？　トレヴァーなんて名前だぜ！　聞いただけで、吐き気がするよ」

トレヴァーが声をあげて笑った。そして、女々しさのかけらもないえくぼを浮かべたが、くらくらするほど魅力的だった。この男、女たちにはさぞ脅威なことだろう。マーカスは、目の前の男を憎悪したかったが、それが無理なことに気づいた。それどころか、その魅力的なえくぼに向かってほほえみかけていた。トレヴァーは、けだるそうな間延びした話し方をする。こってりとした蜂蜜のように長々と語尾を伸ばすので、ちょっと頭が足りないように聞こえてもふしぎはないが、そんなことはまったくなかった。「いやあ、勘違いされることが多くてね」トレヴァー・ウィンダムがのんびりと言った。「無論、実物のぼくに会うまでの話だが。死んだぼくの父は、きみのおじにあたるが、トレヴァーが優雅な名前だと思ったんだろう。だがね、母が考えていた名前に比べれば、遥かにましさ」

「どんな名前だい？」

「ホレイショー・バーナード・バッツ」

「そりゃひどい」と、マーカスが断言した。「バッツ？」

「ああ。バッツは母の旧姓でね。最悪だろ？」トレヴァー・ウィンダムが黒い手袋をはめた力強い手を差しだした。「お目にかかれてうれしいよ、いとこ殿」

突然、マーカスが声を張りあげて笑いはじめた。頭をのけぞらせ、いっそう激しく笑う。いとこは、そんなマーカスを満足そうに眺めていた。ようやく笑いがおさまると、マーカスは涙に濡れた目を拭い、いとこが差しだした手をとり、力強く握手をした。「ウィックス氏からアメリカのウィンダム一家の話を聞いたときから、ぼくは勝手にきみのイメージをつくりあげていたんだ——しゃなしゃなと内股で歩く、飾りたてた気取り屋だとね。いや、もっと悪いことまで想像していたんだよ。許してくれ、いとこ殿。お望みとあれば、腹を一発、殴ってくれてもかまわん。だが肋骨だけは勘弁してくれ。パリで意見の不一致があってね。まだ痛むんだよ」

「意見の不一致？　ほお、相当ケンカっ早いと見たね。よし、このあたりでごろつきを見つけて、どっちがケンカっ早いか試してみようか？　いや、やめておこう、妃殿下のお気に召さないだろうからな。きみに一発、お見舞いするのもいやがるだろう。新婚ほやほやだそうじゃないか。妃殿下はまだきみのことを世界でいちばんハンサムで、いちばん高貴で、最上の人間だと思っているはずだ」

マーカスが低くうなり声をあげ、居心地悪そうな顔をしたので、トレヴァーが濃い黒い眉尻を上げた。

「あれほどの美女にはお目にかかったことがない」

「きみはロンドンに寄ってきたのかい？　パリには？」

「いや、だがぼくだって男だ。目だってよく見える。きみの奥さんは絶世の美女だぜ」

マーカスはふたたびうなり声をあげた。魔女がぐつぐつと煮こむ大釜の中身が沸騰《ふっとう》し、蒸気を上げているかのように、彼は怒りをたぎらせていた。まだ、このいとこには会ったばかりだが、それでもこいつが男色家じゃないことぐらいはわかる。それでも、気にいらない。なんだって妃殿下のことをまんざらでもないように話すんだ？

「ここに到着したとたんに、きみたちが結婚したとグウィネスおばさまから聞かされたんだ。当然、母は腰を抜かしたよ――六月十六日という魔法の日がくるまえに、きみたちが結婚したのがわかったからさ。おかげで激しい頭痛に見舞われ、四時間は寝こんだほどだ。母はショックから立ちなおれなかった――ぼくが母の頭痛を引き受けるまでね」

「きみたちが〈チェイス・パーク〉に到着したことをぼくが知ったのは、ほんの三日まえだったんだよ。妃殿下がぼくに伝言を残していき、ぼくがあとを追ってきたというわけさ」

「妃殿下の話じゃ、きみはパリにいたそうだね。王政復古を見に」

「ああ、ルイ十八世が即位した。この秋にはウィーンで会議が開催される予定だよ。アストリーのような見ものになるだろう」

トレヴァーが首を傾げた。

「ああ、アストリーというのは演芸劇場のことさ。男と女が馬に乗り、いろいろな芸を披露《ひろう》する。娘たちはオレンジと自分を売りこみに観客のなかにはいっていき、男たちは熊をけしかけ、踊らせる。そんな場所さ。子どもたちは夢中になって見物するし、若者たちはろくに服を身につけていない娘たちに色目を使う」

「ボルティモアにも似たような場所があるぜ。〈肥満男の顎〉って店だ」

マーカスが笑った。

「妙だな」と、トレヴァーが感慨深げに言った。「きみは、ぼくとよく似ている。瞳だけは違うが」

「ああ。きみの瞳は真夜中のように不吉だ。先代の伯爵は、ぼくのことをわんぱく小僧と呼んでいた。きみもわんぱく小僧かな？」

「かもな。まあ、ここのところは」トレヴァーが肩をすくめ、いやな考えを振り払おうとするように、頭を激しく振った。「それにしても、きみの所領は広大だな。そうだ、きみの馬のクランシーを拝借したよ。だが馬番のラムキンは、心配で頭がおかしくなっているかもしれないな。この馬がぼくを踏みつぶしているんじゃないかと」

そう言うと、トレヴァーがクランシーの栗色の首を撫でた。暴れ馬のクランシーは鼻を鳴らし、うなずくように大きな頭を下げた。

まったく、クランシーめ。トレヴァーの目の前で、一発、殴ってやりたいところだ。気にいらないといった表情で種馬をにらみながら、マーカスは言った。「こいつは気性の穏やかな馬じゃない。雌馬のそばに近づけようものなら暴君となり、乱交騒ぎをおっぱじめかねない。だが、きみはよく手なずけている」

「馬の扱い方は心得ているからね。たいがいの動物は扱える。天与の才なんだろう。ときにはご婦人がたの愛玩犬《あいがん》がご主人さまに嚙みついたかと思うと逃げだし、ぼくの足に飛びのってくることがあるよ。キャンキャン吠えるから、まいっちまう。それにしても馬番のラムキンは、きみの足音まで崇拝しているぞ」

「ラムキンはいいやつだ。馬にかけちゃ天下一品さ」

「ところで、うちの家族のことも説明しておこう。弟のジェイムズは、母に似て色白で、瞳は緑色だ。父の瞳はダークブルーで、妃殿下の瞳に似ている。ああ、すまない。先代の伯爵は彼女の父親だから、当然か」

「ああ」と、マーカスがそっけなく言った。「どうやらきみは、ぼくの身に降りかかった策謀のことを知っているらしいね」

「ああ。うちの母は自分が知りたいことがあれば周囲の人たちにしつこく訊き、しまいにはなんでも聞きだすからね。ウィックス氏も例外じゃない。ほとんど抵抗も見せなかったらしい。というのもだ、けさ、母から聞いたんだが、みんなが寝静まったあと、ウィックス氏の寝室に乗りこんだそうだよ。当然、彼は面くらい、情報をひとつ残らず喋ったそうだ。だから、きみに害は及ばないよ、いとこ殿」

「マーカスと呼んでくれ」

「マーカス、心配無用だ。相続するものはなにもないと母を説得し、できるだけ早く連れて帰るから。ロンドンに寄れば、妹のウルスラとジェイムズはよろこぶだろう。アストリーとやらを見物にいくとするか」

マーカスは耳たぶを引っ張った。バッジャーと同じ癖だ。「詮索するつもりはないが、トレヴァー――くそっ、言いにくい名前だな――きみの家族に経済的な問題はないんだろうね？」

「いっさいない」トレヴァーが冷たく言い放った。間延びした声は変わらなかったので、奇妙だった。「母は、きみと妃殿下がまさか結婚するとは思わずに、のこのこ、ここまでやってきたんだ。ぼくは、しばらくようすを見ようと言ったんだが、母は言うことを聞かなかった。ぼくにはどうしようもなかった。ここに一緒についてくるしかなかったんだよ」

「それにしても、なぜお母上は〈チェイス・パーク〉にきたかったんだろう？　妃殿下とぼくが結婚しなくても、ここの相続人は法で限定されている。つまり、おじの遺産の一部ではないのに」

「さあね。とにかく、母はゆずらなかったんだ。生前、父は〈チェイス・パーク〉のことを懐かしそうに話していたから、母のなかに神話を植えつけちまったのかもしれない。いちどはこないと、気がすまなかったんだろう。いささか騒々しくて、ご迷惑おかけしてるがね」

マーカスは笑った。

「それに、ウィンダム家の秘宝がある」と、トレヴァーが言った。

「なんだ、そりゃ？」

「父がよく、そのウィンダム家の秘宝の話をしていたんだが、いつも、こそこそと囁くように話すんだよ。だれかに立ち聞きされるのを怖れているようにね。暗い秘密があり、他人にはいっさい知られてはならないという口調だった。いつの日か、父さんは〈チェイス・パーク〉に戻り遺産を見つける、そうすれば中国の高級官吏より金持ちになれる、と」

「そんな話は聞いたことがない。うちの父は秘宝のことなど口にしなかったし、先代の伯爵もなにも言っていなかった。少なくとも、ぼくの知るかぎりではね。興味をそそられるじゃないか。どんな財宝があるのか、きみのお父上はヒントをくれたかい？」と、マーカスは尋ねた。

「詳しいことは、父にもわからなかったようだ。それでも、宝石や黄金のことは話していたよ。だが勘当されるまえに祖父から聞いた話を継ぎあわせ、手がかりと思えるものがあると母に話していた。財宝はヘンリー七世の時代、アーサー皇太子が死ぬ直前、未来のヘンリー八世がまだ少年だった頃のものだと。その少年の財宝が、すべてウィンダム家にあるのだと。父があまりに声を潜めて話すものだから、聞くほうは身を乗りださなければならなかったそうだ。ところが、その翌週には話の内容が変わり、財宝はヘンリー八世の時代に埋められたとか、エリザベス女王の時代のものだとか言うんだよ。眉唾物《まゆつばもの》さ」

マーカスは、思わずぶるっと身震いした。トレヴァーが、その間延びした声で淡々と話を続けた。「知っているだろうが、うちの父親とグウィネスおばさまは、ずっと手紙で連絡をとっていた。そして父の死後は、母と文通を続けてきた」

「そうだったのか。いや、ぼくはなにも知らない。なにしろチャーリーとマークが亡くなってからずっと、ぼくはここにこなかったからね。久しぶりにきたのは五年まえのことさ。おじが亡くなり、ぼくが伯爵になったから、こうして戻ってきたんだよ。へえ。ウィンダム家の秘宝とはね。十六世紀初頭の財宝？　おとぎ話のように聞こえるが」

「だよな。だが、母は信じこんでいる」

「そろそろ、屋敷に戻ろうか？」

トレヴァーがうなずき、マーカスにのんびりとほほえみ、間延びした声で言った。「とにかく、ぼくはただ腰を下ろして、妃殿下に見とれていたいね。ひとりの女性のなかに性格のよさと美貌が同居している。男としちゃ、これ以上ないよろこびさ」

「きみには眼鏡が必要だ」そう言うと、マーカスはスタンリーのほうを向き、種馬のわき腹にかかとを食いこませた。ふたりの男は並んで馬に乗り、黙って屋敷をめざした。

14

マギーは、エリザベス・コクランの形見の真珠を妃殿下の首につけると、うしろに下がり、鏡のなかの妃殿下をしげしげと眺めた。

「お見事」そう言うと、マギーが自分の見事な赤毛を満足そうに叩いた。視線は、妃殿下の頭の上できらめき輝く赤い巻き毛に移っている。

妃殿下はほほえみ、真珠に軽く手を添えた。「母がよく言っていたわ、真珠はときどき肌につけなければ光沢が失われてしまうって」

「お見事」と、マギーが繰り返し、妃殿下のうなじの真珠に触れた。「この真珠に、先代は大枚はたかれたんでしょうね」

「かもしれないわね、マギー」

「さあ、これで出来上がりました、妃殿下。あたしの華麗な髪にはだれもかなわないと思ってたけど、あなたの髪もなかなかです。ほんと、きれいだわ。まあ、罪深いほど色が黒いところをのぞけばね。あなたの肌がヨークシャーのチーズより白いから、よけいに髪が黒く見えるのかもしれないけど。実際のところ、ヨークシャーのチーズっておそろしくまずいんですけどね。とにかく、あなたの見事な黒髪にみんな感嘆しますって。女主人たるもの、堂々としてなくちゃ」

「ありがとう、マギー。あなたの言うとおりかも」

「ほんとに、なかなかですよ。大げさにいえば、すばらしいって言ってもいいくらい。閣下もそう思ってくれるかも」

「閣下も大げさに考えてくれるかしら、マギー?」

「なにを大げさに考えればいいんだい、妃殿下?」

主寝室と妃殿下の寝室のあいだにあるドアがひらいており、マーカスが立っていた。彼女は身動きもせず、マーカスに見とれた。しみひとつない黒の夜会服と真っ白な麻のシャツを身につけており、スカーフがきちんと結ばれている。スピアーズとその魔法の指のおかげだろう。少し伸びた豊かな黒髪が巻き毛となり、スカーフの上に垂れている。だが、その青い目はテムズ川を凍らせた昨年の厳冬よりも冷たい。彼女はほほえもうとした。彼はここにいる、夜はあの薄いドアで隔てられた部屋で休んでいるけれど、いまは戸口に立ち、わたしを見つめている。妃殿下は、務めて冷静な声をだした。「あなたが大げさに考えてくれれば、きょうのわたしはまずまずじゃないかって、マギーが言ってくれたの」

「そのとおりですけど、閣下は奥さまのご主人ですもの、すばらしいと思ってくれますよね?」

「さあ、どうだろう。おまえは腕がいいぞ、マギー。妃殿下をずいぶんうまく見せてるじゃないか。さて、そろそろ、ふたりにさせてもらおうか」

「ちょっとお待ちを」マギーは、伯爵から邪魔者扱いされたというのに、かまわずに続けた。「このきれいなショールを奥さまの肩におかけしないと。夜は冷えます。凍えてほしくないですからね。さあ、妃殿下。とっても素敵ですよ、認めます」

「ありがとう、マギー。さあ、ぼくを待たせるな」

マギーがうなずいた。そしてマーカスが唖然としたことに、マギーはあからさまに彼にウインクをしてから寝室をでていった。燃えるような自分の赤毛を撫でたり梳《す》いたりしながら。

「なんなんだ、あれは？　いったいどこで見つけてきた？」マギーが閉めたドアのほうを唖然として眺め、マーカスが尋ねた。

「バッジャーがポーツマスで見つけてきたの。というより、マギーが彼を見つけたのね。郵便馬車に轢《ひ》かれそうになったバッジャーを、彼女が助けたのよ。わたしはメイドが必要だったし、彼女は職を必要としていた。ちょうど、女優の仕事が途切れていたらしいの。とにかく、マギーはとても有能だし、おもしろいわ」

「ぼくにウインクしたんだぞ！」

「これまでにメイドをしたことがないのよ。きっと、男性に見られたり、褒められたり、それ以上のことをされたりするのに慣れてるのね。あなたを見て、思わずわれを忘れてしまったんじゃないかしら。あなたが芝居の主演男優のように見えたのかも」

というより、パトロンとして見込みがあると思ったんだろう。マーカスは頭を振った。

「やれやれ、チェイス伯爵夫人が、お付きのメイドに女優を選ぶとは」そう言うと、にやりとした。「堂々たる貫禄《かんろく》ではあるな」

いま、たしかにマーカスはわたしのことを〝伯爵夫人〟と呼んだ。希望の芽のようなものが胸に芽生えるのを感じたが、彼は背を向け、室内を歩きはじめた。

「マギーに〝妃殿下〟と呼ばせてはだめだ。無作法だろ?」振り返りもせずにマーカスが言った。「だれもがきみを妃殿下と呼ぶ。だが、きみは伯爵夫人だ。ぼくのレディなんだ」

「気にしないわ」そう言うと、彼女はじっとマーカスを見つめた。「腕の痛みはいかが?」

「なに? ああ、腕か。よくなったよ。激しく動かすと、ずきずきするが」

「肋骨はいかが?」

いま、マーカスは正面から彼女を見ていた。胸の前で腕を組み、足を広げ、じっと彼女を見おろしている。なんて大きいのかしら。わたしを威圧しようとしているのだろう。でも十四歳のときから知っているわたしのことを、いまさら威圧なんてできないわ。違う、わたしが九歳の頃も、彼は偉そうな態度をとっていた。「なんなんだ? 妻らしく気づかってるってわけか?」

「そうね」

「肋骨はよくなった」

「よかったわ」

「トレヴァーに会った。あのクランシーを乗りこなしていた。ケンタウロスさながらに」

彼女はほほえんだ。口の端をほんの少しもちあげるかすかな笑みではなく、にっこりと笑ったのだ。おれがトレヴァーに愚かな真似をしたことが、彼女にはわかっているんだろう。彼はじっとこらえた。「だが、トレヴァーがひどい名前であることに変わりはない」

「でも、名前から受ける印象と実物は大違いだった。そうでしょう?」

「くそっ、そのとおりだよ。ぼくと同じくらい大柄な男に、あんな妙ちきりんな名前をつけるとはなあ」

「そうね、でももうわたしには、どうだっていいの」彼が驚いたような顔をしたので、妃殿下は間を置いてから言い切った。「いらしてくれてうれしいわ、マーカス。ここにきていただきたかったの」

「そのつもりはなかったが、まあ——」と、肩をすくめた。居心地が悪そうで、恥ずかしそうでさえあった。

「とにかく、きてくださってうれしいわ。ウィルヘルミナおばさまがとても困ったかたなの。悩みの種ともいえるわ。庭でけさ会ったときわかったでしょうけれど、若いとこのウルスラはいいお嬢さんよ。ジェイムズはわたしと同い年くらいか、彼のほうが少し年上というところで、どんな人かはまだわからない。いつも、むっつりとした顔をしているわ。あちらで、なにかよくないことがあったらしいの。でも、それはご自分で確認なさってね。トレヴァーはとても素敵な人。やさしいし」

「素敵な人、とはどういう意味だ?」

「背が高くて、とても強そうで、ハンサム」

「やつに関する発言には気をつけろ。絶対に、親しくなるな。やつはきみを誘惑しようとしている。きみは純真無垢だが、あっちはそうじゃない」

「わたしはいま、あなたの妻なのよ。それほど純真無垢じゃないわ」

彼の目が大きく広がった。「そうだな」と、自分に言い聞かせるように言った。「そうだ、そうだった。いや、お得意のよそよそしいお上品な話し方で言い返すな。ぼくがここにきて、どうしてうれしいのか、理由を聞かせてもらおうか」

彼女がまた口をつぐんだ。気にいらない。彼女に自分のよそよそしさを思いださせたのはまずかった。せっかく、以前より心をひらいて話すようになっていたのに。自分を抑えることなく、思ったことをそのまま口にするようになっていたのに。ところが、彼女はまた膝の上で静かに手を組んでいる。そしてゆっくりと、とてもゆっくりと顎を上げ、彼をまっすぐに見た。まるでそれがたいへんな骨折りであるように。やがて、率直に言い切った。「あなたはわたしの夫だもの。会いたかったの」

「わたしの夫」そう繰り返す口調には、あからさまに皮肉がにじんでいた。妃殿下の策略にたいする怒りが鎮まり、ようやく残り火となっていたのに、ふたたびオレンジ色の炎となって燃えはじめた。「ぼくたちの結婚は妙だとは思わないか、妃殿下？　きみが九歳の頃から、ぼくはきみのことを知っている。きみがやせっぽちでごつごつした膝をしていたことも、まじめくさってつんつんしていて、ダーリントンのノルマン様式の修道院で支柱になれそうな雰囲気をかもしだしていたことも。ああ、きみは無口で超然としていて、内気で用心深かった。だがね、その陰気な物静かな子のなかにも、将来は美人になるだろうと思わせるなにかがあった。だから、ぼくがきみを妃殿下と呼びはじめたら、みんなも同じ印象をもっていたんだろう、だれもがそう呼ぶようになった。きみの赤毛のメイドでさえ、そう呼ぶ。ぼくをベッドに誘うかのような視線で見て、お返しに安物の宝飾品でも買ってもらいたがっている女優までが」

「ええ」と、彼女は応じた。「わたしがまだ九歳だった頃、あなたは十四歳で、誇り高く、強く、わんぱく小僧だった。そう呼んだ父は正しかったわ。あなたはチャーリーとマークに、よくひどいいたずらをさせた。父はいつだって、子どもたちがあなたにそそのかされたんだってわかっていた。覚えてる？　チャーリーとマークが頑丈な松の木で小箱をつくり、それに石を詰めこんで教会の聖壇の前の床に置いたこと？　日曜礼拝に集まった信者さんたちは、その棺《ひつぎ》らしきものの上に野花の花束が置いてあったから、怖くてとてもあけられなかった」

彼女は組んだ手に視線を落としながら、思わずほほえんだ。「わたし、あなたのことをとても尊敬していた。でも、怖くもあった」

「怖いだと、妃殿下？　すまないが、きみがなにかを怖がるところなど想像もつかないね。だれかがきみを怖がらせたら、きみはあの冷徹な無表情で相手を凍らしちまう。あんな冷酷な目で見られたら、だれだって墓石みたいに固まるぜ。そのきみが、ぼくのことを怖がるだって？」

彼女が視線をそらした。困惑しているのだろう。

「どうしてだ？」

妃殿下らしからぬ声で、彼女は言った。低く、くぐもった、控えめな声で。「あなたは、ここの人だもの。あなたは強くて自信満々だった。そして、この家の人だった。あなたは間違いなくこの家の人間なのに、いまだに見当違いのプライドと戦っている。わたしはここの人間であったことはないわ」

その話はしたくなかった。いまは、ほかに考えねばならないことが山ほどある。マーカスはそっけなく言った。「だが、いまはとにもかくにもチェイス伯爵夫人だ。だから、きみはここの人間だ。ぼくなんかよりずっと。きみの父親は、法律で相続人が限定されていない資産はすべてきみに遺したんだぞ。だれもがきみを尊敬し、服従しているじゃないか？」

「ええ、みんな、とてもやさしくしてくれるわ。三日まえにウィックス氏とわたしが到着したとき、わたし、緊張していたの。つまるところ、わたしは先代の伯爵の私生児なんだもの。あなたがどう考えようと、私生児が女主人になったのよ。でも、みんな寛大だった。感謝しているわ」

「だが、親愛なるウィルヘルミナおばは違う」

「彼女のふるまいはね、とにかく突飛なの。思わず口をあんぐりとあけてしまうほどよ。できるだけ早く彼女に会い、ご自分の目で確認して。さあ、そろそろ〈緑の立方体の部屋〉に行く時間よ、マーカス。ウィルヘルミナおばさまとジェイムズに会う約束なの」

「わかった。ちょっと待て、動くな。胸の谷間があらわになってるぞ。だめだ、動くな」

マーカスが近づいてきたので、彼女は立ちあがった。彼はショールの位置をずらし、胸の谷間を隠すように結びなおしたが、考えなおし、結び目を脇にもっていき、ショールの先が胸の前に垂れるようにした。間違いなく妙な格好だったが、彼女はなにも言わず、動かず、両腕を脇にだらりと下げていた。それでも満足しないのか、彼はドレスの胸もとをもちあげようとした。ところが胸の下できつく締められたデザインのドレスはぴくとも動かない。しばらく、彼の指が肌に触れるぬくもりが感じられた。彼は、指が触れている場所を意識していたとしても、なにも言わず、ただ眉をひそめた。「やっぱり気にいらない。着替えてこい。これほど胸があらわにならないドレスが、ほかにもあるだろ？　トレヴァーが野良犬みたいにきみに飢えた目を向けるに決まっている。やつに見られたら、顎を天井のほうに向け、お得意の冷たい視線でにらむんだぞ。おまえなど身分が低すぎる、わたしの足もとにも及ばないと」

「彼、なよなよ男より、野良犬のほうがましだと思うかしら？」

しかしいま、マーカスは彼女の胸もとを見つめていた。それから、彼女に触れている自分の指を見た。が、なにも言わない。彼の瞳が翳《かげ》り、瞳孔《どうこう》が広がるのがわかった。マーカスは頬を紅潮させ、ゆっくりと指を下げたかと思うと、彼女のむきだしの肩にさっと触れた。彼は夢中になっているようだった。こわばった指先がゆっくりと、とてもゆっくりと動き、彼女の乳首に触れた。彼女はぴくんとした。身体の奥が震える。思わず身をかがめ、じらすような彼の指に肌を押しつけた。彼はさっと指を引っこめた。彼女はしばらく動けなかった。理性を取り戻さなくちゃ。こんなこと、しちゃだめよ。わたしは自分の肉体が望むことをした。そして彼は、そんなわたしが気にいらなかったのだ。「そろそろ、時間だわ」

「ああ」まだ彼女の胸もとを見つめながら、彼が低い声で言った。「時間だ、妃殿下」

もう夜も更《ふ》けていた。彼女はあくびをした。ドレスの背中のボタンに手が届かない。しばらく鏡の前に立ち、途方に暮れた。すると隣室に続くドアがあき、マーカスがはいってきた。着古したワインカラーのベルベットのガウンを着ている。大きな足には、なにも履いていない。

彼女は凍りついた。「なんのご用?」

マーカスは彼女に近づくと目と鼻の先に立ち、ほほえんだ。「ぼくは、きみの夫だ。この家の主人でもある。好きなところに行くさ」

「わかったわ」彼女は言い、彼のガウンの襟に視線を落とした。すりきれた生地がいまにもやぶれそうだ。とくに肘のあたりがすりきれている。

「わかったのかどうか」

「ウィルヘルミナおばさまのこと、どう思った?」

マーカスがわずかに顔をしかめた。「たしかに予測がつかないね。ぼくには愛想たっぷりだが、信用できない。トレヴァーに関していえば、ぼくの言ったとおりだった。やつはきみの胸ばかり見ていたし、それを隠そうともしなかった。ジェイムズもきみの胸に気をとられてはいたが、まあ、やつに関しちゃ、きみの魅力より自分の悩みで頭がいっぱいだったな。夕食はうまくいったじゃないか。みんな節度を保っていたし。時節柄、おもしろいニュースがたくさんあって助かったよ。政治の話には事欠かないし、外国からの客人が大いに楽しませてくれているからね。エカチェリーナ大公妃を歌った流行り歌、もう聴いたかい？　下品で、残酷で、淫らってやつ？　彼女と兄のアレクサンドル皇帝、そしてふたりの異様な行動のおかげで、あと三カ月は夕食の席での話題には事欠かない」

「スピアーズが歌っていたのを聴いたことがあるわ。頓知《とんち》がきいた歌詞ね。彼はいい声をしているし」

「やつも、そう自覚しているふしがある。とにかく、ウィルヘルミナおばはまっとうなふりをしている。まあ、アメリカ人が正常な程度にはだが。連中の話し方はのろすぎる。早くしろと急かしたくなるよ。ああ、だが今夜はうまくいった」

彼女はおもむろにうなずき、考えた。今夜はそれほどつらくはなかったわ。それでも、ウィルヘルミナがマーカスに愛嬌をふりまいていたのには驚いた。その点では彼が正しい。それにわたしは、マーカスから目が離せなかった。見ずにはいられないのだ。彼の美しい口、低い声、もっと低く響く笑い声、満足そうに漏らす調子はずれの含み笑い、そして、あの手。黒い毛でおおわれた大きな手、あの長い指、わたしに触れ、わたしを愛撫したあの指。

「ドレスのボタンをはずしてくださる、マーカス？　どうしても届かないの」

ほかの女からそんなことを言われたら、誘惑と受けとめただろう。だが、妃殿下は違う。妃殿下にかぎっては。おれの妻。彼女は振り返り、背中にゆるく垂れた輝くばかりの黒髪をもちあげた。彼女が三つ編みをほどくと、指で梳いたばかりの黒髪はさざなみとなって肩に広がった。その髪型はよく似合っていた。彼女は三つ編みにリボンを編みこみ、頭のてっぺんの小冠上頭飾りにまとめていた。耳の上の小さい巻き毛にふちどられた顔は、精巧な彫刻のように美しい。いや、完ぺきに美しい。彼は、妃殿下の背中に連なる小さなボタンをはずしていった。ダークブルーのドレスは彼女の瞳の色と調和し、このうえなくかわいらしい。胸もとが大きくあきすぎてはいるが。

ドレスの背中がぱっくりとひらくと、彼は一歩、うしろに下がった。「できた」彼は言った。「もう自由だ」

妃殿下が振り返り、彼の顔を見た。彼は動かなかった。寝室に衝立《ついたて》はない。「着替えなくちゃ、マーカス。しばらく、ひとりにしていただける？」

「いやだ。だが、ベッドにいるよ」

彼女はマーカスをじっと見つめた。彼の言葉が、意味のない塊《かたまり》となって喉に詰まる。彼は低いベッドに素足で歩いていく。ああ、なんて大きくて美しい足かしら。彼は毛布をはぐと、ドレッシングガウンの帯をほどき、肩からガウンを落とした。そして黒髪の神さながら、全裸のままベッドに横たわった。ウェストのあたりまで毛布を引きあげ、頭のうしろの枕を軽く叩き、落ち着いた。そして、じっと彼女を見つめた。

わたしだって馬鹿じゃない。彼はわたしとセックスがしたいのだ。それでも、彼女の口と頭にはなんの言葉も浮かんでこない。浮かぶのは、さきほどの彼の全裸だけ。ほんの短い時間だったけれど、あそこに立ち、ガウンを脱ぎすて、筋肉質の広い背中、男らしいわき腹、男らしいお尻、毛深くて長い脚を見せていた。わたしは息を呑んだ。こんなことがあるかもしれないと、考えなかったわけではない。でも、現実に彼がわたしのベッドにいるなんて。しらふだし、ちゃんと目覚めてもいる。そして、そうなるのを望んでいるように見える。わたしを欲しがっているのだ。

彼女は一抹《いちまつ》の希望を感じた。黒い胸毛におおわれた胸、いかにも力強い胸を見ながら、口をひらいた。「いまは、わたしに妻になってほしいの、マーカス?」

彼はほほえみ、頭のうしろで腕を組んだ。「脱げ、妃殿下」

ゆっくりと、彼女はドレスを肩から腰へと落とした。そして腰から床へと落とし、足もとに青いシルクのやわらかな水溜りをつくった。両手をシュミーズの下に滑らせ、両脚からダークブルーのガーターベルトをはずし、ストッキングをくるくると下に丸めた。上靴を蹴飛ばすようにして脱ぎ、足からストッキングをはずした。シュミーズ一枚の姿になると、彼女は服の輪から足をだし、ゆっくりとベッドのほうに歩いていった。

「わたしのこと、欲しがらなかったのに」彼女は言い、ベッドから少しはなれたところにたった。黒髪にふちどられた顔は、ぼんやりとした灯りのなかで青ざめている。メイドのマギーの言うとおりだった。罪深いほどの黒髪のおかげで、彼女の抜けるような手足の白さがくっきりと浮かびあがっている。純白のシュミーズ姿の彼女は、これ以上ないほど美しかった。まさに絶世の美女。おれの妻なのだ。おれに薬を盛り、昏睡《こんすい》状態にさせて結婚し、おれが怒りにまかせて婚姻を無効にすることがないようベッドに潜りこみ、おれに処女を奪わせた。

「そうだな」と、マーカスは応じた。「だが、ぼくは男だ。きみはぼくの妻であり、それは議論の余地がない。きみでも役に立つかもしれないな。ダーリントンまで馬を走らせ、欲望を満たしてくれる美女を見つけるより、こっちのほうが手っ取り早い。相手がきみじゃ、それほど快楽を得られるとは思わないが、試してみるさ。それほど女に飢えてるわけじゃないから、そこそこの快楽でよしとしよう。さあ、おいで。シュミーズを脱がせたい」

「でもあなた、わたしとの子どもは欲しくないんでしょ？　爵位を継ぐ子どもをわたしとのあいだにつくらないことで、おじに復讐してやるんだって言ってたじゃないの」

「わからないわ」

「そのとおりだ。そのつもりさ」

「いまはわからないだろうが、じきにわかる。とにかく抱いているあいだ、もうめそめそ泣くんじゃないぞ。銀食器みたいに、ただ寝ていればいい。あとはぼくがやる。だが声だけはだすな」

「わたしのこと、リゼットって呼びたいんじゃない？」

マーカスが不愉快そうに笑った。「いや、そんなことはない。だが、セレステと呼ぶかもな」

彼女はいっそう青ざめた。深く動揺したものの、顔にはだささなかった。「ロンドンには一泊しただけでしょ？」

「ああ。それが？」

「そのセレステとかいう女性と、一晩だけすごしたの？」

「そうだ。彼女はとても才能豊かだったよ。リゼットほどじゃなかったが、海の荒くれ男たちが修行に励む、かの有名なブリストルの出身だからね。あと一年もすれば、技術に磨きをかけるだろう。それは見事な胸をしている。ぼくのでかい手でも、おおいきれないほどだ。だがいまは、そんなことはどうでもいい。さあ、おいで、妃殿下」

やっぱり、わたしにもプライドがあるのだ。そして彼は、わたしを耐えられないところまで追いやった。「いやよ、マーカス。そうはいかないわ」彼女は裸足《はだし》のまま立ちあがり、ベッドの端からガウンをもぎとると、ドアに急いだ。歩きながら勢いよくガウンを羽織り、ドアノブに手をかけたとき、うしろに彼がきた。そして右手で彼女の頭ごしにドアを押さえた。彼女は必死であけようとしたが、ドアはびくともしない。

マーカスが身をかがめ、左手で彼女の髪をもちあげ、うなじにキスをした。

彼女は動けなかった。どういうわけかガウンがはだけ、飾り帯がなくなっている。彼が温かい息を耳に吹きかけ、やさしく耳たぶをかじった。

彼女は動けず、音もたてなかった。息ができない。

とてもやさしく、マーカスは彼女を振り向かせた。そして彼女を尻ごと抱きあげ、ベッドに運び、仰向けに寝かせた。彼は全裸でそこに立っていたが、彼女は彼のほうを見なかった。

とても見られなかった。怖かったし、興奮していた。彼のほうを見ようものなら、彼の力強さ、彼の大きさに圧倒されてしまう。彼はなにも言わず、彼女の身体からガウンを引きはがし、ほほえんだ。「こんどはシュミーズだ」

彼女の腰をもちあげ、シュミーズをウェストまでたくしあげたかと思うと、彼女の上半身を起こし、たくましい胸に彼女の顔を押しつけ、シュミーズを頭から引き抜いた。

ふたたび彼女を仰向けに寝かせると、自分はわき腹を下にし、隣に横たわった。そして彼女に触れようとせず、ただじっと顔を見つめた。

「じつに冷たく、じつに慎み深い」そう言うと、彼女の額から髪をかきあげ、耳にかけた。「それこそ、男が妻に期待するものだ。淑女であることもね。冷たく慎み深くあることが、躾《しつけ》がいい証なんだろう。官能を身体で示すのは躾が悪いというわけだな。がっかりさせられるよ。それでも、きみは素敵な耳をしているな、妃殿下」そう言うと、マーカスは彼女の耳にキスをし、輪郭を舌でなぞった。

彼女はどうにかなりそうだったが、身体は微動だにしなかった。

「今夜のようなドレスは二度と着るな」彼が耳もとで囁いた。「美しいし、見るからに高価だが、あれは売春婦のドレスだ」

「わたしの母が着そうなもの?」

彼は間を置いた。「そうは言っていない」

「わたしが売春婦になるんじゃないかと、心配なのね? だってわたしには売春婦の血が流れているんですもの。もうすでに、表面にあらわれているのかもしれないわね。少なくとも、あのドレスには」

「もう黙れ。静かにしていろ」身をかがめてきたので、マーカスの胸が彼女の乳房にぶつかった。彼女を感じたのか、マーカスはしばらく目を閉じた。手で彼女の顔をおおい、指で鎖骨を、鼻をなぞり、眉毛を撫で、喉を愛撫する。「きみは色が白い」身をかがめ、喉もとに唇を這わせた。そして熱く激しく唇を重ねた。彼女はもうリゼットのこともセレステのことも考えていなかった。もう、なにも考えられない。彼女は唇をひらき、体内の奥深くから湧きあがる興奮と熱を彼に伝えようとした。心臓の鼓動が速まる。この熱を帯びた感覚を爆発させたい。大声で叫びたい。それでも、彼女は必死になって自分を抑えた。

彼の指が乳房に触れ、やさしくまさぐった。動悸が激しくなり、どうにかなりそうだ。もう耐えられない。思わず彼の背中に腕をまわし、そのぬくもりをしっかりと抱きしめた。彼はいま、わたしのもの。夫でもあるこの男は、いまだけは、この瞬間だけは、わたしに怒りもしなければ侮辱の言葉も吐かない。ただわたしを求め、必要としている。それで充分。そう思わなければ。

マーカスは頭を上げ、彼女を見つめた。彼女の頬は紅潮しており、喉もとは激しく波打っている。彼女の腕がきつく背中にまわったかと思うと、両手でわき腹を愛撫された。

「妃殿下」マーカスは囁き、彼女にのしかかった。

彼女は悶え、うめき声をあげた。彼女自身にあたる彼の熱さに耐えきれなくなり、みずから脚をひらいた。

彼が息を呑むのがわかった。そして荒い息をつきながら、彼女の裸体を見つめた。と、彼の指が彼女の敏感な部分に触れた。そして激しく頭を振った。彼に見つめられたまま、彼女は興奮のあまり震えはじめた。ふいに、彼が腰をもちあげられ、下腹部にキスをされた。熱く濡れた舌で、彼女の下腹部を舐めまわす。すると心臓が破裂しそう。彼女にはもうなにもわからなかったし、すべてがどうでもよくなった。心臓の鼓動はますます速まり、もうとめようがない。全身が粉々に砕けてしまう。

彼女は声をあげた。彼の肩に手をかけ、彼の肌に指を食いこませ、彼の髪を引っ張った。彼はどんどん唇を下げていき、とうとう彼女自身を唇でふさいだ。彼女はショックのあまり悲鳴をあげた。強烈な感覚におかしくなってしまいそう。彼女は悲鳴をあげ、悶え、うめき、枕に頭を押しつけた。

粉々になるような感覚。こんなことがあるなんて。彼女は圧倒的な快楽に埋もれていた。そして、それは果てることなく続いた。この官能に全身をゆだねていたい。痛いほどの快感が彼女の全身をおおいつくし、身も心も虜《とりこ》になった。なにも聞こえないし、なんの匂いもしない。ほとんど息もできない。五感を圧倒する激しさに、彼女は身を震わせ、悲鳴をあげた。彼の唇が埋もれ、とても熱く、彼女を引っ張り、なだめる。やがて、狂おしいほどの感覚はゆっくりと、ゆっくりと鎮まり、ふたたび五感が戻ってきた。だいぶやわらぎはしたものの、圧倒的な快感はまだ彼女の奥深くに残っている。そしてどういうわけか、この先を待っている。ふと顔を上げると、彼がじっとこちらを見つめていた。と、彼は自分自身に手を添え、彼女の脚を広げ、深く、強く、はいってきた。

　彼女は金切り声をあげた。背を弓なりにし、あやうく彼を突きとばしそうになりながら、彼の首を抱き、唇を奪った。彼の重さと力強さが伝わってくる。彼の舌が深くはいってくるように、彼の性器が彼女のなかに深くはいっている。でも、それは長くは続かなかった。すぐに、彼が全身をこわばらせたかと思うと、激しく深く突きはじめた。彼女の唇のなかで彼がうめき声をあげる。彼女は強く彼を抱きしめた。二度と、彼を離したくない。もう、二度と。

15

先に身体を離したのはマーカスのほうだった。ベッドの脇に立ち、息をはずませながら大きく胸を上下させ、汗で肌をつややかに輝かせ、ただじっと彼女を見つめている。彼女はどうしようもなく彼に触れたかった。指先でその肌に触れ、豊かな胸毛を、腕や肩や下腹部に盛りあがっている筋肉をなぞりたい。男の人の肉体がこれほど美しいだなんて。彼女は感嘆せずにいられなかった。このうえなく純粋で力強く、わたしにあれほどの官能の世界を愉しませてくれるだなんて。彼女は彼の下腹部を見ないよう、必死でこらえた。

彼女はマーカスのほうに腕を伸ばした。彼を抱き寄せたい。彼の重さを全身で感じたい。頬に、耳に、温かい息を感じたい。けれど、頭のなかの霧が晴れてくると、マーカスはすっかり自分を取り戻し、遠くに行ってしまったことがわかった。わたしは、どこまでもひとりぼっち。なにも言うことが見つからなかったので、無言のまま、彼女はゆっくりと顎先まで毛布を引っ張りあげた。穴があったらはいりたい。毛布を何枚も重ねて、そのなかに埋もれてしまいたい。だって彼はもう去ってしまったのだから。わたしのなかに深く突いてきたことなどなかったみたいに、わたしを悶えさせ、悲鳴をあげさせ、頭が真っ白になったようにあえぎ声をあげさせたことなどなかったみたいに。

「くそっ」

なにが気にいらないんだろう？　妃殿下は不安そうな顔をした。「どうして悪態なんかつくの？　わたし、なにか悪いことした？」

マーカスがいっそう目をすがめた。「あんな真似、するつもりじゃなかったんだが」いかにも不快そうな声。

いやだ、彼、もう後悔してるんだわ。でも、わたしだってもう内気でものも言えない処女じゃない。馬鹿にされてばかりはいられない。わたしにだってプライドがあるのよ。そう思いはしたものの、落ち着いて冷静な声をだすのにひと苦労した。「こんな真似、するつもりじゃなかったってこと？　わたしと一緒にすごしたいからきたんじゃなかったの？」

彼は肩をすくめ、ガウンを引っつかんだ。「ああ、きみと一緒にすごしたかったんだよ、妃殿下。それが破滅のもとだ。だが、もう二度とするもんか。こんどは用心するぞ。だが、まあ、いちどくらい大丈夫だろう」

「なんの話だかわからないわ、マーカス」

「じきにわかるさ」と、マーカスが苦々しげに笑った。「夜が明けるまえに、わかるかもな」

わたしは、期待していたのだ――なにを期待したのか、自分でもよくわからなかったけれど。ひょっとしたら、彼が親密さのようなものを見せてくれるんじゃないかと思っていたのかも。だって、わたしの想像を遥かに超えたものを、感じさせてくれたんだもの。まばゆいばかりの世界で、目がくらみそうだった。すばらしいなんてものじゃなかった。彼は男性で、わたしとは考え方も力強さも肉体の構造もまったく違うけれど、それでもわたしは彼の一部になった。わたしとは違って、彼は自分が絶頂に達することに夢中で、ほかのことはあまり気にもならなければ、感じてもいないように見えた。わたしがリゼットでも、セレステでもかまわないのだろう。これから、またほかの女性を抱くことになるのだろうし。そう思うと、とても耐えられなかった。わたしなんか、彼にとってはなんでもない——ただ便利な妻なのだ。彼女は耐えきれず、彼からつと顔をそむけた。

マーカスは心臓の鼓動がようやくおさまると、彼女のほうを見た。これまでどんな女性とも、これほどむきだしの感覚にわれを失ったことはなかった。そしていま、彼女は無表情で、冷然としている。不感症の女のように……やめろ、くだらない。口で彼女を愛撫すると、彼女はわれを忘れて乱れ、慎みをかなぐり捨てた。おれにだって女性遍歴はあるが、こんな女性は初めてだ。そして彼女のなかにはいると、彼女はいっそう身をよじり、おれを強く抱きよせ、身をそらし、悲鳴をあげ、おれを激しく駆りたてた。彼女にのしかかり、荒々しく突き、むさぼりたいとわれを忘れた。彼女とひとつになりたいとまで思ったのだ。まったく、愚かとしかいいようがない。彼女の一部となったとたん、圧倒的な快楽に溺れ、自分をコントロールできなくなっちまった。くそっ、気にいらない。彼女がおれをあんなふうに狂乱させたことも、あれほど感じさせたことも、まったく気にいらない。

マーカスは自分に嘘をついていた。妃殿下が味わわせてくれた官能の世界にとろけていたのに、理性が戻ってくると、それを否定せずにはいられなかった。

ガウンの袖の糸くずを丸めながら、これから自分自身にも相手にも嘘をつくことを自覚していたので、彼女のほうを見ずに言った。「きみには驚かされたよ、妃殿下。きみはただベッドに棒のように横になり、ぼくに耐えていたわけじゃなかった。文句も言わなかったし、めそめそ泣きもしなかった。まあ、うめき声はあげたが、それは苦痛だったからじゃない。悦楽のあえぎ声だった」

実際、彼女はこの世でいちばん淫らな女性のように大声をあげたていた。彼女はなにも言わず、口にこぶしを押しつけた。

「きみはその気だった。いや、その気なんてもんじゃなかった。ベテランの娼婦よりずっと積極的だった——」彼は急に言葉をとめると、こんどは一言一句を噛みしめるように、ゆっくりと話しはじめた。「いや、言いすぎた。いま言ったことは忘れてくれ。言いたかったのは、きみは演技をしてはいなかったということだ。ぼくだって女のことはよくわかっている。女が感じたふりをすれば、それがわかる。だが、きみはふりをしたんじゃない。それは驚くべきことだよ」

彼女の目から涙がぽたぽたと落ち、口もとに流れた。喉の奥から湧きあがるすべての音を消している口もとのこぶしに。どれほどわたしが傷ついているかが知られたら、わたし、死んでしまう。

「気にいらないね、妃殿下。ぼくは驚くのも、コントロールを失うのも好きじゃない。ぼくにそうしてほしかったわけか？　こっちが自制心を失えば、このいまいましい爵位を継承する息子を産めるとでも思ったのか？　いまいましいきみの父親のために、筋書きを練ったわけか？　父親とふたりでこっそり陰謀を企てていたのか？　ちくしょう、きみの筋書きなんぞ、もうどうでもいい。もう二度と、金輪際、こんなことは起こらない。こんなふうにはね」

続き部屋へのドアが勢いよく閉まると、彼女は身を起こし、ベッド脇のテーブルのろうそくの炎を消した。が、まだドレッサーのろうそくが灯っている。立ちあがったが、彼の精子がべとつき、思わずよろめいた。彼女はひとりで入浴したあと、ろうそくを消した。ひりひりと痛む。でも、それはすばらしい痛みだった。自分の深いところに秘められた部分があることがまた感じられた。彼女はナイトガウンを脱ぐと、ベッドに戻り、毛布に潜りこんだ。

長いあいだ寝つけなかった。その晩、マーカスは二度と姿をあらわさなかった。

目覚めると、まぶしい陽射しが寝室を満たしていた。まばたきをし、あくびをしたが、頭はまだぼんやりとしている。身体の奥深くに、まだあの熱が残っていた。このまま昨夜のぬくもりに身をゆだね、完全にわれを忘れたあの官能の世界に浸っていたい。

「おはよう」

ゆっくり横を向くと、マーカスが見えた。ベッドの端に座り、乗馬服に身を包み、つやつやと光沢のある黒いヘシアンブーツを履き、足を組んでいる。昨夜のぬくもりと甘い感傷が瞬時に消えた。なにもかも、夢だったんだわ。わたしが馬鹿だった。とんでもないお馬鹿さんだった。

「よく眠れたかい?」

彼女はうなずいた。「ええ、ぐっすり」

「心得《こころえ》のある男は、女性に熟睡をもたらすんだよ」

「逆もまた然り?」

彼が顔をしかめた。「ああ、そのとおり。たしかに、ぐっすりと眠ったよ。もちろん。男なんてものは、女より簡単に快感を覚えるものだがね」そう言うと、いっそう顔をしかめた。

「夜のあいだは、きみを起こしたくなかった。そんなことをしたら、またきみのところに戻りたくなってしまう」

そう言うと、なにやら考えこみ、ブーツを履いた足をぶらぶらと振った。「きみには驚かされたよ」

彼女は待った。きみが欲しいことがよくわかった、昨夜言ったことは本気じゃなかった。お願い、そう言って。

「ああ、きみには驚かされてばかりだ。きみを唇でおおったら、きみは乱れに乱れた。それでなかにはいったら、こんどはあんまり身悶えするから、投げだされるんじゃないかと思ったよ」

なにもここまで露骨に話さなくてもいいのに。それも、こんな朝陽のなかで。でも、彼はマーカスだ。わたしの夫なのだ。だから、彼女は正直に言った。「あんなに感じるなんて、これまで想像もしてなかったの。どうしても抑えられなくて」

「いや、違うね。あれほどわれを忘れ、取り乱さなくてもすんだはずだ。やろうと思えば、きみは自分を抑えられた」そう言うと、彼は口をつぐんだ。なにを考えているのかしら。彼女は突然、叫びたくなった。こんなのあまりにも不公平だわ、と。「あら、わたしが売春婦みたいな真似をしたって、あなた、それほど驚かなかったはずよ、マーカス。だって、わたしのドレスは売春婦のドレスみたいだって、そう言ったじゃないの。うちの母が着そうなドレスだって。うちの母が父にしていたように、あられもない反応をしちゃいけない理由でもあるの？　わたしが淫乱だって言いたいんでしょ？　だれかれかまわず寝る女ならそうして当然よ。なにしろわたし、私生児なんですもの。父が金で買った売春婦の娘」

「おもしろくないね」と、彼が冷たく言った。「メロドラマの主人公気取りは、きみには似合わない」

彼女はただ首を横に振った。彼女がいま言ったことを、彼は否定しなかった。そして、答えるのを避けた。マーカスが立ちあがり、寝室のなかを歩きはじめた。乗馬用の鞭を手にし、歩きながら腿を軽く叩いている。やがて、彼が振り返った。「でしゃばりスピアーズが、けさ、ぼくのところにやってきた。で、ぼくを起こした。おかげでこっちは、やつの夢を見たよ。やつの息づかいが聞こえたかと思うと、教区牧師みたいな顔でこっちに非難の目を向け、罪人になってはならないと熱心に説教を始めた。そこで、はっきりと目が覚め、目の前にやつがいたというわけさ」

彼女はなにも言わなかった。

「だんまりかい？　ああ、もちろん、きみはいつだってだんまりを決めこむ。そうやって、絶対に心の内を見せようとはしない。けっして危険は冒さないのさ。まあ、そんなことはどうでもいい。ぼくがきみのベッドにいたことを、スピアーズは知っていた。やつは心配していたよ。間違いなくバッジャーもドアの外にいて、不安そうな顔で立ち聞きしていたんだろうさ。だからおれはこう言ってやったよ。おまえたちふたりで男色に耽るがいい、とね。スピアーズのやつ、背筋を伸ばすと、摂政皇太子みたいに偉そうな顔をしたよ。まあ、あのでかい下っ腹は似てないがね。そして、あの反抗的な声で、風呂の用意をさせますと言い残し、部屋からでていったよ。バッジャーと打ち合わせでもするんだろう。あの裏切り者めが」

彼は左のてのひらに軽く乗馬用の鞭を振るった。「きみのほうこそ、ぼくと一緒にいたくて仕方なかったと、やつに言ってやるべきだったかな？　きみがあられもない声をあげ、おののき、震え、身悶えしたことを？　いや、言わないほうがいい。スピアーズには、きみが聖母マリアの生まれ変わりだと思わせておくよ。つねに、冷静沈着だと。冗談じゃない。きみの赤毛のメイドだって間違っている。きみは、充分にぼくを受けいれる準備ができていた。それにしても、きみはおそろしくきれいだよ。その顔をふちどる黒髪、ぽってりとした赤い唇。ぼくは荒っぽかったかい？」彼は身をかがめ、彼女におおいかぶさるようにして両側に腕を置いた。彼の息は甘く、頬に温かい。「多少、腫れていたかもしれないが、きみはとてもやわらかかった。ほかに用事がなければ、いま、このままここに残り、キスをしたいところだ。そうしたら、毛布をかわいらしい足首のところまで下げ、きみのなかにはいり、激しく動くのに。そうしたら、きみはあまりに野卑《やひ》な行為に失神するかもしれない。いや、やっぱり昨夜のように、乱れに乱れるんだろうな。それから気絶するだろうさ」

彼女はマーカスの青い瞳を見あげた。「そんなこと、しないわ」

彼はぐいと身を離し、ぼんやりと彼女の口もとを眺めていたが、ようやく立ちあがった。

「またあとで」

マーカスは行ってしまい、彼女は取り残された。マーカスったら、いったいなにを考えているのかしら。たしかに、少しは彼を驚かせたかもしれない。それだけでも、よしとしなければ。そう考えていると、マギーがはいってきた。マーカスに送りこまれたのだろう、見るうちに彼女は入浴させられ、香水を振りかけられ、おしろいをはたかれ、ドレスに着替えさせられた。深いひだ飾りがふたつある薄地の白いモスリンの、いたって控えめな昼間用のドレスに。ドレスの下には白いストッキングをはき、上靴には白いリボンがゆわえてある。ドレスの小さなパフスリーブは上品で愛くるしい。女学校をでたばかりの育ちのいいお嬢さま向けのドレス。おずおずと社交界にデビューするときに着るようなドレスだ。ああ、なぜこんなドレスを買ってしまったのかしら？　答えは簡単だった。そのときは、男と女のあいだで実際におこなわれていることがなにひとつわかっていなかったからだ。そしてなにより、マーカスに官能の世界を教えてもらうまえだったからだ。

彼女はため息をつき、胴着を強く引きさげてみた。喉もとまでレースがおおっており、乳房の谷間は見えない。

マギーが小言《こごと》を言った。「なになさってるんです、妃殿下？　素敵なドレスのラインを崩さないでくださいね。ああ、なるほど。閣下を誘惑したいってわけ。まあ、たしかに乳房の谷間は誘惑には打ってつけですけど、妃殿下には必要ありません。ほかにもいろいろ強みがあるんですもの」

妃殿下は笑ったが、それはどこか悲しげで物思いに沈んでいた。マギーは少し口をつぐんだが、陽気な声をあげた。「さあて、確認しましょうか。とにかく、長い髪の流行がまた戻ってきてますからね。これでもう、ハサミをもって内股でしなしな歩く連中も淑女の頭を散《ざん》切《ぎ》りにできなくなりましたよ。とにかく、頭のてっぺんで編みあげた太い三つ編みは、巻き毛になってうまく肩に垂れてます。耳のあたりのほつれ毛は、あまり関心しませんね。あたしほどには似合いませんから。あたしには、ほら、この見事な赤毛がありますから、すごく似合うんですけどねえ」と、マギーが話を続けた。

「胸以外の魅力に、閣下が気づいてくれないんじゃないかと心配するのはおやめなさい。男性はいつだって気づくもんです。気づいてないふりをしてるだけですよ。だって、淑女のそばでは紳士らしくしていなくちゃいけないんですから」

マギーがひとりで喋りつづけたので、しばらく妃殿下は口をはさめなかった。「わかったわ、マギー」と、ようやく言った。「ありがとう」

マギーがにっこりとほほえみ、自分の髪を撫でた。耳のあたりの小さな巻き毛がとても艶《つや》っぽい。「さあ、一階で朝食にしましょう」


バッジャーが〈朝の部屋〉で彼女を待っていた。屋敷の東側を向いている大きな複数の窓から、まぶしい朝陽が円形に近い部屋に射しこんでいる。テーブルは、ここのところ〈チェイス・パーク〉を訪問している親戚全員が着席できるほど大きくはない。アメリカの一家は、おそらく正式な食堂で食事をとっているのだろう。彼女は、部屋にひとりでいられることをありがたく思った。リンデン、カエデ、オークの木の向こうに、馬小屋へと続く手入れのゆきとどいた植込みが続いている。

「顔色が悪いし、痩せすぎですよ。このポリッジを食べてください。スコットランドのレシピを使って、わたしが自分でつくったものですから」

彼女はバッジャーに椅子を引いてもらい、目の前で湯気を上げているポリッジに目を向けた。「ポリッジは苦手なのよ、バッジャー。それにわたし、痩せてなんかないわ。痩せて見えるのは、この子どもっぽいドレスのせいよ」

バッジャーが顔をしかめた。「うっかりしていました。そういえば小さい頃から、ポリッジがお嫌いでしたね。それでは、こちらに甘いスコーンがあります。召しあがってください。未婚の女性向けのドレスをお召しになっていても、おきれいですよ、ほんとうに。キドニービーンズのパイはいかがです？」

「いいえ結構よ、ありがとう。グーズベリー夫人、よくあなたをキッチンにいれてくれたわねえ。わたしがどう見えるかはよくわかってるわ、バッジャー。つまり、滑稽《こっけい》なんでしょう」

「けさ、閣下がグーズベリー夫人に、しばらく休暇をとってはどうかとおっしゃったそうです。おかげさまでわたしはいま、キッチンの責任者というわけで。ほかにもふたり料理人がおりますから、自分で料理をしたくないときにはかれらに指示をだします。閣下にも申しあげましたが、わたしはあなたの従者です。第一の任務は、あなたにお仕えすることです。そう聞くと、閣下は例の不満そうな顔をなさいましたが、閣下のために申しあげますと、短気を起こしてはなるまいと我慢なさっておいでででした。それにしてもそのドレスをお召しになっていると、あなたは華奢な鶏《にわとり》のようだ。閣下も少しはやさしく接してくださるでしょう」

「スコーンがおいしいわ、バッジャー。閣下はいつだって、自分の好きなようになさる。あなたには変えられない。それにわたし、華奢であろうとなかろうと鶏じゃないわ」

「そのとおりです。さあ、そのスコーンを召しあがってください。よく嚙んで。そうです。スピアーズ氏とわたしは、必要とあれば、なんとか閣下を変えてみせますよ。さあ、なにがあったのか教えてください。スピアーズ氏もたいそう心配なさっています。閣下がぶっきらぼうで、無作法な態度を——」

「ええ、知ってるわ。マーカスったらスピアーズに、ええとなんだったかしら――そう、そう、自分で男色をしろと言ったのよ」

ショックを受けたのか、バッジャーが目を飛びださんばかりにして言った。「それがどんな意味かは、おわかりにならないでしょうな」

「ええ、わからないけれど、上品なことではなさそうね。マーカスの口からでた言葉だし、彼、すごく機嫌が悪かったもの」

「説明したくもありません。二度と口にしないでください、いいですね。さあ、昨夜、なにがあったか話してください」

スコーンを口に運んでいた妃殿下は、むせそうになった。「言えないわ、バッジャー。ふたりのことですもの」

「まさか、あなたをまた傷つけたのでは?」

「わたしを傷つけたことなんていちどもないわ。いいえ、傷つけてなんかいません。どちらかといえば、その正反対、かしら」

「ほお、それはまた妙な話で。正反対ですと? ふうむ、ということは……おや、顔を赤らめていらっしゃる。まさか、妃殿下――一瞥するだけでお湯さえ凍りつかせるというあなたが」

「バッジャー、あなたって、うちの父より父親みたいなこと言うのね。だけど、そんなこと言われるだけで、わたし、恥ずかしくて死にそうになるんだから。それにわたし、氷みたいに冷たい女じゃないのよ、わかって」

「ええ、わかっております。このわたしにも、あなたに居心地を悪くさせることができるんですな。では、昨夜の件は心配無用とスピアーズ氏に伝えましょう。それに、妃殿下の前で二度と〝男色〟という言葉を使わないよう、釘を差しておきます。いいですか、妃殿下、万が一、閣下がその、紳士にあるまじき行為に及んだら、正直におっしゃってくださいよ」

「さあ、それはどうかしら」彼女は、急に愉快になった。紳士にあるまじき行為って、どういう意味かしら。だって昨夜のわたしは、自分では想像もしていなかったような状態になった。はっきりいえば、売春婦のように淫乱になったのだ。もしかすると、わたしはほんとうは奔放《ほんぽう》なのかもしれない。自分のほんとうの姿って、どうすればわかるのかしら？

思わず、バッジャーを見た。

彼に尋ねることなんかできない。そんな恥ずかしい真似、とても無理。どういうわけか、グウィネスに尋ねてはならないこともわかった。自分が淡々とおばさまに説明する光景が目に浮かんだ。わたし、われを忘れてしまったんです、自分を抑えることができず、欲望に身をまかせてしまったんです、快感のあまり爆発するかと思いました……。

それにしても、紳士にあるまじき行為って、いったいなんだろう？　昨夜のようなことのほかにも、なにかあるのかしら？　彼はこう言っていた。いま、このままここに残り、きみにキスをし、きみを抱きたいって。だが彼女は心の奥底でわかっていた。それだけではない、なにかほかの秘密の行為がまだあることが。それはいったい、なにかしら。彼女はとても知りたかった。

「あとで少々打ち合わせをさせてください、妃殿下。小ぶりのこの部屋が居心地がいいでしょうから、ここで。今週のメニューを決めましょう。カエル料理に挑戦してみようかと思うんですが。フィレ・ド・トリユイット・ポシェ・ア・ラ・ソース・オ・カープルは悪くありませんからね」

「ああ、そうね、マスのケイパー風味」

「それに、ポム・ノアゼットも忘れてはならない」

「そうね、ポテト・ボールを忘れるわけにはいかないわ」

彼はにっこりと笑った。「それに、アスペルジュ・タンドル・ア・ラ・ソース・ベルナーゼも。アスパラガスのベルネーゼソースです。ええ、そうしましょう。二十分後でいかがです?」

彼女がうなずくと、バッジャーが彼女の肩を軽く叩き、キッチンに戻っていった。

「あんな無礼を許すな、妃殿下。きみに触れただけじゃない、馴れ馴れしい口をききやがって。おまけにフランス語ときたもんだ」

「全部聞いてたの? それとも最後のほうだけ?」

「充分聞いた、とだけ言っておくわ」そう言ったのは、ウィルヘルミナだった。闘志満々のようすだ。

妃殿下は挨拶をした。「いいお天気ですわね。ちょっと散歩にでかけてきます。帽子はどちらがいいでしょうか、ウィルヘルミナおばさま。小さな丸い麦藁《むぎわら》帽をかぶって白いリボンで顎の下で結ぶのと、ボンネットをかぶるのと?」

ウィルヘルミナがいらだたしげに眉をひそめ、下唇を噛んだ。

「それとも、乗馬服に着替えたほうがいいかしら。あわせて、短いオーストリッチの羽飾りのついたかわいらしい黒いビーバー帽をかぶって」

「売春婦のあばずれ、落馬すればいいのに」

「なんですって?」

「だからこう言ったのよ。『落馬して溝に落ちないように気をつけて』って」

「ああ、そうおっしゃったんだろうと思いました。やさしい言葉をかけてくださったので、呆気にとられてしまって。まだ朝早いですわね?」

「さっさとでていったらどう?」

妃殿下はただほほえみ、首を傾げた。

「『いい一日を』と、言ったのよ」

「もちろん、そうおっしゃったんですわね。父から遺産を相続したとウィックス氏から話を聞くまでは、親戚からそんなやさしい言葉をかけていただいたことがなかったので」

「ええ、そりゃそうでしょうよ。あたしたちはあなたから手紙なんかもらったことがなかったもの。でもね、何年かまえにグウィネスがあなたのことを書いてよこしたの。だからみんな、あなたが閣下の爵位とお金目当てで結婚したことを知ってるのよ」

そう言っていたのよ。息子はとても賢いの」

「みんな？　みんなって、どなたです？」

ウィルヘルミナが気取って肩をすくめるだけで我慢した。「うちのかわいいトレヴァーが

トレヴァーが、そんなことを？

妃殿下は必死で落ち着いた口調を保った。「それは真実ではありません。絶対に。とにかく、わたしは五万ポンドを相続しました。それだけで大金です。わたしたちが結婚しなければ、困ったのはマーカスのほうです。わたしが困るわけじゃありません」

「五万ポンドですって！　私生児にそんな大金を遺すなんて、聞いたこともない！」

「わたしは私生児じゃなくなりましたの。覚えておいでですしょう、ウィルヘルミナおばさま、父はわたしを嫡出子にしたんです。このことは、二度と忘れていただきたくありません。あなたはしょっちゅうものごとを忘れては冗長に喋りつづける。こちらは、あくびがでてしまいますわ。眠くなってしまいそう」

「伯爵はあんたなんか好きじゃない。仕方なく結婚しただけ。伯爵には数えきれないほど愛人がいるのよ。あんたのその生意気な鼻先で、女たちを連れて行進するでしょうよ」

「それは、あなたの知ったことではありません。そうでしょう？　だって、おばさまはじきにボルティモアにお帰りになるんですもの。そうなったら、わたしもう、おばさまのおっしゃったことなんてなにひとつ思いだしませんわ」

そう言うと、妃殿下はウィルヘルミナ・ウィンダムに背を向け、部屋をでていった。言い

返す言葉を考える隙も与えずに。

彼女はバッジャーとの打ち合わせに臨《のぞ》み、メニューにふたつの追加をくわえることに同意した。「まえにつくってくれた野ウサギの煮込み、覚えてる？　あれをまたお願い。それに、塩鱈の根菜添えも」

バッジャーがにっこりと笑った。「すみません、妃殿下。きょうは新鮮なタラがないもので。水曜の夜なら大丈夫かもしれません。若いのを魚市場のストックトン・オン・ティーズにやりますよ。さて、あのアメリカのご親戚は、野ウサギの煮込みがほんとうにお気に召すと思われるんですね？」

「ええ、そんなに田舎じみた人たちじゃないもの。レッド・カーラントのゼリーとサヤエンドウを添えてだしてさしあげるといいわ」

彼が真剣な顔をした。「当然です。わたしはいつだって、リンカーシャーに古くから伝わるレシピを使っていますから」

その三十分後、彼女は黒い乗馬用の服に身を包んでいた。ウェストがきゅっと締まった肩章付きの上着、黒いブーツ、オーストリッチの羽がついた小さな黒いビーバー帽という格好だ。そして馬小屋に向かうと、温厚な性格の鹿毛の雌馬、バーディーを用意してくれるよう頼んだ。その二日まえから、ラムキンの勧《すす》めで乗るようになっていた馬だった。

そこへちょうどクランシーに乗ったトレヴァーが通りがかった。クランシーは広い背中からトレヴァーを振りおろそうと躍起になったが、トレヴァーがその奮闘を鼻で笑い、光沢のある首を叩いている。と、彼女の姿を認め、声をかけた。「一緒においでよ、妃殿下。母の使いでリースまで行きたいんだ」

「二時間はかかるわ、トレヴァー」

「ああ、わかっている。サンプスンが詳しく道を教えてくれた。一緒に行こう、妃殿下」

「ちょっと待て、ふたりとも」鞭で腿を軽く叩きながら、マーカスがふたりのほうに大股で歩いてきた。「ぼくも乗馬をしたい気分なんだよ。それに、リースはいいところだ。きみは間違いなく道に迷うぞ、トレヴァー。妃殿下は、ぼくが道を教えてやらなきゃ、隣の丘までも行けやしない」

　トレヴァーがぴくりと黒い眉尻を上げた。そして例の間延びした声で話しはじめた。よくあれで言いたいことを一時間以内に言えるものだわ、と妃殿下はひとりごちた。「どれほどの艱難辛苦《かんなんしんく》があろうとも、ふたりでやってのけるつもりだったのになあ。だがどうやらきみも、ぼくらの冒険にくわわりたいと見える。一緒に行こう、マーカス。クランシーが妃殿下の雌馬に夢中になって、困ったことになるまえに」

　三人は、馬小屋の前から馬に乗ってでると、庭を突っ切り、巨大なオークやカエデが連なる長い私道を抜けていった。そして細く曲がりくねる田舎道を走り、南西をめざした。険悪な沈黙がいつまでも続いた。妃殿下は爽やかな夏の空気を吸い、マーカスの機嫌が悪いのを気にしなかった。マーカスが、バーディーとクランシーのあいだにスタンリーを無理に割りこませたときには、にこりと笑いさえした。彼、嫉妬してるんだわ。彼女は驚き、愚かなことに、なんだか元気がでてきた。バーディーのぴくぴく動く耳のあいだでほほえみながら、彼女は考えた。マーカスはあとどのくらい自制できるかしら、と。

長くはもたなかった。

「知らない男とでかけるのは気にいらないね、妃殿下。ぼくの許しも得ずに」

16

　彼女は鞍に座ったまま、身をねじった。「知らない男？　あなた、トレヴァーのこと、知らないっていうの？　外国の人だから、変わってるっていうの？　変わった名前だとは、さんざん言っていたけれど」

「ぼくの言っている意味はよくわかっているはずだ。揚げ足をとるな。この雑種犬の目の前でそんなこと言うと、図に乗るぞ」

「ほほう、ぼくは、知らない男であるうえに、雑種犬であるわけか。そこまで言われると、さすがに黙ってはいられない」

　その瞬間、とんでもなく粗野な台詞を口走ったことを、マーカスは自覚した。そこで、リッチモンドに着くまで、無礼な言葉を言わぬようずっと黙っていた。

　リッチモンドは、リースという山腹の村の東側四マイルのところにある。三人はリンゴジュースでも飲もうと、〈ブラック・ブル・イン〉に立ち寄った。

「ぼくが一緒だから特別だぞ、妃殿下」と、マーカスが妻のウェストに両手をまわし、バーディーの背から下ろしながら言った。「きょうは酒場にはいることにしよう。だがね、この野良犬とふたりきりのときは、きみは馬小屋で待っていろ。そうすれば、だれが見ても、きみがマナーをわきまえていることがわかる。伯爵夫人という立場に要求される良識を備えているとね」

「ずいぶん思いやりのあるご主人じゃないか」トレヴァーがにやりとした。「いや、マーカス、もう辛らつな口は謹《つつし》んでくれ。喉が渇いた」そして、妃殿下のほうを見た。「ご主人は、きみが人からどう見られるか、いつも気にしているのかい？」

「いいえ。こんなこと初めてよ。でも、仕方ないわ。主人風を吹かせてるんでしょ」

「主人風を吹かせる？　ああ、そりゃ言い得て妙だな。どう思う、マーカス？」

どう思っていようが、マーカスは応じず、ふたりの先に立ち、宿にはいっていった。

男たちの前に一杯ずつエールが、彼女の前に淑女らしくレモネードが運ばれたとたん、驚いたことに男たちはイギリスとアメリカの戦争について熱心に話しはじめた。まるで旧友のようだ。ふたりは戦略や戦術について一家言《いっかげん》ある兵士のように話したが、政治や大義名分には触れなかった。そして彼女が口をつぐんでいるあいだ、会話は和気藹々《あいあい》と続いた。マーカスがはつらつとした声できびきびと話すようすを見ているだけで、彼女は満足だった。

酒場をでると、とうとうリースに到着した。村の共有地にはいっていくと、彼女はトレヴァーに言った。「ここはね、スウェイルデイルの村のなかでもとくに素敵な村なの。ほら、リースって、家並が白と黒で統一されていて、きれいでしょ？　それに陶器の店もたくさんある。上質の陶器で有名なのよ」

熱心に説明する妃殿下に、トレヴァーがほほえみ、うなずいた。「ぼくが行きたい店は、ハイロウにあるんだが」

マーカスが顔をしかめたが、なにも言わなかった。

「ハイロウなら、この共有地の西側よ。そういえば、そばの山で鉛が採鉱されてるわ」彼女はトレヴァーににっこりと笑った。

「学校の先生みたいだな、妃殿下」と、マーカス。

「教育を授けていただき、光栄だ」と、トレヴァーが応じた。「教育には礼節がある。さすがの夫も、教育には反対できないだろう？」

「じゃあ、教育を続けさせていただくわ。時間があれば、ミューカーまで馬で行けるのよ。ヨークシャーの谷のなかでも、あのあたりがいちばん険しく、人里はなれたところなの。未開の地ね。ミューカーは、スコットランド高地と似ているかも」

「いい響きじゃないか——ミューカー」

そのとき、妃殿下は腑に落ちた。自分がこうしたどうでもいいことをトレヴァーに説明しているのは、ただマーカスを怒らせたいからなのだ、と。そして、マーカスが自制しつづけていることに、驚くと同時に、いくぶん失望してもいた。わたしとふたりきりだったら、彼はとうに不機嫌になり、馬鹿な話をするんじゃないと怒鳴っていただろう。マーカスらしい悪態の数々を並べていたはずだ。ところが、目の前のマーカスは冷静そのものだ。うんざりしている気配はあるが、見事に沈黙を保っている。彼女は唾を飲み、彼から視線をはずした。

ほんとうは、嫉妬なんかしていないのかしら？

その日は暖かかったが、暑くはなく、ひと雨ありそうだった。午後まで天気がもつといいけれど。

「どうやら」トレヴァーが硬貨を放り投げ、それを受け取った少年に三頭の馬を預けると、彼女が口をひらいた。「名前のわりにあなたはいい人だって、マーカスも思ったみたいね」

トレヴァーが笑い、マーカスにほほえみかけた。「ぼくがクランシーを扱う腕を認め、残念な名前は大目に見ることにしたんだろう。だよな、いとこ殿」

「クランシーは」と、マーカスが応じた。「不可解な種馬だ。どんな男に寛容な態度を見せるのか、予測がつかない」

トレヴァーがふたたび笑った。

「マーカスはね、思ったことをずばずば言うの」

「ご主人がカールスレーの外交官じゃなくてよかったよ。そうなったら、イギリスは世界じゅうの国を相手に戦争をおっぱじめていただろう」

彼女は笑い、その甘い響きにトレヴァー・ウィンダムがびくりと身を震わせた。それを見たマーカスは、敵意をつのらせた。トレヴァーが彼女に言った。「ご主人はきみに、ウィンダム家の秘宝について話してくれたかい？」

「いいえ、なんのこと？　教えてくださる？」

マーカスが言った。「そんなくだらない話で彼女を楽しませる必要はない。どうせつくり話だし、空想の産物だ。愚かな伝承にすぎない」

「そのとおりだが、なかなか興味深い話でね。おまけに、うちの母は正真正銘、ほんとうの話だと信じている。よおし、妃殿下、説明してあげよう。よく聞いてくれよ」そう言うと、トレヴァーは十六世紀に埋められたと思われる財宝の話を始めた。ヘンリー八世があの恥知らずの売春婦アン・ブーリンと結婚した頃の話だと、うちの父が繰り返し語ってくれた、実際にそれがどんな秘宝なのかは推測するしかないが、想像を超えるほどの財宝が〈チェイス・パーク〉に眠っていることだけは間違いないから、なんとしても発見しなくてはならんのだ、と。「グウィネスおばさまは、うちの父とずっと文通していてね。父の死後は、母に手紙を書いてくれていた。マーカスにも言ったんだが、父も財宝が隠された場所まではわからないと言っていた。だがヘンリー八世の時代については、何度も説明していたよ。だから、ここリースにきてみたというわけさ。母がね、レナード・バージェス氏が経営するハイロウの小さな古書専門店に手がかりがあるはずだと信じていたんだ。父とそのバージェス氏は幼《おさな》馴染《なじみ》で、長年、誠実かつ熱心に文通を続けていた。バージェス氏は、なにか手がかりはないものかと、ずっと目を光らせてきた。すると昨年、バージェス氏が手紙をよこし、あるものを発見したと母に知らせてきたんだ。バージェス氏は、自分の発見に興奮しているようだった。だから、こうして宝探しにやってきたというわけさ。妃殿下、どう思う？　興味あるかい？」

「興味津々」そう言うと、彼女は声をあげて笑った。マーカスが小声でぶつぶつ文句を言うのが聞こえたような気がした。「まったく、どいつもこいつも」

「だけどね、トレヴァー、あなたのお母さまは宝物のこと、わたしたちには秘密にしてほしかったんじゃない？」

「かまうもんか」と、トレヴァーが肩をすくめた。「ぼくは財宝の話なんか、信じてないからね。その点では、マーカスに完全に同意する。だが、暇つぶしにはもってこいだろ？　ここからなんとか母を引きずりだし、ジェイムズやウルスラと一緒にロンドンに連れていくまでの時間つぶしさ。それに、なんの可能性もないことを実証したいんだよ。そうすれば母も、財宝なぞどこにもないことを納得するだろうからね。わかるだろう、うちの母はおそろしく頑固なんだよ」

「でも、万が一、その話がほんとうだったとしても、そして発見できたとしても、財宝はマーカスのものよ。それは、お母さまもわかっていらっしゃるはず」

「わかっている。だからこそ、秘宝の話をきみたちに漏らしたと聞いたら、母はぼくの耳を殴りつぶすだろうね。おまけにこうしてきみたちふたりを、いわば宝探しの聖地に連れてきたと知ったら、ぼくの喉にナイフを突き刺すだろう。母はね、満月の夜中にでも秘宝を掘りだしたいんだろう。そして馬車に積みあげ、きみらの目を盗んで夜逃げするって寸法だ。マーカスの裏をかくというわけさ」

「戻ったら、すぐに母上に伝えるよ」と、マーカス。「きみの喉にナイフを突き刺すのは、それほど悪くないアイディアだと」

「まあ、そんなことしないから大丈夫よ、トレヴァー。わたしたち、ひと言も漏らさないから。宝探しにわたしたちが同行したこと、お母さまの耳にはけっしてはいらないわ。ところでウルスラはどうなの？　この件について、彼女はどう思っているの？」

妙なことを訊くものだという顔で、トレヴァーが彼女を見た。「ウルスラは女の子だぜ」

「もちろん女の子よ。でも彼女は財宝のこと、どう考えているの？」

「さあ」

「女の子だって、ちゃんと考えるのよ、トレヴァー。それに想像だってする。あなたがたのどちらがいいアイディアをもっているか、見きわめることだってできるかもしれないわ」

「そのとおり」マーカスが、突然、きびきびした口調で言った。

「妃殿下の言うとおりだ。娘たちは多くのものを——才能も含め——もっていて、男をたえず驚かせる」マーカスが言い、自分とトレヴァーをまじまじと見ている村の美少女に気づいた。「あそこにいる女の子だって、じつは尻軽なのかもしれないし、自分をよろこばせてくれる男を欲しがっているのかもしれない」

妃殿下は口もとをぎゅっと締めた。

トレヴァーがマーカスをにらみつけた。

三人は黙って馬を駆り、ハイロウをめざした。

ハイロウに到着し、実際にレナード・バージェス氏に会ってみると、そこでは驚きの連続が待っていた。

三人が自己紹介をすませると、バージェス氏は一行を埃っぽい店のなかに案内し、窓際のカーテンを閉め、店内を薄暗くした。

「とても信じていただけないと思ってましたよ」バージェス氏は言うと、熱くトレヴァーと握手をした。

「ええ、とても信じられませんでした」トレヴァーはそう言ったが、気を悪くさせてはなるまいと、慌てて満面の笑みを浮かべた。

レナード・バージェス氏はがっしりとした体格の男性で、頭髪はすっかり抜け落ち、気前よく蠟を塗った巨大な黒い口ひげを誇示していた。そして話しながらにたりと笑い、八重歯を見せた。

「お越しくださり、光栄です、ウィンダムさん。そして閣下、おじさまのことは存じあげておりました。美しい奥さまには初めてお目にかかります。光栄です、奥さま。そうでした、ウィンダムさん、お父上がご逝去なさったと、お母上がお知らせくださいました。お悔やみ申しあげます」

トレヴァーの父親は五年まえに亡くなっている。彼はバージェス氏にいかめしくうなずいた。「ありがとう。ではそろそろ本題にはいろう。われわれがウィンダム家の財宝を見つけるのに役立つ情報を、なにか見つけたかい？」

バージェス氏はトレヴァーに近づき、囁くように小声で言った。「そうなんです、見つけました。しかし、わたしとて馬鹿ではありません。わたしの妄想だろうとお考えなのはわかっております。お父上とお母上が想像力を駆使しすぎて、ほら話を信じこんだだけなのだと。それに先代の伯爵もただ軽蔑したようにお笑いになるだけで、宝探しの努力はいっさいなさいませんでした。しかしですな、わたしがそれほど頭のいかれた男に見えますか？　いや、まだ信じていただけないようですな。わたしのことを頭のネジがゆるんだ老いぼれだと思っていらっしゃる。いや、かまいません。とにかく、これをご覧いただきましょう」そう言うと、バージェス氏は背を向け、彼の巨体が許すかぎり敏捷《びんしょう》に、カーテンで仕切られた奥の部屋にはいっていった。ほどなく、非常に古い時代の物と思われる大きな本を両手で抱えて戻ってきた。表紙には十字架の彩飾があり、糸でつながれた真珠がからんでいる。十字架の色は赤く、真珠は濃灰色だ。赤いインクの色は褪せ、はげてはいるものの、それでもまだ目に鮮やかだ。

「こちらにいらしてください、日光があたらないところに。ページがもろいので、裂けたり破れたりするといけませんから。さあ、こちらに、みなさん」

バージェス氏がカウンターにそっと本を置いた。妃殿下は、ページをめくるたびに舞いあがるむっとする埃に息をとめた。大型本のページには美しい筆記体が記されている。漆黒のインクもあれば、ロイヤルブルーのインクもあったが、ほかのものはみな表紙の赤い十字架と同じ色の真っ赤なインクが使われていた。ページをめくると、挿絵もたくさんでてきた——背景に奇妙なかたちの岩が積み重なった草原で草を食《は》む動物たち、町の広場でひざまずく男女たちを祝福する司祭、どことなく見覚えのあるノルマン様式の小さな教会の内部。そしてとうとう、壮大な大修道院の素描がでてきた。背景には黒い雲が垂れこめ、漆黒のインクで描かれている。だが奇妙なことに次のページには、青々とした大地が描かれていた。

「この大修道院、どこだかわかったぞ」と、建物の輪郭をそっと指でなぞりながらマーカスが言った。

「ええ、わたしにもわかりました、閣下。聖スウェイル修道院でしょう。イングランド北部でもっとも裕福な修道院のひとつです」

「〈チェイス・パーク〉のすぐそばに、跡地がある」と、マーカスがつけくわえた。

「あれが、聖スウェイル修道院なの」と妃殿下。「子どもの頃、ファニーとアントニアと一緒によくでかけたものよ。廃墟《はいきょ》のなかを、よく追いかけっこしたわ」

「そうでいらっしゃいますか。じつはですな、あの先棒担ぎのクロムウェルがこの修道院をリストのトップに載せたのです」

「クロムウェル？」トレヴァーが言った。「クロムウェルって、議会軍を率いて王軍を破り、チャールズ一世国王の首を切ったやつだろう？　十七世紀半ばに」

「いえ、それはオリヴァー・クロムウェルのほうでして、わたしが申しあげているクロムウェルの甥のひ孫にあたります。あの一族には、裏切り、貪欲、権力の亡者の血が流れている。見さげはてた男色家。いや、失礼しました、奥さま。それで、十六世紀の話にさかのぼりますが、ヘンリー八世国王は、あってはならないほどの権力をクロムウェルに与えた。副摂政に任命したほどです」

「なるほど、とにかくヘンリー八世の統治時代の話なんだな。で、そのリストってのは、なんのリストなんだい？」トレヴァーが尋ねた。

「当時、国王は破産していた。そこで、莫大な財産を獲得する手っ取り早い方法として、修道院を解体することにした。ヘンリー八世はイギリス国教会の長に就いていましたが、修道院はまだヘンリー八世にではなく、ローマ教皇に忠誠を誓っていたのです。そこでクロムウェルは解体を命じる修道院のリストをつくりにかかり、もっとも裕福な修道院から資産の没収を始めたのです。この〝解体の時代〟と呼ばれる時代は、一五三三年から三年間、続きました」

「なるほど、それがこの秘宝伝説の由来か」マーカスが言い、顎を撫でた。「当時は多くの修道院が莫大な資産をもっていた。土地や建物や財産だけでなく、数世紀に渡って集めてきた宝飾品や金もあったはずだ。それに宗教的な工芸品は、当時でさえ値段がつけられないほどだった——貴重な宝石がちりばめられた金の十字架とかね。だから修道士たちは、クロムウェルの配下がくることを知り、できるだけ多くの財宝を隠した」

「そうです、閣下、おっしゃるとおり」バージェス氏がマーカスに賛同の笑みを浮かべた。

するとマーカスがつけくわえた。「だがね、財宝を埋めてしまうんじゃなく、修道士たちが全部もって逃げた可能性もあるだろう？」

「かれらは、曲がりなりにも聖職者でした」と、バージェス氏が主教と張りあおうとするかのような声で言った。「修道士の富が、強欲な国王の手に渡ることは望んでいませんでした」

「ぼくの記憶では」と、マーカスが続けた。「修道士の大半は、世界各地に散り散りになったはずだ。ヘンリー八世が、相応の金をだした人間には相手かまわず修道院を売っ払っちまったから」

「ええ、それは事実です。見さげはてた男色家め。いや、失礼、奥さま」

男色家って用途の広い言葉なのね、と彼女は考えた。もし修道士たちが男色家なら、男色ってそれほど悪いことじゃないはずよ。修道士たちも、みずから欲望に耽ること、あるのかしら？

トレヴァーが言った。「それでだ、修道士が財宝を埋めた場所のヒントを、きみは見つけたのかい？」

「いいえ、正確にいえば、そうではありません。ここにあるのは、埋められた財宝があるという証拠なのです」

バージェス氏がまたページをめくった。そのページには活字しかなかった。ラテン語だ。彼は、太い指で活字の下に指を置きながら、ゆっくりとその内容を説明した。「修道士は言う、それはベルテーン祝祭だと――五月一日のベルテーンの祝いは古代の儀式で、いまでもスコットランドやイングランド北部でおこなわれています」と、彼はトレヴァーにつけくわえ、先を続けた。「修道士は、それはベルテーン祝祭だと書いています。夜は死人の目のように黒く、風は険しい岩山へと吹きすさび、谷間を吹き荒れ、ケヤキの森の木を根こそぎにするぞと脅かす。炎がまぶしいほどに燃えさかり、なにもかもが抑制を失う。風が炎を吹きあげ、人々が逆上する。多くの者が火傷《やけど》を負い、殺されたが、それでもとどまる者がいた。古代の律動に揺れ、歓喜の雄たけびをあげ、成長を約束する肥沃な大地と夏の恵みの暑さを願い異教徒の儀式を演じる。彼は言う、彼と六人の兄弟が修道院から宝箱を引きずりだした。そしてクロムウェルがかれらの行為を妨害すべく男たちを送りこんだと聞き、できるだけ物陰に隠れていた。ほら、こちらをご覧ください。かれらは死体のようなものを運んでいますでしょう？　むくんだような大きな死体を。妙ではありませんか？　いったい、これはだれの死体でしょう？」そう言うと、バージェス氏が次の文章を指さした。「かれらは聖なる父に誓った。国王の不埒《ふらち》な目的のために、修道院の宝を奪わせはしない、と」

そのページは終わった。バージェス氏はゆっくりとページをもちあげ、慎重にめくった。次のページには激しく燃えさかるベルテーン祝祭の炎の絵があり、荒々しい顔をした人々が見あげるなか、炎が激しく上空に突きあげている。その次の絵では、違う光景が描かれていた。人々はなにかを指差すか、なにかに手を伸ばしているようだった。だが奇妙なことに、かれらはベルテーン祝祭の炎が燃えさかる戸外にいるのではなく、室内にいるようだった。それでも、かれらは上を見ている。

バージェス氏がまたそっとページをめくった。だが、もうそこにページはなく、何者かが大切なページを一枚以上、引きちぎったと思われる跡《あと》があった。まるでこのうえなく貴重な宝石に触れるかのように、レナード・バージェスがそのぎざぎざした跡に太い指先を這わせた。「何者かが、残りのページを破っています。そっくり丸ごと」

「くそっ」と、マーカス。

「まったくだ」と、トレヴァー。

「でも、だれが?」と、妃殿下が尋ねた。「いつ?」

「だいぶまえのことでしょう」と、バージェス氏。「端が黄ばんでいますから。おわかりになりますか?」

「いったい、だれがこんなことを」と、トレヴァー。「いずれにしろ、盗人はまだ財宝を見つけていない。そんなことがあれば、一大ニュースになっている」

マーカスがふいに口をひらいた。「なんだかあなたには見覚えがあるんだが。頭を抱えるしぐさとか、その——」

「ええ、閣下。わたしは、閣下のまたいとこにあたるはずです。もちろん、そちらのウィンダムさんとも。光栄です」そう言うと、バージェス氏が妃殿下にほほえんだ。「みなさん、わたしの親類です。母は、庶子として生まれました、失礼、奥さま。ですから母は、あなたのおじいさまの異母妹になります。母は、アメリカに渡ったウィンダム氏とは幼馴染でしたし、アメリカにいらしたあとも連絡をとっていました。先代の伯爵は、わたしのことはご存じありません」

マーカスは店をでるまえに、またいとこと握手した。そして謝意を述べた。

「やれやれ」と、マーカスが頭を振り、少年が辛抱強く馬の世話をしているところに歩いて戻った。「どうやら先例があったようだな」と、妃殿下に言った。「神の祝福を受けた婚姻の外に子孫をつくる伝統を、ぼくも守ったほうがいいのかな？　祖先たちの幽霊がつきまとっているのかもしれないぞ。このあたりをぼくの私生児で埋めつくせとね」

「とても愉快なお話ね、マーカス」と、彼女が顔をしかめた。「でもね、きょうの話のポイントはそこじゃないわ。秘宝伝説が祖先のつくり話だとは、どうしても思えないの」

「話はすべてメモしておいたよ」と、トレヴァー。

「それにきみは」と、マーカスが彼女に言った。「挿絵をじょうずに写していたじゃないか。きみに淑女の才能があるとは知らなかったよ。驚かされてばかりだ。気にいらない」

「あなたって、ものの見方が狭いのよ、マーカス。そのうえ、それを自分では認めようとしない」

彼女の口もとがわずかにほほえんでいる。その瞬間、マーカスは呪った。トレヴァーのやつ、いま、アルジェかどこかにいればいいものを。いますぐ、彼女が欲しい。乗馬用のスカートをたくしあげ、彼女を木の幹に押しつけ、彼女のなかに身を埋めたい。

彼はぶるりと身を震わせた。トレヴァーの邪魔者め。

妃殿下が振り返り、マーカスを見た。かすかな微笑は凍りついたが、彼女は目をそらそうとしなかった。ただ彼を見つめ、無意識のうちに一歩近寄った。マーカスが悪態をついた。

そんなふたりを眺めながら、トレヴァーがすばやくクランシーに乗り、種馬のわき腹を蹴ると、肩ごしに声を張りあげた。「崖から落ちないように」

マーカスがふたたび悪態をつき、妃殿下がバーディーに乗るのを手伝った。「ちょっと待て」と、声をかけた。「ちょっと待て」

　頭上の夏の空よりまぶしく光り輝く彼の青い瞳から視線をそらさずに、彼女が声をあげた。

「わたし、あの財宝を見つけることにしたわ、マーカス」

「どの財宝だ？」彼女の胸に目をとめたまま、マーカスがつぶやいた。

17

マーカスは〈チェイス・パーク〉に戻る二時間の道のりのあいだ、ひと言も話さず、スタンリーの耳のあいだからまっすぐ前方を見ていた。彼女もマーカスのほうを見なかったが、頭のなかは彼のことでいっぱいだった。彼、なにを考えているのかしら。なにを望んでいるのかしら。わたしになにをするつもりかしら。彼女はバーディーに拍車をかけた。

三人がチェイス邸の馬小屋の前に着くと、マーカスは彼女をバーディーの背中から乱暴に下ろし、すぐに手を握り、低い声で言った。「さあ、行くぞ」そして彼女の手を握ったまま馬小屋へと走り、馬具庫のドアを蹴りあげ、ブーツの踵で勢いよく閉めた。そのまますぐドアの鍵を閉めたが、そのあいだずっと彼女の右手を離さなかった。

まさか、真昼間に男性がこれほど欲望に切羽詰まることがあるなんて、想像したこともなかったわ。それに、わたしたちはこんなところにいる。彼の寝室とベッドまで歩いて五分もかからない。彼、あれから二時間も待ったのに、あと少しも我慢できないのかしら？　そう考えると、うっとりした。ひょっとすると、これが例の〝紳士にあるまじき行為〟なのかもしれない。

せつないほど、わたしもマーカスが欲しい。そう思った瞬間、自分の身体が反応するのがわかった。

「さあ」そう言うと、マーカスが振り向いた。彼女の手を引っ張り、強く引き寄せる。頰は紅潮し、目は細くなり、彼女を夢中で見つめている。「急げ、妃殿下」

強く抱き寄せられ、彼の心臓の鼓動が感じられた。彼女は目を閉じた。頭のなかには彼がいま言った言葉が渦巻いている。「わたしになにをしてほしいの?」そう囁いたものの、自分でも切羽詰まった思いに襲われ、ほとんど声がでなかった。両手を彼の胸に広げ、てのひらに彼の心臓の鼓動を感じながら、つま先立った。「マーカス、なにをしてほしいのか、教えて」

マーカスが刺すような視線で彼女を見つめた。「きみと一緒にいたい。もういちど、うめき声を聞かせてくれ。悲鳴をあげ、背中を弓なりにそらせてくれ。きみがぼくのために乱れに乱れるところが見たいんだよ」

大きな手が伸びてきて、乗馬用の上着を脱がされた。彼が息を吞むのがわかる。と、ふいに彼の両手が白いローンのブラウスごしに彼女の両の乳房をつかんだ。彼が目を閉じ、そのやわらかな生地ごしに彼女の胸を揉みしだき、頭をのけぞらせた。

「マーカス」と、彼女が囁いた。マーカスに抱き寄せられ、乗馬用の帽子を脱がされ、髪からピンを抜かれた。「ああ」耳にキスをされ、後《おく》れ毛に息を吹きかけられる。息が肌に温かく、指が彼女の髪にもつれた。

「ぼくが欲しいか、妃殿下？」

彼女はいっそう強くマーカスを抱きしめた。両手を彼の背中からわき腹へと下ろしていく。「これまでの質問のなかで、いちばんくだらない質問だと思うわ」

マーカスはほほえもうとしたが、できなかった。服を脱がせたかと思うと、一瞬のうちに彼女を仰向けに寝かせた。彼はすっくと立ちあがり、ブーツと鹿革のズボンを脱ぎはじめたが、そのあいだずっと彼女の顔を見つめていた。彼女は乗馬服の上に仰向けになったまま、彼を眺めていた。彼が一枚ずつ服を脱ぐようすを眺めていると、興奮がさざなみのように全身に広がる。彼がとうとうズボンを脱ぎすて、彼女の横に立つと、脚をわずかに広げた。彼のずっしりと重そうな性器があらわになっている。「お願い、早く、マーカス」彼女は瞳を翳らせ、両腕を彼のほうに伸ばした。「ああ、あなたって、種馬より美しい」

その言葉に眉尻を上げると、マーカスが彼女の横にひざまずいた。「スタンリーは雌馬を自分のものにするとき、相手を傷つけるかもしれない。だが、ぼくは絶対にきみを傷つけない。それに急ぐような真似もしないよ、妃殿下。少なくとも、努力はする」

彼はそう言うと身をかがめ、彼女の乳房に口を近づけた。

彼女は声を漏らし、彼の口へと背をそらした。

「落ち着いて」そう言うと、彼女の身体を押しもどし、彼女の下腹部に手を広げた。「力を抜いて。大丈夫だから。ぼくを受けいれてくれればいいんだよ、妃殿下、力を抜いて」

そう言うと、ふいに唇を重ねてきた。彼女は唇をひらき、彼女のぬくもりを伝えた。マーカスが彼女の舌をとらえた。彼女はふたたび背をそらし、彼が震えているのを感じた。彼の手はいま乳房から下腹部へと移り、彼女を揉みしだき、やさしく恥骨を愛撫した。やがて指はどんどん下へと向かい、腿の温かい肌に触れ、そっと円を描きはじめた。そして、ついに彼女自身に触れた。あそこをおおい、一定のリズムで指を動かしはじめる。彼女はすべてを忘れた。頭のなかにあるのは、彼の指と、彼女の口をふさいでいる彼の唇と、彼女の上で動く彼の体の熱だけ。でも今回は、彼の口は彼女の唇をおおったままで、彼の指が彼女を粉々にしようと彼女自身をまさぐっている。それはあまりにも強烈だった。その瞬間、彼がなかにはいってきた。すっかり硬くなった彼のものに突かれるたび、身体が燃えあがる炎となって爆発しそうだ。目がくらむほどの快楽に、彼女は悲鳴をあげ、彼の両腕に、背中に、指を食いこませた。こんなの、すごすぎる。

マーカスは彼女を激しく突きあげたかと思うと、強く彼女を抱きしめた。彼女は必死の思いで彼の顔を見あげた。馬具庫の薄暗い光のなか、彼の顔は険しく、瞳がぎらぎらと輝いている。と、ふいにその顔に激しい痛みに苦しんでいるような表情が浮かんだ。顎がこわばり、頬が燃えあがり、肌がぴんと張りつめる。彼は動かなくなった。彼女は身体の奥深くに彼を感じた。と、ぐいと突いたかと思うと、彼は急に身をねじって身を離し、彼女の腰をもちあげ、激痛に苦しんでいるようにうめき声をあげたかと思うと、彼女の下腹部にべとべとしたものを放出した。いったい、これはなに？　わけがわからず呆然とする彼女の上《こうべ》で彼は全身を震わせた。しばらくすると、マーカスは彼女の両脚のあいだで膝をつき、頭を垂れ、目を閉じた。呼吸は激しく乱れている。

彼女はなにも言わず、ただじっと彼を見つめていた。ついさっきまで歓喜の渦のなかにいたのに、いまは夏の暖炉の灰のように冷え冷えと感じられた。彼女はなにも感じなかったが、全身に虚無感が広がる。そしてようやく、理解した。彼がいま自分になにをしたかを。これを昨夜、彼はしようとしたのだ。失敗した計画とは、このことだったのだ。

下腹部に残る彼の精子が見えた。彼女は身じろぎもしなかった。もし、このままじっとしていたら、なにも言わずにいたら、この痛みが消えるかもしれない。彼になにか言われて、この身が引き裂かれることもないだろう。

彼が立ちあがり、彼女に裸身をさらした。「ハンカチをとってくる」彼女は目を閉じ、横を向き、膝を抱えた。自分が全裸であることも気にならなかったし、彼に見られたとしても、もうどうでもよかった。やがて、彼は戻ってくると膝をつき、彼女の肩と腰に手をかけ、自分のほうを向かせた。そして、ハンカチで精子を拭った。

「泣くんじゃない、妃殿下」そう低い声で言うと、彼女の頭に顔を近づけた。「女の武器の涙を流し、ぼくが乱暴をはたらいたとは言うなよ。なんの快楽も得なかったとは言わせない。悲鳴が尺度になるなら、きみは大いに感じていた。すごい声だったぞ。精子を外にだしたこと以外、なにもうしろ暗いところはない。ぼくがそうするつもりだったことは、わかっていたはずだ。昨夜は意味がわからなかったかもしれないが、いまはわかっただろう？　ぼくときみのあいだに、私生児の血が流れる子どもができる可能性はない。そう、はっきり伝えたはずだ。話は以上。さあ、起きて、服を着ろ」

　マーカスが彼女の乗馬用のスカートの上にハンカチを放った。彼女は、彼がいつものように優雅な動作で服を着るようすを眺めていた。もう、わたしのことなど眼中にない。まるでわたしなんか男の欲望を満たすための道具でしかないみたい。用が済んだら、もう気にかける価値もないのだ。彼女はふと彼の手に目をやった。硬くて大きな手。でもわたしに触れたときには……彼女は目を閉じた。彼は、自分自身にも彼女にも、すっかりコントロールを取り戻している。でも、わたしはまだコントロールなんかできない。いまはまだ、なにひとつ。

　のろのろと身を起こし、皺くちゃになったシュミーズを頭からかぶった。そしてスペイン製の美しい鞍を見つめながら言った。「今夜は、バッジャーが料理をしているわ」

　マーカスが驚いたように彼女をまじまじと見た。いや、意外でもなんでもない、と彼は考えなおした。妃殿下に涙は似合わない。官能を求めているとき以外は、なんの表情も浮かべない。感情など厄介なものだといわんばかりに、彼女はいつも落ち着きはらっているし、いつだって超然としている。彼は口をひらいた。「夕食はなんだ?」

「ロースト・ラムのアプリコットソース添え。羊の肩肉をきちんと料理するには時間がかかるの。バッジャーは一日じゅう、羊肉をマリネにしていたわ」

　マーカスは外套を羽織りながら悪態をつくと、椅子に腰を下ろし、ブーツを履いた。

「それにチェリーとアーモンドのケーキもつくっているわ。母の好物だったの。桂皮《けいひ》のビスケットも。白砂糖と干しぶどうがなかにはいっているのよ」

彼は立ちあがった。彼女は乗馬用スカートの上で、脚を組んで座っており、その横には湿ったハンカチが丸まっている。シュミーズは腿のあたりまでしか丈がなく、真っ白な脚が美しい。髪は頭のあたりが乱れている。彼女はこのうえなくかわいらしく、落ち着いてはいたものの、絶望的な気配を漂わせていた。マーカスの胸に痛みが走ったが、振り払うように頭を横に振った。いや、妃殿下にかぎって、絶望などするものか。彼女はなにも感じないはずだ。彼女の呼吸を乱すものはなにもない。彼女を奪い、彼女を愛撫するとき以外は。そう思うと、妃殿下にたいして自分が力をもっているような気がして、マーカスはうれしくなった。抱きあっているあの貴重な時間だけは、おれにも彼女の落ち着きを粉砕できる。彼は彼女のほうに足を踏みだしたが、ふいに足をとめ、眉をひそめた。「ぼくとセックスをした直後に、バッジャーのレシピの話をするとは、ちょっと妙じゃないか」

「なにも言わないほうがいいの？」

「それは、いつものきみの台詞《せりふ》だ。冷たくてよそよそしい、お得意の台詞だ。そんな台詞を吐くものと思っていたんだが」

「沈黙が続くのがいやだったから、食べ物の話をしたのよ、あなたが着替えているあいだ、黙りこくっていないほうがいいと思って。ほかのことを話題にしたほうがよかった？」

「ああ。ぼくのこととか、きみにしてあげたこととかね。さもなければ、きみのこととか、これからきみに教えてあげたいこととかね。とにかく、ぼくと寝たばかりなんだ。性交したんだよ。自分からも、いろいろやってみる気になったかい？」

妃殿下は、彼の右肩の向こう側を見ていた。「リンゴとプラムを砂糖漬けにする方法、知ってる？」

「いや」

「腕のいい料理人はね、つまりバッジャーのことだけど、病気を治す効果のある食べ物にも詳しいのよ」

マーカスは彼女の横にしゃがみ、彼女の顎をもちあげた。「黙れ」

彼女は石のように動かない。

マーカスは彼女にキスをし、無理に口をこじあけたが、乱暴はしなかった。彼の舌が口にはいってくると、軽く舌に触れたが、それ以上、なにも要求しなかった。彼女は目を閉じ、下腹部の奥が熱くなるのを無視しようとした。マーカスったら、どうしてわたしを簡単に熱くしてしまうのかしら。われながら、恥ずかしい。

マーカスがつと身を引き、彼女の横に立った。「服を着ろ。ぼくたちがなにをしていたか、馬小屋の若い衆たちは感づいているはずだ。おいで、手伝うよ。髪に藁《わら》がついているぞ。そのハンカチは、ぼくがもっていこう。きみとぼくの匂いがついている。種馬にのしかかられた雌馬のように、きみが激しく乱れたことを思いだしてほしくないからな」

突然、彼女の奥深くでなにかが粉々に壊れ、大きく膨《ふく》れあがった。十九年間、いちども感じたことのない憤怒が込みあげる。自分のなかにこれほどの怒りがあっただなんて。ええ、そうよ。この怒りを糧《かて》にしよう。どんどん強くしよう。身体の隅々にまでその怒りが広がるのがわかる。全身にみなぎる怒りに、どんどん駆りたてられる。

あの遠い夏の日、メイドが「あの娘は私生児なんだよ」と言っているのを立ち聞きしてから、わたしは必死になって冷静な態度を身につけてきた。でも、あのとき全身で感じた燃えあがるような火照《ほて》りは、まだ身体のなかに残っていた。いまでも、あのふたりの姿はありありと目に浮かぶし、自分のことを話す声もはっきりと気こえてくる。そして、あの頃の自分の姿も見えた。巨大な屋敷のなか、まったくのひとりぼっちで、小さくておびえていた。そして父親の妻をさがした。真実を教えてくれるとわかっていたから。でも、伯爵夫人がわたしに感じていた激しい憎悪まではわかっていなかった。わたしの存在そのものを憎んでいたのだ。それはたんなる憎悪ではなく、氷のように冷たい軽蔑と嫌悪だった。それこそ、自分が私生児であることを知ったばかりの九歳の少女にチェイス伯爵夫人が感じていたものだった。その激しい敵意は彼女の全身を呑みこみ、溺れさせた。彼女はこれまで、とてもそれに耐えることができなかった。

やがてマーカスが、彼女に妃殿下というあだ名をつけた。冷静で落ち着いており、超然としているという印象は、だれもが彼女に認めていたものだった。だからこそ、彼女は周囲から称賛された。その称賛を、彼女は魂にとりこみ、栄養を与えた。庭の大切なバラの花に栄養を与えるように。やがて、それは彼女にとって当然のことになった。そうした落ち着きは彼女自身となり、彼女の影となった。そうして、いまの彼女ができあがったのだ。彼女は妃殿下になったのである。

だが、それもこれまでだ。憤怒が沸騰し、胸の奥でめらめらと燃えさかっている。彼女はむきだしにされた。なにもかもがあらわになり、冷たくこわばり、切に暴力を求めた。マーカスを眺めていると、彼の仕打ちにたいする怒りがとめどなく湧きあがる。

彼女はのっそりと立ちあがり、汚れた皺くちゃのシュミーズを引っ張った。両手が震えていたが、それはおびえているからではなく、浄化を求めるいとおしい怒りのせいだった。彼女はその怒りがいとおしかった。魂に長年埋もれていた怒り。彼が自分の椅子に戻り、座るのを眺めた。彼は足を組み、胸の前で腕も組んだ。

「服を着ろ」と、マーカス。「女らしい策略を企んでいるのかもしれないが、きみにそんな才能があるのかな？　お手並拝見といこう。そうだ、ゆっくりと服を着ろ、頭をさっと振り、ぼくをじらせ。胸を突きだし、乳房の谷間を見せ、誘惑するように腰を振れ。きみにそんな真似ができるのかな？」

彼女はじっと彼をにらみつけた。この身を捧げた男。わたしが救った男。そう、包み隠さずにいえば、わたしが彼を救ったのだ。ウィンダム家の未来のために。なのに彼は暴君で、愚か者だ。人の自尊心を傷つける限度もわきまえず、わたしを侮辱した野蛮人。彼はわたしを欲望のはけ口にしたくせに、それさえ認めようとしない。そしてわたしの子宮を拒絶した。それは、彼が憎んでいるおじの象徴であるからだ。私生児だからと、彼はわたしを軽蔑した。わたしにどんな真似をしようが、彼は気にもとめない。自分がなにをしようが、わたしが受けいれると思いこんでいる。

でも、わたしのなかで沸騰しているこの怒りに比べれば、父にたいする彼の憎悪なんて物の数ではない。その純粋な怒りは、彼女の心を冷たく、硬く、鮮明にした。彼女は子どもの頃の記憶でその怒りに火をくべた。そして侮辱された最近の記憶で、その炎に油をそそいだ。馬具庫を見まわしながら、彼女はほほえみさえした。体内の憤怒はやがて冷たく凍りはじめ、ますます邪悪なものになっていった。いま手もとに銃があれば、彼を撃ち殺していただろう。彼女は地面に転がっていたくつわを引っつかむと、高く振りあげ、マーカスに突進し、見事な命令口調で叫んだ。「いいかげんにして！　わたしがいつまでも黙ってあなたに侮辱させてると思う？　まるで無価値な人間のように扱わせると？　あなたなんか大嫌い、聞こえた、マーカス？　えらそうに！　二度とわたしに乱暴しないで。思うままにさせるもんですか。自分の特権みたいな顔して！　もう二度と許さない！」

彼の肩と胸を、くつわで殴りつけた。その瞬間、彼は動かなかった、ただ唖然として彼女を見ていた。この逆上した女と妃殿下を結びつけることができなかった。すごい形《ぎょう》相《そう》の目の前の女と、彼が十年前から知っている女性とを。

まるで全力疾走してきたかのように、彼女は激しく息を切らし、胸を上下させた。「男を誘惑する女のようにふるまえ？　あなたがご主人さまであるかのように腰を振って歩け？　冗談じゃないわ！」

マーカスが大声をあげ、飛びあがった。「わかった、やめろ！　いったいどうしたっていいうんだ？　ついさっきまで、まぬけな牝牛みたいに静かだったじゃないか。いつものように黙りこくってそこに座ってた。ぼくに服従し、バッジャーのメニューを引用してたじゃないか」

「だれがまぬけな牝牛ですって、この大馬鹿者！」彼女はふたたびマーカスに殴りかかった。マーカスはまた動きをとめた。目の前で起こっていることが信じられない。マーカスは下士官たちを戦場に向かわせるときよりも冷たく厳しい声で言った。「二度とぼくを殴りたいとは思わないはずだ、妃殿下。もう二度と。あとで後悔するぞ」

「あらそう、こんどは頭を殴ってやるわ。まったく、なんて人を救っちゃったのかしら。あなたの遺産に借りがあるような気がしたのよ。だけど、あなたにはなんにもふさわしくない。ふさわしいのは、このくつわだけよ。それこそ、あなたにふさわしいわ！」

妃殿下はぶんぶんとくつわを振りまわした。すると、一回、彼の頭にあたった。彼は立ちつくしていたが、やがて即頭部を手でさわった。そしてあんぐりと口をあけて彼女を見つめた。と、がっくりと膝をつき、意識を失い、横に倒れた。

はあはあと、彼女は息を切らした。最強のアマゾンの女武士より、自分が力強く感じられる。彼女はそっとくつわを横に置き、ひざまずき、彼の心臓の鼓動を感じた。安定している。命に別状はない。意識を取り戻したら、これまでわたしが体験した最悪の腹痛に匹敵する頭痛に見舞われるがいい。

彼女は立ちあがった。そしてシュミーズをもういちど引っ張ると、落ち着きはらって服を着た。最後に、彼を一瞥した。そしてほほえみながら、馬具庫をでた。

雨が降っていた。まだ夕方だというのにあたりは暗くなり、強い風がケヤキやカエデの枝を揺らしている。「修道士が描いた、あのベルテーン祝祭の夜みたい」そう声にだして言うと、彼女は笑い、頭をのけぞらせ、顔に、髪に、降りかかる雨を感じた。いい気分。自分が強く感じられる。これで一人前になったのだ。

18

暖炉で炎が赤々と輝く〈緑の立方体の部屋〉は、とても居心地がよかった。窓際のずっしりとしたカーテンは閉められている。もう夕方で、彼女はひとりきりだった。いまは、ひとりきりでいるのが心地いい。マーカスへの思いがときおり頭をかすめた。もう意識を取り戻したかしら？　いまごろ、なにをしているかしら？　なにを考えているかしら？　ひょっとすると、この家をめざしてよろよろと歩いている最中かもしれない。馬小屋に戻ってようすを見るほうがいいかしら。いいえ、そんなことをしたら、彼の前で大笑いしてしまう。ここにいるほうがいいわ。彼女は炎を眺めながらほほえみ、身体の外側も内側もぬくもるのを実感した。

「やあ、妃殿下。ひとりかい？　ちょっと話してもいいかな？」

ゆっくりと振り返ると、トレヴァーがいた。なんてハンサムなのかしら。うちの夫とは大違い。馬鹿でもなければ頑固でもない。「どうぞ、おはいりになって」

トレヴァーが椅子の横に立ったかと思うと、暖炉のほうに移動し、炉棚に肩をもたせかけた。「ねえ、妃殿下。話してくれてかまわないんだよ。そりゃ、ぼくはまだよく知らない男かもしれないが、よく知らない男が悪人とはかぎらない。信頼できる男だっているんだぜ。慎み深い男だっている。ぼくにどこか、気にいらないところでもあるのかな」

「あなたに悪いところなんてないわ」と、彼女は応じた。「なにひとつ。どうして、そんなふうに思ったの？」

「きみが無口だから」と、彼はおもむろに言った。「きみが岩のように黙りこみ、炉棚の上に飾られた美しい絵画のようにじっとしていると、悩んでいるのがわかるんだよ」

驚いたことに、妃殿下は笑った。「あなたって観察眼が鋭いのね、トレヴァー。でも、わたしが静かにしている理由は、きのうとは違うの。けさとも違うし、たった二時間まえとも違う。ただ静かにしているだけなの。正直に言うと、ちょっと疲れてしまって。だからわってちょうだい、わたし、悩んでなんかいないわ。なんにも」

「そのとおりだ」と、トレヴァーが間延びした口調で言った。「きみ、どこか変わったな。どこかが違うと、わかっていたよ。そこに座っているきみを見たときに。たしかに静かだし、じっとしているから、子どもの頃からきみを知っているマーカスにも見抜けなかったかもしれない。それがただの見せかけであることをね。傷つかずにすむよう、きみが長い時間をかけて盾になったことも、マーカスにはわかってない。きみが女王のように農民と距離を置くような態度をとっているのは、ただ尊大なだけだと考えている。だから、腹をたてるんだよ」

「あなたって観察眼が鋭くて、怖いくらいだわ。そう、おっしゃるとおり、ちょっとした事件があって、さきほどあなたが描写した娘は、ありがたいことにいなくなってしまったの。彼女はもう存在しない。だから、わたしがいま静かにしているとしたら、静かすぎるとしたら、それはいまのわたしがそういう気持ちだからなの。ああ、人生っておもしろい。そうでしょ、トレヴァー？　では夕食の席でお目にかかりましょう」

妃殿下が安楽椅子から立ちあがり、部屋をでていった。以前、スピアーズが歌っていた軍隊の流行り歌を口笛で吹きながら。トレヴァーは呆気にとられて妃殿下のうしろ姿を見送った。なにがあったんだ？　マーカスはどこにいる？

「あのあばずれと、なにを話してたんだい、トレヴァー？」

視線を上げると、母親の顔が見えた。いさましく部屋にはいってくる。「彼女は、あばずれなんかじゃない。チェイス伯爵夫人だ。貴婦人だし、あれほどやさしい人には会ったことがない」へえええ、と母親が返事をしたので、しばらく間を置いてからトレヴァーはつけくわえた。「彼女に好かれるようなことを少しは言わないと、さすがの彼女もぼくたちにでていけと命じるぞ」

「そんなことするもんですか。あの女は私生児だし、伯爵はあの女のことが好きでもなんでもないんだから。なんの権力ももっていない、無力な女さ。それにさ、わたしは伯爵の好みのタイプみたいだし」

トレヴァーは啞然として愚かな母親を見た。母親は恥じらい、左耳にかけたソーセージ形の巻き毛をいじった。彼はため息をついた。「マーカスは、妃殿下みたいなタイプが大好きなんだよ」と説明したものの、ほんとうはこうつけくわえたかった。ついさっき、そのマーカスはそれを行為で実証したんだぜ、と。だが、さすがにそれは慎んだ。それにしても、マーカスがそこで務めをきちんとはたしたのなら、どうして彼女のなかにあれほどの変化が生じたのだろう？　すっかり自分を解放したような力がみなぎっていたし、それは隠しようもなかった。じつに興味深い。いったいなにが彼女をあそこまで変えたんだ？　マーカスがそれほどまずい愛し方をしたとは思えない。いや、マーカスがへまをしたわけではないのだろう。もしかすると自分が官能的な女性だったことがわかり、彼女のなかに大きな変化が生じたのかもしれない。

トレヴァーは母親を見やった。そして、こう思った。ぼくは母親のことをあまりよく知らないな、と。十八のときに、彼はボルティモアの実家をでていたし、その後はワシントンに居を構えた。イギリス軍が上陸し、首都を攻撃してきたときには、猛然と戦ったものだ。そしてあの血みどろの疲弊《ひへい》した日々のさなかに二十二歳となり、その後、戦争は終わった。彼は実家に戻り、ボルティモア社交界が飢えた若者に差しださなければならない娘のなかで、もっとも裕福で美しい娘と結婚した。彼女の名前はヘレンといい、ギリシア神話にでてくる同名の美女よりも美しいほどだった。トレヴァーの目にヘレンの姿が浮かんだ——死んで、両目をかっと見開き、仰向けに倒れている姿が。その肌は灰色の蠟のようだ。

「来週の火曜で、ぼくは二十五になる」と、だれにともなくつぶやいた。

「まだ二十三かと思ってたわ、トレヴァー。二十二歳かもって」

「あなたはもっと若いって、友だちに言ってしまったわ」

彼はにっこりと笑った。息子の実年齢を認めると自分が老けているように思えてつらいのだろう。「故郷に戻っても、実年齢はだれにも言わないことにするよ。ところで、ジェイムズを見かけた？」

「どこかにでかけたみたいだよ、間違いなくひとりきりで。あの子にはイライラさせられる。無口だし。引っこみ思案だし。なにか役に立つことをしてくれればいいのに」

じつのところ、トレヴァーには弟の不満の原因がわかっていた。秘密を聞いていたのだ。イギリスに航海にでるたった三日まえに、ジェイムズは恋に落ちたらしい。いまでも相手のミス・マレンズを恋しく思っており、離れ離れにさせた家族を責めていたのだ。

「あとで話してみるよ、母さん」

「ありがとう。さて、バージェス氏から聞いた話を全部、教えてちょうだい。そうしたら、わたしが計画を練るからね。ここから財宝をもちだすのよ。わたしほど賢い人間はここにはいないからね。ああそうだ、トレヴァー、財宝のこと、あのふたりに話したのかい？　残酷な息子だ。それでも、勝つのはわたしだ。見てごらん。うちの息子はだいぶ年がいっているようだからね。勝つのはわたしさ」

「違うよ、母さん」

妃殿下は窓際に腰を下ろし、私道を眺めていた。ほかに見るものがなかったのだ。夏の空は嵐のせいですっかり暗くなり、膨れあがった黒雲が頭上に低く垂れこめ、まだ霧雨が降っている。なんて美しい光景だろう。あまりの美しさに身が震えるほどだ。空を見あげると、続き部屋へのドアが開き、マーカスがのしのしと彼女の寝室にはいってきた。じつに元気そうで、大きくて、いかにも一家の当主らしい。まあ、実際に当主なのだけれど。いままでどこにいたのかしら。割れるような頭痛がしていたかしら。うつぶせになり、あまりの痛みに悶絶していたのかしら。そう思うと、思わず笑みが浮かんだ。マーカスがどんどん近づいてくる。彼はどうするつもりだろう？　わたしに金切り声をあげるかしら。いいえ、マーカスは金切り声なんてあげない。うなり、吠えるだけ。

彼女は待ちきれなかった。もう二度と、わたしを沈黙の塊のように扱わせるものですか。マーカスはきっとピストルをもっていて、わたしを撃つつもりだろう。心臓の鼓動が速まり、彼女は目をすがめた。そうだ、わたしも銃をとってこよう。彼の右手を撃ち抜いてやりたい。

彼女の考えていることがわかったように、マーカスが言った。「いや」彼は気楽に言った。「きみは幸運だったな、マダム。頭に鈍痛が残っている程度だよ。目覚めたあと、しばらく馬具庫に寝ていたがね。そして、きみの仕業について考えていた。さあ、夕食の時間だ。まずまずだぞ、そのドレス。あいかわらず胸があきすぎだが、このまえのよりはましだ」

「ありがとう」彼女はそう言うと、彼から視線をそらし、窓の外の私道を眺めた。「まさか嘔吐《おうと》はしなかったでしょうね。あの一撃で、あなたが頭痛に見舞われ、吐き気がすればいいと思っていたの。わたし、あなたにこぶをつくった？　あなたにこぶをつくりたかったの。

ひどいこぶを」

マーカスは、話を変えた。「宝石をつけていないじゃないか。ウィンダム家のコレクションがあるのは知っているだろう。どんなのがあるのか、詳しいことは知らないが、いい見世物にはなる。書斎から金庫をもってこさせよう。好きなのを選ぶといい」

「宝石なんか欲しくないわ」どうやら、マーカスは馬具庫での出来事には触れたくないらしい。と、彼が近づいてきて目の前で足をとめた。てのひらに彼女の顎を載せ、自分のほうに向かせる。「ウィンダム家の宝石はすべてきみのものだ。宝石が必要であろうとなかろうと、ぼくには関係ない」そう言うと彼女を見おろし、しばらく考えこんだ。「もう二度と、あの馬具庫を以前と同じようには考えられないな。きみがあそこに仰向けになり、両手でぼくを愛撫し、ぼくを抱きよせ、ぼくのために脚をひらいたところを思い描くからね。きみが頭をのけぞらせ、背を弓なりにし、うめき声をあげるところを」

彼女はただほほえみ、首を傾げた。コケティッシュに見えるといいのだけれど。「それはきっとわたしに売春婦の血が流れているせいね。相手がだれであろうと同じなんじゃないかしら。わたしと無理やり結婚させられて、あなた、大損だったかも。だってほかの男の人にちょっと触れられたら、わたし、すぐにスカートをたくしあげ、あえぎ声を漏らすかも。あの対決で、あなたがそれしか覚えていないのなら残念だわ。あのときの痛みも覚えていてくれるとうれしかったのに、マーカス。すごく痛かったはずよ。それに、少しは侮辱も味わったはず。女に負かされるなんてねえ」

「わざと怒らすな、妃殿下。はて、きみがぼくのせいで淫乱な女になったあとのことは、すっかり忘れてしまったよ。なんでもないことにきみは腹をたて、くつわを振りかざし、殴りかかってきた。ああ、たしかにきみの理不尽な攻撃には痛みを感じたよ。報復する価値があるかどうか、決めかねているだけだ」

「はっきり決めたら、最初にわたしに教えてね」彼女は満面の笑みを浮かべ、白い歯を見せた。「さっきみたいな真似をしたら、また同じことをするわよ。口先だけだと思わないで。もうわたしはおとなしい牝牛じゃないんだから。わたしを傷つけようものなら、いいこと、マーカス、必ず後悔させてやる。絶対に」

彼が口笛を吹いた。「ほう、穏やかで物静かなお姫さまはもういないのか。彼女の後釜にはだれが座ったんだ？」

「じきにわかるわ」

マーカスがこちらを見つめた。そこに好奇心の炎がゆらめくのが見えたような気がした。いいえ、好奇心だけじゃない。謎めいているし、うっとりするほど魅力的だ。いやになる。わたしになにを望んでいるの？　彼はいま、わたしの話などあっさり片づけようとしている。

「あの修道士の本の挿絵のスケッチで、なにをするつもりだ？」

話題を変えたわね。彼女の思惑どおりだった。もう二度と、言葉で侮辱されつづけて苦しむものですか。もう二度と。なんだか、いい気分だった。彼女は象嵌細工のテーブルの抽斗からスケッチをとりだすと、ほほえみながら彼に渡した。マーカスは紙を広げ、しげしげと眺めた。「これは村の広場の光景だな。もしかすると、カービー・マルハムの広場かもしれない。ほら、背景に石造りの小屋が見えるだろう？　この川はエア川だ。小さな太鼓橋も見える」

「この絵はなにを意味しているのかしら？　なぜ司祭は人々を祝福しているの？」

「さあ。だがこれは、聖スウェイル修道院のスケッチだろうな。そうだ、間違いない。それにバージェス氏も——なかなか興味深い親戚だが——そう考えている。あの廃墟をあす、探検してくるよ。あのあたりに行くのはえらく久しぶりだ。きみと双子ちゃんや、チャーリーやマークのように、ぼくもあの小さな修道士の独居房で遊んだものさ。邪悪な拷問をいろいろ考えだしてね」

「トレヴァーも、あす、そこに行く計画を立てているはずよ。雨がやんだら、ジェイムズと一緒に」

「無作法者め。くそっ、あのとき、ぼくがきみを抱きたくて我慢できなくなったことが、やつにはわかっていたに違いない。きょうだって、これほど大雨になっていなかったら、やつはとっくに宝探しにでかけていただろうさ。ぼく抜きでね」

「財宝が見つかったとしても、それはあなたのものだって、トレヴァーにはわかってるわ」

「わかっている。それは認めるよ。やつは紳士だ。強情なアメリカ人にしては高潔なやつだ。それでも、やつの名前には我慢がならん」

マーカスはスケッチを置くと、彼女を抱きしめた。身をかがめ、彼女の顎を指先で押さえ、キスをした。彼女は動かなかった。それは冷静沈着だからではなく、彼がなにをするのか見ていたかったからだ。彼はわたしを誤解している。無理もないわ。彼は男だし、十年ものあいだ、わたしが冷静沈着な女だと決めつけてきたんだもの。マーカスが頭を上げ、笑った。

「また冷静になったな。あのろうそくのように静かだが、炎はまったく見えない。ぼくはいま、キスをしたんだぜ。教えてくれ、妃殿下、ヒステリー女になったのは演技だったのか？　教えてくれないと、またきみを侮辱するぞ。きみがどんな反応をするのか、見たいからね。いまは不感症の処女のふりをしている。さもなければ尊大な女王か？　きみとすごせる時間が少しだけあるから――」と、マーカスがため息をつき、身を引いた。「いや、いまはきみにちゃんとお務めをはたす時間がない。ああ、例の微笑を浮かべているな。その作り笑いにはうんざりだよ。いいか、妃殿下、時間さえあれば、そしてぼくにその気があれば、ものの数分できみに悲鳴をあげさせ、悶えさせてやれるんだぜ。だがそろそろ、われらがアメリカの親戚に会う時間だ。バッジャーが羊肉を用意していると言ったな？」

「ええ。アプリコットを添えて。それにしてもあなたって、自分の腕をずいぶん高く評価しているのね、マーカス。でも忘れないで――」彼女は声をあげて笑った。艶っぽい低い声を。

「わたしはね、母の娘よ。だけど、あなたはただの男。腕がいいのかどうかはあやしいものね。だって、わたし、あまりにも経験不足だから、適切な判断を下せないんだもの。たしかに、わたしの肉体はあなたに過剰に反応するみたい。でもね、それだけのこと。世の中には男の人がたくさんいる。魅力的な男性、ハンサムな男性、技巧に長けた男性、いろいろいるはずよ。なかには、わたしに惚れてくれる男性がいるかも。そうしたら、わたしに子どもを授けてくれるかも。どうかしらね。ああ、そういえば、バッジャーは時間がなくて羊肉を細かく刻んでいないの。あしからず」

マーカスは笑った。そして、彼女の見事な演説を一蹴し――いやな男――彼女の手を自分の腕にかけた。そして彼女の手を軽く叩いた。いいわ。メイドが手にしているシーツのように、わたしのことを折りたためると考えさせておこう。

少しは言葉でマーカスを傷つけられたはずだった。彼は報復するつもりかしら？　あんなことを言われて、黙っているはずがない。きっと、なにか仕返しするはず。マーカスのような男は、弱々しい女に、それも名ばかりの妻に、財政的な窮状を救ってもらっただけでも悔しいのだ。おまけに、自分が侮辱しているはずの女に、したいようにさせておくわけがない。わたしはくつわで彼の側頭部を殴った。マーカスったら、いったいどうしたのだろう？　そうよ、わたしは彼のことがよくわかっている。彼はきっと、おそろしい復讐の方法を考えているはず。大丈夫、こちらは覚悟ができてるわ。

「バッジャーさんって、素敵じゃない？」

「彼は使用人よ、ウルスラ。イギリス人らしく言葉を慎みなさい」

「だってあたし、アメリカ人よ、ママ」

「あなたは貴族の血を引いているのよ。立場を自覚しなさい」

トレヴァーがとりなした。「ウルスラの言うことも、もっともだよ、母さん。ぼくらはみんなアメリカ人だ。祖先はイギリス人かもしれないが、ぼくはイギリス軍と戦った。それにね、そのへんの男より、バッジャーには遥かに才能がある」

マーカスがウルスラに尋ねた。「スピアーズのことは、どう思う?」

「スピアーズさんは、すごくやさしくて、辛抱強いと思うわ。歌がうまいし。さっき、カースルレー卿の歌を歌ってらしたわ。もうすぐ始まるウィーン会議の歌。とっても愉快な歌みたいなんだけど、歌詞の意味がよくわからなくて」

「妃殿下も鼻歌を歌っていたよね」と、トレヴァー。「歌詞を覚えているかい、妃殿下?」

精巧なマイセンのソーサーにそっとティーカップを置くと、妃殿下がそらんじた。

　ウィーンこそ、名を残す土地
小銭をたんまりもってこい、やつらはのたうちまわり、吠えるだろう
タレーランはフランスを切り売りし
カースルレーは、ポルトガルの大半を売っぱらう
ほらを吹くのを忘れるな
舌を躍らせ、足で踊るな
さあさあ盗みの時間だ、遊ぶ時間だ
神に誓うよ、きょうはほんに外交日和

「なんだって、そんな流行り歌を知っているんだ？」

妃殿下がゆっくりと夫のほうに顔を向けた。「どうして知っていちゃいけないの、マーカス？　わたしにだって脳みそはあるのよ。この歌、頓知がきいていると思わない？　この作詞家、すごく頭のいい人なんでしょうね。才能が伝わってくるもの」

「流行り歌は山ほどある。スピアーズは全部覚えているらしいが、きみは女だ、妃殿下。なんだって、そんなによく知ってるんだ？」

「スピアーズが歌を歌ってるわよって、ウルスラが教えてくれたの。それで、ときどき耳を傾けるようになったのよ。わたし、記憶力がいいの。たいていの女性はそうよ、マーカス」

彼女は嘘をついている。だが、その理由がわからない。彼女はおれをあざけっている。馬具庫での攻撃の予期せぬ副産物だ。彼女はすっかり人が変わってしまった。だが、ほんとうのところはどうなのか。くそっ、それなのに、おれは彼女にどうしようもなく惹かれている。マーカスは、彼を敬ういとこのファニーからティーカップを受けとり、顔をしかめた。ファニーは、長いまつげをぱたぱたと動かしている。

「頓知のきいた歌詞だけど、あなたは歌がへたね」と、ウィルヘルミナが言った。「ウルスラは声がきれいよ。わたしが自分で教育したんですもの」

「やだ、ママ！　妃殿下は完ぺきよ！　さっき、流行り歌を暗誦《あんしょう》したのよ、聞いた？　素敵だったわ」

「つねに完ぺきとは限らない」と、マーカス。「彼女には多くの側面があるんだよ。それも、男の期待どおりにはいかない側面がね」

その夜は、自分の寝室にとどまっているつもりはなかった。彼がくるのを待っているなんてごめんだわ。彼はいつも自分が支配権を握るのに慣れているんだもの。とはいえ、正直なところ、彼に触れられたら、自分がとろけてしまいそうで怖かった。それだけは許せない。

彼女は東の廊下の端にある〈黄金の葉の小部屋〉に向かった。その小さな寝室にはいり、長いこと使われていない古くて黴臭い毛布に潜りこんだ。それでも、眠れなかった。慣れないベッドのせいではなく、マーカスのことを考えたり、これからどうしようと考えたりしていたからだ。それに飽きると、こんどはウィンダム家の秘宝について考えはじめた。秘宝ってどんな物で、どこにあるのだろう？　ヘンリー八世の時代の財宝。絶対に、どこかに隠されているに違いない。彼女はそう確信した。

彼女は大きく息を吐くと、毛布をはねのけた。数分後、こんどはウィンダム家の広い図書室に足を踏みいれていた。一本のろうそくが室内にちらちらと光を投げかけている。壁は床から天井まで本棚で埋めつくされている。さあ、どこから手をつけよう？

彼女は図書室の燭台に火を灯し、ドアの左手にある本棚の下のほうから確かめることにした。

図書室の外の廊下の時計が四回鳴り、彼女はとうとう視線を上げた。もう、こんな時刻。

両手で分厚い本をもちながら、自分の幸運が信じられなかった。こんな発見をするなんて。彼女は胸を躍らせた。図書室にきたときは、手がかりを見つけられるとは思いもしなかった。でも、わたしは見つけたのだ。彼女はその分厚い本を大きなマホガニーのデスクに慎重に置き、そっとページをめくりはじめた。

それは、バージェス氏がもっていたのと同じ大型本だった。ラテン語が筆記体で記され、あの変わった挿絵も描かれている。

彼女はその本を、さきほど、たまたま見つけたのだった。一冊のとても古い本を見つけたのだが、手にとるとき、うっかり落としてしまった。屋敷の勤勉な使用人が月にいちどはきちんと塵《ちり》払いをしているおかげで、その本には埃がついていなかった。ところが、その本の背後に、この大型本が隠されていたのである。それはバージェス氏がもっていた本と同じ物であり、最後のほうのページが切り取られていないこともわかった。そのうえ、だれかに読まれたような形跡もなかった。その古い本が隠されていた場所にはうずたかく埃が積もっていたからだ。

だれが、なんのために、この本を隠したのだろう？　巻末へとページをめくるにつれ、心臓の鼓動が速まるのがわかった。挿絵に多少の違いはあったものの、どちらの本も同時期に記されたはずだった。やはり聖スウェイル修道院が漆黒のインクで陰鬱に描かれており、例の村の広場のスケッチにはやはり奇妙な光景が描かれていた。ゆっくりと、彼女はページをめくった。そしてついに、バージェス氏の本では切り取られていたページに行きついた。

そこにはやはりラテン語が記されていた。そして、二ページあった。

彼女は身をかがめ、文章を読もうと燭台をそばに寄せた。いくつかの単語は読み取ることができた。クロムウェルという名前がある。そう、ヘンリー八世の副摂政だ。それにクロムウェルが送りこんだ男たちのことも書いてある。クロムウェルに魂を売った傲慢な若者たち。彼女は活字を指先で追い、木や貯水池にあたる単語を認め、指をとめた。ほかの単語はまったく理解できないまま、最後のページをめくると、息を呑んだ。驚いたことに、もうひとつ挿絵があったのだ。節くれだったオークの古木が石でできた古い井戸の上にそびえている。革で綴じられた木製の古い釣瓶《つるべ》が井戸の横木から鎖でぶらさがっている。背景には岩が積みあがっているが、でたらめにではなく整然と置かれているようだ。でも、いったいこれはなにを意味しているのだろう？　オークの木が小さな丘の上に威圧するようにそびえている。空には黒雲が不吉に垂れこめ、光景に重くのしかかっている。羽軸の筆さばきは力強く、インクは罪深いほどの漆黒。

そのとき、物音が聞こえた。かすかな物音。風の囁きだろうか。この広大な閉ざされた図書室ではなく、どこかほかの場所から聞こえてくる。と、ふたたびかすかな物音が聞こえた。だれかが息を潜めているみたい。そう認識したときは、すでに手遅れだった。振り返ると、人影が目にはいった。パニックの波に襲われた瞬間、こめかみに激痛が走り、闇に呑みこまれた。

19

目をあけると、すぐそばにマーカスの顔があった。心配そうだ。というより、本気で心配している。わたしのことを？　いいえ、心配するほど、わたしのことなんか気にかけてはいないはず。まばたきをすると、彼の顔にまた深い皺が寄り、青い瞳がいっそう翳るのがわかった。どうしてマーカスが狼狽しているのかしら？　そんなことあるはずがない。だいたい、顔がぼやけて見えるから、わたしの見間違いだったのよ。そのとき、なんの前触れもなく激痛が走り、目の前がふたたび真っ暗になった。衝撃に思わずうめき声があがる。

「マーカス」そう言い、片手を上げたが、彼にそっと引きおろされた。「シーッ」と、マーカスの声。「じっとして。痛むだろう。左耳のうしろに大きなこぶができてるんだ。じっとして、いいね？」

話をしたかったが、そんなことをしたら痛みが倍になって襲いかかってくる。彼女はうなずき、ふたたび目を閉じた。

彼の指が額に触れた。前髪がそっと耳のうしろにかけられ、撫でられるのがわかる。それから、ひんやりとした冷たさも感じた。額に濡《ぬ》れ布巾《ぶきん》が置かれたのだ。「やわらかい布巾《ふきん》をローズウォーターに浸すといいと、スピアーズから聞いてね。少し痛みが楽になるといいんだが。バッジャーの話じゃ、まだアヘンチンキは使えないそうだ。頭に受けた一撃が脳に影響を及ぼしていないかどうか、はっきりするまでは」

顔にてのひらをあてられたので、思わず彼の温かい肌に頰を押しつけた。「そうだ、リラックスして。よくなったら、なにがあったのか教えてくれ。図書室で気を失って倒れているきみを、ジェイムズが見つけたんだ。横のデスクではろうそくがだいぶ溶けていたそうだ。ろうそくの灯りを見て、ジェイムズが図書室にはいっていったんだよ。きみが死んでいると思ったそうだ」と、マーカスが話を続けた。

「まったく、妃殿下、肝を冷やしたよ。哀れなジェイムズは言うまでもない。恐怖のあまり、まともに話せなかったし、顔は亡霊のように蒼白だった。いいか、妃殿下、もう二度とあんな真似をするんじゃない。まあ、つまずいてデスクの端に頭をぶつけたんだろうが。ジェイムズがきみを見つけたのは朝の四時すぎだった。いったい、図書室でなにをしてたんだ？　いいや、口をひらくな。うっかりしたよ。じっとしていろ。あとでゆっくり話しあおう。ぼくのために目をあけておいてくれ。そうだ。リラックスして。バッジャーから、きみを眠らせないでほしいと言われてね。だから、いかれたカササギのようにぺちゃくちゃ喋っているというわけさ」そう言うと、マーカスが手を上げた。

「さあ、この指が何本か、わかるかい」

彼女は指を見たが、ぼやけていた。それでも、どうにか見えた。彼女は唇を舐め、囁いた。

「三本」

そう言っただけで激痛に襲われ、彼女はあえいだ。

額から布巾がもちあげられ、また新たな布巾がそっと置かれた。冷たくて気持ちがいい。とてもいい気持ちよと伝えたかったけれど、痛みが激しく、目をあけているのがせいいっぱいだ。

彼の大きな手が胸に置かれ、彼の低い声が聞こえてきた。「心臓の鼓動は速くはないし、安定している、バッジャー。おろおろするな。もう大丈夫だ」

「わかってます、わかってます」と、バッジャーの声が聞こえた。「心臓は強いはずですから。まあ当然です。強いかたですから。いつだってそうでした。顎まで毛布を引っ張ってさしあげてください、閣下。暖かく、静かに休ませてさしあげなくては。しかし妃殿下、起きていてくださいよ。絶対に眠らないでください」

わたしはいま、守られている。これでもう安全だ。もう二度と、殴られることはないだろう。マーカスとバッジャーが一緒にいてくれるのだから。と、ベッドに近づいてくるスピアーズの声が聞こえた。「言われたとおりに、調合薬をつくりましたよ、バッジャーさん。そっと頭を動かしていただけますか、閣下。こぶに塗りたいので」

「腫れが引きますし、痛みもやわらぐはずです」と、バッジャーの声。

「痛みを感じさせたくないんだが」そう言いはしたものの、マーカスは枕の上の彼女の頭を動かした。

だれかに頬や目もとを拭ってもらうまで、自分が泣いていることに気づかなかった。マーカスがやさしく言った。「しばらく我慢してくれよ、妃殿下。スピアーズはぼくたちのなかでいちばん器用だからね。最初は痛むそうだが、じきに楽になる。そうバッジャーが請けあっている。そのとおりにならなかったら、バッジャーの側頭部に一発、お見舞いしていいぞ。そうすれば、ぼくら三人とも頭痛持ちだ」

スピアーズが軟膏《なんこう》を塗った。突然、彼女は吐き気を覚えた。胃がぎゅっとねじれ、頭痛が激しくなった。彼女は痙攣を起こしたようにあえいだ。

バッジャーが言った。「大きく息を吐いてください、妃殿下。そうです。吐き気がおさまりますよ。抵抗しないで。言われたとおりにしてください。大きく息を吐いて、そうです」とうとうアヘンチンキをもらうと気分がましになったが、マーカスはまだ話すのを許してくれなかった。「いいや、妃殿下。こんどは眠るんだ」

彼女はようやく小声で言った。「そばにいて」

マーカスが黙りこんだ。あまりにも長い、驚くような沈黙だったので、彼女は怖くなった。ここにとどまりたくはないと、言いかねているのだろうか。だが、彼はやさしく言った。「そばにいるよ、約束する」

傷の具合を確認してみた。左目の上に、ずきずきとした痛み。吐き気はおさまった。殴打《おうだ》による激しい頭痛もだいぶよくなった。ゆっくりと、目をあけた。マーカスの姿が見えなかったので急に怖くなり、思わず声をあげた。

「ここにいるよ」ベッドのほうに慌てて歩いてくるマーカスが見えた。「シーッ、ここにいるから」

「ずっとそばにいるって言ったじゃない」

「暖炉のほうに行ってただけさ。あとは、いちど用を足しにいっただけだ、妃殿下。だが、ぼくがいないあいだは、バッジャーにきみが眠っているところを監視してもらった。気分はどうだい？」

「荷馬車から転がり落ち、路上に飛び散ったビールの樽みたいな気分だったわ。いまは、樽からちょろちょろとしか漏れていない」

「ぼくもそんなふうに感じたよ」そう言うと、彼はにっこりとほほえみ、身をかがめ、軽く彼女に唇を重ねた。彼の唇は温かく、安心感が伝わってきた。「さあ、きみのためにお茶をいれたよ。喉が渇いているだろうからと、バッジャーがきみのためにブレンドした特製ハーブティーだ」

マーカスは、彼女にお茶を飲ませた。「空腹かい？」

「いいえ、全然。このお茶、おいしいわ」

「もう気分はよくなった？」

「ええ、漏れ口はもう、ひび割れぐらいになった感じ」

「それはよかった」ふいに彼の口調からやさしさが消え、低いうなり声となった。かんかんに怒っている。「いまにも消えそうなろうそくを灯して、いったい朝の四時に図書室でなにしてたんだ？」

声をあげて笑いたかったが、かすかにほほえむのがせいいっぱいだった。「ウィンダム家の秘宝よ。手がかりをさがしていたの。そうしたら、バージェスさんがもっていたのとそっくりの古い本が見つかったの」

マーカスが顔をしかめた、「宝探しに行きたくなったら、ぼくを起こすのが筋だろう？もう二度と、ひとりきりでなにかをしちゃだめだ。ところで、その本だが――ぼくが図書室に行ったときには、そんな本はなかったぞ」

「何者かがわたしを殴り、奪っていったのよ。わたしがあの本を読んでいるのを見て、殴りかかってきたんだと思う。そして本を奪った」

「冗談だろ。だって、話の辻褄があわない。きみの思い違いだろう、妃殿下。きみはつまずき、転んだ。そしてデスクの角に頭をぶつけた」

「残念だけれど、ほんとうに、だれかがわたしを殴ったのよ、マーカス」彼がこの話を信じているのがわかった。でも、認めたくないのだろう。それを受けいれることは、つまり、この屋敷の何者かが故意に彼女を傷つけたことを意味する。よからぬ目的のために。彼女だって、そんなことを事実だと認めたくはなかった。

「まったく、いまいましい秘宝め」そう言うと、マーカスが髪の毛をかきむしった。「その本、どこで見つけたんだ？」

「本棚の下のほうに並んでいた本を引っ張りだしたら、その奥に隠してあったの。定期的に埃が払われていただけで、これまで動かされた形跡もない本が並んでいる本棚に」

驚いたことに、彼は素直に話を信じた。「よし、わかった。きみは秘宝の手がかりをさがしに図書室に行き、その本を見つけた。図書室には長い時間、いたのか？　ぼくがきみの寝室に行ってみたら、きみの姿がなかった。狼狽したよ——いろいろなことが頭をよぎった——が、きみをさがしにはいかなかった」

「わたし、〈黄金の葉の小部屋〉に行ったの。でも眠れなくて、手がかりをさがしに図書室に行ってみただけ。そんな本が見つかるとは思っていなかったし、なにかちょとした物が見つかればいいなと思って。そうしたら、あの本を見つけた。でも、だれかにろうそくの灯りを見られていたのね。物音は聞こえなかったわ。ただなんとなく気配がしただけ。囁くような声も聞こえた気がする。でもわたし、本を読むのに夢中になっていて……」

マーカスがやさしく彼女の唇に指先で触れた。「興奮するな、気分が悪くなるぞ。目を閉じて、深く息を吸って。そう、そうだ。リラックスして、妃殿下」

彼女が落ち着くまで、マーカスはじっと顔を眺めていた。彼女の顔は真っ青で、おそろしいほどだったが、妃殿下は必ず回復なさいますとバッジャーが請けあってくれた。あともう少しの辛抱です、と。

彼女の呼吸が安定し、眠りに落ちた。マーカスはゆっくりとベッドから立ちあがり、背筋を伸ばした。風呂にはいり、着替えたい。マギーを呼び鈴で呼んだ。姿を見せたマギーの見事な赤毛は乱れていた。まだ八時にもなっていない早朝だったが、少なくとも服は着ていた。ロンドンの愛人が誇らしげに着そうなゆったりとしたネグリジェを着ている。淡いピンク色の絹のネグリジェで、羽飾りまでついている。いったいだれが買ってやったんだろう？　たしかに少々けばけばしいが、とてもよく似合っていた。いかにも男が買ってやりたがるようなネグリジェで、高価で、派手で、色気むんむんだ。

バッジャーをさがしてくるようマギーに頼むと、続き部屋にスピアーズと控えていることがわかった。

まったく、おせっかい焼きめ。

彼女はベッドで上半身を起こしていた。まだ衰弱していたが、ようやく頭が働くようになっていた。めそめそと無力でいるのは我慢ならない。

「まだ死人のように顔色が悪いですよ」と、マギーがやさしく髪を編みながら言った。「でも、けさは、まさしく死んでるように見えましたからね。だいぶましになったってことです」

「ありがとう、マギー」

「バッジャーさんがつくってくれた大麦のスープ、少しは口になさらないと。なんにも喉に通らない人でも、あれなら消化できますから。あたしも味見しましたよ。正直、勘弁って感じでしたけどね。まあ、あたしは病気じゃありませんから。あなたみたいに、吐き気がするわけでもないし」

「わたし、もう病人じゃないわ、マギー。吐き気もおさまったし」

「そうですか、そりゃよかった。でもね、言わせてもらえば、あなたが吐いたものを掃除するのは気が進みませんね」

マギーの最後の台詞を耳にすると、マーカスはうっかり笑いそうになり、わざとむずかしい顔をした。ところが妃殿下の顔を目にすると、笑いたい気持ちは消えた。彼女は無防備そのものだった。近寄りがたい慎みは消え、たじろぐほど弱々しい。こんな彼女は見たことがなく、わけもなく怖くなった。そして、こう思った自分にぎょっとした。妃殿下にまた怒鳴ってほしい、おれに悪態をついてほしい、顎をつんと上げ、冷たくにらみつけてほしい。思わず、そう願ったのだ。でも心のどこかで、おれを怖がっていてほしい。いや、とマーカスは思いなおした。妃殿下がおれのことを怖がるものか。じきに、彼女はまた強気の妃殿下に戻る。慣れるには少々時間がかかるだろうが、また情熱をあらわにし、おれに暴力をふるい、大声で罵倒するだろう。そんな彼女を早く見たい。あの超然とした冷たい女性が、頬を真っ赤にするところを、ベッドの外でもなかでも激しい情熱を見せるところを。それにしても、あのくつわを振りあげた一撃は見事だった。

だが、何者かが彼女を殴った。この屋敷の何者かが。その何者かは、アメリカ人に違いない。第一容疑者は、ウィルヘルミナだ。あいつめ。

「やあ」マーカスは声をかけ、ベッドに近づいていった。身をかがめ、彼女の頬にキスをする。目をじっと見つめると、その瞳が澄んでいたのでうれしくなった。「バッジャーとスピアーズがふたりがかりでティヴィット先生を押さえこみ、この部屋からご退室願ったんだ。見事だったぜ」

「ぼんやりと覚えているわ。甲高い声をだす赤ら顔の小柄な男性でしょう？　黒い外套が汚れていなかった？」

「ああ、不潔そのものだった。やつの手を見ていなくてよかったよ。ティヴィット先生は地元の医者だそうだが、ありゃひどい。とにかく、やつが採血用の器具を引っ張りだし、洗面器と一緒にベッドにもってきたから、バッジャーが怒鳴ったんだよ。その拷問器具をいますぐしまい、とっととでていけ、二度と顔を見せるな、とね。先生はぼくに懇願したが、きみはいまものすごく弱っているから、少しでも採血しようものなら、きみは美しい木の葉となり漂っていってしまうだろうと応じたよ。先生はぷりぷりと怒り、馬小屋に向かうあいだずっと威厳が傷ついたと嘆《なげ》いていたそうだ」

マーカスは彼女の手をとり、大きな手で包みこんだ。ぬくもりのある重みが伝わってくる。

「まったく、とんだ爺さんだったよ。もう二度ときみには近づかせないが、あの先生を呼んだのはトレヴァーでね。やつが古代遺跡みたいな老いぼれだとは知らなかったんだろう」

「なにか、新しい事実がわかった？」

「ウィルヘルミナおばさまがわっと泣きだし、洗いざらい告白したかっていう意味かい？　残念ながら、そんなことはなかったよ。当時、ジェイムズは一階にいて、馬小屋に向かっていたそうだ。夜明けに修道院の廃墟を見にいき、財宝をさがそうという腹だったらしい。たいそうロマンティックなアイディアだが、そんなことをしていたら肺炎になっていたかもな。湿気の多い朝だったから」と、マーカスが説明を続けた。

「ジェイムズはきみを殴りたおし、本を奪ってから、きみが倒れていると騒いだんだろう。きみを殺してしまったと思いこんだのかもしれないし、助けなければ死んでしまうと思ったのかもしれない。真相は藪《やぶ》のなかさ、妃殿下」そう言うと、マーカスは間を置き、彼女の目をまっすぐにのぞきこんだ。「どうして自分の寝室で寝なかった?」

「あそこにいたくなかったの。あなたがくるのが怖くて」

「そういうことか」思わずいきり立ったが、声と表情はなんとか落ち着かせた。おれの考えが足りなかった。これほど弱っている妃殿下に、あんなことを訊くとは。だが彼女が快復したら、もういちど訊いてみよう。そのときは遠慮なく彼女のスカートをたくしあげ、快楽の渦に巻きこんでやる。きっと彼女も声を張りあげ……。

「なにをにやにやしてるの、マーカス?」

「うん? ああ、バッジャーがきみのためにいまつくっている、まずそうな大麦のどろどろした料理のことを考えていたのさ。猫のエズミがあまりの悪臭に逃げだしたほどだよ。スープをかき混ぜながらバッジャーが鼻歌を歌っていたら、猫のやつ、物悲しげな声をあげてキッチンから飛びだしてった」

マーカスは嘘をついている。でも、彼は嘘が得意だ。それにお互いさまだった。この五分のあいだに、彼女も二度ほど嘘をついていたのだから。

「そろそろ、本のことを話してもらおうか。最後のページのことを」

彼女は話した。それも詳しく説明した。節くれだったオークの古木。漫然と置かれたのではなく、なんらかの目的があって積みあげられた岩。それに革で綴じられた木の釣瓶《つるべ》が付いたとても古そうな井戸。そしてあたりには、中世風の衣服を着た複数の男女も描かれていた。

マーカスはしばらく物思いに耽っていたが、やおら立ちあがった。

「どこに行くの？」

笑顔が返ってきた。「だれもいないのがいやなんだろ？　大丈夫だ、妃殿下。すぐにグウィネスおばさまがきてくれるから。ぼくが戻るまで、そばについていてくれる」

五分もしないうちに、心配そうな顔をしたグウィネスがやってきた。そして頭痛がやわらぐようにと、やさしく指先で撫でてくれた。そこへウィルヘルミナもはいってきた。濃紫色のドレスを着て、船首像さながら、これでもかと胸を強調している。

「まあ、いけないわ」と、グウィネスが言った。「マーカスがいちどにふたり以上のお見舞い客を認めるとは思えないわ、ウィリー。妃殿下はまだ衰弱しているの」

妃殿下は目をあけ、かつては美人であったろうに、いまでは不満がにじみでているウィルヘルミナの顔をのぞきこんだ。彼女が仰向けに寝ているのを見て、その瞳は残忍なよろこびに暗く輝いている。〝ウィリー〟ですって？　これほど似合わない愛称もないだろう。〝ウィリー〟にはくすくす笑うような、温かくやさしい響きがある。それは、彼女が長男に〝トレヴァー〃と名づけたように、不似合いな愛称だった。

「だれかに殴られたんですって？　かわいそうに」

「ええ、そうなの。本を奪うためにね。バージェスさんがもっていたのと同じ本だそうよ」

「そんなの嘘っぱちよ。あんなくだらない本を奪うために、あんたを殴ったりする人がいるもんですか」

「お願い、ウィリー。妃殿下は具合が悪いのよ。でていって。彼女を休ませてあげないと」

「死ねばいいのよ。それであばずれを厄介払いできる」

グウィネスが息を呑んだ。「なんですって？　いまなんて言った、ウィリー？」

「気の毒で涙がでそう、もうこんなことが二度とないよう祈るわって、そう言ったのよ」

妃殿下は目を閉じ、ウィルヘルミナがいないほうに頭を向けた。

そのとたん、寝室の入口に双子とウルスラが頭を突きだした。

「ママ、妃殿下は休まなくちゃいけないのよ」と、ウルスラがおとなのように断固とした口調で言った。「さあ、いらっしゃい。ファニーとアントニアがね、一緒につくった新しい鳥の餌《えさ》入れを見てほしいんですって。大工のオスロさんも手伝ってはくれたけど、ほとんどあたしたちでつくったし、色も塗ったのよ。ボルティモアのあたしたちの家にそっくりなの」

「あら、それは素敵だこと。じゃあ、失礼するわ、妃殿下。ぐっすりお休みなさい、できれば永遠に」

「ウィリー！」

「なあに、グウィネス？　休めばよくなるわって言っただけよ」

「ママ、早くきて」

彼女たちがいなくなると、グウィネスがやさしい声で言った。「許してあげてね、妃殿下。もともと愛想のいい人じゃないし、人生でつらいことも多かったから」

「安物のジンを飲み、飢えていた彼女に、弟さんは求婚したっていうの？　それとも彼女、天涯孤独だったとか？　わかった、天然痘《てんねんとう》にかかってたんでしょ？　それとも、弟さんが――わたしのおじさまが――彼女を殴ったとか？」

「正確にいえば、そうじゃないわ。でもまあ、あなた、ずいぶんずけずけものを言うようになったわねえ」グウィネスが間を置き、感慨深そうに眉を上げた。「なかなかよかったわ。それどころか、あっぱれな啖呵《たんか》だった。あなた、ちょっと変わったわね、妃殿下。まあ、とにかく――ウィルヘルミナはあまり幸せな人じゃないのよ」

「彼女は意地の悪い強欲女よ」そう言うと、妃殿下は大きくため息をついた。「少し休みたいわ、グウィネスおばさま。永遠に、じゃないけれど」

「もちろんよ、妃殿下。バッジャーからだされた薬は、どんなものでも飲んでおきなさい。少し元気になってくれて、うれしいわ。それにしても、あなた、変わったわね、あんなふうにまくしたてるだなんて。でも怒ると元気がでるわ、そうでしょう？」

20

目覚めると、もう夕方になっていた。そばにはバッジャーが座っている。彼はすぐに笑みを浮かべ、彼女の頭をそっともちあげ、支えたまま、水のはいったグラスを渡した。

「いつだって、なんでも心得ているのね。ありがとう」

バッジャーがうなずいた。「アントニアお嬢さまから、あのアメリカ人が侵入してきたと聞きましたよ。結婚後、たまたまあなたのおばさまになったあの女性に、二度とあなたを当惑させるような真似はさせません。わたしはスピアーズ氏と一緒に予定表を作成しました。閣下がお留守のときにはスピアーズ氏か、ミス・マギーか、わたしが必ずあなたのおそばにいます。二度といやな思いはなさいませんよ、妃殿下」

「その三人がいないときには、ぼくがここにいる。気分はどうだい、妃殿下？」

マーカスの声に、彼女は胸をはずませた。いやだわ、うぶな小娘みたい。「よくなったわ、マーカス。お望みなら、癇癪を起こしてくださって結構よ。良心のとがめなく、怒鳴ってくださって大丈夫」

マーカスが顔をしかめた。「いや、もうそんな真似はしない。とくにバッジャーのまえではね。さて、今夜はきみと夕食をとるよ。この部屋で。あすの朝、きみがベッドからでられるかどうか、ようすを見よう」そしてバッジャーのほうを向いた。「きみが妃殿下のためにつくった大麦のどろどろしたやつ、ぼくのエズミに食べさせただろう？　かわいそうに、死んじまったぞ。どうしてくれる？」

妃殿下は笑った。弱々しかったものの、間違いなく笑い声だった。

「あのわがままな猫は、わたしの大麦スープの毒見をするために、わが身を犠牲になんぞしませんや」と、バッジャーが応じた。「つかまえたと思ったら、尻尾《しっぽ》を振り、ぴゅーっと逃げだしていきましたよ。スピアーズ氏の話じゃ、エズミは閣下と眠っているそうで。閣下がご自分のベッドにいらっしゃるときには」

「そんな猫なんだよ。とにかく気まぐれでね。妃殿下と同じさ」

「エズミは昨夜、わたしと一緒に寝たわ」と、彼女が応じた。「わたしの膝の下で丸くなってた」

「かたじけなくも、ぼくのところをご訪問くださるときには、ぼくの胸で丸くなるのが好きだよ」と、マーカス。「それで胸毛をいじるのさ。迷惑な猫だよ。大麦のスープを毒見するなんてありえないね」

マーカスはその晩、彼女と一緒に寝た。彼女の横で全裸のまま悠々と。まるで二十年間、そこで眠ってきたかのようにくつろいでいた。エズミがいちど寝室にやってきて、ふたりを黙って見つめたかと思うと尻尾を振り、続き部屋のドアを抜け、マーカスの寝室に戻っていった。

彼が手を伸ばしてくると、彼女の手を握った。彼の身体の熱が伝わってくる。これまで、これほど安心感を覚えたことはなかった。

「今回の騒動のせいで、白髪ができたぞ、妃殿下。頼むから、今後はもうベッドから抜けださないでくれ。真夜中に手がかりをさがしにでかけるのもだめだ」

「嘘ばっかり、マーカス。白髪、見せてちょうだい」

「わざわざろうそくを灯して、頭皮を見られちゃかなわない。朝になってからにしてくれ」

「あの夜のこと、なにかわかった？」

「いや。みんな、ぐっすり眠っていたそうだ。それにね、ウィンダム家の人間は代々、ポーカーフェイスが得意なんだよ。嘘をつくときに、まばたきもしなければ、たじろぎもしない。きみだってそうさ、妃殿下」

彼女は彼の手に指を食いこませた。「いつも話が大げさなんだから、マーカス」

「そんなことないさ。それにしても、なかなか興味深い状況ではあるな。ぼくたちはこうして、よき結婚生活を送っている夫婦のように仲良く並んで寝ている。認めるよ、ぼくは暖炉のれんがより硬くなってる。だが、きみを襲いはしない。きみは襲われるのが大好きだとわかってはいるがね」

以前であれば、ここでだんまりを決めこんだかもしれない。だが、いまは違う。彼女はくすくすと笑い、しまいに彼が声をあげるまで、彼の親指をそりかえらせた。

「また乱暴な真似をする気か？　それも親指に。官能の世界に連れていってほしいのかな？」

「いいえ、おとなしくしていて、マーカス。頭が痛いの」

彼が笑った。「ああ、大昔からの妻の言い訳だな。よく父から聞いたものさ。だが、きみの場合はほんとうのようだ。思いだすよ。また言い訳していると父が言うと、母は父の腕をぶっていたっけ。おやすみ、妃殿下」

「あなた、修道院の跡地に行ってみた？」

「ああ。トレヴァーとジェイムズがあちこちさがしまわっていたよ。馬鹿なやつらだ。そのうちウルスラまでやってきて、ひとりで探検を始めていた。おめでたい家族さ。みんながみんな、自分が見つけたものはほかの家族に秘密にしておこうとしてるんだから。気に食わないよ、妃殿下」

「ウルスラは違うわ。なにか見つけたら、すぐにあなたのところに飛んでいくはず。ウルスラとファニーは、あなたを理想化しているの。純真な少女に憧れられて、あなた、うぬぼれてるでしょ」

「いいや、それは違う。たしかにファニーはのぼせあがってるが、こっちは閉口しているんだぜ。ぼくのような男に、若い娘がいちいちまつげをぱちぱちさせるんだから。いらいらするのが当然だろ？　おまけに、ベッドで横になっている妻は、ぼくを守ってもくれない。きみにはぼくを守る気があるのかい？　それとも無実のぼくを女たらしと責めるかい？　べつの武器を振りあげて、ぼくを追いかけるとか？」

「わたし、そんなに嫉妬心の強い妻じゃないわ。大丈夫、安心して。ウルスラはわたしのことが好きだから、わたしからあなたを奪おうだなんて夢にも思わない」

「それを聞いて、ほっとしたよ。心からほっとした」


安心感は一日半、続いた。彼女はゆっくりと身体を休め、左耳のうしろのこぶも腫れが引いていった。マギーが髪を洗い、バッジャー特製の油っぽい軟膏を洗い流してくれた。妃殿下が襲われた日、スピアーズが無慈悲に三度も塗った軟膏を。

妃殿下は、あの夜、自分の寝室から抜けだしたときのことを思いだした。あのときは、どうしてもマーカスと顔をあわせたくなかった。でも、もう二度と、離れない。最低のことをしてもらってもかまわない。そう思い、彼女はにっこりと笑った。頭のからっぽな女のように扱わせてみよう。蔑《さげす》みの言葉を吐かせてみよう。

「あら、マーカス」と、彼女は声をかけた。「今夜は、もうすっかり元気よ。夫婦間の権利を行使するつもりでいらしたの？　わたしにのしかかり、わたしに満足したら身を引いて、またわたしの下腹部の上にだすつもり？」彼女の心の目には、あのときの光景が焼きついていた。わたしにのしかかり、顔に強い決意をみなぎらせ、わたしのお腹に精子をだした。わたしの体内にではなく、体外に。それは、おじに裏切られたことをいまだに根にもっているからだ。

マーカスは足をとめ、彼女を見た。またしても驚かせてくれるじゃないか。彼はかぶりを振った。彼女のこの新たな一面にはなかなか慣れない。

すると、またしても彼女は態度を変えた。彼が近づいていくと、真剣そのものの表情を浮かべ、こう言った。「跡継ぎをつくらなくちゃ、マーカス。プライドがあるのはわかるけれど、ウィンダム家の次代の男子をつくらないと。だからお願い、父のことも、父がしたことも忘れて。わたしたちには関係のないことよ。とらわれてはいけないわ」

「いいや、ぼくたちに関係があることだし、それは今後も変わらない」そう言うと、彼女にほほえんだ。彼女の言いなりになってたまるものか。いくら彼女が態度を変え、おれをなだめたり、おれにすがったりしても無駄なんだよ。そこで、彼は気楽そうな口調で言った。

「きみたちは、ぼくを無理やり結婚させた。きみのせいで、ぼくには人生の選択肢が減ってしまった。だがね、妃殿下、すべて奪われたわけじゃない。そのネグリジェを脱げ。もう待ちくたびれた」

その瞬間、彼女の奥深くでなにかがほどけ、全身を駆けめぐった。身体の芯のあたりが冷たくなり、どんどん冷えていくのがわかる。

「わかったわ」感じている冷たさをそのまま声にだし、凍りつくような視線で彼を見あげた。

彼女はそれ以上、なにも言わなかった。快楽を欲している彼もまた話したくはなさそうだった。わたしにもようやくわかった。いやがるわたしを無理に抱き、官能の声をあげさせると、男の虚栄心が満たされることが。そう思っていると、マーカスが唇を重ねてきた。最初はやさしく、辛抱強かったが、彼女の胸や下腹部に唇を這わせはじめると、動きは性急になった。そしてとうとう彼女自身を愛撫し、快楽の渦へと導きはじめた。ところが、彼女はなにも感じなかった。ただベッドに横たわり、ひたすら耐えていた。愛しあうという行為が、これほどむなしいものになるなんて。ところが彼は、彼女に官能の火を灯すことができないのがわかり、いらだちはじめている。かまうもんですか。彼女はただ横たわり、両腕をベッドにだらりと置いていた。もう怒りさえ感じない。ただ無気力に、彼が行為を終えるのを待った。

マーカスがふいに動きをとめ、彼女の顔をじっと見つめた。ろうそくを灯したままにしておいたので、わたしの顔も裸体もよく見えるはず。きみの表情や肉体を眺めるのが好きだよ。彼はそう何度も言っていた。そして甘い言葉を囁き、わたしの肉体の変化を詳しく説明しては、わたしを恥ずかしがらせたものだ。そして、きみを感じさせてあげるという言葉どおりに、わたしを忘我の世界へと連れていってくれた。

でもいま、彼はなにも言わない。そしてじっとわたしの顔を見つめている。わたしの表情を観察し、乳房や下腹部を眺めている。彼の顔は紅潮しているし、息も荒い。あそこは膨れあがり、すっかり準備ができている。彼はなにか話そうと口をひらきかけた。が、頭を横に振り、突然、彼女の脚を大きく広げると、その大きな手でもちあげ、深く、強く、なかにはいってきた。

彼の感触に、思わずあえいだ。でも、あそこをやわらかくしてくれていたので、痛みは感じなかった。それは否定できなかったが、それでも、彼女はなんの快楽も感じなかった。ただ彼の硬さが感じられ、違和感を覚えた。そして彼がのしかかってくる重み。こんなにそばにいるのに、彼がこれほど遠くに感じられるなんて。彼女は身じろぎもせず、ひたすら待ちつづけた。

そして、あのときと同じように、突然、彼は身を引くと、彼女の腹に性器を押しあてた。

そしてことがすむと、彼女の脚のあいだに身を起こした。

冬至《とうじ》の北海のように冷たい声で、彼女は言った。「これでご用は済んだのかしら？　ああ、済んだみたいね。ハンカチをいただける、マーカス？　お腹がべとべとして気持ち悪いの。いいえ、心配ご無用。あなたを襲う武器はもっていませんから。ほんとうは、ぼこぼこにしてやりたいところだけれど。いいえ、ハンカチをちょうだい。どいてくれればいいだけ」

棒のように無感情にものを言う彼女に、思わず大声を張りあげたくなった。いま、彼女はおれを嘲笑している。自分でも、なにをしたいのかわからない。彼女はおれの下で微動だにしなかった。なんとか快楽を味わわせようとしたが、まるで反応しなかった。気にいらない。彼女の腹の上の精子が目にはいった。腹に射精されるのがいやなんだろう。そして、彼女の顔を見た。落ち着きはらっている。いや、というより、いまはおもしろがっている。だがそれは妃殿下お得意の冷笑だ。そのうえ、おれのことなどどうでもいいような顔をしている。まったくの無関心。あまりの冷淡さに、去勢されそうだ。ふいに、彼女が憎くなった。少年のようにおれを激しく駆りたてておきながら、自分はただ棒のように横たわっていたのだから。ずっと、ほかのことを考えていたのだろう。きょうの午後、読んでいた小説の登場人物のことでも考えていたのかもしれない。エズミのことを考えていたかもしれないが、おれのことを考えていたわけじゃない。じっと耐え、ことが終わるのをひたすら待っていたのだ。

マーカスは憤然と立ちあがり、自分の腿にこぶしを打ちつけた。

「いったい、どうしたっていうんだ？　馬具庫のときのように、ぼくにわめけ。あのときのきみは自制心をすっかり失っていた。見事な肺活量まで披露したじゃないか。もちろんぼくは、妻としてきみを望んだことはない。ロンドンに戻るまでのあいだ、きみを利用するだけだ。だが、ぼくがロンドンに戻れば、きみだってもうぼくに我慢せずにすむ」

彼はそそくさとベッドをでると、ガウンを引っつかみ、ドアを乱暴に閉め、彼女の寝室からでていった。

彼女は立ちあがり、身体を拭いた。ゆっくりとネグリジェを頭からかぶり、皺を伸ばした。肩のあたりでリボンを結ぶ。ベッドに戻ると、できるだけ隅っこのほうに横になった。そこなら、まだ彼のぬくもりが残っているような気がしたからだ。だが、彼女の身体は冷えきっていた。身体の芯では深い怒りが層をなしている。書斎から、父の決闘用ピストルをもちだしてこようかしら。そして準備しておこう。なんとしてもマーカスを出し抜いてみせる。そうよ、準備しておかなければ。

乗馬用のスカートを引っかけないよう気をつけながら、妃殿下は低い塀によじのぼった。あたりを見渡し、風景のすみずみに目をとめた。フェンロウ荒地が西に広がり、青葉茂れる夏だというのに、岩だらけの起伏が続いている。東側には鬱蒼とした雑木林があり、その大半はモミやブナの木だ。だが目の前には豪華な装飾がほどこされた広場のように農場が広がり、夏の太陽の下、石垣や垣根のあいだに豊かに実る穀物の列が続いている。小さい塚が点在し、小川も何本か流れている。美しい光景だったが、いまの彼女には美しさより謎解きのほうが大切だった。この光景をパズルに見たてよう。手もとにいくつかピースはあるけれど、どのピースをどこにあてはめればいいのか、まだわからない。

節くれだったオークの古木を見つけようと、きょうはわざわざ違う方角から歩いてきたのだ。彼女は足をとめ、地平線を横切り灰色に連なる石壁に目をやった。その大半は農民たちの手できちんと維持されていたが、なかには欠けたり、崩れたりしているものもある。

彼女はスカートの裾を払い、進んでいった。あのオークの古木はいったいどこにあるのかしら？

二十分ほど歩くと、聖スウェイル修道院の跡地に着いた。この一週間半、彼女は毎日、ここに通いつづけていた。彼女は廃墟に散らばる瓦礫《がれき》を手にとり、さがしつづけた。なにをさがしているのか、自分でもわからずに。

彼女を殴り、本を奪っていったのが何者なのか、まだわからなかった。マーカスではない。スピアーズでもないし、バッジャーでもマギーでもない。みんな、わたしの監視役で、外出を禁じているのだから。クリタッカー氏とサンプスンも、いまでは監視役にくわわっている。だから、彼女には屋敷でひとりきりになる時間が皆無だった。まったくないのだ。だが、この時間帯は、彼女が寝室で休んでいるとみんな信じている。この一週間半、かれらにそう思いこませてきたのだ。だからこそ、彼女はここまで歩いてきていた。馬小屋のラムキンはマーカスに忠実だ。馬小屋のそばでわたしの姿を見ようものなら、あの若者は卒倒するだろう。だからわたしがバーディーに乗って外出したら、十分後にはマーカスの耳に情報が届くはずだ。

このあたりは修道士の独居房だったに違いない。そう確信した場所に膝をつき、壁の下のほうの石に刻まれた絵を眺めていると、ふいに背後から怒声が聞こえた。「ここでなにをしている？　まったく、妃殿下、休んでいるはずだろうが」

彼女はゆっくりと振り返った。頬に泥がついていることにも、髪が乱れ、肩に太いおさげが落ちていることにも気づかなかった。「マーカス」それだけ、言った。

「ここでなにをしている？」

「あちこち見ているの」彼女は肩をすくめた。「ここに彫られている絵を見て。消えそうだけれど、線は見てとれるでしょう？　ここは修道士の独居房だったんじゃないかと思うの。ね、膝をついてよく見てちょうだい」

マーカスはそうはせず、彼女の腕をつかみ、乱暴に引きあげた。「みんなに嘘をついたな？」と、彼女を揺さぶった。「ベッドで昼寝をしている淑女なんかじゃなかったんだな？

ずっとここにきて、ひとりでうろついたり、あちこち掘り起こしたりしていたんだな」そう言うと、また彼女を乱暴に揺すった。「なにか言え。おれに叫んだり金切り声をあげたりしろ。興奮しているときのエズミみたいに長く悲しそうな声をあげてみろ」

ふいに、彼女は蒼白になった。「マーカス」そう言うと、驚いたような表情を浮かべた。「離して。わたし、吐きそう」

マーカスは仰天し、すぐに手を離した。妃殿下が膝をつき、戻しはじめた。が、ほとんど吐く物はなかった。少ししか食べ物を口にしていなかったからだ。マーカスは膝をつき、彼女の髪をかきあげ、顔色をうかがった。彼女はぶるぶると震えており、嘔吐のせいですっかり弱っている。マーカスは矢に突き刺されたように鋭い罪の意識を感じた。「休んでいなくちゃだめだと言っただろう。まだ、殴られた後遺症があるんだから。ぼくに罵声を浴びせなかったのも当然だ」

彼はハンカチをとりだし、彼女に渡した。彼女は口を拭ったが、また吐き気がしたので、ハンカチをぎゅっと握りしめた。汗がでて、身体がぶるぶると震える。

マーカスは彼女を抱きあげ、悪態をついた。だが、スタンリーに彼女を乗せたときには、深夜の月のように黙っていた。そして彼女を前に抱いたまま、スタンリーの肥えたわき腹を蹴った。驚いたことに、マーカスはチェイス邸をめざしはしなかった。そして数分後、葦の茂る小川のほとりに種馬をとめた。

マーカスは彼女を抱きおろし、膝をつかせた。そして両手で水を汲み、彼女の口をゆすいだ。そのあと、彼女は少し水を口にした。澄みきった冷たい水のせいで、唇が紫色になった。水を飲むと、また吐き気に襲われた。彼女はうめき声をあげ、両手で肩を抱いた。

マーカスは、彼女のペチコートの裾を裂き、それを濡らし、彼女の顔を拭いた。そして彼女を抱きあげると、カエデの木陰に運び、自分の脚のあいだにそっと座らせ、背中をもたせかけた。「じっとしていろ。お腹は落ち着いたかい？」

「わからない」

「ぐったりして、震えているじゃないか。とにかく、ぼくにもたれ、しばらくじっとしていろ。もう抵抗するなよ」

わたし、なにか抵抗したかしら。そう思いながら、彼女は目を閉じた。

マーカスは、彼女の身体から力が抜けていくのを感じた。荒い息が落ち着き、深い呼吸になった。彼は妃殿下のつむじを眺め、それから小川を見やった。だが、実際にはなにも目にはいらなかった。マーカスはしっかりと彼女を抱きしめ、木の幹に寄りかかった。ミツバチがブンブン音をたてている。ヒバリのさえずりも聞こえた。

遠くから牝牛の鳴き声が聞こえた。スタンリーはすぐそこで葦を食み、音をたてて反芻《はんすう》している。マーカスは目を閉じた。そして目覚めたとき、陽はだいぶ西に傾いていた。目覚めた拍子に身体を動かしたのだろう、彼女も目覚めていた。

「動くな。まず、どんな気分か、教えてくれ」

「よくなったわ、ほんとうよ。介抱してくれてありがとう、マーカス」

「きみが屋敷をでていくのが見えたから、あとをつけたんだ。どうしてバーディーに乗らなかったんだ？」

「そんなことをしたら、馬小屋のラムキンがあなたにすぐ告げ口するもの。それにラムキンは、鞍をつけてもくれないでしょうし」

「まえにも抜けだしていたんだな？」

「ええ、一週間以上まえから。どうしても、そばに井戸のあるオークの木を見つけたかったのよ。修道院のあたりにあるはずなのに、見つけられなかった。でも、絶対にこのあたりにあるはずなの、マーカス。すぐそばに。ああ、歯がゆいわ」

のろのろと、マーカスは彼女を腿に乗せ、顔を振り向かせた。「うかがいますがね、図書室できみを殴った男にまた殴られる可能性があると思わなかったのか？」

「どうして？　だって、犯人はもうあの本を見つけたのよ。わたしは邪魔だっただけ。犯人はあの本を手にいれるために、わたしを殴っただけよ、マーカス」

「そんなことはわからない。さあ、屋敷に戻ろう。いや、立つな。ぼくが抱いていく」

そう言うと、マーカスは彼女を抱きあげ、スタンリーのほうに歩いていった。スタンリーはふたりにかまわず、草を食んでいる。「吐き気と頭痛はおさまった？」

「ええ、もう大丈夫。ちっとも具合なんか悪くなかったのに。ほんとうよ。妙だわ」

「帰宅したら、すぐに休むんだぞ。いや、おびえた処女みたいに身をこわばらせるな。探検を邪魔されたと、ミラノのソプラノ歌手もどきの悲鳴をあげるな。大丈夫だよ、きみのベッドに潜りこむつもりはないから。だが、今夜はきみの部屋に行く。もうほかの寝室に脱走するんじゃないぞ。そんな真似をしたら、後悔することになるからな。それに、今後はいっさい嘘をつくな。ぼくが死ねばいいとか、不能になればいいとか思うのもだめだ」

「どうしてロンドンに戻らないの？　セレステのところに？　さもなければ、リゼットにここにきてもらえば？」

「ああ、そうするか」

「呼べるものなら、呼んでみなさい」吐き気が消え、ありがたいことに戦闘意欲が戻ってきた。彼女は顎をつんと上げた。「あなたってそこまで馬鹿なのかしら」

マーカスの目がきらりと光った。彼女を抱きたくてたまらない。そこで、トレヴァーのように間延びした声で言った。わざとのんびりした口調で話し、彼女を嘲笑するつもりだった。

「きみはぼくを脅《おど》しているのかな？　ほかの女に触れたら、腕をへし折るつもりかい？」

「ここに女を連れてきたら、後悔することになるわよ。ほかの女に触れたら——その場合については、あとで考えて教えてあげる。どんなお仕置きをしようかしら」

彼女はそう言うと、黙ってほほえんだ。思わず悪態をつきたくなる、謎めいた瞳。マーカスは、屋敷まで彼女を抱いていくと言い張った。そのまま玄関を抜け、二階に上がり、寝室に連れていき、彼女がきちんと世話をされるのを見届ける、と。

21

「あなたの胸毛、エズミに全部抜かれてしまえばいいのに」

「はあ？　なんだって？」マーカスが、彼女を抱く腕の力を強めた。

「だからね」と、妃殿下が甘く言い、ほほえんだ。「椅子をとりにいったほうがいいんじゃない？　そんなふうに立ってると、疲れるでしょう？」

彼がにやりと笑った。「悪くないぞ。だがウィルヘルミナおばさまにはかなわない。じょうずに韻を踏む才能がないと見える」

「才能があるから、わたし、飢えずにすんでるのよ！」と、彼をにらみつけてから、慌てて口をおおった。馬鹿みたい。そそのかされて、秘密を明かしてしまうところだった。この二週間、彼はいちども突っかかってこなかった。なのに、ちょっとからかわれたからと、口を滑らせてしまうなんて。舌を噛みちぎってしまいたい。

だが彼は、彼女がうっかり漏らした事実に気づかなかったようだ。「それなら〈ピップウエル・コテージ〉できみを囲っていた、謎の男の話でもしようか」

「いいえ、そんな話はしないわ。でも、わたし、嘘をついていたのかもしれないわね。ウィンダム家の人間は代々、嘘をつくのがじょうずなようだから。わたしには男の人がいたのかもしれないわね。どう思う、マーカス？」

もしマーカスが犬だったら、ここで吠えたてていただろう。ところが彼はすぐに自制し、気軽な口調で応じた。聞いていると、彼に殴りかかりたくなるのと同時に、キスもしたくなるあの口調で。「まあ、きみにパトロンがいなかったのは確かだ。きみからなんの見返りも得られないのに、金を援助する馬鹿などいないからね。いや、かっかするな、妃殿下。本気で言ったんじゃないよ」彼はくったくのない笑みを投げかけた。

「脱がせてあげようか？　ネグリジェはどこだ？」

「あたしがいたします、閣下」騎兵隊を差し向けようとする女王のように、マギーが部屋に堂々とはいってきた。「妃殿下から手を離してくださいよ。妃殿下、ほっぺが真っ赤じゃありませんか。がみがみ叱ってたんですか、それとも、からかってたんですか？　とにかく、お身体にさわります。でもあたし、ほかのみんなと一緒に、閣下があなたを抱いて部屋に戻るのを見たんですよ。あたしたちみんな、あなたは寝室でお昼寝してるもんだとばかり思ってたのに、ひとりで外出するなんて、言語道断です。あなたを殴りたおしたモンスターが、同じ真似をしないともかぎらないのに」

「それがメイドの口のきき方か」と、マーカスがぼやいた。

妃殿下は目を閉じた。うれしい怒りで頬が紅潮していたのだと、マギーに伝えたほうがいいかしら。でも、そうはしなかった。驚いたことに、全身に疲弊を覚えた。すぐに、彼女は眠りに落ちた。

マーカスは約束を守った。その夜、彼女を気づかいながら寝室に運び、マギーに世話をまかせてから、ようやく自分の寝室に戻ったのだ。その三十分後、彼は続き部屋のドアをあけた。

彼女は小さな暖炉の前に置かれた丸々とした椅子に座り、ちろちろと揺れる炎を眺めていた。

「やあ。約束どおり、きたよ」

彼女はちらりとマーカスを見た。「ご自分の部屋に戻って、マーカス」

「まあ、そう言うな。じつはきょうの午後、セレステに手紙を書いてね。ここに来るのに四日ほどかかるそうだ。それまでは、きみで我慢しなくちゃならん」

「警告したはずよ」とだけ、彼女は言った。そして膝の上で手を組み、彼を無視した。昔の妃殿下のように、冷淡でよそよそしい態度をとっている。

マーカスは受難者ぶってため息をつき、身をかがめると、彼女を抱きあげた。彼女がこちらを向くと、唇を重ね、うなじに触れた。「いい香りがする。いつものように」

「ありがとう。もう戻って、マーカス。わたしはあなたのいっときのお慰みになるつもりはないの。ベッドであなたにつきあって、退屈するのはもうたくさん。セレステの夢でも見てらっしゃい」

「〝いっときのお慰み〟だなんて言わないでくれ、妃殿下」そう言うと、彼はベッドの横に妃殿下を立たせ、ひと言も言わず、あっという間にネグリジェとガウンを脱がせた。そして、彼女と距離を置いて立った。「主はきみを美しく創りたもうた」彼女を上から下までじろじろと眺め、顎を撫でた。「あきらかに、主はぼくの好みを考慮してくれたな。きみのサイズ、体型、なにもかも、ぼくの好みだ」

彼女は無表情にそこに立ち、彼から視線をそらし、動かなかった。だが彼が手を伸ばし、左の胸にさっとかすめると、彼女は息を呑んだ。「ああ、なんて美しいんだろう。じつにそそられるよ、妃殿下。昔の妃殿下らしく黙りこんだかと思うと、次の瞬間には激しく乱れる。まったく予測がつかない」

「あなたには永遠にわからないでしょうね、マーカス。このろくでなし」

彼女の腹部へ、その下へと肌を撫でまわしながら、彼は笑った。彼女は身を引き、金切り声をあげた。彼をにらみつけるその目は大きくひらき、動揺の色が浮かんでいる。と、彼女はくるりと背を向け、走りだした。

「妃殿下」マーカスはあとを追おうとしたが、彼女が膝をつき、寝室用便器に戻しはじめたので、仰天した。彼は妃殿下の横に膝をつき、身体を支えた。「またか」彼はそう言うと、髪が顔にかからないようにした。「気にいらない。きょうの午後、吐き気がしたばかりなのに、また吐き気をもよおすとは。評判のいい医者がダーリントンにいる。屋敷に呼ぼう。いますぐ、今夜のうちに」

彼女はがたがたと震えながら身を縮めた。マーカスは立ちあがり、ドレッシングガウンをとってくると、彼女に羽織らせ、ベッドに寝かせた。「じっとしていろ。動くんじゃないぞ、妃殿下。戻ってくるまで、ここでじっとしていろ」

五分もしないうちに、スピアーズ、バッジャー、マギーを引き連れ、マーカスが戻ってきた。マギーは、教区牧師が見たら卒倒しそうなほど胸もとが大きくはだけた青緑色のサテンのネグリジェを着ている。寝室にはいってくるなり、マーカスが言った。「きょうの午後、嘔吐したんだが、いままた嘔吐した。ダーリントンに腕のいい医者がいる。バッジャー、先生を呼んできてくれ」

バッジャーが咳払いをし、大きなベッドで青白い顔をして縮こまっている妃殿下を見た。マギーが青緑色のサテンのネグリジェの腰のあたりを撫でた。

マーカスは顔をしかめた。「いったい、なんだっていうんだ、バッジャー？」

スピアーズが妃殿下に言った。「マギーにビスケットをもってこさせましょう。胃が落ち着くでしょうから」

「おまえになにがわかる？」

「まあまあ、閣下」スピアーズがおじのような不愉快な声で言った。「心配ご無用です。妃殿下の症状について、三人で話しあいましたが、とくに心配はいらないという結論に達しました。ですから、閣下も心配ご無用です。奥さまは自然の摂理を経験していらっしゃるだけですから」

「なにが自然の摂理だ！　殴られてから、まだ二週間もたっていないんだぞ！」

バッジャーが言った。「妃殿下はめでたくご懐妊《かいにん》になったのです、閣下。跡継ぎを身ごもっていらっしゃる。気分が悪くなり、吐き気を覚えるのは自然なことです。じきにおさまるでしょう。スピアーズ氏の話によれば、三週間もすれば気分がよくなるはずだと。まあ、もう少しかかるかもしれませんが、妃殿下はお元気なかたですから、三週間もあれば充分でしょう」

室内に沈黙が広がった。遥か彼方から、妃殿下の声が聞こえた。「わたしは元気よ、スピアーズ。お願い、バッジャー、マギー、もうでていって。大切な話があるの。お願い」

三人は退室したが、その足取りは重かった。

マーカスはゆっくりと寝室のドアを閉め、鍵もかけた。「また具合が悪くなりそうか？　なにか食べるか？」

彼女はかぶりを振った。

そのとき、彼女の顔が蒼白であることに気づいた。目はむくみ、背中が丸まっている。

「知ってたのか？」そよ風に揺れる木の葉のように静かな声で尋ねた。

「いいえ」

「信じられるものか」

「でしょうね。わたしも含めて、ウィンダム家の人はみんな嘘がうまいそうだから」

「きみが、ぼくの子どもをみごもっている。ありえない。あのおせっかいな三人は、揃いも揃って馬鹿ばかりだ。間違っている。きみは、頭を殴られた後遺症で吐いたんだ」

「そうよね、ありえないわよね。でもまあ、それがほんとうだとしましょう。そうすると、それがまがうことなき真実であるか、わたしが不義をはたらいたかってことになるわね。そうそう、〈ピップウェル・コテージ〉の寛大な愛人のこと、お忘れなく」

彼がだらりと手を下ろした。当惑したような、信じられないというような表情を浮かべている。たったいま撃たれたのに、痛みを感じていない男のよう。「わけがわからん。そりゃ、何度かきみを抱いたが、ほんの数回のことだ。それも、直前にきみから身を引くだけの気骨がなかったときの話だ。しかも女を受胎させるほど長くなかにとどまったわけじゃない。ありえない。妊娠するには、何度も何度も、何カ月も何カ月も、かかるはずだ」

「それはあなたの思いこみよ」

マーカスがうろうろと歩きはじめた。彼女は、はためくドレッシングガウン、黒い毛が密集する脚、素足を眺めた。なんて美しいのだろう。この男はわたしに自分の子どもを産んでほしくないと思っている。なのに、わたしは妊娠した。わたしの身体は彼の精子を受けいれたのだ。結婚式の夜かしら？　わたしのところにきた翌日の夜かしら？　彼女は歌い、叫び、踊りたかった。だがそうはせず、深く、ゆっくりと呼吸をし、吐き気を抑えた。

「パリで結婚したあと、月のものはきていたのか？」

彼女はかぶりを振った。

「どこか変だと思わなかったのか？　すなわち、このぼくが、きみの体内に射精したあとに？」

「わたし、あまり予測が立てやすいほうじゃないの」

「予定どおりに月のものがくるタイプじゃなかったと、そう遠まわしに言ってるのか？」

彼女はうなずき、まっすぐに彼の目を見つめた。

「ぼくはその子どもが欲しくない。きみもそれはよくわかっているはずだ！」

彼女は黙ったままだった。が、マーカスの言葉に身を引き裂かれるような思いがし、必死で意識を集中させた。いま、なにか話したら嘔吐してしまう。

「わざと妊娠したんだな」

ついに、マーカスは斧《おの》を振りおろしてしまった。それまで打ちひしがれていた彼女の顔が一変し、憤怒のあまり真っ赤になった。昔の妃殿下の面影を振りきるように、彼女は肩をすくめた。「その非難の言葉を吐くのに、どれだけ時間がかかるかしらと思っていたところよ。母から何度も言われてきたわ。男は自分が間違っていることに耐えられない、女を悪者にするためなら、平気で勝手なことを言うって」その瞬間、奇跡のように彼女の表情から怒りの色が消えた。そのうえ、微笑さえ浮かんだ。「あなたは父親になるのよ、マーカス。そしてわたしは母親になる。わたし、子どもを授かったのよ。わたしたちの子どもを」

「きみの父親が勝ったなどと、認めるものか。きみは私生児だが、気持ちが曲がっているわけじゃない。だがね、きみの父親は根性が腐っている。ぼくは断じて認めないね、妃殿下。聞こえたか？　きみの妊娠を、ぼくは受けいれない」そして自分の額をぴしゃりと叩いた。

「こんな仕打ちを受けなきゃならないいわれはない。なにひとつ。きみの父親が死ぬまで、ぼくはじつに幸せに暮らしていたんだ。だが、おかげさまで跡継ぎにならざるをえなくなった。ほかに選択肢はなかった。そして、きみの父親は性格がゆがんでいるうえ、辛らつだったから、ぼくにありったけの憎悪をそそいだ。ぼくのことを憎んでいたから、それを立証した。きみと結婚しないかぎり、ウィンダム家の所領を維持する手段をぼくから奪った。やつの大切な私生児と結婚しろと強制した。いや、ぼくが十四の頃から、性欲ではちきれそうだったあの頃から、きみのことがずっと欲しかったとしても、ここまで侮辱されたあげく、やつの仕打ちに屈するいわれはない。おまけにきみは、無理やりぼくと寝たじゃないか」そうまくしたてると、マーカスは断言した。

「自分の人生を取り戻したい。きみと、きみの子どもには、とっととでていってもらおう」

彼は続き部屋のドアのほうに荒々しく歩いていったが、彼女の低い声に足をとめた。「わかったわ。あす、わたしにでていってほしい、マーカス?」

「今夜、でていってもらおう。いますぐに。だがそれは酷というものだ。正面玄関で失神しちまうだろう」

マーカスがドアを乱暴に閉めた。

閉じたドアを、彼女は長いあいだ見つめていた。それから、胃のあたりにそっと手をあててみた。まだたいらだけれど、この内側の子宮にはわたしの子どもが、わたしたちの子どもがいる。

彼女は仰向けになり、天井を見あげていた。するとドアにノックの音が聞こえたので、立ちあがり、鍵をあけた。バッジャー、スピアーズ、マギーが立っていた。マギーは手に蓋付きの皿をもっている。

妃殿下がうしろに下がると、三人はなにも言わず、寝室にはいってきた。

「さあ、妃殿下、召しあがって」マギーが暖炉の前の椅子に彼女をいざなった。

三人はそれぞれの持ち場につき、彼女がバッジャー特製の焼きたてのスコーンを口にいれるまで、なにも言わなかった。

「リンゴのスライスをいれました。新鮮なクリームも。ミルドレッドおばさんのレシピどおりに」

「おいしいわ」

「お腹は落ち着きましたか?」と、マギーが尋ねた。

妃殿下はうなずき、暖炉の炎を眺めながらゆっくりとスコーンを食べた。

スピアーズが咳払いをした。「閣下は情熱的な男性です。生まれついてのリーダーで、行動の人でもある。だから、うろたえるのを嫌います。戦場では、閣下の下士官たちは、神よりも閣下を信頼していた。閣下は下士官たちを守り、容赦なく駆りたてた。そして下士官たちには、閣下が自分たちのためなら命を惜しまないことがわかっていた。それがわかっていたから、だれもが閣下のために最善を尽くしたのです」

バッジャーが話を継いだ。「閣下は短気なんですよ、いつだって。スピアーズ氏の話では、子どもの頃からだそうです。そのうえ閣下は生まれついてのリーダーであるばかりでなく、芯から忠誠心がある。しかし、ときどき冷静にものごとを考えられなくなる。慎重きわまる哲学者ではありませんからね。閣下は行動を起こしてから、考える。だから、最高傑作と思われるような流行り歌にも悪態をつく。そして、じっくりと耳を傾けたあと、落ち着きを取り戻し、声をあげて笑う」

「すぐにかっとして、思いついたことはなんでも吐きだすのはあたしたち女のすることだって思われてるけど」と、マギーが言い、絹でおおわれた腰に手をあてた。「そうとばかりはいえないわよね。だって、あなたは違うもの、妃殿下。貝みたいに黙りこくって、静かそのもの。けっして理性を失ったりしないし、馬鹿みたいにわめいたりしない。閣下とは正反対」そう言うと、マギーが顔をしかめ、肩をすくめた。「きっとあなたは、閣下と反対のことをするのに慣れちゃったんでしょうね。それにしても、妙だわ。あなたはすっかり変わってしまった。あたしたちみんな、気づいてたのよ」

スピアーズが口をひらいた。「閣下がときどき癇癪を起こし、慎みのないことを口走るのはほんとうですが、じきに頭を冷やされますよ。妃殿下は無言を貫くのをおやめになったようですが、それでしたらなおさら、しばらく閣下のそばには近づかれないほうがいいでしょう。閣下は公明正大なかたですが――」

「わかってる。せっかちで、簡単に激昂するのよね。でもね、覚えておいて。彼は子どもを欲しがっていない。これまでも、よくそう断言していたの。なにも今夜、急に決めたことじゃないわ」

「たしかに閣下は男よ。でも、馬鹿じゃない」と、マギーがむずかしい顔をした。「まあ、たしかに男ではあるのよね。男ってみんな……まあ、ここでそんな話を蒸し返しても仕方ないか。とにかく閣下には、愛しあったら赤ちゃんができるってこと、認めてもらわないと。いくら悪態をつき、わめき散らしたとしても、心の奥底では、あなたが妊娠するのは自然なことだってわかってるはず」

「そのとおり」と、バッジャー。「だって閣下ときたら性欲が旺盛で――」

妃殿下が蒼白な顔で言った。「あれほど短気を起こし、子どもを望んでいないと言い張るのも妙な話です。マギーの言うとおり、彼は馬鹿じゃない」

三人はとまどった。「あなたたち、わかってないわ」

「わかってない」つぶやくように言い、彼女は口を閉じた。

「ま、とにかく」と、マギーが言った。「あたしには男ってものがわかってます、妃殿下。あなたが絞め殺したいと思うほど、閣下はプライドが高いかもしれないけど、彼だってじきにわれに返りますよ。なにが正しいのか、きっとわかるはず」

「持論を引っこめるかもしれませんな」と、バッジャー。

「そうなさるでしょう。さもなければ、われわれが行動を起こすしかない」そうスピアーズが断言すると、バッジャーとマギーがうなずいた。

妃殿下が、三人の顔を順々に見つめた。そして、ようやく口をひらいた。「そうね、わたしたち、行動を起こすしかないかも」

「逃げるつもりはない。そうですね、妃殿下？」と、バッジャーが問いかけた。

妃殿下が、思惑ありげに彼を見た。

22

マーカスは、〈チェイス・パーク〉の広々とした玄関ホールへと曲線を描く巨大な階段のいちばん下で急に足をとめた。玄関の二重扉の前には三つの旅行かばんがあり、その横にマギーが立っていた。ダチョウの羽飾りが顎のところまでくるりと伸びている燃えるように赤いボンネットをかぶり、青みがかった黒色の外套を着て、めかしこんでいる。そして優雅な靴でコツ、コツ、コツと床を鳴らしている。だれかを待っているのはあきらかだ。

妃殿下を待っているんだな。

彼は大声で怒鳴った。「彼女はどこだ、マギー?」

マギーがゆっくりと振り返り、伯爵に深くお辞儀をした。「こんにちは、閣下、彼女って、どなたのことかしら?」

「からかうんじゃない。さもないと――」

「もう充分よ、マーカス。わたしはここ。でもすぐにマギーと〈チェイス・パーク〉をおいとまするわ」

「きみはどこにも行かないんだよ、くそっ」

「でも、あなたはそう希望を明言したでしょ。いますぐ、でていけって。でも、真夜中に妊娠した妻を追いだしたことが知れたら、世間体が悪いかしらと思って」

「あのときは、まだ真夜中じゃなかっただろうが。いいから――」

「だからね、あなたの体面を気づかって、けさまで待ってあげたのよ。さよなら、マーカス」

そう言うと、妃殿下はくるりと背を向け、顎をつんと上げた。彼が大昔に名づけた〝妃殿下〟というあだ名にふさわしく堂々と。と、足もとの旅行かばんにつまずいた。

すぐに彼が手を伸ばし、彼女を両腕で支えた。「大丈夫か？　なにか言えよ、天罰がくだったんだぞ」

「大丈夫よ。見事な退場を決めるところだったのに、転ぶだなんて恥ずかしい」

「ああ、顎をつんと上げたところで、転んじまったな。だが、笑わないよ、いまはね。さあ、よく聞け、妃殿下。きみはどこにも行かない。ここがきみの家であり、ここにとどまるんだ」そう言うと、マーカスは彼女を揺さぶった。「わかったか？」

「よくわからないわ、マーカス。もういちど揺さぶってもらうほうがいいかも。頭がはっきりするかも」

彼は妃殿下を立たせると、バイロン卿の詩に登場する騎士気取りの男のように険しい顔でにらみつけた。

「どうして〈チェイス・パーク〉がわたしの家なの？　どうしてけさになったら、きのうとは違うことを言うの？　あなたって人がわからない」

「ぼくが違うと言うまで、ここはきみの家だ。いや、ぼくが違うと言ったとしても、ここはきみの家だ。夜から朝まで言い合いを続け、そのあいだに事態が大きく変わろうとね。わかったか？」

「あなたって、理解不能だわ」

「ぼくは男だ。男ってものは理解不能なんだよ。男の感情は、皿の真ん中に鎮座する料理じゃない。批判されようが好みが分かれようが知ったこっちゃない。きみら女とは違うのさ」

マギーが背後で鼻を鳴らした。

「あら、やだ」と、妃殿下が漏らした。馴染みのできた例の口調。マーカスは躊躇せず、さっと手を離した。

妃殿下はドアの外へと駆けていき、幅の広い大理石の階段を下り、驚いて手鍬《てぐわ》を落とした庭師の横を通りすぎた。そして膝をつき、バラの茂みに嘔吐した。

マギーが、彼を上から下までじろじろと見た。「あんなに揺さぶるから、気分が悪くなったんですよ。あたし、たっぷり二十分かけて奥さまの外套にブラシをかけたとこなのに。妃殿下ときたら、修道院の跡地で例の財宝とやらをさがして、膝をついてあちこち掘り起こしてたでしょ。外套がそりゃ泥だらけだったんです。せっかくきれいにしたとこなのに、ほら、見てくださいよ。また泥だのミミズだの、くっついちゃったじゃありませんか」

「気分を悪くさせようと思って、揺さぶったわけじゃない。だがおかげで、女の脳にもわずかな常識が芽生えたようじゃないか。サンプスン！　ああ、うしろにいたのか。おまえは最近、なんだかこそこそしているな、スピアーズやバッジャーもそうだが。そこの旅行かばん、奥さまの寝室に戻しておけ。さっさとしろ。立ちあがったら、奥さまの脳がまた揺れて、つむじ曲がりに戻るかもしれないからな」

マギーがまた鼻を鳴らした。

マーカスも戸外にでた。美しい夏の朝。青空には白い雲があちこちに浮かび、大気には刈ったばかりの芝の香りが立ちこめている。そして妻はバラの茂みに膝をつき、嘔吐を続けている。

吐き気がおさまると、マーカスは彼女を抱きあげ、二階に運んでいった。彼女の一味にひと言も声をかけないまま進んでいくと、ウィルヘルミナが立っていた。ウィルヘルミナがぴくりと眉尻を上げた。「彼女、とうとう銃をもちだしたってわけ？」

「いや、まさか。ごきげんよう、ウィルヘルミナおばさま」

「ママ！」と、ウルスラがたしなめる声が聞こえた。「そんな怖いこと言っちゃだめよ。妃殿下はここの女主人なんだから」

「なんのこと？　なにも無作法なことは言ってませんよ。ただ、動きすぎてひっくり返ったのかと思っただけ」

「今度の言い訳は、いまひとつだったな」妃殿下を抱きあげたまま、マーカスが息を切らした。彼女はほほえみたかったが、あまりにも気分が悪かった。「しょっちゅう気分が悪くなるのって、気にいらないわ、マーカス」

「そりゃ、ぼくだって気にいらないさ。だがね、とにかく牝牛のようにおとなしくしているんだぞ。ぼくの言うとおりにしていろ」

彼女の寝室に到着すると、部屋からでてきたメイドと鉢合わせしそうになった。それから、妃殿下をベッドに横たえた。

マーカスがコップを手渡すと、彼女は少し水を飲んだ。そしてうめき、お腹を押さえた。彼が部屋をでていった。しばらくすると、彼の声が聞こえてきた。「マギー、ビスケットをもってきてくれ。荷物にたくさん詰めこんだはずだ。さあ、早く!」

三分もしないうちに、妃殿下はシナモン味のビスケットをもそもそと食べていた。そしてため息をつき、ようやくリラックスした。

「わたしに、ここにいてほしくないんでしょう。どうしてそう天邪鬼《あまのじゃく》なの? 教区牧師さまでもお見えになる予定なの? 妻がでていくところを見られるんじゃないかと心配なの?」

彼は黙っていた。そして背を向け、ベッドと安楽椅子のあいだを行ったりきたりしはじめた。黒いブーツを履き、闊歩《かっぽ》している。

なんて壮麗な男性かしら。ぴったりしたバックスキンの半ズボンがよく似合っている。軍服姿の彼を思いだし、またため息をついた。「でていきたいのよ、マーカス。わかってるでしょ、わたしお金持ちなの。それに父が遺してくれたお金がなくても、わたしは生活していける。わざと妊娠したわけじゃないわ。そんなの不可能よ。でも、わたしは妊娠した。それについては、いまさら、もうどうしようもない」ふいに、彼女は息を詰まらせ、囁いた。

「わかったわ。あなた、わたしにあれをしてほしいのね」

「あれってなんだ？　きみにしてほしいことなんかないぞ」

「赤ちゃんをとりのぞく女の人がいるって聞いたことがあるわ。成功した人も多いって。なにかをあそこに突っこむんですって。なかにはそれで命を落とす女性もいるそうね」

「勘弁してくれ、妃殿下、黙れ。くそっ、ヨークの路地裏にでも行って、子どもを堕ろしてくれと婆さんに頼むのか。ご希望とあれば、きみの髪を引っ張り、引きずっていってやろうか？　もういい、無駄口を叩くな。黙りこんでもいいし、怒鳴り散らしてもいい。だが、馬鹿なことだけは言うな」彼はまた歩きはじめた。さきほどより速度が上がり、歩幅も広くなっている。踵が木の床にコツコツとあたる。眺めているぶんには最高の男だ。

「どうしてほしいの、マーカス？」

彼が振り返り、にやりとした。「もうこうなったら、行為の最中に慌ててきみから身を引く必要がなくなったわけだ。いわば、危機は回避できなかったわけだから」

彼女は啞然とした。「四日後には、セレステがくるって言ったじゃない」

「嘘をついたのかもな。ぼくだってウィンダム家の一員だ。こちらにこいと、セレステに手紙なんぞ書かなかったのかもな。ぼくが嘘をついていると、わかってたんだろ？　とぼけるな。きみの吐き気は、あったりなかったりする。タイミングがよければ愉しめるだろう。いまみたいに」

彼女は長いあいだ動かなかったし、口もきかなかった。そしてのろのろとベッドから抜けだし、寝室用の便器に身をかがめ、また嘔吐しようとした。しばらくすると彼女は身を起こし、彼にもたれた。

「まったく」彼はスツールを蹴りたおすと、妻を抱きかかえた。

「そうだな」彼女の顔から髪をかきあげながら、マーカスが間延びした声で言った。「ほんとうにセレステを呼ぶのも一興《いっきょう》かもな。きみはぼくになにかしてくれる状態じゃない。ケンカする気力もなさそうだし、淫らな気持ちにもなれないだろ？ どうだい、妃殿下？」

「試してみたら」

マーカスが長いあいだ彼女を見つめていた。きっと、いろいろアイディアを練っているんだわ。ついに、彼が口をひらいた。「なるほど、そういうことだったのか。きみ、端《はな》から〈チェイス・パーク〉をでていく気なんかなかったんだろう？」

「旅行かばんが見えなかった？ マギーが派手に着飾っていたでしょ？ 外には馬車が待ってなかった？」

「でていくつもりだったのか？」

ほんとうは、彼の言うとおりだった。でていくふりをしただけだった。旅行かばんはからっぽだったし、マギーは女優魂を発揮し、大いに演技を楽しんでいた。彼女は祈ったのだ。彼が子どもの存在を認めてくれることを、わたしを失いたくないと思ってくれることを、子どもとわたしの両方を望んでくれることを。だがもう、自分がなにを祈っていたのかもわからない。

彼女は黙っていた。攻撃の糸口を与えるわけにはいかない。彼女は顎をつんと上げた。

「また決闘を申しこむのか」と、マーカスが青い瞳をきらりと輝かせた。「ゲームがお好きだな、マダム。だが策略はばれた。もうきみに勝ち目はない。恥をかくことになるぞ。きみはまだほんの赤子にすぎない。適切な戦略もなければ、時機を見る本能もない。決闘ね。きみがバラの茂みに吐いていないときなら、よろこんで受けて立とう」

「今夜、八時にでていくから」

マーカスが哄笑《こうしょう》した。

「気にいらない」と、マーカスはバッジャーとスピアーズに言った。「彼女はしょっちゅう気分が悪くなる。顔色は悪いし、棒切れみたいにガリガリだ。ぐったりしていて怒る元気もない。彼女が元気そうなときには、いろいろ噛みついたり、わざと怒らせるようなことを言ってみるんだ。そんなことを言われたら、銃で撃ち殺すか、ディナー・ナイフを突き刺しかねないようなことをね。だが、いっさい反応が返ってこない」

「それはまことに心配です。閣下のたきつけ方はひどすぎる」

「わたしも気にいりません」と、バッジャーが続けた。「いくらなんでも、言っていいことと悪いことがある」

「あと二週間もすればおさまるでしょう」と、スピアーズ。「ご心配はわかりますが、閣下、二週間後にはすっかりお元気になっているはずです。バッジャーさんがすばらしい夕食を用意していますし、妃殿下がなんとかお腹におさめたものは、母子の健康の栄養となっているはずですから」

赤ん坊のことに触れられるたびに、マーカスはひるんだ。いまだに、どうすればいいのか見当もつかない。元気になったら、彼女を遠くにやろうか？〈ピップウェル・コテージ〉に？　彼が思わず悪態をついたので、バッジャーとスピアーズが驚いて彼を見た。

「思いますに、閣下」と、スピアーズが言った。「お母上との再会は、閣下にとっていい気分転換になるはずです。奥さまのことをずっと心配なさっていても、仕方ありませんから」

「おふくろみたいな厳しい言い方はよしてくれ、スピアーズ。で、そのおふくろはいつ到着するんだ？」

「サンプスンさんのお話によれば、七月の第三週に到着なさるとか」

「まったく、おふくろとウィルヘルミナおばの再会の光景が目に浮かぶよ。おふくろとあのボルティモアの強欲女は、昔を懐かしむことだろうさ。哀れなグウィネスおばさまは、ふたりが投げた毒矢にあたり、ぼくらと一緒に埋葬されるってわけだ」

「お母上はむずかしいかたではありません」と、スピアーズ。「とても愉快なかたです。愚かな人間は相手になさいませんから、ボルティモアの強欲女もすぐに途方に暮れることでしょう。お母上はとても空想力が豊かで中世の伝説や民話がお好きな女性だと、バッジャーさんにもお伝えしてあります。大丈夫ですよ、閣下、素敵な女性です」

「好きなのは中世の話だけじゃないぞ、スピアーズ。おふくろはね、スコットランド女王のメアリが、天国の女王、聖母マリアの現世版だと思ってるんだ。おふくろとウィルヘルミナおばが一緒になったら、ぼくらはみんな早死にするぞ。おふくろは毒舌だからね」

ドアのあたりで咳払いが聞こえた。それはジェイムズ・ウィンダムで、マーカスをじろじろと見ている。

「ああ、ジェイムズ、はいってくれ。スピアーズとバッジャーと一緒に、来月のアスコットの勝者を占っていたんだよ。〈エリュシオン・フィールズ〉か〈ロバート・ザ・ブルース〉か。どちらも心臓が強いし、風のごとく走る」

「〈ロバート・ザ・ブルース〉は——雄馬だろ——いい走りをする。やつに賭けるね」

「そうですか、ジェイムズ師匠」と、スピアーズが応じた。「さて、バッジャーさん、そろそろキッチンに戻ったほうがいい。心配事を減らす努力をしなければ」

「夕食はなんだい、バッジャー？」

「鱈《たら》のソテーと貽貝《いがい》の燻製《くんせい》です。ほかにもございますが、詳しくは申しあげますまい。それに、妃殿下がお好きなグラスプディングもございます。お腹にやさしいでしょうから。カエル料理も試すかもしれません。クレーム・ド・ポム・ド・テール・オ・シャンピニオンもお腹にいいでしょう」

「ポテトとマッシュルームのことだな？　ああ、やってみろ」マーカスは言い、ジェイムズ・ウィンダムのほうに注意を向けた。ドルリー・レーンの劇場の舞台にふいに足を踏みこんだものの、自分の台詞がわからず呆然としているような顔をしている。〈チェイス・パーク〉に滞在中のアメリカ人たちは、どいつもこいつも、腹に一物《いちもつ》ありそうだ。

ふたりきりになると、マーカスは言った。「どうした、ジェイムズ？　怖い顔をしているぞ」

「ずっと考えていたんだよ、マーカス。考えちゃあ、思いだし、また考えた。妃殿下が床に倒れ、意識を失っているのを見つけたとき、例の本はデスクの上になかった。それだけは、はっきりと覚えている。もし、きみが図書室の鍵をあけてくれるのなら、妃殿下がその本を見つけたあたりの本棚を、もう少し確認したいんだが、いいかな？　ひょっとすると、手がかりとなる本がほかにも見つかるかもしれない。ウィンダム家の秘宝の手がかりが」

「じゃあ、行ってみよう」と、マーカスは応じた。そして図書室の鍵をサンプスンから受けとると、ふたりで薄暗い部屋にはいっていった。分厚いカーテンをあけると、明るい午後の陽射しが射しこんできた。「窓もいくつかあけよう。換気しないと」

振り返ると、ジェイムズが膝をつき、本棚の下から二段めの本をとりだしていた。だが、そのうしろに本は一冊もなかった。

ジェイムズが本を元の位置に戻していると、マーカスが本棚の上のほうの段を確認しはじめた。だが、本の奥にはなにもない。

ふたりは黙々と作業を続けた。しばらくすると、ついにジェイムズが声をあげた。「あったぞ、マーカス」

彼はとても古い本を引っ張りだし、埃が舞いあがった。それは前世紀末の巡回説教師、ジヨージ・コモンなる人物の説教集のうしろに置かれていた。

「ずいぶん古い本だな」と、マーカス。「よし、ジェイムズ、デスクに置いてくれ」

「ああ」しばらくすると、マーカスが感嘆の声をあげた。「でかしたぞ、ジェイムズ。お手柄だ。頭がいいな」

「うちの母もそう思っているよ」と、ジェイムズが気取ってほほえんだ。「母がきみたちの秘宝のさがし方にけちをつけているとき、アイディアが浮かんだんだ」

「裏ページを見てみよう」

「マーカス、妃殿下を殴ったのはうちの母じゃないかと、きみが疑っているのは知っている。この家のだれかに責任があるのはわかっているが——母だろうか？　信じられないよ」

「トレヴァーかもしれないし、きみかもしれない。ウルスラかも」

「よく言うよ」そう言うと、ジェイムズがそっとページをめくった。


マーカスはしげしげと彼女を見た。そして、妃殿下が自分の健康状態を正直に話したはずだと判断した。「よし、きみのお腹はあと二分はむかむかしないだろう。さあ、見てくれ。これが、ジェイムズが見つけた本だ。挿絵はなく、文章だけだ。じっくりと読み、できるだけ翻訳してみたんだ。この本と、ほかの二冊を記した修道士、あるいは複数の修道士は、修道院の財宝をさがす場所を伝えている。明解に韻を踏んでいる。翻訳にあらわれているといいんだが」

標識を見つけるには頭上を見よ
　9の数字を必死でさがせ

それを浅い井戸にもっていけ
谷間のオークの木の下にある

深く身をかがめよ、だが注意せよ
隠れ家にモンスターが永遠に暮らしている

ヤヌスさながらに顔をふたつもつ9が野獣を連れてくる
急げ、さもなければ野獣の餌食になるぞ

「ぼくの翻訳じゃ、これがせいいっぱいさ。それにしても、モンスターとはなんだろう？　井戸に潜む野獣？　9の数字に顔がふたつ？　古代ローマの双面神ヤヌスのような9？　意外な展開だと思わないか、妃殿下？」

「わたしね、ずっと、オークの木と井戸をさがしていたの——ここにもでてきたわね、マーカス」

「だが、それほど単純な話じゃない。上を見ると数字の9があるとは、わけがわからん。おまけに井戸のモンスター――」

「閣下」

「ああ、スピアーズ。なんだ？」

「トレヴァー・ウィンダム氏がお目にかかりたいそうです」

「きみには寝室に戻ってもらおう、妃殿下。放蕩者は間違った考えを起こしかねない。やつは男だ。それに、ぼくを不穏にするほどの経験は積んでいる。おまけに、きみはとても弱々しくて艶っぽい。どんな男だって欲情に駆られる」

「ウィンダム氏をお招きして、スピアーズ。夫がよこしまな考えから守ってくれるでしょうから」

トレヴァーは長身で浅黒く、とてもハンサムだった。マーカスが彼を意地悪くにらむのがわかった。「やあ、トレヴァー。ジェイムズが見つけた本を見にきたのか？」

「とてもきれいだよ、妃殿下。少しは気分がよくなったかい？　この粗野なまぬけがきみを困らせてるんだろ？　頓知比べでも申しこみ、こいつを追っ払おうか？」

「ぼくの頓知で、きみを木偶《でく》の坊のように見せてやるぞ。だがね、こっちは決闘用のピストルをもっている。アメリカ人が視野にはいると自動的に動く仕掛けになってるんだ。とくに、妻にむかってオオカミのようによだれを垂らしている男には」

「きみをオオカミのように見ているのが、ぼくのほかにもいるってことかい、妃殿下？」

いの」

「いたとしても、もういなくなったわ。吐き気のする相手を見ていると、情熱も失せるらしいの」

「きみの当意即妙の応答は、じつに神経にさわる」と、マーカスが立ちあがった。そして、トレヴァーの目をまっすぐのぞきこんだ。「やれやれ、きみが気取り屋ならよかったのに。そうすれば嘲笑し、無視できたんだが」

トレヴァーがにやりと笑い、白い歯を見せた。「すまないね、マーカス。だが、かわいい気取り屋だったのは五歳までだったからね。ところで例の本の話だが、ジェイムズが韻を踏んだ文章を見せてくれたよ。ほかにはないのか？　〈国王至上法〉を修道士が嘆く歌がほかにもたくさんあったようだね。国王にではなく教皇に忠誠を誓っているとヘンリー八世から告発されるのではないかと、修道士たちが心配する歌が。それで巻末に、財宝に関するわけのわからない詩があったというわけか？」

「これがそうだ」と、マーカス。「きみに、なにかアイディアが浮かぶとも思えんが」

「見せてくれ」

十分後、マーカスが鋭い口調で言った。「そいつを母親のところにもっていけ。見せるといい。ぼくたちは、もうその詩を覚えちまったからね。頭のおかしい修道士が書いたとしか思えない。ジェイムズもぼくも、手がかりらしきものを得ることはできなかった。井戸のなかのモンスター、ふたつの顔をもつ9の数字。なんのことだか、見当もつかない」

「とにかく、母に見せてみるよ。好奇心ではちきれんばかりになってるからね。それにジェイムズにかんかんに腹を立てている。もちろん、きみをこの件に引っ張りこんだからさ、マーカス。少なくともこれで当分、母の頭のなかは、この詩でいっぱいになるだろう」

「トレヴァーには」トレヴァーが寝室からでていくと、妃殿下が口をひらいた。「気取り屋さんのところがかけらもないわね」

「ああ。どちらかといえば、井戸に潜む野獣だな。おそろしいハゲタカだよ」

23

妃殿下は自分のブーツにぴしりと乗馬用の鞭をあてた。いい気分。バッジャー特製のスコーンとはちみつでお腹は落ち着いていたし、聖スウェイル修道院の跡地までなにごともなくバーディーを走らせてきたところだった。こんどは北側をめぐってみたのだが、なにも見つけることはできなかった。オークの木も、小さな谷も、釣瓶も井戸もない。いかなるモンスターも目にしなかったし、ただの数字の9もなかった。ましてや、ヤヌスのように前とうしろにひとつずつ顔のある9など、あるはずもなかった。

それでも、落胆してはいなかった。それどころか、マーカスに会うのが待ちきれなかった。この三日間、マーカスは彼女のベッドにこなかったのだ。とはいえ、彼女を避けていたわけではない。マーカスは、聖母マリアを見守る母親のように絶え間なく彼女に注意を払っていた。よそよそしい態度をとらないでと、思わず彼を地面に押し倒したくなるほどだった。いつものマーカスらしい行動をとってくれたほうがましだ。わたしが九歳の頃に知りあったときからそうしてきたように、わたしを怒らせ、からかってほしい。そして彼を殺したい、彼にキスしたい、彼をじらしたいと、思わせてほしい。なのに、彼は理性ある男のようにふるまっている。冷静で慎重で、なんの情熱ももたない男みたい。そんな彼は大嫌いなのに。

彼女は頭に浮かんだメロディーを口笛で吹きはじめた。まだ歌詞は浮かんでこなかったが、アイディアはあった。ウィーン会議のことを考えると、笑みがこぼれた。小説家のキャロライン・ラムとバイロン卿も登場させよう。あのふたりを会議に出席させ、占領国に新たな国境線を引かせたら、さぞ愉快だろう。

口笛を吹きながら、屋敷の正面玄関へと続くイチイの並木道を曲がった。すると、玄関の前で四頭の馬があえぎながら引いている馬車が目にはいった。馬車がとまり、ドアがあけられた。そして、砂糖菓子のように愛らしい女性が馬車から下りるのを、マーカスが支えているのが見えた。そのおいしそうな砂糖菓子は、深緑の旅行用のドレスを優雅に身にまとい、おそろいのボンネットの紐を顎の下でかわいらしく結んでいる。その華奢な足は、やはり深緑色のやわらかいキッド革の旅行用ブーツでおおわれている。

手袋をはめた女の手を、マーカスが自分の口もとに上げるのが見えた。彼の目は女の顔から離れない。そのときはっきりと、甘い笑い声が聞こえてきた。その女が、彼の頰に手袋をはめた指をさっと走らせた。そしてつま先立つと、彼の唇にキスをした。

頭に血がのぼった。

「よくも！　夫から手を離しなさい。マーカス、唇を離すのよ。この女たらし！」

走りはじめた彼女は、慌てて立ちどまった。その愛らしい女が振り返り、こちらを見たのだ。澄んだ灰色の目が大きく見開いている。困っている？　おもしろがっている？

「あら」と、その女がおどけるように言った。「どちらさま？　ひょっとすると、閣下の馬小屋で働いているかたかしら？」

「彼女はね、ぼくが命令することはなんだってする」と、マーカスがその女の手を軽く叩いた。「これぞ、女の美徳。ああそうだ、セレステ、彼女を妃殿下と呼んでかまわないぞ。きみに手紙で知らせただろう？　あれがぼくの妻だ」

セレステ！

その瞬間、頭にのぼった血が沸騰を始めた。「嘘をついたって、言ってたじゃない。この大嘘つき！　ここに彼女を呼んでなんかないって、そう言ってたじゃない！　もういい、殺してやる！」

前後の見境なく、彼女は行動を起こした。もう、くつわは彼に振りおろした。なにかほかの武器が必要よ。リンデンの木から大枝を折ってこようか。でもあの枝は高くてわたしには届かない。彼女は私道に座りこみ、乗馬用のブーツを脱ぎ、勢いよく立ちあがった。そしてブーツを頭上に高く掲げ、彼に突進していった。

腕を振りあげ、叫んだ。「後悔することになるわよって、言ったでしょ。ああ、ここぞというときに、銃をもってないなんて」

そして、ブーツで思いきり彼の肩を殴った。マーカスが慌ててセレステを遠くにやった。

「落ち着け、妃殿下。きみはずっと具合が悪かった。ここ数日、ぼくは聖人だった。きみが元気になるまで休息させてやった。だがね、ぼくは男だ。きみだって自己中心的な妻にはなりたくないだろ？　自分の吐き気以外のことには気がまわらないようじゃ困るなあ。ここにいるセレステはとても気立てがよくてね。ぼくの面倒をそれはよく見てくれるだろう。きみが怒ったり、心配したりする理由はどこにもない」

「わたし、四日間ずっと具合が悪かったわけじゃないわ。四日間、あなたが禁欲主義を貫く聖人みたいにふるまっていただけよ！　あなたったら、わたしにいちども怒鳴らなかった。あなたを殴りたいとわたしにいちども思わせなかった。あんなふうにすましてるあなたなんて、わたし、大嫌い」彼女はやみくもに腕を振りまわし、ブーツの踵が彼の腕に強くあたった。あの女はどこ？　ああ、マーカスのうしろに隠れてるのね。女だって容赦するもんですか、この臆病者。

　サンプスンとふたりの従僕が、階段のいちばん上に姿を見せた。彼女は目の端で、前進しようとした従僕をサンプスンが引きとめる光景をとらえた。よろしい。サンプスンはわたしの味方だ。そこで、ふたたび彼に殴りかかった。

　マーカスが三歩、うしろに下がった。「よせ、妃殿下、こんどはブーツか！」

「よくもまあぬけぬけと、ここに連れてきたわね！」彼女は声をかぎりに叫んだ。「どこぞの浮気亭主みたいに、ロンドンに出張すればいいじゃないの。それで嘘をつけばよかったのよ。裏切りの代償は大きいわよ、マーカス！」彼女はまた二回、殴りかかった。そのうち一回はブーツの踵が彼の右肩に命中し、満足のいく音をたてた。

「妃殿下、もう目的は達成しただろ、やめてくれ」マーカスが肩と右腕をさすった。「そろそろ、くたびれたんじゃないか？　片脚でぴょんぴょんはねまわって——ストッキングが台無しじゃないか——身体にひびくぞ」

「頭を切り落としてやる、マーカス・ウィンダム！　このボロボロのストッキングで首を絞めてやる。あなたが激痛にのたうちまわったあげくに死ぬまで、くたびれたりするもんですか！」

彼女はまたブーツを振りあげ、夢中になって連打した。ふと、彼の表情が目にはいった。マーカスは怒ってなどいない。笑っている。笑っているのだ！

このわたしに向かって。

彼女は動きをとめ、彼をにらみつけた。彼の背後では、女がこちらをのぞきこんでいる。彼女は慌ててもいなければ、おびえてもいない。わたしの見間違いでなければ、夫と同様、いまにも大声をあげてヒステリックに笑いはじめそうだ。

彼女はふたたびブーツを振りあげたものの、ゆっくりと下ろし、地面にぺたりと座りこみ、ブーツを履き、立ちあがった。マーカスが身体をふたつに折り、声をあげて笑っている。

彼女はマーカスに飛びかかった。腕を振りまわし、満身の力をこめて彼を叩き、髪の毛を引っ張った。彼は妃殿下の両腕を押さえこんだが、彼女はまだもがきつづけた。マーカスは彼女が動きをとめるまで、そのまま押さえつづけた。

「穏やかで無口なありし日の妃殿下は、これで完全に埋葬されたな。きみ、右のこぶしが強いぞ、妃殿下。いや、もう殺そうとするな。気がすんだろう？」

「この浮気者、離して」

「ピストルをとってきて撃たないと約束するか？」

むこうずねを蹴っとばした。

彼はうめき声をあげ、わき腹のほうに彼女を乱暴に引き寄せた。「そろそろ、セレステ・クレンショーを紹介しよう。素敵な女性だろう？　彼女はぼくを崇拝していてね。恵まれない環境に甘んじているぼくのために、はるばる北部までお越しくださったんだよ」

妃殿下は自分を呪った。彼、わざとこんな真似をしたんだわ。わざと、わたしに理性を失わせたのよ。そして、わたしをへとへとに疲れさせた。

深呼吸をしようとした。呼吸を落ち着かせなければ。だが、それはとてもむずかしかった。それでも、ようやく口をひらいた。自分が誇りを取り戻し、この状況を切り抜けるには、いましかチャンスがないと悟ったからだ。「こんにちは、セレステ」その声はあまりにも大きく、金切り声に近かった。「わたしのベッドからこの無骨者を連れだすためにきてくださったのね。うれしいわ、ほんとうに。いろいろあって、彼には腹をたてていたの。どうか、わかってちょうだい。あなたがきてくださって、わたしうれしくて有頂天になっているのよ。いつも頭痛や歯痛のふりをするの、たいへんだったんですもの。彼を遠ざけておきたくて、仮病まで使ったのよ。でも、あなたがきてくださったおかげで、もう具合の悪いふりをせずにすむわ。ああ、お腹がすいた。でもなにか食べると、病気が全部演技だったと思われちゃうかしら。もう仮病はこりごり。さあ、食べることにするわ。ありがとう、セレステ。あなたをお部屋にご案内しましょうか。それとも、閣下の寝室で一緒におやすみになる？」

マーカスに腕を強く握られていることは、わかっていた。彼の顔を見あげ、白い歯を見せて笑った。「ヒステリー女みたいな真似をしてごめんなさい、マーカス。あなたがいけないのよ。でもね、ミス・クレンショーの存在がすごくありがたいものだってわかったから、もう大丈夫。思いやりのあるだんなさまに恵まれて幸せだわ。ああ、マーカス、あなたってなんてやさしいのかしら」

「殺してやる」マーカスが歯噛みをした。そして彼女を揺さぶったが、ふいにその手をとめた。「いや、このまま揺さぶりつづけたら、きみはまたバラの茂みに吐くだろう。庭師のビグズが半泣きだったよ。新木をだめにしたそうだ。だから、もうきみを揺さぶりはしない。さあ、マダム――」

彼は言葉をとめ、彼女の腕をやさしくさすった。彼の目は抜けるように青い。「ぼくがすばらしい、やさしい夫なら、きみだってすばらしい妻じゃないか。さてと、セレステは間違いなく疲れている――喉も渇いているはずだ。やきもきするなよ。彼女を部屋に案内し、世話をするだけだから」そう言うと、マーカスが彼女の頬を軽く叩き、親戚のおじさんのようにさっと額にキスをすると、ひと言も発しない若い女性のほうを振り返った。

「な、美人だろう、セレステ？　奥さまは自分に焼きもちなんか焼かないんじゃないかと心配してたが、杞憂《きゆう》だったたな、セレステ。さあ、部屋に案内しよう。旅行用のドレスを脱ぐのを手伝うよ。皺くちゃだし、汗もかいただろう――まあ、それほどドレスは皺になってないし、汗をかいて上気しているのはぼくのほうだがね。ああ、水浴びをするといい。背中を洗ってあげるよ。それから、午後は一緒に愉しもう」

「マーカス」

「なんだい、妃殿下」と、彼が振り返った。

「彼女から手を離さないと、あなた、ほんとうに後悔することになるわよ」

彼は即座に手を離した。「さて、妃殿下？」

「わたしのことをまた笑ったら、後悔するわよ」

「笑いたいなんて、これっぽっちも思ってないさ、妃殿下」

「よろしい。さあ、ミス。クレンショー。サンプスンがあなたをお部屋に案内いたしますわ」

ミス・クレンショーは、頭を横に振り、くすくすと笑った。「チェイス伯爵、奥さま、勝負は引き分けね。ふたりとも、相手に相当なダメージを与えたわ。それにしても、あたし、ドルリー・レーンで暮らしはじめて一年になるけれど、この十分間ほど、楽しかったことってないわ。それに、ここにくるだけで十ギニーもいただけるんですもの。ここでの宿泊を認めてくださって、ありがとうございます。ねえ、閣下、一晩だけ泊まらせていただいてもいいでしょ？　ああ、それから、あたしの本名はハンナ・クレンショーっていうの。セレステは本名じゃないわ。お馬鹿さんみたいな響きの名前はなにかしらって考えて、セレステにしたの」

「今夜だけなら、かまわないわ」と、妃殿下が応じた。「でもね、あなたはすごくきれいだから、それ以上ここに宿泊なさったら、閣下を自分の寝室に閉じこめておかないと。バッジャーはとても料理がじょうずなの。だからバッジャーの料理を口にしたら、長居したいと思うかもしれないわ。アメリカの親戚と一緒にね。でも、それは許しません」

ミス・クレンショーはふたたびくすくすと笑い。ふたりから離れていった。妃殿下よりも遥かに優雅で艶っぽい物腰で。

妃殿下は夫のほうを向いた。笑いすぎて卒倒を起こしそうになっている。彼女は、彼の下腹をこぶしでぶった。彼は低くうめき声をあげると、彼女を強く抱きよせた。

「この五分間、とうとうきみは正直な自分を見せた。それにしてもきみは、スピアーズとバッジャーの想像より、遥かに強暴だな。マギーはね、きみがだんまりを決めこみ、打ちひしがれるんじゃないかと踏んでいた。だがバッジャーは、それは違う、きみはぼくをボコボコにするだろうと予測を立てた。スピアーズは鼻を鳴らし、こんな茶番はチェイス伯爵にふさわしくありませんと言ってたっけ」

長いあいだ、彼女は呆気にとられて彼を見つめていた。そして、彼の胸や腕をさすりはじめた。「痛かった？」

「ああ、めちゃくちゃ痛かった」

妃殿下は彼の肌をさすっていたが、しだいにそれを愛撫へと変えていった。マーカスがため息をついた。「みんなが見てるぞ、妃殿下。ほら、あそこにビグズがいる。きみがだめにしかけたバラの茂みに隠れてるだろ？　きみのせいでまたバラが被害にあわないよう、見張ってるんだ」

「知ってる」そう言うと、彼女はつま先立って唇にキスをした。それから顎に、耳に、キスの雨を降らせた。「あなたには退屈しないわ、マーカス」

「きみにだって退屈しないぜ。なにしろ左足のブーツを脱いだかと思ったら、殴りかかってきたんだから。まさか、あれほどユニークな攻撃を仕掛けてくるとは」

「貴婦人たるもの、手近なもので間に合わせないと」

24

暗闇を見つめたまま、横たわり、彼を待っていた。ついさっき、彼が階段を上がってくる音が聞こえたのだ。それまで彼は、トレヴァーと、それから報酬を払ってきてもらったセレステ、本名ハンナと一緒にトランプをしていた。その晩はとても楽しかった。マーカスは、ミス・クレンショーを遠縁のいとこだと一同に紹介した。アメリカのいとこたちよりも遠縁だし、ことによると中国よりも遠縁にあたるいとこだよ、と。そして全員が笑い、大いに楽しみ、バッジャーの料理を堪能した。ただウィルヘルミナだけは例外で、盛装していた彼女は、マーカスお気に入りのデザート、グーズベリーの甘煮を食べている最中に、とうとう毒舌を開始した。「この浮かれ騒ぎはなに？　はしゃぎすぎよ。まあ、彼女のせいね。なにしろ私生児だから、マナーというものを知らないのよ」

グーズベリーの甘煮を食べていたマーカスがむせ、ようやく咳がおさまると、言葉を発した。「おっしゃるとおりです、ウィルヘルミナおばさま。ここから妃殿下を追っ払ったら、代わりにミス・クレンショーに残ってもらおうかと思ってるんですよ。おばさまは、ミス・クレンショーのこと、認めてくださいます？」

「妃殿下は妊娠しているのよ、それだけは間違いない。だからミス・クレンショーには、トレヴァーかジェイムズとの結婚を考えてもらうほうがいいわね。ミス・クレンショー、あなた、それだけの持参金をもってこられる?」

どっと笑い声があがったが、ウィルヘルミナおばは意に介さないようだった。ありがたいことに、双子とウルスラは夕食の席にいなかった。

ほんとうに今夜は楽しかった。でも、いま、あたりは闇に包まれ、わたしはまだ、彼が望んでいない子どもを宿している。

ついに続き部屋とのドアがあいたとき、さきほどまでの楽しさはどこへやら、すっかりむなしい気持ちになっていた。

「おや?」ほどなく、彼がベッドの端に腰を下ろした。「陽気な挨拶と、愛嬌のある笑顔を期待していたんだが、どっちもなしかな?」

泣いたりしたらだめ。必死の思いで涙を抑えた。「愛嬌のある笑顔を浮かべているわ。暗くて見えないだけ」

彼がろうそくを灯した。

彼女は顔をそむけたが、彼のほうがすばやかった。マーカスは指先でやさしく彼女の顎を包み、顔を自分のほうに向けた。彼は、ゴシック小説の登場人物のように陰鬱な顔をしている。「泣くな、妃殿下。きみが泣いているのを見るのなら、きみに撃たれるほうがましだ」

「わたしだってあなたを撃ち殺してやりたい。なんでもないの、マーカス。なんでもない」

彼が鼻を鳴らした。そうよ、マーカスだもの。納得もしていないのに引きさがるわけがない。彼女は身を起こし、マーカスに抱きついた。「お願い、マーカス、お願いだから、わたしを望んでないことなんて、忘れて。わたしと無理に結婚させられたことも、忘れて。望んでもいない子どもをわたしが宿していることも、忘れて。わたしにキスして。愛してほしいの」

マーカスは身じろぎもしなかったが、それもわずかな時間だった。ほどなく、彼女のなかに深くはいってくると、彼女は歓喜のあまり身を震わせた。彼が頭を下げ、唇を重ねてきた。息は温かく、甘い。「きみの身体は、ぼくだけのためにつくられている。わかるかい、妃殿下？　ぼくにぴったりあうようにつくられているんだ。ほら、ふたりがひとつになっているのがわかるだろう？　信じられないよ、こんな結びつきがあったとは。でも、ほんとうにあるんだよ。ぼくたちを感じるんだ、妃殿下」

彼女は感じた。こんなに感じることがあるのかしらと思うほど、感じた。快楽で息もできない。もうこれ以上は無理。それでも、彼に甘い言葉を囁かれ、彼にまさぐられると、また感じてしまう。彼の頭を強く抱き、ありったけの情熱をこめてキスをした。全身が感じている。それは、遥か昔から彼女が身体に秘めてきたものだった。深く、わたしを満たすもの。なにもかも、彼のもの。死ぬまでずっと、彼のもの。

彼女を抱きよせたまま、マーカスが眠りに落ちた。彼の喉もとに顔を埋めたまま眠りたい。それなのに、ちっとも眠くならなかった。そして、考えた。妊娠が判明してからもう百回以上、自問しつづけてきたことを。これから、どうしよう？　彼女はそっと彼の胸に触れた。

温かくて、力強い。彼女はじわじわと彼の腰のほうに手を下ろしていった。気づいたときには、自分の下腹部を彼のわき腹に押しつけていた。あそこが触れて、熱くなっている。お腹がせりだしてきたあとも、わたしはまだ〈チェイス・パーク〉にいるかしら？　そうなっても、彼はこんなふうにわたしを抱いてくれるかしら？　望まない子どもを宿しているわたしを？

マーカスは、喉もとに彼女の涙が流れるのを感じた。「だめだ」と、彼女の耳もとに囁いた。「だめだ、妃殿下、泣くな。そうじゃなく、ぼくに悲鳴をあげろ」そう言うと、のしかかり、彼女のなかにはいった。彼女は絶頂に達したが、悲鳴をあげはしなかった。ただ、彼に唇を奪われたまま、そっとうめいた。

きょうは、まさしく盛夏。抜けるように青い空、澄みわたる空気。詩人なら、思わず歓喜の涙を流しそうな日だ。しかし、マーカスにとっては馬を走らせるのに最高の日だった。その日の早朝、妃殿下とふたりでハンナ・クレンショーを見送ったところだった。ロンドンまで送り届けるために雇った馬車に乗せてやると、彼女はあつかましくも、こう忠言してきたのだ。「彼女は特別よ、閣下。よくわかってるでしょうけれど。でもね、彼女は不幸でもある。このまま放っておいちゃだめよ。あなたにもわかってるはず。あたし、妻を平気で裏切る夫を腐るほど見てきたわ。お願いだから、そんな真似しないで」

彼はなにも言わなかったが、わかったような口をきくなと、平手で張り倒してやりたくなった。だがそうはせず、馬車のドアを閉め、御者に手を振った。そしてうしろに下がり、広い私道を馬車が走っていくのを見送った。

横に立っていた妃殿下が口をひらいた。「さすがに彼女、経験豊富ね。マーカス、無作法なのはあなたのほうよ。つむじ曲がりだし。でもね、あなたのユーモアのセンスは好き。こんどは、わたしがあなたを出し抜いてみせるわ」

マーカスが警戒した。「いや、考えるのもやめてくれ。頼む、妃殿下、具合がよくなるまではだめだ」

「わたし、すっかり元気よ。妊婦だけど、健康そのもの」

「そうだな」そう慌てて応じると、彼女の腹部に目をやった。水色のモスリンのドレスの下はまだたいらだ。昨夜、おれは昨夜、あの下を撫でた。そして恥骨も愛撫した。そうだ、彼女のお腹が真ったいらなのを、おれはこの手で感じた。彼女の子宮のなかに、おれの子どもがいるなんてことは、ありえない。妃殿下がため息をつき、立ち去っていったが、彼はそちらを見もしなかった。

彼はそこに突っ立ったまま、低い声で悪態をつき、馬小屋に向かった。

ラムキンに馬の用意をしてもらいながら、ふたたび頭上を見あげた。あいかわらず、詩人が称賛しそうな青空が広がっている。雲は聖人の魂のように真っ白だ。

「トレヴァーさんが、クランシーに乗っていかれました」と、スタンリーの左肢を上げながら、ラムキンが言った。そして蹄《ひづめ》を注意深く眺めながら、小さく鼻歌を歌った。

「許可もなく、おれの馬に乗っていくとは」マーカスは自分の鞍をもち、スタンリーの広い背中にもちあげた。「侵入者め」

「まったく、トレヴァーさんは見事な乗馬をなさる。まるで、あの怪物みたいですよ。ほら、上半身が人間で、下半身が馬の」

「ケンタウロスだろ。だが、トレヴァーなどという女々しい名前のケンタウロスがいるものか」

「おっしゃるとおりで。そういえば、ジェイムズさんも一緒におでかけになりました。アルフィーに乗ってね。いまじゃすっかり老いぼれちまいましたが、アルフィーも昔は元気に走りまわってたんです。それにしても、ジェイムズさんはトレヴァーさんとは違いますね。ジェイムズさんは、紳士が淑女に接するように、馬を扱う。魔術みたいですよ」

「ふん」マーカスはそう言うと、苦虫を嚙みつぶしたような顔でラムキンを見た。そして、馬小屋からスタンリーを引きだした。

馬を走らせたが、トレヴァーの姿もジェイムズの姿も見えなかった。とうとう修道院の跡地に到着したが、だれもいない。あのごろつきども、どこにいる？　そして気づいたときには、マーカスは秘宝の手がかりをさがしていた。小さな谷、オークの木、井戸、そして９の数字に似ているものを。まったく、９ってなんなんだ？　ふたつの顔をもつ９？　おれみたいに聡明な人間がさがしだせないような漠然とした物を手がかりに残すってのは、いったいどういうわけなんだ？

屋敷へと続く私道のそばの田舎道に、ひとりの娘が立っていることに気づいた。ウルスラだ。マーカスは、彼女の横にスタンリーをつけた。「おはよう、ウルスラ。どうして馬に乗らないんだい？」

「だって、すっごく気持ちがいいんだもの。馬に乗っていると、あたし、落馬が怖くて仕方ないの。でもきょうは、目にはいるすべてのものを覚えておきたいのよ。木立の緑だって、ふだんより色鮮やかじゃない？　宝探しには打ってつけの日よね。このあたりは雨が多いでしょ、閣下？　あたしたちの故郷では、こんなに雨が降らないの。それでも、ボルティモアの自然は荒廃してるって、パパがよく言ってた」

彼はにっこりとほほえんだ。「故郷が恋しいんだね、ウルスラ？」

「ええ、でもイングランドだってあたしの故郷よ。パパがここで生まれたんだもの。〈チェイス・パーク〉は、とっても素敵なところだわ。あんなお屋敷、アメリカにはないもの。そりゃ立派なお屋敷はあるけど、みんな新しくてぴかぴかなの。何世紀もの歴史があって、抜け道が隠れていたり、なにかを隠すのに打ってつけの場所があるわけじゃない。ウィンダム家の遺産の手がかりだってないし」

彼は馬から下り、スタンリーの手綱を手に巻きつけ、いとこと並んで歩きはじめた。

「遺産？　なんだって、そんな呼び方をするんだい？」

「ママが言ってたの。それはね、ただの宝物なんかじゃないって。パパのお兄さんが伯爵になり、〈チェイス・パーク〉や所領、全財産を自分のものにした。だけど、宝物は弟のためのもの。ということは、弟であるパパが亡くなったんだから、ママがもらうべきものだって。だからね、その宝物はママへの遺産なんだって」

「なるほど」ウィルヘルミナのまわりくどいこじつけを、思わず褒めたくなった。「だがね、ここに宝物だか遺産だかがあるのなら、それは残念ながらぼくのものなんだよ。伯爵のね。きみのママに渡すわけにはいかない。悪いね。ところで、ジェイムズとトレヴァーがどこかにいるようなんだが、見かけなかった？」

「ううん、あたしも見てない。トレヴァーはね、早くここからでていきたくてうずうずしてるの。げんなりして、ママを見てるわ。ジェイムズはね、あたしたちの遺産を見つけたがってる。でもね、あなたから盗もうとは思ってない。ママは違うけど。だけどほんとうのところ、だれのものなの？　あたしのものになったら、うれしいのになあ」

「きみのお母さんは」と、彼は慎重に言った。「とても変わった人だね。いつもあんなふうに変わってるの？」

ウルスラが小首を傾げた。「そう思うけど、あたしが大きくなるにつれ、どんどん変わってきた感じ。ううん、ママが年をとるにつれ、かな。あたし、自分が子どもだったから、よくわからない。妃殿下は、ママに変なこと言われて落ちこんでると思う？　そんなふうに見えないけれど、怒ってても当然よね。だってママはしょっちゅう、わけがわからないこと言うんだもの。妙なことをしておいて、自分がしたことを忘れちゃうの。さもなければ、ほんとうは忘れてないのに、忘れたふりをしてるだけなのかな」

「妃殿下は頭のいい人だからね、侮辱されて落胆しやしないさ。どんなにうまくほのめかされてもね。だけど、きみのママが忘れっぽいっていうのは、ちょっと心配だね」

「最近まで、そんなことはなかったのよ。だけど、ママったら、うっかり腐った食べ物を近所の人にあげたことがあったの。その人、あやうく死にかけたわ」

「そんなことがあったのか。ママ、その近所の人のこと、嫌いだったんだろ?」

「どうしてわかるの?」

「推測さ。おや、あのオークの木を見てごらん。きみよりも年齢が上だろうね」

「そりゃ、あたしより上でしょうけど、マーカス、あなたよりも上よ。うちのママよりも上だと思うわ。たしかに古い木よね。とにかく、あたしと同い年だったら、木だってほんの若木でしょ? ああ、そうだ。サンプスンさんから、チルトン卿が、きょう、いらっしゃるって聞いたけど」

「そうだ、すっかり忘れてたよ。あの騒動で」

「騒動って?」

「ああ、ミス・クレンショーの短期滞在さ」

「トレヴァーとジェイムズが、その話をして笑ってたわ。ジェイムズがね、妃殿下があなたのことを思いきり殴ったって言ったの。そしたらトレヴァーがね、あなたの思惑どおりだったって言ってたわ。男はそのくらいのこと、ときどきしたほうがいいんだって。そのせいで、しばらく妃殿下は逆上し、ブーツ片手にあなたに殴りかかったって。でも、そんなこと、ありえないでしょ。なにかあったの、マーカス？」

「さあ、さっぱりわからんね。まったく短気な私生児め。すまない、ウルスラ。言葉づかいが悪かった」

「いいのよ。お兄ちゃんたちだって、いっつもそんな感じだもん。チルトン卿って、どなた？」

「本名は、フレデリック・ノース・ナイティンゲール。称号は、チルトン子爵。ぼくの親友だが、二年まえまではよく知らなかった。ぼくらの小隊がフランス軍に待ち伏せ攻撃されるまではね。彼の背中から一インチも離れていないところに剣を突きだしていた兵士をぼくが撃ったとき、ノースときたら、なんと言ったと思う？『やれやれ、ポルトガル製のウォッカに手をだす程度の男に命を救われるとは』と、ぼやいたんだぜ。一カ月ほどまえ、ぼくは彼を残し、パリを発った。彼はブルックス卿の世話と護衛を担当している」

「ポルトガル製のウォッカってなんのこと？」

「まあ、きみは知らないほうがいい。こんな話をするんじゃなかった」いやはや、あいまいな隠語で助かった。ポルトガル製のウォッカとは、ポルトガル南部出身の売春婦を指すのだから。

「やんなっちゃう。みんながあたしの前でお喋りしなくなったら、あたし、なんにも学べないでしょ？　彼、あなたみたいにいい人、マーカス？」

「そんなわけないだろ。やつは気難しい陰気な男だ。こんな快晴の日は大嫌いだろうね。岩が散在する峡谷を物思いに耽りながら歩くほうが好きだ。陰気で静かなところが好きなんだよ。やつは危険な男だし、自分から危険を求めている。そんなあいつが、大好きさ」

ウルスラが笑い、彼の手をとった。「ぼくと手をつないでいるところを妃殿下に見られたらたいへんだぞ。彼はのんびりと言った。独占欲が強くて、嫉妬深いんだよ。こんなところを見られたら、喉をかき切られちまう。しわがれ声になるには、ぼくはまだ若すぎるだろう？」

「やだ！　意地悪ね、マーカス。妃殿下は、女王さまより貴婦人だわ」

「親愛なる女王が貴婦人とはほど遠いことを考えれば、きみの言うとおりかもね。妃殿下はね、ウルスラ、くつわで殴りかかってきたんだぜ。左足のブーツで殴られたこともある。そう、きみの兄さんたちの言うとおりさ。妃殿下はね、彼女の乗馬用ブーツでぼくを何度も殴った。地面に座りこみ、ブーツを脱いだかと思ったら、ぼくのところに一目散に突進してきた。次なる武器としては、ピストルを考えているようだ。ありがたいことに、彼女はピストルをもっていないがね。さもなければ、ぼくはとうの昔に墓地に埋葬されてるよ」

ウルスラはおかしそうに笑いつづけ、スキップをすると、振り返って叫んだ。「そんなことされるだけ、あなたが悪いことしたからでしょ。あたし、これから小川まで行くつもり。あたしを見たって、ママには言わないでね」

おれもあんなふうに若かったことがあったのか？　無邪気にくったくなく、存分に笑ったことが？　ああ、そんなこともあった。だがあの夏、マークとチャーリーが溺死し、青春時代は消えてしまった。

スタンリーにふたたび乗り、馬小屋に戻った。すると、玄関で大混乱の光景がくりひろげられていた。

わが友、ノース・ナイティンゲールが、屋敷のなかの幅広の階段のいちばん下に立っていた。両腕で妃殿下を抱いている。彼女は意識を失っているか、死んでいる。マーカスは野人のように大声をあげた。

マーカスは、心配のあまり頭がどうにかなりそうだった。が、彼女が痛みを感じていることも、彼女がぐったりし、おびえていることもわかった。そこで、窓にひそやかにぶつかる雨粒のようにやさしい声で言った。「思いだせることを全部話してくれ、妃殿下。階段のところにくるまで、きみはなにをしていた？」

「朝食をとろうと思っただけよ、マーカス。階段のいちばん上にいたの。目の端でなにかとらえたような気がして、振り返った。それだけしか覚えてないの。目覚めたときには、知らない《ストレンジ》男の人に抱きあげられていた。その人の顔は壁のペンキより白かったわ」

「その白い顔の紳士は、チルトン卿だ。彼が訪ねてくるかもしれないと、きみに伝えるのを忘れていたよ。初対面だったね。とにかく、いまはここに滞在している。おまえのことを一風変わった《ストレンジ》男だと妻が言っていたと、あとで伝えておくよ。そのとおりだからね。そうすれば、あいまいなうめき声くらいあげるだろう」

軽口を叩いてはいたものの、彼女を見たときの恐怖でまだ胃が縮みあがっていた。彼は、自分が雄たけびをあげたことも覚えていた。われを忘れ、彼女が死んでいないことがわかるまで、叫びつづけた。あまりにも強く彼女の手を握りしめたので、しまいに、彼女がうめき声をあげたのだ。

「まったく」そう言うと、彼女の指を揉んだ。「トレヴァーに、ダーリントンまで医者を迎えにいかせた。あのティヴィットみたいなヤブじゃないから安心してくれ。若いし、最新の知識にも通じている」彼は眉をひそめた。「いや、ひょっとすると、若すぎるかもな。若い男にきみを見たり、きみに触れたりしてほしくない。医者らしく泰然《たいぜん》として見せるかもしれないが、そんなのは信じられん。若い男に無理な話だ。おまけに、きみはこのうえなく美しく、はかなげだ」マーカスはぶつぶつと不平を並べた。

「まったく、面倒臭い。なにもかも、きみの責任だぞ。もう、きみの心配などしたくないんだよ。たくさんだ。とにかく、ぼくはこの部屋にとどまり、やつの一挙手一投足を見張ってやる。きみの色気に屈服したら、床にのしてやる」

「ありがとう、マーカス。言い寄ってきそうな若者から守ってくれるのね。でも、大丈夫。ほんとうよ。お医者さまなんか、呼んでくれなくてよかったのに。どうせ、あちこちつつきまわって、まずい水薬を飲ませるだけなんだもの。ひどく痛むのは頭だけだし」

「きみは階段から落ちたんだぞ。頭だけじゃなく、ほかのところも打った。強打したから、心配するのが当然だ。それに、自分が妊娠していることを忘れたのか？　なにかあったらどうするつもりだ？　今回ばかりは、ぼくに従ってもらうからな」

「なぜ気にするの？」

「こんどそんな質問をしたら、ただじゃおかないからな。乗馬用のブーツをもってくるぞ。きみになにかあったら困るんだよ。それがどうして理解に苦しむことなんだ？」

彼女がため息をつき、目を閉じた。「そうね」そして、顔をそむけた。マーカスは耳もとで毒づいてやりたかったが、なんとか口を閉じた。医者は――若く、腕のいい医者は――彼女の容態《ようだい》をなんと説明するだろう？　彼はやさしく彼女のこめかみをさすった。さっきまで、バッジャーがしていたように。

妃殿下は、頭を焦がすような痛みを忘れようと、必死になった。そしてマーカスの指先に集中しようとした。やさしくて力強くて、一刻一刻、痛みをやわらげてくれる。彼女はチルトン卿の名前を思いだした。そういえばパリにいたとき、バッジャーとスピアーズが気をつけてくださいと忠告していた男性だ。チルトン卿はご友人です、チルトン卿は命の恩人である閣下になにかを強要する人間を許しませんし、とても危険な男性です、とふたりは口を揃えた。無口ですが、不気味な男性です、と。

彼女は間違いなく、身を挺《てい》してチルトン卿に気晴らしを提供し、彼を歓迎したようだった。

25

レイヴン医師とは、似つかわしくない名前だな（〝レイヴン〟はワタリガラスの意）。なにしろ本人は見事な金髪の持ち主で、十二歳の頃の妃殿下と同じくらいの背丈しかなく、手すりの棒みたいにガリガリなのだから。レイヴン医師は、妃殿下の圧倒的な美しさに目がくらんだようすはなかった。穏やかな声で話し、てきぱきと動く。妃殿下の寝室にはいってきたとき、マギーにぞんざいな視線しか投げかけなかったため、マギーはぷんぷん怒っていた。マーカスはマギーに退室を許し、彼女がでていくとすぐにドアを閉めた。

そしてじっくりとレイヴン医師の観察を始めた。妙な真似でもしようものなら、ぶちのめしてやるつもりだった。

レイヴン医師は、彼女の額に指先でそっと触れると、冷静な声で言った。「ご主人の話によれば、以前にも頭を打ったことがあるそうですね。たしかに、耳のうしろがまだ少し腫れています。今回、ぶつけたところに腫れはありません。数日、頭痛が残るかもしれませんが、その程度です。アヘンチンキを差しあげましょう。役に立ちますよ」

「妊娠しているんだ」と、マーカス。「階段から落ち、頭を打ったが、妊娠している。頭以外にも見てほしいところがあってね」

レイヴン医師はただうなずき、彼女にやさしくほほえんだ。「ではそのまま横になっていらしてください。お腹にさわりますよ」

マーカスはベッドに近づいていった。レイヴン医師が毛布の下に手をいれ、ネグリジェの上から腹部に触れた。

「痛みや痙攣はありますか？」

「いいえ、なにも」

「出血は？」

「ありません」

「よろしい」医師はバラの花びらのように軽く触れただけだったが、それでも、充分な知識をもってそうしていることが彼女にはわかった。目を閉じて、触診を続けている。先生にとってみればわたしなんて、見慣れた標識の集まりなのだろう。そして、なにか見慣れないものはないかと確認している。

「ここのところ、具合が悪かったですか？」

「じつに具合が悪かった。朝食、昼食も、夕食も、食べては戻すんだ。そのあいだのおやつもね。おかげで棒みたいに痩せ細ってしまったが、ここ一週間半はだいぶ元気になっていた」

妃殿下は夫のほうを見て、にっこりとほほえんだ。泥棒だらけの部屋のなかで献金を説いてまわる説教師のように歩きまわっている。「もうすっかり元気なんです、レイヴン先生。以前より疲れやすくはなりましたけど、それは当たり前のことだって、バッジャーからも言われてます」

「バッジャー？」

「うちの料理人だ」

「そして、わたしの従者でもあるんです」

「なるほど」そう言ったきり、レイヴン医師は黙ってあちこちを押しつづけた。あいかわらず目を閉じている。ようやく手を引っこめると、背筋を伸ばし、その拍子にマーカスとぶつかった。

「で？」

「お元気なようです、閣下。とはいえ、あと二日はお休みになったほうがいいでしょう。まだ安定期にはいって間もないですし、後遺症がでるかもしれない。妊娠初期の三カ月はとても重要ですから。どうなるか、わたしにはわかりませんし、だれにもわからないでしょう。奥さまをベッドに寝かせ、静養に努めてください。痙攣が起こったり、出血があったりしたら、すぐにわたしを呼んでください」

妃殿下がやさしく言った。「レイヴン先生。直接、わたしに話してくださって結構ですのよ。耳はよく聞こえますし、少しは知性だってあるんですから」

「わかってます、奥さま。わかっています。しかし、過保護なご主人をおもちのようなので。

奥さまに直接説明したら、逢引《あいびき》の約束をしただろうと責められかねません。わたしはまだ若い、駆けだしの医者です。せいいっぱいの努力をしています。優秀な医師になるまえに、首を切られたくはない」

「おっしゃるとおりです。夫はときどき、とても聞き分けが悪くなりますの。わたし、しばらくはベッドからでませんから、ご心配なく」

「結構。また水曜日に診察にあがります」

マーカスが、医師を寝室から玄関へと案内しにいった。彼女は目を閉じ、頭痛がおさまってくれることを願ったが、そうはいかないだろう。バッジャーがすぐにアヘンチンキ片手に姿を見せるはずだ。飲みたくはなかったが、断われないこともわかっていた。室内には、友人や夫たちがしょっちゅううろついている。みんな、突然、わたしにたいして独占欲が強くなったみたい。ウィルヘルミナが、ウィンダム家の秘宝だか遺産だかを独占したがっているのと同じだ。

バッジャーが黙って渡してくれたレモネードをおとなしく飲んだ。アヘンチンキ大盛りのレモネードであることはわかっていた。そして深い眠りへと落ちる寸前、人影を見たことを思いだした。そう、あれは、つまずき、階段から落ちる直前のことだった。そうよ、わたしはつまずいたんじゃない。肩甲骨のあいだを強く押されたせいでつんのめり、転んだのだ。自分があげる恐怖の悲鳴が、また聞こえた。ひっくり返り、ごろごろと転がりながら、目のくらむような無力さを感じた。必死になって手すりをつかもうとしたけれど、できなかった。

そして突然、わたしを受けとめる手にぶつかった。わたしを抱きあげてくれる手が。それから、手招きをする暗黒へと落ちていったのだ。


「気にいらないね」

「おれだって気にいらないよ。生まれてこのかた、あれほど怖い思いをしたことはない。おれはね、玄関ホールに立ち、こちらをにらみつけてくるきみの祖先たちに縮みあがっていたんだよ。そしたら、おそろしい悲鳴が聞こえてきた。上を見たら、きみの奥さんが階段を転がり落ちてきた。おれは彼女のほうにダッシュしたというわけさ」

「おまえの対応が遅かったら、彼女は階段のいちばん下まで落下し、大理石に強打され、命を落としていただろう。考えるだけで血が凍る。ありがとう、ノース。これで対等だ。これまでは、振り返ると必ずおまえがいたもんだが、もうやめてくれよ。ぼくの財布をひったくろうとするごろつきに目を光らせるのはおしまいだ」

「いやだね、マーカス、まだだめだ」

マーカスは呆れてかぶりを振った。これほど頑固で忠実な友人はいない。「好きにするがいい。だが、これでおまえに借りができた。ぼくの立場からすればね。まえにも言ったが、玄関に足を踏みいれ、きみがぐったりとした妻を抱いているのを見たときは、血の気が引いたよ。もう二度と、あんなおそろしい思いはしたくない。まったく、気にいらないよ」

「なにか心当たりはないのか、マーカス？」

ウィンダム家の秘宝だか遺産だかについては、もう説明していた。妃殿下が図書室で古い本を見つけ、殴られたこと、アメリカの親戚、とくにウィルヘルミナが変人そのものであり、隣人に毒を盛ったと思われることも説明していた。「ジェイムズ・ウィンダムが夜明けまえに図書室で床に伸びている彼女を見つけたときは、彼女はあの本のせいで殴られたんだと考えることにした。だがもう、その説は信じられない。何者かが彼女を階段の上から突き落としたんだ。図書室で彼女を殴り、放置した人間とおなじように、殺そうとしたんだ」

「たいへんなことになったな。きみは伯爵になり、財産を剝奪されかけた。だが結婚し、ふたたび富を手にした。そしていまは、何者かが奥さんを殺そうとしているというわけか」

「そんなところだ。ブランデーをどうだ、ノース？　うちのクソったれのおじき、つまり先代の伯爵は、フランス産の最高級のブランデーしか揃えてないから」

ノース・ナイティンゲールに、おじご自慢のフランスから密輸したブランデーをついでいると、ノースが尋ねてきた。「あの紳士、きみの執事だそうだが、半泣きで両手を揉んでいたぞ。妃殿下が妊娠しているとかなんとか。そうなのか、マーカス？」

「ああ」

「大丈夫なのか？　赤ちゃんは無事なのか？」

「だと思う。医師に診てもらったよ。あと二日ほど、妻はベッドで休むことになっている」

「そりゃよかった。おめでとう。結婚に、そしてきたるべき息子か娘の誕生に」

マーカスは低くうなった。

ノースがふしぎそうな顔をした。「どうやら、まだ話がありそうだな。何者かが奥さんの殺害を企て、埋蔵された宝物をさがし、それをきみから盗もうとしている。そのほかにも、なにかあるんだろ？」

「おまえの知ったことか、ノース」

「結構。昼食のまえに手を洗ってこよう。肝をつぶしたせいで、すっかり血の気が引いちまった。しばらく休み、力を取り戻してから、そのウィルヘルミナおばさまとやらに会うことにするよ。妃殿下の命を救ったからと、おれのスープに毒を盛るかな？」

マーカスは笑った。「ウィルヘルミナおばがなにをしでかすかは、だれにもわからない。ぼくの妻をこれっぽっちも好きじゃないことだけは確かだ」

「きみの子どもをご懐妊の奥さんか」

「うるさい、ノース、さっさと行け」

ノースがにやりと笑った。そしてマーカスにからのブランデーグラスを渡しながら、物思わしげにマーカスの顔を見ると、のしのしと部屋からでていった。

「マーカスが、あなたは無口で、物思いに耽っていて、謎めいているって言ってたの。それに、すごく危険な男だって」

「そんなことないさ、ウルスラ。少なくとも謎めいてはいない。マーカスのほうが、睡蓮《すいれん》の葉の上のカエルみたいに謎めいている」

「まえにも、そんなふうなロマンティックなこと、言ってたでしょ？　あなたってロマンティックなの？」

「ああ。機転のきかない暗いユーモアの持ち主でね。いつも憂うつだし、魂に翳がある」ウィルヘルミナおばが、テーブルの面々に大声をだした。「紳士がた、とくに貴族のかたはね、ウルスラ、自分の好きなようにふるまえるの。無作法になればなるほど、淑女にたいしてロマンティックになれると思いこんでいる人もいるわ」

「あら、そんなことないわ、ママ。無作法でぶっきらぼうなのは、静かで危険で物思いに耽るのとは大違いよ」

「ずいぶん退屈な話ね。無作法なのは、それに我慢しなければならない人間には居心地が悪いものなんだよ。だから無愛想より無作法のほうが悪い。怒りっぽくて癇癪を起こしやすいのは、いつだって男のほうさ」

そう言うと、ウィルヘルミナおばは自分のハムに戻っていき、バッジャー特製のアプリコットジャムをあますところなく塗りつけた。

トレヴァーが笑った。「植民地からの淑女に鼻を明かされましたね、閣下」

「ノースと呼んでくれ、トレヴァー。マーカスに愛想よくなる気があるのなら、いとこにもそうしてもらってかまわない」

トレヴァーがうなずき、ワインのはいったグラスを掲げた。「マーカス、ぼくはウィンダム家のアメリカ支部長として決心したよ。金曜に〈チェイス・パーク〉をみんなで発つことにした。そう、あと、たったの四日だ。そのあとで、ここにいるノースを追いだせばいい。そうすれば妃殿下と水入らずですごせる」

「そんな」と、グウィネスが驚いて言った。「ウィリー、そんなに早く帰国するなんて聞いてないわ」

「彼女が死んでくれたら、あたしはここにとどまれるのに」

「やめてよ！　なんて言ったの、ママ？」

「親愛なるマーカスとあたしたちを仲良くさせてくれたら、もう少しここに残れるのにって言ったのよ」

ノースがあんぐりと口をあけ、ウィルヘルミナを眺めた。これは毒舌などというレベルではない。「いや、たまげたな。信じられん」

ウィルヘルミナがノースをにらみつけた。「あなたは無口なんでしょ、黙ってなさい。くよくよと物思いに耽ってればいいの」

「はい、奥さま」そう言うと、ノースは胡椒《こしょう》がきいたシナモン風味の豆をまた食べはじめた。

「ウィリー、そんなに早く帰りたくないはずよ。夏のロンドンはすごしにくいわ」

「グウィネスおばさま」と、マーカスがほほえんだ。「おばさまはヨークより向こうに旅をしたことがないじゃありませんか。ロンドンには一年じゅう、楽しいことがあるんです。季節に関係なくね」

「マーカス、夏のロンドンは不潔だそうよ。暑さのせいで、なにもかも、ひどく臭うんですって。出発してほしくないわ。トレヴァー、それ、あなたの意見なの？」

「ええ、グウィネスおばさま。ウィンダム家の遺産ゲームにも飽きてきましたからね。それに、そんなものが実際にあるとしても、それはきみのものだ、マーカス。ぼくたちのものじゃない」

「トレヴァー！」

「ママ、ぼくらは貧乏じゃない。そこに希望を見いだしてくださいよ。ジェイムズをイギリスの女子相続人と結婚させ、資産を増やすという方法もある。どう思う、弟よ？」

ジェイムズは心底、ぎょっとしたような顔をした。「結婚だって！　冗談やめてくれよ、トレヴァー。まだ二十歳になったばかりだぜ。結婚適齢期にはまだあと何年もある。それまでは――」

「放蕩の限りを尽くす？　道楽に耽る？　おいおい、ジェイムズ。ぼくはたったの二十二歳でまな板の鯉《こい》になったんだぜ」

マーカスは兄と弟を見比べた。ふたりは楽しんでいるように見えたが、ジェイムズの堪忍袋の緒が切れた。「まな板の鯉だって！　よく言うよ、トレヴァー。兄さんがヘレンを望み、仔犬みたいに彼女のあとを追いかけた。彼女と結婚したくてたまらなかったくせに」

アントニアが言った。「ヘレンはボルティモアいちばんの美人だったって、ウルスラから聞いたわ。ラドクリフ夫人の小説から抜けだしてきたみたいな恋愛結婚だったって」

「そんなこと言ったのか？」そう言いながら、トレヴァーがほほえんだ。「あの頃の彼女は、若かったな」

「でも、トレヴァー」と、ウルスラがその若い顔を混乱させた。「お兄ちゃんはヘレンを崇拝していたんでしょ？　亡くなるまで、あたし、ヘレンのこと、世界でいちばん幸運な女性だと思っていたわ」

ファニーはずっと黙っていた。そしてものほしげに香辛料のきいた西洋梨を眺めていたが、リンゴを手にした。

トレヴァーが妹のほうを見ながら頭を振り、ノースに話しかけた。「きみはマーカスと同様、賢明にもわが故郷で戦うのを避け、あのナポレオンという小男に執着しているそうだね。賢明なきみたちに敬意を表するよ。きみの腹に銃剣を突きたくないからな。ボルティモアには足を踏みいれるなよ」

「ほう、マーカス、こいつを外に連れだし、叩きのめしてやろうか？」

「無理だよ」と、ジェイムズ。「トレヴァーは馬より強いし、速いからな」

「兄さんは汚い手を使うって言ってたでしょ、ジェイムズ？」と、ウルスラが尋ねた。

「汚い手を使うって、どういう意味？」と、リンゴを食べかけたファニーが訊いた。

「そこまで」と、ウィルヘルミナが言った。「もうたくさん。結構です。いらいらしてきた。サンプスン、バッジャーに頼んでレモンチーズをつくってもらって。神経を落ち着かせないと」

アントニアがファニーに囁いた。「いまの話、妃殿下にしてこようよ。少し笑ったほうが、身体にいいもの」グウィネスがうなずいて見せたので、双子が椅子から抜けだし、部屋からでていった。

「やっぱり、出発してほしくないわ。ウィリー」と、グウィネス。

マーカスが思いやりのある笑みを浮かべた。「そうした決断はトレヴァーにまかせるべきですよ」

「なぜ？　彼はまだ、あなたと同じくらい若いのよ、マーカス。どうして彼が最終決断をくだすの？　彼のママはウィリーよ。トレヴァーは、彼女の夫じゃないわ」

「それでも、彼は男です、グウィネスおばさま。一家の長なんです」

「くだらない」と、ウィルヘルミナ。「あの子はたったの二十二よ。せいぜいが二十三。自分のことをじき二十五歳だなんて言うから、ちゃんと訂正してやったわ。息子にはあとで話すわ、グウィネス。わかってくれるでしょう」

トレヴァーが肩をすくめ、皿を眺めて笑った。マーカスとノースは、テーブルの女性たちに気づかれないよう、目配せをかわした。

ふたりは妃殿下の寝室で顔をあわせた。

「だめだ。禁じる。以上」

「マーカス、わたし元気なのよ、ほんとうに。これ以上、寝室にいたら、頭がおかしくなっちゃう。お願い。乗馬に行きたいの。これ以上ないほど、注意するから」

マーカスは、管財人のフランク氏を二時間以上、待たせていた。おまけにクリタッカーが、目を通してもらいたい大量の請求書と、返事をしなければならない大量の手紙をもってうろついている。そのうえ借地人がふたり、会いにきている。マーカスは言った。「ぼくが一緒についていく。ひとりでは絶対にだめだ」

妃殿下が抱きついてきた。「ああ、ありがとう」

彼女の背中にそっと腕をまわし、やさしく抱きよせた。「ガリガリじゃないか、妃殿下」

「じきに終わるわ。秋になったら、ポップルウェルさんの農場のカボチャみたいに丸々と太ってるはず」

彼はなにも言わず、両腕から力を抜いた。

「マーカス」

彼女が顔を上げた。マーカスはじっと彼女を見つめた。その紺青色の瞳はどこまでも青く、とても不安そうだ。いや、不安だけじゃない、ぼくを望んでいる。このぼくのことが欲しくてたまらないのだ。そうに違いない。さもなければ、こんな結婚生活を続けているわけがない。おれは男の沽券に関わるから、ここまでやってきた。だが、それでも限界というものがある。女にも沽券があるのだろうか? 彼にはわからなかったが、彼女のことならよくわかっていた。彼女はとても誇り高い女性だ。そこまで考え、彼女の唇を奪った。舌でそっと下唇を撫でる。彼女がつま先立ち、ぴったりと身を寄せてきた。

「まだきみとは愛しあえない。そんな真似をしたら、あのひよっこ医師が卒倒を起こしちまう。いや、妃殿下、だめだ。ああ、きみはすばらしい味がする、知ってるかい？　きみはやわらかくて、おいしいんだ。きみもぼくを愉しんでくれている？」

「あなたみたいな男の人はいないわ、マーカス。侵入者のトレヴァーや、無口で憂いを帯びたチルトン卿だって、あなたの足もとにも及ばない」

彼は笑いながらキスを続け、下唇を軽く噛み、舌を差しいれた。「それってお世辞かい？それとも非難？」

「あなた、わたしが欲しいのね、マーカス。あなたを感じるわ」

「ぼくを感じてもらえないのなら、手首を切るよ。きみのことを思うたびに、きみが欲しくなる。きみの香水を嗅ぐたびに、スカートの揺れる音が聞こえるたびに、きみが欲しくなる」

でも、彼はわたしが妊娠している子どもを望んではいない。それは、わたしの父を心から憎んでいるからよ。

この子を流産してほしいのかしら。ふと、そんな考えが頭をよぎった。いいえ、そんなことを意識して望むわけがない。まさか、マーカスが。彼の口のなかで悶えながら、彼女はかぶりを振った。たとえ、この子を授かっても、授からなくても、わたしの人生の中心には、やっぱりマーカスがいる。わたしの心の中心にはマーカスがいるのだ。

「ああ、神に誓う。きみが欲しい」彼の両手が彼女の背を滑り、腰を包みこんだかと思うと、激しく自分のほうに引き寄せた。

「大丈夫」彼女は囁いた。「わたし、もうすっかり元気よ」

次の瞬間、壁に身体を押しつけられ、身体をもちあげられた。「ぼくの腰に脚をまわして」彼女はそうしたが、わけがわからなかった。でも、その混乱もわずかな時間だけだった。マーカスがズボンを下げ、ドレスをたくしあげると、彼女の両脚を広げた。彼女のあそこはすっかり濡れており、熱くやわらかくなっていた。彼が欲しくてたまらない。マーカスは彼女を抱きあげると、強く突きあげた。彼が自分を満たすのがわかり、思わずあえいだ。指でまさぐられたかと思うと、舌が口に深くはいってきた。やがて、大きな身体を震わせ、彼が絶頂に達した。筋肉を激しく収縮させ、射精しながらも、彼女がまだ達していないことがわかったのだろう、彼女を激しく突きつづけた。どんどん、近づいてくる。お願い、やめないで。でも、このまま続いたら、わたし、きっと大声をあげてしまう。

切羽詰まった感覚が全身を駆けめぐった。彼女はあえぎ、脚をこわばらせた。悲鳴をあげたかったが、そうはしなかった。彼に唇をおおわれていたので、ただ悶えつづけた。彼は彼女の悲鳴を口でふさぎ、キスを続けながら、彼女を何度も、何度も、突きあげた。とうとう、彼女の全身から力が抜け、ぐったりともたれかかってきた。わき腹からゆっくりと彼女の脚が滑り落ちる。彼女の脚を閉じながら、またキスをし、愛撫した。「きみの美しい胸にキスをしそこねた」

「わたしだって、あなたのお腹にキスをしそこねたわ、マーカス。でも、まだそれをしたい気分。あなた、いつもわたしの気をそらせるんだもの。もっと下のほうにもキスできるんじゃないかしら。どう思う?」

彼は低くうめき声をあげると、彼女の尻を軽く叩き、やさしく撫でた。

「お風呂にはいっておいで、そのあと、まだ体力が残っていたら、乗馬に連れていってあげる」そう言うと、続き部屋のドアのところで足をとめた。「さっき言ってたキスを試したいのなら、ノーとは言わないよ」

興味津々といった風情で、彼女がとろんとした視線をよこしたので、彼の下半身はまた情欲で硬くなった。そして、妃殿下は考えていた。もしかすると、ひょっとすると、バッジャーが言っていた〝紳士にあるまじき行為〟って、そのキスのことなのかしら。彼女は待ちきれなかった。

26

植民地からやってきたウィンダム家の一行は、金曜の朝に出発した。トレヴァーが家族のために調達した旅行用の遊覧馬車に荷物が山のように積みあげられている。

ウィルヘルミナが妃殿下に言った。「あなた、えらく元気そうになったわね。残念しごくだわ」

「なんだって、ママ?」

「だからね、ジェイムズ、妃殿下はすっかり元気になったようだから、一緒にロンドン観光にも行けそうねって言ったのよ」

「おっしゃるとおりですわ、おばさま」と、妃殿下が応じた。「おばさまも、毒舌ばかり吐く伝染病にかかって具合が悪くなればいいのに」

「きみ、いまなんて言った、妃殿下?」と、ジェイムズが手袋をした手で口もとを隠しながら、妃殿下ににやりと笑った。

「またこちらに遊びにいらしてくださいね、その日を楽しみにしていますって言ったのよ」

ウィルヘルミナが妃殿下をにらみつけ、声を低めた。「あなたときたら、具合が悪くなったと思ったら、いつも見る見る回復するんだもの、たいしたものだわ。ま、それにもいつか終わりがくるでしょうけど」

「もちろん、おっしゃるとおりですわ、おばさま。でも自然の摂理からすると、わたしより年上のおばさまのほうがずっと早く終わりを迎えられることになりますわ」

「そうなることを願うよ」と、アメリカのおばとの会話を耳にしていたマーカスが、息を切らしながら言った。

「あんたも終わりを迎えるがいい。妻の無礼を認めるとは」

「ねえ、どうしちゃったの、ママ？　いまなんて言った？」

「なんにも言ってやしないさ、ウルスラ。ただ、マーカスには控えめな奥さんのほうが向いているって言ったのよ。親戚を侮辱しない妻をね。だって妃殿下ときたらその正反対だろ？　ちゃんとした躾を受けてないし、無知そのもの」

妃殿下が笑った。

「まったく、意地悪な婆さんだ。馬車の車輪に轢かれるがいい」

「マーカス」と、グウィネスが甲高い声をあげた。「いま、なんて言った？」

「ウィルヘルミナおばさまはとてもやさしいから、玉座と新しい馬車がふさわしいと言ったまでさ」と、マーカスが言った。

「いい神経してるわね、若造」

「ああ、ようやくわかってくださいましたか」マーカスがウィルヘルミナにわずかに頭を下げると、トレヴァーのほうに向き直った。「トレヴァー、お洒落な気取り屋くんとはロンドンで会おう。妃殿下も一緒にね。イギリスにはいつまで滞在するつもりだ？」

「ジェイムズが賭博場をしらみつぶしにしたいそうなんだ。不正行為の巣窟《そうくつ》をすべてまわると」

「わが国の首都には、罪深き場所が山ほどあるからな」と、ノース。「全部まわろうと思ったら、十年はかかるぞ」

「ジェイムズはまだ若い。スピードもある。三カ月もあれば満喫するだろう。そのあいだに、きみたちもロンドンにこないか。そしてぼくらの、ええと、案内役を務めてくれよ。どうだい、ノース？　マーカス？」

「煽《あお》らないでくれよ、兄さん」ジェイムズが両手を上げた。「存在するあらゆる悪徳を知り男は成年に達すべし、さすれば息子にとって賢明な父になるであろう」

「まったく、あなたがた男性って、堕落してるのね」と妃殿下。「あなたたちと一緒にマーカスをロンドンに行かせても大丈夫かしら。うちの夫はそんな場所のこと、なんにも知らないんですもの。そうでしょ、閣下？」

「なにひとつ知らないよ」と、マーカスが陽気に応じた。「無知そのものさ。ロンドンという邪悪な土地にいちど足を踏みいれたら、ぼくのことは敬虔《けいけん》なメソジスト教徒だと思ってくれたまえ」

「あなた、手紙を書いてくれるわね、ウィリー？」

「もちろんよ、グウィネス。ああ、このふたりにウィンダム家の遺産を残していくなんて、悔しくて仕方ないわ。ほんとうは、アメリカのウィンダム家の遺産なのに」

「すばらしい手がかりをいくつも見つけましたがね、おばさま」と、マーカスが軽い口調で言った。「遺産なんぞ、どこにもない。ふたつの顔をもつ9の数字とか、潜伏するモンスターとか、結局は修道士のたわごとだったんでしょう。ただの夢物語、想像の産物ですよ」

「だろうね」トレヴァーがそう言うと、マーカスの手を握った。そして妃殿下のほうを見ると、額に軽くキスをして、うしろに下がった。「では、失礼するよ、マーカス。美しい奥さまを大切にしろよ。ノース、また会おう。マーカスに滞在先を教えてあるから、ロンドンにきてくれ。悪名高い歓楽街に、一緒に繰りだそう。まさかメソジスト教徒じゃないよな？」

そして双子のそれぞれとグウィネスにキスをした。そして最後に、サンプスン、バッジャー、スピアーズ、マギーに手を振った。

「〈チェイス・パーク〉は、興味深い人種のるつぼだな」と、ジェイムズが言い、手を振った。「マギーみたいな奇抜なメイドにはお目にかかったこともない。彼女、ぼくの尻を叩いたんだぜ、マーカス」

「お返しはしてやったのか？」マーカスはそう言うと、ウィルヘルミナが馬車に乗るのを手伝った。

「しようと思ったんだが」と、ジェイムズ。「婉然《えんぜん》たる笑みを浮かべたマギーに言われたよ。もうちょっとおとなになってから出直しなさい、とね」

〈チェイス・パーク〉の一同は、幅広の長い私道を馬車が走っていくようすを眺めた。窓からウルスラが顔を突きだし、さよなら、とまた叫んだので、全員で手を振った。

「あんなに感じのいいお客さまがいなくなると、さびしくなるわね」と、グウィネスが言った。「意気消沈だわ」

「トレヴァーが決めたことですから」と、マーカスが言った。「誓いますがね、グウィネスおばさま、ぼくはウィルヘルミナにでていけとは命じていません。変人の毒舌家でしたが」

「もう結構」と、グウィネスが言い、ため息をつくと、肩を落として屋敷にはいっていった。

マギーが派手に鼻を鳴らし、妃殿下に近づいた。「なんておそろしい婆さまだったことか。まったく信用できない女でしたね、妃殿下。階段からあなたを突き落とし、図書室で頭を殴ったのは、間違いなくあの女ですよ」

「階段の件、どうして知ってるの、マギー？」

「サンプスンさんから聞いたんです。それにバッジャーさん、スピアーズさんからも。当然、四人で話しあいましたよ。だから、あの婆さまがここにいるあいだは、あたしたち代わり番こであなたのそばにいたんです。ああ、厄介払いできてせいせいした。なにも知らないロドンっ子にお見舞い申しあげるわ」

「想像するだけで怖いわ」と、妃殿下が言った。

「アーメン、妃殿下」と、バッジャーが彼女の肘のあたりで言った。「お顔の色が冴《さ》えませんぞ。〈緑の立方体の部屋〉にいらしてください。紅茶を用意いたしましょう」

平和は午前中のあいだしか続かなかった。午後一時、全員が昼食の席に着くと、サンプスンが〈朝の部屋〉に姿をあらわし、優勝者に褒美《ほうび》をつかわす国王のような声で言った。「ご母堂がご到着になりました、閣下」

「なんだと」そう言うとマーカスは慌てふためき、レアのローストビーフ——バッジャーが言うところのロスビフ・アングレ・ア・ラ・ソース・デ・フィーヌ・ゼルブ——を刺していたフォークを落とし、腰を上げた。「予定よりだいぶ早いな。まあ、当然か。ぼくを産んだときだって早産だったし、そのときの激痛をいまだに根にもってるんだから。生まれたときのことなんて、こっちが覚えてるわけないだろ。だいいち、母さんを苦しめようと思って生まれてきたわけじゃないと何度言っても、納得しないんだよ。早産だったから、少しはお産が軽かったはずなんだが」

妃殿下が彼の横に立った。

マーカスが彼女の手をとった。「そのまま食事を続けてくれ。妃殿下とぼくは、子どもの義務をまっとうし、火のなかに飛びこんでくる」

伯爵の母、パトリシア・エリオット・ウィンダムは、これまで五十回ほどの夏を経験してきたはずだが、その顔には四十回程度の夏の面影しか残っていなかった。優雅で、小柄で、漆黒の髪をもつ美しい頭の持ち主だ。白髪は一本もなく、息子と同様、その目は真っ青だ。

パトリシアは妃殿下を上から下までじろじろと見た。「子どもの頃、マーカスがここから帰宅すると、よくあなたのことを話していたわ。あんな変わった子には会ったことがないって。ひよこみたいな双子ちゃんとは全然違う、あなたは優雅で控えめで傲慢だって言ってたわ。鼻をつんつんさせてて、ちっともその鼻を下げないって。だからね、息子はあなたのこと、あまり好きじゃないんだとばかり思っていたの。それなのに、どうして息子はあなたと結婚したの？　そして結婚するまで、わたしにひと言も書いてよこさなかったの？　それに、よりにもよってパリで結婚するなんて、おかしいじゃないの」

妃殿下は、義理のママとなったばかりの女性にほほえんだ。「マーカスはわたしと恋に落ちたんです、お母さま。わたしなしではもう生きていけない、結婚してくれとおっしゃったんです。わたしなしでは、ワインも料理も喉を通らないって、しつこく頼まれたんです。そこまで言われたら、わたしだって残酷な女じゃありませんから。彼に飢えてほしくなかったし、水分不足で死んでほしくもなかった。馬車の車輪の下に身を投じるんじゃないかとも心配しました。だって、彼、あっという間に情熱の炎を燃やす人ですし、いったん情熱的になったら、なんだってできる人なんです。わたしがたまたまパリに滞在していたとき、彼と出会いました。彼はすぐに恋に身を焦がしてしまったので、お母さまに相談する暇がなかったんです。そうでしょ、マーカス？」

「そのとおり」と、伯爵。「ええと、どの部分の話かな、妃殿下？」

「それに、お母さま、わたしは心の底から彼を尊敬しています。彼と結婚したかったんです。事前にご報告したかったんですが、時間がなかったもので。申しわけありません」

マーカスは呆気にとられて妃殿下を見つめていた。そして感心した。すっかり変わったたものだ。何度でも感心してしまう。だが、おれのことを尊敬している？　おれと結婚したかった？　義憤に駆られて結婚したんじゃないのか？　正義感から結婚したんだろう？　ああ、よくよく考えてみなければ。

「息子はいつだって、知性と魅力にあふれた子だったわ」と、ウィンダム夫人。「近所の女の子たちは、息子にいつも作り笑いを浮かべていたの。そして、息子と始終、いちゃついていた。おかげで息子はすっかりうぬぼれてしまったはず。だから女の子たちに気があるようなふりをして、じらして、お得意の笑顔を振りまいた。ねえ、マーカス、以前からいちど訊きたかったんだけれど、あなた、メリッサ・ビリングステージを、ビリングステージ家の馬小屋に連れこんで、屋根裏の干し草置き場に上がっていったでしょ？」

「そんな記憶はないね、ママ。そのメリッサなんとかって娘は、それほど尻軽じゃなかったよ。父親はバッシング邸の名士だったよね。彼女、すみれ色の大きな目をした娘で、たんまり遺産がもらえそうだったな」

「よく覚えてるじゃないの――ああ、そうそう、妃殿下。この子はね、わたしにすぐ言いがかりをつけるの。サギが海からイワシをさらうようにすばやくね」

「口が達者ですよね、お母さま。それに、すごくうぬぼれてる。でも告白すると、わたし、彼のそういうところが好きなんです。彼の魅力のひとつですし、彼の一部ですもの。でもなにより、彼の笑顔が大好きなんです。きっと、子どもの頃から完ぺきな笑みを浮かべる練習をしてきたんでしょうね。だからわたし、彼の笑顔を見ると、すごくうれしくなってしまうんです」

「あなたのためにわたしが選んだような、まさしくそんなお嬢さんね、マーカス」息子を溺愛する母親はそう言うと、妃殿下の手をとった。「妙な結婚指輪をつけてるわね。わたしの指輪をしなくちゃ。三代に渡ってウィンダム家に伝わってきた指輪よ。こんど送らせるわ」

「ありがとうございます。お言葉に甘えていいのかしら、マーカス？」

「もちろんだ。忘れていたよ」

「彼女はあなたの奥さんなのよ、マーカス。あの指輪をつけるべきだわ」

「ああ、そうだね、母さん。さてと、〈チェイス・パーク〉にようこそ。どのくらい滞在する予定？　短期、それとも長期？」

彼の母親が顔をしかめた。妃殿下同様、マーカスも客観的に眺めていれば、しかめ面をすると自分もまるで同じ表情を浮かべることがわかっただろう。「サンプスンから、植民地の親戚が帰郷したばかりだと聞いたわ。もちろん、滞在していたのは知ってたのよ。仲良しのエモリー夫人が手紙で、トレヴァー・ウィンダム氏が本日出発する予定ですと、知らせてくれたから。でもわたしは、あの女の戦略を信用してないの。わたしはね、二日まえからダーリントンに滞在していたのよ。それで男性をひとり、ここに置き、馬車がついに出発し、左へと角を曲がっていったら教えてねと頼んでおいたの。わたし、昔から、あのウィルヘルミナって女がいやでたまらなかった」

「でも、彼女に会ったことないんだろう？」

「そんなこと関係ないわ。母親ってものはね、万事を承知しているんです。彼女、無礼だったでしょ？　いやな皺くちゃ婆さんだったでしょ？」

「ええ」と妃殿下。「おっしゃるとおりの女性でしたわ。彼女の口からどんな言葉が飛びだすのか、だれにもわからないんです。そのうえ、その飛びだしてきたものは必ず侮辱の言葉なんです」

「知ってるわ。でも、よかったじゃないの。わたしがきたんだから、これからはすべてが明るく幸福になるわ。グウィネスはどこ？　双子ちゃんは？　このウィンダム家の遺産とやらの騒動はなんなの？　それにエモリー夫人から聞いたんだけど、ジョゼフィーナ、あなた二度も殺されかけたんですって？　なにもかも教えてちょうだい。わたし、ミステリーには目がないの」

「彼女は妃殿下って呼ばれてるんだよ、母さん。ジョゼフィーナなんて山羊か鴨の名前だ」

「わかったわ。まだ正体がわからないうちから、義理の娘をいじめるつもりはなかったのよ」

その朝は美しく、空はまぶしいほどに晴れわたっていた。夜のあいだに雨があがり、空気は新鮮で、まだだれもいない朝食のテーブルで危険なほどに激しいキスをしたマーカスの唇よりも気温は上がっていた。

マーカスはスタンリーに楽々と乗り、まっすぐ前方を見ている。きっとオークの木か、ふたつの顔をもつ9のある谷か、井戸か潜伏するモンスターをさがしているのだろう。すべての手がかりが完結しているようにも思えるし、なんの意味もないようにも思える。

この三日間、ふたりはウィンダム家の遺産についてひと言も話していなかった。おかげで、少し気持ちがやすらいだ。ふと、彼女はほほえんだ。マーカスにキスをされ、胸をまさぐられているときに、〈朝の部屋〉にはいってきた義母の顔に浮かんだ表情を思いだしたのだ。

「けさは燻製ニシンがあるのかしらねえ、マーカス？」

マーカスの口が彼女の唇の上で凍りついた。そして彼女の乳房から手がするりと落ちた。

「さあ」そう言うと、椅子に座っていた彼女の唇から身を起こした。「母さん、燻製ニシンなんて好きだっけ？　苦手だったろ？」

「ええ、苦手よ。あんまりあなたを驚かせずに、注意を引こうと思っただけ。おはよう、いとしい娘。息子があなたに見せる激しい情熱の一例を拝見したわ」

「ええ、お母さま」

「うちの息子は、ずいぶん情熱的なキスをするのね。てっきり、大義とか政治とかいうものに情熱を傾けるものと思ってたのに」

マーカスが鼻を鳴らした。「そんなこと思ってもないくせに。母さん、こっちにおいでよ。朝食をもってこよう。ポリッジをどう？」

妃殿下は朝食の席のことを思いだしながら、夫の横で馬を走らせ、新鮮な空気を深く吸った。「お母さまのこと、大好きよ。大義や政治に傾けるあなたの情熱は、お母さまゆずりなのね？　お母さま、スコットランド女王のメアリがお好きなんじゃないかしら。昨夜、お母さまが早くお休みにならなければ、七歳のメアリの周囲で起こっていたフランス宮廷の陰謀について、あれこれ教えてくださったかも。あら、困ったわ、マーカス、あの黒雲を見て。ずぶ濡れになっちゃう」

次の瞬間、雷鳴が轟いた。と同時に、陽射しが消散した。頭上で黒雲がうねり、低く垂れこめ、ふいにあたりが暗くなった。どこかに雷が落ちた。

マーカスが悪態をついた。「ついてないな！　ついさっきまで、嵐の気配もなかったのに。雲だって見えなかったし——」

妃殿下がくすくすと笑った。「暖かいから凍える心配はないわ。お屋敷に戻りましょうか」

その瞬間、バーディーのすぐうしろに雷が落ちた。ケヤキの木の枝にひびがはいり、上空にシューシューと煙が上がる。枝は道の真ん中に落ちた。仰天したバーディーが後肢で立った。

「妃殿下！」

「大丈夫。鎮めたわ」彼女は身を乗りだし、バーディーの口もとを撫でた。教えられたとおり、急に動いたりはしなかった。が、また鋭い音が聞こえ、バーディーがひるんだ。そして慌てふためき、ふたたび後肢で立ったかと思うと、彼女の手から手綱を奪った。

マーカスはスタンリーをバーディーのほうに向け、妃殿下の腰に手をまわし、バーディーの背から彼女を抱きかかえようとした。すると、ピシッという音が聞こえた。ピシッ。まただ。驚いたことに、頭に鋭い痛みを感じた。思わず手を上げ、ぼんやりと把握した。何者かがこちらに向かって発砲してきたのだ。そして一発が、おれの左のこめかみをかすめたのだ。その瞬間、マーカスはトゥールーズの戦場に戻っていた。周囲には銃弾が飛びかい、仲間たちの絶叫が聞こえる。前進を命じ、フランス軍の前線を突破した。銃弾、そして流血。まるで赤い雨を降らす雲がすべてをおおいつくしているようだった。

彼の名前を妃殿下が叫んだ。事態を把握したのだろう。

また、ピシッという音が聞こえた。マーカスの背後に、ケヤキの樹皮がちぎれて飛んできた。彼女は思わずマーカスに飛びついた。また、大きな銃声が轟いた。

妃殿下の左脇に激痛が走った。それでもマーカスの肩をつかみ、胸に身を押しつけ、できるだけ守ろうとした。スタンリーがのけぞり、ふたりの下で身をよじった。肝をつぶしたバーディーが慌てて走りだし、妃殿下は夫の腕からもぎとられそうになった。

「妃殿下！　くそっ――」

銃声、また銃声。マーカスはスタンリーのわき腹を思い切り蹴った。「急げ、この馬鹿！急ぐんだ！」

大砲から発射された弾丸のようにスタンリーが飛びだした。マーカスはしっかりと彼女を抱きしめた。意識は失っていないものの、自分と同じように彼女が撃たれていることはわかった。だがどこを？　傷はどの程度だ？

道のカーブに沿い、マーカスはスタンリーの向きを変えた。草原を突っ切り、屋敷をめざす。よく茂ったオークの大木からムクドリの群れがいっせいに飛びたたなければ、ふたりは殺されていただろう。雷鳴が轟き、稲妻が空を裂き、鳥たちがおかしくなったように飛んでいる。スタンリーが後肢で立ち、身をよじって鼻を鳴らし、その巨大な頭を振った。最後の瞬間、自分が手綱を離したことがわかった。ふたり一緒に落馬し、マーカスは必死で妃殿下を守ろうとした。坂を転がり、何度もひっくり返ったあと、とうとう浅いぬかるみに仰向けになってとまった。妃殿下は彼の胸の上でだらりと横たわっている。そして低くうめいたかと思うと、まったく動かなくなった。

マーカスは必死でぬかるみから這いあがった。妃殿下が彼の肩にもたれ、意識を失っている。彼は彼女の腰の下に手をあて、しっかりと抱いていたが、こめかみから滴《したた》る血が目にはいり、視界がぼやけた。

スタンリーが立ったままぶるぶると震えていた。目をまわしてはいるが、そばにとどまっている。ありがたや。一目散に馬小屋に走ってはいかなかったのだ。しばらく難儀はしたものの、どうにか妃殿下を抱き、鞍に座った。まだ失神したままだから、スタンリーが疾走しても大丈夫だろう。マーカスは馬を駆り、低い塀は飛び越えさせた。最後にとても高い境界用の塀があったが、スタンリーは余裕をもって飛び越えた。

マーカスはしっかりと彼女を抱いていた。手はすでに麻痺して感覚がなく、ふたりの血でべとべとになっていた。というのも、いつの間にか、彼は左手も撃たれていたのだ。しかし、心を深くむしばむ恐怖のほかは、なにも感じないのがふしぎだった。これほど、馬に乗っている時間を長く感じたことはなかった。スタンリーを〈チェイス・パーク〉の巨大な階段の横につけるまえから、彼はすでに声のかぎりに叫んでいた。「ノース！　スピアーズ！　バッジャー！　でてきてくれ、早く！」

彼は馬から下り、楽々と彼女を腕に抱きかかえた。彼女はがっくりと頭を垂れている。ああ、神よ。

ノースが叫びながら、玄関から走りでてきた。バッジャーがついてくる。

「撃たれたんだ。レイヴン先生をダーリントンから呼んでくれ。急げ、早く！」

ノースがスタンリーめざして走ってくると、マーカスから手綱を受けとり、すぐに馬に乗った。そしてまたたくまに馬を駆った。バッジャーがマーカスに近づいてきた。

「そのまま妃殿下を二階にお連れになってください、閣下。サンプスンさん！　ああ、そこでしたか。早くお湯のしたくを。清潔なやわらかい布巾もたくさん用意してください。チルトン卿がレイヴン医師を呼びにいきました」

バッジャーから穏やかに声をかけられ、自分が満身の力をこめて彼女を抱きしめていることに初めて気づいた。「奥さまを下ろしてください、閣下。そうです、こちらのベッドに。さあ、ドレスを脱がせましょう」

マーカスはわが手をじっと見つめた。「彼女の血にまみれているよ、バッジャー」

「ええ、だが、閣下の血も混じっています。ご自分も撃たれておいでなんですよ、閣下。こめかみと、手と、二カ所も。神よ、信じられない。流血事件が多すぎる。悲劇の連続だ。もっていった。「濡れた服を脱がせましょう。出血をとめないと」

「撃たれたんです」と、バッジャーが落ち着いて言った。

「いったい、なにがあったの！」マギーが悲鳴をあげ、そのうしろからスピアーズもはいってきた。

「ああ、わかってる、わかっているよ」

う二度と、妃殿下に傷ついてほしくありません」


「もう二度と」と、マギーが言った。「神よ、もう二度と、こんな真似を許さないで」

数分後、妃殿下は横向きになって寝ていた。腹部に毛布がかけられ、マーカスが彼女の左腰のすぐ上にある傷口を押さえていた。

「ああ、ようやくサンプスンさんがお湯と布巾をもってきてくれました」と、スピアーズ。

マーカスは、温かい濡れ布巾を受けとると、血まみれの手を彼女のわき腹からはずした。大きく穴があいた傷口からはまだ出血が続いている。銃弾は、ありがたいことに貫通していた。「神よ」そう言うと、傷口を拭きはじめた。射入口は小さな穴にすぎなかったが、傷口の周囲の白い肉は被弾の衝撃と血で紫色を帯びている。彼はそっと彼女の身体の向きを変え、傷口の反対側を確認した。射出口は大きな穴があき、激しい裂傷があり、どろどろと血が滴り落ちている。

マーカスは息を呑んだ。陸軍時代に、男たちの傷をいやというほど見てきたが、これはひどすぎる。怪我を負ったのは妃殿下なのだ。おれのか弱い妻。これほどの傷に耐える強さはない。彼はこぶしを握りしめた。そして、頭を左右に振った。

「そうです、閣下」と、スピアーズが静かに言った。「妃殿下にはいま助けが必要です。怒ってても仕方ありません。怒るのはあとにいたしましょう。なにをすべきか、考えなくては。弾は貫通していますから、痛みは楽なはずです。臓器は無事でしょうし、お腹の赤ちゃんのそばには及んでいないはずです」

そうだ。赤ん坊がいたのだ。赤ん坊のことなど、すっかり忘れていた。このひらたいお腹のなかに丸くなっている子どものことなど。

彼は頭を上げ、ベッドの周囲を見まわした。バッジャー、スピアーズ、マギー、サンプスンが顔を揃えている。彼は大きく息を吐くと、スピアーズが渡してくれた濡れ布巾をていねいにたたみ、射出口と射入口の両方に押しあてた。顔からスピアーズが血を拭い、こめかみに流れる血を軽くはたいてくれるのがわかった。だが、痛みはいっさい感じなかった。

ふいに、マギーが前進した。「また乗馬用の帽子をかぶってる」そう言うと、帽子を脱がせようと、妃殿下の髪からピンを抜いた。マーカスは、思わず声をあげて笑いだしそうになった。彼女は全裸で横向きになり、頭にシックな青い帽子をかぶっていたのだ。羽は折れ、汚れてはいたものの、帽子はまだ彼女の乱れた髪のてっぺんにちょこんと載っている。マギーが髪の乱れをなおしている。彼は、被弾した傷口に布巾を強く押しつけた。

「さあ、閣下」と、スピアーズが断固とした口調で言った。これまで聞いたことがないよう声だ。「そろそろ、その濡れた服をお脱ぎになってください。頭と手に手当てをし、包帯を巻かないと。大丈夫です、閣下。バッジャーが傷口を押さえてくれますから。さあ、こちらへ。そうです」

丸一日たったかのように思えたが、二時間もすると、ノースがレイヴン医師を連れて戻ってきた。

レイヴン医師が、部屋にはいってくるなり尋ねた。「意識は戻りましたか?」

「ああ、だが、完全にではない」と、マーカス。「意識が戻ったかと思うと、また意識がなくなる。痛みを感じるほどの意識があるとは思えない」

「よろしい」レイヴン医師はそう言うと袖をまくりあげ、妃殿下の脇からどくようマーカスに身振りで示した。「お見事でした、閣下」布巾をもちあげ、傷口を確かめると、医師が言った。「ありがたいことに、弾は貫通しています。閣下は出血をとめられた。ええ、お見事でしたよ。さて、奥さまが意識を失っているあいだに射出口をブランデーで消毒し、縫合しておきましょう」

「醜い傷が残るの?」と、マギーが尋ねた。

「残りますが、うまくいけば奥さまは生き延びる。生きていることに比べれば、傷跡など問題じゃない」

「彼女は死なない」と、マーカスがきっぱりと言った。「ああ、死ぬものか。これまで、中毒も、高熱も、せん妄状態も、腐るほど見てきた。死にも直面してきたよ。あまりにも多くの死を。だが、妃殿下は死なない。彼女に伝えなければならないことが山ほどある。一緒にしなければならないこともたくさんある。いや、彼女は死なない。彼女はぼくの妻だ」

レイヴン医師は背筋を伸ばすと振り返り、伯爵を見た。「いいえ、奥さまには亡くなる可能性があるのです、閣下。しかし、わたしは腕のいい医者です。急ぎましょう。奥さまが意識を取り戻し、痛みを感じないうちにすませないと」

五人の男とひとりの女に一挙手一投足を油断なく見張られているのがふつうではないと思ったとしても、レイヴン医師はなにも言わなかった。かれらの恐怖、不安、気遣いは、手でさわれるようだった。とてもじゃないが、退室を命じられる雰囲気ではない。伯爵は、その大きな茶色の手の片方をわき腹に、もう片方を太腿に置き、彼女の身体を支えた。

「よろしい」そう言うと、レイヴン医師が皮膚に針を刺し、縫合を始めた。医師の指のあいだから血が染みだし、黒い糸を濡らしていく。マーカスは泣きたくなった。「もう少しです」と、レイヴン医師が声をかけ、「射入口は縫う必要がありませんから」と、つけくわえた。

そのとき妃殿下がうめき声をあげ、全員が凍りついた。

27

「頼む」と、マーカスがうめいた。「後生だ」

「押さえて、閣下！」

マーカスは立ちあがり、全体重をかけて妃殿下の身体を押さえこんだ。彼女は、ひどい裂傷を負った患部に針を突き刺される激痛を感じる程度には意識を取り戻した。そしてあえいだかと思うと身をよじり、痛みから逃れようとした。喉の奥から低いうめき声が湧きあがり、頬を涙が伝った。バッジャーがブランデーとアヘンチンキを喉に流しこもうとしたが、なかなかうまくいかない。そもそも効果があらわれる頃には、レイヴン医師は手術を終えているだろう。

「落ち着いて、妃殿下。痛みますよね、わかります。お願いですから、動かないでください。もう少しの辛抱だ」

医師は喋りつづけた。自分の声が彼女に届いているのかどうかわからなかったが、どちらでもかまわなかった。彼女に語りかけると同時に、自分に語りかけていたのだから。永遠と思われる時間が流れ、やがてレイヴン医師がやさしく言った。「さあ、これで最後の縫合です。糸の始末をしましょう。ああ、すべて終わりました、閣下」

レイヴン医師が顔を上げた。「バッジャーさん、奥さまの頭を少し動かしましょう。アヘンチンキを垂らしたブランデーをもう少し差しあげてください。急いで。スピアーズさん、パウダーをとってください。マギーさん、その白い布巾を濡らして。サンプスンさんはそこに立って、全員が言われたとおりのことをしているかどうか、目配りをお願いします」

数分後、妃殿下の頭がぐったりと枕に落ちた。昏睡状態に陥っており、もう痛みは感じない。しばらく、痛みは遥か彼方だ。マーカスは彼女の身体からようやく手を離した。と、満身の力で押さえつけていたせいで、彼女の肌に痣をつくってしまったことがわかり、悪態をついた。

「もういい、マーカス」と、ノースがマーカスの腕を握り、そっと妃殿下から引き離した。「レイヴン先生が包帯を巻き終えたら、マギーにネグリジェを着せてもらおう。大丈夫だ、マーカス。奥方は必ず回復する。さあ、おまえだって撃たれたんだ。先生、こんどは閣下の番だ。いや、マーカス、あっちに行ってろ。妃殿下は大丈夫だ」

「そんなこと、なんでおまえにわかるんだよ?」憤懣《ふんまん》やる方なく、マーカスは友人の手を振り払った。「死ぬところだったんだぞ！　聞こえたのか、きみたち全員に言っているんだ！　ぼくの身を守ろうとして、彼女は命を落とすところだった。銃弾がぼくのこめかみをかすったのを見て、彼女、なにをしたと思う？　ぼくに身を投げ、自分を盾にしてかばったんだぜ。このぼくを！　なんなんだよ。伏せてと叫べばよかったものを。なんだって、あんな真似を？」

「落ち着いてください、閣下」と、レイヴン医師がなだめた。「考えても仕方のないことです。さあ、閣下、手を見せてください。ああ、よろしい。銃弾は親指の肉の部分を貫通している。さあ、お次は頭です」

寝室は薄暗く、影が伸びていた。ベッド脇にあるろうそくが一本だけ灯されている。彼女は横向きで寝ており、寝返りをして患部を動かさないよう、背中と腹部にひとつずつ枕があてられていた。ウエストには軽い上掛けが置かれている。ネグリジェはやわらかい白い薄手の平織りで、女学生の寝巻きのよう。ハイネックで、正面には小さな真珠のボタンが並んでいる。処女のためのネグリジェだ。着替えがしやすいので、マーカスがこのネグリジェを選んで着せたのだった。

彼は立ちあがり、伸びをした。そのあいだも彼女からけっして視線をはずさなかった。彼女はおれをかばおうと、身を投げだしてきた。そして盾になろうと、ぴったりと身体を寄せてきた。考えもしなければ、躊躇もしなかった。くそっ。時間さえあれば、もう少し時間があれば、彼女をおれの腿に伏せさせ、守ってやることができたのに。だが、なにもかもがあっという間の出来事だった。マーカスは思い起こした。少なくとも、六発は撃たれた。敵は複数のピストルを使ったに違いない。さもなければ、あれほどすばやい連射はできないはずだ。だが銃をもち替えたため、狙いをはずしたのだろう。助かった。

彼は身をかがめ、彼女の額に右手をあてた。彼の左手には包帯が巻かれている。ふたりとも幸運だった。ふたりを襲った銃弾は貫通したのだから。マーカスはしばらく悪態をついた。ふと、彼女の額が熱いことに気づいた。まずい、熱がある。慌てて寝室をでると、レイヴン医師が休んでいる部屋に向かった。

「熱がある」若い医師が寝ぼけたまま金髪の頭を振り、彼を見上げたとたんに言った。

「すぐに行きます。マギーに水とタオルをもってこさせてください。閣下、氷はありますか?」

「バッジャーにもってこさせよう」

ふたたび、妃殿下のまわりに全員が集結した。時刻は深夜二時。彼女は低くうめき、枕の上で頭を左右に振った。顔に髪がはりついている。

マーカスは泣きたかった。身をかがめ、冷たい布巾で彼女の顔を拭った。洗面器にいれた氷のせいで、布巾は冷たすぎるほどだった。

「奥さまのネグリジェを脱がせてください、閣下。あんまり熱が高いようでしたら、水風呂にはいっていただくかもしれません」そのとき、自分を含めて部屋には五人もの男がいることに気づき、医師は咳払いをした。「どうか、紳士のみなさん、ご退室を。閣下とわたしが奥さまのお世話をしますから。さあ」

「いやです」と、バッジャー。

「いやです」と、スピアーズ。

「だめだ、でていけ。バッジャー、スピアーズ」と、マーカスが命じ、自分の肩を叩いた。

「ぼくが世話をする。さあ、口ごたえするな、スピアーズ。ぼくは元気だし、包帯を巻いているせいでおぼつかないところはあるが、なんとかなる」

　ふたりの男がでていくと、マギーも寝室からでていった。マーカスは小さな真珠のボタンをはずし、彼女のネグリジェを脱がせた。包帯はまだ白く、乾いている。

「よろしい、出血はおさまっています」と、レイヴン医師が言った。

「きみのファーストネームは？」と、マーカスが尋ねた。

「ジョージです」

「よし、ジョージ。どうすればいいか教えてくれ」

　ふたりは一時間以上かけて、順番に、彼女の全身を冷たい布巾で拭った。朝の三時をすぎた頃、ジョージが妃殿下の額、胸、包帯を巻いた腰のあたりに触れた。「熱が下がってきました。このまま熱が上がらないことを祈りましょう」

「すっかり衰弱している」清潔なネグリジェをとってきたマーカスが、妃殿下に着せながら言った。「まるで、ここにいないみたいだ」

「奥さまはここにいます、閣下。このままここにいらっしゃることを、この目で見届けましょう。奥さまは大丈夫です。わたしが保証します。発熱は想定内のことでしたから。さあ、閣下は少しお休みになってください。わたしが奥さまのそばにおります。朝になったら、声をかけますよ。閣下の全身を冷水で拭くのだけはごめんです。身体が大きすぎますからね」

彼女は夢を見ていた。それは素敵な夢だった。見わたすかぎり花畑が広がり、色とりどりの花は香りも色彩もすばらしかった。花々に取り囲まれて座り、自分が書いた流行り歌を歌った。それは船乗りの歌で、ちょっときわどい歌詞だったが、これまでいちばん売れた歌だった。フックハムズ書店のダーダリオン氏は、海の男たちのあいだで不動の人気を誇っているから、忘れ去られることはないだろうと請けあってくれた。歌を通じて、わたしは不死身になれるのかもしれない。そう考え、思わずほほえんだ。デイジーや百合の花に囲まれて座ったまま、ベルベットのような赤いバラの花びらに指を這わせていると、突然、背後の茂みから奇妙な生き物があらわれた。剃髪《ていはつ》した法服姿の修道士のようにあたりを眺めているが、その身体はしなび、縮んでいる。背後に見える手入れのゆきとどいた丘より長く、この世に存在しているよう。すると、彼が口をひらいた。「わたしは井戸の近くにいた。しっかり見張っていたが、おまえには絶対に見つけられない。わたしは数百年ものあいだ待ちつづけたのに、おまえはこなかった。おまえは愚かなうえに、想像力もない。実行に移そうと決断したわれわれ兄弟とは、似ても似つかない」そう言うと、彼は話を続けた。

「当時、彼はダンドリッジ男爵だった。ロックリッジ・ウィンダムは男爵にすぎなかったが、われわれに力を貸してくれた。われわれを救おうともしてくれたが、そんな真似はだれにもできなかった。男爵がすべてを失う場合にそなえて、われわれはできるだけ彼の世話をしようと決意した。そして、あの恥ずべき国王はわれわれから財産を奪い、修道院を解体した。

国王と卑劣なクロムウェルたちが共謀したのだ。哀れなことに、男爵は早死にした。そのとき、息子はまだ物心がついていなかった。だがすべての手がかりは残された。その後も数世代にわたり、秘密は語り継がれたが、やがてはそれもとだえた。ウィンダム家の者は揃いも揃って無知なまぬけばかりだ。そしておまえでさえ、いま、あきらめかけている。だから、こうしてわたしがやってきたのだよ。どうだ、いま、なにが見える？」

彼女はのろのろと答えた。「9が見えるわ。もうひとつの9も。でもそれはうしろ向きだわ」

「そうか。ああ、イエスかもしれないし、ノーかもしれない。おまえは流行り歌をつくっているな。なかなかよくできている。それほど賢いおまえに、なぜわからない？　どうしてそうも鈍いのだ？　しっかりと目をあけろ。さもないと、こんどわたしがここにきたとき、おまえは後悔することになるぞ。モンスターはけっして死なない。やつらは生き延びている。それを忘れるな」

ふいに縮んだ老修道士の姿が消え、彼女は花畑の真ん中にひとり、取り残された。が、すでに花々はしおれ、茶色に変色しはじめていた。そしてさきほどの修道士のように縮みはじめた。澄みきった空は暗くなり、どんどん冷たくなっていった。この腐敗と荒廃から逃げだしたい。彼女は思わず声をあげた。

「シーッ、愛する人、大丈夫だよ」

彼の声。はっとして目をあけると、彼がこちらを見おろして立っていた。頭に白い包帯を巻いている。

「海賊みたい。悪魔みたいに勇み肌の海賊。わたしをつかまえて、一緒に連れていってくれればいいのに。抵抗するかもしれないけど、本気じゃないのよ」

「わかった、きみを一緒に連れていってあげよう。だがね、そのまえに元気にならないと。いいかい、妃殿下。もう怪我だけはしないでくれ」

「それはわたしの台詞よ。あなた、黒い眼帯でもすればいいのに。シャツを袖も、もっとふくらませないと。でもね、すごく格好いいわ。だから、遥か彼方の海賊の島にわたしを連れていって。中国より遠いけれど、南の島で、気候は温暖だから、わたしたち、ただ横になって――」

彼女はぱちぱちとまばたきをした。そしてもういちど、まばたきをした。「わたし、頭が変になったのかしら」

「いいや、そんな空想の世界なら、いつまでも浸っていてほしいくらいだよ。で、気分はどう？」

彼女は全身に神経をはりめぐらした。「わき腹が痛い。でも我慢できるわ。身体が重くて、だるい感じ、妙ね、ふだんよりなにもかも鈍い感じがするわ。あなたの頭は痛むの、マーカス？」

「ぼくが石頭なのは知ってるだろう？　で、身体が重いってのはどんな感じだ？」

「それに手も怪我してるのね。その手、どうしたの？」

「ぼくたちを撃ってきたやつが、まずぼくの頭を撃ち、それからきみを撃ったんだよ。そうしたらね、マダム、きみが守護聖人のようにぼくに飛びついてきた。やつはきみのわき腹を撃った。振り落とされそうになったきみをぼくが引っ張りあげると、やつはぼくの手を撃った。とにもかくにも、ふたりとも幸運だった」

「だれの仕業なの、マーカス？」

「わからない。だが、けさ、バッジャーがロンドンに発った。われらの親愛なる植民地のウィンダム一家がいるかどうか確認しにね」

「ウィルヘルミナおばさまに、わたしたちを撃つことなんかできないわ」

「ああ。だが、何者かを雇うことはできる。バッジャーが真実を突きとめてくれるだろう。ひとりで無理なら、調査員を雇うさ。心配いらない。わかったね？」

彼女はうなずいた。「あなた、わたしのこと、〝愛する人〟って呼んだわね」

「ああ」

「そう呼んでくれたの、二度めよ」

「それよりずっと多いよ、妃殿下。そう呼びかけても、死んだように眠っていたからね」

「気にいったわ、マーカス。もういちど、そう呼びたくなったら呼んでいいのよ。反対しないわ」だが、彼が顔をしかめていたので、彼女は不安になった。愛する人なんて、思わず口走っただけなのかしら。わたしが死にそうだと思って、そう言っただけなのかしら。彼女は慌てて言った。「あなたが起こしてくれるまで、とても奇妙な夢を見ていたの。花畑に座っていて……」そして花の香りやすばらしい色彩、美しい景色の説明をした。そこに老修道士がでてきたこと、彼が言ったことと、自分に腹をたてていたことなども説明した。

「すると、それは顔がふたつある9のことかもしれないし、違うかもしれないいんだな。イエスかもしれないし、ノーかもしれないと、修道士が言ったのか。モンスターは生き延びているとも言った。わけがわからない夢だな。それにしても、妃殿下、ウィンダム家の祖先の名前がどうしてわかったんだろう？」

「ロックリッジ・ウィンダムね。わからない。修道士は、彼がダンドリッジ男爵だったと言っていたわ。でも話を聞いているあいだは、べつに怖くなかったの。でも、最後に美しい花々がしおれ、変色し、腐りはじめたの。あっという間の出来事だった。とにかく、あの修道士がわたしに説明した話、ちっとも意味がわからないわ」

「ぼくにもわからん。が、夢のお告げだとは考えたくない」

「じゃあ、なんなの？」

「さあね。ウィンダム家の聖典かなにかに、ロックリッジ・ウィンダムの名前がでてきたんじゃないか」

　ふいに、彼女の目に恐怖の色が浮かんだ。

「どうした？　おい、どうした？」

「いや、マーカス」彼女は背をそらせ、お腹を押さえたかと思うと、悲鳴をあげた。「いや！　いや！　マーカス、お願い！」

それから数十分後、ちょうど時計が正午を告げる頃、大出血が始まり、妃殿下は流産した。痙攣に襲われ、身をよじり、背筋を弓なりにそらした。そして、始まったときと同様に、痙攣は唐突に終わった。疲労困憊《ひろうこんぱい》し、彼女は眠りに落ちた。汗で光る顔には、ゆるく編んだ髪がべったりとはりついている。唇は青ざめ、真っ青に近かった。わき腹の傷口からまた出血が始まり、子宮からの血と一緒に流れつづけた。もうすぐ、彼女は死ぬのだ。マーカスは覚悟を決めた。だが、まだ死んではいない。いまは、まだ。

マーカスはなにも言わなかった。ただ、彼女をじっと見つめていた。

「残念です、閣下」と、手を拭きながらレイヴン医師が言った。「こういう事態もありうるとは思っていましたが、あれ以上、閣下を心配させたくなかったものですから。よくあることとはいえ、こんなかたちになって残念です」

マギーとエモリー夫人は、流産のあとをすべて清潔にした。妃殿下は少なくとも清潔になり、血痕もなく、血の気の引いた顔で横になっていた。腹部に白い包帯を巻き、腿のあいだに白い布巾を置き、白いネグリジェを身にまとって。

「快復なさるでしょう」

だが、マーカスは信じていなかった。

レイヴン医師は、ようやく妃殿下とふたりきりになり、ほっとした。これまでずっと夫がつきっきりだったのだ。そのうえいま、彼女は目覚めようとしている。

レイヴン医師はほほえみ、その愛らしい青い瞳に意識がはっきりと戻る瞬間を待った。それから彼は身をかがめ、彼女の胸に軽く手を置いた。

「心拍はゆっくりしていますし、安定していますよ。お腹に痛みはありますか？」

彼女は顔を横に振った。

「赤ちゃんのことは残念でした。でも、きっとまた妊娠なさいますよ。母体に悪いところはありません。あなたの身体に外傷を残したのは、階段からの転落だったのです。閣下には、あなたはお若くて健康だと申しあげておきました。またいくらでも赤ちゃんができますよ。いったん快復なさり、そういうお気持ちになればね」

彼女はまた顔を横に振った。「いいえ、もう赤ちゃんはできません。赤ちゃんは今回きり。あの子は生きているべきじゃなかったんです」

わけがわからない。レイヴン医師はやさしく彼女の手をとり、目を閉じた。脈が不規則で速くなっている。「お願いです、リラックスしてください」妃殿下がぐったりと横になった。脈が遅くなり、閉じたまつげから涙がこぼれ落ちた。彼女はなんの音もたてず、静かに泣いていた。

そのとき、断固とした足音が聞こえ、レイヴン医師は思わず妃殿下から身を離した。部屋にはいってきたマーカスが、彼女の頬からそっと涙を拭った。「シーッ、愛する人。もう大丈夫だよ」

「いいえ、なにひとつ大丈夫なんかじゃないわ。そりゃ、あなたには好都合よね。万事、思いどおりになったんですもの」

「妃殿下——」

「わたしたちを撃った男を殺してやりたい」

マーカスは驚いて身を引いた。全身に安堵感が広がる。「だが、ぼくだって殺してやりたいんだぞ。こりゃ、困ったな」

彼女は返事をしなかった。また眠りに落ちていたのだ。

「閣下」

「ああ」ひらいたドアのところに、スピアーズが立っていた。

「バッジャーから知らせがありました」

マーカスは〈朝の部屋〉のテーブルで母親と向かいあい、座っていた。「彼女が妊娠していたなんて、知らなかったわ、マーカス。ああ、なにもかも、信じられない。わたし、なにも知らずにうつつを抜かしていたんだもの。馬鹿だったわ、ほんとうにごめんなさいね」

彼はなにも言わず、白ワインとトマトで料理した白身魚のキャセロールを堪能していた。ロンドンに発つまえに、バッジャーが用意してくれていたのだ。

「あなた、彼女をずいぶん早く妊娠させたわね」

「ああ、たぶん結婚式の夜だ」

「それにしても、この暴力は気にいらないわ。こんな卑劣な暴力が連続して起こるだなんて。

それに、最後のものをのぞいては、妃殿下だけに向けられている。いったい何者が、あなたか妃殿下を殺そうとしているの？」

「それも銃弾の雨を降らせてまでね。やはり、ぼくたちふたりが狙われているとしか思えない。もちろん、妃殿下はこれまでにも二度、襲われているが」

「スピアーズから聞いたんだけど、あなた、バッジャーから知らせを受けとったそうね」

マーカスはうなずいた。「バッジャーはじきに戻ってくる。ロンドンではもうできることがないからね。アメリカのウィンダム家の人間は全員、ロンドンにいた。ウルスラはひどい風邪をひいて寝ていたし、ぼくの種馬をケンタウロスさながらに乗りこなしたトレヴァーも風邪をうつされて寝こんでいたそうだ。ウィルヘルミナおばはうつされるのが怖くて、寝こんでいる子どものそばには近寄らなかったとか。ジェイムズは、ロンドンに到着したその日に知りあった若い男と一緒に滞在している。事件があった日はリッチモンドまで足を伸ばしていたそうだ。バッジャーが馬でリッチモンドまで行き、確認してきたよ。馬番の男は、ウィンダム氏を見たと証言したそうだが、一緒にいた若い男たちはカード賭博とブランデーですっかりできあがっていた。だからバッジャーにしてみれば、ジェイムズがリッチモンドにいたと断言はできないそうだ。全員が口裏をあわせている可能性もあるから、無実だと断言はできないというわけさ」

「犯人は、あの老いぼれ魔女よ」

「だといいんだが。とにかく、だれにでも人を雇うことはできる。無論、あの婆さまにも」

グウィネスが〈朝の部屋〉にはいってくると、義理の妹が差しだした頰にキスをし、マーカスにほほえんだ。「レイヴン先生は、感じのいい若者ね」

マーカスがうなり声をあげてみせた。「たしかに、若者ではある」

「それ、どういう意味かしら？」

「ぼくが愚かだという意味ですよ。ジョージは腕がいい。若造ではあるが」

「あなたより年上だそうよ、マーカス。先生にうかがってみたの。二十八ですって」

「ああ、だがぼくは彼女の夫で、先生はそうじゃない」

マーカスの母親がにっこりとほほえんだ。「ずいぶん狭量なこと言うわねえ。おまえが焼きもちを焼くなんて、思わなかった。そんなちっぽけな感情とは無縁だと思ってたのに。でも、おまえにも人間らしいところがあるわけね。ほっとしたわ」

マーカスはベーコンを小さく切りわけた。「ああ。われながら驚いてるよ」いびつな笑みを浮かべると、母親が応じた。

「その笑顔でいつも近所の娘さんたちをとろけさせていたわねえ。わたしだって、その笑顔にはいちころよ。さあ、グウィネスに説明してあげて。ロンドンからのバッジャーの報告を」

マーカスが話しはじめると、グウィネスは顔をしかめながら、左手にマフィンをもったまま聞きいった。「やっぱり、ウィンダム家の遺産と関係があるとしか思えないわね」

「妃殿下が図書室で殴られ、あの古い本が盗まれたときは、たしかにぼくもそう思いましたよ。でも、いまは？　あれだけの銃弾で撃たれたんですよ、おばさま。犯人はぼくらふたりを狙っていたとしか思えない。ほんとうに財宝が狙いでしょうか？　妃殿下にもぼくにも、その財宝とやらのありかも、そもそもそれが実在するのかどうかも、わからないのに」

「ちょっと待って」と、パトリシア・ウィンダムが椅子から立ちあがった。「アイディアが浮かんだわ。財宝のこと、じっくりと考えてみたの。おまえ、妃殿下のスケッチをとってきてくれない？　じっくり見たいの。そうすれば、わかるような気がするわ」そう言うと、パトリシアは息子と義理の姉に輝くような笑みを見せ、啞然とした一同を残し、〈朝の部屋〉をでていった。

マーカスは、妃殿下の小ぶりのデスクの抽斗にきちんと整理されている筆記用紙の束をしげしげと眺めた。さきほど、彼女が井戸の絵を描いた紙をもちあげたところ、その下に用紙が積み重なっていることに気づいたのだ。どの紙をめくっても、旋律と歌詞が書きこまれている。それは楽譜だった。そしてマーカスの目に、ある歌詞が飛びこんできた。

男が叫んだとよ、「頼む、相棒！」
叫ぶはただの田舎者、「ビールもってこい！」
丸々した娘っこを連れた陽気な男
娘っこのおかげですっかり泥酔

さあ行くぞ、宝探しの旅に
われら叫ぶよ、出航だ!

マーカスは静かにその歌を歌いはじめた。メロディーには聞き覚えがあった。海軍の男たちが繰り返し歌っては笑い声をあげ、乾杯していたからだ。それでも、どうしても信じられなかった。ほんとうに妃殿下が、あのR・L・クーツなのだろうか? 彼女がこの流行り歌を全部書いたのだろうか? 彼はゆっくりと楽譜をめくっていった。どの曲も、だいたい知っていた。楽譜は少なくとも二十枚はあり、その下には書状や法律関係の書類が重なっている。マーカスはにやりと笑った。妃殿下め、ここ最近の曲で相当、稼いだな。

彼女はほんとうに自立していたのだ。そしてバッジャーの給金まで支払っていたのだ。彼女はすべて自力でこなしていたのだ。なんと気骨のある女性だろう、わが妻は。胸のうちに誇りがむくむくと湧きあがってくるのがわかった。と同時に、気持ちがやわらかくなるのもわかった。胸のなかが、誇りとなにかほかのものでいっぱいになった。以前からそこにあったもの、深くて終わりがないもの。間違いない、これが愛情というものなのだろう。そんなものを望んだことはなかったが、もう逃げ場はない。ひょっとすると、妃殿下が九歳の頃から愛しつづけてきたのかもしれない。初めて妃殿下というあだ名で呼んだときからずっと。ああ、これまで気づかなかったとは。だがいま、事実は目の前にある。彼女へのこの愛情の泉には底知れない深さがある。これからもずっと、その泉が枯れることはないだろう。

細心の注意を払い、彼はすべての用紙を元の順番どおりに積み重ねた。そして、デスクの抽斗を閉めた。

彼女はわき腹を横にし、髪を顔と背中に垂らし、寝息をたてて眠っている。胸のふくらみも見える。マーカスは〈ピップウェル・コテージ〉を訪問したとき、彼女をさんざん非難したことを思いだした。だれかに面倒を見てもらっているんだろ、ただの娘なんだから、女という生き物は無価値で無力だから、保護してくれる男、支えてくれる男が必要なんだと、御託を並べたてた。おれのことを棍棒で殴りたいと思ったに違いない。だが彼女はずっと妃殿下だった。そう、昔の妃殿下の態度をとりつづけた。自分の身を守るために自分のなかに閉じこもり、なにも言わず、ただ超然としていた。おそろしいほどに孤独だったに違いない。昔の妃殿下なら、おれにくつわを振りあげることも、ブーツで殴りかかってくることもしないだろう。だが、その彼女が、ここにあるすべての流行り歌をつくっていたのだ。おれの妻となり、昔とはすっかり人が変わってしまった妃殿下が。もしいま、かんかんに怒らせようものなら、妃殿下はおれを撃ち殺すだろう。

その彼女が、このすべてをひとりでやってのけたのだ。

そして、ひと言も、おれに言わなかった。

マーカスは階段のほうに歩いていった。スピアーズが歌っているときのようすが目に浮かんだ。彼の豊かなバリトンが頭のなかに朗々と響く。そうか、スピアーズのやつ、知っていたんだな。バッジャーが言ったのだろう。もしかすると、マギーとサンプスンも知っていたのかもしれない。おれ以外の全員が知っていたのかも。

彼女はなぜ、おれに言わなかったのだろう？

彼は母親に二枚の絵を渡すと、〈緑の立方体の部屋〉をでていった。淑女がつくるには、あまりにもきわどい内容の歌を口笛で吹きながら。

どうかふたりで長生きできますように、とマーカスは祈った。人生の一分一秒を、彼女と一緒にすごしていきたい。

28

バッジャーは口から泡を吹きそうになりながら、スピアーズ、サンプスン、マギーにまくしたてた。「こんな真似をしたのは、あのいまいましい連中のだれかに決まっている。自分でやるだけの度胸がないとしたら、何者かを雇ったんだ。卑劣な悪党め。黒幕はあの婆さんだ。あの女ならやりかねん」

「バッジャーさん、落ち着いて。怒ったところで、真相がわかるわけじゃない。連中には全員、アリバイがあるそうだし。そもそも、いちばん頭にくるのは、きみがはっきりした事実をなにも見つけてこなかったことだ。おかげでわれわれは、いても立ってもいられん」

自分の親指の爪をしげしげと見ていたマギーが口をひらいた。「もしかすると、間違った方向を見ているのかもね。ここにいるだれかが犯人なのかも。村のあの男の名前はなんだっけ？　書店を経営している、ウィンダム家のもうひとりの私生児って男は？」

「思いだせない」と、バッジャーが考えこんだように彼女を見た。「だが、いい点をついたぞ、マギー。ちょっとこれから馬ででかけてくるよ。あの男とささやかなお喋りでもしてこよう」

「気をつけてよ、バッジャーさん。彼が悪党なのかもしれないんだから。ここには悪党がうようよいる」

バッジャーは彼女の言葉を軽く受け流しはしなかった。「気をつけるよ、マギー。それにしても、いま着ているそのドレス、とても似合っているよ。琥珀《こはく》色が、きみの美しい髪をこのうえなく引きたてている」

「ありがとう、バッジャーさん」そう言うと、マギーは彼をからかうようににっこりと笑った。

「わたしは」と、スピアーズが分別くさい口調で言った。「あなたには淡い黄色が似合うと思いますな。緑色は色がくどすぎる。ああ、もう少し淡い色のほうがあなたにはお似合いですよ、ミス・マギー」

サンプスンがマギーのほうを一瞥した。「彼女が何色を着ていようが、どうだっていいだろう」

マギーが笑い、見事な髪の毛と美しいドレスの両方をぽんぽんと叩き、歩きだした。そして振り返り、声をかけた。「サンプスンさんの言うとおりよ。さあ、無駄話はもうおしまい。あたしは妃殿下のところに行ってくるわ。かわいそうに気持ちが落ち着かなくて、退屈してるの。きっと閣下は、けさはわたしに妃殿下の髪を洗わせてくれるはず。閣下ときたら妃殿下につきっきりなの。自分のことをうすのろみたいに扱うって、妃殿下がこぼしてたわ。でも、閣下は心配なのよね。あたし、男の人が打ちひしがれてるところを見るの、大好き。さあ、行動開始」

「伯爵は」と、スピアーズが言った。「ご自分がどれほど幸運かを、ようやく自覚なさったんでしょう。とうとう屈服なさったというわけです。おかげでわたしも、元気がでましたよ。とはいえ、この三日間、閣下はとても奇妙な行動をとっている。わけがわからない」

バッジャーが口をひらいた。「きみは、なにもないところで謎ばかりさがしているぞ、スピアーズさん。閣下はただ妃殿下のことが心配でたまらないんだろう。それにしても、どうして流産なんてことに」

「おふたりを撃ったやつへの恨みがつのりますよ」と、スピアーズが応じた。「妃殿下はすっかり意気消沈なさり、ご自分を責めている。仕方のないことなのに」

「これであなたの思うとおりになったわね、と閣下におっしゃっていましたよ。わたしの子どもなんて、あなたは欲しがっていなかったもの、と」

「閣下はなんて返事をなさってたんです、バッジャーさん?」

「さあ。おふたりは、包囲攻撃を受けている城のように扉をしっかりと閉ざしてしまわれたから」

スピアーズが言った。「流産だけでも悲劇ですが、きっと、なにか悲しい事情があるんでしょうな」

「とにかく」と、サンプスン。「使用人全員が心から心配していますよ。伯爵夫人はとても人気がありますから。使用人が閣下を見る目も変わってきている。閣下が示す奥さまへの気づかいが、かれらの心を動かしたのでしょう。ひとりの夫としても、ひとりの主人としても、共感を得ている。つまり、使用人たちは閣下のことを本気で尊敬しはじめている。偉業ですよ」

「まだまだ、ただの頑固な若造よ」と、マギーが言い返した。「あたしに言わせれば、ブーツやくつわで殴るんじゃなく、妃殿下は彼を乗馬用の鞭で打つべきよ。妃殿下、ずいぶんお変わりになりましたね、それはとてもいいことですよって、あたし、褒めてあげたの。わめきたてるのは女にとっていいことなのよ。全部吐きだすと、胸のうちがすっきりするの。ものごとの見方も変わるし。男っていつも上の空だから、完全にこっちに注意を向けさせなくちゃだめだって、女にはわかってるの」

賢いことに、三人の紳士はなにも返事をしなかった。

スピアーズが、ようやく口をひらいた。「ウィンダム夫人と少しお喋りをしてきます。おそろしく頭のいい女性ですよ」

スピアーズが〈緑の立方体の部屋〉にはいっていくと、パトリシア・ウィンダムが部屋の真ん中で水色のオービュソン絨毯の上に仰向けになっていた。身じろぎもせず、じっと天井を見つめている。その瞬間、夫人が死んでいると確信し、スピアーズは凍りついた。

「奥さま!」

夫人はおもむろに頭をまわし、ほほえんだ。「あら、スピアーズ。ちょっときて、起こしてくださる？　絨毯が清潔だといいんだけど、大丈夫よね。エモリー夫人は家事の鬼だもの。よっこらしょと、ありがとう、スピアーズ」夫人はスカートの裾を払い、スピアーズにふたたびまぶしい笑みを向けた。

「床に仰向けになっていらした理由を、うかがってもよろしいでしょうか？」

「もちろん、いいわ。でもね、残念ながら、いまは教えてあげられないの。息子はどこ？」

「閣下は妃殿下になにか命令なさっているはずです。さもなければ、妃殿下に関することでマギーになにか命令なさっている」

「甘えん坊ね」と、夫人が言った。

スピアーズの喉からむせるような音がでた。「甘えん坊とはまた、言い得て妙ですな。それにしても、この一連のおそろしい出来事の責任は、いったいだれにあるのでしょう？」

「すべてを知ることなんてできないわ、スピアーズ」

「なにかご存じなのでは、奥さま？」

「まあ、ちょっぴり見えてきたような気はしてるの。じきに、謎の一部は解き明かせるかも」

「なるほど、奥さま。それでは、分別をわきまえた耳に、少しばかりご意見を頂戴できませんか」

「あなたの耳にってこと？」

「はい、おっしゃるとおりで、奥さま」

「まだだめなの、スピアーズ。ごめんなさいね。意地悪をするつもりはないのよ。ただ、まだ準備ができていないだけ。もつれた糸をほどいている最中といったところかしら。さてと、うちのかわいい息子が妃殿下とうまくやっているか、見てくるわ。かわいそうに妃殿下は、流産ですっかり気落ちしているでしょうね」

そのうえ撃たれたのだから、とスピアーズは考えた。だが、なにも口にはださなかった。

夫人のかわいい息子は、声をかぎりに怒鳴っていた。妃殿下の寝室からだいぶ離れたところまで罵声が聞こえてくる。夫人がドアをあけると、妃殿下がベッドの脇に立っていた。天使童子の絵が彫られた寝台支柱に手をかけ、ぐったりとしている。

「マーカス」そう言う妃殿下の声がいらだっていたので、義理の母は少しほっとした。「お願いだから、怒鳴るのはやめて。わたしは大丈夫よ」

「ベッドで寝ていると約束しただろう。その顔はなんだ。首のあたりにびっしょり汗をかいてるじゃないか。おまけに息をきらしているのに、ベッドから抜けだすとは」

「どうしたの」と、パトリシア・ウィンダムが声をかけ、寝室にさっとはいった。「妃殿下の神経にさわるわ。それにしても、息子の言うとおりよ。どうしてベッドからでたりなんかしたの？」

「お母さまは彼の味方だってわかってました」

「そりゃそうよ。母親だもの」

「用を足そうとしたんだよ。ベッドからひとりででてね。仕切りのところまで十五フィートも歩き、寝室用の便器を使おうとしたんだ。許さん、聞こえたか？　さあ、いますぐベッドに戻れ」

「はい、マーカス、わかりました。ベッドに戻るところだったのに、あなたが勢いよくはいってきて、頭がおかしくなったフクロウみたいにわめきはじめるんだもの」

「頭のおかしいフクロウ？　やれやれ、きみは頭の回転までおかしくなったらしいな。もう、寝室用の便器を使ったのか？」

「ええ、マーカス。ひとりで用を足して、ベッドに歩いてかえってきたところ」

パトリシア・ウィンダムは咳払いをした。「とっても興味深いお話だこと。でもね、寝室用の便器がどうのこうのっていう話はあとにしていただけるかしら。さあ、妃殿下、手伝うわ」

「母さんはそこに立っててくれ」マーカスはわき腹にさわらないようにしながら、そっと妃殿下の向きを変えた。そして、立ったままの妃殿下を床から二インチほどもちあげると、残り三フィートをベッドまで運んでいった。

この四日ほどでわき腹の痛みがだいぶ楽になっていたので、マーカスは彼女を仰向けに寝かせた。「動くなよ。動くとよくないことが起こるぞ」

「あら、なにが起こるのかしら。あなた、なにするつもりなの、マーカス？」

「ずいぶんつっけんどんな物言いだな。ぼくがなにをするにせよ、たいそうきみのお気に召すはずだ。ぼくも気にいるだろうが」

「それだけじゃ、とてもあなたの命令に従う気にはなれないわね」

「ちょっとおふたりさん、母親の前であんまりなまめかしい話、しないでちょうだい。マーカス、あなたはまだわたしのかわいいちびっ子なんだから。たっぷり日光浴をして、すっかりきれいになった赤ちゃんよ。さあ、ようやく黙ってくれたわね。バッジャーが、そろそろ昼食ですって言ってたわ。みんなで一緒に昼食をとり、散文調でお喋りを楽しまない？」

「なんだって、母さん？　なに調で喋るって？」

「散文よ。進歩的な淑女はね、散文調で会話を楽しむの。気持ちが落ち着くわよ」

「くだらん」そう言うと、マーカスが前世紀につくられた繊細なフランス製の椅子を母親のために引いた。「母さんは、妃殿下のあのおてんばメイドと同様に進歩的ってわけですか」

「ああ、マギーのことね。彼女、興味深いと思わない？」

スピアーズが戸口から声をかけた。「ひょっとするとマダムは、〈緑の立方体の部屋〉の真ん中で絨毯の上で仰向けになっていらした理由を、息子さんに説明なさるおつもりでは？」

「もう少し思慮深い人だと思ってたわ、スピアーズ。やれやれあなたにはがっかりよ。いいえ、マーカス、わたしがどんな姿勢をとっていようが、あなたには関係ありません」

「くだらん」と、マーカスがふたたび言うと、げんなりしてみせた。「なんだって仰向けになったりしてたんです？　流行の瞑想かなにかですか？」

「いとしい息子よ、あなたとは関係ないの」

妃殿下が笑った。「ああ、ありがとうございます、お母さま、彼の砲火をわたしからそむけてくださって」

マーカスの青い目がふたたび彼女の青白い顔に戻った。彼は身をかがめ、彼女の唇にキスをした。「昼食を終えたら、しばらく昼寝だ。そうしたら、マギーに髪を洗わせてやろう」

「身体は？」

「残りは、ぼくが洗う」

「だめよ、マーカス、そんな——」

「静かにしろ、妃殿下」

パトリシア・ウィンダムが目をまわして見せた。「たっぷり日光浴をして、すっかりきれいになった赤ん坊も、大きくなったものねえ」


マーカスが手抜きをしないことは、わかっていた。いつだって中途半端なことはしない人だもの。わき腹の傷跡についていえば、彼が絶対に傷つけないことがわかっていた。夏のケヤキの枝から降りそそぐ木洩《こも》れ日のように、やさしく触れてくれる。それでも、彼女は恥ずかしくて仕方なかった、なにしろまだ出血が続いており、腿のあいだには布をあてていたからだ。きっと、さすがにあの箇所だけは、わたしに自分で洗わせてくれるはず。マーカスも、でだしはうまくこなしていた。まるで棒切れかドアノブであるかのように彼女の身体を扱っていたが、乳房をあらわにした頃から、善意にぼろがではじめた。彼はこぶしを握りしめ、歯を食いしばり、青い目を翳らせた。

「きみを見ていると欲しくてたまらなくなること、すっかり忘れていたよ、つまりだ、これまでぼくは服を着たまま、きみの服を脱がし、きみを眺め、きみを抱きあげ、冷水で全身を拭いてきた。だが、いまは違う。きみは回復してきたし、ぼくがきみを見つめると、きみもぼくを見つめてくれる。じつに、落ち着かないんだよ。いや、動くな。こっちは品行方正に手を動かそうと必死なんだぜ。きみの肉体は、ぼくにとってよろこび以外のなにものでもないんだから」

もちろん、品行方正を続けることなどできなかった。包帯のある部分を慎重に避けながら、マーカスは彼女の下腹部をそっと洗いはじめた。彼は息を呑み、目を閉じたまま、石鹸をつけたタオルを下げていった。

「お願い、マーカス、すごく恥ずかしいわ——」

彼は無視した。「出血していても、気にならないよ。ありがたいことに、正常な出血だからね。このままきみが死ぬんじゃないかと心配する必要もないことだし。いや、動くな、妃殿下。ぼくを信じて」

そう言いながら、マーカスは彼女の顔をじっと見つめた。彼女の敏感な部分に指で触れると、彼女の表情が変わるのがわかった。べつに、彼女に官能的なことをしようと思っていたわけではなかった。これまでさんざん彼女とのことを想像してきたが、それは頭のなかだけのことだった。いわば抽象的な理論だったのだ。だがいま、指があそこをまさぐっている。マーカスは彼女を見つめたまま、手を震わせた。

久しぶりだった。ふたりで愛しあったのはずいぶん昔の話だ。指を動かしていると、彼女の息づかいが変わりはじめた。目を大きく見開き、頬を紅潮させ、問いかけるようにこちらを見ている。彼は妃殿下にほほえんだ。いいじゃないか。彼は指を彼女のなかに埋めていった。最初はこわばっていたものの、彼は辛抱強く愛撫を続けた。きみを愛している。きみに感じてほしい。これまで、つらいことばかりだった。つらい痛みばかり感じていた。いちどくらい、快楽の渦に溺れたっていいじゃないか?

ついに、妃殿下が全身をこわばらせた。大きく背をそらす彼女に、マーカスはキスをした。彼女はとうとう歓喜の吐息を漏らした。

「ああ」

「じっとして、妃殿下。まだきみのかわいらしい脚を洗わなくちゃいけないから」

彼女がこれまで想像もしていなかった方法で入浴をすませると、マーカスが清潔な布をたたみ、脚のあいだにあて、清潔なネグリジェを着せてくれた。

「野獣を見るような目で見ないでくれよ。ぼくは、きみの夫だ。きみの身体はぼくのものだ。忘れないでくれると助かるね。こんなふうにきみに触れるのは、たとえジョージ・レイヴンであろうと許さない。欲情に駆られてきみを見るのも、ぼくだけだ。一生、ぼくだけなんだから、恥ずかしがるな。禁止する」

「そうはいかないわ、マーカス。あなたのことは信じてるわ、ほんとうよ。あなたはわたしの夫だもの。でも、ああいうことがあるって、わたし、ずっと自分の胸におさめてきたの。

もしかすると、秘密にしなくちゃいけないのは、女性だけなのかもしれないけれど」

「くだらないことを言うな。まだぼくを信じていない証拠だぞ。そりゃ、きみの言うこともわかるが。さあ、顔色がよくなった。ぼくがきみに感じさせてあげたおかげだ」彼は口をつぐみ、タオルや布巾を床に放り投げた。そして彼女のほうに向きなおると、ふいにこわばった表情を浮かべ、自分の両手を見おろしながら、真剣な口調で言った。

「いいか、妃殿下。きみは妻として、感じたことや考えたことを包み隠さず言わねばならない。なにひとつ、ぼくに隠し事をするな。身体のことでも、行動のことでも、金輪際、隠し事は許さん。だが、なにか気にいらないことを言われたら、いつだってぼくに怒鳴ればいい。殴りかかってきてもいいぞ」

妃殿下が泣きはじめたので、マーカスはひるんだ。彼女は音をたてずにぽろぽろと涙をこぼし、拭おうともしない。目に涙があふれ、頬を伝わる。

「ああ、いとしい人、泣くな」

彼女は顔をそむけた。胸もとの毛布の上で両手がこわばっている。彼は手を伸ばし、その手を引き寄せた。

「わかってる」しばらくすると、マーカスが深く落ち着いた声をだした。「ぼくはとんでもない大馬鹿者だった。こんどばかりは、さすがのきみもぼくを許す気にはなれないかもしれない。それほど、馬鹿も馬鹿だった。それに、子どもの頃からずっと、きみがぼくのことを許してくれてきたのもわかってる。数えきれないほどね」

彼女の全身が緊張で張りつめたので、耳をそばだてていることがわかった。それでもこちらを向こうとはせず、警戒し、待っている。彼女はおそれているのだ。痛いほど、それが伝わってきた。

「パリでは、きみを絞め殺したいと思うほど、腹をたてていた。きみに主導権を奪われ、自分に選択肢がなくなったから、頭にきたんだ。自分は勇敢な男だ、そう思っていたよ。だから好きなだけ怒りをぶちまけ、皮肉を浴びせてもかまわないと思っていた。そして自己憐憫《れんびん》に耽っていた。男には、そういうところがあるんだよ。だが、愛する人ができると、コントロールがきかなくなる。だからとんでもないことをしでかすし、ときには理不尽なふるまいにも及ぶ。ところが、自分がそんな男であるとは認めたくない」マーカスは話を続けた。

「きみにはいつだってわかっていたね、妃殿下。ぼくが短気で、あとで思い返すと自分でも身が震えるほどひどいことを言い、きみを傷つけたことを。ぼくは耐え難いほどの言葉できみを傷つけた。それは、きみがあの老いぼれの娘だからだ。いまだに、やつの仕業は気にいらない。きみだってそうだろう。だから、きみを罰することにした。罰したい相手は死んでしまったから、きみに復讐することにしたんだよ」

「もういちど、ぼくのことを許してくれないか……いや、この愚かな夫に同情を示し、これからも一緒にいてくれるなら、まだ何度も許すことになるのかもしれないが。ぼくの子どもを産んでくれ、妃殿下。〈チェイス・パーク〉の子ども部屋を赤ん坊だらけにしよう。あの部屋が広いのは覚えてるだろう？　子どもたちは、ぼくときみのものだ。きみの父親とはなんの関係もない。きみの父親は、ぼくたちにも、ぼくたちの未来にも、いっさい関係ないんだよ」

彼女がゆっくりと振り向き、そっと彼の頬に触れた。「あなたほんとうに、跡継ぎが欲しいの？　未来のチェイス伯爵になる男の子が？　わたしとあなたの血、そしてわたしの父親の血も受け継ぐ男の子が？」

「ああ。そして、彼には弟や妹ができる」

「でも、なぜ、マーカス？　流産したわたしに同情しているの？　罪の意識を感じているの？」

「ああ、だがそれだけじゃない」

「ほかになにがあるの？」

「男というものが女をどのくらい愛することができるのか、ぼくなりに想像はしていた。だが、その想像を遥かに超えるほど、きみを愛しているからだ。ぼくたちのあいだに不信はいらない。ぼくがなにをしでかすかわからないと、きみにおびえてほしくない。将来、がみがみ怒ったり、うるさく小言を言ったりしたら、火かき棒で殴ってくれてかまわない。それに、きみがまたブーツを振りあげ、飛びかかってきたら、ぼくは腹を抱えて笑うだろう。そうしたら、ぼくを殺したいと思ったことも忘れ、きみも一緒になって笑ってくれるはずだ。愛している。さあ、満足したかい？　ぼくを信じてくれるかい？　そして、許してくれるかい？」

しばらく、彼女は昔ながらの妃殿下になった。黙りこみ、よそよそしく、彼のことをにらみつけた。マーカスは気にいらなかった。わめいてもらったほうがよほどましだ。それからキスをして、あなたって素敵と言ってほしい。だが、目の前の彼女は黙りこくっている。かつての妃殿下そのままに。

「あのいまいましいジョージ・レイヴンの若造に、ぼくらの子どもを分娩《ぶんべん》させてやってもいいぞ。だが、あいつのことは信用していない。きみとふたりきりになりたがるのは、よこしまな気持ちがあるからに決まっている。さあ、もう昔の妃殿下を気取るのはやめてくれ。ぼくを殴れ。ぼくにわめけ」

「いいのね」そう言うと、平手打ちをしようとでもいうように、片手を上げた。

マーカスは彼女を見つめ、その手を下ろさせた。身をかがめ、そっと唇を重ねる。「いいのねって、なにが？」そう言うと、彼女の唇に吐息を漏らした。

「水曜日にはあなたをぶち、金曜日にはわめくことにする。覚悟しておいて。でもいまは、マーカス、もういちど言って」

「愛している。だが、ジョージ・レイヴンは信用していない。やつに奥さんを見つけてやるとするか。そうすれば、きみへの欲望の矛先が変わるだろう」

彼女が笑った。ブランデーを飲んだときのように、マーカスは自分の下半身が熱で火照るのがわかった。それとも、心臓が火照っているのだろうか。

「わたしも愛してるわ、マーカス。愛とはなにかもわからない子どもの頃から、あなたのことを愛していたのかもしれない。わたしがあなたをだまして無理やり結婚させたのは、父の遺言のせいばかりじゃないの。わたし自身が、あなたと結婚したかったの。あなたはかんかんに怒っていた。だから、けっして折れないと思ったのよ。だからあのときは、とにかくなにか手を打つしかなかった。さもないと、正当にあなたのものである財産が、すべてアメリカの親戚のものになってしまうんですもの」

「財産は、正当に、ぼくたちのものだ。ぼくたちの息子と、その息子と、そのまた息子。永遠に続く未来の息子たちのものだ」

「ええ、そうね。お願い、わかって。あなたのものであるべき財産を、手放してほしくなかったの」

「だから、きみは結婚初夜にぼくのところにきたというわけ？　ぼくが無謀にも婚姻を取り消したりしないよう、安全策をとるために？」

「ええ、でもそれだけじゃなかったのかもしれないわ。男と女のあいだでなにが起こるのか、わたし、全然知識がなかったの。だから、あなたと一緒にいられたら素敵だなって思っただけ。それがいちばん強い動機だったかもしれない。ほんとうよ。でもね、なにか変なことされるんじゃないかと思って、すごく怖かった」

「それがいまじゃ、こうしてぼくを誘惑している」

「あなたを欲望でおかしくしたいの、マーカス。ジョージ・レイヴンよりもずっと、せつなくわたしを欲してほしい。わたしにはまだまだ学ぶことがあるんですもの、マーカス」

「きみが快復したら、また笑ったり踊ったりできるようになったら、ぼくがヨークシャー一の、いやイギリス一の教師となって、手とり足とり教えてしんぜよう」

彼女はほほえんだ。痛みの陰も心痛のかけらもない、晴れ晴れとした笑顔だった。

「ぼくが以前、隠し事をしてほしくないと言ったこと、覚えてるかい?」そう言うと、マーカスは彼女を横目で見た。「ぼくは本気だぞ、妃殿下。なんでも、どんなことでも、ぼくに話してほしい。ぼくらのあいだに隠し事はなしだ。一瞬も。いいね?」

彼女は首を傾げたが、なにも言わず、彼の顔を指で撫でた。いつか、自分が歌をつくっていることや、R・L・クーツという一風変わったペンネームをもっていることを、話してくれるだろうか? それにしても、とマーカスはひとりごちた。いったいどこから、あんなけったいな名前を思いついたんだ?

まあ、いいとしよう。ミスター・R・L・クーツのことなど、たいした話じゃない。彼女はそばにいるのだから。いつの日か、ミスター・クーツも正体をあらわすことだろう。それがいつであろうとかまわない。だができれば、どれほど彼女のことを誇りに思っているか、伝えてあげたい。彼女にキスをしているうちに、そんなこともどうでもよくなった。マーカスは何度も何度もキスをし、自分の愛情の深さを示した。そして身体が回復したらどんなことをするつもりかを耳もとで囁くと、彼女はうれしそうにほほえんだ。

29

〈緑の立方体の部屋〉の真ん中で仰向けで寝そべり、じっと天井を見あげている義母の姿をこんど見たのは、妃殿下だった。魅入られたかのように天井に見いっている義母を眺め、長いあいだ、妃殿下はなにも言わなかった。それから、彼女も天井を見あげた。この屋敷のなかで天井画があるのは、この〈緑の立方体の部屋〉だけだ。天井には、複数の絵がグループごとに描かれており、どれも同じ画家が描いたもののようだ。分厚くペンキが塗られた梁のあいだに、さまざまな光景が描かれている。妃殿下は九歳のときからこの天井画を眺めてきており、とくに中世の光景を描いた絵に惹かれていた。もちろん、天井画のことをおもしろいとは思っていたが、長年変わらず存在する絵に注意を払ってこなかったのも事実だった。天井画はこの屋敷の一部、とくにこの一風変わった部屋の一部にすぎなかった。

パトリシア・ウィンダムは、天井画をそれぞれのグループごとに眺めていった。大半が、中世の村のようすを描いたものだ。数世紀を経て、絵の具はだいぶはげてはいるものの、鑑賞するには充分鮮やかだ。パトリシアは、妃殿下が気にいっている、一連の絵画をじっと見つめていた。最初の一枚には、召使に囲まれた美しい若い乙女が描かれている。乙女は真っ白なドレスを着ており、てっぺんが円錐形の白い修道女の頭巾をかぶり、天使のように淡い髪を背中に垂らしている。乙女は石壁のようなものの上に座っており、わずかに身をかがめ、足もとで若い色男が奏でるリュートの音色に耳を傾けている。妃殿下はその絵にいつも魅了されてきた。リュートから音色が聞こえてくるような気がするし、乙女がうっとりと聞きいっているのが伝わってくるからだ。妃殿下は次の絵を眺めた。さきほどの絵と似ているが、こんどは若い色男が立っており、頭上のオークの木の茂った枝のなかに手を突っこみ、なにかを引き抜こうとしている。いったい、なにに手を伸ばしているのだろう？

妃殿下は視線を落とした。義母はまだ天井画を見あげたまま、じっくりと絵の意味を読みとろうとしている。三枚めの絵では、召使が水のはいったカップを乙女に渡している。乙女は石壁ではなく、井戸の縁に腰をかけている。そして若者はオークの木の枝からリュートを引っ張りだしている。オークの木のなかに隠れていたのはリュートだったの？

愕然とした。心臓がばくばくと音をたてる。いやだ、ほんとうに？　妃殿下は頭を振り、ふたたび天井を見あげた。次の場面では若者が手にひとつずつリュートをもち、乙女にほほえみかけている。片方のリュートを差しだすようにしながら、しっかりと乙女を見つめている。次の場面では、若者はまだふたつのリュートをもってはいるものの、肩ごしに振りかえっている。何者かが背後におり、おびえているようだ。若者はふたつのリュートを背中合わせにして、細い首のところを片手でもっている。リュートは正面の側は真ったいらだが、背中側は丸く突きでている。なぜ彼は、楽器のたいらな側をあわせてもたないのかしら？　なぜ大きくせりだしているほうを、わざわざあわせているの？　そんなふうにすると、もちにくいのに。

「あら、こんにちは。ずいぶん元気になったのね。あたりを嗅ぎまわれるようになったのかしら？　もちろん、元気になったのよね。そうじゃなければ、うちのかわいい息子がひとりでうろつくのをあなたに許すはずないもの。いまね、天井を眺めてるの。〈チェイス・パーク〉を初めて訪れたのは、もう遥か昔のことだけれど、わたし、とくにこの部屋に魅力を感じたの。天井画があるからよ。ずいぶんたくさんあると思わない？　十一世紀にイングランドを征服した征服王ウィリアムの時代に始まって、十六世紀初頭までの光景が描かれている。正直に言うとね、わたし、最後のほうの絵にとくに惹かれてるの。だって、わたしの大好きなスコットランド女王メアリの絵が何枚かあるんですもの。何度も裏切りにあっているのに、勇敢で高貴な顔をしてるでしょ？　ほら、子どもの絵が登場したあとは、メアリはでてこないから、画家は一五五〇年あたりまでの光景を描いたんでしょうね。でもね、わたし、つい三日ほどまえに気づいたのよ。画家が歴史的な時系列にのっとって描いた光景以外のものがあることにね。まだわからない、妃殿下？　ええ、そうよ、わかったでしょ？　おもしろいと思わない？」

妃殿下は飛びあがった。そして、まだ仰向けになっている義母を見おろした。「ここからのほうがよく見えるわ。いらっしゃい、妃殿下。説明してあげる」

妃殿下は義母の横に仰向けになった。

「いいわ。じゃあまず、あなたの目がとらえたものを説明してごらんなさい」と、パトリシア。

「乙女が井戸の縁に座っていて、頭上にはオークの木がある。あの手がかりにでてきたキーワードですよね。でも、ふたつの顔をもつ9と、モンスターは、どこにあるんでしょう？」

「わたしもね、9の数字にはさんざん悩まされてきたわ。でもきのう、はたと気づいたの。リュートを見てごらんなさい、妃殿下」

「ええ、リュートがふたつありますよね。なぜ彼が楽器を背中合わせでもっているのか、ふしぎだったんです。背中が丸々とした楽器だから、もちにくいのになあって」

「じゃあね、若者がリュートを背中合わせじゃなく、正面のたいらな側をくっつけてもったら、どう見えるか想像してごらんなさい。楽譜のなかの記号でいえば、なにに似てるかしら？」

「ああ。そういうことだったんですか！　9の数字じゃなかったんですね。背中合わせの9の数字に似た楽譜の記号をさがせばいいんだわ！」

「でしょうね。わたし、小さい頃からずっとピアノを弾いてきたんだけど、月明かりのなかでダンスをする暇があったらもっと楽譜を読みなさいって、母からさんざん言われてきたことを、生まれて初めて感謝したわ。まあ、月明かりのなかでのダンスは、マーカスの父親とついに実現したわけだけれど。ほんとうに素敵な男性だったわ。あなた、楽譜読める？」

「はい、読めます」妃殿下はすっかり興奮し、まともに話せないほどだった。「わざわざあんなふうにリュートをもっているのは、これは9の数字を意味しているんじゃなくて、楽譜の記号だよってことを伝えたいからなんですね。ヘ音記号だわ。背中合わせのヘ音記号。ああ、神様、まるで数字の9が背中合わせになってるみたい。わたし、この絵を子どもの頃から眺めてきたのに、きちんと見たことがなかったんです。手がかりとなるキーワードがわかったあとも、まさか天井画にヒントが隠されていただなんて夢にも——信じられません」

「ええ、そのとおりよ。あまりにも見慣れたものだから、みんな気づかなかったんでしょう。でもね、ここにある天井画は目的をもって描かれている。少なくとも、中世の光景を描いたものはね。さあ、次の場面をごらんなさい。若者が何者かを見ている。自分をおびやかす相手を——」

「モンスター」

「そう。モンスター」パトリシア・ウィンダムが満足そうに言った。「若者がリュートを指差している。だけど、なにを指差しているんだと思う?」

「ヘ音記号。それを伝えたいんでしょう。ほら、彼はオークの木の低いところにある枝を指差し、それからふたつめのリュートを指差している。ああ、お母さま、わたしたちなんにも見えていなかったんですね。手がかりはずっとここに、何世紀もまえからあったのに、だれも気づかなかった。そう、お母さま以外は。なんて聡明なかたなんでしょう」

「ありがとう。でもね、そのいわくつきの宝物をまだ見つけたわけじゃないわ」

「失礼いたします。奥さま、それに妃殿下、掃除したばかりのオービュソン絨毯の上でなにをなさっておいでで？」

「ああ、スピアーズ。不審に思うのが当然よね。こっちにおいでなさいな。一緒に仰向けになって天井を見てちょうだい。さあ、あなたはいま天啓を目撃してるのよ。ええ、わたしは手がかりをつかんだわ。答えはイエスよ。とても重要なことがわかったのよ。わたしにも、妃殿下にも」

十数分後、こんどはスピアーズをさがしてやってきたバッジャーが〈緑の立方体の部屋〉をのぞきこんだ。そして、目をぱちくりした。スピアーズ、妃殿下、ウィンダム夫人が仰向けになり、仲良く天井を見あげている。伯爵の飼い猫エズミは、スピアーズの胸の上で気持ちよさそうに身体を伸ばしている。

「いったいぜんたい、なにをなさってるんです？」

「バッジャーさん、いや、じつにすばらしい。ウィンダム夫人はすべてをご存じではないにせよ、手がかりを見つけられたのです。さあ、こっちにきて、わたしの横に仰向けになるといい。さあ」

数分後、妻をさがしながらのんびりと歩いてきたマーカスの耳に、スピアーズの声が届いた。「しかし、モンスターとは何者でしょう？」

マーカスは〈緑の立方体の部屋〉をのぞきこみ、ぎょっとした。妃殿下が身動きもせず、仰向けになっている。「マーカス、こっちにいらっしゃいよ。ウィンダム家の秘宝の謎が解けそうなの。さあ、わたしの横に仰向けになって」

マーカスは従い、みんなと一緒になって天井画を見あげた。「なんとまあ。長年、この絵をほれぼれと眺めてきたし、すばらしい絵だと思ってきた。一流の画家の仕事だと思ってきたよ。だが、ほんとうの意味でじっくり内容を吟味したことはなかった。まさか、こんなところに——」

「そうよね」と、妃殿下。「わたしだって夢にも思わなかったわ。ウィンダム家の秘宝の話を聞いたあとも、この絵と結びつけて考えはしなかった。でも、あなたのお母さまはぴんときたのよ。だからお母さまは三日まえ、ここに仰向けになっていらした。秘宝の手がかりと天井画には関係があるって、おわかりになったのよ。この部屋、どのくらい昔からあるかご存じ、マーカス？」

「ここは、屋敷のなかでもいちばん古い部屋だ。〈緑の立方体の部屋〉は、前世紀の大火事で焼け残った、ごく一部の部屋のひとつのはずだ」

「そうなのよ。わたしね、アーサー・ウィンダムが残した日記すべてに目を通してみたの。アーサーというのはね、当時、三代めのバレスフォード子爵だった人よ。ぞっとするほど退屈な日記が綴られているんだけど、三冊めの日記は情報満載なの。その大火事は一七二三年に起こった。エリザベス一世時代の屋敷の大半は焼けてしまったけれど、〈緑の立方体の部屋〉と図書室だけは焼け残った。こちらの棟では、このふたつだけが続き部屋になっていると、アーサー・ウィンダムは明記しているの。彼はこう日記に綴っているわ。『焼け残ったのは〈緑の立方体の部屋〉と図書室だけだ。だが煤《すす》だらけになり、以前と同じ状態に戻せるかどうかは不明。どちらもわたしの好みの部屋ではないが、せっかく焼け残ったのだから、元の姿に戻してやろう』」マーカスの母親は説明を続けた。「アーサー・ウィンダムはね、父親と祖父がふたりとも天井画を称賛していたと書いているわ。だから復元することにした、と。ありがたいことに、アーサーにもそのくらいの感受性はあったわけ。さもなければ、すべて失われていたわ」

マーカスが考えこんだ。「それにしても、どうしてこの部屋は〈緑の立方体の部屋〉と呼ばれているんだろう？　子どもの頃、ふしぎに思って訊いてみたことがある。でも、だれも知らなかったよ。おじさまさえね」

「わたしも訊いたことがあるわ」と、妃殿下が肘を突いて起きあがろうとした。だがわき腹が引きつったので、また仰向けの姿勢に戻った。「だれも理由を知らなかった。でもサンプスンがこう言ったのを覚えてるわ。窓の古いガラス板を指しているのかもしれません、仕切りのある窓に緑色の四角いガラスがはめられているせいかもしれませんって」

「ほんとうだわ、緑色のガラス、そうかもしれない」肘をかかえ、スピアーズのうしろに座っていたマギーが言った。「ほかにも意味があるんじゃないかしら。だって、この部屋自体が――ほら、真四角でしょ？」

「なるほど」と、バッジャーが応じた。「正方形の部屋に、緑色のガラスごしに陽光が射しこむと――」

「そう、あなたもごらんになったことがあるはずだ、バッジャーさん。緑色の立方体の幻影を」と、スピアーズ。「彩色ガラスは、当時、流行していた」

「でしょうね」と、パトリシア・ウィンダムが言った。「古い家には、奇妙な名前の部屋があるものよ。〈ハードウイック・ホール〉には〈謁見室《プレゼンス・チェインバー》〉という名前の部屋があったわ。だだっ広くて、すごく寒い部屋で、そこにいるときはぶるぶると身が震えるの」

「ええ」と、バッジャー。「間違いなく、霊気《プレゼンス》があったんでしょう。幽霊がでる部屋だ」

「それにリンドフィールドの屋敷には、〈文字盤の部屋〉という部屋があったわ。どうしてそんな名前がついたのかしら。それに〈コテヘール・ハウス〉には〈パンチ・ルーム〉という部屋があった。紳士がたが思う存分、お酒を飲んでいたんでしょうね」

「そのとおりだ」と、マーカス。「マギーの推測どおりだろう。この部屋の名前の由来は」

「あ、ほら、スピアーズさん」と、バッジャーが言い、天井をまっすぐ指差した。「井戸がはっきり見えますよ。見間違いでなければ、あそこにあなたの釣瓶《つるべ》がある。妃殿下、革で綴じられたあの木製の釣瓶ですよ。だが、モンスターはどこだ？」

「舞台の左側の袖にいる。見えないところにね」と、マーカス。「ほかの絵もじっくり見たが、角をはやした獣は描かれていないし、緑色の不気味なガーゴイルもいない。なにもないんだよ」

「でもね、モンスターはちゃんといるわ」と、妃殿下。「あそこにいるのよ、見えないけれど。彼の存在が感じられるわ。ほら、最後の場面の若者の顔を見て。なにかおそろしいことが起こるって、わかってる顔をしてるでしょ？　モンスターと関係あるはずよ」

「そして」と、パトリシア・ウィンダムが口をはさんだ。「最初の場面では、われらが乙女は井戸の端に腰を下ろしている。若者は彼女のためにリュートを奏でている。彼は頭上のオークの木に隠れているもうひとつのリュートに手を伸ばす。そしてふたつのリュートをくつける。そうすると、あのふたつの顔をもつ9の数字が見えてくる。つまり、背中合わせのへ音記号が見えるのよ。そして妃殿下が言うように、見えないけれど、モンスターが隠れている。これで、手がかりのすべてが揃ったわ」

「きみが夢で見たものが、すべて描かれているわけだね、妃殿下？」マーカスが彼女の腕を指先で軽く撫でた。

「と思うわ」そう言うと、妃殿下が彼にほほえんだ。その笑顔にほっとし、またよろこびを感じ、義母はつかの間、手がかりのことも秘宝のことも忘れ、睦《むつ》まじいふたりを眺めた。

「わたしの夢にでてきた修道士らしき人物は、ふたつの顔をもつ9が必ずしも数字ではないってほのめかしていたわ」

「ずいぶん遠回りさせられたわね」と、パトリシアが言った。「それにしても、どうしてかれらはロックリッジ・ウィンダムに財宝をゆずらなかったのかしら？　わけがわからないし、話が込みいっているし、混乱しているわ。いくら手がかりを残したって、ウィンダム家の次世代の人たちがだれも気づかず、忘れ去られてしまう可能性だってあるのに」

「僭越《せんえつ》ですが、奥さま」と、スピアーズが口をはさんだ。「修道士たちだけが、財宝の処分決定に関わったわけではなかったのでしょう。ウィンダム家の祖先のかたが、それを隠すのに一役買っていたはずです。そして、隠し場所の手がかりを残した。突然、莫大な価値のある財宝を手にしたことが知れたら、国王やクロムウェルになにをされるかわからない。あの不安定な時代の状況を考えれば、財宝を動かすのが得策だったのではないでしょうか。そして、こちらの当主がそれに関わった」

「おそらく」と、バッジャーが言った。「老ロックリッジ・ウィンダムは、子どもたちに隠し場所を教えるまえに亡くなったのでしょう。ただ子どもたちも、財宝が隠されていることだけは知っていた。しかし、次世代にきちんと伝えようとはしなかった」

「いっぽう、修道士たちは財宝のことを二冊の本に記した」と、マーカス。「一冊は間違いなくロックリッジ・ウィンダムに渡されたわけだが、もう一冊はだれの手に渡ったのだろう？　わからないな。そして最後は、バージェスの手に渡った」

「その本を読んだ人間はほかにもいたんでしょうね。でも、なにを意味するかまではわからなかった」と、マギーも推測した。「とても楽しくて、わくわくするほどおもしろい授業だったわ、スピアーズさん。だけど、ウィンダム家の秘宝はどこにあるの？」

「どこかに狭い隠し場所があるはずだ」と、マーカス。「この部屋のどこかに、狭い隠し場所がくっついているんだろう。だが、その財宝がなんなのかは、まったくわからない」

「ひょっとすると、財宝はこの部屋の上に隠されているんじゃないでしょうか」と、バッジャーが天井を指差した。「あの若者は、頭上の9に向かって手を伸ばしている。そして、そこには井戸がある。そこにモンスターが潜んでおり、おそらく財宝もあるのでしょう」

「でも、井戸は掘りさげていくものよ。掘りあげていくものじゃないわ」と、パトリシア。「つまり」妃殿下が立ちあがり、無意識のうちにわき腹を押さえた。「隠し部屋か、狭い空間が、オークの木と井戸の真下にある。すなわち、この床下に」「正確にいえば違うわ」と、パトリシアがつけくわえた。「ここは正確にいかないと。そのふたつの顔をもつ9の真下。そこをさがしてみるべきでしょうね」「なんてこった」と、マーカス。「サンプスン、ホレイショーを呼んでこい」「そうね。サンプスンさん、急いで」と、マギー。「その秘宝とやらを見つけたくて、うずうずするわ」

オービュソン絨毯がきちんと部屋の端に丸められた。中世の天井画の下にある家具類はすべて動かされた。それから魔法の手をもつ大工のホレイショーがひざまずき、木製の床に耳をくっつけ、軽くハンマーで叩いた。やがて、ふいに顔を上げ、にやりと笑い、前歯の大きな隙間を見せた。「閣下。このあたりには床を支える根太《ねだ》がいっさいありませんや。なにもない空間はここでしょうな」そう言うと、ホレイショーは慎重に分厚いオークの板をはずしはじめた。マギーはそわそわし、注意深く作業を進めるホレイショーを急かした。床なんてどうなったっていいでしょ、傷がついたってだれも気にしやしないわ、そもそも古い絨毯でおおわれていたんだし……。だが、スピアーズがマギーを黙らせ、ホレイショーにこう言った。「少しだけ速く金槌を打っていただけるかな、ホレイショー。なにも神聖なる埋葬塚を掘り起こそうっていうんじゃないんだから」

おかげで緊張がほぐれたが、それもわずかな時間だった。

「さて、さて、手をこわばらせないようにしないと。この古い板を引き裂くとまずい。ああ、ほら、できやした。傷ひとつない」

「早く」と、パトリシアが急かした。「ろうそくをもってきて、サンプスン！」

床下には、開口部から男がひとり潜りこめる程度の空間が広がっていた。そこで、マーカスが名乗りをあげた。なにしろ彼は伯爵なのだから。だが、周囲からはいっせいに不満の声があがった。それもとくに、女性陣から。「下は真っ暗だよ、母さん。暗闇は嫌いだろ？それに、想像を絶する数の蜘蛛《くも》がいる。それにね、マギー、こんなとこに潜りこんだらドレスが破れるし、気持ちの悪い蜘蛛の巣が髪にひっかかるぞ。きみに関してはだ、妃殿下、口を閉じてろ。こんな暗闇で虫と格闘するだけの体力がまだないだろ。マギー、燭台をとってくれ。一本じゃなにも見えん」

そして沈黙。

「なにか見えた、マーカス？」彼は、暗闇を見おろしている妻の顔をさっと見あげた。

「息子よ。なにか言ってちょうだい。沈黙が耐えられなくて、お母さん、息が詰まりそう」

そこはトンネルのような細長い空間で、じつに狭かった。高さは四フィートほどしかなく、マーカスはせいいっぱい身を縮めた。空間はどこまでも続いているように思えた。もしかすると〈緑の立方体の部屋〉の幅いっぱいに続いているのかもしれない。燭台を掲げると、床下に渡された横木が見えた。が、ほかにはなにも見えず、どこまでも暗闇だけが続いていた。むせるほどの埃、蜘蛛、そして大部隊を隠蔽《いんぺい》できるほどに張りめぐらされた蜘蛛の巣。マーカスはご老体のように背中を丸め、捜索を続けた。二十フィートほど進んだところで、ふいに突き当たりにぶつかった。ここが〈緑の立方体の部屋〉の端にあたるのだろう。そのとき、壁になにかがもたせかけてあることに気づいた。だがそれは、財宝のはいった宝箱ではない。彼はそばに寄り、燭台を正面にもってきた。そして、ぎょっとして身をすくませた。むっとする埃っぽい空気にむせつつも、思わず声を張りあげる。「なんじゃこりゃ？　骸骨か？　そうだ、骸骨だ。でも、そんなことあるか？」

マーカスは燭台を近づけ、大きく息を呑んだ。それは骸骨ではなく、飾り人形のようだった。人形には黴臭い藁が詰められ、首には縄が結ばれている。まるで絞首刑になった男のようだ。というのも、首にかけられた縄は、人形の頭上の横木に打ちこまれた釘に引っ掛けられ、ぴんと張りつめているのだ。人形は、エリザベス女王時代の装飾的な特徴をもつ服を着ている。袖のレースにそっと触れると、レースはたやすくはがれた。マーカスは燭台を近づけてみた。布でできた顔にはていねいに色が塗られている。その太った顔には強欲さと残酷さと貪欲さがあらわれており、浪費と傲慢を象徴するかのようなガラスの目玉が、こちらをじっと見ている。なにも見えないはずなのに。

そのとき、はたと気づいた。これは国王の人形だ。ヘンリー八世その人に違いない。こちらのほうが少し若いように見えるものの、ホルバインが描いた肖像画にそっくりだ。国王の肥満体に似せるためには、詰め物として大量の藁が必要だったことだろう。マーカスはぼんやりと考えた。だが、なぜ、こんなところに人形が置いてあるんだ？　わざわざ隠し場所に？

頭上から声が聞こえてきた。全員が口々に質問している。大声をあげたり、わめいたりしている。そして、とてもいらだたしそうな妃殿下の声まで聞こえ、思わずにやりとした。

「骸骨じゃなかったよ。藁を詰めた人形だった。間違いなく、ヘンリー八世の人形だろう。首に縄を巻かれ、いまにも縛り首になるところさ。いや、ちょっと待ってくれ。おかしいな」

その瞬間、その肥満体の人形が、いくらなんでも太りすぎであることに気づいた。紫色のベルベットと白テンで全身を飾りたて、太った首のまわりには車輪よりも幅の広いひだ襟をつけてはいるものの、太りすぎだ。藁以外のなにかが詰められているに違いない。彼はひだ襟の上にある穴に手を差しいれ、人形のなかに手を突っこんだ。手になにかがあたる。おそるおそる引っ張りだすと、これまで見たことがないほど上等な真珠の長いネックレスがでてきた。ボロボロになった人形の生地を手で押すと、たしかに手ごたえがあった。なかにもっとたくさんの宝石が隠されている。指先を動かすと、金貨やロザリオ、それに国王がもつ笏《しゃく》らしきものの輪郭もつかめた。聖杯らしきものもあるし、聖書と思われる分厚い本があるのもわかった。どうやら聖書のカバーは宝石で飾られているようだ。胴体には、ほかにも教会の貴重な聖遺物が隠されているのだろう。黴くさい藁が詰められていたのではなかったのだ。

聖スウェイル修道院から預かった財宝を、ウィンダム家の祖先が国王ヘンリー八世の太った人形のなかに隠したのだ。そして三百年以上ものあいだ、発見されずにきたのだろう。

「スピアーズ」と、マーカスは声をあげた。「細長い担架のようなものをロープに縛りつけて下ろしてくれないか。そうすれば財宝を載せ、ロープで引っ張りあげられる。相当重いから、ロープと担架は頑丈な物にしてくれ。ああ、われらが人形には財宝が詰まっている。まぎれもなく莫大な価値のある財宝だよ」

30

「きみ、おそろしく退廃的だけど、おいしそうだぞ。自分じゃわからないだろうが」

妃殿下がにっこりとほほえんだ。首にかけたまばゆいばかりの真珠が、へそのあたりを通り、白い下腹部へ垂れている。ほかにはなにも身につけていない。というのも、夫が真珠をじかに肌につけるよう強要したのだ——ああ、それ以上、なにもいらない、と。全裸で真珠を身につけている妃殿下に、マーカスは告げた。その真珠を、ぼくからの誕生日プレゼントだと思ってくれ。見事な大粒の真珠だから、まあ今後三年間分の誕生日プレゼントだな。

「わかるよ、ぼくに惚れなおしたんだろう？　きみの誕生日が九月だって、グウィネスおばさまから聞きだしたんだ。もうすぐじゃないか」

「わたしはファニーから、あなたの誕生日が十月だって聞いたわ。わたしもそれまでに、あなたにふさわしい宝石をさがしておかなくちゃ。きっとかわいいファニーも、あなたのためになにか特別なプレゼントを用意するんじゃないかしら、マーカス」

「ファニーだって、そろそろぼくに熱をあげるのをやめるさ。さもないと、ぼくに片思いをしたままよぼよぼの婆さんになり、墓場に向かうことになる」

「ファニーは大丈夫よ」と、妃殿下。「あと二年もすれば、双子ちゃんはロンドンに行き、社交界デビューをはたすもの。そうしたらあなたのことなんか、よぼよぼのお爺さんにしか思えなくなるわ。ところでさっき、わたしの誕生日プレゼント三年分って言った？」

「ああ、ゆうに三年分はある」マーカスは彼女のお腹のあたりから真珠をつまみあげ、しげしげと眺めた。「ほんの数分、きみの白いお腹に載っていただけで、まぶしいほどに輝きを増したな」彼は身をかがめ、妃殿下のお腹にキスをした。彼女に髪を引っ張られ、顔を上げると、大きくほほえんだ。「わかったわ、マーカス。十四日には、またこの真珠だけでドレスアップしてあげる。わたしからあなたへの誕生日プレゼントの分割払いの初回の分だって思ってね。でも、あなたにはどんなポーズをとってもらおうかしら？　そうね、あの大きなルビーの指輪をつけてもらおうかしら」

「全裸で？」

「もちろん」

「その日が待ち遠しいよ」

「いますぐ始めるっていうのはどう？」

マーカスは笑い、彼女に唇を重ね、真珠を指に巻きつけた。「だめだ」キスの合間に、つぶやいた。「きみが全快するまで待とう。また痛むだろうから」

「全然、痛みなんか感じないわ。もう三週間以上たつのよ。すっかり元気になったし、わき腹も大丈夫」

マーカスは顔をしかめ、まだピンク色の傷跡に触れた。糸の跡が残っている。ジョージ・レイヴンがこの白い肌に針を刺し、何度も何度も肌を引っ張る光景がよみがえった。思わず、息を呑む。すると妃殿下が言った。「やめて、マーカス。もうすんだことよ。わたしは元気。わたしたちはふたりとも生き延びた。あなたの石頭と手も治った。わたしが思っていたよりもずっと早く」

彼は頭を横に振った。「きみの言うとおりだ。ありがたいことに、もう過去のことだ。これから、きみにすばらしい看病をしてあげるよ。だがね、きみが完ぺきに回復するまではお預けだ。いや、口ごたえするな、妃殿下。ああ、でも、きみが欲しいよ。ほかのなによりも。バッジャーの絶妙な牛肉のシチュー、メダイヨン・ド・ヴォ・ポシェ・ア・ラ・ソース・オ・ポルトよりも」

「どうしてお料理のフランス名、知ってるの？」

「親愛なる妻よ、きみが病気のあいだ、バッジャーと一緒にメニューを考えたからさ」

信じられないといった表情を浮かべたあと、彼女はくすくすと笑った。

「ああ、きみの笑い声がまた聞けてうれしいよ。きみに、ぼくのことを欲しがってほしい。ああ、いますぐ抱かないと、きみがぼくを毒殺しかねないくらいにね」彼女は目を輝かせて口をひらきかけたが、唇に指をあてられ、殉教者のような吐息をついた。「だめだ、やめてくれ」彼はさっとベッドから立ちあがり、ふたりのあいだに充分な距離を置いた。「その真珠を首からぶらさげているきみを鑑賞するだけにしておこう。それで汗をかくさ。もう少しお腹にキスをしたいが、痛むだろうね、妃殿下」

「わたし、男の人が汗をかくのを見るのは嫌いよ、マーカス。痛くなんかないってば」

「黙れ、妃殿下。だめだ、動くな。横になっていろ。売春宿の高級売春婦のように。ぼくはほかのことに気持ちを向けるさ。強靭《きょうじん》な精神力の持ち主だからね。ずっと考えていたんだが、あのふたつの聖杯や聖書、それにほかの聖遺物については――聖人の指の骨と思われるものも含めて――ローマに戻すべきだろうね。あとの残りは、ここに置いておく」

「そうね」と、妃殿下が応じた。「わたしも同じことを考えていたわ。あなたがマギーにあげたネックレス、素敵だったわね」

「いま、この瞬間、マギーは全裸で横になっているかもしれないな。あのエメラルドのネックレスだけを身につけて」

「いいえ、マギーのことだから、鏡のまえで見事な赤毛にブラシをかけながら、緑色のエメラルドが髪に映えると思ってるんじゃないかしら。お母さまは、今夜の夕食の席で、あのダイヤモンドのティアラをつけるつもりだっておっしゃっていたわ。それに双子ちゃんは、あなたがあげたブレスレットをつけているんじゃないかしら」

「スピアーズとバッジャーには、引退してもかまわないと言ったんだよ。あれだけ金貨を進呈したんだから、もう生活の心配はない。だがふたりとも、こっちの提案に耳も貸さなかった。スピアーズときたら、ぼくを蔑んだ目で見たからね。いたずらをしてつかまったチャーリーとマークのことを、よくきみのお父さんがそんな目で見ていたものさ。スピアーズはほくのことが心配だそうだ。自分がここにいなくなったら、ぼくがちゃんとやっていけないと思っているんだよ」マーカスは説明を続けた。

「バッジャーも、ぼくの提案に険悪な顔をして見せたからね。相当怒っていたから、今夜、夕食を用意してくれるかどうか。こっちはよかれと思って言ってやったのに、こんなふうに辱をすぼめて、かんかんに怒ってたよ。そんなくだらないことをおっしゃってると天国で罰を受けますぞ、だってさ。それはどういう意味かと尋ねたら、よく考えてみますと、わけのわからんことを言っていた」

「それはまあ、おもしろいお話ね。でも、もう充分。さあ、マーカス、あなたにはあのルビーの指輪をつけてもらいたいの」

マーカスは彼女を一瞥し、首を振った。「きみには驚かされる」そうつぶやいたが、彼女が欲しくてたまらなくなり、また首を振った。「きみのふるまいは、ぼくの敏感な部分に淫らな妄想をかきたてる。きみを見ているだけで、乳房に真珠を垂らし、わき腹を下にして横になっているきみを見ているだけで、耐えられなくなる。妃殿下、そのポーズは淫らなんてものじゃない」

彼女はマーカスの手をとり、そっと乳房にあて、やさしく言った。「マーカス」

彼は息を呑み、なんとかして息を継ぐと、また息を呑んだ。そして彼女のなめらかな白い肌の上にある、大きくてがっしりとした茶色の手を見た。

「わたしをおもしろがらせるのは、もうやめて。すっかり快復したんですもの。きょうの午後、ジョージがそう言ってたわ」

「二度と、やつにはきみを診させないぞ。きみが快復したって？　なにがわかる？　やつは女じゃない」

「あなただって女じゃないんだからわからないでしょ。でも、わたしは女。だからわかるの。ねぇ、わたしはもう大丈夫よ。あなた、やさしくしてくれるでしょ？　あなたはいつだってやさしいもの。だからわたし、自分がどう感じているかしか、考えられなくなっちゃう。ほかのことはどうでもよくなってしまうの。お願い、マーカス、あの指輪をつけて」

彼はぶつぶつとつぶやき、彼女をにらみつけると、指輪をはめた。それでも彼女は納得せず、しつこくせがみ、とうとうマーカスを自分と同じように全裸にした。大粒のルビーが窓から射しこむ夕暮れの陽射しにきらきらと輝く。マーカスは妃殿下の真珠をもてあそび、その下にある白い肌を愛撫した。そして、彼はこのうえなくやさしく彼女のなかにはいっていった。が、それも最初のうちだけだった。やがていつものように動きが激しくなり、彼女は耐えられなくなり、とうとうわれを失った。目の前に光が走り、全身が興奮し、どうにかなりそうだったが、終わってほしくなかった。マーカスはいま、わたしと一緒にいる。妃殿下は彼の喉もとに、肩に、手にキスの雨を降らせ、背中を愛撫しながら考えた。彼はこれからもずっとわたしのそばにいてくれる、と。

翌日の金曜の朝、マーカスをさがして図書室にはいっていこうとした妃殿下は戸口で足をとめた。マーカスが歌を歌っている。スピアーズほど朗々としてはいないものの、低く豊かな、とてもいい声だ。船乗りたちの卑猥《ひわい》な歌を歌っている。

最後の一節を歌いおえると、マーカスが振り向き、彼女にほほえんだ。「よくできた流行り歌だと思わないか？」

「たしかに生き生きとしているわね。旋律もいいし」

「いや」彼は親指の爪を眺め、少し困ったような顔をした。「メロディーがいまひとつだね。ぼくのほうがずっとうまくできる。とくに卑猥な歌詞があれば、それにあうメロディーを考えるのは得意なんだ。こんな歌詞を書く男となら、知り合いになりたいものだ。そいつと組めば、いいパートナーになれるのに。残念だよ。歌詞はよくできてるし、韻もじょうずに踏んでるのに、メロディーがひどすぎる」

「ひどすぎるですって！　あんまりだわ、いいメロディーよ。まあ、全部が全部じゃないかもしれないけど、大半は合格点のはずよ。『船乗り小唄』は、たいへんな人気があるみたいね。あちこちで歌われているのを聞いたことがあるわ。いつまでも歌い継がれるんじゃないかしら。海軍ではとくにね。あなたの批判にはうんざりよ、マーカス」

「悪くはないという意味で言ったんだよ。それでも、来月まで生き残るかどうかあやしいものだ。もっても、十月までだろう。ぼくの誕生日までには消えちまうな。なにしろメロディーのほうは、ぼくがすでに忘れかけているからね」

妃殿下が大理石のテーブルに置いてあったヘンリー・フィールディングの『トム・ジョー

ンズ』の分厚い本を手にとったかと思うと、彼に投げつけた。マーカスはそれを楽々と受けとめた。「ほお、『トム・ジョーンズ』はけっこう重たいんだな。たくさんページがあるわりには軽い話だが。あのくだらない流行り歌と同じさ。軽いことこのうえなし。おまけに無意味。ちょっとした愚かな娯楽にすぎない。もっとぴりっとした明るいメロディーでないと、大衆の記憶には残らないんだよ。この曲をつくったやつが知り合いならよかったんだが。ぼくのような才能ある人間の助けがなければ、とてもじゃないが生き残れないね」

彼女は顔を真っ赤に紅潮させ、ほかに分厚い本はないかとあたりを見まわした。が、なにも見つからなかったので、ぴょんぴょんと飛びあがりながら、マーカスのほうに走っていった。というのも、上靴を脱ごうとしながら、走りだしてしまったからだ。

ところが、上靴がリボンでとめられているのを忘れていた。しゃがみこみ、リボンをほどこうと奮闘したが、リボンはいっそうこんがらがった。妃殿下が悪態をつき、マーカスは笑った。彼女は床に座りこんだまま彼に向かって金切り声をあげ、必死になってリボンをほどこうとした。「このろくでなし！　あの流行り歌はよくできてるじゃないの！　ほかの曲のことも知らないくせに！」

マーカスは、床にしゃがみこんでいる彼女を見た。かんかんに腹をたてており、古き妃殿下の姿はどこにもない。そこには、いとしくて新しい妃殿下がいた。あの上靴のリボンをほどいたら、彼女は間違いなくおれを殺すだろう。マーカスはふたたび自分の親指に目を落とし、のんびりとした声をだし、いっそう彼女を激昂させた。「いや、全部知ってると思うよ。

残念ながら、どれもまずまずというところで、できのいい部類にははいらないね。ああ、全曲、知っているとも」

「ありえないわ、嘘つき男。スピアーズはしょっちゅう歌っているけれど、あなたはほんの数曲しか知らないはずよ。せいぜいが五曲でしょ」

親指の爪をしげしげと見た。「ちょっとロンドンまで足を伸ばし、フックハムズ書店に行ってこようかな。クーツとかいう男の住所を教えてもらうことにしよう。やつは男だから理性をもって考え、ぼくとのパートナーシップは天恵だと感謝するだろうさ。どう思う、妃殿下？　ああ、ずいぶんこんがらがっちまったな。手伝ってほしいかい？　結構です？　そうか、ひとりでやりつづけるがいい。そろそろ時間だぞ。怒るのはかまわないが、その結果のほうが重要だ。はけ口がなければ、怒りなんてなんの役にも立たん」

妃殿下は左足をあきらめ、右足のリボンをほどきはじめた。やがて上靴を脱ぐと、立ちあがり、マーカスに飛びかかった。

靴で胸を殴られながら彼は笑い声をあげ、彼女を抱き寄せ、両腕で押さえつけた。彼女の首に鼻を押しつけ、耳もとで囁く。「このクーツとかいう男に手紙を書いたほうがいいかな？　成功させてやろうと手を差し伸べるべきかな？　さもなきゃ、やつもそろそろ終わりだろう。どう思う、妃殿下？」

「やかましい。クーツが男じゃなかったらどうするの？　そんな可能性、考えたこともなかったでしょ？　創造的なものや独創的なもの、想像力が豊かで知性あふれるもの、すべて男の手柄。そう思いこんでるんでしょ？」

マーカスは妃殿下の両腕をさすったが、けっして彼女の身体を離しはしなかった。

「当然だろ？　たしかに、きみは女だ。すべてにおいて平均以上の女性だし、ぼくが愛する慈悲深い美女だ。それでも、ただの女であることには変わりがない。だが、このクーツという人間は男で、男の才能にあふれている。たしかにメロディーに関しちゃ残念なところもあるが、価値のある曲をつくれるのは男だけさ」

妃殿下がうなり声をあげ、顔を真っ赤に火照らせ、激昂した。マーカスは我慢できなくなり、頭をのけぞらせ、大声で笑いはじめた。突然、彼女が抵抗をやめた。

「知ってるのね」

「知ってるって、なにを？」そう言うと、マーカスはいっそう笑った。

「クーツのなにもかもよ」

「もちろん、知ってる」彼は笑うのをやめ、彼女のあばら骨がきしむほど強く抱きしめた。

「ああ、きみのことを、すごく、すごく、誇りに思うよ」

「『トム・ジョーンズ』を投げつけて、あなたに怪我させることだってできたわ」

「ぼくの頭を殴りつけることだってできるが、きみはそうしなかった」

「わたしのことを笑うの、やめてちょうだい、マーカス」

「やめたよ。ついさっきね。だが、それも自業自得だ。きみはR・L・クーツのことや、きみがおさめたすばらしい成功のことを、ぼくに話すべきだった。ぼくが最初に〈ピップウェル・コテージ〉を訪ね、男に囲われているんだろうと言いがかりをつけたとき、正直に言うべきだったんだ。だがね、マダム、きみのプライドがそれを許さなかった。教えてくれ、いまも作曲中の歌があるのかい？」

「ええ」そう言うと、彼女はもじもじと親指の爪を見た。「でも、メロディーで難儀《なんぎ》しているの。歌詞はなかなかいいのよ、ほんとうに。でも、メロディーがうまくいかなくて」

マーカスは彼女を見つめ、彼女の顎をもちあげ、唇を重ねた。そして、またしばらくじっと見つめた。彼は真珠のことを考えた。彼女の乳房の上で、真珠がいっそう光り輝いているところを思い浮かべた。

「わかったわ、マーカス。いますぐ音楽室に行って、気骨があるところを見せてちょうだい。さもないと、後悔することになるわよ」

「行こう」そう言うと、マーカスは彼女を抱きあげ、彼のデスクに座らせ、片方の上靴を履かせ、器用にリボンを結んだ。「あの言うことを聞かないほうの上靴のリボンも結んであげようか？　それとも、もう手もとが落ち着いたかな？」

「結んでいただけるとうれしいわ」

晩夏の雨が窓ガラスにはねている。夜も更け、ふたりは暖炉の正面に座っていた。すでに炎は消えていたが、ふたりは気にもとめていなかった。夢中になって一緒に歌をつくっていたからだ。こんどはナポレオンと愛人たちの歌で、寝室だけを舞台にした内容だった。皇帝の男性の部分には威厳がなかったという噂もあるんだよ。マーカスからそう言われると、妃殿下は大まじめな顔で尋ねた。「変ね。男の人のあの部分は、みんな同じなんだと思っていたわ。じゃあ、この歌は、男の人全般にはあてはまらないの？　ほんとうに、人それぞれ違うの？」

マーカスが顔を真っ赤にして怒り、彼女をぐいと抱き寄せた。そして彼女があえぎ、同時に笑いだすまでキスの雨を降らせた。

ドアがノックされた。マーカスが悪態をつき、ため息をついた。「はいりたまえ！」

そこにいたのは、アントニアだった。銀のトレーをもっている。

「まあ」マーカスの膝から飛びおり、妃殿下が言った。「なにをもってきてくれたの？」

「バッジャーからのプレゼント。ふたりともこれを飲んでくださいって。これを飲むと〝せい〟がつくとかって、バッジャーがスピアーズに言ってたの。あたし、それを立ち聞きしただけなんだけど。バッジャーったら、あたしがいることに気づいて、なんだか居心地悪そうな顔をしてたわ」

「精力剤のことかな？」マーカスが言い、ほほえみを押し隠した。

「そう、それ。〝せいりょくざい〟ってなにに効くのって訊いたら、〝びやく〟だって言ってたわ。〝びやく〟ってなんのことって訊いたら、バッジャーったら指を振って、自分で考えなさいって言うのよ。だからあたし、ここにきたの。スピアーズなんて、恥ずかしさのあまり、いまにも泣きだしそうだった。あたしに聞かせちゃいけないことを言ったから、バッジヤーにすごく怒ってた。それであたし、好奇心が抑えられなくなったの。ほんとうはね、ファニーがここにきたがっていたのよ。そうすればあなたを見て、とろんとなれるでしょ。だけど、あたし、ゆずらなかったの」

「ありがとう、アントニア」そう言うと、マーカスは妃殿下を見た。「あと二年の辛抱さ」

妃殿下はアントニアからトレーを受けとり、テーブルに置いた。そして鼻を鳴らした。

「ココアみたいな香りがするけれど、正体のわからないものがはいっているのね。カタツムリの足先を細かく刻んだものとか」

「バッジャーがね、それを飲んでから、おふたりでふだんどおりのことをなさってくださいって言ってたわ。そう言えば、意味がわかるはずだって」

「困ったやつだ。ありがとう、アントニア。もう寝なさい」

アントニアがでていくと、マーカスがカップをひとつ妃殿下に渡し、自分もひとつ手にした。「ぼくたちに、カタツムリの足先に、乾杯。跡継ぎをつくろうとしているバッジャーの努力に乾杯」

「乾杯」そう言うと、彼女がごくりと飲みこんだ。「跡継ぎ。その響き、大好き」

妃殿下はマーカスの首に頭をもたせかけた。ふたりは寄り添い、すぐに眠りにおちた。

31

明るい朝の陽光が目に降りそそいでいる。彼女は目をあけたくなかった。妙だわ、陽射しがまぶしすぎる。痛いほどに。だが、とうとう、彼女はわずかに目をあけた。

「こんにちは、妃殿下。そろそろ、きみにもご参加願おうか。わかるだろうが、ご主人はもう起きている。ぼくと一緒にいるのがご不快のようだし、頭痛もひどいから、ああしてしっかり両手と両脚を縛りつけていなければ、とっくの昔にぼくを殺していただろうがね。きみのほうのロープはそうきつくは縛っていない。きみにはつらい思いをしてほしくないからね。ああ、きみだけは」

驚きのあまり呆然とし、妃殿下はトレヴァーを見た。「どういうこと？　ここ、どこ？　あなた、ここでなにをしているの？」

「謀《はか》られたんだよ」マーカスの冷静な声が聞こえ、彼女はぎくりとした。「やつは、あのココアに毒を盛ったんだ。アントニアが昨夜、もってきてくれた飲み物に」

「だってあれは、バッジャーがつくったものだって、アントニアは言ってたわ。ありえないわ、そんなこと。まさか、バッジャーが」

「もちろん、バッジャーがつくったのさ。そしてアヘンチンキをくわえた。ぼくたちの計略どおりにね」と、トレヴァーが言った。「そりゃ、信じたいものを信じるのは、きみの勝手さ。バッジャーは名誉を重んじる忠誠心のある男だと思っていればいい。だが、おかしいと思わなかったのか？　バッジャーがここに戻り、植民地のウィンダム一家は全員、ロンドンにいたと報告したときに？　まあ、信じきっていたんだろうね。馬鹿を見たものだ」と、トレヴァーが嘲笑した。

「あの日、まさかきみが生き延びるとは思わなかったよ。三発もお見舞いしてやったんだぜ。しぶといものだ」

「おまえの射撃がへたくそだったからだ」と、マーカスが応じた。

トレヴァーがゆっくりとマーカスのほうを向いた。そして立ちあがり、彼をにらみつけると、ピストルの台尻を上げ、肩に振りおろした。

「やめて、なにするの！」妃殿下がもがき、手首に回されたロープを必死で引っ張った。激痛が走ったが、かまってはいられない。しばらくすると、ようやくマーカスが口をひらいた。

「いや、妃殿下。ぼくは大丈夫だ。動かないで」

トレヴァーが元の場所に戻り、椅子の代わりに使っていたひっくり返した木箱に腰を下ろした。「なんと勇敢なヒーロー。そうだろう、妃殿下？　だがね、いとこのマーカス君はわかっちゃいない。いまこの場を支配しているのは、ぼくなんだよ。ご主人は激痛を感じているはずだが、それでも自分の敗北を認められない。まあ、マーカスという男は、敗北に慣れていないからね。ああ、妃殿下、ぼくをそんなふうに見ないでくれ。目が血走ってるぞ。ご主人に従い、じっとしていろ。きみにはすまないと思うが、ほかにどうしようもなかったんだよ」トレヴァーが話を続けた。

「マーカスはどんなに激痛を感じていようが、うめき声ひとつ漏らさない。だがね、相当痛いはずさ、妃殿下。妙だよな？　自分が死ぬことがわかっているのに、くだらない男の沽券《こけん》とやらにこだわっている。どれほどの地獄を味わうことになろうとも、絶対に屈服しないし、懇願もしないとね。まあ、せいぜい頑張るがいい」

「妃殿下、きみが悪いんだぞ。六月十六日という期限までにマーカスと無理やり結婚するような真似をしなければ、きみたちふたりを生かしておけたのに。少なくとも、考慮はしてやっただろう。だがね、きみが父親から五万ポンドを相続すると聞き、それも欲しくなったんだ。遺産をすべてぼくのものにしたかったんだよ。それに、まさか実在するとは思わなかったが、ウィンダム家の秘宝も欲しかったし、チェイス伯爵の称号も手にいれたかった。これで、ぼくの望みがかなう。すべてが、ぼくのものになる。大丈夫だよ、マーカス、きみの親愛なる母親には敬意を表するから。なにしろ、謎解きをしてくれたんだからね。きみたちの二重の悲劇の死を悼《いた》むあいだに、母上にはそれ相応の礼をするさ」

「でも、あなたはお金持ちなんでしょう？」懸命になって頭をはっきりさせようとしながら、妃殿下が言った。頭が割れるように痛む。それでも、彼の話をなんとか理解し、彼と話しあおうとした。「自分は金持ちだって、あなた、言ってたじゃないの？」

「貧乏だってことを認めればよかったのか、妃殿下？　いや、ぼくらは文無しも同然さ。だが金の管理はぼくがしているから、家族はなにも知らない。なんといっても、ぼくはアメリカのウィンダム一家の長だからね。まあ、これからは、ウィンダム家全体の長になるわけだが。親父は――きみのおじさんにあたる男は――浪費家の役立たずだった。そうとしか言いようがない。親父は、貯蔵室にわずかな食糧を残し、死んでいった。あとは年若いメイドを妊娠させただけさ。遺産はゼロ。それもひどい死に様だったね。ほかの男の妻と姦通《かんつう》したあげく、決闘を挑まれて命を落としたんだから。だから親父が死んだときはうれしかったよ。だが、その後は長男のぼくが、遺された家族の面倒を見なくちゃならなくなった。なぜ、ぼくがヘレンと結婚したと思う？　ぼくはまだ二十二だった。そして彼女はボルティモア一の資産家の娘だった。父親は老いぼれ製粉業者だったがね」

「でも、とても裕福なかただったんでしょう？」

「ああ、妃殿下、金持ちだった。当時はそう信じていた。だからぼくは、その老いぼれを殺してから、ヘレンに言い寄った。やさしい彼女は悲嘆に暮れ、すっかり弱っていた。純真無垢だが退屈な女だった。だがとにかく、あのかわいらしい肉体は愉しめたよ。だがそれも、妊娠して腹がせりだしてくるまでの話だった。そのあとは、簡単なものさ。彼女の雌馬の鞍の下に拍車をしのばせておいたら、彼女は落馬した。そのまま雨のなかに放っておいたよ、悪寒《おかん》がするまでね。なにもかも計画どおりに運んだ。ヘレンは陣痛に見舞われ、本人もガキも都合よく死んでくれた。あとは、ぼくが打ちひしがれた男を演じればよかった」

「だが、じきにカネが底を突いた。ぼくはそれでもウィンダム家の長を続けなければならなかった。さあ、こんどはどうすればいい？　途方に暮れていたところに、ウィックス氏から連絡がはいったというわけさ……なんとおやさしい御仁。ウィックス氏は、きみたちふたりが互いの溝を埋めることはできないと思いこんでいた。だがあのご老体にはわかってなかったのさ、肉欲と若さというものがね。なあ妃殿下、きみは子どもの頃からマーカスに胸をときめかせていたろう？　どうしてぼくがそんなことを知っているのか、ふしぎだろうね。そりゃ、火のないところに煙は立たぬってやつだ。グウィネスおばさまが、ことこまかく近況を手紙に書いてくれてたんだよ。そして、きみがマーカスに憧れていると教えてくれた——恵まれない出自のわりには躾がよく、冷静沈着でつねに控えめな娘だともね。だがおばさまは、きみがマーカスを誘惑するんじゃないかとも疑っていた。マークとチャーリーとは異母兄弟だから、どちらかとの結婚はきみの父親が許さないだろうから、マーカスに狙いを定めるんじゃないかと思ったんだろう」

「ウィックス氏はすべての事情をことこまかく書いてよこしたわけじゃないが、親愛なるグウィネスおばさまは知らせてくれた。彼女の退屈な日常生活まであれこれね。なにしろオールド・ミスだし、弟の寛容さに頼って生きているだけの女だ。ほかにすることもなかったんだろう。おかげで、こっちのようすが手にとるようにわかったよ。伯爵の辛らつさ、そしてマーカス、きみへの憎悪。それもこれも、マークとチャーリーと一緒に死ぬだけの慎みが、きみになかったからさ。そして妃殿下は、伯爵がたいそうかわいがっている私生児で、その母親のことを伯爵はきみがおとなになってからもずっと愛してきた。伯爵もずいぶん焼きがまわったものだ。ああ、言っておくがね、グウィネスおばさまはきみの母親のことを軽蔑していたよ、妃殿下。きみの母親が大きな影響力をもつようになるのが怖かったんだろう。グウィネスおばさまは、義理の妹のことをきらっていたが、その伯爵夫人てのは邪悪な女だったらしいね。だが、伯爵夫人が死んだとたん、きみの母親はてのひらを返すような行動をとった。そう、なんと伯爵とまんまと結婚したんだ。伯爵もどこまでまぬけなんだか。そのうえ、きみの母親に先立たれ、みじめに死んでいったとか」

「なにもかも、ずいぶんねじれた話だよな。それに哀れでもある。だがいま、われわれ三人はこうして集《つど》っている。いまのこの状況が現実であり、そろそろ終わりに近づいている。弟のジェイムズはアメリカに置いてきたよ。あいつはやさしい男だし、ヘレンと同様、相手を疑うということを知らない。もちろん、ジェイムズはロンドンにきたがっていた。だが、おまえは陰気だから、ロンドンにはくるなと命じておいた。それにジェイムズはボルティモアに若い恋人も置いてきたからね。ジェイムズは、きみたちに会いたがっていたよ、マーカスと妃殿下に。ジェイムズにはまだ人生がどうなるかがわかっていないし、男の一生がどう左右され、なりたくもない人間にならざるをえない場合があることも、わかっていない」

「ジェイムズには、人生というものがこれからもわからないだろうな。それは、ぼくがウルスラを守るように、ジェイムズのことも守るからだ。あのふたりにとって、ぼくは唯一無二の存在になるだろう。そしてあのふたりは、いま無邪気に生きているように、無邪気なまま死んでいくだろう」

トレヴァーがまくしたてているあいだ、マーカスはずっと考えていた。こいつをいつまでも喋らせておこう。そう思いながら、手首の結び目を必死になってほどこうとした。以前はトレヴァーのことを、なよなよした気取り屋だろうと想像していた。だが、やつはそんなやわな男じゃなかった。実際にトレヴァーと接してみて、男らしい男だ、じつにあっぱれな男だ、自分の好敵手だと思うようになった。だが、とんでもない勘違いだった。まさか、ここまで屈折した邪悪な男だったとは。そのとき、手がかりが記された古い本の内容を思いだし、はたと思いあたった。「ああ、あのモンスターというのは、きみのことだったんだな。つねにそばに潜んでいて、邪悪な真似をしようと待ちかまえている。怪我をさせ、嘘をつき、殺す。それが、妃殿下の夢にでてきた修道士が言いたかったことなんだろうし、あの古い本に綴られていたことなんだろう。生あるところに、悪はつきもの。つねに用心を怠るな。おまえこそが悪であり、これまでもずっと悪だった」

「ぼくがモンスターだと？　その響きは気にいらないね、マーカス。聞き捨てならん。ぼくは自分がしなければならないことをしているだけだ。うちの母親はじつにカネがかかるんだよ、わかるだろ？　それにジェイムズとウルスラにはいい暮らしをしてほしい。これしか方法がないんだよ。ヘレンがもっと金持ちだったら……だが、そうじゃなかった。愚かな小娘だったよ。うちの母親はフランスの流行を追いかけるのが好きでね。ぼくにどうしろって言うんだ？　それにウルスラはじきに美人になる。二年もすればまぶしいほどの美女になり、男が欲しがる女になる。そうなれば機会が必要だ。そしてぼくはウィンダム家の当主だから、妹に機会を与えなければならない」

「おまえはウィンダム家の当主じゃない。当主はぼくだ」

「それもじき終わる。あと数分もすればおしまいだ」

「ぼくらを解放して、アメリカに帰ったらどうだ」と、マーカスが言った。

トレヴァーが頭をのけぞらせ、朗々と笑い、強靭な喉の持ち主であることを披露した。

「死をもって、きみたちを解放してやるよ」

時間だ、と妃殿下は悟った。もっと時間が必要だわ。手首の結び目はいっそうゆるくなっている。トレヴァーは思いやりを示してくれたのだ。そんな言葉が彼にあてはまればの話だけれど。とにかく、手首の結び目は最初からそれほどきつく縛られてはいない。わたしが女だから、刃向かってくることなどないと踏んだのだろう。そのうえ、足首を縛る手間もとらなかった。このまま、彼を喋らせておかなくては。そして、わたしは考えなければ。ああ、いやになる。あまりにも多くの事件が起こった。多くの痛みもともなった。そのすべての責任がトレヴァーにあるだなんて。

目があうまで、じっとトレヴァーのほうを見つめつづけた。目があうと、トレヴァーがやさしい目つきをした。死ぬほど怖かったが、どうにか落ち着いた声をだした。「じゃあ、ずっと計画していたのね？　どのくらいまえから？　バッジャーが相棒だと言ったわね。どうやって丸めこんだの？」

トレヴァーが身をかがめてきた。思わず、彼女はうしろに飛びのいた。とても耐えられない。トレヴァーがにやりと笑った。「なんだか疲れたよ、妃殿下。喋るのにも疲れた。もうきみたちふたりにも、ぼくがこんな真似をしている理由がわかったはずだ。きみのことは殺したくないんだよ、妃殿下。きみを抱き、思う存分突っこみたい。きみの腹がせりだし、醜くなるまではね。妊婦なんてものは身を隠しているべきだよ。ぞっとするほどおぞましい。ヘレンがいい例さ。腹だけが大きくせりだしていたが、真っ白でガリガリだった。気味が悪かったね。蜘蛛と呼んでやりたかったが、できなかった。だが、とうとうヘレンが落馬し、地面に投げだされたあとは、ようやく蜘蛛と呼んでやった。どれほど醜いか、正体をあばいてやったのさ。ヘレンは悲鳴をあげたよ。だがそれは、ぼくのことが怖かったからじゃなく、腹から子どもがでてきて、わが身が引き裂かれていたからだ」

ついに結び目がほどけた。トレヴァーは六フィートほど離れたところで、ひっくり返した木箱に座り、右手にピストルをぶらさげている。

「よし、マーカス、はっきりさせようじゃないか。いったい、どうすればいい？　どっちが賢い？　どっちが完全に相手をコケにした？　ああ、そうさ、いまはぼくがウィンダム家の当主。適材適所とはこのことだ。おまえにはその愚かな名誉、イギリス人の誇りとやらが邪魔をして、真実が見えていなかった。だまされやすい男め」

妃殿下はトレヴァーに飛びかかった。彼の右手に爪を立て、やみくもに引っかき、わめいた。

マーカスが飛びあがり、トレヴァーに体当たりした。が、彼は手足を縛られており、実際はほんの少ししか動けなかった。トレヴァーは楽々とマーカスを殴り、妃殿下を引きはがすと、藁でおおわれた床に投げ倒した。そして、彼女にのしかかった。

だが、視線はマーカスからはずさなかった。マーカスはようやく立ちあがり、ふたたび臨戦態勢にはいろうとしている。「動くな。さもないと、彼女の愛らしい口に銃弾をぶっぱなすぞ」

固い金属が唇にあたるのがわかった。トレヴァーは彼女が口をあけるまでピストルを強く押しつけた。彼女は冷たい金属が歯にあたるのを感じた。金属の味がする。

マーカスが不恰好に数歩、下がった。

「座れ」

マーカスが座った。

トレヴァーは彼女の蒼白な顔を見おろした。「昨夜、きみに服を着せるのを愉しんだよ。じつに愛らしい身体をしているね。しなやかで細い。いい曲線を描いている。妙なことに、マーカスはぼくとよく似ている。いとこなんだから、当然か。大柄で、肌が浅黒く、がっしりしている。ほかの男を怖気づかせ、女たちを誘惑するための肉体さ。ヘレンがぼくを満足させられなかったこと、きみに話したかな？　ヘレンはぼくに触れ、身体じゅうにキスをするのが好きだった。無論、男へのキスの仕方をぼくが教えてやったんだ。彼女のやり方でやらせたし、お返しによろこばせてもやった。だが、とうとう、彼女に飽きちまってね。そのあとは、もっぱらヘレンに奉仕させた。キスをさせ、愛撫させたというわけさ」

「きみを殺すまえに服を脱がせてあげようか？　いや、お気に召さないようだな。だがね、ぼくはきみを嫌悪しているんだ。以前はそうじゃなかったが、いまはぞっとする。きみはやつを愛しているんだろう？　だが、やつはあまりに愚かだから、自分の幸運にまったく気づいていない。いまとなっては手遅れだ」

トレヴァーは妃殿下から手を離し、のっそりと立ちあがった。「よくもぼくの鼻を明かそうとしてくれたな、妃殿下。やるじゃないか。きみにぼくの血が流れている証拠だ。きみたちはふたりとも臆病者ではない。だが、そろそろ終止符を打たなければ。あっという間にすませるよ。約束する。ぼくは残酷な男じゃないからね。きみたちはただ、これをもう少し飲めばいいだけだ。そうすれば、昨夜のように眠りに落ちる。ただ今回は、二度と目覚めることがない。そうしたら、きみらふたりをそれぞれの馬に縛りつけよう。残念ながら、トレリジャン谷の東側には絶壁があるんだよ。二頭の馬は崖の上から落ちることになる。スタンリーを殺すのはしのびないよ、いい馬だからな。チェイス伯爵として、これからもやつに乗りたい気持ちはあるんだが、いかにも事故らしく見せかける必要があるからね。崖の底に落ち、死んだあとにロープをほどいてやるよ。それからぼくはロンドンに戻る。きみたちの悲劇的な死の知らせが届く頃には、ぼくはロンドンで一家団欒というわけさ」

「なぜ、ぼくたちを起こした？」と、マーカスが尋ねた。「たっぷりアヘンチンキを飲ませて、こんな芝居を見せずに殺せばよかったじゃないか。ああ、自分が黒幕だったことを思い知らせ、鼻高々に自慢し、悦にいりたかったわけだ。図星だな、トレヴァー？」

トレヴァーが銃を掲げ、立ちあがった。顔を真っ赤に火照らせている。だが、ほどなくわれに返ったのか、また木箱に座った。「自分がこれからどうなるか、考えるがいい」そう言うと、トレヴァーが肩をすくめた。「考えたところで、結果は同じだがな。おまえは死ぬ。そして、ぼくがチェイス伯爵になる」

トレヴァーがそれぞれの顔を眺めた。「まったく、一寸先は闇だよな？」

突然、妃殿下が笑いはじめた。身体の奥底から笑い声が湧きあがり、とめることができない。涙をぼろぼろと流しながら、彼女は笑いつづけた。笑いすぎて、息もできない。

トレヴァーが勢いよく立ちあがり、彼女のほうにピストルを振った。「くそっ、黙れ！」

「だって、すごくおかしいんだもの」そう言いながら、また全身を震わせて笑ったので、窒息するのではとマーカスは怖くなった。いったい、なにしてるんだ？

「ちくしょう、なにがそんなにおかしい？　黙れと言ったら黙れ！」

「まったく、トレヴァー」と、彼女はしゃくりあげながら笑った。「あなたって愉快な人ね。でもほんとうのところ、あなたって哀れだわ。あなたが次のチェイス伯爵ですって？　あなたが？　あなたは頭のいかれた男よ。無価値な男。いいえ、男ともいえないわ。ただの影。頭のネジがいかれてる影。それがあなた。なんて悲しいのかしら。お喋りな雄鶏。男そっくりの女。騒々しい女よ。男とは名ばかりの貧弱な生き物」

彼女はいつまでも笑いつづけた。トレヴァーの顔がどす黒くなり、怒りに全身が震えた。

トレヴァーはピストルをもったまま立ちあがると、彼女にのしかかった。手にもったピストルで、わたしのことを殴るのだろう。何度も何度も、殴るのだろう。それを、トレヴァーの目に読みとった。かつては温かく、知性やユーモアが宿っていると信じた瞳を。いま、それは死と、彼が自制心を失っていることを伝えている。

トレヴァーがのしかかってきた瞬間、彼女は両脚を胸まで引きあげ、膝を折りたたんでから、満身の力をこめて彼の股間を蹴りあげた。彼はその場で動かなくなった。ピストルの台尻で彼女を殴ろうと手を上げてはいるものの、なにもできず、息もできず、ただ信じられないという顔で彼女を見つめている。やがて、彼はふいに絶叫し、わめき、仰向けになって地面に転がった。股を押さえ、声をあげて涙を流している。激痛のあまり身が裂けそうなのだろう。そのとき、ふたりはのたうちまわる彼の背後にいた。トレヴァーはふたりがそこにいることに気づいていなかった。

「よくやった、妃殿下」マーカスがトレヴァーの上に身を投げ、ピストルを奪うと、ふたたび立ちあがった。それからよたよたと妃殿下のほうに歩いていき、横に腰を下ろした。「できたら、縄をほどいてくれないか」

彼女が自分の手首から縄をほどくと、麻痺と激痛から脱したトレヴァーが、なんとか上半身を起こした。そして、マーカスがこちらに向けているピストルの銃口をのぞきこんだ。

低い声で、マーカスが悪態をついた。

妃殿下はもう笑っておらず、その声は静かだった。とはいえ、昔の妃殿下のようによそよそしい感情のこもっていない静けさではなく、毅然とした、どう猛なほどの静けさだった。

「手首はもうすぐ自由になるわ、マーカス。わたしの心配はしないで。その銃を彼に向けていて。もう少しだけ。ああ、やっとほどけた。動かないで。こんどは、あなたの足首の縄をほどくから」

ふたりとも自由になると、マーカスがゆっくりと立ちあがった。そのあいだずっと、トレヴァーの鼻先にぴたりと銃で狙いをつけていた。マーカスは感覚を取り戻そうと、足踏みをした。

「ここはどこだ?」と、マーカスが尋ねた。

トレヴァーはまだ股間の痛みと戦っており、しばらく黙っていたが、やがて肩をすくめた。

「そんな質問をしてくるとはね」

「どうしてだ? ほかにおまえに訊きたいことなどあるものか。おまえさん、自分がどれほど賢いかをぺらぺらと喋っていたな。ウィンダム家の当主だそうじゃないか。で、その大義名分があれば、自分には罰を受けずに人を殺す権利があるとかって話してたよな。母親や弟や妹に責任があるとか。よし、説明してみろ。おまえの家族は、おまえの仕業についてほんとうになにひとつ知らないのか?」

「母はおまえたちふたりを憎んでいるはずだ。それも当然さ。母が感づいているのかどうかは、皆目わからない。それにウルスラは、少なくとも外見だけはかわいく見えるだろう? それにおまえはジェイムズとずいぶん仲良くなった。ジェイムズは高潔な男だろう? 弟はぼくのことを崇拝していてね。ほうら、自信がなくなっただろう、マーカス！」

「ほんとうにいかれたやつだな。頭はおかしいのに、ものごとは筋道立てて考えられる。手に負えないよ。さあ、言うんだ。ここはどこだ？」

「そんなことを言うくらいなら、地獄に堕ちるさ」

「わかってないな。おまえは、ぼくよりずっと早く地獄に堕ちるんだよ」

　マーカスはピストルをもちあげ、自分にとてもよく似た強靭な顔を見た。その瞬間、彼は神に祈った。主よ、こいつはいとこです。肉親なのです。そして一瞬、ひるんだ。その隙を、トレヴァーは見逃さなかった。彼はマーカスを蹴り、腿に痛手を負わせると、ピストルに向かって突進した。マーカスは対応できず、トレヴァーに手首をつかまれ、ぎゅっと締めつけられた。手が震え、銃を落としそうになったが、なんとかもちこたえた。

　静かな取っ組み合いが始まった。聞こえるのはうめき声と、荒い息づかいだけ。妃殿下は立ちあがり、なにか武器をさがした。こうなったら、なんでもいい。彼女はまったく怖くなかった。ただ、マーカスの手が無感覚になるのではと思うと怖かった。それでも彼女は、どこか深いところでわかっていた。その恐怖心を固めてしまわなければならないことが。彼女は恐怖心をひとまず脇に置き、怒りで逆上し、全身を緊張状態に置いた。

　マーカスとトレヴァーはいま、藁をしいた床の上に転がり、上になったり下になったりしながら激しく息をはずませ、汗をびっしょりかいている。その瞬間、彼女の目が三叉《みつまた》をとらえた。すっかり錆びた三叉が、納屋の奥の壁に立てかけてある。あまり頑丈そうには見えなかったが、そんなことを気にしている暇はない。彼女は三叉をひっつかみ——なんて重たいの——ふたりのところに走っていった。

しかし、ふたりはくんずほぐれつしている。マーカスが優勢になったかと思えば、次はトレヴァーが優勢になり、情勢は五分五分だった。マーカスはまだ銃をもってはいるが、トレヴァーはうまく銃口から身をかわしている。三叉を使いたいが、マーカスにあたったら困る。彼女はふたりのまわりを円を描きながら動き、待って、待って、待ちつづけ、トレヴァーが勝ちそうになるたびに悲鳴をあげた。

突然、納屋のドアが勢いよくひらき、まぶしい陽光が射しこんできた。

その瞬間、マーカスをねじ伏せていたトレヴァーが目をくらませ、思わず身を引いた。マーカスには、それだけで充分だった、思いきりトレヴァーを蹴りあげ、地面に転がすと、膝をつき、銃で狙いを定めた。

しかし、妃殿下のほうが速かった。彼女は三叉の柄《え》をトレヴァーの頭上に振りあげ、満身の力をこめて振りおろした。後頭部を殴られたトレヴァーは、顔から地面に突っ伏し、動かなくなった。

「マーカス！」彼女は慌ててマーカスの横に駆け寄った。ノース、バッジャー、スピアーズが戸口に立っていることにも気づかずに。

32

バッジャーが妃殿下の背中をそっと叩きながら、過保護なメンドリのように甲高い声をあげた。そして、思わず感情を露呈してしまったことを恥じると同時に、安堵感に包まれた。そのとき、ある事実にぞっとし、声をあげた。

「ココア！」妃殿下の髪に向かってそう叫ぶと、バッジャーはおのれに激怒した。「なんてこった。あの卑劣なトレヴァーの野郎、わたしがつくってさしあげたココアにアヘンチンキを混ぜるとは。まったく、わたしときたら、愚かにもそんなものをアントニアに運ばせてしまった。まさかこんな――」

「だが、どうやって混入させたんだろう？」スピアーズに血まみれの手と顔の傷を調べてもらいながら、マーカスが尋ねた。横で失神しているいとこの横にはノースがおり、トレヴァーの心臓に手をあてながら説明を始めた。

「たまたま、アントニアから、きみたちに飲み物をもっていったと聞いてね。ぼくはようすを見にいったんだ。ところが、ベッドにいるはずのきみたちの姿がなかった。そのときの恐怖といったら、やれやれ、想像もつかないだろう。てっきりトウモロコシのふたつの穂のように、ぴったりくっついて寝ているものと思っていたのに、ベッドがもぬけの殻だったんだから。血が凍るかと思ったよ。なあ、スピアーズ。そうしたら、言い合いをしたアントニアとファニーがココアを載せたトレーをしばらく廊下に置き、ファニーの寝室に寄っていたことがわかったんだ」

ノースは、アントニアがファニーに腹をたてていたことは話さなかった。すっかりマーカスにのぼせあがっていたファニーは、ココアは自分がもっていくと言って聞かなかった。ふたりは言い争いをしたあげく、とうとうファニーの寝室に戻り、金貨でコイン投げをし、ココアを運ぶ役を決めることにした。

「あのふたりが言い争いをしていたのは間違いない。そしてトレーを廊下に置きっぱなしにして、ファニーの寝室に戻った。トレヴァーには、ココアにアヘンチンキを垂らす時間が充分にあった」

「隙を見逃さない男だよ」と、マーカスが言った。「あのふたりが口げんかしていなかったら、もっとおそろしいことになっていたかもしれない。アントニアがファニーに邪魔されることなく、ひとりでココアを運んでいたら、トレヴァーに痛めつけられていたかもしれない。いや、あいつは必要とあればふたりとも迷うことなく殺していただろう。ハエを叩くかのように無情にね。いとこであろうが、十五歳の双子の女の子であろうが、やつにとってはなんの意味もない。なんだって、あんな悪魔が屋敷にはいりこんだんだ?」

それはひと言で答えるのがむずかしく、だれもなにも言わなかった。恐怖のあまりバッジャーの舌はからからになり、口の裏にはりついた。

危ないところだった。いや、危機一髪だった。そう思うと、バッジャーの心臓の鼓動はますます速くなった。先週、アスコット競馬場で下馬評をものともせず〈ミッドナイト・フリート〉が勝利をおさめたときよりも速く。

バッジャーは妃殿下の背中をさすり、そのあいだずっと七面鳥のようにゴロゴロと喉を鳴らしていた。妃殿下は神経が落ち着くと、身を引き、振り返った。「あなたが共犯者だと、わたしたちに思わせようとしたのよ」

「なんですと、妃殿下？」

スピアーズの怒りに震える声を聞き、妃殿下が笑った。「バッジャーが共犯者のはずがないって、わたしもマーカスも思っていたわ、スピアーズ。一瞬たりとも疑わなかった。ほんとうよ。でもね、トレヴァーはバッジャーを悪者に仕立ててあげてわたしたちをなじったの。うれしそうだったわ」

「未来永劫、わたしを疑うことはないと信じておりますよ」と、バッジャー。

「わかりました。妃殿下と閣下ともあろうかたが、そんなふうにお考えになるわけがない」と、スピアーズが応じた。「ありえないことです。バッジャーさんは、男のなかの男です」

「アーメン」とマーカスが口をはさみ、ノースのほうを見た。ノースは、マーカスと妃殿下が撃たれたあと、無事に回復したのを見届けてからカースルフォードの陸軍の友人を訪問し、二日まえに戻ってきたばかりだった。「トレヴァーの命に別状はないのか、ノース？」

「ああ、大丈夫だ。妃殿下はがつんとお見舞いしてやったようだが、心臓の鼓動も脈もしっかりしているからね。マーカス、きみさえよければ、ぼくはこいつをダーリントンに連れていき。ブタ箱にぶちこんでくるよ。二十四時間、目を離さない看守をつけてもいい」

「ぼくも一緒に行こう。二度と、やつから目を離したくない。堅牢な監獄に監禁するまでは安心できないよ。ああ、看守を雇うのはいいアイディアだ」

「なにがあったんです、閣下?」と、スピアーズが尋ねた。「つまり、なぜトレヴァー氏はまだ生きているんです?」

「ぼくは銃をもっていたから、殺す気になればそうできた。だがね、なんといってもやつは――またいとこだ。ウィンダム家の血を引く親戚なのだ。そう思ったら、殺せなかった。そのときぼくが逡巡《しゅんじゅん》したのを、やつは見逃さず、ぼくに飛びかかってきたというわけさ」

「それでよかったんだ、マーカス」と、ノースが言った。「自分を責めるな。おまえがやつの血で手を汚さずにすんでうれしいよ――まあ、実際は、きみたちふたりの手だがね。やつは、オーストラリアのボタニー湾の刑務所に島流しにしてやろう。刑務所としては最高らしいぞ。荒涼とした未開の地だからね。あそこで生涯を閉じてもらおう。こいつなら、ほかの犯罪者のなかでも、自分のやり方を貫くだろうさ。だがさすがにあそこにいては、もうきみたちふたりに悪さはできない」

「そうだな」と、マーカスがのろのろと言った。「ボタニー湾か。そう手間もかけずに、手配できるだろう。ひどいスキャンダルにならないといいんだが。ウィルヘルミナおばがそれ相応の報いを受けるのは当然としても、ウルスラとジェイムズは無関係だ。ふたりにこれ以上、傷ついてほしくない」

「同感です」と、バッジャー。彼は妃殿下がうなずくのを見て、チルトン卿のほうを向いた。するど、ノースもうなずいた。「全員の同意を得られました、閣下。ああ、マギーもつけくわえなければなりません。ここに一緒に行きたいと言い張り、スピアーズさんとわたしに罵声を浴びせたのですから。お気の毒に、チルトン卿まで怒鳴られたのです。なんの関係もないのに」

「その光景を思い浮かべるだけで慄然《りつぜん》とするよ」と、マーカスが応じた。

妃殿下が、かすかにほほえんだ。「彼のこと、二度と気に病まなくていいのね。ああ、あなたが無事でほんとうによかった、マーカス。わたしたちにとって、あなたほど大切な存在はないんだもの。それが言いすぎだとしても、わたしにはいちばん大切な人よ。あなたが殺されるんじゃないかと思って、すごく怖かった。もう二度と、あんな真似しないで」

いたわるように妃殿下をさするバッジャーの手から身を離すと、妃殿下はまっすぐに夫のほうに歩いていった。マーカスは彼女をひしと抱き寄せ、そのまましばらく黙って抱きしめていた。そして、ようやく頭を上げた。「ぼくたちがここにいると、どうしてわかった?」

バッジャーが答えた。「スピアーズ氏を見つけたあと、われわれは馬小屋に行きました。そして、妃殿下と閣下の姿が見えないことを馬番に告げトレヴァー氏があやしいことを話しました。いいえ、トレヴァー氏だけを疑っていたわけではありません。おわかりでしょうが、さまざまなごまかしがありましたから。馬番のラムキンは蹄鉄を食べそうな勢いで興奮しており、頭も混乱していたのでしょう、まともに話すこともできませんでしたが、スタンリーとバーディーがいなくなっていたことはわかっていました」と、バッジャーが説明を終えた。まるで、ごく当然のことをしたまでだというように。

マーカスは、ひとりひとりの顔を見た。「おまえたちは自力でここにたどりついたのか、バッジャー？　そりゃきみは有能だが、こんな才能もあったとはな。妃殿下の従者であり、わが家の料理人であり、医学にもくわしい。そのきみが、スタンリーとバーディーをさがして、ここにたどりついたというのかい？」

「はい、閣下。正直なところ、それほど難儀はしませんでした、なにしろ、スタンリーは奇妙な蹄鉄をつけていますから。三年ほどまえに、妃殿下のお父上が星のかたちの蹄鉄をおつけになったのです。なぜ、とお訊きになりたいので？　その理由に関しては、まったくわかりません。とにかく、老マックギルディの納屋にたどりつき、閣下と妃殿下を見つけるのはそれほどむずかしいことではなかったのです。哀れな老マックギルディはもう亡くなっていますし、この納屋が崩壊しようがどうなろうが、だれも気にもとめていません。だからこそ、トレヴァー・ウィンダムはあなたがたをここに連れてきた。彼はクランシーに乗り、所領を何時間も巡っていたものです」

ノースがかぶりを振った。「ぼくはただ、このふたりの命令に従えばよかったんだよ、マーカス。このふたりは万事を掌握していた。留守にして悪かった、マーカス。危険はけっして去ってはいないことが、わかっていたのに」

「ノース、おまえ、ぼくたちと一緒に宝物を発見しそこねて、すねてるな」と、マーカスが言い、友人の腕をこづいた。

「ああ、そこを突かれると痛いな」

スピアーズが言った。「とはいえ、閣下がわれわれの味方についてくださると、自信がでるのです。怒っているときの閣下は、相手を威圧するような暗い目をなさる。悪魔にだって決闘を申しこみかねない」

突然、納屋のドアのところで金切り声があがった。

「ひええ。ようやく見つけたわ！　いやな人ね、スピアーズさん、それにあなたはもっといやな人だわ、バッジャーさん。でも、ようやく見つけたわ。ああ、それにチルトン卿まで！　残念だわ。お楽しみがもう終わっただなんて。不公平よ、見逃したのはあたしだけなんて」

妃殿下がマギーのほうを見た。マギーは真っ赤な顔をしたスピアーズをうしろに引きずっている。妃殿下は、驚いた顔をしている夫のほうを見た。「ほらね」そう言うと、くすくすと笑い、マーカスの喉もとに温かい息を吹きかけた。「マギーがおもしろいことを見逃すはずないでしょ」

「ひええ！　これ、なんなの！　トレヴァー氏じゃない？　なんで紳士らしからぬ格好で地面に伸びてるの？　いったいぜんたい、どうしちゃったの？」

エピローグ

夜は更けていた。暖かい夜と、親密さと、なかなか消えない恐怖心と、圧倒的な喪失の重みを、マーカス、妃殿下、そしてたまたまふたりの召使でもある友人全員が分かちあい、食堂に腰を下ろしていた。全員で一緒に夕食をとるべきだと、伯爵が言い張ったのだ。今夜だけでもいいから、と。スピアーズは断固とした態度で激しく反論したにもかかわらず、夕食会は決行された。

マーカスの母親が、ありがたいことにグウィネスと双子を自分の居間に呼び、わたしたちは今夜四人だけで食事をしましょう、と告げた。閣下は妙な考え方をする男性だけれど、ウィンダム家の当主だから尊敬しなくちゃね、閣下と妃殿下のおふたりは召使たちと宴会をするそうだけれど、どうか認めてあげてちょうだい、と。ところがファニーが反論してきた。おかしいわ、チルトン卿は召使じゃないのに宴会に参加するのを認められるなんて、とあつかましくも指摘したのである。パトリシアは思わず顔をしかめた。

バッジャーの厨房での弟子がほほえみながら冷えたシャンパンをもってきた。すると、ウィンダム家の執事を十五年間務め、つねに控えめで堅物《かたぶつ》のサンプスンが立ちあがり、咳払いをしてから、口をひらいた。「閣下、奥さま、バッジャーさん、スピアーズさんに、よろこばしくもご報告いたします。ミス・マギーが妃殿下のお付きのメイドとしてここに残ることになりました。そして、わたしもまた執事として〈チェイス・パーク〉に残ります」

サンプスンが言葉をとめ、マーカスが顔をしかめた。「そりゃ、そうしてくれればありがたいが、貴族の家には、不適切な行為や無秩序や混乱が多すぎると感じていたんじゃなかったっけ?」

サンプスンがふたたび咳払いをした。「そんなことを申しあげたかったのではありません、閣下。じつは、ミス・マギーがミセス・グレンロエイル・サンプスンになることに同意してくれたことをご報告したかったのです。ええと、その、それがわたしの本名なのですが」

「まあ」妃殿下が椅子から立ちあがり。マギーのところに歩いていき、彼女を抱きしめた。「おめでとう。すばらしいわ。サンプスンはすばらしい男性だもの。それに、そのエメラルドのネックレス、とってもよく似合ってるわ」

マギーは笑い、伯爵に向かって浮気女のように長いまつげをぱちぱちしてみせてから、妃殿下に言った。「彼はすっごく堅実な男性ですから、安心なの。ボクシングの試合で殴り合う心配もなければ、ブラムバーリーの居酒屋で酔いつぶれる心配もない。イグリントンの腹黒い連中と勝負し、ギャンブルですっからかんになるおそれもない。だからね、堅実な男性と落ち着こうって決めたんです。ちゃんと自分の頭で考えられる男性と。もう、頭じゃないところで考える男は――いいえ、気にしないで。つまり、ロンドンの舞台にはもう戻らないって決めたんです」

「彼は堅実です」と、バッジャーが応じた。「それに頭で考える。誠実を貫き、マギーの面倒をよく見るでしょう。ときおりマギーが軽薄な真似をしても大目に見るでしょうし。サンプスンさんはわれわれ全員が称賛するに値する男性だと、スピアーズさんが請けあってくれました」

「ぼくも保証するよ」と、ノースが口をはさんだ。「つねに冷静沈着なところは見あげたものだ。ついきのうのことだが、サンプスンが気の短い商人に応対しているところを見たんだが、マーカス、驚いたよ。最後には、相手のほうがサンプスンにあやまり、ぴかぴかに磨かれたサンプスンのブーツにキスをしかねない勢いだった」

「やれやれ」と、マーカス。「妃殿下、きみはどう思う?」

「サンプスンは」そう言うと、妃殿下は巨大なテーブルを囲む面々をぐるりと眺め、にっこりとほほえんだ。「世界でいちばん幸運な男性だと思うわ」

「ありがたきお言葉」と、サンプスンが言い、また咳払いをした。「しかし、ここにいるマギーもまたたいへん幸運な女性であるとお考えください。彼女はバッジャーさんの命を救い、その見事な善行のあと、すばらしいことが次々に起こり、見返りを得ました。これからわたしを夫にするうえ、スピアーズさんとバッジャーさんという仲間を得たのです。人生では仲間が必要です、妃殿下。だれにでも」

「夫をもつのも悪くないわ」と、妃殿下。

「賛成！」と、マギーが伯爵にウインクをした。「それに閣下はとってもいい感じに変わってきたし。そう思わない、スピアーズさん？」

「同意します、マギー、同意します」

伯爵が両手を上げ、シャンパンをもう一本頼んだ。チルトン卿のほうを見ると、バッジャー特製のスポンジビスケットに載っているフルーツのメレンゲを食べている。「ノース、結婚の至福に、おまえの罪深き心も温まったんじゃないか？　おまえもそろそろ、自分で足かせをしてみたらどうだ？」

ノースはデザートを飲みこむとテーブルを見まわし、妃殿下にほほえんだ。「勘弁してくれ、マーカス。婚姻の至福についてさんざんのろけられているうちに、マギーが話していたボクシングの試合でも見にいきたくなったよ。あすの昼までには、きみたちとのあいだに五マイルは距離を置くことにする。ここでの滞在は満喫したからね。興奮し、大いに楽しみ、家族の団欒も味わった。そろそろコーンウォールの自宅が恋しくなってきたよ。あそこで孤独に浸り、陰気な生活を送るとするか。つまり、ぼくはぼくでありたいんだ。黒い雲におおわれた隠遁生活を送りたい。犬を連れて荒野を歩き、善なる男らしくしみじみと考えごとをするさ」

「どうなるかわからんぞ、ノース」マーカスがシャンパングラスを掲げた。「ではノースの隠遁生活に乾杯。そう遠くない将来、そんな生活が終わりを告げますように」

「とってもハンサムな独身男が、暗くて陰気な生活にすぐ終止符を打ちますように」と、マギーが言った。「荒野やら犬やらで時間を無駄にしてちゃもったいないもの」

「賛成！」と、妃殿下。

「お母上も、それは心配なさっていたんです、閣下」と、スピアーズが口をはさんだ。「失礼します、妃殿下。でも、この話だけはさせていただかないと。とにかく、ボタニー湾に関することは全部調べておきました。すると、われわれの考えが正しいことがわかったのです。あそこはガンジス川周辺のように未開で不快な土地です。何人《なんびと》たりともボタニー湾から脱出することはできない。そう、わたしはお母上に説明しました。するとお母上も、トレヴァー氏のことを気に病むのをおやめになった。あそこは地球の果てですし、有毒なヘビがうようよいますともつけくわえました。お母上はそれで安心なさったようです。もう二度と、トレヴァー氏のことは話題になさらないでしょう、閣下」

「そうかしら」と、マギーがシャンパングラスをフォークで軽く叩いた。「あの男を島流しにするだけじゃ物足りないわ。かわいそうな妃殿下は、まだあいつの頭に一発お見舞いしただけなのよ。頭を殴られたぐらいじゃ、男は痛くもなんともない。やっぱり、妃殿下は三叉で息の根をとめるべきだったのよ。わたしだったら、間違いなく、自分のすべきことをしたのに」

「ボタニー湾は楽な場所じゃない」と、バッジャー。「スピアーズさんに賛成だ。トレヴァー氏は、二度とあそこからでられない」

「それでも、あなたたち、やさしすぎるわ。あんな悪魔にやさしくすることないのに。彼が親戚だからって、それがなんだっていうの？　あの邪悪な男はすべての権利を失ったんだし。最初は妃殿下を殺そうとし、それから閣下もろとも殺そうとした。そしてすべてを自分のものにしようとした。なにがあっても計画をやめようとはしなかっただろうし、罪の意識なんてこれっぽっちも感じていなかった。邪魔さえはいらなければ、ふたりとも殺していた男なのに」

「もうたくさんだ」サンプスンがやさしく、だが断固とした口調で言ったので、妃殿下は思わず視線を向けた。「この話はここまで。トレヴァー氏は絶対にあそこから逃げられない。だから、もう全員が安全だ。さあ、じきにイギリスからいなくなる男のことなんかより、ほかに考えるべきことが山ほどあるだろう？」

マギーが啞然としたので、妃殿下はほほえんだ。「あたしに命令するの、サンプスンさん？　このあたしに？」

「ああ、そのとおりだよ、いとしい人」

「まあ、信じられない。この人に、あたしを驚かせる才能があったなんて。このあたしを！すごく気にいったわ、サンプスンさん。これからもときどき、あたしのこと驚かせてくれない？　週に二回くらいかな」

「賛成！」妃殿下が声をあげ、夫のほうを見た。彼女は首からぶらさげた美しい真珠のネックレスを指にからめた。そして、ほほえんだ。このうえなくやさしく。

「週に二回だと？」マーカスが言った。「いや。週に二回ですむものか」

「閣下って、紳士の礼儀をわきまえないところがあるのよね」と、マギーが言った。「サンプスンさんとは——いいえ、わたしのいとしいグレンロイヤルとは大違い」

「驚くのって、素敵」妃殿下は言い、夫を見つめたまま、真珠を指にからめた。

訳者あとがき

お待たせしました！　ＦＢＩシリーズ、スターシリーズ、夜《ナイト》トリロジーなどで日本でも大人気のキャサリン・コールターの新シリーズ第一弾をお届けします。こんどのシリーズはその名も「レガシー」シリーズ。レガシーには「遺産」、「遺物」といった意味があり、この作品でも遺産が重要な役割をはたしています。

舞台は十九世紀初頭のイングランド。ヨーロッパでは世界制覇をもくろむナポレオンがイタリア、エジプト、ロシアなどに遠征し、フランス皇帝として快進撃を続けていました。しかし一八一二年、モスクワ遠征に失敗し、プロシア・ロシア・オーストリア連合軍に敗れ、一四年に退位、エルバ島に流されました。もちろん、ナポレオンはイギリス国民にとっては憎き敵《かたき》。そんなナポレオンの最初の妻――ジョゼフィーナ（フランス語読みではジョゼフィーヌ）――と同じ名前をもつ女性が、この作品のヒロインです。彼女は伯爵の愛人の娘なのですが、幼い頃から気高く凛《りん》とした雰囲気を漂わせており、だれも彼女のことを本名では呼びません。いつしか彼女は「妃殿下」というニックネームで呼ばれるようになります。

そのニックネームをつけたのが、ヒーローのマーカス。伯爵の甥っ子ですが、悲劇的な事情から伯爵の跡継ぎとなります。マーカスは、生まれながらのわんぱく小僧。冒険が大好きで、勇み肌で、口が悪く、女性にモテモテの颯爽《さっそう》とした美男子ですから、急に降ってきた伯爵という地位にともなう権力や義務に当惑し、居心地の悪さを覚えます。ところが、そんなマーカスの身に青天の霹靂《へきれき》ともいえる事件が起こります。すべての発端は幼馴染《おさななじみ》のいとこ、妃殿下との久しぶりの再会でした……。

強烈な個性をもつふたりは、まるで磁石に引かれるかのように、たがいに強く惹かれあいます。それでも誇り高いふたりは、なかなかその事実を認めようとしません。反目しあいながらも激しい恋に落ちるふたりを、ときに官能的に、ときにユーモアたっぷりに描く場面では、まさにコールターの面目躍如《めんぼくやくじょ》たる筆が冴えわたっています。男の沽券《こけん》にこだわるマーカスを、あるときは立て、あるときは批判し、妃殿下もひとりの女性として成長し、マーカス自身も妃殿下との関係を通じておとなの男性へと変貌していきます。

物語後半では、謎解きミステリの楽しさも存分に味わえます。家族や使用人がみな頭をひねり、ああでもないこうでもないと手がかりをさがすシーンは知的興奮に満ちていますし、個性的な面々がそれぞれの才能を発揮してミステリを解いていく終盤にはコージーミステリの愉快な趣《おもむき》があります。グウィネスおばさまや双子の姉妹、忠実なる使用人たちのかわす軽妙な会話は、本書の大きな魅力のひとつ。そして最後には、あっと驚く結末が読者のみなさんを待っていることでしょう。

それではここで、謎解きの重要な鍵を握る人物、ヘンリー八世について簡単に説明しておきましょう。ヘンリー八世は一五〇九～四七年に在位したイギリス国王。この国王はなんといっても、奥さんと離婚したいがために（カトリックでは離婚が認められていませんでした）、イギリスの教会をローマ教皇の支配から解放し、イギリス国教会を成立させたことで有名です。二〇〇八年に日本でも公開され、大ヒットとなった映画『ブーリン家の姉妹』でナタリー・ポートマン演じるアン・ブーリンが、国王の再婚相手でした。ところが、このアンもまた国王から離婚され、のちに死刑に処せられてしまいます。結局、ヘンリー八世はその後も結婚と離婚とを繰り返し、生涯で六人もの妃を迎えます。そのうえ肖像画のヘンリー八世は丸顔の肥満体型。つまりイギリス国民にとって、ヘンリー八世はイギリス史を大きく変えた傑物であると同時に、揶揄《やゆ》しようと思えばいくらでも揶揄できる国王なのです。

そんなヘンリー八世を権力の中枢《ちゅうすう》で支えたのが政治家クロムウェル。イギリス国教会は成立したものの、国内各地にある修道院は国外にある教皇庁の支配下にありました。そこでクロムウェルは、修道院を解体させ、その資産をすべて没収することにしたのです。当時の修道院には富が集中していましたから、修道院から没収した莫大な財産は王室経済を潤《うるお》すことになりました。修道院に代々伝わってきた貴重な聖遺物を含めた富を奪われることになった修道士たちは、どれほど悔しかったことでしょう。そこで、ある修道院が一計を案じ……と、まだ本書を読んでいないみなさんもいらっしゃるでしょうから、歴史的背景の説明はここまでにしておきます。それにしても、コールターは大した作家です。現代のＦＢＩからヨーロッパを舞台にしたヒストリカル、開拓時代のアメリカを舞台にしたウェスタンの趣がある作品まで、多彩な設定を存分に楽しみながら執筆している姿勢がうかがえます。日本の脚本家でいえば、トレンディードラマから刑事・医療物、大河ドラマまでなんでもござれといったところでしょうか。

本書の原題は"*The Wyndham Legacy*"（ウィンダム・レガシー）。このレガシー・シリーズの第二弾"*The Nightingale Legacy*"（ナイティンゲール・レガシー）では、マーカスの親友、フレデリック・ノース・ナイティンゲールが主人公を務めます。孤独を愛し、いつも物思いに耽っている彼が、激しい恋に落ち、どんなふうに変わっていくのか、興味津々。そしてシリーズ最後を飾る"*The Valentine Legacy*"（ヴァレンタイン・レガシー）では、アメリカに帰国したマーカスのいとこ、ジェイムズ・ウィンダムと運命の女性との濃密な恋愛が描かれます。イギリスではマーカスや妃殿下との再会も待っています。さて、こんどはどんなロマンスと謎解きが待っているのでしょう。

いずれも二見文庫から発売予定です。乞うご期待！

二〇一一年十二月

ザ・ミステリ・コレクション

真珠《しんじゅ》の涙《なみだ》にくちづけて

著者　キャサリン・コールター

訳者　栗木《くりき》さつき

発行所　株式会社 二見書房
東京都千代田区三崎町2-18-11
電話 03(3515)2311［営業］
03(3515)2313［編集］
振替 00170-4-2639

印刷　株式会社 堀内印刷所
製本　合資会社 村上製本所

落丁・乱丁本はお取り替えいたします。
定価は、カバーに表示してあります。

© Satsuki Kuriki 2012, Printed in Japan.

ISBN978-4-576-12003-4
http://www.futami.co.jp/

黄昏に輝く瞳
キャサリン・コールター
栗木さつき［訳］

世間知らずの令嬢ジアナと若き海運王。ローマの娼館で出会った波瀾の愛の行方は……? C・コールターが贈る怒濤のノンストップヒストリカル、スターシリーズ第一弾!

涙の色はうつろいで
キャサリン・コールター
山田香里［訳］

父を死に追いやった男への復讐を胸に、ロンドンからはるかサンフランシスコへと旅立ったエリザベス。それは危険でせつない運命の始まりだった……! スターシリーズ第二弾

忘れられない面影
キャサリン・コールター
栗木さつき［訳］

街角で出逢って以来忘れられずにいた男、ブレントと船上で思わぬ再会を果たしたバイロニー。大きく動きはじめた運命を前にお互いとまどいを隠せずにいたが…。

ゆれる翡翠の瞳に
キャサリン・コールター
山田香里［訳］

処女オークションにかけられたジュールは、医師モリスによって救われるが家族に見捨てられてしまう。そんな彼女を、モリスは妻にする決心をするが…。スターシリーズ完結篇!

夜の炎
キャサリン・コールター
高橋佳奈子［訳］

若き未亡人アリエルはかつて淡い恋心を抱いた伯爵と再会するが、夫との辛い過去から心を開けず…。全米ヒストリカルロマンスファンを魅了した「夜《ナイト》トリロジー」第一弾!

夜の絆
キャサリン・コールター
高橋佳奈子［訳］

クールなプレイボーイの子爵ナイトは、ひょんなことからいとこの美貌の未亡人と三人の子供の面倒を見るハメになるが…。『夜の炎』に続く「夜《ナイト》トリロジー」第二弾!

夜の嵐
キャサリン・コールター
高橋佳奈子［訳］

実家の造船所を立て直そうと奮闘する娘ジェーンは、英国人貴族のアレックに資金援助を求めるが…!? 嵐のような展開を見せる「夜《ナイト》トリロジー」待望の第三弾!

二見文庫 ザ・ミステリ・コレクション